아담의 향기

LE PARFUM D'ADAM
by Jean-Christophe RUFIN

Copyright © FLAMMARION S.A, Paris, 2007
Korean Translation Copyright © Sodam&Taeil Publishing House Co. Ltd., 2011
All rights reserved.

This Korean edition was published by arrangement with FLAMMARION S.A., Paris
through Bestun Korea Agency Co., Seoul

아담의 향기

펴낸날 | 2011년 11월 7일 초판 1쇄

지은이 | 장 크리스토프 뤼팽
옮긴이 | 이원희
펴낸이 | 이태권
펴낸곳 | (주)태일소담
　　　　서울시 성북구 성북동 178-2 (우)136-020
　　　　전화 | 745-8566~7 팩스 | 747-3238
　　　　e-mail | sodam@dreamsodam.co.kr
　　　　등록번호 | 제2-42호(1979년 11월 14일)
　　　　홈페이지 | www.dreamsodam.co.kr

ISBN 978-89-7381-257-8 03860

● 책값은 뒤표지에 있습니다.
● 잘못된 책은 구입하신 곳에서 교환해드립니다.

JEAN-CHRISTOPHE RUFIN

아담의 향기

LE PARFUM D'ADAM

장 크리스토프 뤼팽 지음

이원희 옮김

소담출판사

겸손한 인간이 살기를 품은 야수들을 향해 간다.
겸손한 인간을 보는 즉시 그들의 야만성이 누그러진다.
겸손한 인간에게서, 추락하기 전 아담의 향기를 맡았기 때문이다.
야수들이 다가가자 아담이 천국에서 그들에게 이름을 주었다.

—시리아인 이삭의 '금욕에 관한 말' 중에서

1부

I

브로츠와프, 폴란드

원숭이들 앞에 설 때까지는 아무렇지도 않았다. 아니, 거의 아무런 느낌이 없었다. 시작은 분명히 좋았는데……. 조나탕이 알려준 연구소의 주소는 정확했다. 불빛이 없지만 쥘리에트는 건물을 끼고 왼쪽으로 돌다가 대번에 비상구를 찾았다. 그녀는 노루발장도리로 문짝에 달린 자물쇠를 쉽게 뽑았다. 그러고는 어둠 속을 더듬거리다 손끝에 닿는 전등 스위치를 올렸다. 한순간에 실험동물 사육장이 하얀 형광등 불빛에 잠겼다.

냄새는 뜻밖이었다. 쥘리에트는 모든 걸 각오했지만 지저분한 털과 배설물, 썩은 과일 냄새가 섞인 이 역겨운 악취는 아니었다. 그런데 마치 갑작스러운 불빛에 놀라 철책 우리 안으로 도망쳐버린 듯 악취가 약해져서 다행이었다. 쥘리에트는 어깨를 으쓱하면서 호흡을 가다듬고 장갑에 찢어진 데가 없는지 확인하기 위해 잠시 지체했다.

쥘리에트는 철책 우리 쪽으로 다가갔다.

조나탕은 철책 우리 안의 동물에 관하여 아무것도 설명해줄 수 없었다. 실험에 따라 필요한 동물이 달라지기 때문이었다. 동물의 수도 일정하지 않았다. 희생된 동물이 있을 경우 다른 동물로 대체되고, 실험의 종류에 따라 분산 배치되었다. 활짝 열어놓은 비상구 바로 옆, 2층 철책 우리 안에 고양이들이 있었다. 고양이들의 상태는 아직 괜찮은 것 같았다. 쥘리에트가 철책 문을 반쯤 열기가 무섭게 우르르 몰려나온 고양이들이 쏜살같이 어둠 속 거리로 달아났다.

쥘리에트는 도망치는 동물들을 보면서 기뻐할 겨를이 없었다. 천장을 관통하는 석고 입힌 파이프를 통해 둔탁한 소리가 울렸다. 쥘리에트는 걸음을 멈춘 채 귀를 기울였다. 다시 고요해졌다. '한밤중에는 연구소에 아무도 없어.' 조나탕의 말이 머릿속에 생생했다. 그래도 혹시 모르기 때문에 그녀는 조나탕이 귀에 대고 속삭일 때의 숨결과 어투를 떠올렸다. 아니, 의심스러운 점은 없었다. 천장 쪽에서 나는 이상한 소리보다 조나탕을 믿는 마음이 더 강했다.

이번에는 설치류 동물이 있는 철책 우리로 향했다. 흰쥐는 회색 생쥐보다 덜 징그러워서 참을 만하다고 생각했다. 그러나 납작하면서 긴 철책 우리 안에 우글거리는 쥐는 흰색도 회색도 아니었다. 그야말로 괴물이었다. 털이라곤 없어서 장밋빛 살을 드러낸 쥐도 있고, 초록색, 오렌지색, 보라색으로 염색한 쥐도 있었다. 마치 변색이 된 눈에 니스를 칠해놓은 것처럼 쥐들의 눈빛이 흐릿했다. 쥘리에트는 한순간 이런 쥐들은 그냥 여기에 놔두는 것이 낫지 않을까 의문이 들었다. 이런 것들을 풀어주었다가 사방으로 흩어질 경우…… 옷장을 열다 이 기형적인 쥐들과 맞닥뜨린 어린 소녀들이 비명을 지르는 모습은 생각만 해도 소름이 끼쳤다. 물론 전혀 예상하지 못한 상황은 아니었다. 작전을 짜는 동안 쥘리에트는 조나탕과 이 문제를 논의할 기회가 여러 번 있었다. 그래서 인간을 위한 동물의 유용성과 동물의 입장은 아무런 상관이 없다는 걸 잘 알고 있었다. '아름답든 혐오감을 주든, 길들인 것이든 야생이든, 식용이든 아니든 살아 있는 모든 생명체는 살아야 할 권리가 있는 것이다.' 이 논리에 세뇌되어 있는 쥘리에트는 혐오감을 억누르면서 눈먼 쥐들 역시 밖으로 달아나게 했다. 그리고 고양이들을 풀어줄 때와 같은 만족감을 느끼려고 애를 썼다.

이번에는 원숭이들의 차례였다. 그런데 다른 동물들 앞에 섰을 때보다 쥘리에트에게 훨씬 가혹한 시련을 겪게 만들었다. 작은 원숭이 다섯 마리가 있는데 몸짓이나 시선에서 놀랍게도 인간이 느껴졌다. 두 마리씩 갇혀서 다정한 커플처럼 얼싸안은 원숭이들. 쥘리에트가 철책 우리를 열어주었는데도 원숭이들은 나가려고 하지 않았다. 그녀는 우리 안으로 들어가서 끌어내려다 그만두었다. 원숭이들이 할퀴거나 깨물 경우 장갑이 찢어져서 피라도 나면 일을 그르칠 위험이 있었다. 유전자 감식을 가능하게 하는 어떤 흔적도 남기지 말아야 했다. 그녀는 커플 원숭이들에게 시간을 주기로 하고 혼자 갇혀 있는 원숭이 쪽으로 갔다.

비쩍 마른 명주원숭이가 팔로 배를 감싸고 있었다. 몸은 멀쩡한데 머리에 십여 가닥의 전선이 복잡하게 얽혀 있어 깃털 모자를 쓴 인디언 추장 같았다. 철책 문을 열어주자 반사적으로 튀어나온 명주원숭이가 하얀 바둑무늬 바닥에 앉더니 꼼짝 않은 채로 문이 활짝 열린 비상구를 물끄러미 바라보았다. 바깥바람에 원숭이 머리에 늘어진 '전선 모자'가 너울거렸다. 혐오감을 주는 동물에 대한 두려움을 잘 견뎌냈던 쥘리에트는 팔다리를 부들부들 떠는 명주원숭이 앞에서 마음이 흔들렸다. 명주원숭이가 천천히 눈을 깜박일 때마다 공포에 사로잡힌 고통의 눈빛이 어른거렸다. 어떤 위험이나 장애물, 이상한 소리에도 끄떡하지 않던 쥘리에트가 이번에는 옴짝달싹할 수 없었다. 머리에 쓴 전기 고문 기구를 풀어줄 능력이 없기 때문에 죽어가는 원숭이의 마지막 순간을 그저 지켜볼 수밖에 없었다. 왜 이렇게 이상한 느낌이 드는 걸까? 이 어이없는 감정은…… 스스로에 대한 연민인가. 하지만 아무것도 해줄 게 없었다. 이 작은 원숭이는 그녀가 몇 년 전부터 느끼는 것과 같은 고독과 고통을 표현하고 있었다. 발목까지 딱 달라붙는 옷에 시커먼 복면, 실제보다 큰 운동화를 신어 위장하고 여기까지 온 것도 바로 그 고통 때문이었다. 쥘리에트는 시간 가는 줄 모르고 있었다. 미션을 성공하려면 시간이 아주 중요한데…….

갑자기 명주원숭이가 힘을 내는지 뒷발로 일어섰다. 열려 있는 문을 향해 두 발짝을 떼던 원숭이가 마치 장난감이 엎어지듯 옆으로 픽 쓰러졌다. 이윽고 심한 경련을 일으키다 다행히 눈을 감았다. 그 눈길이 보내는 무언의 비난에 발목이 잡혀 있던 쥘리에트는 안도의 숨을 내쉬다가 가슴이 철렁했다. 몇 분이나 이러고 있었을까? 3시 10분이었다. 동물들을 풀어주는 일은 끝났지만 아직 할 일이 많이 남아 있었다. 조나탕이 말했었다. '미션의 2단계도 1단계 못지않게 중요하다는 걸 명심해. 모든 일이 4시까지는 반드시 끝나야 해.'

쥘리에트는 등에 짊어진 배낭을 내려놓고 페인트 스프레이 두 개를 꺼냈다. 철책 우리 사이의 커다란 벽, 바닥에서 1미터 50센티미터쯤 되는 높이에 검은색 스프레이로 글씨를 썼다. **동물의 권리를 존중하라.**

그녀는 배낭이 있는 데로 돌아와서 이번에는 빨간색 스프레이를 집어 들었다. 그러고는 다시 벽 앞에 서서 방금 쓴 검은색 글씨 위로 팔을 쭉 펴서 갈겨썼다. **동물해방전선.** 수사에 혼선을 주기 위해서 그 위에 철자법이 틀린 글씨로 벽마다 다른 구호들을 휘갈겼다. 쥘리에트는 '두 사람이라고 믿게 할 생각이면 나랑같이 가야 하는 것 아냐?' 하고 조나탕에게 물었다가 이내 후회했다. 그것은 그녀가 지시에 대해 유일하게 의문을 제기한 순간이었다. '미션을 이행하는 행동대원의 수는 최소가 되어야 한다'고 조나탕은 딱 잘라 말했다. 차라리 잘됐어! 조나탕이 지금같이 있다면 불편했을 텐데. 그녀 자신의 미션이고, 혼자서 완수하고 싶었다.

쥘리에트는 페인트 스프레이 두 개를 배낭에 도로 집어넣었다. 아주 신속하게 일을 끝마쳤다. 연구소에 들어온 지 겨우 13분이 흘러 있었다. 불안하고 위험한 상황이라서 극도로 예민해진 걸까. 그 짧은 시간이 아주 길게 느껴졌다. 쥘리에트는 어릴 때부터 지루하게 보낸 몇 년이란 세월을 아주 짧은 순간으로 생각하는 한편, 짧은 시간은 몇 년이 지난 것처럼 길게 느끼는 데 익숙해 있었다. 긴장감이 절정에 이를 때 그 순간의 느낌이 좋았다. 그리고 지금 그 느낌이 엄습해오고 있었다.

쥘리에트는 다음 단계로 넘어갔다. 벌목꾼들이 나무 파편을 피하려고 사용하는 것 같은 플라스틱 안경을 썼다. 그리고 배낭에서 망치를 꺼내 오른손으로 꽉 쥐었다. 꽤 무거운 쇠망치였다. 지금부터는 3분 이내에 끝내야 했다.

실험동물 사육장 안쪽에 유리문이 보였다. 실험실로 연결되는 문이었다. 조나탕의 지시는 간단명료했다. '술책을 부릴 시간이 없어. 그냥 모조리 때려 부수고 튀어.' 첫 번째 장애물은 유리문이었다. 쥘리에트는 쇠망치로 반투명 유리를 후려쳤다. 한 방에 유리가 박살이 나면서 우박처럼 떨어졌다. 그녀는 장갑에 찢어진 데가 없는지 확인했다. 그러고는 조심스럽게 유리 파편을 뛰어넘은 다음 전등 스위치를 올렸다. 천장에 달린 여러 개의 긴 형광등이 하나둘 활시위를 당길 때 나는 소리를 내면서 깜박깜박 켜졌다. 복잡한 실험 기구들과 연구원들의 사생활을 엿볼 수 있는 개인 용품들로 어느 실험실에서나 볼 수 있는 풍경이었다. 스카치테이프로 벽에 잔뜩 붙여놓은 아이들 사진, 쌓여 있는 서류 더미, 작업대에 핀으로 꽂은 풍자만화 등. 문 옆의 배수관을 따라 혼합액의 시료를 분리해내는 크로마토그래피 기구가 줄지어 있었다. 조나탕이 말했었다. '오른쪽부터 시작해서 한 바퀴 돌아.'

쥘리에트는 쇠망치를 쳐들고 실험 기구를 내리쳤다. 유리 파편과 하얀 젤라틴 방울이 플라스틱 안경과 복면에 튀었다. 장갑에도 끈적끈적한 액체가 묻었다. 하지만 묘하게도 위험과 함께 희열이 느껴졌다. 박살이 난 유리와 부서진 금속관이 바닥에 떨어지면서 요란한 소리를 냈기 때문에 귀가 먹먹했다. 그녀는 전진하면서 닥치는 대로 쇠망치를 휘둘렀다. 자기로 만든 작업대 위에 있던 실험 기구가 폭발했다. '유전자 분석기를 잊지 마. 겉보기에는 평범한 저울같이 생겼지만 아주 비싼 기구거든.' 쥘리에트는 쇠망치를 들고 가차 없이 분석기를 때려 부쉈다. 그녀의 동작은 분노를 터뜨리는 공격적인 태도라기보다 거의 타성에 젖은 듯한 파괴 행위였다. 가장 놀라운 것은 이런 냉소적인 난폭한 행동으로 마음의 짐을 더는 느낌, 정신이 자유로워지는 느낌이 든다는 사실이었다. 그녀는 흥분해 있지만 태연했다. 머릿속에서 여러 가지 생각과 기억이 교차했다. 문득 절벽의 아슬아슬한 가장자리에 서 있는 느낌이 들었다. 웃음소리와 울음소리, 어느 쪽으로 넘어져야 할지 갈피를 잡지 못하고 있었다. 마지막으로 비슷한 느낌을 경험한 것은 몇 년 전 시위를 할 때였다. 그녀는 땅바닥에 넘어지면서 사람들에게 밟혔다. 그때 고함 소리를 들었고, 발길질을 느꼈다. 그렇지만 눈물을 흘리면서 웃음을 터뜨렸었다.

커다란 실험실이 쑥대밭이 되어버렸다. 바닥에 유리 파편과 금속 조각이 널려 있고, 유색 액체가 흥건했다. 유리 깨지는 소리와 폭발하는 소리에 불길한 정적은 사라졌다. 쥘리에트는 이렇게 자신의 흔적을 남긴다는 것에 희열을 느꼈다. 평소에는 온화하고, 겸손하고, 수줍어하던 그녀가 나비의 유충이 탈바꿈하듯 돌연 존재감을 드러내고 있었다.

확인 사살이나 다름없는 카운트다운이 시작되었다. 요란한 소리가 났으니 이제 곧 누군가 달려올 것이다. 하지만 쥘리에트는 서두르지 않고 차분하게 행동했다. 조나탕이 그렇게 당부했다. 무엇보다 그녀는 기쁨의 순간을 느긋하게 즐기고 싶었다.

쥘리에트는 모조리 때려 부수면서 실험실을 돌았고, 마침내 들어왔던 문 앞에 이르렀다. 대형 냉장고만 무사했다. 법랑을 입힌 냉장고 앞면 오른쪽 위에서 2극 진공관 두 개가 깜박거리고 있었다. 냉장고 안에는 파란색과 노란색 스티커를 붙인 플라스크들이 줄지어 있고, 그중 빨간색 플라스크 한 개가 눈에 띄었다. 쥘리에트는 그 플라스크를 집어서 솜을 넣어둔 휴대전화 케이스에 집어넣었다. '나머지는 다 깨뜨려.' 그녀는 냉장고 안의 유리 받침대를 쇠망치로 세게 내리쳤고, 플라스크들이 박살이 나면서 내용물이 바닥으로 쏟아졌다.

그것으로 미션이 완료되었다. 쥘리에트는 아수라장이 된 실험실을 응시했다. 냉기가 엄습해오면서 소름이 끼쳤다. 무의식적으로 옷깃을 여몄다. 당장 뛰쳐나가고 싶었지만 아직 할 일이 남아 있었다. 배낭에서 구두를 꺼냈다. 밑창에 Z무늬가 있는 남자 구두였다. 그녀는 분홍빛 액체가 흥건한 바닥을 골라서 끈적끈적한 표면에 구두 자국을 남겼다. 그러고는 구두를 도로 집어넣고 배낭을 채웠다. 숨 막히는 정적이 감돌았다. 실험실을 나와 실험동물 사육장을 지나가면서 구토증 때문에 진저리를 쳤다. 널브러져 있는 명주원숭이가 어느새 눈을 뜨고 있었다. 그녀는 원숭이를 쳐다보지 않고 뛰어넘었다. 이제는 고양이, 쥐, 원숭이 다음으로 그녀가 어두운 밤거리로 사라질 차례였다. 너무 오랜만에 행복을 맛보는 것처럼 그녀는 깔깔대고 웃었다.

II

애틀랜타, 조지아 주

환자가 몸을 앞으로 숙인 자세로 앉아 있었다. 장갑 낀 두 손이 환자의 등 아래쪽을 부드럽게 만지다가 척추 사이의 오목한 부분에서 멈췄다. 이어서 십여 센티미터 길이의 가는 바늘이 천천히 살을 뚫고 들어갔다. 신음 소리도 몸을 떠는 기색도 없었다. 샘물처럼 맑은 뇌척수액이 간호사가 내민 시험관 안으로 똑똑 떨어지기 시작했다. 닥터 폴 마티스는 뇌척수액을 채취하고 나서 바늘을 뽑아 종이 상자에 던져 넣으면서 일어났다.

닥터 마티스가 이번에는 고무장갑을 벗어서 종이 상자 안에 던진 다음 다정하게 환자의 어깨에 한 손을 얹었다. 진료하는 동안이나 끝낸 다음이나 과묵한 닥터 마티스의 신중한 태도에는 변함이 없었다.

"네트, 좋아질 겁니다. 힘들어도 계속 엎드린 자세로 지내야겠어요. 특히 물을 많이 마셔야 하고요."

헝클어진 검은색 머리에 얼굴빛이 거무스레한 20대의 포르투갈 청년이 미소를 짓다가 불구가 된 다리를 생각하면서 눈빛이 어두워졌다. 평생 하지가 마비된 채 살아갈지도 모른다는 두려움이 엄습한 것이다. 잠시 후 병실로 옮겨지면 불안한 마음을 덜 느끼게 될 것이다. 같은 병실을 쓰는 환자 세 명도 자동차와 오토바이 사고, 운동을 하다 다쳐서 전신 마비가 일어난 경우였다.

닥터 마티스는 시계를 봤다. 11시 15분, 시간이 없었다. 아직 환자 두 명이 기다리고 있었다.

"난 지금 나가야 되는데⋯⋯." 폴이 간호사에게 말했다. "밀턴이나 엘머가 오늘 근무니까 연락해서 나 대신 환자를 좀 봐달라고 해요."

병원에는 의사가 다섯 명이었다. 경제적 능력도 없고 사회복지 혜택도 누릴 수 없는 젊은이들을 무상으로 치료해주는 최첨단 신경병리학 센터를 만들겠다는, 거의 무모할 정도로 야심에 찬 계획을 안고 뛰어든 동료들이었다. 3년도 안 돼서 괄목할 만한 성공을 거두고 있었다. 미국 전역에서 환자들이 몰려들었다. 그러나 병원을 운영하려면 한도 끝도 없이 자금을 조달해야 했다. 의학적 관점에서는 발전이지만 재정적으로는 어려운 상태였다. 매달 재정 상태가 바닥이었다. 원장 직책을 맡은 폴 마티스는 채권자들과 후원자들을 만나러 이리저리 뛰어다녀야 하기 때문에 환자들을 치료할 시간을 내기가 점점 힘들어지고 있었다.

폴은 내키지 않는 표정으로 비서의 방문을 열었다.

"약속 장소가 어디라고 했죠?" 폴이 가운을 벗으면서 로라에게 물었다.

"매디슨 호텔 커피숍이요."

폴이 어깨를 으쓱하며 모자 달린 재킷의 단추 두 개를 채웠다.

"여기로 와주면 좋을 텐데⋯⋯." 폴이 구시렁거리면서 자전거용 신발 끈을 맸다.

"친절하게 대해주세요. 거물급 후원자 같던데요."

"그건 그 사람의 말이고. 하지만 이름을 밝히려고 하지 않는 걸 보면⋯⋯."

폴이 일어나면서 비서실 한쪽 구석을 잠시 쳐다봤다. 빨간 플라스틱 바구니, 로라가 괴로운 청구서를 넣어두는 바구니였다. 청구서가 잔뜩 쌓여 있었다. 하나같이 무시해버릴 수 없는 것들이었다.

"일이 잘되면 2시경에 돌아올게요." 폴이 나가면서 내뱉듯 말했다.

병원은 낡은 벽돌 건물의 5층을 차지하고 있었다. 아래층에 거의 파산 직전에 처한 광고지 사무실이 있었다. 몇 주 후에는 아래층 사무실이 나갈지도 몰랐다. 병원을 확장할 수 있는 절호의 기회지만, 현재의 재정 상태로는 그 계획을 실현할 희망이 없었다. 그런 생각을 할 때마다 우울했다. 폴은 주차장으로 내려가서 자전거에 올랐다.

폴은 애틀랜타 같은 도시에서 자전거를 타는 것이 얼마나 위험한지 누구보다 잘 알고 있었다. 그러나 넘치는 에너지를 발산할 배출구를 찾아야 했다. 진찰할 때 마음이 평온해야 환자를 안심시킬 수 있었다. 폴은 땀에 흠뻑 젖을 때까지 미친 듯이 페달을 밟아야 직성이 풀렸다. 어떤 상황이든 폴은 하루에 두 시간씩 자전거를 타고 달려야 심신의 안정을 찾을 수 있었다.

보통 체격에 중간쯤 되는 키, 신경 쓰지 않으면 체중이 늘어나는 체질의 폴 마티스는 특출한 용모는 아니었다. 자세히 살펴보면 유럽인의 이목구비와 어렴풋이 아프리카인을 연상시키는 까무잡잡한 피부에 짧게 깎은 곱슬곱슬한 검은색 머리, 열심히 면도를 하는데도 숱진 수염, 뺨 중앙까지 내려와 있는 구레나룻은 영화배우 장 폴 벨몽도를 연상시켰다. 벨몽도처럼 콧등이 주저앉았고, 순수해 보이는 면이 있지만 뛰어난 미남은 아니었다. 폴은 활력 넘치는 매력을 발산할 수 있지만 가급적 이목을 끄는 행동을 하지 않으려고 노력했다.

폴 마티스는 헬멧을 쓰고 자전거에 몸을 숙인 자세로 자동차 물결 속을 헤집으며 보도를 따라 달리다 반대 방향으로 접어들었다. 그는 미국의 여러 도시에서 살았고, 그 도시들을 사랑했다. 인간들이 활보하는 도시에 살고 있지만 정글 속에 사는 느낌이 들었다. 복잡한 거리, 곳곳에 들판처럼 펼쳐지는 광장, 빌딩 숲을 관통하는 자동차 물결을 사랑했다. 폴은 자전거를 타고 자신만 아는 숨은 골목길을 요리조리 달렸다.

원래 궁전이던 매디슨은 한동안 카지노 건물이었다가 지금은 호텔로 개축하는 중이었다. 폴은 도심 쪽으로 거의 발걸음을 하지 않았다. 특급 호텔은 도시 외곽의 현대적인 구역에 자리 잡고 있는데, 돈 많은 후원자의 약속 장소치고는 의외였다. 매디슨 호텔 앞에 도착한 폴은 근처에 자전거를 세워둘 데가 없다는 걸 확인하고 주차 요원에게 자전거를 맡겼다.

"이 자전거를 부탁해도 되겠소?" 폴이 물었다.

회색 제복 차림에 매디슨이라는 글자를 새긴 동그란 모자를 쓴 주차 요원은 떨떠름한 표정을 지었다. 그러고는 모자 달린 초록색 재킷과 흙투성이 베이지색 바지에서 3년 전 겨울 바겐세일 때 구입한 운동화로 눈길을 옮기면서 깔보듯 폴을 훑어봤다. 폴이 빙긋이 웃으면서 배달원이 아니라 커피숍에서 약속이 있어 사람을 만나러 온 것이라고 말하자 주차 요원이 마지못해서 자전거를 끌고 갔다.

호텔 로비에 두꺼운 양탄자가 깔려 있는데 새것이지만 무늬를 보니 유행이 지난 것이었다. 상대를 어떻게 알아보지? 폴은 그런 생각을 하면서 커피숍으로 향했다. 다행히 그 시간에는 커피숍에 손님이 없었다. 한 남자가 안쪽 테이블에 등을 돌린 채 앉아 있었다. 대머리라는 것만 알아볼 수 있었다.

폴이 빙 돌아서 남자 앞에 섰다. 마침내 약속한 사람을 알아보았을 때는 너무 늦었다. 폴은 뒷걸음치면서 출구를 힐끔 쳐다봤다. 그러나 손님이 이미 일어나서 손을 내밀고 있었다.

"친애하는 폴, 아니 이제는 친애하는 닥터라고 해야 하나…….
미안하네, 나라고 밝히지 않아서……."

갑자기 냉랭해진 폴 마티스는 나이가 지긋한 남자가 내미는 손을 잡지 않았다. 그러고는 남자에게서 눈을 떼지 않은 채로 서 있었다.

"당신이 어떻게……." 폴은 말을 잇지 못했다.

"그래, 날세! 아치볼드."

남자는 고개를 약간 까딱하는 것으로 인사하는 시늉을 하며 말을 이었다.

"이게 얼마 만이지? 10년이 넘었던가?"

"무슨 일로 오셨습니까?" 폴이 물었다.

그 목소리에 분노와 놀라움이 뒤섞여 있었다.

"자네를 만나러 왔지."

아직은 도망칠 수 있었다. 그러나 소리 없이 다가온 웨이터가 퇴로를 막고 있었다. 폴은 자신도 모르게 자리에 앉았다.

"뭐 마시겠나?"

"코카콜라 라이트."

"코카콜라 라이트!" 아치볼드는 그 말을 코믹하게 발음했다. "다이어트에 신경을 쓰는 건 여전하군. 그래서 그런가 젊은 사람들 말로 몸짱이야. 40대가 되면 15킬로그램 정도 체중이 늘어나는 게 보통인데……. 자네 내년에 마흔 아닌가?"

"무슨 일로 오셨습니까?" 폴이 다시 물었다.

폴은 치밀어 오르던 분노가 차츰 가라앉고 있었다. 아치볼드는 몇 가닥 안 되는 머리털을 가다듬었다. 뼈마디가 드러난 손가락에서 문장을 새긴 가문의 반지가 반짝거렸다. 가는 줄무늬 검정 양복으로 말쑥하게 차려입고, 여러 가지 색깔이 섞인 알록달록한 넥타이를 매고 있었다. 우연히 선택한 것이라고 생각할 수도 있지만, 모 대학을 상징하는 넥타이였다. 폴은 아치볼드가 넥타이로 명문대 출신임을 과시한다는 걸 잘 알고 있었다.

"이렇게 나와줘서 정말 고맙네, 친애하는 폴. 자네가 많이 바쁘다는 걸 알고 있으니까."

"네, 바쁜 건 맞습니다."

"한 가지 제안할 것이 있어서 만나자고 했네."

"우리 병원을 후원하겠다는 제안이라면 몰라도 다른 얘기는 듣고 싶지 않습니다." 폴이 딱 잘라서 말했다.

"후원자로 온 것은 맞아." 아치볼드는 고개를 끄덕이면서 웨이터가 폴의 음료수를 테이블에 내려놓는 동안에 말했다.

"그럼 말씀하시지요."

"먼저 자네가 하고 있는 일에 감명을 받았다는 말부터 하고 싶네. 솔직히 말해서 자네가 그만뒀을 때 나는 그 힘든 공부를 끝까지 해내리라고 생각하지 않았지. 서른 살이 다 돼서 의학 공부를 시작한다는 건……."

폴은 경계하는 얼굴로 다음 말을 기다렸다. 그리고 콜라를 마시기 전에 잔에 떠 있는 레몬 조각을 손가락으로 건져서 씹어 먹었다.

"그 습관도 여전하군." 아치볼드가 말했다.

눈살을 찌푸리는 폴을 보면서 아치볼드는 덧붙였다.

"레몬 먼저 먹는 것 말일세."

폴은 미소를 짓지 않을 수 없었다. 우려했던 대로 너구리 같은 아치볼드의 화술에 넘어가고 있었다. 몇 분 전만 해도 당장 나가버릴 생각이었는데 이렇게 대화에 말려들고 있으니.

"가망이 없는 환자들을 치료하겠다고 나선 발상 자체가 정말 자네다운 일이지. 끔찍한 교통사고를 당한 젊은이들 중에서 가난한 환자를 선별한다고 들었네."

"아치, 인도주의에 대한 당신의 지론은 잘 알고 있으니까 본론으로 들어가시죠. 나를 찾아온 용건이 뭡니까?"

"그래, 단도직입적으로 말하겠네. 아까도 말했지만 자네가 하고 있는 일에 감명을 받았고, 그래서 어떻게 하면 자네를 도울 수 있을까 생각해봤지."

"물론 그러시겠죠."

"자네도 아마 알겠지만 나는 6인으로 구성되는 행정심의회에서 한 의석을 차지하고 있네. 그래서 현재 다른 업체에 나가는 기금을 자네의 병원 센터에 지원해주도록 연결해주는 것이 가능하리라고 생각하는데…… . 자네는 절대로 부정한 용도로 사용하지는 않을 테니까. 어떻게 생각하나?"

"후원 업체가 어디입니까?"

"음…… 홀슨 앤드 리지."

"철강 회사 말입니까?"

"맞네. 그 회사는 산업재해를 위한 특별기금을 마련해두고 있지. 자네도 알다시피 추락 사고가 빈번히 일어나니까."

아치볼드가 다른 사람들의 불행에 대해 말하면서 가슴 아픈 표정을 지었다. 하지만 마지막 피 한 방울까지 포식한 육식동물들이 그렇듯 아치볼드가 패배주의자들을 얼마나 경멸하는지 폴은 잘 알고 있었다.

"아주 잘나가는 사업이지. 중국의 강철 수요 덕분에 올해는 막대한 이익이 났으니까. 3분기에는 홀슨 앤드 리지에서 한 자선단체에 백만 달러를 기부할 계획을 세우고 있기 때문에 결산 작업을 하는 이달 말에는 지원해줄 수 있어. 지금까지는 뉴햄프셔 주의 신경학 연구소를 후원해주었거든. 자네라면 그 기금을 훨씬 유용하게 사용할 텐데 내가 잘못 생각한 건가?"

폴은 그 순간 아래층까지 확장한 병원 모습을 떠올렸다. 기금을 지원받을 경우 늘어나는 병실 수, 물리치료실, 면회 오는 가족들을 위한 휴게실……. 폴은 정신을 차리고 화가 난 얼굴로 아치볼드를 쳐다봤다. 이렇게 쉽게 족쇄를 채우는 아치볼드가 원망스러웠다.

"그건 시작에 불과하지. 우리가 즉시 얻을 수 있는 보조금이 그렇다는 것이고, 그 외에 또 다른 계획도 있으니까."

"그 대가로 원하는 것이 뭡니까, 아치? 빙빙 돌리지 말고 본론을 말씀하시죠."

4성급 호텔인데도 커피숍의 냉방장치는 신통치 않았다. 아치볼드는 이니셜이 수놓인 하얀 손수건을 꺼내서 이마를 닦았다. 남부 지역을 미개한 땅으로 여기는 아치볼드가 조지아 주까지 온 것은 이 만남에 뭔가 중요한 의미가 있다는 뜻이었다.

"자네 생각이 간절해서 왔지." 아치볼드는 과감하게 말했다. "내 말은 자네 솜씨가 최고라는 뜻이네."

폴의 몸이 굳어졌다.

"그만둔 지 10년이 넘었어요, 아치."

"어느 누가 완전히 떠났다고 단언할 수 있겠나? 스무 살에 배운 것은 절대 잊히지 않는 법인데. 게다가 병원에서는 자네를 닥터 스파이라고 부르던데……."

아치볼드는 손을 들어서 폴에게 말할 겨를을 주지 않았다.

"알지. 자네는 이제 의사고, 더 이상 우리 쪽 일에는 관심이 없다는 걸. 국제정치를 역겨워한다는 것도 알고. 신문을 봐도 정치면은 거들떠보지도 않을 테고. 옛 동료들도 잊었겠지, 물론 다는 아니겠지만. 나는 자네의 선택을 존중해. 그렇지만 CIA 생활이 자네 인생에서 중요한 시간이었다는 걸 머릿속에서 완전히 지울 수는 없겠지. 어쨌든 그 시간이 있었기에 자네가 지금 하는 일을 훌륭하게 해낼 수 있는 것이라고 생각해. 우선 잘 듣고, 작은 실마리부터 시작해서 복잡한 문제를 풀어나가며 행동하는 것, 사람들이 의사에게서 기대하는 것도 바로 그런 거 아닌가?"

아까 일어나서 나가버렸으면 좋았을걸! 아직은 기회가 있었다. 그러나 폴은 그럴 수 없다는 걸 느꼈다. 호의적으로 대하는 듯하다 날카롭게 찌르면서 둘 사이에 통하는 유머와 공통된 취향을 끄집어내 상대를 제압하는 수법. 아치볼드는 오랜 세월 헤어져 있으면서 잊혔던 그 특유의 수법으로 카리스마를 발휘하고 있었다.

"나는 그곳으로 돌아갈 생각이 전혀 없습니다."

"안심하게, 폴. 나도 그럴 생각은 없네. 이제 공공 기관은 그것이 비밀 정보기관이라고 해도 나 역시 더 이상 매력을 느끼지 못하니까. 우리가 일하던 전성기 때의 CIA와 비교하면 지금의 정보국 사람들은 관료들이지……. 그리고 나는 지금 자영업을 하고 있네. 자네와 비슷하다고 할 수 있지."

폴은 잠자코 있었다.

"안심해도 되네." 아치볼드가 계속했다. "내가 제안하려는 것은 미션이 아니라 도움을 청하는 거니까."

"누구를 위한 것입니까?"

"나를 위한 것이지."

아치볼드는 사람의 마음을 움직이는 능력이 뛰어났다. 그 나이에도 겸손하면서 화를 낼 수 없게 만드는 설득력과 태도는 늘 상대에게 신뢰감을 주었다.

"당신을 위한 도움이라면서 홀슨 앤드 리지가 후원해준단 말입니까?" 폴이 빈정거렸다. "직권을 남용하는 건 여전하군요."

아치볼드는 코를 찡그리면서 넥타이를 매만졌다.

"내 마음을 아프게 하지 말게, 폴. 그렇게 직설적인 표현은 정말 싫으니까……. 그리고 내가 자네에게 제안하려는 일은 만인을 위한 것이야."

"무슨 일인지 구체적으로 말씀하시죠."

아치볼드는 몸을 뒤로 젖히면서 주위를 둘러봤다. 커피숍에는 유리잔을 닦고 있는 웨이터 외에는 아무도 없었다. 웨이터가 관심이 없는 체하고 있지만 그들 대화에 귀를 기울이고 있는 것이 분명했다. 아치볼드는 못마땅한 눈길을 던졌다.

"여기서는 자세히 말하기가 좀 그렇군. 어쨌든 나는 자네가 필요해. 아무리 찾아봐도 자네 같은 사람이 없단 말이야. 우리 일을 하다가 의사가 된 사람이 자네밖에 없으니까. 지금 나한테는 정보원 출신의 의사가 필요해. 내 말 이해하겠나? 전직이든 현직이든 우리 일에 경험이 있는 이들의 프로필을 모두 갖고 있는데 자네만 한 사람이 없어. 그래서 자네가 꼭 필요한 거야."

폴은 눈을 감았다. 아치볼드의 제안은 폴이 꺼리는 일이 틀림없었다. 10년 동안 폴은 과거에 얽매이게 될까 두려웠다. 지금 그 일이 일어나려는 것이다. 그렇지만 전혀 괴롭지 않았다. 이렇게 되도록 예정된 느낌이랄까. 어쨌든 이런 일이 일어나길 기다린 것 같기도 했다. 그 순간 케리의 모습이 떠올랐다. 사격장에서 표적을 응시하다가 글록 권총을 장전하면서 미소 짓던 케리의 얼굴……

"내 말 듣고 있나?" 아치볼드가 테이블 위로 몸을 숙이면서 물었다.

"물론이죠." 폴이 대답했다.

"다시 말하는데 이 일은 기껏해야 한 달이면 될 거야. 병원에 동료가 넷이라고 알고 있네. 한 달 동안은 그들이 자네를 대신할 수 있겠지, 안 그런가?"

아치볼드는 세련된 태도와 여유 만만한 어투 뒤에 감춰둔 발톱을 드러내고 있었다. 이미 모든 조사를 끝마친 아치볼드는 병원 사정을 정확하게 알고, 폴이 바라는 일까지 꿰뚫어보고 있지 않은가.

"이미 다 알고 계시면서 굳이 물어볼 필요가 있습니까, 아치? 병원의 재정 상태는 물론이고 내 속옷 색깔도 알고 계신 것 같은데……."

"필요한 것은 파악했네. 그리고 솔직히 말해 자네에 관해서는 10년 전부터 계속 주시하고 있었으니까. 하지만 단 한 번도 자네를 방해한 적이 없었다는 건 인정해야 되네."

그건 맞는 말이었다. 폴은 자신도 모르게 오랫동안 비밀을 지켜준 것에 대해 고마움을 느꼈다.

"난 자네를 믿네." 아치볼드는 자신의 뜻을 상징적으로 전하려는 듯 폴의 팔에 손을 올려놓으면서 말했다. "자세한 얘기는 내 사무실에서 나누도록 하세."

아치볼드는 카드 게이머처럼 재빠른 손놀림으로 테이블 위에 명함을 꺼내났다. 폴은 명함을 건드리지 않고 잠시 쳐다보고만 있었다. 마침내 폴은 명함을 주머니에 집어넣었다. 그러고는 아치볼드에게 인사를 하고 일어나서 성큼성큼 커피숍을 나갔다.

"또 보세." 아치볼드는 들리라고 하는 말인지 알 수 없을 정도로 작은 목소리로 말했다.

이어서 그는 옆자리에 내려놨던 《런던 타임스》를 집어 들더니 미소를 지으며 읽기 시작했다.

III

프로비던스, 로드아일랜드 주

비행기는 연안의 절벽 상공을 낮은 고도로 선회하고 있었다. 폴은 짓궂은 장난에 걸려든 것이 아닐까 의문이 들었다. 아침 햇살에 잠겨 눈부시게 하얀 전원주택들이 마치 초록빛 풀밭과 골프장 잔디밭에 던져놓은 상아색 주사위 같았다. 프로비던스는 과연 듣던 대로 은퇴한 부자들을 위한 멋진 휴양도시였다. 어쨌든 첩보 기관이 있을 것 같지 않은 곳이었다.

웨스털리 공항을 빠져나온 택시가 나무들이 우거진 배후지[1]로 접어들었을 때 비로소 폴은 마음이 약간 놓였다. 한참을 달리자 시골길이 끝나고 최첨단 방어 울타리가 나타났던 것이다. 택시가 울타리를 따라 800미터쯤 달렸을 때 미닫이 철책이 보였다. 워키토키를 든 경비 두 명이 지키고 있었다. 택시는 출입 금지였다. 폴은 내려서 건물이 있는 데까지 수백 미터를 걸어가야 했다. 4층 건물 정면이 모두 유리로 되어 있고, 그 유리창에 자작나무와 참나무들이 비쳐 있었다.

콘크리트 건물의 현관에 들어서자 로비에서 기다리고 있던 아치볼드가 폴을 맞았다.

"이렇게 와주어서 정말 고맙네!" 아치볼드는 짤막한 말로 반가움을 표시했다. "마침 협력자들이 모여 있으니 자네에게 그들을 소개해야겠군."

....

1 도시나 항구의 경제적 세력권에 들어 밀접한 관계를 가지는 주변 지역.

아치볼드는 폴을 엘리베이터 앞으로 데려갔다. 꼭대기 층에서 내린 두 사람은 어두컴컴한 복도를 지나 회의실로 들어갔다. 테라스로 둘러싸인 회의실은 유리 정자 같았다. 그들이 들어서자 회의실이 조용해졌다. 아치볼드는 자신의 자리로 가서 폴을 오른쪽 자리에 앉혔다.

"친애하는 동지 여러분, 폴 마티스를 소개합니다. 특출한 재능이 있어서 우리에게 꼭 필요한 사람이라고 내가 누차 말했던 바로 그 사람이오. 따라서 오늘 회의는 빨리 끝내기로 하고 헤어지기 전에 각자 간단하게 자기소개를 하는 것이 좋을 듯싶소. 머지않아 여러분의 도움이 필요할 텐데 이 친구가 여러분의 가명보다 얼굴을 익혀야 하니까."

타원형 긴 탁자에 둘러앉은 사람들이 각자 신분과 직무, 전공 분야에 대해 간략하게 설명했다. 여자보다 남자가 약간 더 많고 대체로 젊었다. 모두 정보국이나 연방수사국(FBI), 세무 기관에서 경력을 쌓은 전문가들이었다. 따라서 당장 실전에 투입할 수 있는 요원들을 갖춘 비밀 정보기관이나 다름없었다.

모두 전문가답게 간략하면서 직설적으로 자기소개를 했다. 아치볼드의 겸손한 척하는 사교적인 태도와 아주 대조적이었다. 모두 폴을 호의적으로 받아들이는 것 같았다.

"소개는 이 정도로 충분한 것 같소." 아치볼드는 탁자에 씌운 유리에 두 손바닥을 대면서 그만 끝내자는 표시를 했다. "필요한 정보가 있을 때 우리의 친구 폴 마티스가 여러분을 직접 찾아갈 겁니다. 잘 좀 도와주세요."

의자 소리를 요란하게 내면서 일어난 참석자들이 회의실을 나갔다.

"봤나?" 아치볼드는 조끼와 넥타이를 매만지면서 말했다. "회사 규모는 더 작지만 훨씬 완벽하지. 인원은 많지 않아도 아주 능

률적으로 돌아가니까."

아치볼드는 의자 옆 바닥에 내려놓은 지팡이를 짚고 재빠르게 일어났다.

"자네도 알아봤겠지만 모두 열정이 넘치는 프로들이지. 예를 들어서 좀 전에 이쪽 창가에 앉아 있던 마사는 미행의 고수라고 할 수 있어. 뒤쫓기는커녕 거리를 빈둥빈둥 돌아다니다가 15분 만에 들키기 일쑤인 CIA 요원들과는 차원이 다르거든. 거짓으로 꾸미던 구식 아마추어가 아니라 마사는 완전 신세대 프로니까. 위성감시장치 GPS와 최첨단 기구들을 사용하여 자네가 원하는 대상의 위치를 탐지해줄 걸세. 그리고 안쪽 자리에 있던 케빈은 정보의 귀재지. 카우보이 셔츠에 부츠를 신은 남자 기억나나? 영화 〈황야의 7인〉에서 튀어나온 것 같은 그 친구가 클린트인데 가로채기와 도청에는 따라올 자가 없어."

아치볼드는 흐뭇한 얼굴로 빈 회의실의 흐트러진 의자들을 잠시 바라봤다.

"점심 먹으러 나가세. 거리가 좀 머니까 얘기는 가면서 나누기로 하지."

현관 앞에 재규어 자동차가 대기하고 있었다. 아치볼드와 폴은 크림색 가죽 뒷좌석에 앉았다. 운전기사가 아치볼드 쪽의 자동차 문을 닫아주었다. 폴은 묵직한 문을 닫으면서 방탄장치가 되어 있음을 알아차렸다. 소리 없이 정문을 향해 내려간 자동차는 미닫이 철책을 통과한 다음 나무가 울창한 시골길로 접어들었다.

"왜 로드아일랜드에 자리를 잡았습니까?"

"사람들이 여기를 부자들의 휴양지로 생각한다는 건 나도 알아." 아치볼드는 거들먹거리면서 말했다. "로드아일랜드는 미국에서 가장 중요한 주 중 하나야. 물론 애리조나 같은 벽촌에 가면

같은 가격으로 여기보다 공간이 네 배쯤 넓은 건물을 구할 수 있겠지. 하지만 여기는 자네도 알다시피 뉴욕이나 보스턴과 가깝잖아. 그리고 워싱턴과 랭글리[2]에서 약속이 있어도 한 시간이면 헬리콥터로 이동할 수 있는 장점이 있지."

힐끔 쳐다보던 아치볼드는 폴의 미소를 보면서 체념한 듯 고개를 끄덕였다.

"차라리 솔직하게 묻지 그러나? 자네도 알잖아, 내가 뉴잉글랜드[3]를 벗어나서는 살 수 없다는 걸."

오랫동안 정보국에 몸담은 사람들은 자기 자신의 본질을 정하는 것이 습관이 되어 있었다. 아치볼드의 본질은 영국이었다. 그는 오랜 세월 영국인이라는 공상에 빠졌고, 마침내 자신이 영국 혈통이라고 믿기에 이르렀다. 그렇지만 그는 미국인이었고, 그 사실을 잊을 수도, 부인할 수도 없었다. 아치볼드는 가슴속의 조국과 조금이라도 가까운 곳, 다시 말해 영국식 생활이 오히려 자연스러워 보이는 동부 연안 지방에 사는 것으로 위안을 삼고 있었다.

"그 옛날에 한 자유인이 이 도시를 건설했다는 걸 생각하면 기분이 좋아지거든." 아치볼드가 덧붙였다. "미국이 광신자들로 어지럽던 시대에 그 사람은 종교의 관용을 설파하면서 '신의 자비로운 섭리'라는 뜻으로 이 도시를 프로비던스라고 명명했지."

프로비던스를 건설한 로저 윌리엄스는 매사추세츠 식민지에서 추방된 사람이었다. 도시를 건설한 사람이라는 칭호 때문인지 아치볼드의 가슴에 윌리엄스는 소중한 사람으로 남아 있었다. 사실 아치볼드가 인생의 첫발을 내디뎠을 당시는 마치 아르

....

2 CIA 본부는 미국 버지니아 주 랭글리에 있다.

3 미국 북동부 대서양 연안에 있는 지역을 통틀어 이르는 말.

헨티나의 유대인 가정에서 성장한 이탈리아인처럼 정체성이 흔들리는 상태였다. 하지만 다섯 살 때 부모님과 함께 미국으로 이민을 온 것이라는 가상의 스토리를 만들어서 자신을 영국 혈통이라고 믿기에 이르렀다.

"프로비던스를 어떻게 생각하나?" 아치볼드는 편안한 자세로 앉으면서 말했다. "내 말은 우리의 새로운 회사가 어떠냐고 묻는 걸세. 마음에 드나?"

폴은 아치볼드를 상대할 때 화술의 함정에 빠지지 말아야 한다는 걸 잘 알고 있었다. 이런 식의 게임에서 아치볼드는 언제나 승자였다.

"무엇보다도 어떻게 운영하고 있는지 이 기관의 정체를 알고 싶습니다. CIA의 사설 자회사입니까?"

"천만에! CIA가 우리의 주요 고객인 것은 맞지만 어쩌다 보니 연결이 된 것뿐이야. 프로비던스 사설 첩보 기관을 차렸을 때는 중앙정보국과 아무 관계가 없었으니까."

폴이 CIA를 떠날 때 아치볼드는 1947년 중앙정보국이 창립될 때 들어간 최고참으로 서열 3인자였다.

"언제 나오셨습니까? 누군가와 사이가 틀어졌습니까?"

"이런, 이런! 내가 또 깜빡 잊었군. 자네가 CIA에 무슨 일이 일어나든 전혀 관심이 없다는 걸. 우리를 떠나면서 그 세계와 완전히 단절했는데 말이야."

폴은 어깨를 으쓱했다.

"간단하게 말해주지. 나는 8년 전, 그러니까 자네가 떠나고 2년 후에 CIA를 그만뒀어. 누구와 불화가 있었던 적이 없기 때문에 나는 조용히 떠날 수 있었지. 물론 신임 국장의 특별 고문으로 남아달라는 요청을 받긴 했지만 내가 원치 않았어. 그때는 정말 지옥 같은 시기였지. 공산주의가 몰락한 뒤로 정보국의 운명이 어떻게 될지 아무도 알 수 없는 때라서 낙관적으로 생각할 수가 없었으니까. 게다가 1차 걸프전, 보스니아 내전, 소말리아 내전으로 정말 혼란스러운 시기였지만 미국에 대한 진정한 위협이 되지는 않았지. CIA의 존재감이 부각돼서 정보국을 없애면 절대로 안 된다는 분위기가 조성되길 바랐지만……. 아무튼 우리는 필사적으로 적이 될 만한 대상을 찾아야 할 형편이었지."

폴이 고개를 끄덕였다. 그는 우울하던 시절을 생생히 기억하고 있었다. 교육을 마치고 한창 의욕이 넘치던 때였다. 그는 CIA의 활동이 냉전 시대처럼 투명하고 적법한 것이기를 기대했다. 그러나 굴욕과 실패, 추악하고 야비한 중앙정보국의 행태에 분통을 느낄 뿐이었다.

"자네는 제때에 떠난 거야." 아치볼드는 말을 이었다. "보복을 면했으니까. CIA를 좋아하지 않는 사람들이 그 기회에 우리를 옴짝달싹 못하게 만들어버렸거든. 예산 삭감, 특별조사위원회, 공공연한 추문 등으로 얼룩졌지. 내부에서는 모두 자신의 안위를 도모하기 시작했어. 위험한 집단과 어울리지 않기 위해서 대외적인 활동이나 강권을 발동하는 행동을 자제했지. 직업의식이 조금이라도 있는 이들은 떠날 때가 되었다고 생각하고 대부분 사립 탐정의 길로 빠져나갔지."

"최고참 중에서 계급이 제일 높기 때문에 책임을 지고 물러나신 겁니까?"

"책임진 사람은 아무도 없었네. 각자 전문 분야를 살려서 제 갈 길로 가기 위해 조용히 물러난 거니까. 자네 혹시 로널드 리 기억나나?"

"특공대 대장이요?"

"맞아. 자기 부서의 대원들과 특히 남아프리카인 몇 명을 데리고 사설 첩보 기관을 차려 외국에 주재하는 미국 산업체를 위해 폭발물 제거나 납치에 대한 중재, 위험성 통제, 경호 등의 일을 맡고 있었지. 그런데 로널드 리가 상투메⁴에서 쿠데타를 획책하는 어리석은 짓을 저지르고 말았어. 자네도 그 사건에 대해 들었겠지만 그들은 모두 거기 투옥되어 있어. 그 밖에도 사설 첩보 기관이 많이 생겼지."

자동차는 한창 공사 중인 언덕 사이를 달리고 있었다. 얼마 후 바다 쪽으로 난 가파른 해안으로 접어들었다. 아래쪽으로 보이는 시커먼 바위에 파도가 하얗게 부서지고 있었다. 기슭까지 내려간 자동차가 빨간색과 흰색의 바둑무늬 등대 부근에서 멈췄다.

정말 오랜만에 매연 가득한 애틀랜타를 벗어난 폴은 해초 냄새가 실린 상큼하면서도 찝찔한 공기를 한껏 들이마셨다. 등대를 맴도는 갈매기 울음소리가 요란했다. 아치볼드는 하얀 내리닫이 창문들이 눈에 띄는 벽돌 건물을 향해 걸어갔다. 한 선원의 얼굴과 포경선을 그린 간판이 보였다. 간판 아래쪽에 적힌 연대로 보아 300년이나 된 식당 겸 여인숙이었다.

실내의 들보는 연기에 그을려 있고, 천장이 낮은 방이 여러 개 보였다. 지배인의 안내를 기다리지 않고 아치볼드는 성큼성큼 작은 방으로 들어갔다. 식기 두 벌을 차려놓은 테이블, 십자형 유리창 창살을 통해 하늘과 바다가 내다보였다. 이따금 부서지는 파도의 비말이 유리창까지 튀었다.

"여기서는 얘기해도 괜찮습니까?" 폴이 파란색 도자기 접시로 장식한 벽 쪽으로 경계하는 눈길을 던지면서 물었다.

"전혀 문제없지. 우리가 잘 아는 업소니까." 아치볼드는 폴을 빳빳하게 먹인 냅킨을 펼치면서 말했다. "사실은 우리가 경영하는 곳이지."

....

4 서아프리카 기니 만의 작은 나라 상투메 프린시페에 딸린 화산섬.

지배인의 권유에 따라 아치볼드는 폴의 동의를 받아 메뉴를 정했다.

"와인은 보르도산이 좋을 것 같은데…… 음, 샤토 베슈벨로 하지. 1995년산이면 더욱 좋고."

지배인이 방을 나가자 아치볼드는 미소를 지으면서 덧붙였다.

"자네가 떠난 해니까……."

두 사람은 평온하게 점심을 먹었다. 아치볼드는 본론으로 들어가지 않고 먼저 폴의 일상과 계획에 대해 물었다. 그러다가 와인을 시음하기 위해 말을 중단했는데 그윽한 표정을 지으면서 혀를 굴리는 프랑스식이 아니라 영국식으로 진지한 표정을 지었다. 마치 법정에서 무죄나 사형을 구형할 채비를 하는 분위기였다.

마침내 아치볼드는 판결을 내렸다.

"마실 만하군."

이어서 아치볼드는 우울한 얼굴로 아내 얘기를 꺼냈다. 폴은 아치볼드의 아내를 한 번도 본 적이 없었다. 그녀는 2년 전에 고인이 되었다. 죽음으로 인해 그녀는 온갖 덕목을 갖춘 현모양처로 미화되는 것 같았다. 물론 그녀가 살아 있을 때도 아치볼드는 아내에 대해 불평한 적이 없었다. 이제는 딸 넷이 아내의 빈자리를 대신하고 있었다. 그런데 딸들이 마치 아버지를 파산시키려고 작정한 듯 서둘러서 결혼했는데 사위들이 하나같이 실직자인데다 영국인이 한 명도 없었다. 아치볼드는 유머를 잃지 않았지만, 사위들에 대해서는 어떤 농담도 하지 않았다.

지배인이 와서 디저트를 권하자 아치볼드는 커피를 주문하면서 격식을 차리듯 아르마냑 브랜디 한 잔을 주문했다. 잠시 후 지배인이 가져온 둥근 술잔을 감싸 쥐고 천천히 돌리면서 손으로 데운 뒤에 브랜디 향을 코로 즐기다가 단숨에 들이켰다.

"아까 무슨 말하다 말았더라? 아, 사설 첩보 기관들에 대해 말하고 있었지."

"사설 첩보 기관은 예전부터 존재하는 것으로 아는데요."

"그럴 수도 있고 아닐 수도 있지. 몇몇 사설 첩보 기관은 겨우 명맥을 유지하는 정도니까. 대부분 중앙정보국 출신의 사람들이 차렸는데 결과는 그다지 좋은 편이 아니거든. CIA 출신으로 이루어진 첩보 기관이라는 것 덕분에 처음에는 두세 건의 계약을 성사시켰지. 그러다 지지부진해지고 결국에는 회고록을 쓰는 처지로 전락하지……."

CIA를 떠난 뒤로 몇몇 동료들이 회사를 차렸다가 문을 닫았다는 걸 폴도 알고 있었다.

"회사를 차리면서 사실은 나도 똑같은 신세가 될 거라고 생각했네. 그런데 기적이 일어났지! 타이밍이 좋았다고 할까. 우리는 사설 첩보 기관의 완벽한 부흥을 이뤄냈고, 황금시대를 맞게 되었지. CIA의 쇠퇴가 우리에게 길을 열어준 셈이야."

"CIA가 여전히 어려운 상태인가요? 9·11테러 이후 활발하게 재개하는 것 같은데요."

폴은 뉴욕 테러가 일어난 다음 날 바로 CIA로 복귀하기 위해 모든 걸 포기할 뻔했다고 고백할 엄두가 나지 않았다. 폴은 가능성을 타진하기 위해서 옛 동료 두 명에게 전화까지 했었다. 그러나 대화가 번번이 재직 연수니 연봉 등의 문제로 빗나가는 바람에 실천하지 못했다.

"나는 자네가 신문도 안 읽는 줄 알았더니 그래도 9·11테러에 대해서는 알고 있군." 아치볼드가 빈정거렸다.

"당시 쌍둥이 빌딩에 있다가 부상당한 사지 마비 환자 두 명이 입원해 있거든요."

"미안하네. 농담으로 받아주게. 어쨌든 자네 말이 맞아. 세계 무역센터의 비극적인 사건 이후로 정부가 냉정을 찾았고, CIA도 좀 나아지긴 했지. CIA가 관료주의의 폐습으로 갈 수도 있었는데 그런 개선 덕분에 그 어느 때보다 우리를 꼭 필요한 존재로 만들었으니까."

입속에서 재치 있는 말과 고급 브랜디를 섞는 것처럼 음미하는 사람이 아치볼드 말고 누가 또 있을까. 그는 눈살을 찌푸리면서 아르마냑 브랜디 한 모금을 삼켰다.

"지금의 CIA는 어떡하든 성과를 보여줘야 하기 때문에 우리 같은 사설 업체가 꼭 필요한 법이지."

아치볼드는 뜸을 들이다가 덧붙였다.

"중앙정보국은 모든 분야에 하청을 맡기지 않을 수 없어. 가령 용의자를 구금할 경우에는 의회의 제재와 법적 절차를 거쳐야 하는 데다 인권을 부르짖는 자들의 반대에도 부딪히지. 자네도 알지만 누군가를 제압해서 정보를 빼내려면 오랫동안 감금해야 하는데 그걸 어떻게 하겠나? 관할 주에 일임하고 하청을 맡기는 수밖에. 이제는 세계 각지에 CIA 비밀 감옥이 있다는 걸 모든 사람이 알고 있어. 심문이나 이송, 계약, 주최국들과의 관계를 고려하면 사설 첩보 기관의 도움이 필요하지. 요즘 미국에서는 용의자들을 심문할 수 없으니까. 정말로 심문한다는 것이 무슨 뜻인지 알지 않나? 그래서 더더욱 하청을 맡겨야 하는 거지."

폴은 감금된 느낌이 들면서 저린 다리를 풀고 싶었다. 눈길을 돌려 맑은 바람으로 돛을 부풀린 범선들을 부러운 듯 바라봤다.

"창문을 좀 열어도 괜찮겠습니까?"

"물론 괜찮지. 커피를 가져오면 바람 쐬러 밖으로 나가세."

폴은 창문을 약간 열고 창턱에 걸터앉아서 말을 이었다.

"현재 프로비던스 기관에서 하는 새로운 활동에 대해 말씀해 주시죠. 불법 구금, 고문 외에 쿠데타도 포함되는 겁니까?"

"이렇게 대번에 알아차리기 때문에 자네가 필요하다는 거야." 아치볼드는 입술을 실룩거리면서 말했다.

아치볼드는 우울한 얼굴로 술잔에 남은 아르마냑을 쳐다봤다.

"우리 프로비던스 첩보 기관은 다목적 조직이고, 비즈니스는 전통적 방식을 따르고 있네. 최첨단 기술력을 갖추고 최고의 동업자들로 이뤄져 있기 때문에 확실한 정보를 근거로 꼭 필요한 활동만 하지. 전에는 안에서 했던 일을 지금은 나도 밖으로 나가서 한다는 것이 달라졌지만, 평생 한 게 그 짓인데 어쩔 수 없지."

폴은 속으로 말했다. '한 번만 더 해보자.'

"꼭 알아둬야 하는 것은 CIA가 이슬람 문제에만 전력을 다하면서 부흥할 수 있었다는 점이야." 아치볼드가 몸을 숙이더니 비밀을 털어놓는 듯 목소리를 낮추고 덧붙였다. "CIA 같은 거대한 조직을 동원하려면 단순한 슬로건이 필요하지. 예전에는 공산주의자들과의 싸움이었는데 오늘날은 이슬람원리주의자들과의 전쟁이야. 그래서 CIA 사람들은 이슬람원리주의자들과 수준을 맞추기 위해 엄청난 노력을 기울여야 했지. 새로운 언어를 배우고, 정보 파일을 다시 만들었지. 서로 다른 역사를 비교하는 노력이 선행되어야 하니까. 그런데 미국의 적으로 새롭게 부상한 이슬람원리주의자들이 도처에 하부 조직을 갖고 있기 때문에 미국이 전세계를 감시하는 느낌이 들지. 사실은 그렇지 않은데."

술기운 때문에 입에 감각이 무뎌졌는지 아치볼드는 웨이터가 방금 따라준 뜨거운 커피를 단숨에 마셨다.

"게다가 요즘은 이슬람원리주의자들 외에도 다른 위험이 많아." 아치볼드는 얼굴을 일그러뜨리면서 말을 이었다. "CIA가 그 모든 위험을 감시할 수는 없어. 그렇다고 방관할 수도 없고. 내일은 어떤 것이 더 큰 위협이 될지 아무도 모르니까. 처음에 허풍쟁이로 치부되던 빈 라덴이 점점 예측 불가능한 위험인물로 인식되면서 무시할 수 없는 존재가 된 것처럼……. 그래서 비정상적인 사건으로 분류하고 공권력으로 제압하기보다 우리 프로비던스에 도움을 청해왔지."

"조직은 어떻게 운영되는 겁니까? 직원들을 뽑는 것이 당신입니까? 아니면 의뢰하는 쪽에서 제공한 실마리를 토대로 한꺼번에 여러 마리의 토끼를 쫓는 시스템입니까?"

"우리 조직에도 분석가들과 지정학(地政學) 부서가 있지. 하지만 그 분야에서는 CIA와 경쟁이 될 수 없어. 자네의 말대로 대개는 한꺼번에 여러 마리의 토끼를 쫓는 식이지. 징후, 사소하지만 이상한 일, 그리 중요한 것 같지 않은데 우연이라고 보기 힘든 작은 단서에서부터 실마리를 풀어나가야 하니까. 때로는 그 실마리가 뜻하지 않은 사태를 불러오기도 하고, 때로는 허무하게 끝나기도 하지."

"그걸로 운영이 됩니까?"

"계약금이 꽤 후한 편이니까. 의뢰 건수도 많고."

폴은 빙긋이 웃었다. 아치볼드의 말을 들으면서 심각한 표정과 위협적인 태도 이면에 숨어 있는 생각이 얼마나 유치한지 새삼 떠올랐다. 정보국 사람들은 누구나 위협적이거나 심각한 표정을 지으려고 노력했다. 그러나 사실 그것은 정말 유치한 발상이었다. 아치볼드는 이제 중앙정보국 CIA 소속이 아니었다. 따라서 이제부터는 굳이 자신의 활동에서 도의적 정당성을 찾지 않아도 되었다. 그리고 더 이상 열렬하게 자유세계를 수호하는 사람으로 행세할 필요도 없었다. 그가 일하는 목적은 분명히 돈을 벌기 위해서였다. 이제는 첩보 행위를 감추기 위해 위선적인 겉치레 따위를 할 필요도 없었다.

폴이 커피를 다 마시자 아치볼드가 일어나서 밖으로 이끌었다. 두 사람은 바다 쪽으로 난 작은 문을 열고 나갔다. 등대를 향해 걸어가다가 길게 이어지는 방파제로 들어섰다.

"저기 끝까지 가면 부교가 있지." 아치볼드는 방파제를 가리키면서 말했다. "다리를 풀 겸 좀 걷는 게 좋겠군. 그리고 자네에게 긴히 할 얘기도 있고."

"내가 할 일이 뭡니까?"

"브라보!" 아치볼드는 철침이 박힌 지팡이로 땅바닥을 탁탁 치면서 탄성을 질렀다. "이래서 자네가 필요하다는 거야!"

IV

프로비던스, 로드아일랜드 주

"작년에 런던 지사를 만들었는데 영국에서 활동하기 위한 것은 아니야." 아치볼드가 말했다. "정보력에서는 영국이 세계 최고인데 우리 같은 조직이 필요하지 않으니까. 그리고 영국 정보국은 위탁이라는 걸 아주 싫어하지. 따라서 우리의 런던 지사는 유럽 대륙에서 새로운 시장을 개척하기 위한 발판이라고 할 수 있어."

바위를 시멘트로 포장한 방파제는 갈수록 좁아졌다. 안개는 완전히 걷혔고, 서쪽 바다는 회색빛을 띠고 있었다.

"요즘 같은 때에 한 거래처에만 의존하는 건 너무 위험해. 따라서 우리 회사도 계속해서 거래처를 다양화할 필요가 있지. 자네의 병원과 다를 게 없으니까."

폴이 농담인지 보려고 고개를 돌렸는데 아치볼드는 아주 진지한 표정으로 말을 이었다.

"물론 극동 쪽으로도 눈을 돌리고 있지. 그래서 곧 그쪽으로 출장을 떠날 예정이네. 먼저 유럽 진출을 타진해봤는데 수월하지 않더군. 네덜란드와 벨기에, 이탈리아는 CIA가 손댈 수 없는 나라들이니까. 프랑스는 우리를 이용할 수도 있지만 평범한 국민이 아니란 말이야. 생각이 좀 다른 사람들이니까. 자네 기분을 상하게 하려고 한 말은 아니네."

아치볼드의 은근히 빗대는 말에 폴은 대응하지 않았다. 폴이 19세기 초까지 프랑스령이었던 뉴올리언스 태생이기 때문에 아치볼드는 기회가 있을 때마다 폴을 프랑스인이라고 불렀는데 둘

사이의 오랜 농담이었다.

"따라서 신흥 시장은 동유럽이야. 물론 반세기 동안의 독재 치하에서 벗어난 20여 개 나라의 정보기관들도 아마추어는 아니지. 정치적 반대자들 때문에 첩보 활동에 대한 경험이 있었으니까. 하지만 그들은 여전히 구시대의 폭력적인 방식을 고수하고 있다는 게 문제지. 아직은 세태에 적응하지 못했다고 봐야지. 상황이 복잡해지면서 어찌할 바를 모르니까."

판자를 이은 부교 끝에 이르자 그들은 난간에 기댔다. 그렇게 서 있으니 바다 한복판에 있는 느낌이 들었다. 대형 범선들이 어찌나 가까이 지나가는지 바람에 펄럭이는 돛과 밧줄 삐걱거리는 소리가 들렸다. 아치볼드가 갑자기 표정까지 싸늘해져서 옷깃을 세웠다. 아치볼드가 폴란드 공산주의자들의 첩보 활동을 비웃지만 그 역시 구식 교육을 받은 사람이었다. 텅 빈 곳(串)의 난간에 나란히 기댄 자세로 수평선을 응시하는 두 남자. 그 모습은 마치 탐정소설가 존 르 카레의 작품 속 인물들을 연상시켰다. 아치볼드는 입술을 실룩거리다가 마침내 폴을 찾은 이유에 대해 입을 열었다.

"폴란드 당국이 도움을 청하기 위해 최근에 영국 정보국과 접촉했던 모양이야. 내 오랜 친구 브랜담 경은 화이트홀[5]의 안보 문제에 영향력을 행사하는 실력자지. 그는 우리 회사에 직접 일을 줄 수 없기 때문에 간혹 외국에서 도움을 청할 경우 우리에게 일을 넘기도록 힘써보겠다고 약속했었는데 마침내 폴란드의 사건 자료를 보내겠다고 연락을 해왔어."

육지에서 열기를 싣고 불어오는 바람이 강해졌다. 파도가 부서지면서 하얀 거품이 일었다. 바람을 타고 거슬러 올라오는 범선

....
5 런던 트래펄가 광장에서 국회의사당까지 관청이 늘어선 거리.

들이 심하게 기울어졌다.

"그 사건을 짤막하게 설명하겠네. 지난주 폴란드 서부 도시 브로츠와프에서 한 생물학 연구소의 실험실이 파괴되는 사건이 일어났어. 급진적 환경 운동을 벌이는 단체, 더 구체적으로 말하면 동물 보호 단체의 소행이라고 봐야겠지. 연구소 안의 철책 우리를 열어서 실험동물들을 풀어주었어. 우리끼리니까 하는 말인데 사실 자연보호 단체를 비난할 수는 없지. 불쌍한 동물들을 보호하자는 운동이니까……."

아치볼드가 동물을 동정하는 발언을 했지만 분명히 개인적인 동정심이라고 볼 수는 없었다. 폴은 아치볼드가 동물에게 관심을 갖는 걸 본 적이 없었다.

"폴란드 경찰이 수사를 상당히 진행해놨는데 고전적 방식이더군. 최소 2인 이상 테러범들의 소행이라고 결론을 내렸는데 외국에서 온 자들일 가능성이 커. 브로츠와프는 독일과 체코의 국경 지대와 가까운 데다 폴란드 극단주의자들에 대해서는 경찰이 엄중한 감시를 하기 때문에 그런 일을 저지를 단체가 없다고 주장하고 있으니까. 폴란드 경찰은 그 사건을 테러 행위로 간주하고 수사 중인데 국제 조직이 연루되어 있다고 보기 때문에 신중을 기하는 뜻에서 자국의 정보국에 사건 자료를 넘겼던 거지. 서유럽의 많은 나라와 북아메리카에서 활동하는 급진적 환경 운동 단체들이 상당히 위협적인 조직이라는 걸 그들도 알고 있으니까. 극단적인 운동가들이 파괴와 살인 행위를 서슴지 않는다는 건 자네도 알고 있겠지?"

"대충은 알죠."

"요컨대 폴란드에서 영국에 정보를 문의해왔다는 거야. 동물 보호 운동의 본고장이 영국이라는 걸 안다는 얘기지. 따라서 폴란드는 브로츠와프 연구소 사건을 영국에 의뢰하면서 다른 곳도 많은데 왜 폴란드의 연구소를 겨냥했는지, 그리고 실험실을 파괴했는데 전염될 위험성 여부를 알고 싶다는 거야. 브랜덤 경은 내게 한 약속을 지켰지. 영국 정보국이 우리에게 그 사건을 위탁했으니까. 그리고 미국도 이런 테러의 피해 국가이며, 그런 점에서 프로비던스 첩보 기관은 이 사건을 해결하는 최고 전문가들이라고 폴란드 정보국을 설득한 거야."

"그건 거짓말이잖아요?"

"물론 우리는 그런 일을 해본 적이 없어."

폴은 얇은 옷차림으로 애틀랜타를 출발했는데 날씨가 선선해지기 시작했다.

"돌아가는 게 좋겠습니다."

생각에 잠긴 아치볼드는 아무런 대꾸 없이 돌아섰다.

"그렇게 해서 우리는 폴란드 정보국과 계약을 체결하게 되었지. 금전적으로 큰 이익을 가져다주는 일은 아냐. 하지만 이 일을 잘 해결하면 상황이 달라지지. 이 기회를 계기로 유럽 정보국들과 거래를 함으로써 활로를 넓히는 것이 되니까. 내가 자네를 찾은 이유를 이제 이해하겠나?"

"나는 동물에 대해서는 문외한입니다." 폴이 빈정거리는 미소를 지으며 말했다. "차라리 수의사를 찾아보는 것이 나을 텐데요."

아치볼드는 상체를 약간 뒤로 젖히면서 바람에 헝클어진 머리털을 매만졌다.

"잘 생각해보게, 폴." 아치볼드는 웃지 않으려고 애를 쓰면서 말했다. "자네는 우리에게 꼭 필요한 사람이야."

운전기사는 방파제 어귀로 차를 몰고 와서 대기하고 있었다. 양쪽 문을 열어놓아서인지 자동차가 정박해 있는 배처럼 보였다. 아치볼드가 한 바퀴 돌아서 자동차에 올랐고, 폴은 아치볼드 옆에 나란히 앉았는데 차 안은 따뜻했다. 아치볼드는 손이 시린

듯 손가락에 입김을 불었다.

"자네처럼 전문직에 종사하는 요원은 아주 드물거든. 스파이나 기술자를 찾는 일은 전혀 어렵지 않아. 하지만 작전 요원을 찾는 것은 달라. 우리에게는 작전 요원이 아주 부족한 상태지."

"잘 찾아보세요. 나 말고도 많으니까요."

"천만에. 우리에게는 의사가 필요해. 의학계에서 사용하는 용어와 문제점을 이해할 수 있으니까. 그리고 현장에 가서 연구소가 어떻게 생겼는지도 봐야 하고. 폴란드 정보국은 그 사건의 심각성을 파악하고 있지만, 경찰은 모르고 있어. 국가 지상권에 관련된 사건은 아주 예민한 문제니까. 그리고 우리 요원이 직접 의사 행세를 할 수 있어야 하는데 정말 의사라면 그보다 더 좋을 수는 없겠지. 그다음에 실마리를 찾으면 그 사건을 저지른 자들의 집단을 추적해서 의도를 알아내야 해. 그런 집단의 위험성을 고려하면 안보 문제에 익숙하고 어떤 상황에서도 순발력 있게 대처해야 하기 때문에 그야말로 만능 요원이 필요한 미션이지. 친애하는 폴, 자네는 이 모든 걸 해낼 수 있는 유일한 사람이네."

"지금 들은 것만으로도 최소한 1년은 걸리겠는데요. 그리고 나는 지금 다른 직업을 갖고 있습니다. 그걸 중단하는 것은 어림없습니다."

"그건 너무 과장이군." 아치볼드는 고개를 설레설레 저으면서 말했다. "우리의 일은 폴란드의 안보를 보장하는 차원이 아냐. 우리는 이제 정보국 소속이 아니라 비즈니스를 하는 거라고. 경비와 실효성을 고려한 최상의 조건에서 일하는 거란 말일세. 우리는 상세한 정보를 근거로 작성한 보고서를 관련 국가의 정보국에 보내면 끝나는 거야. 내 말 알아듣겠나?"

자동차가 왔던 길을 되돌아가고 있었다. 아치볼드는 만일을 대비해서 걸치고 나온 바바리코트를 벗느라고 몸을 비틀었다.

"나를 믿게. 자네라면 한 달이면 충분할 거야. 내가 책임질 테니까 30일이 지나면 자네는 모든 걸 중단하게. 이보다 더 좋은 조건이 있겠나? 자네의 능력이라면 30일도 걸리지 않을지 몰라. 내 생각에 복잡한 문제는 없을 것 같은데……."

"그렇지 않다면요?"

"폴, 자네는 걱정이 너무 많은 게 탈이야. 하긴 그것이 자네의 장점이지만. 그런 점에서 자네에게는 나처럼 합리적인 사람의 우정이 필요한 것이고."

아치볼드가 감히 스스로를 합리적인 사람이라고 표현하다니! 폴이 놀랍다는 표정으로 아치볼드를 쳐다봤다. 이윽고 둘은 웃음을 터뜨렸다.

"우선 실마리부터 찾아야지." 아치볼드가 결론을 내렸다. "그 다음은 두고 보면 알 테고."

*

애틀랜타, 조지아 주

엘리베이터는 미닫이 철책이 달린 화물용 승강기였다. 폴은 승강기 문을 쾅 닫았다. 어쨌든 한밤중이라서 건물 안에는 아무도 없었다. 폴은 기분이 좋지 않았다. 아치볼드가 자동차로 케네디 공항까지 배웅해주었다. 마지막 비행기를 타고 애틀랜타 공항에 도착해서 택시를 타고 집에 돌아온 시간이 새벽 2시였다.

폴은 현관문이 저절로 닫히게 내버려두었다. 그리고 불을 켜지 않은 채 낡은 가죽 소파로 걸어가서 털썩 주저앉았다. 세로 폭이 6미터에 이르는 전면 유리창에 도시의 불빛이 반짝이고 있었다. 날씨는 아직 더웠다. 위쪽 창문이 열려 있었다. 창문을 통해 거대 도시의 소음과 자동차 소리, 멀리서 앰뷸런스의 사이렌 소리가 들렸다.

　애틀랜타를 떠나 있었던 것이 채 하루도 안 됐는데 그것만으로도 집에 있는 것이 낯설게 느껴지기에 충분했다. 히스테리를 억제할 수 없는 허망한 정보국 세계의 살아 있는 상징인 아치볼드가 다시 발목을 붙잡고 있었다. 폴은 아치볼드가 원망스러웠다.

　방 한가운데에 유리 문짝이 달린 대형 냉장고가 있었다. 폴은 코카콜라 캔 하나를 꺼냈다. 여전히 불을 켜지 않은 채 낯익은 것들을 둘러봤다. 탁구대, 샌드백, 책을 쌓아놓은 상자, 동시에 볼 수 있도록 아래위로 설치한 텔레비전 두 대. 그리고 화장실 앞 한쪽 구석에 놓인 피아노……. 폴은 어머니를 만나기 위해 포틀랜드로 떠나기 전의 일주일을 제외하고 피아노를 한 번도 치지 않았다. 어머니는 폴에게 네 살 때부터 피아노를 가르쳤다. 하지만 어머니에게 피아노 공부를 포기했다는 말을 차마 하지 못했다.

　군대에 지원했던 것이 정말로 아버지의 죽음 때문이었을까? 폴은 아직도 알 수가 없었다. 진짜 이유는 영원히 피아노 공부를 하지 않으려고 도망친 것일지도 몰랐다. 그는 오랫동안 음악을 혐오했다. 다행히 트럼펫을 발견하면서 모든 것이 바뀌었다.

　폴은 방을 가로질러서 창턱에 놓인 트럼펫을 집어 들었다. 악기를 잡는 순간 그의 얼굴에 미소가 번졌다. 손가락을 피스톤에 가볍게 대면서 무의식적으로 숨을 들이쉬었다. 이어서 트럼펫을 입술에 대고 점점 더 높은 음계를 불어보다가 트럼펫을 잡은 손에 힘을 주었다. 트럼펫 연주는 건물 맞은편 공원으로 퍼져 나갈 것이다. 그것이 이 집을 선택한 이유였다. 폴은 안락한 공간에 개의치 않고, 밤낮 아무 때나 트럼펫을 불 수 있다는 것 하나만 보고 이 집으로 이사했다.

　폴은 마침내 1920년대 뉴올리언스에서 유행하던 옛날 노래를 연주하기 시작했다. 30분쯤 트럼펫을 불던 폴은 이마가 땀으로 젖고 입술이 얼얼해지자 행복한 눈물을 글썽이면서 연주를 멈췄다. 이제는 불을 켤 용기가 났다. 그가 전기 스위치를 올리자 천장 전등이 켜지고, 텔레비전 두 대와 라디오에 불이 들어왔다. 작업실 구석구석에 한 짝씩 뒹구는 운동화며 운동복, 조립식 자전거가 보였다.

폴은 전화 응답기를 켜놓고 샤워를 하기 위해 옷을 벗었다. 서른 개의 메시지가 녹음되어 있었다. 그는 아무에게도 휴대전화 번호를 알려주지 않았다. 그에게 연락하고 싶은 사람은 집으로 전화를 했다. 조깅하자고 연락한 친구 두 명, 친구 부부의 생일 초대, 내년 예산을 걱정하는 병원 동업자의 전화(아치볼드가 찾아오기 전이었다), 은행장이 적자 경영에 대해 우려를 표하는 전화를 했다면서 걱정하는 마조리, 동업자 네 명 중 교수로 임명된 동료를 축하해주자는 클로디아, 그리고 미셸의 전화도 와 있었다.

폴이 수건을 허리에 두르면서 응답기를 껐다.

샤워를 하는 동안 정보국 요원으로 살았던 과거 생활의 잊힌 감각이 되살아나고 있었다. 미션에 꼭 필요한 것이 아닌 일은 모두 순식간에 사라지면서 우정도 걱정도 뒷전으로 밀려났다. 마조리, 클로디아, 미셸이 여객선을 타고 먼바다로 떠난 것처럼 멀어져 가고 있었다. 불안하면서 힘든 경험이었다. 자유롭지만 동시에 공허감이 밀려드는 시련이기도 했다.

폴은 다시 소파에 앉았다. 시커먼 유리창에 그의 실루엣과 실내의 모습이 비쳐 있었다. 여러 이미지가 떠올랐다. 소말리아, 보스니아, 체첸의 산맥, 예전의 미션들. 그는 얼떨결에 아치볼드로부터 맡게 된 미션을 생각했다. 미치광이들이 풀어주었다는 실험용 쥐들을 떠올리면서 시니컬한 웃음을 흘렸다.

폴은 코카콜라를 마시면서 잠을 잘까 생각했는데 어느덧 공상에 빠져들었다.

무슨 이유인지 모르겠지만 그는 응답기에 녹음된 어떤 메시지에도 답을 해주고 싶지 않았다. 그렇지만 할 일이 있었다. 머리가 차츰 맑아졌다. 바닥에 떨어져 있는 수첩을 집어 들고 전화번호를 찾았다. 한밤중에 전화벨 소리는 요란하게 울릴 텐데 걸어도 될까? 잠시 생각하다가 번호를 눌렀다. 신호음이 들렸다. 두 번째 신호음이 울리고 응답기가 작동했다. 귀에 익은 목소리가 울렸다.

"안녕, 케리?" 폴은 자신 있게 말하기 위해 헛기침을 했다. "오랜만이야, 7년쯤 됐지? 언제 그렇게 흘렀는지…… 세월 참 빠르네. 아이들은 잘 자라지? 로빈도 별일 없고?"

폴은 말을 중단했다. 지금이라도 전화를 끊어버릴 수 있었다. 그는 일어나서 전등을 껐다. 다시 소파에 앉자 어슴푸레한 빛 때문에 진정이 좀 되는 것 같았다. 허공에 대고 말하는 대신에 멀리 유리창 너머 불빛을 응시했다. 케리는 애틀랜타가 아니라 맨해튼에 살고 있었다. 그녀의 집 불빛은 아니지만 그건 중요하지 않았다. 그녀에게 전화를 걸었다는 것이 중요했다.

"미션 때문에 내일 유럽으로 떠나. 당신에게 이 사실을 알리고 싶어서. 어쩌다 보니 다시 시작하게 되었는데 정말 이상한 일이야."

폴은 말을 중단하고 코카콜라를 한 모금 마셨다.

"전화로는 자세히 말할 수 없어. 조건이 다 갖춰지면 가능한 일이 될 수도 있는데…… 아직은 확신이 없어."

트럼펫을 너무 많이 불었나, 폴은 목이 쉬었다.

"그렇게 되면 정말 좋을 텐데. 물론 당신도 그럴지는 모르겠지만."

폴이 속으로 말했다. '이게 무슨 바보 같은 소리야. 이 정도로 의욕이 없으면서 뭘 하겠다고…….'

"좀 더 확실해지면 다시 전화할게. 만일을 위해서 내 휴대전화 번호를 남길게."

폴은 전화번호를 부른 다음 입을 다물고 좀 근사한 인사말을 궁리했다. 하지만 떠오르지 않았다. 갑자기 응답기가 삐삐거리면서 전화가 끊겼다. 폴은 한순간 케리가 수화기를 들지 않은 채 들고 있다가 의도적으로 끊어버린 건 아닐까, 의문이 들었다. 아니, 그건 분명히 아닌 것 같았다.

폴은 일어나서 침대로 향하다가 바닥에 떨어진 콜라 깡통을 쓰레기통에 넣고 침대에 누웠다. 피로를 느꼈다.

"실험용 쥐들……."

폴은 어깨를 으쓱하면서 스르르 잠이 들었다.

V

숄므, 프랑스

프랑스 동부 산간 지역 쥐라에 위치한 산골 마을 숄므는 언뜻 보기에도 인접한 도시 몽벨리아르와는 대조적으로 적막해 보였다. 서늘한 골짜기 깊숙한 곳에 자리를 잡고, 돌로 지은 농가가 옹기종기 모여 마을을 이루고 있는데 집집마다 대문은 수레가 들락거릴 수 있도록 둥글고 높았다. 아담한 교회와 네모반듯한 읍사무소 건물, 그 맞은편에 세운 1914년의 위령비가 눈에 띌 정도로 한적했다. 울창한 숲이 마치 파수를 서듯 가파른 산허리까지 주위를 에워싸고 있었다.

탁 트인 지평선과 만나야 할 골짜기 쪽의 야생적이고 황량한 풍경이 대도시의 산업 지대에 가로막혀 있었다. 읍사무소 앞 층계에서 저 멀리 회색 건물이 보이고 그 주위에 송전탑과 철제 창고가 있었다.

도시 외곽에서 마을로 이어지는 길목에 특이한 집이 있었다. 샘물을 끌어들이기 위해 나무들을 베어낸 언덕에 지은 집인데 마을과 도시, 그 어느 쪽에도 속하지 않는 경계 표시 같았다. 누가 지은 집일까? 경작지를 늘리기 시작한 돈 많은 농부일까? 아니면 자연과 가까워지고 싶은 부르주아일까? 목재 골조와 프리즈[6]로 장식한 언덕 위의 2층집은 노르망디 지방의 휴양도시 도빌에서 볼 수 있는 건축양식과 흡사했다. 그런데 이상하게도 골짜기 쪽

....

6 건축물의 외면에 붙인 띠 모양의 장식물.

은 작은 창문 하나 나 있지 않고, 발코니로 이어지는 넓은 창 두 개는 절벽 쪽으로 나 있었다. 몇 미터쯤 떨어진 곳에 우뚝 솟은 거무스름한 가파른 바위 때문에 시야가 막혀 있었다.

마을에서도 도시에서도 꽤 멀리 떨어져 있어서일까. 쥘리에트는 이 집을 처음 보러 왔을 때 마음에 들었다. 교육부에서 이 을씨년스러운 마을로 쥘리에트를 추방한 것은 그녀가 대학을 졸업하고 교사로 부임한 첫 번째 학교가 몽벨리아르 중학교였기 때문이다. 그녀는 평소에도 우울한 편이지만 강제로 추방되었다는 것 때문에 어느 때보다 침울한 기분으로 쥐라 지방에 도착했었다. 그런데 숄므의 집은 우울한 그녀와 잘 어울리는 것 같았다.

쥘리에트가 이 집의 1층에 세 들고 싶어 하자 마을의 읍장이 나서주었다. 집주인인 늙은 남매는 이웃 마을의 농가에 살고 있었고, 유령들이 산다고 소문난 집을 얻으려는 사람이 없을까 봐 걱정하던 차였다. 집주인은 쥘리에트가 방 두 개를 사용하는 대가로 제시한 금액에 방이 열두 개나 되는 집을 독채로 내주었다. 시골에서는 넓은 집에 사는 것이 그리 달가운 일은 아니었다. 더군다나 겨울로 접어들고 있었다. 여기저기서 찬바람이 솔솔 들어왔고, 창문에는 성에가 하얗게 꼈다. 그녀는 창문이 없는 커다란 거실에서 대부분의 시간을 보냈다. 가운데에 놓인 낡은 원통형 난로 옆에 앉아서 학생들의 답안지에 채점을 했다. 그리고 거실에 딸린 방이 그나마 습기가 적어서 침실로 사용했고, 나머지 방들은 거의 비워두었다. 그녀는 차츰 덧문 덜컥거리는 소리, 다락방에서 나는 발소리에 익숙해졌고, 심지어는 자신만의 은밀한 생활을 위해 그 집에 함께 사는 유령들의 등장을 즐기게 되었다.

어느덧 우울함과 추위, 유령도 지난 일이 되어가고 있었다. 일주일 전부터는 봄기운이 완연해지면서 방마다 덧문을 열어놓을 수 있을 정도로 햇살이 따뜻했다. 그리고 숲이 새소리로 가득하고, 다람쥐들의 세상이 되었다. 땅거미가 질 무렵에는 집 부근까지 와서 어슬렁거리는 사슴들을 보면서 쥘리에트는 쓰다듬어주려다 번번이 실패했다. 무엇보다도 일주일 전부터는 머릿속이 온통 브로츠와프의 연구소에서 벌인 일로 가득했다.

자동차를 세워둔 곳으로 가기 위해 폴란드의 쌀쌀한 밤공기 속을 걸어가면서 쥘리에트는 행복감이 일시적으로 끝날까 봐 두려웠다. 그러나 걱정과는 달리 오래 지속되면서 점점 더 행복해졌다. 실험실의 기구들을 깨뜨릴 때는 희열을 느꼈다. 그녀의 가슴 속에서는 늘 바람이 불었고, 내면의 바람이 언짢은 기분을 몰아냈었다. 그녀는 어디로 향할지 모른 채 돛을 한껏 부풀린 범선 같았다. 무슨 소리가 날 때마다 그녀는 떨리고, 마음이 약해지고, 예민해졌지만 이 두려움 때문에 기쁨이 줄어들기는커녕 더 커졌다. 숄므의 집으로 돌아온 뒤로 그녀는 하루에 두 시간 이상 잠을 자지 못했고, 학교에도 출근하지 않았다. 습기 때문에 넓은 집을 돌아다니며 창문을 열어놓았고, 곰팡이가 슨 책들을 옮겨놓는 것으로 시간을 보냈다. 그리고 책을 펼치다가 우연히 눈에 들어오는 문장을 읽으면서 머릿속에 떠오르는 생각에 웃기도 울기도 했다. 그녀는 한 가지 생각에 집중할 수 없었고, 두 가지 일을 동시에 시작하면 어느 것도 끝마치지 못했다.

쥘리에트는 다락방 중 하나에서 오래된 여자 옷이 들어 있는 트렁크를 발견했다. 오후 내내 옷을 다 끄집어내고 이것저것 걸쳐보면서 낡은 거울에 비춰봤다. 벽에 기대어 비스듬히 세워놓은 거울인데 그녀의 키 165센티미터보다 길었다. 그녀는 검은색 긴 머리를 빗으면서 여러 가지 헤어스타일을 만들어봤다. 틀어올린 머리, 땋은 머리, 가르마를 탄 머리. 평소에 거울 보는 걸 끔찍하게 싫어하던 그녀는 아주 낯선 모습의 자신을 물끄러미 쳐다봤다.

쥘리에트는 무료한 시간을 이렇게 흘려보내면서 혼란스러운 마음을 진정시키고 어떤 생각을 굳히고 있었다. 일주일 후, 언덕을 따라 올라오는 오토바이 소리가 정적을 깨뜨렸을 때는 각오가 되어 있음을 느꼈다.

오토바이가 현관 층계 앞에서 멈췄다. 쥘리에트는 창문을 통해 장갑과 헬멧을 벗는 조나탕을 지켜봤다. 조나탕은 집으로 오는 길을 잘 알고 있었다. 쥘리에트는 그를 혼자 집 안으로 들어오게 내버려두었다. 조나탕이 들어오길 기다리면서 마음의 준비를 하는데도 온몸에 소름이 돋았다. 조나탕을 만나기 전에 마음을 가라앉히고 두려움을 억눌러야 했다. 그녀는 등골이 서늘해지면서 손이 축축해졌다. 정신만 똑바로 차리면 모든 것이 잘되리라 믿었다. 어느 정도의 스트레스와 위험이 닥치면 몸이 적응을 잘하고, 뜻대로 작동하는 완벽한 기계가 되었다. 브로츠와프에서도 그걸 확인하지 않았던가.

2층 창문을 통해 밖을 내다보던 쥘리에트는 심호흡을 하면서 침착하게 계단을 내려갔다. 그녀가 1층 타일 바닥에 발을 딛는 순간 조나탕이 주방 문으로 들어섰다.

"안녕!" 조나탕이 웃으면서 말했다.

조나탕이 쥘리에트를 따라 응접실로 들어왔다. 그는 다른 가구들과 마찬가지로 하얀 커버를 씌운 소파에 헬멧을 던졌다. 머리칼이 두상에 찰싹 들러붙어 있었다. 이어서 가죽점퍼를 벗고 팔레스타인식으로 묶은 머플러를 풀었다.

밤마다 이 집에 나타나는 유령들이 대체로 이 모습이었다. 붉은빛이 도는 금발, 수염이 덥수룩한 넓은 턱, 약간 처진 눈꺼풀, 불안하면서 몽롱한 눈빛, 매부리코, 뼈가 앙상하게 드러난 동물처럼 피골이 상접한 몸. 조나탕의 모습이었다. 쥘리에트는 조나탕을 보면서 약점을 감추지 못하는 지친 건달의 모습이라고 생각했다. 이 형편없는 졸장부가 어떻게 나오든 절대로 지지 않으리라 다짐했다.

"성공을 축하하려고 준비해왔지." 조나탕이 윙크를 보내면서 말했다.

그러고는 책 더미 위에 배낭을 내려놓고 코로나 맥주 두 병을 꺼냈는데 병 속에 레몬 조각이 동동 떠 있었다. 그는 호주머니에서 꺼낸 스위스제 칼로 마개를 따고 쥘리에트에게 한 병을 내밀었다.

"건배!" 조나탕이 병을 처들고 외쳤다. "미션을 완벽하게 성공한 걸 축하해!"

조나탕이 맥주를 벌컥벌컥 마시고 나서 새콤한 맛 때문에 치아를 드러냈다.

"폴란드 언론에서 올린 기사를 인터넷으로 봤어. 폴란드어를 몰라도 나라가 발칵 뒤집혔다는 건 알 수 있지. 동물 해방, 엉망으로 훼손된 실험실 등 큰 제목만 봐도 알 만하니까. 물론 1면 톱기사는 아니지만 그래도 기사가 엄청나게 많이 올라와 있더라고. 어디선가 발견되어 다시 붙잡혀 온 원숭이 사진도 여러 장 실려 있었고."

쥘리에트는 창턱에 걸터앉았다. 조나탕이 다가갔다. 그녀가 옆자리를 내어주지 않자 그는 물러서서 마호가니 식탁에 기대섰다.

"내가 준 정보 쓸 만했지? 내가 짰지만 작전이 아주 훌륭했단 말이야."

언제나 그랬듯이 조나탕이 자기 자랑으로 시작했다. 유치하게 나올 거라 짐작은 했지만 쥘리에트는 막상 상황을 뒤집어버리는 어이없는 발언에 당황했다. 그 순간 그녀의 머릿속에서 엉뚱한 연상 작용이 일어났다. 스튜, 정원, 심고 싶었던 장미나무, 향수……. 그리고 샤넬 N°19를 뿌리기 위해 욕실로 달려가고 싶은

충동을 억제해야 했다. 생뚱맞게 왜 이런 생각이 드는 걸까? 쥘리
에트는 무슨 말을 해야 할지 몰랐다. 조나탕이 그 특유의 질질 끄
는 목소리로 자신이 결정한 작전에 대해 자화자찬을 늘어놓고 있
어서 다행이었다. 차를 빌려서 쥘리에트 혼자 브로츠와프로 떠나
게 한 것, 꼼꼼하게 짠 일정표 등 프로 정신에 대해 떠들어댔다.

잠시 침묵이 흘렀고, 조나탕이 말을 이었다.

"나도 같이 갔으면 좋았을 텐데."

조나탕이 몸을 앞으로 숙이면서 속삭이는 코맹맹이 소리에 쥘
리에트는 흠칫 놀랐다. 그녀는 조나탕이 손을 잡으려 한다는 걸
느꼈다. 본능적으로 뻣뻣하게 굳으면서 쥘리에트가 몸을 젖히는
바람에 조나탕의 몸짓이 그대로 멈췄다.

조나탕이 자존심에 상처를 입은 남자처럼 약간 삐딱한 미소를
지었다.

"그래, 자기도 같이 갔어야 했어. 이제는 말해줘도 되잖아? 그
동물들을 풀어준 목적이 뭐야?"

조나탕의 태도는 진지하지 않았다. 쥘리에트는 그렇다고 확신
했다. 그녀가 이 정도로 우울한 상태에 빠져 있으면 암시라도 해
줄 법한데 아직은 때가 아닌 모양이었다.

"모든 것이 아주 빠르게 진행됐어. 알아차릴 겨를도 없을 정도
로." 쥘리에트는 목소리가 너무 급하고 너무 크다는 걸 모른 채
말했다. "뭐 좀 먹을래?"

마음에 없는 말이 튀어 나갔다. 그녀는 가슴이 떨려서 이쯤에
서 멈추고 싶었다. 두려워서 창문에 달라붙은 채 옴짝달싹 못하
는 것으로 보일까 봐 창문턱에서 펄쩍 뛰어내렸다. 그녀의 모습
에 조나탕이 흠칫 물러서면서 불안한 표정을 지었다.

'비겁한 자식!' 쥘리에트는 속으로 말했다.

전나무 가지 사이로 햇살이 비스듬히 비쳐 들고 있었다. 평소

에는 시커멓던 숲이 먹고 싶은 캐러멜색을 띠었다.

"됐어." 조나탕이 맥주를 쳐다보면서 대답했다. "네가 어떤 마음이었을지 이해해."

아주 잠시, 쥘리에트는 조나탕과 사귀던 시절처럼 유혹에 굴복해서 망치로 실험실 유리창을 깨부술 때의 기쁨, 프랑스로 돌아온 뒤에도 지속되는 뜻밖의 희열감을 얘기하는 것이 어떨까 생각했다. 그녀는 그 감동을 상세히 설명하고 싶은 마음이 굴뚝같았다. 그녀가 그걸 들려줄 수 있는 유일한 사람이 조나탕이었다. 그리고 조나탕의 구부정한 등과 서른 살인데 머리털이 듬성듬성한 정수리를 쳐다보면서 이제는 그때의 심정을 들려주고 싶은 마지막 사람이라는 생각도 했다.

"그래, 이해해." 조나탕이 되뇌었다.

'당연히 이해하겠지. 늘 그랬으니까.' 쥘리에트는 속으로 말했다. 그녀는 침착하게 다음 말을 기다렸다. 조나탕이 돌아서서 불안한 눈길로 쥘리에트를 응시했다.

"검정 작업복은?"

"태워버렸어."

"복면과 신발도 태웠지?"

"응."

"국경을 넘기 전에 공터를 찾아서 불을 피웠지?"

"당연하지."

쥘리에트는 이런 심문 조의 질문에는 자신이 있었다. 어린 시절 내내 순종만 하고 살았던 그녀였다. 그 누구도 그녀만큼 굴욕이라는 온실에서 꿈이라는 구원의 식물을 키우고, 꽃을 피우고, 열매를 맺게 할 수 없었다.

"이틀째 밤은 어디서 잤어?"

"라이프치히 부근의 모텔에서."

"숙박비는 현금으로 계산했지?"

"응."

"국경에서는?"

"아무 일 없었어. 경찰들이 수작을 좀 걸어오긴 했지만."

"너를 기억할 정도는 아니겠지?"

"응, 술에 취해 있었어."

"차를 돌려줬을 때 직원이 주행거리 때문에 이상하게 생각하지 않았어? 사흘 동안 2000킬로미터면 하루에 600킬로미터 이상을 달렸다는 건데 아무것도 묻지 않았어?"

"응, 전혀 신경 쓰지 않더라고. 돈을 벌려고 저녁에 아르바이트를 하는 터키 학생이었어."

몇 가지 질문을 더 하고 나서 조나탕은 미소를 지으며 몸을 뒤로 젖혔다.

"그럼 됐어! 완벽한 성공이야."

조나탕이 주방의 식탁 위에 맥주병을 내려놓고 시계를 봤다.

"쉬피 클럽으로 가야 해. 오늘은 내가 문을 여는 날이거든."

조나탕은 리옹의 생폴 구역에 있는 나이트클럽에서 일하고 있었다. 기타 연주자로 취직했지만 클럽 주인은 온갖 잡일을 시켰다. 저녁에는 웨이터 노릇까지 했다.

쥘리에트는 다음 말을 기다리고 있었다. 그녀가 꼼짝하지 않자 조나탕이 생각을 바꾸는 체하면서 어색한 표정을 지었다.

"그런데……."

'그래, 이럴 줄 알았어. 그냥 갈 리가 없지.' 쥘리에트는 속으로 말했다.

"빨간 플라스크를 나한테 넘기는 거 잊지 않았지?"

그래도 쥘리에트가 움직이지 않자 조나탕의 얼굴이 뻘게졌다.

"가져온 거지?"

"당연하지."

쥘리에트는 고함을 지르고 깔깔대면서 춤추고 싶은 충동이 일었다. 의자에 앉은 그녀는 한쪽 다리를 세운 편안한 자세로 발을 잡고 있는데 여차하면 달아날 기세였다. '됐어, 지금이야.'

"조나탕, 나 많이 생각해봤어."

조나탕이 자신의 열쇠 꾸러미를 떨어뜨렸다. 쥘리에트는 그가 열쇠 꾸러미를 줍기를 기다렸다.

"이왕 시작한 일이니까 내가 끝까지 계속하고 싶어."

조나탕이 얼어붙은 듯 동작을 멈췄다. 미소가 싹 사라지고 눈빛이 냉랭해졌다. 그가 큰 키로 쥘리에트를 내려다보고 있었다.

'웃기고 있네. 겁을 주시겠다? 그런데 난 두렵지 않거든!' 그녀는 놀라울 정도로 냉철했다.

학생이었을 때 조나탕에게서 영향을 받은 건 사실이지만 그렇다고 그의 말을 중요하게 생각한 적이 있었던가? 그런 적은 없었다. 둘은 한때 사귀는 사이였고, 잠자리를 같이하면서 더 이상 두려워하지 않게 되었다. 그리고 조나탕에게 약점이 있다는 걸 잊지 않고 있었다.

"쥘리에트, 빨간 플라스크를 나한테 줘, 부탁이야. 너는 그 플라스크 안에 뭐가 들어 있는지도 모르잖아. 어쨌든 너에게는 아무 쓸모가 없는 거야."

"그 플라스크를 누군가에게 넘겨야 하는 거지?"

"넌 알 필요 없어. 그건 내 일이니까."

"내가 대신 가게 해줘."

"어디를 가겠다는 거야?" 조나탕이 어깨를 으쓱하면서 물었다. "돌았구나!"

조나탕이 감정을 터뜨리지 않으려고 엄청나게 노력하는 것이 역력했다. 그가 의자를 붙잡고 섰다가 쥘리에트 앞에 앉았다. 그러고는 애써 미소를 지었다.

"쥘리에트, 너는 일을 아주 잘해냈어. 나의 의뢰인들이 아주 만족할 거야. 계속하고 싶다는 마음을 전하면 너한테 다른 일을 맡길 것이 틀림없어. 하지만 이건 아주 중대한 일이야. 네 역할은 이것으로 끝났어. 빨간 플라스크를 그들에게 넘기는 즉시 내 역할도 끝나는 거고."

'의뢰인들이라고?' 불쌍한 조나탕! 갑자기 쥘리에트는 조나탕에게 동정심이 일었다. 금지된 일을 저지르면서도 위계질서는 지킬 필요가 있단 말인가? 조나탕은 위험을 느끼자 한 발을 빼고 쥘리에트에게 일을 맡겼다. 이미 위반을 했으니 조나탕은 더 이상 계속하지 못할 것이다. 하지만 그녀는 그렇지 않았다.

"내가 시작했으니까 끝내는 것도 내가 할게."

"네가 끝내겠다고? 어디가 끝인데? 이게 무슨 일인지 네가 알기나 해? 나도 모르는데. 그리고 우리는 알 필요도 없어. 우리는 그냥 중개인, 하수인일 뿐이니까. 알아들었어?"

날카롭게 쏘아보는 쥘리에트의 눈길에 조나탕의 말이 점점 힘을 잃고 있었다.

"의뢰인들과의 문제는 네가 알아서 해결해." 쥘리에트는 자신도 놀랄 정도로 차분하고 침착하게 말했다. "그리고 말썽이 생겼다고 의뢰인들에게 말해. 빨간 플라스크는 내가 가져갈 거야. 내가 직접 그들을 만나겠어."

"정신 차려, 쥘리에트. 보다 현실적으로 생각해야지." 조나탕이 어조를 바꾸면서 말했다. "그렇게 할 경우 너는 아주 오랫동안 끌려다닐 수도 있어. 네 직장, 네 집, 네 인생…… 다 버릴 수 있어?"

"다음 학기는 휴직을 신청해놨으니까 6월까지만 나가면 돼. 게다가 다음 주부터는 부활절 방학이고."

조나탕은 그녀가 오래전부터 모든 걸 준비했음을 깨달았다. 무엇보다 가족도 없고 얽매일 것도 없으니 정말 자유로운 여자였다. 그가 쥘리에트에게 이 미션을 맡기는 순간에는 에이스 카드라고 생각했는데 이제는 부메랑이 되어 위험한 요인이 되는 것인가. 그동안 살아오면서 온갖 역경과 불행을 겪다 보니 그녀는 내면에서 오는 것 말고는 모든 두려움과 고통에 대해 무감각해져 있었다. 쥘리에트는 통제할 수 있는 여자가 아니었다. 그런데 조나탕이 그걸 모르고 있었다.

"언제부터 생각한 거야?" 조나탕이 물었다.

"자기가 나 혼자 가라고 했을 때부터. 원숭이와 쥐 같은 실험동물을 풀어주는 것은 1단계에 불과하다는 걸 대번에 알아차렸어. 배후에서 다른 뭔가, 훨씬 중요한 뭔가가 준비되고 있다고 생각했지."

조나탕이 쥘리에트를 너무 우습게 여긴 탓이었다. 그녀의 무관심하면서 소극적이고 우울한 면에 속은 것이었다. 그녀는 기꺼이 이용당해주겠다는 태도를 보여서 자신을 믿게 한 다음 주도권을 잡은 것이었다.

한순간 조나탕은 폭력을 쓰고 싶었다. 때릴까? 그녀가 두려워하는 것만 골라서 건드려줄까? 그런다고 뭐가 달라질까? 그는 낡은 의자에 웅크린 자세로 앉아 있는 쥘리에트를 물끄러미 쳐다봤다. 이 여자는 우울함과 자포자기의 사막을 건넌 것이 틀림없었다. 그리고 지금 그녀의 눈에서는 냉소적인 빛이 번뜩이고 있었다. 감정이 격해진 것 같았다. 간간이 이유 없이 흘리는 웃음……, 그녀는 많이 변해 있었다. 조나탕은 한때 연인으로 지내다 좋지 않게 헤어진 지난날을 떠올리면서 씁쓸한 미소를 지었다.

조나탕이 일어나서 헬멧을 집어 들었다.

"마지막으로 할 말 없어?"

바보 같은 질문이지만 멋지게 퇴장하겠다는 뜻이었다. 쥘리에
트는 마치 적선하듯 다정한 얼굴로 조나탕에게 고개를 끄덕여주
었다.

조나탕이 가죽점퍼의 단추를 채우고 방을 가로질렀다. 이윽고
애써 미소를 지으면서 말했다.

"이럴 줄 알았어. 예상했던 일이라서 그들이 준비해놓은 답이
있다는 걸 너도 곧 알게 될 거야."

하지만 의뢰인들의 통찰력을 믿고 싶은 바람이 섞인 이 말은
오히려 조나탕이 자기 자신에게 하는 말이었다.

조나탕이 손가락 두 개를 까딱까딱하는 것으로 작별 인사를 하
고 건들거리면서 방을 나갔다.

쥘리에트는 오토바이가 멀어져 가기를 기다렸다가 창문을 닫
았다. 바람이 불지만 달도 없고 유령도 없는 아름다운 밤이 될 것
같았다.

VI

브로츠와프, 폴란드

브로츠와프는 지리적으로 좋지 않은 위치라는 사실을 전쟁이 일어날 때마다 깨닫게 했다. 제2차 세계대전 중에는 게슈타포의 탄압을 받았고, 1945년에는 소련군에 포위를 당하면서 도시의 70퍼센트가 파괴되는 수난을 겪었다. 그래서 도심의 몇몇 장소만 중세 건축양식에 따라 재건되어 있을 뿐, 콘크리트 건축 역사의 기념비적인 건물 백주년관이 있을 정도로 회색 건물이 줄지은 도시였다. 그나마 알록달록한 광고 포스터들이 간간이 도시에 생기를 주었다.

브로츠와프는 휴가를 보내기에 이상적인 도시는 아니었다. 그렇지만 폴은 전차 레일이 깔린 대로를 걷고 있자니 관광하는 기분이 들었다. 동료 의사들은 한 달 동안 폴의 환자를 대신 치료해주기로 했고, 폴은 그 이전에 이번 일을 끝낼 생각을 하고 있었다. 중요한 것은 아치볼드가 약속을 지켰다는 것이다. 폴이 로드아일랜드에서 돌아온 다음 날 홀슨 앤드 리지 철강 회사에서 올해는 폴의 신경병리학 병원에 후원금을 주겠다는 연락이 왔다.

후원금을 약속받은 날 저녁 폴은 폴란드 바르샤바행 비행기를 탔고, 그다음에는 국내선으로 갈아타고 브로츠와프에 도착했다. 어느새 미국 정보국의 속전속결식 리듬을 되찾고 있었다. 영국 정보국은 국가를 위한 일이라면 수단을 가리지 않는 마키아벨리적 조직이고, 러시아 정보국은 술책이 훨씬 교활하고, 독일 정보국은 치밀하게 계획하는 조직이었다. 그러나 효율적인 지원 체제와 신속한 실행에서는 미국 정보국을 따라올 나라가 없었다. 프로비던스 첩보 회사에도 그 관행이 이어지고 있어서 다행이었다.

택시를 타고 사건이 일어난 연구소 앞에 도착한 시간은 5시 10분 전이었다. 출발하기 전 미국에서 이미 약속을 잡은 상태였다. 아치볼드가 말했었다. '연구소를 한 번 둘러보긴 해야겠지. 폴란드 경찰의 조서는 비행기에서 읽으면 될 것이고, 수사를 다시 할 필요는 없으니까 현장을 둘러보고 분위기를 살펴보는 것으로 만족하게.'

"그래, 냄새를 맡아보자." 폴이 연구소 건물을 쳐다보면서 중얼거렸다.

연구소는 다른 건물들보다 훨씬 음침해 보였다. 건물 정면은 회색이고, 옥외 층계와 발코니의 녹슨 고철이 보였다. 정사각형 창문들은 창턱이나 쇠시리 장식이 없고, 망가진 블라인드가 쳐 있었다.

건물을 에워싸는 정원, 아니 정원이라기보다 회색 진흙땅의 우중충한 공터에 풀 몇 포기가 드문드문 나 있었다. 바퀴 자국이 파인 것으로 보아 주차장으로 사용하는 것 같았다. 좀 일찍 도착했기 때문에 폴은 공터 쪽을 살폈다. 경찰의 조서에 범인들이 침투했을 것으로 추정한 비상구를 금방 알아볼 수 있었다. 1층에서 건물 뒤쪽으로 나가는 유일한 출구였다.

폴은 옆 건물들의 정면에서는 연구소 뒤쪽 출구가 전혀 보이지 않으며, 밤에는 아무도 거주하지 않는 사무실들로 이뤄져 있다는 것에 주목했다. 목격자가 아무도 없다는 것이 이해되었다.

폴은 연구소 건물의 정면으로 돌아가서 유리로 된 현관문을 밀었다. 봄인데도 중앙난방이 가동되고 있었다. 훈훈하지만 공기가 건조하고 아주 탁하게 느껴졌다. 리놀륨과 커피 냄새가 화학 물질에 섞여서 진동했다. 홀에는 아무도 없었다. 벽면에 학술 강연회나 토론회를 알리는 폴란드어와 영어로 쓰인 포스터가 잔뜩 붙어 있었다. 폴은 화살표를 따라 비서실로 향했다. 문이 열려 있지만 일단 노크를 한 다음 들어갔다. 사무실은 비어 있었다. 벽에 폴란드 출신의 교황 요한 바오로 2세(1920~2005)의 사진이 걸려 있는데 빨간색 수단을 걸친 교황이 늘 그렇듯 야릇한 미소를 짓고 있었다.

옆방과 통하는 또 다른 문이 보였고, 그쪽에서 인기척이 났다. 이윽고 실루엣 하나가 문간에 나타났다.

"무슨 소리가 들리는 것 같더니…… 누구요?"

"폴 뱅빌이라고 합니다."

폴이 프랑스식 발음이 나는 가명을 사용하기는 처음이었다.

"반갑습니다, 뱅빌 씨. 내가 로굴스키 교수입니다. 약속 시간이……."

"5시입니다."

폴이 교수를 따라 옆방으로 들어갔다. 그들은 서류가 산더미처럼 쌓인 책상을 사이에 두고 마주 앉았다.

로굴스키 교수는 60대 중반을 훌쩍 넘은 것 같은데 옷차림은 대학생이었다. 1960년대 풍의 코듀로이 바지에 소맷부리가 해진 줄무늬 셔츠, 밑창이 두꺼운 운동화, 걸치고 있는 가운의 한쪽 깃이 접혀 있었다. 오랜 세월 폐쇄적인 환경 속에 틀어박혀서 생활해온 이들 특유의 창백한 안색에 피부가 칙칙했고, 희끗희끗한 머리털은 숱이 별로 없었다. 폴은 의학 공부를 하는 동안 이런 분위기의 교수들과 가까이 지냈다. 현미경, 분자, 세포 등의 연구에만 몰두하는 교수들은 다른 것에는 전혀 관심이 없어 보이고 표정도 굳어 있어서 고리타분한 인상을 주었다.

특이한 점이 있다면 로굴스키 교수는 돋보기안경 때문에 확대된 새까만 눈을 쉴 없이 사방으로 움직이는 것이었다.

"오늘은 금요일이라서 비서도 일찍 퇴근했고 동료 교수들도 없습니다. 뱅빌 씨를 위해 내가 뭘 도와드려야 하나요?"

의례적인 말투라기보다 연구비 부족과 고된 연구 생활에 지친 대학교수의 탄식 같은 것이 배어 있었다.

폴은 방을 훑어봤다. 낡은 건물로 봐서는 상상이 안 될 정도로 현대적인 시설을 갖추고 있었다. 로굴스키의 컴퓨터도 폴이 신경병리학 병원에 갖춰놓고 싶은 최신형 모델이었다.

폴은 지갑에서 명함을 꺼내 교수에게 내밀었다.

"아, 애틀랜타에서 오셨군요! 그럼 질병통제센터(CDC)에서 파견된 겁니까?"

로굴스키가 영국식 영어로 유창하게 말했는데 슬라브족 억양이 강했다.

"질병통제센터에 속한 기관은 맞지만 우리는 독자적으로 활동하고 있습니다."

"연구시설 안전관리기구…… 처음 들어보는데 새로 생긴 겁니까?"

"생긴 지 3년 됐습니다." 폴이 주저 없이 대답했다.

처음 만나는 자리에서는 머뭇거리는 기색을 보이지 말아야 했다. 로굴스키 교수는 한동안 명함을 응시했다. 교수가 명함을 뒤집어서 마치 위조지폐라도 살피듯 램프 불빛에 가까이 가져갔다.

폴은 이런 경계심을 예상하지 않았다. 신원을 위장한 것은 상대를 속이기보다 경찰에 노출되는 걸 피하기 위해서였다.

뜻밖에도 경계심을 보이는 로굴스키 교수의 태도에 폴은 긴장했다. 작은 실수로도 처음부터 계획에 차질을 빚을 수 있었다. CIA에서 일할 때라면 위장술이 들통 날까 불안해할 필요가 없지만 프로비던스를 위해 일하는 지금은 더 조심해야 했다. 물론 교수가 수화기를 들고 명함에 적힌 번호로 전화를 걸면 로드아일랜드의 프로비던스 교환수에게 연결될 것이지만, 안심이 되지 않았다. 폴은 모든 일이 작전대로 이행되기를 바라는 것이 희망 사항으로 그치지 않길 바랐다.

아치볼드의 말만 믿고 너무 지나친 자신감으로 미션에 뛰어든 것이 아닐까? 교수가 보이는 예상 밖의 경계심 때문에 폴은 난관과 위험이 도사리는 비밀과 거짓의 세계에 빠져들었다.

마침내 로굴스키 교수가 명함을 내려놨다.

"담배 피워도 되겠소?" 교수가 물었다.

폴이 괜찮다는 대답을 하기도 전에 교수는 이미 지포 라이터를 꺼내서 필터 없는 연한 빛깔의 담배에 불을 붙이고 힘껏 빨아들였다가 거리낌 없이 회색 연기를 내뿜었다.

공기가 통하지 않는 방에 마주 앉아 있는데 손님의 얼굴을 향해 담배 연기를 내뿜다니……. 폴은 타국에 와 있는 게 실감이 났다.

"생물학자입니까?" 로굴스키 교수가 물었다.

"생물학 교육을 받은 의사입니다."

대서양을 횡단하는 비행기 안에서 폴은 만일을 대비하여 로굴스키 교수의 전염병과 미생물학 강연 내용을 검토했다. 그러면서도 설마 로굴스키 교수가 전문적인 질문을 하지 않을 거라고 생각했는데 제대로 답변을 하지 못하는 위기의 순간이 올 것 같았다. 침묵이 길어졌다.

"실험실 습격 사건에 대한 조사를 하러 온 겁니까?"

"그렇습니다."

"경찰에 이미 대답했는데요."

"물론 알고 있습니다. 하지만 경찰의 조사와 우리가 하는 일은 전혀 무관합니다. 세계 곳곳에서 연구 센터가 공격을 받고 있기 때문에 관례적인 조사를 하는 것이 우리 일이지요." 폴이 '관례적'이라는 말에 힘을 주었다. "우리가 관심을 갖는 것은 생물학적 위험성이지 범인들이 아니거든요."

"알고 싶은 것이 정확하게 뭡니까?"

"무슨 일이 일어났는지 사건 현장을 둘러보고 싶은데 괜찮겠습니까?"

"따라오시오."

로굴스키 교수가 일어나 폴이 방금 지나온 복도로 데려갔다.

"한밤중에 일어난 일이라고 들었는데요?"

"새벽 3시였지요."

"연구소를 지키는 경비가 없습니까?"

"순찰을 돌지요. 하지만 건물 바깥만 돌게 한 것이 잘못이었던 것 같아요. 게다가 경비업체에 맡기고 있는데 비용을 절감하기 위해 대로 끝에 있는 은행과 공동 부담하고 있지요. 경비원들이 두 건물을 오가며 순찰을 돌기 때문에……."

"경비원들이 전혀 알아채지 못했습니까?"

"새벽 3시부터 4시까지가 교대 시간이라서 경비가 없었지요."

"그렇다면 누군가가 범인들에게 경비의 교대 시간을 알려줬다는 건데 누구 짚이는 사람 없습니까? 최근 몇 달 사이 고용인들 중에서 해고된 사람이 있습니까?"

걸음을 멈춘 로굴스키 교수가 고개를 돌리고 폴을 뚫어져라 쳐다봤다.

"그런 일 없소." 교수가 마침내 대답했다.

폴은 학술적 조사원의 역할을 넘지 않도록 조심해야 한다고 생각했다. 경찰이 취조하는 듯한 질문은 의혹을 살 위험이 있었다.

그들은 복도 끝까지 걸어갔다. 어떤 문을 열쇠로 열고 들어갔는데 널찍한 방이 텅 비어 있었다. 벽도 새로 흰색을 칠한 상태였다.

"범인들이 엉망으로 만들어놨지요. 이 방에 있던 실험 도구나 장비는 200만 달러가 넘는데······."

"장비 목록이 있습니까? 내 보고서에 첨부해야겠습니다."

"모두 보험에 들어놨으니까 사무실에 돌아가서 보험증서를 복사해주겠소."

"이 실험실만 훼손되었습니까?"

"그렇지요."

"왜 이 방만 그랬다고 생각하십니까? 어떤 종류의 연구를 하고 계셨습니까?"

"이 방이 실험동물 사육장과 연결되어 있기 때문에 들어왔을 겁니다. 유리문이라서 쉽게 깨뜨릴 수 있으니까요. 다른 방으로 들어가려면 우리가 퇴근하면서 방문을 모두 열쇠로 잠그기 때문에 시간이 걸릴 테니까요. 유리문도 아니고."

"문을 잠그는 특별한 이유가 있습니까?"

"연구자료 도난 사고를 방지하기 위해서죠. 아무나 들어오지 못하게 하려고 퇴근하면서 각자 실험실이나 사무실을 잠그는 걸 의무화하고 있지요."

그들은 방을 가로질러서 이미 수리가 되어 있는 유리문 앞에 섰다. 로굴스키 교수가 유리문을 열고 폴을 실험동물 사육장으로 안내했다.

창문 없는 사육장이 형광등 불빛으로 환했다. 철책 우리들은 텅 비어 있었다. 사육장은 아직 새로 칠하지 않았기 때문에 범인들이 벽에 남긴 동물 해방 구호를 볼 수 있었다. 사육장을 둘러보던 폴은 한밤중에 그곳으로 침투하는 검은색 옷차림의 여자를 보는 것 같은 이상한 느낌이 들었다. 이유는 알 수 없지만 폴은 이 사건을 접하면서부터 범인은 당연히 여자라는 확신이 들었다.

"동물들을 다시 들여오기 위해 바깥문이 보강되기를 기다리고 있지요." 로굴스키 교수가 침울한 어조로 말했다.

폴은 벽에 쓰인 스프레이 낙서를 읽고 있었다. 경찰 조서에 적힌 대로 두 종류의 글씨였는데 위쪽은 대문자로, 아래쪽은 휘갈겨 쓴 것이었다.

"영어로 썼네요." 폴이 지적했다.

"네, 하지만 그건 아무런 증거가 되지 못해요. 유럽 전역에 퍼져 있는 운동원들, 예를 들어 탈세계통합주의자들은 영어로 된 구호를 외치며 시위를 하니까요. 내가 젊었을 때 베트남전쟁이 일어나는 동안 여기 폴란드에서도 'US Go Home!'이라고 외쳤지요."

폴은 로굴스키 교수를 쳐다봤다. 미국의 제국주의 타도를 외치며 시위운동을 하는 로굴스키의 모습을 상상하기 힘들었다. 어쨌거나 공산주의 폴란드에서 다른 선택의 여지가 있었을까?

"동물들은 어떻게 됐습니까?"

"사고 수습을 하는 데 사흘이 걸렸지요. 달아난 쥐들이 동네의 한 제과점으로 몰려가는 바람에 끔찍한 소동이 일어나, 모조리 독살했습니다. 원숭이들은 그리 멀리 도망치지 못했지요. 문턱을 넘지도 못한 채 여기서 죽은 원숭이도 한 마리 있었고요. 결론적으로 고양이들만 사라진 상태입니다."

그 말이 폴의 귀에 꽂혔다. 폴은 호주머니에서 수첩을 꺼내 메모를 했다.

"그러니까 찾아오지 못한 동물도 있다는 거군요. 그럼 지금 이 시간에도 그 고양이들이 아무 데나 막 돌아다니고 있는 건가요?"

"네, 고양이 두 마리가 돌아다니고 있다고 봐야지요." 로굴스키 교수는 어깨를 으쓱하면서 대답했다.

"교수님, 죄송하지만 그게 바로 우리 안전관리기구에서 중점적으로 관심을 갖는 문제입니다. 실험용 제품이나 동물이 자유롭게 돌아다닌다는 것은 심각한 결과를 초래할 수 있습니다. 지금은 그 고양이들이 위험하지 않을 수도 있겠지요. 하지만 안심을 하려면 교수님께서 어떤 연구를 하고 있는지, 그 동물들에게 어떤 실험을 하고 있었는지 구체적으로 알려주셔야 합니다."

로굴스키 교수가 세균 감염의 위험성을 지적하는 폴을 가소롭게 여길 것 같았다. 하지만 오랜 세월 아무리 터무니없는 지시가 내려오든 복종하는 것에 익숙한 탓일까. 로굴스키는 폴의 권위적인 말투에 반론할 필요를 느끼기는커녕 폴의 신원에 대한 의심마저 사라진 것 같았다.

"알고 싶은 것이 뭔지 구체적으로 물어보시오." 로굴스키 교수가 졌다는 표정으로 말했다.

"교수님이 어떤 종류의 연구를 하고 계시는지, 그리고 실험실에 위험한 것이 있었는지 말씀해주십시오."

로굴스키 교수는 담배를 찾으려고 호주머니를 뒤지다가 얼굴을 찡그렸다.

"내 방으로 돌아가서 얘기하는 것이 좋겠군요."

로굴스키 교수는 방에 들어서기가 무섭게 서랍을 열고 이번에는 굵직한 갈색 담배를 꺼내서 불을 붙였다.

폴은 다리를 꼬고 앉아서 무릎 위에 수첩을 놓고 메모할 준비를 했다.

"분자유전학과 게놈의 생화학 연구에 몰두하고 있지요." 로굴스키 교수가 말했다. "우리를 얕보지 마시오. 그 분야에서는 세계 최고 수준이니까."

로굴스키 교수는 벽에 걸린 액자들을 가리켰다.

"우리가 받은 상장과 훈장들이죠. 관심이 있으면 우리의 논문이 수록된 과학 저널 《네이처》와 의학 저널 《랜싯》의 별쇄본을 드리겠소."

자신이 전념하는 연구에 대해 말한다는 것은 방문객의 신원에 대해 안심하고 있다는 뜻인가? 눈빛이 더 안정돼 보이는 로굴스키 교수가 미소까지 지으면서 말했다.

"네, 꼭 읽어보겠습니다. 그리고 교수님이 하시는 주된 연구의 기본적인 방향을 몇 마디로 요약해서 말씀해주시면 감사하⋯⋯."

"유전자의 영속성을 연구하고 있지요." 로굴스키 교수가 담배 연기를 내뿜으면서 폴의 말을 잘랐다. "우리가 연구하는 대상은 변이가 일어나지 않는 생물체와 유전자 변이 생물체입니다. 악성종양 세포의 출현, 항생제에 대한 박테리아의 저항성, 바이러스에 감염된 돌연변이 등 수많은 의학적 문제의 근본을 이루고 있으니까요."

"구체적으로 어떤 물질을 연구하십니까?"

"우리의 관심사는 바이러스가 아닙니다. 바이러스 감염 방지를 위한 특수 장비들을 설치해야 되니까요."

폴은 안도하는 표정을 지으면서 메모를 했다.

"두 가지 물질을 연구하고 있는데 하나는 조혈모세포[7] 계통처럼 빠르게 재생되는 세포를 찾는 것이지요. 그래서 고양이, 생쥐, 쥐, 원숭이 등 완전히 다른 종의 세포들을 실험하는 중입니다."

"그러니까 달아난 동물들은 세포를 얻기 위한 것이었군요. 따라서 그 동물들에게 병원성 물질은 전혀 없다는 뜻이고, 유전자 조작도 하지 않았다는 거죠?"

"네. 바로 그래서 너무 걱정할 필요가 없다는 겁니다."

"또 하나는 무엇입니까?"

"박테리아지요."

"박테리아도 여러 종류가 있지 않습니까?"

⋯⋯⋯⋯⋯

7 혈액이 적혈구, 백혈구, 혈소판으로 분화되기 이전의 원시세포.

"우리는 대장균을 사용하지요. 콜레라균 프로그램에도 착수했습니다."

폴이 놀란 얼굴로 고개를 들었다.

"콜레라요?"

"알다시피 콜레라균은 항구성이 강한 박테리아지요. 세계 곳곳에서 유행한 전염병이고, 병원균은 번식력이 엄청나지요. 그러나 중세 이래로 콜레라균은 변이가 일어나지 않았습니다. 우리가 관심을 갖는 것이 바로 그 항구성입니다."

"다른 병원균도 사용하십니까?"

"네, 금빛 포도상구균으로도 실험하죠. 콜레라균과는 반대로 포도상구균은 변이가 빠르게 일어나는 경향이 있기 때문이죠. 그리고 이질균도…… 아! 전혀 위험하지 않으니까 걱정하지 마시오."

"콜레라균, 포도상구균, 이질균." 폴이 수첩에 쓰면서 덧붙였다. "교수님은 그런 균들이 위험하지 않다는 말씀이죠? 그 밖에 다른 것은 없습니까?"

"그 병원균들 자체로는 위험하지 않다는 겁니다."

"경찰에도 말씀하셨습니까?"

"그 점에 관해서는 묻지도 않는데 말할 필요가 없었지요."

"교수님이 사용하는 콜레라균은 어디서 구한 겁니까?"

"폴란드의 크라코프 병원에서 구했습니다. 이따금 이주민들 중에 콜레라 환자가 있거든요. 내 요청을 받고 병원에서 검출해 놓은 콜레라균 샘플을 보내줬지요."

"교수님은 콜레라균을 어디에 보관하십니까?"

"다른 것들과 함께 냉장고에 넣어두지요."

폴은 펜을 든 채로 기다렸다. 로굴스키 교수가 폴을 뚫어져라 처다보면서 여전히 침착하게 덧붙였다.

"냉장고에 넣어둔 플라스크들이 일부 훼손되었습니다."

폴이 수첩에서 고개를 들고 심각한 얼굴로 교수를 쳐다봤다.

"그 병원균들이 우리가 방금 들어갔던 실험실에 있었다는 겁니까?"

"불행히도 그렇습니다."

"보통 냉장고에 넣어두셨단 말입니까?"

"그래요. 냉장고에 넣어놨는데 바닥에서 박살이 난 유리 파편들과 젤라틴 상태의 내용물이 발견되었지요."

"그럼 범인들이 그걸 밟았을지도 모르잖아요?"

"그랬을 가능성이 있죠."

"범인들이 감염되었을 수도 있고, 병원균이 밖으로 유출됐을 가능성도 있지 않습니까?"

얼마 전부터 로굴스키 교수가 다시 불안한 표정을 짓고 있었다. 시선도 사방으로 움직이기 시작했다. 폴이 병원균 유출로 인한 심각한 결과에 대해 언급하는 동안 로굴스키 교수는 잠시 생각에 잠기는 것 같았다. 마침내 교수가 일어났다. 그러고는 돌아서서 뒷짐을 진 자세로 창밖을 바라봤다.

"생물학 중 전공 분야가 뭡니까?"

"신경화학입니다."

"아, 그래요?"

로굴스키 교수가 다시 돌아섰다. 미소가 사라진 교수의 표정이 돌변해 있었고, 폴의 눈길을 피하는 것 같았다.

"아무리 그렇더라도 이질균과 포도상구균은 자연계 어디에나 존재한다는 걸 모른다는 거요? 누구든 재수 없으면 감염될 수 있단 말이오."

그제야 폴은 자신이 감당하기 어려운 전문적인 영역으로 너무 깊이 들어갔다는 걸 깨달았다.

"콜레라균은 손을 깨끗이 씻으면 크게 위험하지 않아요. 대학교 1학년 학생도 콜레라는 환자의 배설물을 통해서 감염되며, 시험관 속의 병원균은 위험하지 않다는 걸 압니다. 그리고 세계의 어느 실험실이나 보통 캐비닛에 세균 샘플을 넣어둔단 말이오."

로굴스키 교수는 경멸 조의 냉랭한 눈길로 폴을 잠시 쳐다봤다. 이어서 문 위쪽 벽에 걸린 괘종시계를 보면서 어깨를 으쓱했다.

"벌써 7시군! 미안하지만 시내에서 약속이 있어서요. 다른 자료가 필요하면 내 비서에게 연락해요. 기꺼이 보내주겠소. 그럼 이만 헤어집시다."

거리로 나온 폴은 한참을 걸으면서 정신을 차렸다. 로굴스키 교수를 만나러 오면서 철저하게 준비하지 않은 자신에게 화가 났다. 너무 자만해서 상대에 대한 조사를 충분히 하지 않았고, 공부한 지가 오래되었는데 기억력만 믿고 있었으니……. 게다가 전염병에 대해서는 관심이 전혀 없지 않았던가.

폴은 상황을 곰곰이 분석하기 시작했다. 정말 이상한 방문이었다. 한편으로는 모든 것이 동물 보호 단체들의 단순한 공격으로 귀착되는 것 같았다. 물론 콜레라균 유출 사건은 좀 더 조사할 필요가 있지만, 폴은 자신 있게 말하는 로굴스키를 대하면서 교수의 말이 옳다는 생각이 들었다. 그러나 또 한편으로는 뭔가 이상한 것이 있었다. 폴은 신원이 들통 날까 걱정하고 있는 반면에 로굴스키는 크게 개의치 않는 눈치였다. 그렇다면 로굴스키가 보이던 불안은 무엇 때문이었을까? 누구의 방문을 두려워하고 있었던 걸까?

예약해놓은 호텔에 도착한 폴은 프로비던스에 전화를 걸었다. 로굴스키 교수가 폴이 떠나자마자 명함에 적힌 번호로 전화를 걸어왔다는 걸 알았다. 프로비던스에서 안심할 수 있게 대답해줬다고 하지만 교수가 폴의 신원을 알아볼 작정이라면 그 정도로 그치지 않을 것이 틀림없었다. 교수가 질병통제센터에 문의했다면 연구시설 안전관리기구는 존재하지 않는다는 것을 대번에 알아낼 수 있다. 그렇게 되면 교수가 경찰에 신고할 것이 불 보듯 뻔한데 폴란드에 더 머물렀다가는 성가신 일에 휘말릴 위험이 있었다. 아치볼드가 출국하기 전에 말했었다. '일단 폴란드를 둘러보고 난 뒤에는 우리의 영국 친구들을 만나볼 필요가 있을 걸세. 영국 정보원들의 의견이 큰 도움이 될 테니까.' 폴은 다음 날 아침 바르샤바에서 출발하는 런던행 비행기표를 예약했다.

VII

런던, 영국

영국 리즈 태생의 마이크 벨은 가나계 흑인으로 전직 농구 선수 출신답게 키가 2미터에 가까운 거인이었다. 프로비던스 런던 지사의 연락원 자격으로 히드로 공항에 마중을 나온 마이크는 트위드 양복 차림인데도 건장한 체구가 드러나 보였다. '마티스'라고 적은 피켓을 쳐들고 있다가 폴이 손을 흔들어주자 반갑게 맞아주었다. 그러고는 폴의 가방을 움켜잡더니 마치 골을 넣으려는 것처럼 가방을 두 손으로 잡아서 배에 붙였다.

"집으로 모시죠." 마이크가 윙크를 하면서 말했다.

마이크가 '집'이라고 부르는 곳은 프로비던스 지사에서 이용하는 켄싱턴의 안가를 가리켰다. 완벽한 경비 시스템을 갖추고 있어서 안전한 회의실로 사용할 수 있었다. 특히 흔적을 남기지 않고 어떤 시간이든 비밀리에 은거할 수 있는 편리한 거처를 찾아야 하는 첩보원들을 위한 곳이기도 했다.

"바르샤바에 갔던 일은 잘됐습니까?"

"바르샤바가 아니라 브로츠와프였는데 잘됐습니다."

파란색 포드 자동차에 올라탄 폴이 약간 허리를 숙인 자세로 핸들을 잡는 마이크를 쳐다봤다.

"그 사람은 언제 만나기로 했습니까?" 폴이 물었다.

"그게 그리 쉽지가 않았어요. 아치볼드께서 브랜담 경에게 여러 번 전화를 걸었는데 매번 똑같은 대답만 되풀이했거든요. 정치인들은 약속을 해놓고도 무슨 불만이 그렇게 많은지 뒷말이 많으니까요. 하긴 그쪽에서야 국가 정보원들을 노출시키는 일인데 달가울 리가 없지요. 같은 세계에 속해 있지만 그들에게 우리는 외국인들이니까요. 우리를 기쁘게 해주려고 정체를 드러내고 싶지 않은 거야 당연하겠죠."

"내가 현지 정보원을 꼭 만나야 할 필요는 없는데요."

"흥분한 동물 보호 단체는 현지 정보원들만 위협하는 것이 아닙니다. 사무실 안에서 그 문제를 다루는 담당 공무원들도 어느 날 저녁 퇴근하다가 테러를 당할 위험이 있으니까요."

"그런 경우는 어떻게 해결합니까?"

"고위층에서 처리하지요. 오늘 만날 사람은 동물해방전선(ALF)에 대한 대책을 총괄하는 간부입니다. 표면적으로는 우리에게 호의를 베푼 것이지만 실은 그 간부가 신분이 노출됐기 때문에 선택된 사람인데…… 무슨 말인지는 직접 만나보면 알게 될 겁니다."

마이크 벨이 야릇한 미소를 지으면서 폴에게 윙크를 보냈다.

"늦은 오후에 만나기로 약속이 되었습니다. 모시러 올게요. 그래도 가볍게 생각할 만남이 아니니까 조심해야 됩니다."

안가는 거리 쪽으로 난 가파른 돌층계 꼭대기에 있고, 안마당의 대문을 통해 홀랜드 파크와 런던 서쪽 대로로 나갈 수 있었다. 하얗게 칠한 방은 천장이 낮고 바닥에 간 카펫 때문에 안락한 느낌을 주었다. 낮은 침대와 머리맡 탁자 외에 영국인들이 필수품이라고 생각하는 주전자와 차가 준비되어 있었다.

폴은 바닥에 앉아서 우편물을 확인했다. 병원은 별일 없이 잘 돌아가고 있었다. 케리가 보낸 메시지는 없었다. 혹시 응답기에 대고 전화번호를 부르는 동안 끊어졌을까? 폴은 미션을 곰곰이 생각하기 시작했다. 로굴스키 교수와의 만남이 계속 마음에 걸렸다. 이 일을 하기로 마음먹은 이상 최선을 다해서 임무를 완수해야 하는데……. 하지만 이 일에는 아치볼드가 생각하는 것보다, 아니 알려준 것보다 훨씬 음험한 사건이 도사리고 있다는 느낌이 오기 시작했다.

프로비던스 첩보 기관에서 인터넷 이메일로 많은 분량의 참고 자료를 폴에게 보내주었다. 폴은 필요하다고 생각되는 자료를 찾아서 읽기 시작했다. 그러나 아직 적응이 안 된 시차와 고요함 때문에 이내 눈이 감겼다.

마이크 벨은 5시에 도착했다. 이번에는 헐렁한 골반 청바지에 분홍색 나이키 운동화, 우람한 팔이 드러난 붉은색 민소매 티셔츠 차림이었다.

"영국 정보국에서 여왕 버금가는 경호를 하고 있으니까 그 사람과 만나는 건 안심하세요. 나는 당신이 갈 때와 특히 돌아올 때 미행당하는지 확인하기 위해 멀찍이 떨어져서 따라갈 겁니다."

놀란 얼굴로 옷차림을 쳐다보는 폴에게 마이크가 덧붙였다.

"좀 쑥스럽지만 은행원처럼 양복을 쭉 빼입고 다니면 금방 눈에 띄잖아요. 하지만 이렇게 입고 다니면 이목을 끌지 않으니까요."

마이크는 약속 장소까지 가는 코스에 대해 몇 가지를 알려주었다. 그들은 손목시계의 시간을 맞추고 3분 간격으로 출발했다. 폴은 하이드 파크를 지나 마블 아치까지 걸어갔다. 위험을 무릅쓰고 지름길을 택했는데 영국의 좌측통행과 길바닥에 써 있는 경고문 때문인지 잠이 덜 깬 것처럼 몽롱했다. '오른쪽을 보시오!', '조심!', '사고 위험!', '일방통행!' 폴은 많은 미국인과 마찬가지로 문화 차이에도 불구하고 이탈리아나 그리스에서는 내 나라에 있는 것처럼 편안했다. 그러나 영국에서는 같은 언어를 사용하는데도 아주 별천지에 와 있는 느낌이 들었다.

메이페어 주택가는 골목길이 좁아서 운전자들이 들어가기를 꺼리기 때문인지 비교적 조용했다. 아이들, 가난한 사람들, 이민자들, 일반 서민들이 허락되지 않은 동네라고 할까. 메이페어는 불량배를 만날 걱정 따위는 하지 않아도 될 것 같은 고급 주택가 였다. 이곳에서 안전하게 살 수 있을지는 몰라도 죽은 것이나 다름없는 동네였다. 폴은 줄지은 벽돌집을 따라 걸었다. 한창 유행하는 건축물과 화려한 간판들로 보아 광고 대행사들이 모여 있는 것 같았다. 마이크가 말해준 대로 오른쪽으로 두 번 돌자 버클리 공원이 보였다. 작은 광장에 늘어선 플라타너스들에 싹이 움터 있고, 나무 아래 풀밭에 노란,수선화들이 꽃봉오리를 터뜨리고 있었다. 길 한쪽에 찌그러진 흰색 소형 트럭 한 대가 보였다. 영국 정보원들이 트럭 안에 숨어 있는 것이 틀림없었다. 폴은 이를 쑤시는 척하면서 라디오를 듣고 있는 운전기사를 향해 윙크를 보낼 수도 있지만 자칫 일을 망칠 수 있었다. 전혀 눈치채지 못한 체하면서 약속대로 12번지까지 걸어갔다.

꽃 장식으로 치장한 빅토리아 시대 풍의 집들 사이에 자리 잡은 현대식 건물이었다. 건물 안으로 들어서자 대리석 데스크가 보였다. 폴이 묻기도 전에 안내원이 모래주머니들 뒤에 매복한 파수병처럼 얼굴을 드러내지 않은 채 말했다.

"6층 22호실입니다."

엘리베이터 안에는 아무도 없었다. 폴이 22호실 앞에 이르자마자 문이 열리고 두 손이 그를 잡아끌었다. 마이크가 미리 알려주었기 때문에 폴은 저항하지 않았다. 폴을 잡아끌었던 사내가 한 손으로는 9mm 자동권총을 겨누고, 다른 손으로는 몸수색을 한 다음 한마디도 하지 않고 옆방으로 떠밀었다. 사복 차림의 요원 세 명이 기다리고 있다가 폴을 의자에 앉혔다.

그중 한 요원의 허리춤에서 무전기가 지지직거렸다. 요원이 무전기를 귀에 대자 모두 긴장했다. 폴이 일어났다. 마침내 폴이 방금 들어온 문 맞은편의 방문이 열렸다. 공원 쪽으로 난 창문으로 바람이 들어오고 있었다. 검은색 인조가죽 소파에 앉은 남자가 맞은편 자리에 앉으라는 손짓을 했다. 강렬한 햇빛에 눈이 적응되는 순간 폴은 뒷걸음쳤다.

눈앞의 남자는 파란색 모직 양복 차림에 구두는 반짝반짝했고, 조끼 안의 인디언핑크와 노란색 실크 넥타이가 눈에 띄었다. 키가 작고 마른 60대 남자였는데 얼굴 오른쪽은 칼에 찔린 깊은 상처 때문에 피부 이식을 한 듯한 흉터가 있었다. 살빛이 불그스름한 것으로 보아 사고를 당한 지 기껏해야 이삼 년밖에 안 된 것 같았다. 왼쪽은 화상을 입은 흉터로 우글쭈글하고, 귀를 덮은 뻣뻣한 머리털은 가발이 틀림없었다. 유난히 반짝거리는 오른쪽 눈동자가 움직이지 않는 걸 보면 의안(義眼)이었다. 그리고 왼손만 보이고 오른쪽 옷소매는 비어 있었다. 팔꿈치 아래쪽이 잘린 모양이었다.

"코돈 소령이오." 남자가 불쑥 자신의 이름을 말했다. "용건이 뭡니까?"

보기 흉하게 된 얼굴 때문에 표정은 읽기 어렵지만, 어조는 이 만남을 몹시 불쾌히 여기는 것이 역력했다.

"우선 이렇게 만나주셔서 고맙습니다." 폴이 말문을 열었다.

"만나라는 지시를 받은 것뿐이오." 소령은 이 만남에 대해 불편한 심기를 노골적으로 드러냈다. "브랜담 경의 지시를 어느 누가 거부할 수 있겠소?"

폴은 침착하기 위해 헛기침을 했다.

"나는 한 첩보 기관을 위해 임무를 수행 중입니다."

"아아, 그건 우리도 알고 있어요. 그리고 나는 시간이 별로 없습니다, 닥터 마티스. 나한테서 알고 싶은 것이 뭔지 질문이나 빨리 해주시겠소?"

폴은 폴란드 경찰의 조서를 대략 설명했다. 코돈 소령이 각설하고 빨리 본론으로 들어가라고 재촉하는 손짓을 했다.

"런던은 동물 보호 운동의 중심지라고 알고 있습니다. 그래서 우리는 이 사건에 대한 실마리를 얻을 수 있을 거라고 생각했습니다."

"실마리라면?"

"예를 들어 영국에서 활동하는 동물해방전선 산하의 집단에 관해 알고 싶습니다."

코돈 소령이 뻣뻣하게 굳었다. 그 얼굴에서 흉터 때문에 미동도 없는 부분과 일그러지는 부분이 아주 대조적이었다. 소령은 잠시 뜸을 들이다가 대답했다.

"동물해방전선, 즉 ALF는 존재하지 않습니다." 소령이 딱 잘라 말했다. "같은 주장을 하는 집단이나 개인은 존재하지만 서로 아무런 관련이 없지요. 닥터에게 일을 맡긴 사람에게 그렇게 답하시오. 그러면 정당한 보수를 요구할 수 있을 거요. 보고서를 작성하는 데 필요한 자료를 좀 더 수집하는 거야 어렵지 않을 겁니다. 원하는 자료는 무엇이든 인터넷으로 찾을 수 있으니까."

이 적나라한 답변에서 정치적 중압감 때문에 익명으로 활동할 수밖에 없는 정보국 요원의 욕구불만이 느껴졌다. 하지만 무능해 보이는데도 보수를 두둑하게 챙기는 사설 첩보원에 비해 보수가 턱없이 적은 공무원이 품은 반감의 표시이기도 했다.

자존심이 상한 폴은 시선을 내리깔았다. 영국에 지사를 설립할 정도로 자신감을 보인 아치볼드의 낙관적인 생각이 너무 섣부른 판단이었을까. 로굴스키에 이어 코돈까지 폴에게 모멸감을 주고 있었다.

그렇지만 이번에는 그렇게 순순히 운명을 감수하고 싶지 않았다. 프로비던스 첩보 기관과 아치볼드에게는 안됐지만 어쩔 수 없었다. 폴은 유럽인들의 멸시하는 태도를 더는 참을 수 없었다.

참아야 할 이유가 전혀 없는 개인적인 모욕으로 받아들였다. 폴은 어릴 적에 아버지와 축구를 할 때 비슷한 분노를 느낀 적이 있었다. 그래서 불도그처럼 잔뜩 웅크리고 있다가 악착같이 달려들어서 기어이 축구공을 빼앗았다. 학교를 다닐 때도 군대에 가서도 승부 근성이 대단했다. 힘이 장사로 이름난 군대 동기들조차 폴의 기를 꺾는 방법을 궁리해야 할 정도였다. 상대의 수가 많든 적든, 한 번 오기가 발동하면 폴은 죽기 살기로 달려들었다.

몸을 앞으로 숙이고 팔꿈치를 무릎에 괸 자세로 앉은 폴이 목을 쑥 빼더니 목소리를 깔았다.

"잘 들으세요, 소령님." 폴은 루이지애나 지방에 사는 조부모를 만나러 갈 때 열심히 연습했던 남부 지방의 억양으로 말했다. "나는 하수인일 뿐입니다. 다시 말해 소령과 똑같은 처지란 말입니다. 나는 브랜담 경이 누군지, 고위층 인사가 누군지 모릅니다. 무슨 뜻인지 아시겠어요? 이건 나 개인의 일이 아니란 뜻입니다. 나 역시 지시를 받고 그것에 복종할 뿐이란 말입니다. 다른 사람들이 돈을 얼마나 긁어모았는지 그건 모르겠지만, 난 이 일에서 아무 이득도 얻지 못합니다."

소령이 흠칫 놀란다는 것은 폴의 말투와 태도가 위협적으로 돌변한 걸 알아차렸다는 증거였다. 폴이 벽을 허무는 데 성공한 것이다. 이제 돌파하기 위해서는 단순하면서 순진해 보이는 젊은 미국인의 모습으로 나이 많은 영국 정보원의 호감을 살 필요가 있었다. 폴은 눈빛을 반짝이면서 마치 유럽을 나치에서 해방시키려다 노르망디 땅에 묻힌 수많은 젊은이들을 대표하듯, 미국 남부 지방 출신의 남자로서 당당하게 말했다.

"소령님, 내 관심은 오로지 내가 해야 할 임무입니다. 병사들에게 중요한 것은 적이 누구인지를 아는 것입니다. 그 점에서는 우리가 같다고 생각하는데 아닙니까? 소령님의 얼굴을 그렇게 만

든 비열한 자들이 신생국들에 잠입하여 못된 짓을 준비하고 있는
데도 세상 물정을 모르는 순진한 사람들이 말려들고 있다면 우리
가 단결해서 놈들의 계획을 막아야 하는 게 아닌가요? 나는 그것
보다 중요한 것은 없다고 생각하는데요."

소령이 헛기침을 하면서 놀라울 정도로 민첩하게 일어났다. 그
러고는 성큼성큼 걸어 다니다가 잠시 창밖을 내다보고 나서 폴을
뚫어져라 쳐다봤다.

"좋소, 마티스." 소령이 감정을 드러내지 않기 위해 군인의 완
강한 어조로 말했다. "당신은 정말 충직한 요원이군요. 좀 전의
일은 다 잊고 당신의 임무에 대해 진지하게 얘기해봅시다."

폴이 일어나서 미소를 지었다. 코돈에게서 기대한 것이 바로
이것이 아닌가. 허울뿐인 대화라도 계속할 수만 있다면 소령을
호의적으로 대하는 것은 얼마든지 가능했다.

"알아야 할 것이 있습니다." 소령이 여전히 왔다갔다하면서 말
을 이었는데 이번에는 허공을 응시하고 있었다. "사실, 동물해방
전선은 현재 영국에서 가장 위협적인 테러리스트 집단 중 하나
죠. 물론 이슬람주의자들도 위험하지요. 불특정 다수를 대상으
로 공격하니까요. 반면에 ALF의 전투부대인 동물해방군은 특정
대상, 예를 들어 기업이나 정치인, 여론을 주도하는 오피니언리
더들을 선별해서 지속적으로 겨냥하고 있어요. 그들은 일주일이
멀다 하고 적대 행위를 하고 있습니다. 테러 행위와 맞서 싸우는
것은 우리 쪽에서도 위험을 무릅쓰고 감행하는 것이죠. 바로 그
래서 쓸데없이 우리를 노출시키려고 하지 않는 겁니다."

한순간 폴은 소령이 브랜담 경과 지도자들의 무책임한 태도에
대해 비판할까 봐 걱정이 되었다. 그러나 소령은 하던 얘기를 계
속했다.

"우리는 폴란드 같은 신생국들이 동물 보호 단체의 급진적 움

직임으로 인해 일어나는 위험을 인식하기를 바라고 있지요. 불행인지 다행인지 모르겠지만 당신이 말하는 사건은 우리가 주시하는 동물해방전선과는 직접적 관련이 없는 것 같소."

소령이 이제는 좀 전과 달리 동물해방전선이 조직적으로 활동하는 단체라는 걸 인정하고 있었다.

"그 단체의 구조에 대해 좀 더 자세히 말씀해주시겠습니까?"

코돈이 모욕당한 표정으로 폴을 응시했다. 이럴 때는 역시 단도직입적인 질문이 최고였다. 단순하면서 확고하게 밀어붙이는 미국적 사고에 직면한 코돈이 어쩔 수 없다는 얼굴로 폴이 납득할 만한 몇 가지 설명을 덧붙였다.

"동물해방전선은 1963년 영국에서 설립된 단체입니다. 말을 타고 사냥하는 행위를 금지하는 수렵방해협회의 운동으로 시작되었지요. 처음에는 동물애호협회(SPA)의 사람들이 벌이는 비폭력적인 운동이라고 생각했는데 사실은 전혀 그렇지 않았어요. 동물해방전선의 출현은 완전한 탈이데올로기를 뜻하는 것이었죠. 그 단체가 바이블로 삼는, 피터 싱어의 저서 『동물 해방』을 읽어봤습니까?"

"아뇨."

프로비던스에서 보내준 자료에 책의 주요 내용이 포함되어 있었지만, 폴은 잠이 드는 바람에 읽지 못했다. 지금 상황에서는 내용을 모르고 있는 것이 오히려 다행이었다. 영국인 코돈이 폴을 교양은 좀 부족하지만 정직한 사람으로 생각하는 편이 상대하기가 낫기 때문이었다.

"읽어보시오. 싱어에게 동물 해방이란 인도주의적 행위가 아니라는 걸 알게 될 거요. 단순히 동물을 사랑한다거나 이용 가치를 주장하는 문제가 아니죠. 노예제도 폐지, 종교적 관용, 인종 평등, 여성의 권리 법적 보장…… 등과 마찬가지로 동물 해방은 정치적, 철학적 투쟁 운동으로 역사에 기록되고 있으니까요. 이제는 점점 더 영역이 넓어져서 고릴라, 개, 물고기로 바통이 넘어가고 있지요."

폴이 미소를 지었지만, 소령은 슬픈 눈길을 보냈다. 소령에게는 동물 해방을 부르짖는 사상이 더 이상은 우스갯소리로 넘길 일이 아닌 것이 분명했다.

"피터 싱어 같은 이론가들에게 인간은 다른 종들 중 하나일 뿐이지요. 인간이 다른 종들보다 더 큰 가치가 있는 것도, 더 많은 권리를 가진 것도 아니죠."

"인간이 개보다도 가치가 없다는 건가요?"

"가치가 더 크지도, 더 작지도 않다는 거죠."

"맙소사!"

"아마 충격적으로 들릴 겁니다. 싱어가 『동물 해방』에서 정신적 장애가 있는 아이는 똑똑한 고릴라보다 보호받을 가치가 없다는 식으로 단언했거든요. 그 때문에 곤경에 처하면서 싱어는 망명해야 했지요."

태연하게 말하는 코돈의 태도에서 치열하게 싸우는 한이 있더라도 표현의 자유를 고려하여 극단적인 의견도 존중하는 영국적 사고방식의 특성이 엿보였다.

"어떤 인종을 다른 인종들보다 더 우수하다고 생각하는 것은 인종차별적 범죄지요. 마찬가지로 동물해방전선의 운동원들은 다른 종들에 비해 인간에게 특별한 가치를 부여한다는 것도 범죄 행위로 보는 겁니다. 인간은 동물들을 죽이고, 고문하고, 노예처럼 속박하면서 날마다 죄를 짓고 있다는 거지요. 먹기 위해 동물을 죽이고, 연구를 위해 실험용으로 죽이는 행위, 아이들에게 보여주려고 동물원 우리 안에 원숭이들을 가둬놓은 행위, 이 모든 것이 추악한 특정 범죄라는 거지요. 따라서 그런 죄를 지은 자들을 죽이는 건 범죄가 아니라 정당한 행위라는 것이 동물해방전선의 주장이지요."

"동물 애호가들 중에서 그런 극단적인 행동을 하는 사람이 얼마나 됩니까?"

"우리는 소수에 불과하다고 생각하고 있지요. 동물을 걱정하는 이들은 대다수가 동물의 운명을 개선하기 위해 평화적으로 싸우고 있으니까요. 그러나 알다시피 테러 행위는 수가 많으냐, 적냐의 문제가 아니죠. 폭력은 대체로 대표성과는 반비례하니까요. 동물해방전선의 적극적 행동파는 적은 수로 제한되어 있지만 대단히 위험하지요."

코돈이 조직적인 단체의 실체를 확인했다고 털어놓은 것이지만, 폴은 잠자코 듣기만 했다.

"동물해방전선의 사람들은 인류에 대해 연민이라곤 없기 때문에 그들 자신을 희생하기에 이르렀지요. 예를 들어 코소보에서 전쟁이 일어나는 동안 나토의 폭격을 피하기 위해 백만에 이르는 사람들이 알바니아로 피신했던 걸 기억합니까? 그때 동물해방전선의 운동원들이 농가에 버려진 가축을 구하기 위해 주민들이 떠나버린 지역으로 몰래 들어갔으니까요."

"폭격을 받는 도시로 들어갔단 말입니까?"

"소들을 구하기 위해서라면 위험을 무릅쓰는 사람들이죠."

미소가 사라진 코돈의 얼굴이 무섭게 일그러졌다.

"자기 목숨을 중요하게 여기지 않는데 다른 사람의 목숨을 존중할 리 없지요. 그들이 내 차를 폭파했을 때도 그랬으니까요."

"그들과 맞닥뜨렸단 말씀입니까?"

"그 얘긴 더 이상 하지 맙시다. 테러 집단을 감시하는 방법은 그리 많지 않고, 위성사진이나 들여다보는 식으로는 그 집단에 대해 제대로 알 수 없으니까."

미국인들을 간접적으로 비난하는 말이지만, 폴은 그 자신도 과학기술에만 의존하는 취향이 아니기 때문에 동요하지 않았다.

"그래서 다른 요원들에게 바통을 넘겨주신 겁니까?"

폴은 무례한 질문이라는 걸 알고 있었다. 자존심을 건드리는 말에 격분한 코돈이 가까스로 마음을 가라앉히고 덤덤한 목소리로 말했다.

"그래야 하니까요."

"그 비밀 집단의 핵심부는 어떤 영향력을 갖고 있습니까? 핵심부가 그 집단에 자금을 대고 작전을 지시하는 건가요?"

"주동자들이 표적을 정하고 밀고 나가지요. 예를 들어 다국적 화장품 기업 렉스호에 대한 집요한 공격은 철저하게 계획된 것입니다."

코돈이 들어왔던 문이 열리고 소령의 부하가 얼굴을 들이밀었는데 또 다른 거리 쪽으로 난 문이 틀림없었다. 부하가 손목시계를 가리켰다. 소령이 알고 있다는 듯 고개를 끄덕였다.

"그러나 동물해방전선의 특성은 파급 효과지요." 마치 헤어지기 전에 폴에게 모든 걸 알려주고 싶다는 듯 소령의 말이 빨라졌다. "핵심부에서 폭력 투쟁을 조장하기 위해 인터넷을 통해 행동 지침을 퍼뜨리거든요. 자물쇠 부수는 방법, 경보기 차단하는 방법, 산업 시설에 침투하는 방법, 추적을 따돌리는 방법, 표적으로 삼을 대상 등. 그러면 메시지를 받은 익명의 사람들이 아무에게도 알리지 않고 곳곳에서 실행에 옮기는데 무리를 짓거나 단독으로 행동하지요. 그다음에 동물해방전선의 핵심부는 그런 자발적인 행동에 대한 정보를 수집합니다. 그러고는 그 정보들을 인터넷 사이트에 올려놓고 행동파들의 편을 들어주면 되는 겁니다."

"폴란드 사건은 배후에서 직접 조종한 것이라고 생각하지 않으십니까? 동유럽의 신생국들 쪽으로 동물 해방 운동을 확산하려는 전략적 야심이 아닐까요?"

"그건 아닐 거요. 수법이 아주 구식인 데다 소규모라서. 동물해방전선이 관여한 사건이라면 훨씬 응집력이 있는 대규모 작전을 폈을 것이오."

"예를 들어서 어떤 작전을 말하는 겁니까?"

"어떤 산업 활동을 겨냥할 수 있겠죠. 하지만 테러의 정당성을 주장하는 성명을 발표하면서 또 다른 테러를 촉구했을 겁니다. 내가 확인한 바로 폴란드 사건에는 그런 일이 전혀 없었소."

"그래서 소령님이 내린 결론은 뭡니까?"

"내 생각에는 동물해방전선의 웹 사이트를 방문한 작은 집단이 자발적으로 벌인 일 같은데……."

"폴란드 경찰은 자국민이 벌인 사건이 아니라고 단정 짓고 있습니다."

"폴란드 경찰이 전문가라고 생각하시오?"

"공산주의 체제에서 국민을 감시하던 능력은 물려받았겠지요."

"뭐, 그럴 수도 있겠죠."

"폴란드에서는 외국에서 작전을 편 것으로 생각하고 있습니다. 브로츠와프가 국경도시라는 것도 우연이라고 할 수 없다는 거죠."

"국경 검문소에서는 수상한 낌새를 채지 못했나요?"

"독일 쪽에서도 체코 쪽에서도 인상착의가 특공대원으로 보이는 사람은 전혀 없었답니다. 따라서 침투할 때와 마찬가지로 도주도 철저하게 준비했을 거란 추정이 가능합니다."

"독일 정보국에서는 뭐라고 하나요? 그쪽 사정에 밝을 텐데."

"폴란드 정보국에서 독일연방정보국(BND)에 문의했는데 독일의 자연보호 단체에서는 그런 움직임을 전혀 감지하지 못했답니다. 그래서 독일도 동물해방전선을 의심하고 있습니다."

"나는 그럴 가능성이 아주 희박하다고 생각해요."

"하지만 연구소 벽에 남겨놓은 슬로건에 대해서는 어떻게 생각하십니까?"

"글쎄요. 어쩌면 교란작전일지도 모르죠."

"무슨 뜻입니까?"

"문득 떠오른 생각이오. 이런 사건은 모든 가능성을 열어둬야 하니까요. 완전히 다른 의도가 있는 행위일 수도 있어요. 뭔가 훨씬 방대한 계획의 한 단계에 불과할지도 모르죠. 완전히 다른 목적의 작전을 위해 동물을 풀어주는 것으로 위장했다면……."

폴은 놀라움을 감추지 못하면서 고개를 끄덕였다. 코돈은 대서양 저편의 고지식한 미국인에게 자신의 생각을 주지시킬 수 있어서 흡족한 얼굴이었다.

"흥미롭군요." 폴이 물었다. "그걸 어떻게 확인하죠?"

"이런 사건을 수사하면서 우연을 믿을 수야 없지요. 환경 단체에 관해 수집된 다량의 정보를 재검토해서 아주 작은 것이라도 단서를 찾아야지요."

"단서라면?"

"글쎄요. 유사한 사건을 분석해서 전화 통화 내역이라든가 대상의 특수성…… 등 공통점을 알아내야겠지요."

긴 침묵이 흘렀다. 코돈이 노골적으로 손목에 찬 시계를 봤다. 안전을 위해서는 더 이상 지체할 수 없었다. 지금 면담을 끝내야 했다. 코돈이 일어났다. '대상의 특수성'이라. 폴은 코돈을 잠시 붙들어두기 위해 악수를 청하면서 소령의 억센 손을 잡았다.

"혹시 동물해방전선에서 콜레라균을 사용한다는 얘기를 들어봤습니까?"

코돈이 깜짝 놀라는 표정을 지었다.

"콜레라균이요?"

"네, 나도 잘 모르지만 극단적인 단체들이 계획을 공개하고 테러의 정당성을 주장하면서 콜레라균에 대해 언급하는 걸 들어보신 적이 있습니까?"

"금시초문이오."

또다시 긴 침묵. 폴이 화가 많이 나 있다고 생각했는지 코돈이 부드러운 목소리로 위로해주었다.

"이 사건 때문에 너무 초조해하지 마시오. 지속적으로 관심을 갖고 있으면 범인들의 흔적을 좇을 기회가 있을 겁니다. 폴란드 경찰이 뭐라고 하든 나는 이 사건을 어떤 조직에 의한 움직임이 아니라 두세 명이 흥분해서 저지른 범행으로 봅니다. 동유럽의 나라에서 동물 보호 운동을 벌임으로써 우리에게 혼선을 주려는 의도일지도 모르죠. 그건 그렇게 놀라운 것도 아주 심각한 것도 아닙니다. 어떤 조직의 규모가 커지려면 외국에서 막대한 지원을 받아야 하고, 그 나라의 관습과도 부합해야 하는데 나는 폴란드 사람들이 특별히 동물 문제에 민감하다고는 생각하지 않아요. 내가 잘못 생각한 건가요?"

폴이 어깨를 으쓱하는 것으로 모른다는 표시를 했다.

"어쨌든 이제 보고서를 작성하는 데 필요한 자료는 충분히 확보한 것 아닙니까?"

그들은 거의 우호적인 분위기에서 이런저런 대화를 나누다 헤어졌다. 일단 거리로 나온 폴은 왔던 길을 돌아 나갔다. 하이드 파크의 철책 앞에 이르자 마이크 벨이 기다리고 있었다. 그들은 함께 켄싱턴의 안가로 돌아갔다.

"그 사람이 정보를 말해주던가요?"

"네."

"축하합니다. 아주 꼬장꼬장하다는 소문이 자자한 사람이라서 불안해할까 봐 일부러 아무 말도 안 했거든요. 3분 이상 버티지 못할 거라고 생각했는데……."

그렇게 말하면서 마이크가 웃음보를 터뜨리자 폴도 웃음을 참을 수 없었다.

*

아치볼드는 영국 정보국 장교를 만나서 어떤 정보를 얻었는지 몹시 궁금했던 모양이다. 새벽 1시에 안가로 전화를 걸어왔고, 폴은 코돈 소령과의 만남에 대해 간략하게 요점만 말했다.

"음, 그건 좀 빈약하군." 아치볼드가 말했다.

"나도 그렇게 생각해요. 하지만 소령은 진지했어요. 브로츠와프 사건은 소령이 말한 대로 조직의 힘을 빌리지 않고 몇몇 개인이 저지른 사건인 것 같습니다."

아치볼드는 아무 대꾸도 하지 않고 있었다. 폴은 웃옷에 줄줄이 매단 훈장을 만지작거리는 아치볼드의 모습을 떠올렸다─다른 나라에 가면 가슴에 훈장을 달고 다니는 습관이 있었다. 물론 미국에서는 훈장을 달지 않았다.

"그 이상을 바라면 욕심이겠지." 아치볼드가 말했다. "브랜담경 측에서는 우리에게 그 일을 맡긴 것만으로도 친절을 베푼 것인데. 아주 중요한 정보를 얻을 거란 기대는 하지 말았어야 했어. 게다가 심각한 일도 아니라는데……. 영국 정보국이 수사를 했다면 폴란드 정보국에 알려줬을 답변을 해주면 되니까 자네는 소령에게서 들은 말을 근거로 보고서를 작성하게. 그리고 폴란드 정보국이 전혀 이해하지 못할 의학 자료를 첨부하고 대학교수 직함을 이용하게. 물론 가명을 사용해야지. 자네가 만든 보고서는 내가 직접 바르샤바로 가서 내무장관에게 전하겠네."

폴은 처음에 이 미션을 선뜻 받아들인 것이 아니었다. 하지만 일단 일에 뛰어든 이상 갑자기 중단하는 것은 더 마음에 들지 않았다.

"그런데 연구소의 책임교수 로굴스키가 말해준 것에 대해 확인해야 할 것이 있어서요."

"교수가 해준 말이 뭐가 어떻다는 건가?"

"약간 이상해서요."

"미친 학자가 어디 한둘이어야지." 아치볼드가 내뱉었다.

폴은 아치볼드가 어깨를 으쓱하는 모습이 눈에 선했다. 아치볼드가 경멸하는 사회계층 중에서 천재적이지만 초라한 학자는 그나마 대접을 받는 편이었다.

"로굴스키는 미친 학자가 아니에요. 겁을 먹고 있었는데 이유를 모르겠어요."

"그러니까 학문적 관점에서 뭔가 수상한 점을 찾았다는 건가?"

"그건 아닙니다. 솔직히 말해 내가 좀 서툴렀고, 로굴스키 교수는 경계하고 있었어요. 교수가 나에게 중요한 것을 숨겼다고는 생각하지 않아요. 하지만 나는 미생물학 전공이 아니기 때문에 파리에 들러서 로굴스키 교수가 말한 몇 가지를 확인해볼 생각입니다."

"파리를 들르겠다! 미국으로 돌아와서 알아봐도 되지 않나?"

"미국에서 내가 갑자기 그런 것들에 관심을 가지면 이상하게 보일 겁니다. 그리고 파리에 그 분야의 세계 최고 권위자 중 한 분이 있거든요."

아치볼드는 여전히 프랑스를 향락과 무의미한 생활의 본고장으로 생각하고 있었다. 파리를 들르겠다는 폴의 계획을 받아들였지만 기분 전환을 하라는 뜻이었다.

"특별한 소득이 없으면 당장 돌아오게."

아치볼드가 말을 맺었다.

VIII

제네바, 스위스

테레즈는 이른 봄에는 언덕을 오르는 것이 싫었다. 날씨가 변덕스러운 계절이었다. 갑자기 비바람이 몰아치며 꽃샘추위가 닥친 날이면 길이 미끄러웠다. 그렇지만 비가 오나 눈이 오나 매일같이, 칼뱅의 도시 제네바의 구시가를 둘러싸는 부르 드 푸르 광장까지 가파른 비탈길을 올라 다녔다. 일흔다섯 살의 나이지만 다른 데서 살고 싶은 마음이 전혀 없었다. 테레즈는 둥근 분수대 앞을 지나 파출소, 카페테라스를 거친 다음 집으로 가기 위해 사방이 트인 돌계단을 올라갔다.

일주일 전부터 테레즈는 계속 불안했다. 무슨 일이 생길 것 같은데 언제, 어디서 일어날지 모르기 때문에 신경이 예민해 있었다. 그래서 이날 아침, 1층 높이의 층계 난간에 걸터앉은 젊은이를 보는 순간 테레즈는 공포에 떨기보다 안심이 되었다. 그리고 예상은 빗나가지 않았다.

테레즈는 왜 험상궂은 얼굴의 가무잡잡한 거구가 올 거라고 상상했을까? 오토바이 헬멧을 무릎에 올려놓은 금발의 젊은이는 마른 체구에 인상도 좋았다. 젊은이가 공손하게 말을 건넸다.

"테레즈 부인이십니까? 안녕하세요, 저는 조카따님을 만나러 왔습니다."

테레즈는 연기를 잘해야겠다고 마음먹었다. 그래서 애써 놀라는 표정을 지었다.

"내 조카딸? 아, 쥘리에트를 말하는구려."

테레즈는 젊은이를 집으로 맞아들여 오렌지 주스라도 대접하고 싶었다. 하지만 쥘리에트가 무슨 핑계를 대서라도 젊은이를 절대로 집 안으로 들이지 말라고 당부했다. 테레즈는 유감스럽지만 하는 수 없이 바람 부는 층계참에 선 채로 대화를 나누었다.

"내 조카딸에게 무슨 볼일이 있는지?"

"쥘리에트가 지난주에 숄므를 떠나면서 전화 응답기에 부인의 주소를 남겨놨습니다. 쥘리에트를 만날 수 있을까요?"

"쥘리에트는 여기 살지 않아요. 하지만 날마다 나한테 전화를 하지요. 요즈음은 외출도 거의 하지 않고, 아무도 만나지 않아요. 몸이 좀 아파서……. 나한테 용건을 남기면 꼭 전해주리다."

젊은이는 말할 때 눈을 약간 감았다. 나른하면서 자신 있는 태도가 어딘가 매력이 있었다.

"전할 말은 간단합니다. 조나탕이 만나고 싶어 한다고 전해주십시오. 적어드릴까요? 조-나-탕입니다. 그리고 조건을 받아들인다고 전해주십시오."

테레즈는 무슨 말인지 알아들었다는 표정을 지으면서 생각했다. 요즘 젊은이들은 사랑에도 조건을 다는군…… 그래서 행복하다면 누가 말리랴!

"그럼 오늘 오후 5시 어때요? 쥘리에트가 반가워할 텐데." 테레즈는 젊은이가 생각하는 것보다 많이 알고 있다는 걸 넌지시 내비쳤다.

"네, 좋습니다. 오후 5시에 어디로 가면 될까요?"

"오페라극장 부근, 그루틀리 팔레에 커피숍이 있는데…… 제네바 지리는 잘 알아요?"

"네, 아주 잘 압니다." 조나탕은 얼른 대답했다. "5시에 그곳으로 가겠습니다."

조나탕은 테레즈의 마음에 쏙 들 정도로 깍듯하게 인사를 하고 떠났다.

남은 계단을 다 오른 테레즈는 문을 열고 집으로 들어가서 꾸러미를 내려놨다. 그러고는 현관에 앉아서 의미심장한 미소를 지었다.

테레즈는 조카딸을 사랑하지만 늘 걱정이 앞섰다. 젊은 나이에 과부가 되어 자식이 없는 테레즈는 이복 여동생의 딸 쥘리에트를 친딸처럼 여겼다. 어린 쥘리에트의 가정환경을 생각하면 마음이 많이 아팠다. 쥘리에트는 아버지 나이가 일흔 살에 접어들 때 태어났다. 쥘리에트의 아버지는 상속받은 화물선으로 돈을 버는 사업가였다. 하지만 어찌나 이기적인지 집에서 시끄러운 소리가 나는 걸 참지 못하기 때문에 딸에게 친구들을 데려오지 못하게 하면서 온갖 구박을 했다. 남편에게 맞설 힘이 없는 어머니는 이렇게 성장하는 딸이 안쓰럽고 노처녀로 늙을까 걱정이 되었다. 나중에 좋은 신랑감을 만난다면 그게 오히려 이상한 일이 아니겠는가. 그러나 자신의 결혼 생활이 나빠질수록 어머니는 모든 고통을 딸에게 떠넘기면서 결국은 남편과 합세해서 쥘리에트를 학대하기에 이르렀다. 나이가 많아서일까. 부부는 활달하고 생기 넘치는 딸을 미워하는 것 같았다. 어린 쥘리에트는 몸을 사리는 것으로 대응했고, 매사에 지나치게 복종했다. 그러고는 집 밖으로 나가지도 않고, 표정도 없고, 지능이 낮은 아이라고 생각할 정도로 입을 열지 않았다. 테레즈는 그 고요함 속에 언제 폭발할지 모를 격한 감정이 숨어 있음을 느꼈다. 쥘리에트의 부모는 방학 때마다 딸을 쫓아버리듯 이모 집으로 보냈고, 테레즈가 인내심을 갖고 노력한 끝에 조카딸은 속내를 털어놓기에 이르렀다. 사춘기 때는 두세 번 가출까지 하면서 방황하자 조카딸이 더 나쁜 길로 빠져들까 봐 집에 데려다 놓은 적도 있었다.

따라서 지난주 조카딸이 절박한 전화를 걸어왔을 때 테레즈는 놀라지 않았다. 삶이 고달플 때 쥘리에트에게는 도움을 청할 사람이 아무도 없다는 걸 너무나 잘 알고 있지 않은가. 쥘리에트는 이모가 제네바 부근의 작은 도시 카루즈에 소유하고 있는 원룸에서 며칠 지내도 되는지 물었다. 테레즈는 마침 원룸이 비어 있었기 때문에 늘 그랬듯이 아무것도 묻지 않고 허락했다.

그렇기 때문에 테레즈는 조나탕을 만난 것이 기뻤다. 이제는 무슨 일인지 짐작이 갔던 것이다. 이 모든 것이 행복한 결말을 예고하는 서막이 아닌가. 테레즈는 쥘리에트가 이성적으로 해결하기를 바라고 있었다. 그녀는 조카딸에게 인생이 얼마나 짧은지 말해줄 생각이었다. 층계를 오르느라고 가쁘던 숨이 가라앉자 테레즈는 조카딸에게 전화하기 위해 수화기를 들었다.

*

그루틀리 팔레의 커피숍은 부근에 뇌브 광장과 오페라극장이 있어서 제네바의 지식인들이 즐겨 찾는 명소였다. 도시에 흐르는 좌익 급진주의와 절대자유주의, 세계통합주의의 분위기 때문일까. 제네바는 종교개혁의 중심지다운 엄숙함보다 차라리 1968년 5월 학생 혁명이 일어나던 격동기의 파리를 연상시켰다. 그러나 쥘리에트가 이 카페를 선택한 것은 출입문이 세 개라는 점이었다. 그것은 그만큼 도망칠 가능성이 많다는 뜻이 아닌가.

그루틀리 팔레 앞에 이른 쥘리에트는 플랭팔레 광장 쪽으로 난 유리문으로 들어가기 위해 5시 15분이 되기를 기다렸다. 어깨까지 흘러내리는 생머리에 색이 약간 바랜 청바지와 터틀넥 스웨터는 쥘리에트에게 아주 잘 어울리는 차림이었다. 헐렁한 박스스타일의 예쁜 여자들이 많이 보였다. 쥘리에트는 약속 시간을 기다리면서 홍분을 가라앉히기 위해 립글로스와 파운데이션을 발랐다. 그리고 나서 로비로 들어서다 멀리서 조나탕을 발견했다. 테이블에 너무 빨리 마셔버린 빈 에스프레소 한 잔을 앞에 놓고 홀로 앉은 조나탕이 초조한지 다리를 떨고 있었다. 쥘리에트는 자주 드나드는 손님들만 있는지, 수상쩍은 사람은 없는지 커피숍을 훑어봤다.

솔므에서 조나탕을 만난 뒤로 쥘리에트는 그토록 적극적이고 과감해진 자신에게 놀라고 있었다. 계속 잠을 아주 조금밖에 못자는데도 피로를 느끼지 않았다. 그녀에게 차갑기만 하던 세상이 급속도로 변하면서 두려우면서도 달콤하게 느껴졌다. 롤러코스터를 타는 느낌이랄까. 가속도가 붙은 듯 행복의 절정에 이르다가 갑자기 현기증이 일면서 마치 땅바닥으로 곤두박질치는 느낌이 들었다. 겁이 좀 났지만 어떤 대가를 치르더라도 여기서 그만두고 싶지는 않았다.

쥘리에트가 솔므를 떠난 것은 만일의 경우 있을지 모를 조나탕과 의뢰인의 협박을 피하기 위해서였다. 하지만 무엇보다 솔므 같은 작은 마을에서 고독한 칩거 생활을 하다가 우울증이 재발하면 도저히 견딜 수 없는 상태가 되기 때문이기도 했다. 불안이 사라지지 않고 있었다. 이번에 느끼는 것은 전혀 경험해보지 못한 불안이었다. 그래서 시끌벅적하고 생동감이 넘치는 도시로 떠나고 싶었다. 그럴 만한 도시는 제네바였다. 게다가 대도시가 아닌가. 쥘리에트는 밤낮으로 거리를 돌아다니면서 사람들과 불빛, 자동차들을 보고 안심이 되었다. 어디서 오는 자신감일까. 허약하지만 절대 흔들리지 않을 자신이 있었다. 그 누구도 그녀가 내린 결정을 되돌릴 수 없었다.

쥘리에트는 커피숍 입구에 이르렀다. 조나탕이 그녀를 봤다. 그녀는 조나탕의 테이블을 향해 걸어가서 철제 의자에 앉았다.

"내가 좀 늦었어, 미안해."

"괜찮아, 나도 방금 왔어."

조나탕이 억지 미소를 지었다. 그러고는 무심하고 거만한 표정을 지으려고 애를 썼다.

"왜 이런 웃기는 짓을 하니? 설명 좀 해줄래?"

쥘리에트가 놀라는 얼굴을 했다.

"웃기는 짓?"

조나탕이 전부 다를 가리키는 것처럼 손으로 동그라미를 그렸다.

"숄므에서 도망친 것, 이모한테 와 있는 것, 그리고 이 이상한 약속……."

"그동안 너무 조심하지 않았으니까."

조나탕은 쥘리에트의 시선을 피했다. 의뢰인들과 대책을 논의하는 과정에서 쥘리에트가 브로츠와프에서 훔쳐온 것을 강제로 빼앗기 위한 온갖 방법이 언급된 것은 사실이었다. 납치, 폭행, 숄므의 집에 강도 침투……. 그런데 그 방법들이 모두 물 건너간 걸 알았을 때 조나탕은 쥘리에트의 결정에 몹시 놀라고 당황했다.

커피숍 유니폼에 투박한 신발을 신은 에리트레아[8]계 웨이트리스가 주문을 받으러 왔다. 쥘리에트는 커피를 주문했다가 웨이트리스를 다시 불러서 탄산수로 바꿨다. 그녀 역시 조나탕만큼 긴장해 있었다. 머릿속에서 이런저런 생각이 교차해 무슨 말을 하고 있었는지조차 잊어버릴 정도였다.

"왜 도망쳤냐고 물었잖아."

"아, 그랬지. 대도시가 그리웠을 뿐이야. 숄므에 있으니까 좀 갑갑했거든. 그리고 밤마다 이상한 소리가 들리는데…… 사람들이 뭔가를 훔치러 들어오는 것 같기도 하고. 내 말 무슨 뜻인지 알겠어?"

....

8 에티오피아 북부, 홍해에 면한 나라.

갑자기 쥘리에트가 웃음을 터뜨렸는데 귀에 들리는 자신의 웃음소리에 흠칫 놀랄 정도로 소리가 컸다. 커피숍 안의 사람들이 돌아봤다. 그들은 술에 취한 여자라고 생각했는지 너그럽게 미소를 지었다. 그러나 조나탕은 당황했다.

"밖으로 나가서 말하는 게 좋지 않겠어?"

"아니, 난 여기가 좋아."

불편해서 어쩔 줄 모르는 조나탕을 보면서 쥘리에트는 더 크게 웃었다. 다급해진 조나탕의 말이 빨라졌다.

"알았어." 조나탕이 몸을 앞으로 숙이면서 말했다. "여행하고 싶지? 그렇게 될 거야."

조나탕이 재킷에서 긴 봉투 하나를 꺼내더니 주위를 힐끔 살핀 다음 쥘리에트에게 내밀었다. 조나탕이 많이 의기소침해 있는 것 같았다. 쥘리에트를 없애라는 결정에 완강하게 반대한 조나탕이었다.

"모레 출발하는 비행기표야." 조나탕이 입술을 일그러뜨리면서 말했다.

쥘리에트가 봉투를 받았다. 그리고 너무 빨리 받았다는 생각에 표정 관리를 하면서 아주 천천히 봉투를 열고 비행기표를 꺼냈다.

"요하네스버그!" 쥘리에트가 믿기지 않는 눈으로 조나탕을 쳐다봤다. "이거 확실한 거야?"

"비행기표 보면 알잖아?"

조나탕은 씁쓸한 마음을 드러낼 수밖에 없었다.

"자기는 안 가고?" 쥘리에트가 천연덕스럽게 물었다. 잔인한 질문이라는 걸 정말 모르고 묻는 걸까?

조나탕이 고개를 저으면서 성난 목소리로 내뱉었다.

"필요한 사람은 내가 아니니까!"

말투에서 깊은 실망이 느껴졌다. 쥘리에트는 한순간 조나탕이 불쌍한 생각이 들었다. 하지만 이내 속으로 말했다. '그래도 싸. 비겁함에 대한 대가니까.' 비행기표를 살피면서 그녀는 갑자기 흥분이 되었다. 손이 파르르 떨렸다. 눈이 반짝거리고 입가와 턱에 경련이 일었다.

"거기 가서 내가 누구와 접촉해야 하는데?"

"그럴 필요 없어. 마중 나올 거니까."

조나탕의 어조는 약간 위협적이었다. 그러나 쥘리에트는 조나탕이 아무것도 모르고 있으며, 개인적인 복수심을 표시하는 것뿐임을 직감했다. 어쨌든 그녀는 포기하지 않고 끝까지 가기로 결정했다. 당연히 받아야 할 보상이었다.

"그럼 행운이 있기를 빌게." 조나탕이 헬멧을 집으려고 손을 뻗으면서 말했다.

"자기는 이제 뭐 할 거야?"

쥘리에트는 다정하게 말한다고 한 질문이었는데 표현이 서툴렀다. 조나탕이 받아들이기에 그 질문은 병 주고 약 주는 식이나 다름없었다.

"네 걱정이나 해! 나를 우습게 만들어놓고서 '자기는 이제 뭐 할 거야?'" 조나탕이 쥘리에트의 억양을 흉내 냈다. "이렇게 된 마당에 내가 뭘 할 수 있겠어? 그걸 질문이라고 하는 거야? 내 대답은 비행기 안에서 잘 생각해봐."

"미안해." 쥘리에트가 말했다.

조나탕이 안되기는 했지만 쥘리에트는 남의 불행을 생각해줄 정신적 여유가 없었다. 조나탕이 불행하게 된 것은 자업자득이 아닌가. 골이 잔뜩 난 조나탕 때문에 분위기가 썰렁했지만 다행히 옆에서 일어난 해프닝에 쥘리에트는 웃음이 터져 나올 뻔했다. 옆 테이블의 손님이 일어나다가 건드린 찻잔이 떨어지기 전에 가까스로 잡았던 것이다.

"그거 가져가는 거 잊지 마." 조나탕이 퉁명스럽게 덧붙였다. "뭘 말하는지 알지? 빨간 플라스크."

쥘리에트는 마치 조나탕의 기분을 달래주려는 듯 얼른 고개를 끄덕였다. 그런데 이미 그녀는 조나탕에게 아무런 관심이 없었다.

*

유로스타를 타고 가면서 폴은 프로비던스에서 보내준 자료를 대충 훑어봤는데 아무 도움이 안 되는 정보였다. 맞은편에 앉은 사내아이가 유리창을 통해 어둠 속을 뚫어져라 쳐다보고 있었다. 워털루 역(현재는 런던 세인트 팬크라스 역)을 출발할 때 아이의 아버지가 못 들은 척해달라는 뜻으로 폴에게 윙크를 보내면서 아들에게 장난을 쳤었다.

"도버 해협을 지나갈 때 보게 될 거야."

"왜요, 아빠?"

"물거품을 내며 달리는 기차를 따라 물고기 떼도 전속력으로 유리창 앞을 지나가거든."

기차가 달리는 동안 내내 아이는 물거품과 물고기 떼를 보려고 눈이 빠져라 창밖을 응시했다. 아이의 조바심과 실망을 보면서 폴은 가슴이 뜨끔했다. '내가 지금 이 아이와 똑같은 심정이구나. 도버 해협을 지나가면서 물고기 떼를 보게 될 거라는 아버지의 말에 잔뜩 기대하고 있다가 실망하는 아이나 아치볼드의 입맛 당기는 제안에 기대하고 있다가 결국 아무것도 찾지 못해서 실망하는 나나 뭐가 다른가.'

폴은 케리에게 그간의 일을 상세히 알리는 긴 메일을 썼다. 노트북 컴퓨터는 어디서나 접속할 수 있는 안테나가 내장되어 있었다. 그는 자신의 서버를 찾아서 메일함으로 들어갔지만 마지막 순간에 메시지를 전송하지 않았다.

파리 북 역에 도착한 폴은 택시를 탔고 파스퇴르 연구소 앞에서 내렸다. 이 미생물학의 전당에서는 명석한 연구원들이 최첨단 기술을 이용하여 미래를 설계하고 있었다. 파리 시내의 혼잡한 곳에 자리 잡은 파스퇴르 연구소 내 콜레라와 비브리오 연구실은 150년 전 루이 파스퇴르가 플라스크를 흔들던 바로 그 역사적 건물을 차지하고 있었다.

폴은 조지아 주의 의학 협회가 주최하는 세계적 유행병에 관한 학술 세미나에서 발표할 자료를 준비하고 있다는 구실을 대고 실명으로 면담을 청했었다.

그런 설명은 괜한 일로 드러났다. 샹펠 박사는 그의 이름도, 방문한 목적도 묻지 않았다. 교수에게 중요한 것은 관심을 갖고 들어주는 사람과 콜레라에 대해 토론할 수 있다는 것뿐이었다.

연구실의 텅 빈 복도에 들어서는 순간 콜레라는 더 이상 유행병이 아니라는 것을 첫눈에 알아차릴 수 있었다. 오늘날 대중이나 미디어, 정치인들의 관심은 인간면역결핍바이러스(HIV), 에볼라 바이러스, 조류독감 바이러스에 집중되어 있었다. 이런 괴물같은 바이러스들을 연구해야 막대한 예산이 책정되고, 노벨상 수상자도 배출할 수 있었다. 이제 살육전의 추억으로 남은 콜레라는 퇴역한 전사가 되었다. 샹펠 박사는 유행의 변화에 타협하지 않을 사람이 분명했다. 박사는 콜레라에 대해 할 말이 무궁무진해서 평생 동안 콜레라 외의 다른 것에는 관심이 없을 것 같았다. 냉랭한 로굴스키 교수와는 아주 대조적으로 친절한 샹펠 박사를 보고 있자니 폴은 폴란드 학자의 행동이 더욱 별나게 생각되었다.

"콜레라를 가장 흥미진진한 병리학으로 만든 것이 뭔지 압니까?" 샹펠 박사가 말문을 열었다. "뜻밖에도 콜레라는 문학작품 때문에 유명해졌지요."

작은 키에 붉은빛이 도는 동그란 얼굴, 볼살이 늘어진 샹펠 박사는 대작가들이 콜레라에 할애한 소설이나 시의 구절을 읊기 시작했다. 그러다 잠시 홍분을 가라앉히고 좁은 책상에 걸터앉은 채 이번에는 프랑스 소설가 장 지오노의 『지붕 위의 기병』에 나오는 한 구절을 인용했다. "그는 고함을 질렀다. '콜레라, 이건 고, 공포야…….'" 박사가 현실로 돌아오게 하려면 말을 끊어야 하는데 도저히 엄두가 나지 않을 정도로 몰입해 있었다.

"오늘날은 콜레라가 의학적으로는 더 이상 골칫거리가 아니죠." 샹펠 박사는 셔츠 자락을 바지춤에 집어넣으면서 마침내 말했다. "콜레라는 위생 관리만 잘해도 되니까요."

그러나 박사는 얼른 표현을 바꿨다.

"아, 그렇다고 콜레라가 엄청난 문제를 일으키지 않는다는 뜻은 아닙니다. 가난한 나라에서는 콜레라가 여전히 위험한 전염병 중 하나니까요. 특히 '가난한 나라의 가난한 사람들'에게는."

"다시 말해 콜레라는 오늘날 위험하지 않기 때문에 균을 다루는 데 특별히 주의할 필요는 없단 말씀인가요?"

박사가 책상에서 작은 플라스틱 통 하나를 집어 들었다.

"말린 상태의 비브리오[9]는 이런 통에 넣어서 보관해도 문제없지요. 게다가 우리는 우편으로도 받으니까요."

"우편으로 받아요? 그러다 혹시 통이 깨지기라도 하면, 분실이라도 되면 위험한 거 아닙니까?"

"균이 위험해지려면 여러 가지 조건이 필요하지요. 비브리오 몇 개로는 충분하지 않아요. 다시 말해 감염된 유기체에서 번식한 비브리오의 수가 아주 많아야 합니다. 그리고 적당한 수분과

......
9 세균의 한 속이며 병원성이 있는 대표 종으로는 콜레라균이 있다.

따뜻한 온도, 유기물 등 매개물이 필요하지요. 특히 영양 상태가 나쁘거나, 위생 상태가 엉망인 곳의 주민들은 병에 걸리기 쉽지요. 하지만 콜레라는 손을 깨끗이 씻으면 죽는 괴물이지요."

로굴스키 교수와 같은 말이었다. '콜레라균은 손을 깨끗이 씻으면 죽는다'. 폴란드 학자가 진실을 말했다는 건 의심의 여지가 없었다. 그렇지만 폴은 좀 더 확인하고 싶었다.

"박사님, 여기서는 비브리오 균주[10]를 어디에 보관하십니까?"

"따라오시오."

샹펠 박사가 복도를 지나면서 왼쪽만 쳐다보려고 조심하는 것 같았다.

"저쪽으로 가면 안 되나요?" 폴이 오른쪽 방들을 가리키면서 물었다.

"우리 연구실이 아닙니다." 샹펠 박사가 씁쓸한 어조로 말했다. "5년 전부터 우리는 이 건물의 절반만 쓰고 있지요. 그쪽은 치즈에서 발견되는 리스테리아를 연구하는데 감염되면 유산이 되기 때문에 임산부들에게 치명적인 병원균이죠."

박사의 어조에서 아직은 예술가에게 영감을 주지 못한, 벼락출세한 세균에 대해서는 관심이 없는 것이 느껴졌다.

그들은 실험 기구가 가득한 방으로 들어갔다. 연구원 몇 명이 남아 있었다. 샹펠 박사가 이 방에는 비브리오 콜레라가 곳곳에 있다고 설명했다. 냉장고, 배기관 밑, 작업대 위…… 등. 그렇지만 마스크를 하거나 특수 복장을 한 사람이 없었다.

"많은 사람이 콜레라에 대해 잘못 알고 있지요. 콜레라를 실제보다 더 위험하다고 생각하고 있어요. 러시아 연수생이 기억나네요. 어느 날 아침 이 방으로 들어온 연수생이 주저 없이 저기

··············
10 젤리 형태의 고형 배지에서 육안으로 볼 수 있는 세균의 집단.

보이는 벽장 앞으로 갔지요."

벽장문에 '접근 금지, 위험'이라고 쓴 팻말이 붙어 있었다.

"사실 그 안에는 누전차단기 두꺼비집이 있었지요. 하지만 그 연수생은 진짜 콜레라 실험실은 그 문 뒤에 있다고 확신했기 때문에 거기서 나를 기다리고 있었던 겁니다."

실험실을 나온 샹펠 박사와 폴은 엘리베이터 앞을 지나쳐서 복도를 걸어갔다. 뒤쪽에 작은 창고가 있는데 자물쇠로 잠갔지만 허술해 보였다.

"우리는 비브리오 콜레라를 여기에 보관하고 있지요."

천장까지 설치된 칸막이 선반에 콜레라 전염병이 창궐할 때마다 100년 넘게 수집해놓은 비브리오 균주가 정리되어 있었다. 우표를 수집해도 좋을 듯한 작은 칸막이 선반이었다. 샹펠 박사의 말에 따르면 말린 비브리오는 상자에 보관하고, 냉동고 안에 얼려놓은 것도 있었다. 그러나 말린 것이든 얼린 것이든 비브리오는 언제든 배양할 수 있다고 했다. 폴은 묘한 감정이 들었다. 마침내 과학이 한때 인류를 위협하던 가장 무서운 주범들을 종신형에 처하고 이 작은 감옥에 가두고 있는 것인가.

그들은 창고를 나왔다. 창고에서 몇 미터 떨어진 복도 끝에 있는 유리문을 통해 한 무리의 아이들이 지나가는 것이 보였다. 꽥 꽥 소리를 지르면서 뛰어다니는 아이들도 있고, 유리창에 얼굴을 대고 까부는 아이들도 있었다.

"학생들이 견학을 왔군요." 샹펠 박사가 말했다.

"저쪽은 개방되어 있습니까?"

"네, 파스퇴르 박물관이죠. 한 번도 와본 적이 없단 말입니까?"

로굴스키의 말이 옳았다. 아이들이 돌아다니는 곳에 살아 있는 비브리오 균주를 둔다는 건 콜레라는 특별한 관리가 필요 없다는 뜻이었다. 그렇다면 로굴스키를 비난할 이유가 전혀 없는 것이 아닌가.

박사의 방으로 돌아가면서 폴은 한 가지 확인하고 싶었다.

"유전학적으로 비브리오가 외부의 작용 없이는 어떠한 변화도 하지 않는다는 것이 사실입니까?"

"아, 그걸 알고 있군요. 사실입니다. 비브리오는 200여 종에 이르는데 대부분은 병원균이 아닙니다. 우리가 'O1'이라고 부르는 비브리오만 콜레라를 일으키는 병원균이지요. 우리가 수집해놓은 것들을 좀 전에 봐서 알겠지만 그 비브리오 균주는 수세기 동안 변화가 없다는 걸 입증해주고 있지요. 10여 년 전 신종 비브리오 하나가 출현했는데 O1에 대해 면역이 된 사람들이 그 신종 병원균의 공격을 방어하지 못했기 때문에 심각한 전염병이 창궐했지요. 예외 없는 규칙은 없다고 했던가요. 이로써 콜레라균이 변이하지 않는다는 규칙이 깨지긴 했지만 그래도 변화가 거의 없다고 봐야지요."

다시 자리에 앉자 폴은 메모를 정리했다. 마지막 질문을 할 때였다. 폴은 이 질문을 마지막으로 조사를 종결할 생각이었다.

"콜레라를 의도적으로 이용하는 경우는 없을까요?"

"세균 테러를 염두에 두고 하는 말입니까?"

"네."

샹펠 박사가 입술을 실룩거렸다. 실망을 감추기 힘든 눈치였다.

"바이오테러리즘에서 콜레라는 정말 달갑지 않은 손님이죠. 이론적으로는 가능한 일입니다. 싼값에 다량으로 구입할 수 있는 효과적인 백신이 존재하지 않기 때문에 심각한 전염병이 퍼질 테니까요. 바이오테러리즘에 대한 비밀 군사작전이 있다는 얘기는 이따금 들었습니다. 하지만 그것은 루머일 뿐 증거가 전혀 없었어요. 비브리오 콜레라를 테러에 이용한다는 것은 정말 적절하지 않아요. 악조건에서도 포자를 만들어내 아주 오랫동안 살 수 있는 간균과는 달리 콜레라균은 생명력이 강하지 않거든요. 그리고 대부분은 항생제로 쉽게 살균할 수 있고요. 게다가 콜레라균은 유전적으로 변이하지 않기 때문에 결국은 면역성이 생기죠. 인간은 항체를 만드니까요. 다시 말해 병원균은 존재하지만 전염병이 되려면 위생 상태를 악화시키는 홍수나 전쟁 같은 사회적 위기가 발생해야 합니다."

샹펠 박사는 마치 불행에 빠진 측근의 소식을 전하는 것처럼 애통한 표정으로 덧붙였다.

"그리고 특히 콜레라는 가난한 사람들만 걸리지요. 산업이 발달한 나라의 주민들에게는 전혀 효과가 없어요. 그런데 테러범들은 가난한 사람들에게 별로 관심이 없으니……."

폴은 수첩을 덮었다. '투바 미룸(놀라운 나팔 소리 울려 퍼지네)' [11]의 강렬한 트롬본 음률이 귓가에 울려 퍼지는 것 같았다. 콜레라를 위한 레퀴엠. 브로츠와프 사건을 돌발적으로 일어난 대수롭지 않은 사건으로 결론을 내리고 이대로 접어야 하는 것인가.

폴은 샹펠 박사가 내주는 두툼한 자료를 공손하게 받아 들고 연구실을 나왔다. 저녁 8시였고, 어두워지고 있었다. 운이 좋으면 내일 밤은 애틀랜타에서 잘 수 있을 것 같았다.

---

11 진혼곡을 뜻하는 모차르트의 레퀴엠은 제8곡으로 구성되어 있으며, '투바 미룸'은 모두 6부로 이뤄져 있는 제3곡 〈세쿠엔치아〉의 두 번째 곡이다.

IX

애틀랜타, 조지아 주

폴은 택시 차창을 통해 하늘에 가득한 뭉게구름을 바라보고 있었다. 폴은 몇 주일 후에나 돌아올 거라고 생각하면서 집을 떠났었다. 집에 도착해 둘러보니 일주일에 한 번씩 오기로 한 파출부가 어김없이 왔다 간 모양이었다. 정리가 되어 있는 침대, 말끔한 개수대, 전원 플러그를 뽑아놓은 냉장고는 텅 빈 상태로 열려 있었다.

폴은 미션 때문에 떠나 있던 시간이 CIA를 그만둔 뒤로 만들어진 삶과 일상을 깨뜨릴 정도로 길게 느껴졌다. 하지만 미션이 너무 짧은 시간에 절정의 순간도 없이 허무하게 끝나버렸다. 그래서 이전의 생활로 돌아가는 데 필요한 에너지를 얻지 못한 폴은 완전히 녹초가 되었다. 시차 덕분에 짐을 풀지도 않은 채 침대에 누웠고 깊은 잠에 빠져들었다.

폴은 배가 고파서 새벽 4시에 잠을 깼다. 맑게 갠 하늘에 동트기 전의 마지막 별들이 반짝이고 있었다. 도시가 유난히 고요했다. 일요일인가? 그렇다면 병원으로 출근할 필요는 없다. 일요일은 환자의 집으로 왕진을 나가는 날이라서 동료 의사들이나 직원들도 병원에 나오지 않을 것이다.

폴은 온종일 집에서 뒹굴 생각으로 트레이닝복을 입었다. 그리고 찬장에서 과자와 원두커피, 설탕을 꺼냈다. 폴은 커피를 마시면서 창밖 납작한 지붕들 위로 떠오르는 해를 바라봤다. 잠시 후에는 전화 응답기에 녹음된 메시지를 들으면서 붉게 물드는 지평선을 응시했다.

집을 떠나면서 폴은 응답기에 녹음한 메시지를 바꾼다는 걸 깜빡 잊었다. 그래서 전화를 건 사람들은 대부분 다음 날 연락해달라는 말을 남겨놓았다. 별로 중요하지 않은 용건들이었다. 은행, 배수관 공사를 알리는 관리인, 살았는지 죽었는지 어떻게 전화 한 번 해주지 않느냐고 불평하는 여자들, 그중에는 울먹이는 여자도 있었다. 하지만 폴은 모르는 사람의 생활에 침입한 것처럼 낯설게 느껴졌다.

이어서 갑자기 들리는 케리의 목소리. 7년 만에 듣는 목소리였다. 아치볼드를 만나고 와서 지난날을 떠올리기 전까지는 그녀를 까맣게 잊고 있었다. 아니, 완전히 잊었다고 생각했었다. 폴은 커피 잔을 내려놓고 소파에서 일어나 응답기의 소리를 크게 했다.

"오랜만이야, 폴! 이런, 벌써 떠난 모양이네. 당신 목소리를 들어서 정말 반가웠어. 정말 기뻤는데……."

가라앉은 목소리. 독백이라고 하면 좋을까, 간간이 들릴 듯 말 듯 목소리가 작아졌다. 폴은 케리의 모습을 상상했다. 한밤중에 메시지를 남기고 있는 케리, 어떤 자세로 말하고 있을까? 침대에 반듯이 누운 채로 천장을 응시하고 있을 것이 틀림없었다. 그녀는 예전에도 비밀을 털어놓을 때는 늘 그랬다. 마치 정확하게 일직선이 되는 어딘가를 쳐다보고 있어야 말할 수 있다는 듯이.

"여기 뉴욕은 아직 추워. 그래도 봄이라서 그런지 내 마음도 좀 풀린 것 같아. 얼마 전부터 나는 다시 공상에 빠지기 시작했어. 그래서일까, 당신이 연락한 것에 대해 놀라지 않았어. 예전에 당신이 뭐라고 했는지 기억나? 우리는 생각이 같다고 했지?"

케리는 마치 술을 조금씩 홀짝거리고 있는 듯 이따금 말을 중단했다.

"한 쌍의 바보."

폴은 소리 없이 웃는 케리의 모습을 떠올렸다. 케리는 한동안 잠자코 있다가 아주 심각한 목소리로 말을 이었다.

"우리 아이들은 잘 자라고 있어. 아이들이 있어서 정말 행복해. 딸 하나, 아들 하나, 내가 원했던 대로야. 이제는 컸다고 잠을 못 자게 귀찮게 굴지도 않고, 하루 종일 티격태격 싸우면서도 잘 놀아. 옛날이야기를 해주는 애들 아빠, 이따금 내가 해줄 때도 있고."

또다시 소리 없는 웃음에 이어 숨소리가 희미하게 들렸다.

"내 남편 로빈을 사랑해. 남편은 정말 비즈니스에 타고난 재능이 있어. 손댔다 하면 돈을 벌거든. 요즘은 방카슈랑스[12]에 뛰어들었어. 그게 뭐냐고 묻지는 마. 내가 아는 것은 달러를 엄청나게 벌어들인다는 사실이니까. 그리고 돈을 쓰는 데도 재주가 있지. 매일 저녁 신상품이나 예술품을 사 들고 들어오거든. 내 옷장에는 수십 벌의 드레스가 있어. 내가 그런 생활을 한다는 게 상상이 안 되지? 맨해튼의 우리 아파트는 공예품과 그림으로 가득 찼어. 그런데도 난 아랑곳하지 않아. 내가 돈에 전혀 관심이 없는 사람이라는 건 당신도 알잖아. 하지만 나는 행복해, 폴. 아주 행복해."

이어지는 침묵이 어찌나 긴지 폴은 케리가 전화를 끊었다고 생각했다. 소파 팔걸이에 걸터앉아 있던 폴이 몸을 숙이면서 응답기를 향해 손을 뻗는 순간 목소리가 계속되었다.

"그렇지만 답변할게."

또다시 침묵.

"난 우리 둘이 한 계약을 잊지 않고 있어."

......

12 은행과 보험의 결합어로 은행에서 보험을 취급할 수 있게 하는 마케팅 전략.

목소리가 어찌나 작은지 숨소리와 거의 구별되지 않았다.

"이번 미션에 조건이 갖춰지면…… 정말 완벽하게 조건이 갖춰지면 나는……."

이번에는 긴 침묵 끝에 스피커가 찌지직거렸다. 메시지가 종료되었다. 폴은 떨리는 손으로 응답기 버튼을 눌렀다. 그다음 말은 녹음되어 있지 않았고, 다른 메시지도 없었다.

이제는 해가 굴뚝과 안테나의 숲 위, 중천에 떠 있었다. 폴이 일어나는데 이상하게도 러시아정교회의 기도문이 떠올랐다. 폴이 대여섯 살 때 어머니는 저녁마다 어린 아들을 데리고 성상 앞에서 기도문을 소리 내어 외웠다. 폴은 그 기도문을 거의 다 잊었지만, 인간들의 정신적인 관계에 대해 어머니가 했던 말이 기억났다. 케리도 그도 숭배하는 성인이 없지만 보이지 않는 천사가 두 사람을 연결해주고 있었다. 아무튼 케리와 가까이 있을 때는 몰랐지만 멀리 떨어져 살면서부터는 그런 생각이 들었다.

폴은 트럼펫을 집어 들고 루이 암스트롱의 흘러간 곡 〈이 멋진 세상에서(What a wonderful world)〉를 구성지게 연주했다. 암스트롱의 연주를 도저히 흉내 낼 수 없지만 한 번 더 트럼펫을 훨씬 크게 불었다. 세 번째는 눈앞에 별이 보일 때까지 힘차게 트럼펫을 불다가 멈췄다. 트럼펫 소리에 이어지는 정적 속에서 케리의 말이 생생했다.

'조건이 갖춰지면……'

결코 실현되지 않을 조건을 상기시키는 말에 모든 희망이 꺾였다. '아니, 케리, 조건은 갖춰지지 않았어. 실패할 우려가 있는 미션이었는데 이미 끝났어.' 두 팔을 늘어뜨린 채 일어나던 폴이 트럼펫을 떨어뜨렸다.

'그런 멍청한 계획을 세우다니! 아치볼드고 뭐고 지옥에나 떨어져라!' 폴은 케리에게 미션을 함께할 가능성을 암시했던 자신도 한심하게 느껴졌다.

폴은 창문턱에 놓인 술병을 들어서 피아노를 향해 냅다 집어던졌다. 그러고 나서도 화를 참지 못해서 성큼성큼 걸어 다니며 분풀이로 박살을 낼 만한 것을 찾아보았다. 그가 스트레스 해소를 위해 찾은 것은 자전거였다. 폴은 자전거를 어깨에 진 채로 엘리베이터를 타고 내려갔다. 그리고 몇몇 노숙자들만 배회하는 거리를 내달렸다.

초저녁, 목이 타고 엉덩이에 불이 나자 폴은 지친 상태로 돌아왔다. 오랫동안 샤워를 했고, 가라테 도복 바지로 갈아입었다. 그러고는 감정을 다스리면서 할 일에 대한 계획을 세웠다. 보고서를 작성하고, 프로비던스로 가서 결론을 내리고 미션을 종결지어야 했다. 그리고 다시는 이런 실수를 저지르지 않겠다고 다짐했다. 아치볼드가 대가를 지불해주고 병원 자금 지원을 해주겠다는 약속만 지켜준다면 다시는 돈에 매수되지 않을 것이며, 앞으로는 일탈하지 않고 의사로만 살아가리라 마음을 다잡았다.

폴은 보고서를 작성하기 위해 가방을 열고 책상에 자료를 가지런히 올려놓았다. 한 시간 후, 케리의 메시지를 다시 들었는데 이번에는 마음이 평온했다. 그는 네 번을 연거푸 듣고 나서 메시지를 지워버렸다. 이윽고 침대에 길게 누워 있다가 잠이 들었다.

한밤중에 울리는 전화벨 소리에 폴은 잠을 깼다. 비틀비틀 유선전화기를 향해 걸어가서 수화기를 들다가 휴대전화 소리라는 걸 알았다. 휴대전화로 전화 걸 사람이 없는데…… 폴은 전화를 걸 때만 휴대전화를 사용하고 있었다. 휴대전화 화면에 표시된 시간은 새벽 2시 34분이었다.

"코돈이오."

폴은 유럽에 있는 동안 계속 이동하고 있었기 때문에 예외적으로 코돈 소령에게 휴대전화 번호를 알려준 것이 기억났다.

"아직 런던에 있다면 오늘 만나고 싶은데요."

"그건 불가능합니다." 폴이 얼굴을 문지르면서 말했다. "미국으로 돌아왔거든요."

"아! 유럽에 있을 거라고 생각했어요. 이런! 그럼 거긴 한밤중일 텐데 정말 미안하오. 나중에 다시 전화하지요."

"아니, 끊지 마세요. 깨어 있었으니까…… 괜찮습니다. 지금 말씀하세요."

"그렇다면 말하죠. 당신과 나눈 대화를 떠올리다가 전화를 걸었는데……."

"네?"

"당신이 했던 말을 다시 생각해봤거든요."

폴이 일어나서 휴대전화를 귀에 댄 채 한 손으로 냉장고에서 작은 맥주 한 병을 꺼냈다.

"브로츠와프 사건에 대해 생각이 바뀐 건가요? 뭔가 새로운 사실을 알아낸 겁니까?"

"둘 다 아닙니다. 당신이 해준 말에서 미심쩍은 것이 있었어요."

"무슨 말씀인지……?"

"전염병과 관계가 있을 가능성에 대해 물었던 거 기억납니까?"

"당연히 기억하죠. 내가 콜레라에 대해 물었는데."

"음……."

전화선 너머에서 침묵이 흘렀다. 폴은 코돈이 미국식의 무례한 말투에 분개하면서도 완곡하게 표현하려고 애쓰는 것이 느껴졌다.

"혹시나 해서 그 정보를 우리 컴퓨터에 올려놓고 조회해봤소."

폴은 코돈이 그 정보를 컴퓨터에 올려놓고 조회를 했다는 사실 때문에 자존심이 상했다는 건지, 아니면 영국의 정보력으로 설욕할 기회를 잡았다는 건지 종잡을 수가 없었다.

"그래서 뭔가를 찾았습니까?"

"우리가 주시하고 있는 여러 급진 단체의 기록을 검토하고, 브로츠와프 사건과 어떤 관련이 있는지 찾아봤는데……."

"뭔가 알아냈군요?"

"네, 아주 뜻밖에도. 당신이 나에게 물었던 단체와는 전혀 상관이 없었습니다."

"동물해방전선은 아니란 겁니까? 그럼 어떤 단체……?"

"안전상 전화로는 말할 수 없소." 코돈의 기분이 좋지 않은 것 같았다. "우리가 알아낸 정보를 암호화된 단말기로 보내고 싶은데."

"금방 프로비던스로 갈 겁니다."

"뭐라고요?"

"로드아일랜드 주의 프로비던스에 있는 우리 첩보 기관의 본사로 가겠다는 뜻입니다. 거기서는 안전하게 통화할 수 있거든요. 마이크 벨이라는 사람을 보내서 암호를 알려주라고 하겠습니다."

"그 사람에게 내 사무실로 전화하라고 하시오."

"당장 그렇게 연락하겠습니다."

코돈은 흥분한 폴이 당장 전화를 끊을 거라고 생각했는지 목소리를 높였다.

"폴 마티스, 우리는 사실 확인을 했고, 내 생각에 아주 중요한 단서가 될 것 같소. 나는 필요 이상의 말은 하지 않는 사람이오."

"고맙습니다. 정말 고맙습니다. 소령님은 정말 대단한 분입니다."

"폴 마티스?"

"네."

"브로츠와프 사건에 뛰어들 생각이면 조심하시오. 어떤 면에서 그 범인들은 우리가 주시하고 있는 단체의 사람들보다 훨씬 위험하니까. 내 말 알아들었소?"

"네, 알아들었습니다, 소령님. 신중하게 행동하겠습니다."

폴은 전화를 끊고 나서 즉시 아메리칸 에어라인의 번호를 눌렀다. 보스턴행 첫 비행기는 7시 출발이었다. 그는 좌석을 예약했고, 서둘러 옷을 갈아입었다. 그리고 풀지도 않은 가방을 들었다.

"조건이 갖춰지면……." 폴은 케리를 떠올리면서 중얼거렸다.

그는 목청을 다해 노래를 부르면서 현관문을 쾅, 닫았다.

2부

I

프로비던스, 로드아일랜드 주

같은 회의실인데 이번에는 처음 왔을 때보다 훨씬 활기차고 긴장감까지 감돌았다. 전원이 참석해 있는지 빈 의자가 보이지 않았다. 폴은 아치볼드가 묘사해주던 인물들을 알아봤다. 정보의 귀재, 미행의 고수…… 등. 지금 그 인물들이 바로 눈앞에 앉아 있고, 처음 보는 이들도 있었다.

프로비던스에서 실무를 책임지는 참모 두 명이 테이블 양쪽 끝에 앉아 있었다. 두 남자는 분위기가 아주 달랐고, 사이도 별로 좋아 보이지 않았다. 융합될 수 없는 사람들을 참모로 두고 경쟁을 붙이는 것은 아치볼드의 전형적인 인사 수법이었다.

작전 부장 바니는 아버지가 아이티인이었다. 폴은 CIA 시절에 바니를 봤던 기억이 났다. 바니는 폴보다 나이가 많았고, 그때도 이미 부장급이었다. 큰 키에 근엄한 얼굴, 세련된 옷차림이지만 늘 자리를 지키고 앉아 있었다. 인간에 대해서는 도통해 있어서 신중하게 거리를 두기로 작정한 사람 같았다.

맞은편에 앉은 로렌스는 약간 비중이 떨어지는 안보 부장이라는 직책을 맡고 있었다. 로렌스는 코와 뺨이 붉은빛을 띠고 있어 의사가 아닌 보통 사람의 눈에 알코올의존자로 보였다. 하지만 술을 입에도 대지 않는 그이기에 억울할 수밖에 없었다. 이런 부당한 시선이 불쾌해서 늘 부글부글 끓기 때문에 로렌스는 기회만 있으면 일반인과 특히 바니에게 불만을 표출했다.

아치볼드가 손짓을 하자 작전 부장 바니가 코돈이 한밤에 보낸 자료를 발표했다.

"영국 정보국은 자료 출처가 자기들이라는 걸 밝히고 싶지는 않은 모양입니다. 우리에게 보내준 정보가 아주 일관성이 있어서 복잡하지는 않아요."

참석자 모두 주의 깊게 듣고 있었다. 대부분 노트북을 켜놓은 상태였다. 로렌스만 손가락으로 테이블을 톡톡 치면서 창밖을 바라보고 있었다.

"영국 정보원들은 프로니까!" 아치볼드가 거만한 어조로 한마디했다.

"그런 뜻으로 한 말이 아닙니다." 바니는 양미간을 찌푸리면서 대꾸했다. "요컨대 영국 정보국이 인터넷 포럼과 블로그에서 퍼온 선언문들을 통해 우리에게 경고 메시지를 보낸 것 같습니다. 그런데 모두 같은 집단에서 나온 선언문들이라는 것은 영국 측에서 브로츠와프 사건과 어떤 관련이 있다고 보는 거지요."

그때 키가 작은 대머리 남자가 살금살금 회의실에 들어왔다. 하지만 빈 의자가 없기 때문에 남자는 다시 나가서 옆방의 소파를 가져와야 했다. 그런데 문에 비해 소파가 너무 컸다. 결국 두 사람이 도와서 소파를 비스듬히 눕히고 나서야 간신히 들여놓을 수 있었다. 회의가 중단되자 아치볼드가 못마땅한 얼굴로 새로 온 사람을 소개했다.

"전략 부장 알렉산더, 여러분이 확인해보면 알겠지만 진짜 외교관이지."

알렉산더는 체면이 말이 아니라는 표정을 지으면서 아무 말 없이 앉았다. 바니가 중단된 말을 계속했다.

"이건 미국의 급진적 환경 단체에 속한 한 집단에서 나온 선언문들입니다."

"미국의 단체라고요?" 열심히 메모를 하던 키가 큰 금발 여자가 말을 끊었다.

폴은 아치볼드에게서 여자를 소개받았던 기억이 났다. 여자의 이름은 타라였다. 가짜 신분으로 활동하는 첩보원들을 위해 기적 같은 일을 만들어주는 위장술 전문가였다.

"네, 영국에서 보낸 자료들을 보면 그래요. 미국에 존재하는 한 집단에 관한 정보를 주려는 의도가 분명하거든요."

참석자 몇 명이 얼굴을 찌푸렸다. 하지만 바니가 계속 더 들어보라는 듯 손짓을 했다.

"원어스(One Earth)라는 단체에서 분리된 집단과 관련이 있는 것 같아요. 원어스는 미디어를 이용한 충격적이고 다소 왜곡된 공격을 추구하기 때문에 적대적이지만 합법적인 조직이죠."

"내가 아는 한 살상한 적이 없는 단체요!" 로렌스가 갑자기 끼어들었다.

로렌스는 바니보다 훨씬 연장자이고, 경력도 더 많았다. 로렌스는 손아랫사람에게 눌리는 것은 용납할 수 없다고 생각하는 사람이었다. 그러나 프로비던스 첩보 기관은 그 나름의 서열 체계가 있어서 회사를 설립한 직후에 채용된 바니가 최고참이었다.

"내 조카 한 명이 원어스에서 활동하고 있어서 하는 말이오." 로렌스가 말했다. "좀 허황한 생각을 가졌지만 그 단체가 우리 국민에게 해를 끼쳤다고 생각하는 사람은 아무도 없어요."

"맞는 말씀입니다, 로렌스." 바니가 말했다. "바로 그런 인식 때문에 몇몇 운동원들은 원어스가 극단적인 행동은 하지 않을 거라고 생각한 겁니다. 그래서 훨씬 급진적인 단체를 만들기로 결정한 것이고요. 그렇게 해서 새로 만든 집단의 이름이 바로 '신포식자(New Predators)'인데 왜 이런 명칭인지에 대해서는 알려지지 않았어요. 그들은 원어스의 지도자들에게 창립할 때 세웠던 원칙으로 돌아가야 한다고 주장하고 있는 것 같습니다. '지구를 구하는 데는 어떤 타협도 없다'면서 지구의 생존 가능성을 위협할 정도로 자연을 파괴하는 무절제한 인류에 대한 투쟁이 그들의 원칙이거든요."

"그 집단과 이번 사건이 무슨 관련이 있다는 건지 도무지 모르겠군." 로렌스가 모두 들을 수 있게 큰 소리로 말했다. "이거 어째 영국 친구들이 우리를 데리고 노는 것 같은 느낌이 드는데……."

로렌스가 참석자들의 지지를 얻기 위해 미소를 지어 보였다. 아치볼드는 차가운 눈길을 던지고 외면해버렸다. 바니가 그 틈을 이용해서 말을 이었다.

"이 급진적 집단의 특성 중 하나는 동물 보호 단체에 대해 적의를 품고 있다는 겁니다. 대립하는 이유가 뭐냐고 묻지 마세요. 그건 나도 모르니까. 아무튼 우리가 알아챌 수 없는 뭔가 중요한 문제가 있다고 봐야겠지요."

"예전에 트로츠키주의, 마오쩌둥주의, 무정부주의를 내세우는 집단 간의 팽팽하던 이념적 대립이 생각나는군요." 알렉산더가 쓸쓸한 어조로 내뱉었다. "냉전 종식으로 그런 갈등은 해소되었다고 생각했는데……."

"실제로 이 급진적 집단은 동물 보호 단체들을 여러 번 공격했지요." 바니가 말을 끊기 위해 목소리를 높였다. "이 집단이 기회만 있으면 인터넷상으로 동물보호주의자들을 맹비난하고 있거든요. 그래서 영국 정보국이 스파이들을 통해 정보를 입수했는데 동물해방전선 측에서도 이 위협을 심각하게 받아들이고 반격 계획을 세우고 있다는 겁니다."

평소에 프로비던스에서 다루는 문제와는 거리가 멀었다. 참석자 중 몇몇은 기존의 첩보 활동 방식을 벗어난 토론이 즐거운 것 같았다. 로렌스나 알렉산더와 생각이 같은 몇몇 사람은 노골적으로 경악과 분노를 표시했다.

"영국에서 보내온 파일 중에서 원어스의 분리 집단과 동물 보호 단체 간의 이념적 대립에 관한 내용을 소개하지요. '신 포식자'란 문제의 집단이 동물 보호 단체를 우스꽝스러운 감상주의에 빠져 있다고 비난하면서 동물의 권리를 위해 투쟁할 때 종의 범위를 어디까지 둘 거냐는 질문을 던졌어요. 다시 말해서 코끼리나 원숭이, 돼지, 더 나아가 물고기, 게, 개미를 보호하겠다는 건 알겠는데 예컨대 해면동물이나 지렁이, 모기 같은 것들은 어떡할 건지, 그것들 역시 보호해줄 건지……."

"맙소사!" 로렌스가 두 팔을 쳐들면서 외쳤다. "지금 무슨 말을 하고 있는지 아는 거요?"

"아, 녹조류!" 로렌스의 지적에 아랑곳없이 타이슨이 끼어들었다. 키가 작은 남자인데 자기도 모르게 튀어나온 말인지 얼굴이 빨개졌다.

모든 눈길이 타이슨에게 쏠렸다.

"폴에게 줄 자료를 준비하다가 나도 그런 내용을 읽은 적이 있어요. 동물 해방론을 주장하는 철학자 피터 싱어가 녹조류까지 보호할 생각이라고 말했는데 그 이하는……."

"그럼 다 굶어 죽자는 얘기네." 타라가 말을 잘랐다.

회의실이 웃음바다로 변했고, 박수를 치는 사람도 있었다.

"본론으로 돌아가죠." 바니가 만년필로 탁자를 톡톡 치면서 말했다. "그 질문에 대한 동물해방전선의 답변은 중요하지 않아요. 그런 질문을 한 의도가 중요한 거니까. 그런데 파일을 보면 '신 포식자' 집단이 세균에 대해 언급했는데 섬뜩할 정도로 냉소적이에요. 세균이나 바이러스가 인간을 공격하는 것은 인간들이 자연을 파괴하기 때문인데 세균에게 고마워할 줄을 모른다는 겁니다. '용감하게 인류를 공격하는 모든 미생물은 최고의 포식자들이다. 따라서 미생물 역시 보호받아 마땅하다'는 것이 이들의 주장이지요."

"미치광이들이군." 마사가 고개를 설레설레 저으면서 중얼거렸다.

"콜레라를 예로 들어봅시다." 바니는 감정적인 말을 자제하라는 뜻으로 목소리를 높였다. "'공포 분위기를 확산시키면서 수백만 인명을 앗아간 비브리오가 사라지고 있지 않은가! 그렇다면 비브리오 콜레라를 보호하기 위해 결집해야 되는 거 아닌가? 도대체 동물 보호 단체들은 뭘 하고 있는가?' 결론적으로 '자연을 구하려면 콜레라균을 구해야 한다!'는 것이 신 포식자 집단의 계획이죠."

바니가 말을 멈추자 회의실에 정적이 감돌았다. 그때 갑자기 로렌스가 너무 격하게 몸을 뒤로 젖혔기 때문에 의자가 삐걱거렸다.

"자네가 우리를 놀리고 있는 것 같군, 바니." 로렌스가 말했다.

"잠깐." 두 사람의 팽팽한 신경전을 피하고 싶은 마사가 끼어들었다. "바니 부장님, 그래서 결국 이 정보로 뭘 어쩌자는 거죠? 난 아직 이 콜레라 얘기와 브로츠와프 사건이 무슨 관계가 있는지 모르겠는데요."

"지금부터 폴이 설명할 겁니다." 바니가 말했다.

회의실 안에서 폴만 유일하게 프로비던스 첩보 기관의 정식 직원이 아니었다. 하지만 참석자들은 인사 기록을 통해 폴에 대해 알고 있었다. 게다가 아치볼드가 높이 평가하기 때문에 특별한 관심을 갖고 폴이 무슨 말을 할지 기대하고 있었다.

"일련의 사실부터 말씀드려야겠습니다." 폴은 조심스럽게 말문을 열었다. "먼저 나는 브로츠와프 연구소를 습격한 테러범이 외국에서 왔다고 확신합니다. 자국에는 그런 극단적인 동물 보호 단체가 없다는 폴란드 경찰의 말을 믿지 않을 이유가 없으니까요. 아무튼 국경 검문소에서 테러범들에 대해 아무런 흔적을 찾지 못했다는 건 수사상의 실수인 것 같아요. 경찰 조서를 보면 현장에서 수많은 발자국이 발견되었는데 신발 크기가 260mm와 290mm 두 가지였어요. 폴란드 경찰은 범인이 남자 두 명이며, 국경 검문소에 기록된 인상착의와도 일치한다는 결론을 내렸지만, 나는 경찰 조서를 자세히 살피다가 아무도 관심을 갖지 않은 한 가지 사실에 주목했습니다. 260mm 크기의 신발 자국이 30개인 데 비해 290mm 크기의 신발 자국은 단 한 개가 발견되었다는 것은 어설픈 속임수일 가능성이 있습니다. 어쩌면 단독 범행일 수도 있고요."

"가짜 발자국을 남겨서 속임수를 쓴다……." 로렌스가 빈정거렸다. "그건 아주 낡은 수법이오."

"과학수사대가 정밀 감식을 하지 않으면 그냥 넘어갈 수 있으니까요. 이 사건은 뭔가를 훔쳐가거나 누군가를 죽인 것도 아니기 때문에 수사관들이 정밀 수사를 하지 않은 것이 틀림없습니다."

"어쨌든 폴란드는 EU 회원국이라서 국경을 자유롭게 출입할 수 있어요." 알렉산더가 말했다.

"독일 국경의 검문소는 여전히 엄격하지요. 하지만 남자 두 명을 쫓는 것으로 수사 방향을 맞췄는데 만약 한 명이 저지른 것이었다면……."

"여자가 저지른 것일지도 모르죠." 타라가 말했다. "요즘은 260mm를 신는 여자도 꽤 있거든요."

폴은 소스라쳤다. 비록 미미한 단서일망정 브로츠와프 연구소에 침입한 범인의 신원에 대한 자신의 직감을 뒷받침해주는 말이 아닌가.

"계속하게, 폴." 아치볼드는 타라의 말을 듣고 깊은 생각에 잠긴 폴의 정신을 차리게 했다.

"범인이 남자든 여자든 외국에서 왔다고 가정할 경우 어느 나

라에서 왔으며, 목적이 무엇인지 알아야 했습니다. 영국 정보국은
용의 선상에서 동물해방전선을 단호하게 제외했습니다. 내가 만
난 사람은 그 분야 최고의 전문가였고, 나는 그분을 신뢰합니다."

폴은 그 이유를 설명하기 어려웠다. 아치볼드가 영국인들에 대
해 갖는 믿음처럼 폴도 어쩌면 코돈을 맹목적으로 신뢰하는 것일
지도 몰랐다. 아치볼드 앞이라서 모른 체하는 걸까. 다행히 아무
도 내색하지 않았다.

"두 가지 추측이 가능합니다. 하나는 아마추어들이 저질렀을
가능성입니다. 하지만 아마추어들이라도 연구소 사정을 잘 아는
자들이었을 겁니다. 테러범은 연구소의 구조, 자물쇠의 강도, 야
간 순찰 시간 등을 훤히 알고 있었으니까요. 다른 하나는 아마추
어가 아닐 가능성입니다."

폴은 단순 명쾌한 설명으로 참석자들의 호응을 얻었다. 맞은편
에 앉은 타라와 마사는 꽤 매력적인 남자의 입에서 나오는 말을
듣고 있는 것이 즐거운 눈치였다. 로렌스만 회의적인 얼굴로 고
개를 설레설레 젓고 있었다.

"테러범이 벽에 남긴 동물해방전선의 슬로건. 그건 우리의 관
심을 다른 쪽으로 돌리려는 연막일 가능성이 있습니다. 정말 중
요한 것을 대수롭지 않은 일로 만들려는 속셈……. 다시 말해 실
험실에서 무슨 일이 일어났는지를 감추기 위한 것으로 볼 수 있
지요. 맹목적인 파괴 행위로 믿게 해서 중요한 것을 보지 못하게
하려는 것이죠. 따라서 위장술일 가능성을 배제할 수 없습니다."

"무엇을 위장하기 위해?" 로렌스가 물었다.

"특수 목적의 절도를 맹목적인 파괴 행위로 위장하기 위한 것
일 수도 있습니다."

폴이 눈을 반짝이며 쳐다보자 로렌스는 시선을 피해 만년필을
만지작거렸다.

"너무 단순한 가정이라는 거 압니다. 하지만 이 사건은 명확한 것이 전혀 없기 때문에 이런 가정도 해볼 필요가 있습니다. 실험 기구들을 때려 부수고 실험실을 엉망으로 만들어놓은 것은 한 가지 목적, 즉 특수 목적의 절도를 파괴 행위로 꾸미기 위한 것이었다고 생각해보세요. 예를 들어 콜레라 균주를 훔치는 것이 테러범의 미션이었을지도 모르죠."

폴은 말할 때 오른쪽 뺨에 난 구레나룻을 쓰다듬는 버릇이 있었다.

"난데없이 콜레라 얘기는 대체 어디서 나온 거요?" 로렌스가 물었다.

"브로츠와프 연구소에서 책임교수와 얘기를 하다가 문득 그런 생각이 들었지요. 그 후에 만난 영국 정보국 간부가 이 사건이 교란작전일 가능성은 없는지 의문을 제기했습니다. 그래서 곰곰이 생각했지요. 그렇다면 무엇을 위한 교란작전일까? 경쟁하는 학자가 실험 결과를 훔치러 왔던 걸까? 그런 생각도 해봤습니다. 하지만 로굴스키 교수의 연구는 상업적인 의미가 거의 없는 데다 연구 자료가 없어졌다는 신고도 하지 않았습니다. 그리고 최첨단 기구를 갖춘 연구소인데 도난당한 것도 없었어요. 그래서 콜레라에 대한 의문이 생겼던 겁니다. 나쁜 의도를 갖고 그 실험실에 잠입한 누군가가 눈독 들일 만한 것으로는 콜레라균이 유일하게 희귀하고 위험한 것이니까요. 물론 순전히 내 식감이라고 할 수 있습니다. 현장에서 수상쩍은 것을 전혀 발견하지 못했고, 로굴스키 교수는 의심이 갈 만한 말을 하지 않았지요. 교수가 경계심을 보였지만 그건 내가 면담 준비를 제대로 하지 않은 탓도 있으니까요. 로굴스키 교수가 해준 말도 샹펠 박사와의 만남을 통해 모두 사실인 것으로 확인했고요. 그런데도……."

"그런데도?" 타라가 물었다.

"그런데도 계속 이 사건은 콜레라가 단서가 될 것 같은 느낌이 들었죠. 그래서 아무런 기대를 하지 않고 영국 정보국 간부에게 그 말을 해본 겁니다. 그런데 이렇게 자료를 보내주었습니다. 콜레라가 정말로 단서가 될 줄이야, 나 역시 기쁘면서도 놀라고 있는 중입니다."

참석자들이 자신의 생각을 솔직하게 표현하기에는 아직 폴과 친분이 없어서일까. 폴이 말을 끝내자 잠시 어색한 침묵이 흘렀다. 마침내 마사가 얻어맞은 어린아이를 달래주듯 부드러운 어조로 물었다.

"영국 정보국에서 보내준 자료의 분량이 정확하게 얼마나 되는데요?"

마사는 폴에게 질문한 것인데 대답은 바니가 했다.

"두 개의 복사본 파일에 인터넷 사이트나 다른 매체에서 퍼온 선언문 십여 개가 첨부되어 있어요. 아마 도청을 했거나 스파이들을 통해서 입수한 정보겠죠. 선언문마다 신 포식자라는 명칭과 콜레라가 빈번히 언급되어 있어요."

"그 선언문들의 날짜는?"

"2년 전쯤."

"허허!" 로렌스가 너털웃음을 웃었다. "2년 전!"

"그 집단의 웹 사이트가 1년 반쯤 전에 갑자기 중단되었거든요." 바니가 정확하게 밝혔다.

"그 집단이 해체된 건가요?" 타라가 물었다.

"그건 알 수 없죠. 아무런 설명 없이 웹 사이트 서비스를 중단했으니까요. 영국 정보국에 따르면 웹 사이트야말로 그런 선언문들을 심각하게 받아들이게 하는 선동 수단인데…… 중단했다는 사실에 주목하고 있는 거죠. 지금까지 경험에 미루어보건대 극단주의자들이 입을 다물었다는 건 계획을 실행으로 옮기기 시작했음을 의미하기 때문에."

또다시 정적이 흐르는 동안 몇몇 사람이 창밖을 바라봤다. 해가 중천에 떠 있었다. 푸릇푸릇한 나뭇잎들이 싱그럽고, 주차장을 따라 늘어선 라일락이 보라색 꽃망울을 터뜨리고 있었다. 의자에서 자세를 바꾸는 사람, 헛기침을 하는 사람, 커피나 비스킷을 먹는 사람도 있었다. 침묵을 깬 사람은 알렉산더였다.

"폴, 과연 듣던 대로 뛰어나군요. 당신이 한 가정은 기발했어요. 돈 받고 하는 일이라지만 이보다 더 잘할 수는 없을 겁니다. 하지만 솔직히 미안한 말이지만 모든 것이 너무 일관성이 없어 보여요."

알렉산더는 노안 안경을 이마에 올리는 것으로 감정을 표시하는 버릇이 있는데 그 순간에는 눈빛이 흐릿해졌다. 그리고 마치 내면의 목소리에 귀를 기울이는 듯 머리를 약간 숙이면서 말투가 느려졌다.

로렌스가 그 틈에 말했다.

"미션을 이행할 때 몇 가지 가정을 세우는 것이야 당연한 일이오. 하지만 경계할 줄도 알아야 하는 법! 당신이 발표한 것은 사상누각일 뿐 그 이상도 그 이하도 아니오. 콜레라균을 도난당했다는 것도, 미국 단체가 연루되어 있다는 것도 확인된 바 없소. 더군다나 2년 전에 늘어놓은 궤변을 갖고…… 그리고 만에 하나 문제의 집단이 병원균을 손에 넣었더라도 미국에 들여왔다는 것이 확인된 사실도 아니고. 근거도 없는 이런 식의 가설을 세우다 실패할까 봐 닥터 스파이가 필요했던 건데!"

모든 눈길이 폴에게 쏠렸다. 로렌스의 모욕적인 발언이 오히려 폴을 도와주었다. 권투 시합을 하다 강펀치를 맞는 순간 정신이 번쩍 들면서 분발하는 것과 같은 이치라고 할까. 폴은 신중하게 처리하려던 마음이 싹 달아났다.

"그렇다면 방법은 두 가지밖에 없습니다." 폴이 목소리를 깔았다. "이 모든 단서가 너무 미약하다고 생각되면 이 사건은 여기서 종결하면 됩니다. 범인도, 범행 동기도 알아낸 것이 없고, 심지어 살해 행위도 없었으니 무혐의 사건으로 결론짓는 보고서를 작성하면 그만이니까요."

"그럼 다른 하나는 뭡니까?" 알렉산더가 머뭇거리며 물었다.

폴은 심호흡을 하면서 어퍼컷을 날리기 위해 힘을 모았다.

"극단적인 미치광이들이 수천만, 수백만의 인명을 앗아갔던 무시무시한 병원균을 갖고 돌아다니게 두는 것이 위험하다고 생각되면 이 사건을 계속 조사하는 거죠. 더군다나 그들이 미국 단체 소속이라면."

샹펠 박사는 비브리오가 바이오테러의 살상 무기가 될 수 있지만, 적절하지 않다고 분명히 말했다. 폴은 참석자들에게 콜레라에 관한 과거의 공포를 상기시키는 식의 지능적인 수법을 쓰지 않으려고 했다. 하지만 이 일을 계속해야 할 두 가지 이유가 있었다. 로렌스의 모욕에 대해 복수하고 싶은 마음과 무엇보다도 케리와 함께 미션을 계속하고 싶은 마음이 컸다.

폴은 협박에 가까운 자신의 공갈이 통했다는 걸 느꼈다. 아무도 반론을 제기할 용기를 내지 못했다. 한참 후에야 알렉산더가 상기시켰다.

"아무튼 폴란드 정보국으로부터 의뢰를 받은 사건이라는 걸 잊지 맙시다." 알렉산더가 또다시 안경을 이마 위로 올리면서 말했다. "폴란드는 자국에서 일어난 사건인 만큼 당연히 진상을 알고 싶어 할 겁니다. 하지만 나는 폴란드에서 가상의 미국 단체를 추적하는 일에 오랫동안 경비를 대줄 거라고는 생각하지 않아요."

거기까지 말하고 나서 알렉산더는 입을 다물었다. 어쨌든 프로비던스 첩보 기관의 계약을 협상하고, 고위층 정치인들을 만나

세부 사항을 논의하는 책임자는 아치볼드였기 때문이다.

아치볼드는 잠시 침묵이 흐르게 두었다가 말했다.

"맞는 말이네, 알렉산더. 자네가 그 말을 꺼낼 줄 알고 지금껏 기다리고 있었어. 어쨌든 고맙네."

아치볼드는 극적인 순간에 멋지게 개입하는 것으로 참석자들을 휘어잡았다.

"단언하건대 나는 폴이 내린 결론에 전적으로 동의해. 오랜 세월 정보기관에 몸담았던 경험으로 미루어 극단적인 집단은 항상 선언문을 통해 내세운 주장을 실행에 옮기지."

아치볼드가 소매를 걷어붙이는 것으로 다시 한 번 참석자들의 시선을 잡았다.

"1915년, 제네바에 체류하는 프랑스인들이 머물던 옛 건물에 대머리 남자가 등장하지."

참석자 중에는 고개를 숙이는 사람도 있고, 눈살을 찌푸리며 서로를 쳐다보는 사람도 있었다. 아치볼드의 현학적인 연설이 시작됐다 하면 그걸 듣고 있는 것은 거의 고역에 가까웠다.

"문제의 남자는 레닌이란 필명으로 독재 권력과 프롤레타리아 혁명에 관해 놀라운 글을 쓰는 러시아인으로 본명이 블라디미르 일리치 울리야노프였지. 그러나 당시의 사람들은 울리야노프와 레닌이 동일인이라는 걸 몰랐지."

아치볼드가 윗입술을 실룩거리며 만족감을 표시하자 참석자들은 천장을 올려다봤다.

"『나의 투쟁(Mein Kampf)』[13]을 읽으면서 히틀러가 정말 그렇게 극단적으로 행동할지 어느 누가 짐작이나 했겠어?"

. . . .

13 반민주주의적 권력 사상과 반유대주의적 세계관을 피력한 히틀러의 저서로 1925~1927년에 두 권으로 출간되었고, 나치즘의 경전이다.

아치볼드가 오래 말하지 않을 거란 뜻으로 손을 들면서 결론을 내렸다.

"영국 정보국이 주목한 미국 집단에 관해서는 확인할 필요가 있을 것 같군. 최종 결론이 내려질 때까지는 극단적으로 위험한 집단으로 분류해야 하고."

갑자기 부는 바람에 정원의 포플러 가지들이 흔들리면서 은빛 잎이 하늘거렸다.

"상황이 복잡해지고 있는데 우리는 문제의 극단적인 집단이 무엇을 위협하는지, 아니 누구를 위협하는지도 모르고 있어. 그 집단이 인류 일반에게 원한을 품은 것 같지만 대상은 분명히 있을 거야. 그렇다면 그 대상이 누구일까? 관념론자들의 모호한 증오심은 항상 특정한 인간 무리에 집중되는데 그걸 본능적으로 느낀 것이 유대인들이지. 불운하게도 걸핏하면 그 불똥이 유대인들에게 튀었으니까. 지금 우리가 맡은 사건은 극단주의자들이 공격하려는 대상이 누구인지에 대해 아무런 정보가 없어. 따라서 그 집단의 공격 대상을 빨리 알아내는 것이 중요하고, 행동 범위가 세계적인 규모라는 것도 염두에 둬야 해. 로렌스와 알렉산더가 미국의 집단이 폴란드에 가서 콜레라균을 손에 넣었다는 말에 펄쩍 뛰는 것은 어쩌면 당연한 일이지. 하지만 콜레라는 우리 미국에 유행하는 병이 아닌 데다 내가 알기로 9·11테러 이후 우리 연구소들은 그 어느 때보다 경비가 삼엄하기 때문에 국외에서 들여와야 하는 것은 틀림없어! 극단주의자들이 세계적으로 움직일 수 있다는 것은 살상 계획도 세계적으로 할 수 있다는 뜻이야. 따라서 우리는 테러의 대상이 되는 지역이 세계적인 규모라는 것을 분명히 인식해야 해."

타라는 만년필 잉크카트리지를 교체하기 위해 필기를 중단했다. 아치볼드는 그녀가 준비가 될 때까지 기다려주었다.

"우리의 국가기관들은 그런 집단을 수사하기가 사실상 좀 어려워. 미국에서 활동하는 극단적 단체들은 FBI 소관이지만, 수사 권한이 우리 영토로 제한되어 있기 때문에 극단주의자들이 국외에서 하는 일에 대해서는 거의 모르고 있는 형편이지. 물론 전 세계에서 벌어지는 일은 CIA가 맡고 있지만 미국으로 옮겨지는 순간부터 FBI에 권한을 넘겨야 해. 결론적으로 국외에서 활동하는 미국 단체들은 통제하기가 어렵다는 거야. 그 점에 대해 국방부 사무관과 여러 번 논의할 기회가 있었고, 현재는 펜타곤도 이 문제점을 인식하고 있지."

폴은 난감한 얼굴로 아치볼드를 쳐다봤다. 아치볼드에게는 경박함과 과장된 허세, 뛰어난 프로의식이 뒤섞여 있었다. 영국인으로 자처하는 아치볼드가 자신의 수완을 은연중에 과시하고 있었다.

"국방부 사무관과의 논의로 일을 성사시킬 수 있는 분위기는 조성되었어. 오늘 아침에는 내 친구 마커스 브라운을 만나서 확신이 가는 것을 전했고."

아치볼드의 후임으로 CIA 부국장이 된 마커스 브라운은 모사꾼이었다. 보수주의 정치인 친구들이 부국장으로 강력하게 밀어준 덕분이었다. 마커스는 사무실 밖을 나가지 않은 채로 교묘하게 중앙정보국을 통제하면서 거의 아무도 만나지 않았다. 아치볼드만 부하 직원이던 마커스를 언제든 만날 수 있었다.

"CIA가 국외에서 활동하는 미국 단체들에 대한 감시를 강화하려면 이 브로츠와프 사건을 기회로 잡아야 한다는 데는 합의가 되었지. 정보국 요원들을 동원하려면 FBI와 충돌을 피할 수 없기 때문에 CIA는 우리에게 위임하는 것이 최선의 방법이지. 따라서 문제의 신 포식자 집단을 추적하는 일이 우리에게 떨어지는 건 이제 시간문제야. 오늘 오후 세부적인 협상을 하기로 약속이 되어 있으니까."

회의실이 탄성 섞인 중얼거림으로 술렁거렸다.

"그럼 더 이상 폴란드 정보국과는 교섭하지 않아도 되는 겁니까?" 알렉산더가 물었다.

"폴이 영국에서 알아온 정보를 근거로 사건에 관한 자세한 보고서는 보내야지. 콜레라에 대해서는 알릴 필요가 없고. 다만 미국에서 추가 조사를 할 거란 사실만 언급하고 폴란드와 관련된 것에 대해서는 결과를 알려줘야지. 물론 그쪽에서 경비를 지불하는 경우에 한해서."

"그럼 그 신 포식자 집단을 추적하기 위한 팀을 새로 구성해야 하나요?" 타라가 물었다.

"물론."

"어떤 팀으로……?" 타라가 물었다.

"새로 구성할 필요는 없어. 폴이 계속 맡기로 했으니까."

그러자 로렌스가 못마땅한 얼굴로 만년필을 테이블에 탁 내려놓으면서 말했다.

"우리가 사설 기관이라서 콩고물에 만족해야 한다는 건 인정해요. 그러나 확실하지도 않은 직감과 2년 전의 포털 사이트 포럼에 올라왔던 글 때문에 어쩌면 이미 해체되었을지도 모를 미치광이 집단을 추적하자는 건 좀 지나친 것 같군요. 인터넷에 올리는 글을 어떻게 믿고! 오늘날은 그보다 훨씬 위험한 일이 얼마든지 있는데."

아치볼드가 한순간 고상한 영국인이라는 걸 잠시 잊었는지 즉각 반응했다. 이 순간은 뉴욕 브루클린의 억양으로 돌아온 아치볼드의 말이 거칠어졌다.

"그 입! 잠자코 있었으면 좋았을걸, 로렌스! 자네 말대로 콩고물로 살고 있는지도 모르지. 하지만 펜타곤에서 떨어지는 콩고

물 덩어리는 아주 크다는 걸 알아야지. 계약 금액을 보면 금방 생각이 달라질 거면서 왜 그리 성급한가? 그리고 이제는 냉전이 종식되었다는 걸 받아들일 때가 되었어. 자네처럼 아무 말이나 지껄이는 것, 오늘날은 바로 그게 문제야. 도쿄 지하철에서 사린가스를 살포하여 수많은 사상자를 낸 무차별 살인 사건 기억하나? 자네에게 그 옴진리교와 미치광이 교주를 감시하라고 하면 뭐라고 말할 텐가? 이라크전쟁 초기에 우편물로 배달된 탄저균은? 탄저균을 보낸 주요 용의자로 사담 후세인(미군에 체포되어 2006년 12월 사형되었다)이나 또 다른 위험인물들이 지목되었지만 아직까지 체포하지 못하고 있단 말일세!"

거기까지는 생각도 못 했다는 듯 로렌스가 고개를 끄덕이면서 동의했다.

"그리고 동굴에서 생활한다면서 젤라바[14] 차림에 수염을 길게 기른 모습으로 등장한 빈 라덴! 자네는 그런 모습의 빈 라덴을 보고 위험한 인물이라는 생각이 들던가? 우리는 빈 라덴이 그렇게 참혹한 짓을 저지를 수 있다는 걸 5년 후에야 알아차렸어. 이번에는 어쩌면 끔찍한 재앙이 일어나기 전에 처리할 수도 있단 말일세."

모두 입 닥치고 있으라는 뜻인가. 아치볼드가 입을 꾹 다물고 있는 로렌스에 이어 참석자들을 휙 둘러보는 것으로 무언의 압력을 행사한 다음 폴에게 말했다.

"팀을 구성하는 것은 자네에게 일임할 테니까 미치광이들을 추적하게. 동기가 무엇인지, 누가 조종하는지, 누가 자금을 대는지, 공격 대상이 누군지 알아내야 해. 우리 프로비던스에서 정보, 위장, 접선 등 자네에게 필요한 모든 것을 지원해줄 테니까. 물론

....

14 긴소매와 후드가 달린 아랍 남자의 겉옷.

신변 보호도."

"팀을 어떻게 구성할 생각입니까?" 알렉산더가 폴에게 물었다.

"이목을 끌지 않게 움직여야 합니다. 그러기 위해서는 한 사람만 더 있으면 됩니다."

"그럼 찾아봐야지요. 어떤 사람이면 되겠습니까?"

"사실은…… 이미 적임자로 생각하는 사람이 있습니다."

II

뉴욕, 미국

호텔 방에서 밖을 내다보던 폴은 하마터면 약속 시간을 변경할
뻔했다. 로어 웨스트 사이드에 우뚝우뚝 솟은 빌딩 사이의 하늘
을 보려면 창밖으로 목이 비틀어져라 머리를 내밀어야 했다. 하
늘이 시커멨다. 뉴욕의 4월은 늘 이런 식으로 변덕스러운 날씨를
연출한다. 어제는 화창했는데 오늘은 한바탕 비를 뿌릴 듯 잔뜩
찌푸린 날씨였다. 폴은 아침을 먹은 뒤에 용기를 냈다. 소나기를
동반한 구름과 파란 하늘이 번갈아 이어졌다. 어쨌든 약속을 취
소하기에는 너무 늦었다. 10시에 호텔을 나선 폴은 센트럴 파크
를 향해 걸었다.

센트럴 파크 서쪽 입구 75번가에 이른 폴은 레인코트 깃을 올
리고 기다렸다. 약속 시간 10분 전이었다. 폴은 케리가 정각에 나
타나지 않으면 오지 않으리라는 걸 알고 있었다.

가랑비가 내리기 시작했다. 머리가 젖었다. 폴은 비를 피해 가
로수 밑에 섰다. 공원 입구 옆쪽에 프랑스 영사관이 있었다. 정면
에서 나부끼는 프랑스의 삼색기를 보면서 묘한 느낌이 들었다.
사실 아치볼드가 폴의 혈통에 관해 던지는 농담이 전혀 근거 없
는 말은 아니었다. 미국이 1803년 프랑스로부터 루이지애나를
매입한 지 200년이 지났지만 폴의 집안은 계속 프랑스인이라고
생각했고, 아버지는 1944년 자원입대를 할 정도였다. 그리고 인
도차이나전쟁(1946~1954)에 참전하여 베트남에서 전사했다. 폴은
아버지를 잃은 슬픔 때문에 열여덟 살 때 도발적으로 입대했다.

아무튼 프랑스에 대해서는 감정이 묘했다. 집안 내력에 깊은 영향을 준 나라였다. 그래서 선택한 군대 생활을 벗어나는 데 많은 어려움을 겪었다. 그런 생각을 하며 점점 더 시커메지는 먹구름을 바라보던 폴은 만감이 교차했다.

정각 10시 30분, 폴은 철책을 따라 다가오는 실루엣을 봤다. 우산 때문에 얼굴은 보이지 않았다. 부러진 우산살 두 개가 늘어져 있어서 실루엣의 어깨 위로 빗물이 줄줄 흘러내리고 있었다. 이윽고 실루엣이 바로 앞에 와서 걸음을 멈추기 직전에 폴은 케리를 알아봤다.

"안녕, 폴!"

"안녕, 케리!"

마지막으로 그녀를 본 것이 언제였지? 누군가 물었다면 주저 없이 어제라고 대답했을 것이다. 7년이란 긴 세월이 한순간에 날아가버렸으니.

포옹을 할까? 하지만 어떻게 하지? 두 사람은 깊은 사이지만 서로에게 소극적이었다. 서로를 잘 안다는 것 때문에 가벼운 스킨십조차 오히려 어색한 그들은 낯선 남녀처럼 인사했다. 케리가 우산을 접기 위해 왼쪽으로 움직이다 부러진 살 때문에 꺾여 올라간 우산에 고인 물이 쏟아져 내렸다. 후닥닥 물러선 두 사람은 소매를 흔들어서 물을 털었다. 그것으로 포옹을 할까 말까 하는 문제는 해결되었다.

"약속 장소 정하는 데 대단한 재주가 있는 건 여전하네!"

"당신 같은 수영 선수가 소나기쯤이야 겁날 것 없잖아."

케리는 반들거리는 초록색 트렌치코트를 입고 있었다. 폴은 생각했다. 옷장에 가득하다는 명품 옷들 중 하나가 틀림없겠지.

"공원으로 들어가서 좀 걸을까? 아니면 곧장 카페로 갈까?"

"비밀 첩보원 게임을 할 생각이라면 공원으로 가는 게 더 나을 것 같은데."

두 사람은 초록빛이 완연한 숲 속의 구불구불한 오솔길로 접어들었다. 산책을 나온 사람들이 머리를 숙인 채 종종걸음 치며 공원을 빠져나가고 있었다.

"병원은 어때?" 케리가 물었다. "아래층을 임차하기로 결정했어?"

"그걸 누구한테 들었어?"

폴은 자신과 마찬가지로 케리도 예전 사람들과는 연락을 끊고 지낼 거라고 생각하고 있었다.

"우리가 같은 직업 아니었나?"

폴이 고개를 돌리고 놀란 얼굴로 그녀를 쳐다봤다.

"좋아, 말할게. 비밀도 아닌데. 내 친구가 당신 병원에서 일하고 있어. 나랑 같이 심리학 석사 과정을 공부했지."

"트레이시?"

"당신의 소원을 존중하고 싶어서 내 친구가 아무 말도 하지 않았던 거야."

케리는 촉촉해진 눈을 반짝이면서 '소원'이라고 말했다. 폴은 케리의 갸름한 얼굴과 야릇한 느낌의 입술을 응시했다. 세월이 흐르면서 원숙해진 탓일까. 젊을 적의 흐릿한 윤곽보다 입술 선이 훨씬 또렷한 것 같았다. 그렇지만 그녀를 완전히 알아보기에는 뭔가가 부족한 느낌이 들었다.

"다행이네. 내 근황에 대해 굳이 말하지 않아도 되니까. 어디까지 알고 있어?"

"트레이시가 지난주에 전화를 했어. 당신이 한 달 동안 일종의 안식 휴가를 받았다고 하더라고. 당신이 남긴 메시지를 다시 들으면서 곰곰이 생각했지. 다시 뛰어든 거지?"

"아치가 찾아와서 도움을 청했어."

"CIA를 위해서?"

"아치는 CIA를 그만두고 개인 회사를 차렸어."

"무슨 회사? 그 일 말고 할 줄 아는 게 있나?"

갑자기 폴은 깨달았다. 아, 헤어스타일! 케리가 아일랜드풍의 모자로 긴 머리를 가리고 있었다. 그래서 오케스트라 연주가 빠진 오페라처럼 얼굴에 힘이 없고 낯설게 보였던 것이다.

"같은 일이야. 지금은 자영업이라는 차이만 있는 거지."

"그럼 아치를 위해 일하기로……."

"얼마 동안만 도와주는 거야."

그들은 작은 다리로 들어섰다. 다리 밑의 물이 진흙탕이 되어 있고, 오리들이 붙박인 것처럼 꿈쩍도 하지 않았다.

"사건에 대해 얘기해줄까?"

"그럼 내가 왜 왔겠어? CIA를 그만둘 때 당신과 내가 내린 결정을 설마 잊은 건 아니지?"

"하지만 지금 당신에게는 가정이 있잖아. 아이들 때문에라도 이런 일에서 손을 뗐을 거라고 생각했는데……."

"당신은 나를 너무 모르는 것 같아."

그들은 아름드리나무 숲에 이르렀다. 느릅나무와 너도밤나무의 울창한 나뭇가지들이 지붕을 이루고 있어서 빗방울만 뚝뚝 떨어졌다. 케리는 우산을 폈다. 그들은 다람쥐들이 뽀르르 지나다니는 오솔길을 내려다보면서 나란히 걷고 있었다.

폴은 브로츠와프 사건과 영국 정보국에서 알려준 자료, 그리고 사건을 둘러싼 의심스러운 것들에 대해 간략하게 설명했다.

케리는 말을 끊지 않고 잠자코 듣기만 했다.

"또 세균을 사용하는 테러 사건이네." 케리가 마침내 말했다. "내가 정말 싫어하는 종류의 스릴러가 이런 건데."

"아직 확실한 건 아니지만 심각한 사건일 수도 있어. 콜레라는 아주 위험한 생물학적 무기니까. 우리가 아직 모르고 있는, 생각보다 훨씬 엄청난 일이 벌어질지 몰라."

"조건이 갖춰지면, 그 메시지는 왜 남긴 거야?"

"그래야 한다고 생각했으니까. 우선 FBI의 협조를 기대할 수가 없거든. 우리가 조사하고 있다는 걸 FBI에서 알면 안 돼. 그러면 일이 복잡해지니까. 그리고 환경 운동 단체를 건드리는 일은 정치적으로 민감한 사안이고, 평범한 운동가들과 극단적인 운동가들을 구별하는 것도 쉽지 않아. 온건한 환경 단체를 감시했다가는 시끄러워질 거야. 극단주의자들은 자기들이 주목받고 있다는 걸 알면⋯⋯."

폴은 한순간 코돈 소령의 얼굴에 난 흉터가 떠올라서 말끝을 흐렸다.

"극단주의자들과 접촉할 때 의심을 사지 않으려면 무엇보다도 인원이 적어야 해."

"팀에 누가 있는데?"

"우리 둘뿐이야."

케리가 아무 말 없이 걷고 있어서 폴은 그 침묵이 불안해지기 시작했다.

공원 중간쯤에 있는 동산에 오르자 테라스로 둘러친 카페가 보였다. 비에 젖어 번들거리는 금속 테이블과 의자들, 분위기로 봐서는 장사를 안 하는 것 같은데 허름한 건물의 뿌연 유리창 너머로 노란 불빛이 보였다. 그들은 카페로 들어갔다.

손님이 들어갔는데도 계산대 뒤에 앉은 종업원은 풀밭으로 떨어지는 비를 멀거니 쳐다보고 있었다. 축축한 공기에 배어든 커피 향과 맥주 냄새가 확 풍겨왔다. 케리는 몸을 흔들어서 물기를 털어내고 트렌치코트를 벗었다. 몸매가 드러나는 검정 티셔츠에 청바지 차림의 케리가 갑자기 머리를 약간 뒤로 젖히면서 모자를 벗자 머리칼이 흘러내렸다. 그녀의 머리는 여전히 인상적이었다. 금빛 후광에 에워싸인 성인(聖人)들의 머리처럼 구불구불한 숱진 머리가 빛나고 있었다. 성인을 상징하는 회화적 표현이 사람의 마음을 흔들어놓는 관능적인 특징이 되다니 얼마나 역설적인가. 게다가 풀어 헤친 갈색 머리가 이목구비는 반듯하지만 화장기가 없는 케리의 얼굴에 입체감을 주어서 에너지와 지성미를 부각시켰다.

폴은 감정을 드러내지 않으려고 종업원에게 자리를 안내해달라고 말하다가 손님이 한 명도 없어 머쓱해졌다.

그들은 자리를 잡고 앉아서 커피를 주문했다. 긴 침묵. 폴이 말을 꺼내지 못하자 케리가 웃으면서 말했다.

"내가 좀 녹슬었는데 괜찮을지 모르겠어. 임신 때문에 낙하산 훈련을 중단했거든. 마지막 낙하 훈련은 줄리아를 낳기 직전이니까 8년 전이었어. 이제 운동은 자신이 없는데 어떡하지? 100미터 달리기는 한 30분쯤 걸리고, 마라톤을 뛸 경우에는 슬리핑백을 갖고 다녀야 할 텐데."

폴은 포트 브래그에 있는 낙하산 부대 운동장에서 그녀와 함께 훈련하던 오후가 생각났다. 케리는 마치 올림픽에 출전하는 것이 꿈인 양 훈련 과목을 모조리 숙달하려고 욕심을 부렸다. 세계 신기록에는 미치지 못했어도 케리는 다방면에서 두각을 나타냈다. 그리고 한쪽으로 치우친 편협한 정신이 아니라서 늘 인생을 다각적으로 바라보았다. 폴은 그런 케리가 마음에 들었다.

"합기도는? 계속하고 있어?"

"그게 내 목숨을 살렸잖아. 맨해튼에 와서 훌륭한 사부를 만났지. 출산하기 전 마지막 주까지 배우러 다녔어. 로빈에게는 영화 보러 간다고 말하고……"

케리가 커피 잔에 티스푼을 넣고 휘저으면서 미소를 지었다. 그러고는 몸을 앞으로 숙이며 비밀 얘기를 하듯 속삭였다.

"사격 연습도 계속하고 있었어. 9mm 구경 권총으로 30미터 거리 이내에 있는 것은 뭐든 맞힐 수 있어. 그냥 느낌인지 모르겠지만 임신하면서부터 집중력이 더 높아진 것 같아."

"그렇게 느껴져."

"지금 나한테 아부하는 거지?"

두 사람은 소리를 내며 크게 웃었다. 깜짝 놀라서 찡그리는 종업원의 얼굴을 보면서 케리가 손으로 입을 막았다.

"하지만 내 부탁이 어이없게 생각될 거야. 이제 당신은 가정이 있는 사람인데. 그리고 아이들도 있고……."

"아이들은 상관하지 마. 아이들과는 무관한 일이니까. 그리고 내가 왜 당신과 연락을 끊고 지냈는지 알잖아."

케리는 두 손으로 커피 잔을 잡으면서 미소를 지었다. 폴도 미소를 지었다. 폴은 그녀를 어떻게 대해야 할지 알 수가 없었다. 그녀가 보내는 눈빛에 따라 폴의 얼굴 표정이 달라지고 있었다.

"이 미션에 대해 로빈에게 말했어?"

"아니, 그럴 필요 없지. 남편도 우리의 계약을 알고 있으니까."

"로빈이 어떻게 생각할까?"

"폴, 나는 스물두 살에 CIA에 들어갔고, 정보국의 일에 중독된 사람이야. 잠정적으로 옷을 벗기는 했지만 여전히 중독되어 있는 상태야. 이 병은 절대로 낫지 않을 거야. 로빈도 그걸 알고 있어. 병이 도졌다는 걸 알면 로빈은 막지 않을 거야. 어쩌면 내가 오만한 걸지도 모르지만 로빈이 있는 그대로의 나를 사랑한다고 생각해. 나는 아무것도 포기하지 않을 것이고, 로빈도 그러길 바랄 거야."

비를 쫄딱 맞은 손님들이 들어와서 옆 테이블에 자리를 잡았다. 노부부와 체크무늬 우비를 입힌 개였다. 노부부는 기분이 나쁜지 아무 말도 하지 않았다.

"이제 사실대로 말해, 폴. 이 일을 왜 하는 거야? 돈 때문에? 공감대가 형성되었기 때문에? 그리고 콜레라 얘기를 정말 믿는 거야?"

"응, 배후에 뭔가 있는 것 같아. 돈이 필요한 것도 맞아. 하지만 당신이 굳이 알고 싶다면……."

폴이 안절부절못하면서 구레나룻을 만지작거리자 그 버릇을 보면서 케리가 미소를 지었다.

"당신과 함께 일하고 싶어서."

"그렇게 말하니까 꼭 바람둥이 프랑스 남자 같네."

케리는 여전히 두 손으로 잡은 찻잔을 얼굴 앞으로 쳐들고 폴의 두 눈을 뚫어져라 쳐다보고 있었다.

언젠가부터 폴은 노부부가 한마디도 놓치지 않으려고 귀를 세우고 있는 느낌이 들었다. 케리도 신경이 쓰이는 눈치였다.

"비가 덜 오는 것 같은데 나가지." 폴은 노부부의 사냥개를 노려보면서 덧붙였다. "내 차에 권총이 있어. 맨해튼의 개들을 팡, 팡, 쏴버리는 게 어떨까?"

노부부는 질겁한 눈을 두리번거리기 시작했다. 폴은 10달러짜리 지폐를 꺼내서 종업원에게 내밀고 케리와 함께 카페를 나갔다. 동쪽 방향으로 마천루가 보였다. 허드슨 강 쪽은 아직 시커멨다. 카페 앞 일본산 벚꽃나무 한 그루가 물을 머금은 분홍빛 꽃망울을 터뜨리고 있었다.

"대장, 그럼 나는 언제부터 시작하면 되지?"

"모레 아침 프로비던스에서 만날 수 있겠어?"

"모레 아침 프로비던스에서." 케리는 미소를 지으면서 말했다. "와우, 에머슨[15]의 시 제목 같잖아. 아무튼 시작부터 느낌이 팍 오는 게 나쁘지 않아."

---

15 랠프 월도 에머슨(1803~1882). 미국 사상가이자 시인. 청교도주의와 독일 이상주의를 고취하여 미국의 사상계에 영향을 주었다.

140 아담의 향기

Ⅲ

요하네스버그, 남아프리카공화국

쥘리에트는 두렵기보다 성적표를 기다리는 학생처럼 초조했다. 되돌리기에는 너무 늦었고, 그리고 싶은 마음도 없었다. 브리티시 에어웨이 비행기 안에서 쥘리에트는 팔걸이에 팔을 올려놓으려고 했지만 헛수고였다. 옆에 앉은 몸집 큰 남자가 자리를 너무 많이 차지해 그녀는 점점 창가 쪽으로 떠밀리고 있었다.

짧게 자른 금발의 거구. 쥘리에트는 이 남아프리카 남자가 감시하기 위해서, 아니 붙잡아놓기 위해서 옆자리에 앉은 것이 아닐까 의문이 들었다. 하지만 남자에게 말을 걸면서 얼근히 취한 것일 뿐 평범한 농부라는 걸 이내 알아차렸다. 농부는 파리에서 공부하는 두 딸을 만나고 돌아가는 길이었다. 쥘리에트는 눈에 띄지 않게 행동해야 했다. 별일 아닌 것에도 가슴이 철렁철렁하는 것은 신경이 극도로 예민해진 탓이었다. 탑승권이 스캐너에 걸려 있었고, 승무원이 좀 지나치다 싶게 유심히 그녀를 쳐다봤었다. 다른 사람들은 문제없이 탑승게이트를 통과했는데……. 기내에서는 그녀의 앞뒤 좌석이 비어 있었다. 그럴 때마다 쥘리에트는 불안해서 가슴이 조마조마했다. 그러나 그 모든 것이 우연의 결과였다.

저녁 식사를 한 뒤에 쥘리에트는 한 줄의 좌석이 다 비어 있는 데로 자리를 옮겨서 길게 누울 수 있었다. 그러나 잠이 오지 않았다. 상상력이 발동하면서 쾌감과 공포, 불안이 교차했다.

비행기가 요하네스버그 공항에 도착했다. 쥘리에트는 기내용

가방 하나에 소지품을 전부 넣어왔기 때문에 짐이 나오길 기다릴 필요가 없었다.

자동 미닫이문이 열리는 순간 쥘리에트는 마중 나온 군중 속에서 자신의 이름이 적힌 피켓을 발견했다. 피켓을 든 흑인 청년이 약간 겉멋을 부리는 영어로 자기소개를 하면서 이름이 로이라고 말했다. 태도는 친절했지만, 목적지가 어디냐는 쥘리에트의 질문에는 대답을 피했다.

그런 상황에도 불구하고 쥘리에트는 관광을 하러 온 기분이 났다. 가을로 접어든 요하네스버그의 날씨는 화창했다. 로이가 운전하는 차를 타고 가면서 그녀는 차창을 열다가 뜨거운 바람에 코를 찡그렸다. 그리고 영국처럼 좌측통행하는 자동차들을 보고 약간 놀랐다. 차는 회양목과 유칼립투스 가로수 길을 따라 시내로 접어들고 있었다. 점령당한 도시라고 할까. 쥘리에트는 정복된 지 얼마 안 된 도시로 들어가는 이상한 느낌이 들었다. 주택이며 정원, 높은 담……, 식민지 시대의 양식이 고스란히 남아 있었다. 그러나 거리에는 다른 나라에서 온 것 같은 흑인들이 나다니고 있었다. 두려움이나 위협 같은 것은 느껴지지 않았다. 그렇다고 내 나라에 있는 것처럼 편안한 느낌이 드는 것도 아니었다.

잠시 후, 저 멀리 빌딩 숲이 보였다. 쥘리에트는 그쪽으로 가는 것이라고 생각했다. 그러나 로이는 좌회전해서 또다시 주택가를 따라 올라갔다. 마침내 민간 경비행기들을 위한 비행장이 보였다. 항공 산업이 활발해지기 시작한 1950년대에 건설된 부를 상징하는 건물이었다. 새로 페인트칠을 한 건물로 들어서자 사치스러운 대리석 바닥이 눈에 들어왔다. 이 비행장을 이용하는 사람들은 주로 부유한 농장주나 색이 바랜 전투복 차림의 코끼리 사냥꾼들이었다.

로이가 쥘리에트의 여권을 받아 들고서 그녀를 텅 빈 로비를 지나 벨트컨베이어 쪽으로 인도했다. 쥘리에트는 벨트컨베이어 위에 내려놓은 가방이 X선 기계를 통과하고 나오자 가방을 집어 들었다. 로이는 여권에 얇은 종이를 끼워주면서 탑승권이라고 말했다. 목적지는 표시되어 있지 않았다. 그녀는 텅 빈 대합실에 앉았고, 로이도 옆에 서 있었다.

반소매 셔츠 차림의 조종사 두 명이 가방을 들고 대합실을 지나 활주로로 연결되는 문을 밀고 나갔다. 쥘리에트는 조종사들이 공항 터미널 앞에 멈춰 서 있는 프로펠러 비행기로 올라가는 모습을 지켜봤다. 주위에 소형 항공기들이 줄지어 있는데 흡사 유람선 같았다.

승무원의 손짓에 로이가 쥘리에트의 팔을 잡고 비행기까지 인도했다. 비행기는 오른쪽 엔진이 돌면서 요란한 소리를 내기 시작했다. 쥘리에트는 그 순간 자신이 유일한 승객이라는 걸 알아차렸다. 그녀를 안심시키려는 것일까, 아니면 도망치지 못하게 하려는 것일까? 로이가 계속 그녀의 팔을 잡고 있었다. 그녀가 비행기에 오르자 부조종사가 밧줄을 당겨서 사다리를 끌어올린 다음 문을 닫았다. 그러고는 쥘리에트에게 창가 쪽의 가죽 좌석에 앉으라는 손짓을 했다. 부조종사가 그녀의 안전벨트를 채워주고 나서 뒤쪽으로 가는 사이에 조종사는 왼쪽 엔진의 시동을 걸었다. 비행기는 심하게 흔들렸다. 코카콜라 캔 두 개를 들고 돌아온 부조종사가 하나를 쥘리에트에게 건네면서 건배를 했다. 더위 때문에 갈증이 나 있던 그녀는 콜라를 오랫동안 다 마셨다.

얼마 후 프로펠러가 요란하게 돌기 시작했다. 창밖으로 비행기를 수리 점검하는 커다란 창고가 보였다. 부조종사가 쥘리에트를 향해 몸을 돌렸다. 선글라스에 금빛 콧수염, 부조종사가 엄지손가락을 치켜 올렸다. 하지만 그녀는 대답할 힘이 없었다. 피로가 몰려오는 것처럼 온몸이 나른해지고 있었다. 그녀는 코카콜

라를 힐끔 쳐다보면서 다른 때보다 맛이 좀 씁쓸했다는 생각이
났다. 비행기가 이륙하기도 전에 걷잡을 수 없는 졸음이 몰려오
면서 그녀는 잠이 들었다.

*

더위 때문에 쥘리에트는 잠을 깼다. 목구멍을 할퀴는 듯한 더
위가 눈꺼풀 위로 뜨거운 열기를 뿜어냈다.

쥘리에트는 시트도 베개도 없는 야전침대에 누워 있었다. 시멘
트 벽에 거칠게 바른 흰색 석회, 천장에 붙인 정사각형 하드보드
들의 이음새를 가려주는 목재 쇠시리, 창문은 있지만 덧문 때문
에 햇빛이 차단된 방이었다. 묵직한 널빤지 문이 약간 열려 있어
서 바깥의 열기를 실은 바람에 삐걱거렸다.

쥘리에트는 침대에서 일어나 기지개를 켰다. 검은색과 빨간색
타일 바닥으로 내려서서 맨발로 문 앞까지 걸어갔다. 커다란 집
의 뒷마당에 별채처럼 따로 난 방이었다. 마당 한쪽 구석에 빗자
루와 양동이들이 놓여 있고, 빨랫줄에 체크무늬 걸레가 널려 있
었다.

쥘리에트는 뒷마당이 자유롭게 드나드는 데가 아니라는 걸 이
내 알아차렸다. 철조망으로 둘러싸인 시멘트 블록 담 위로 구름
한 점 없이 검푸른 하늘이 보였다. 뒷마당에서 안채로 통하는 문
은 열쇠로 잠겨 있고, 창문들은 철책을 쳐서 막아놓은 상태였다.

쥘리에트는 지켜보면서 기다리고 싶었다. 하지만 배가 고프고
목이 말랐다. 그녀는 안채로 통하는 문에 낸 작은 유리창을 두드
렸다. 여자의 얼굴이 나타났다. 흑인 노파였는데 귀에 뚫은 구멍
들이 어찌나 큰지 손가락이 들어갈 것 같았다. 쥘리에트가 깨어
난 걸 보고 노파는 부엌으로 가서 준비해놓은 식사를 냉장고에서

꺼냈다. 노파는 문을 열고 말없이 음식 쟁반을 내밀었다. 쥘리에 트는 처마 밑 그늘진 구석으로 가서 병째 들고 단숨에 물을 꿀꺽 꿀꺽 마셨다. 노파는 안쓰러운 얼굴로 쳐다보고 있다가 병에 물을 다시 채워주었다. 쥘리에트는 햄과 그린빈, 쌀밥을 먹고, 빵까지 소스에 적셔서 게 눈 감추듯 먹었다. 그러고도 잘 익은 바나나 두 개를 먹어치웠다. 그녀는 요하네스버그를 출발한 뒤로 시간이 얼마나 흘렀는지 전혀 모르고 있었다. 이 정도의 식욕으로 보면 적어도 하루는 지난 것이 틀림없었다. 노파는 쟁반을 들고 나갔다.

쥘리에트는 상황을 종합적으로 검토했다. 심각한 사건이 시작되고 있는 것이 분명했다. 코카콜라에 탄 수면제 덕분에 지난 몇 주 동안 부족했던 잠을 실컷 자서인지 한결 몸이 가뿐했다. 불안하고 약해지던 마음은 싹 사라지고 자신감과 에너지로 가득 찬느낌이 들면서 흥분이 되었다.

쥘리에트는 무슨 일이 벌어질지 당당하게 기다렸다.

늦은 오후까지 아무 일도 일어나지 않았다. 더위가 수그러들면서 마당 구석구석에 그림자가 드리워졌다. 쥘리에트는 분명히 멀리서 기도 시간을 알리는 무에진[16]의 외침이 들렸다고 믿었는데 환청이라는 생각이 들 정도로 고요했다. 어느새 하늘이 노을 빛으로 물들고 있었다. 안채가 불빛으로 환해지더니 문이 열리고 복면한 사람 두 명이 나타났다.

사전에 치밀하게 계획된 듯 두 사람이 그녀를 안채로 데리고 들어갔다. 그들은 빈 복도를 지나 꽤 넓은 방으로 들어섰는데 탁자와 의자가 하나씩 달랑 놓여 있고, 창문은 덧문이 닫혀 있어서 밖이 내다보이지 않았다. 여기서 심문할 생각인가? 예상한 일이

....
16 이슬람교에서 기도 시간을 알리는 사람.

기 때문에 쥘리에트는 미소를 지으면서 앉았다. 키가 훤칠한 남자와 운동으로 다져진 늘씬한 몸매의 여자가 모직 복면을 쓰고 있었다. 냉방장치는 되어 있지 않았다. 낮 동안의 열기가 고스란히 남은 밀폐된 방, 그들이 심문하기 위해 밤이 되기를 기다린 이유였다. 남자와 여자가 교대로 심문에 들어갔다. 여자는 발음이 아주 정확한 미국식 억양인데 텍사스 특유의 말씨가 느껴졌다. 남자는 영국식으로 문장을 똑똑 끊어서 발음하는 것으로 보아 오스트레일리아나 뉴질랜드, 아니면 남아프리카 사람인 것 같았다. 두 사람이 필기를 하지 않는다는 것은 대화가 녹음되고 있다는 의미였다.

쥘리에트는 두 사람이 새로운 것을 캐내기보다 이미 알고 있는 정보가 맞는지 확인하고 있다는 걸 알아차렸다. 답을 알고 하는 질문이 쏟아졌는데 쥘리에트의 출생과 가족, 지식에 관한 질문으로 시작되었다. 세 시간쯤 후 심문이 끝났고, 그들은 그녀를 야전침대가 있던 방─감방이라고 해야 하나?─으로 다시 데려갔다. 그런데 두 시간 후에 그들은 쥘리에트를 깨워서 또다시 안채로 데려갔고, 그녀가 한 말을 토대로 다시 작성한 신상 정보를 갖고 심문을 시작했다. 불확실한 사실이 수두룩한 것으로 보아 의도적으로 쥘리에트를 함정에 빠뜨리려는 속셈이었다.

"당신은 프랑스 북부의 도시 칼레 부근의 불로뉴 쉬르 메르에서 1977년 6월 8일에 태어났다." 텍사스 억양의 미국 여자가 쥘리에트 뒤에 서서 질문을 시작했는데 종이에 적힌 글을 읽기 위해서인 것 같았다. "당신의 어머니 잔 엘렌 픽테트는……."

"잔 이렌이에요."

"잔 이렌 픽테트는 스위스 태생으로 마흔여덟 살에 프랑스 로렌 출신의 예순일곱 살 먹은 에드몽 르바쉐르와 결혼했다. 당신은 이 부부의 외동딸이다. 당신의 부모는 결혼정보 회사의 주선으로 만났고, 결혼 후 불로뉴 쉬르 메르에 정착했다. 거기서 당신의 아버지는 영국으로 화물을 수송하는 회사를 경영하고 있었다."

쥘리에트는 야릇한 운명이라는 생각이 들었다. 남아프리카 벽지에서 복면한 텍사스 출신의 미국 여자를 통해 부르주아 부모의 이름을 듣게 될 줄이야 누가 상상이나 했겠는가.

"당신은 어린 시절에 외로웠고, 사춘기에는 여러 번 가출한 경험이 있고, 벨기에까지 간 적도 있다."

"스위스까지 갔습니다. 첫 번째 가출이 열두 살 때였고요."

"당신은 집안의 전통에 따라 집에서 영어를 배웠다. 당신의 증조부도 옛날부터 영국과 무역을 했다."

독학으로 영어를 완벽하게 구사하는 쥘리에트의 아버지는 가족에게도 그 방법을 강요하면서 가장의 권위를 세웠다. 쥘리에트는 언젠가 반격할 날을 대비한 무술을 연마하듯 꾸준하게 영어 공부를 했다.

"당신은 어릴 적 친구가 있나?"

남자가 덧붙였는데 벌써 세 번이나 묻는 질문이었다.

"전혀 없어요."

"당신의 아버지는 외아들이다. 가족 중에서 당신이 믿고 의지할 수 있는 사람은 제네바에 사는 이모밖에 없다."

쥘리에트는 맞는 말이라고 생각했다. 굴욕과 학대를 받던 어린 시절에 일어설 수 있게 용기를 준 사람이 이모였다. 이런 상황에서 지난날을 돌아보니 기분이 묘했다. 더군다나 자신에 대한 얘기를 다른 사람한테서 듣기는 처음이었다. 어릴 적에는 늘 꾀죄죄하고 처량했지만 학대받고 있다는 내색을 하지 않고 끓어오르는 분노를 억누르며 살았다. 체념적인 태도는 위험에 직면한 동물들이 매서운 발톱을 감춘 채 도사리고 있는 속임수 같은 것이었다.

"열여덟 살 때 당신은 미국으로 떠나 시카고에서 침식만 제공

받는 조건으로 가정부 일을 시작했다."

"필라델피아였습니다."

"당신은 교수의 집에서 1년 동안 가정부로 일했고, 그 집에는 당신보다 나이가 좀 더 많은 자식이 둘 있었다."

그건 완전히 잘못된 정보였다. 더욱 신중을 기해야 했다. 쥘리에트는 잘못된 신상 정보였지만, 앞선 답변과 일치시키기 위해 대충 넘어가다 이따금 정정했다.

"큰아이는 로저라는 이름의 청년이었고, 당신은 그 청년과 처음으로 성관계를 했다."

그 로저라는 청년이 주인집 아들이 아니라 디스코텍을 나와 집으로 돌아가던 밤에 그녀를 겁탈한 이웃집 건달이라는 것만 빼면 사실이었다. 그리고 겁탈이라는 표현은 맞지 않을지도 몰랐다. 갑작스러운 상황이긴 했지만 강제로 당한 것만은 아니었다. 그 시절 그녀에게 섹스는 가슴속의 분노를 표출하는 거친 행위 중 하나였다. 로저는 그녀가 가출보다 더 비천한 일탈 행위를 할 수 있게 도와준 도구에 불과했다.

"프랑스로 돌아와서 당신은 리옹 3대학 영어학과에 입학했다."

"리옹 2대학입니다."

"당신은 여섯 달 동안 대학교 운동권에서 활동했다. 이어서 환경 운동 단체 그린월드(Green World)에 가입했다. 특히 프랑스 남부 지방의 트리카스탱 원자력발전소 앞에서 벌이는 항의 시위에 여러 번 참여했다. 조나탕 클뤼즈를 알게 된 것이 그때였다."

그린월드는 방사능 물질을 실은 트럭이 나오는 걸 막기 위해 발전소 출입구를 봉쇄하기로 결정했었다. 그러나 보안기동대의 출동으로 그 작전이 좌절되었다. 쥘리에트는 한밤중에 운동원 다섯 명과 함께 출발했다. 새벽녘에 비가 내리기 시작했고, 그들은 발전소 가장자리를 따라 움푹하게 파인 길로 접어들고 있었다. 전기 울타리가 설치되어 있다는 걸 모른 채 접근하다가 기동대의 공격을 받은 운동원들은 뿔뿔이 흩어졌다. 간신히 도망친 쥘리에트는 비에 흠뻑 젖은 채로 한 카페로 피신했고, 거기서 조나탕을 만났다. 조나탕은 자기도 시위에 가담하고 있지만 처음부터 실패할 줄 알았기 때문에 카페에 앉아서 추이를 지켜보는 중이라고 말했다. 쥘리에트는 조나탕이 건방지고 잘난 척이 심한 남자라고 생각했다. 무료한 표정으로 눈을 지그시 감고 담배를 피우는 태도도, 어쭙잖게 멋쟁이 신사 흉내를 내고 있었다. 조나탕이 오토바이로 데려다 주겠다고 했지만, 쥘리에트는 거절했다. 그녀는 버스를 타고 리옹으로 돌아갔고 조나탕을 잊었다.

"그 전에는 청년을 만난 적이 없었나?" 이번에는 복면 남자가 끼어들었다.

"네, 없었어요."

두 심문자가 시선을 교환했다.

"그렇지만 조나탕은 당시 1년 전부터 그린월드의 운동원이었다." 미국 여자가 말했다.

"나중에야 알았어요. 그린월드는 세분화되어 있어서 누가 소속되어 있는지 일일이 다 알 수 없으니까요."

쥘리에트는 두 사람이 그 질문을 하면서 조나탕에 대한 조사도 하고 있음을 느꼈다.

두 사람은 첫째 날 밤의 심문을 거기서 끝냈다. 그날 쥘리에트는 잠을 이루지 못했다. 다음 날도 하루 종일 마당과 침대를 오가면서 초조하게 시간을 보냈다. 해가 지자 심문이 다시 시작되었다.

"2002년 7월에 정확하게 무슨 일이 있었나?"

"그린월드는 부시의 파리 방문을 반대하는 시위를 계획했어요. 미국이 교토의정서[17] 비준을 거부했기 때문에 보이콧할 필요가 있었거든요. 우리는 기차로 파리에 도착해서 오전 6시에 지하철을 타고 콩코르드 광장까지 갔어요. 지하도에서 해골을 그린 티셔츠로 갈아입은 다음 복면을 하고 미국 대사관 앞으로 갔어요."

지금 생각해보면 웃음거리밖에 안 되는 행동이었다. 그렇지만 쥘리에트의 존재성이 드러난 것이 바로 그때였다.

"경찰이 우리를 해산시키기 위해 몰려왔는데 폭력적인 강경 진압이었어요."

"그래서 부상당했던 건가?"

"네. 떠밀려서 비틀거리다 한 경찰의 발치에 넘어지면서 오른쪽 발목을 삐었지요. 그 사실을 모르는 경찰이 일어나라고 소리치다가 결국 내 머리채를 움켜잡았어요. 그런데 시위 현장에 사진기자들이 있었던 거예요. 다음 날 모든 신문의 1면에 그 사진들이 실리면서 나는 하루아침에 경찰에게 폭행당하는 영웅이 되었지요."

"그렇지만 그로부터 두 달 후 당신은 그린월드를 떠났다."

쥘리에트는 한동안 잠자코 있었다. 그때의 기분을 뭐라고 설명할 수 있을까?

오랜 세월 움츠리고 살았던 그녀, 아버지가 바보로, 기생충으로 취급하던 그녀, 어머니의 다정한 눈길 한 번 받지 못했던 그녀였다. 그랬던 그녀가 어느 날 경찰의 구둣발에 밟히고 땅바닥에 질질 끌린 것 때문에 설욕과 영광의 기회를 찾았으니! 마치 박해받는 순교자라도 되는 양 세상은 그녀에게 꼴찌 인생에서 일등 인생으로 살라는 보상을 해주었다. 그녀는 앞으로 다시는 밑바

....

17 국가들의 온실가스 배출량 감축을 주요 내용으로 한다.

닥 인생으로 내려오는 일이 없을 거라고 믿었다.

며칠 동안 쥘리에트는 고위층 인사들의 방문을 받았고, 많은 언론의 인터뷰에 응했다. 처음에는 모든 일이 잘되었다. 그린월드는 언론 매체의 폭발적인 반응을 흡족하게 여겼다. 그러나 얼마 지나지 않아 쥘리에트는 자제력을 잃고 말았다. 그녀는 공공연하게 그린월드를 들먹이면서, 전 세계를 상대로 복수심을 표명하며 전쟁을 선포한 것이다. 그린월드 조직의 간부들이 나서서 설득하려고 애를 썼지만, 그녀는 하루에 두 시간밖에 잠을 안 자면서 선언문으로 가득한 메시지를 사방으로 보냈다.

"당신을 정신병원에 입원시키라는 결정을 내린 사람이 누구였나?"

"전혀 몰라요. 나는 그린월드라고 생각하지만 증거는 없어요."

"정신병원에 얼마나 있었지?"

"3주."

"그다음에는?"

"그다음에는 리옹으로 돌아갔어요."

철 이른 가을 날씨는 잔뜩 찌푸려 있었다. 쥘리에트는 그 시절 자신에 대한 혐오감에 빠져 있었다. 안정제를 끊고 침대에 뒹굴면서 칩거했다.

"그 뒤로는 그린월드와 접촉하지 않았나?"

"그들은 나를 제명했고, 누구도 나를 만나면 안 된다는 지시를 받은 것으로 알고 있어요."

"조나탕만 제외하고."

"조나탕도 그린월드를 나왔어요."

그들이 깜짝 놀라는 걸 보면서 쥘리에트가 덧붙였다.

"어쨌든 조나탕이 그렇게 말했어요."

"조나탕이 당신 집에서 살았나?"

"아뇨, 그의 집은 생폴 구역에 있어요. 하지만 내 집에 자주 왔죠. 연인 사이가 되었으니까요. 그걸 알고 싶은 거죠?"

"조나탕을 사랑하나?"

"다정하고 나를 웃게 만드는 남자였죠. 특히 내게 많은 영향을 주었지요. 조나탕 덕분에 교사자격시험에 합격했고, 쥐라 지방에 있는 학교에서 교사 자리를 찾을 수 있었으니까요."

"당신의 이모 집과 가까운 곳이지?"

"네, 그런 편이죠."

"조나탕이 자신의 활동과 과거에 대해 뭐라고 했지?"

"미국에서 살던 시절에 대해 말해줬어요."

그 말에 두 사람은 심문을 중단하고 그녀를 감방 같은 곳으로 데려갔다. 쥘리에트는 그들이 앞으로는 무슨 짓이든, 폭력도 서슴지 않을 단계에 이르렀다는 걸 느꼈다.

IV

프로비던스, 로드아일랜드 주

마지막 순간까지도 폴은 케리가 결행할지 확신이 없었다. 케리는 뉴욕에서 기차를 타고 왔고, 폴은 플랫폼에서 그녀를 만났다. 이날은 비가 오지 않았다. 이번에는 포옹하지 않을 이유가 없었다. 그녀가 아무 감정이 없는 사람처럼 뻣뻣하게 폴의 양쪽 뺨에 입을 맞췄다.

프로비던스 첩보 기관의 업무용 차를 몰고 마중을 나온 폴은 케리의 여행 가방을 트렁크에 실었다. 무두질한 송아지 가죽으로 만든 평범한 디자인이지만 꽤 비싸 보였다. 가방 크기로 봐서 최소한으로 짐을 줄인 모양이었다. 머물게 될 시간을 짧게 잡았기 때문일까? 아니면 군대에서의 습관이 남아 있어서 정복 몇 벌만 챙겨온 걸까? 운전석에 앉은 폴은 시동을 걸기에 앞서 케리를 향해 고개를 돌렸다.

"준비됐어?"

"응."

"지금이라도 후회가 되거나 망설여지면 그만둬. 아직 늦지 않았어. 당신은……."

"출발해. 지금부터 미션이 시작되었다고 생각하고 괜히 바보 같은 말은 하지 마. 내가 노력할 테니까."

폴이 미소를 지으면서 고개를 끄덕였다.

그들은 프로비던스 시내를 거쳐 갈 필요가 없었다. 역에서 곧장 언덕 쪽으로 차를 몰았고, 이내 휴양지다운 풍경이 펼쳐졌다.

이번에는 날씨가 좋았다.

"그 늙은 돼지가 왜 여기다 첩보 기관을 차렸지? 은퇴한 뒤에 살려고 집을 샀다가 심심해서 우리를 불러들이는 거 아냐?"

케리는 아치볼드에 대한 반감을 숨기는 적이 없었다. 폴이 아는 한 아치볼드는 케리에게 처신을 잘했었다. 케리에게 집적거렸다가는 공개적으로 망신을 당할 텐데 그 영리한 아치볼드가 그런 짓은 절대로 할 리 없었다. 그러나 다른 여자들에게 하는 짓거리를 본 케리는 아치볼드를 '늙은 돼지'로 치부해버렸다.

홀어머니 밑에서 다섯 자매와 함께 자란 케리는 여자들끼리만 살아서일까, 남자들을 도살장에서 쓰는 용어로 분류하는 버릇이 있었다. 늙은 돼지, 비곗덩어리, 어린 돼지, 음탕한 돼지…… 등으로 표현하면서 애정의 정도를 형용사로 나타냈다. 예전에 그녀는 폴을 착한 새끼돼지라는 호칭으로 애정 표시를 했다. 그러나 유독 아치볼드에게는 늙은, 비열한, 야비한 같은 형용사를 사용했다.

"아치가 뉴잉글랜드 지방을 얼마나 좋아하는지 당신도 알잖아. 사무실을 나와 뉴포트 항구까지 드라이브하는 걸 즐기고 있어. 유유히 떠다니는 영국 요트들을 보는 것만으로도 행복한 모양이야."

케리는 어깨를 으쓱했다.

"어쨌든 아치는 보지 못할 거야. 오늘 아침에 극동아시아로 출장을 떠났으니까."

"출장? 타이로 안마를 받으러 간다는 말은 차마 하지 못한 건아니고?"

프로비던스 첩보 기관에 도착하자 케리의 태도가 돌변했다. 그녀는 오는 동안 보여준 느긋함과는 대조적으로 표정이 진지하고 신중했다. 그것이 뭘 의미하는지 너무나 잘 아는 폴은 그런 케리를 지켜보는 것이 즐거웠다. 세월이 많이 흘렀는데도 케리는 변한 것이 없었다. 요조숙녀처럼 조신하게 행동했다. 그러나 폴은 페로의 동화 『빨간 모자』에 등장하는 늑대가 떠올랐다. '애야, 너를 확실히 잡아먹기 위해서란다.'

폴과 케리는 곧장 바니의 사무실로 올라갔다. 차를 타고 오면서 케리는 바니의 모습을 기억해내려고 애를 썼다. CIA에 근무할 때 바니의 부서에서 일한 적은 없지만 안면은 있었다. 케리는 바니를 보자마자 대뜸 말했다.

"이렇게 만나게 되어 반갑습니다." 케리는 바니의 눈을 똑바로 쳐다보면서 손을 내밀었다.

예전의 머릿결을 그대로 유지하고 있는 케리는 소담스러운 머리를 목덜미까지 내려오게 땋고 있었다. 군복 같지만 여성복으로 변형시킨 초록색 저지 바지를 입은 케리를 보면서 바니는 홀딱 반한 얼굴이었다. 벌써 저러면 똑바로 서 있기나 할지…….

바니는 폴과 케리를 책상 앞에 앉게 했다. 케리는 신중하지만 노골적인 눈길로 벽에 잔뜩 걸린 액자 속의 학위증서와 바니의 사진들을 훑어봤다. 그중 한 사진에 사각모를 쓴 토가 차림의 사람들이 있었다. 그러나 바니는 대부분 야구복장에 가죽 장갑을 낀 모습이었다.

"알렉산더와 타라를 불러야겠군요."

바니는 지위가 높다는 걸 과시하듯 멋을 부리는 손놀림으로 인터폰을 눌렀다. 폴은 어이가 없었다. 케리에게 멋져 보이고 싶다는 뜻인가? 바니가 이런 유치한 허세를 부릴 줄이야. 이것이 바로 케리 효과였다.

폴은 케리를 지켜보면서 흐뭇했다. 케리가 곁에 있는 것이 행복할 뿐만 아니라 둘이 함께 일하기로 결정한 것은 정말 잘한 선택이었다. 그리고 케리와 또다시 치열한 경쟁 관계에 들어가리

라는 것도 느꼈다. 하지만 그것이 무엇과도 바꿀 수 없는 행복을
가져다주리라는 것도 알고 있었다.

알렉산더는 마치 사무실 앞을 서성거리며 기다리고 있었다는
생각이 들 정도로 금방 나타났다. 케리가 이번에는 공손하면서
도 당당한 태도로 알렉산더를 공격했다. 그러나 알렉산더는 여
자를 너무 불편해하기 때문에 그녀의 계략에 걸려들지 않았다.
알렉산더는 겁에 질린 듯한 불쾌한 얼굴로 케리를 쳐다봤다. 때
마침 타라가 들어오지 않았다면 정말 어색한 분위기가 연출될 뻔
했다. 타라는 케리가 CIA에 채용되었을 때 옆 부서에서 근무했
다. 케리는 타라를 활달하고 매사에 적극적이면서 에너지가 넘
치고 약간 공격적인 여자로 기억했다. 세월이 흐르면서 원숙해
진 탓일까. 타라가 온화한 미소를 지어 보이면서도 케리에게 선
뜻 아는 체를 못했다. 그러다 잠시 후, 두 여자가 포옹하면서 좀
요란하게 재회의 기쁨을 표시하자 바니는 감동하는 눈길로 바라
봤다.

마침내 바니는 그들을 사무실 한쪽에 놓인 회의용 라운드 테이
블로 안내했다.

"먼저 연락 요원부터 알려주지요. 우리의 젊은 인재 중 한 사
람으로, 이름은 타이슨이에요. 작전 수행의 전략에 관해서는 나
와 직접 의논하면 됩니다. 하지만 필요한 지원 요청을 하려면 타
이슨에게 연락하세요. 자료나 분석에 대해서는 알렉산더에게 문
의하고요. 지금부터 알렉산더가 이미 알아낸 것을 설명해줄 겁
니다."

"유감스럽게도 알려줄 만한 소식이 없네요. 내 부서에는 문제
의 급진적 집단에 대해 아는 사람이 아무도 없어서요. 비밀리에
움직여야 하기 때문에 외부에서 누군가를 채용할 수도 없는 형편
이고요."

말은 그렇게 하면서도 알렉산더는 별로 애석해하는 표정이 아니었다. 하버드 대학에서 국제관계학을 전공한 알렉산더는 전술적인 문제나 지정학, 거시경제학 분야를 얕보는 태도를 보였다. 브로츠와프의 연구소 사육장을 나간 고양이나 도난당한 콜레라균 사건 때문에 움직일 생각이 전혀 없다는 뜻이었다.

"그럼 어떡할까요?" 기분이 상한 폴이 약간 감정적으로 물었다.

폴은 이런 타입의 사람에게 관대한 성격이 아니었다. 알렉산더가 어딘지 모르게 나폴레옹을 닮았다는 것도 호감이 가지 않았다. 물론 알렉산더가 루이지애나를 팔아먹은 건 아니지만, 폴은 그러고도 남을 사람이란 생각이 들었다.

"두 사람에게 필요한 기본적인 자료는 제공해드리죠. 하지만 두 사람이 직접 조사하는 것이 최선책일 겁니다."

"우리도 그럴 생각이었습니다."

"그럼 됐고요."

"다만 테러범들을 추적하면서 동시에 인터넷 검색까지 할 수는 없을 겁니다."

"뭘 검색한다는 겁니까?"

"문제의 급진적 집단이 인터넷에 올려놓은 글을 모조리 찾아서 읽어야 배후 세력이 누군지, 테러의 대상이 누군지 알 수 있으니까요. 이슬람원리주의자들이 중동의 석유 원전을 위협하는 사건이라면 당신은 아마 자발적으로 모든 조치를 취하겠지만……."

폴이 언성을 높이자 알렉산더는 모욕당한 표정을 지으면서 반격할 궁리를 했다.

"대단한 일도 아닌데…… 원한다면 내가 해줄 수 있어요." 보다 못한 케리가 끼어들었다. "나는 시간이 있으니까. 그 집단에 대한 정보를 집중적으로 수집한 다음에는 분석가의 도움을 받고,

관련 사항에 대해 문의를 해야 하는데 그건 괜찮겠죠?"

"그거야 당연하지요." 알렉산더는 신경전을 벌이지 않게 되어 안도하는 얼굴이었다.

"좋습니다!" 바니가 서둘러서 말했다. "훌륭한 계획입니다. 케리, 여기에 당신의 방을 마련해주겠소. 혼자 사용하고, 필요한 것은 우리가 제공할 겁니다."

어쨌든 좋은 해결책이었다. 현장에서 뛰는 요원들이 대체로 그렇듯 단편적인 정보로 만족하는 대신 이번에는 사건에 대해 정확한 통찰력을 가질 필요가 있었다. 폴은 케리를 향해 고개를 돌렸다. 케리는 여전히 신중한 태도를 보이면서 딴청을 피우듯 눈을 내리깔고 있었다. 그렇지만 그녀는 결정적인 순간에 나서서 멋지게 한 방 날려주었고, 폴은 그것이 뭘 의미하는지 알았다. 싸움이 시작된 것이다. 기쁨도 시작되고 있었다.

"폴, 새로운 정보가 있나?" 바니가 물었다.

"네."

이번에는 케리가 폴을 향해 얼굴을 돌렸다. 폴은 자신의 의도를 내보이기로 작정했고, 케리는 다음 말을 기다리고 있었다.

"내가 파리에 가서 만난 파스퇴르 연구소의 샹펠 박사를 기억합니까?"

"콜레라 전문가 말이오?"

알렉산더는 마치 대변기에 코를 처박은 것처럼 누구도 흉내 낼 수 없는 독특한 방식으로 콜레라를 발음했다.

"영국 정보국 간부의 메시지를 받은 후 샹펠 박사에게 연락해봐야겠다는 생각이 들었지요. 문제의 신 포식자 집단이 1년 반쯤 전에 사라졌기 때문에 최근에 어딘가에서 콜레라가 발생한 적이 있는지 물어봤습니다."

폴은 알렉산더처럼 구토하는 시늉을 하면서 콜레라를 발음했다. 모두 미소를 지으면서 폴을 쳐다봤다.

"샹펠 박사가 기억을 더듬더니 카보베르데 섬에 대해 말했지요."

타라는 카보베르데가 어디에 있는 섬인지 생각하는 얼굴이었다. 잘난 척할 기회를 포착한 알렉산더가 그 순간에 끼어들었다.

"세네갈 먼바다에 있는 군도인데 포르투갈의 식민지령이었다가 1975년에 독립했지요."

"거기서 무슨 일이 일어났는데요?" 타라가 물었다.

"작년에 콜레라 전염병이 발생했답니다." 폴이 대답했다.

"그런 얘기는 들어본 적이 없는데." 바니가 말했다.

"그 섬에서 콜레라가 발생했다는 얘기를 들은 사람은 아마 아무도 없을 겁니다. 이름난 관광지인데도…… 당국에서 전염병 선포를 하지 않았으니까요. 따라서 공식적으로는 아무 일도 일어나지 않은 거지요."

"그래서 결과는?" 바니가 물었다.

"심각한 정도는 아니었습니다." 폴이 대답했다.

알렉산더가 웃음을 참느라 킥킥거리자 바니가 눈총을 주었다.

"당국에서 위생 조치를 취하고 환자들을 격리시키는 것으로 전염병 확산을 막았지요."

"감염 환자가 많았나?" 바니가 물었다.

"수도관이 설치되지 않은 오두막에 사는 가난한 사람들 십수 명이 설사 증세를 보였답니다. 감염 환자들은 거의 회복되고 한 명이 사망했는데 이미 기력이 떨어진 노인이었지요."

"마침내 이 사건에서 파문을 일으킬 만한 새로운 정보를 수집했군요." 알렉산더가 주머니에서 손수건을 꺼내면서 비아냥거렸다.

"파문을 일으킬 만한 것이 아니라 관심을 가질 필요가 있다는 겁니다!" 폴이 쏘아붙이듯 내뱉었다.

"이유는?" 바니가 물었다.

케리 효과가 떨어지고 있는지 바니도 차츰 본래의 모습인 나른한 표정을 지었다.

"샹펠 박사에 따르면 카보베르데에서 발생한 콜레라는 일상적인 경로와는 달리 외부에서 들어온 것이기 때문이지요."

알렉산더가 또다시 반격할 거라고 예상한 폴이 재빨리 말을 이었다.

"특히 그 전염병은 카보베르데의 군도 중 서로 다른 세 장소에서 동시에 발생했는데 통계적으로 불가능한 일이지요."

"확신합니까?"

"샹펠 박사는 단호했습니다. 박사는 현장에 파견된 포르투갈 역학(疫學) 조사단으로부터 비밀 보고서를 받았으니까요. 당국이 조사가 끝나지도 않았는데 조사단을 강제로 조기 철수시켰기 때문에 중단되었지만, 그 조사단이 콜레라가 발생한 지리적 분포도를 작성했거든요. 정말로 전혀 연관이 없는 세 곳이었습니다."

"그래서 결론이 뭐예요?" 타라가 물었다.

"거기에 가야겠습니다." 폴이 말했다.

폴은 케리가 미소 짓는 걸 느꼈다. 케리는 폴이 내놓은 카드가 그리 위협적이지 못하다고 판단한 것이 틀림없었다.

"경비 문제는 걱정할 필요 없네." 바니가 끼어들었다. "아치와 맺은 계약서에 따르면 자네는 필요할 경우 어디든 출장을 갈 수 있으니까."

"나도 가죠." 알렉산더가 비웃음을 흘리면서 말했다. "그 섬을 아주 좋아하거든요."

아무도 발언하지 않자 바니가 폴에게 물었다.

"언제 떠날 생각인가?"

"가능한 한 빨리요."

폴이 케리에게 눈길을 던졌다.

"사실은 만일을 대비해서 오늘 밤에 떠나는 비행기표를 예약했습니다."

"알겠네. 갔다가 가능한 한 빨리 돌아오도록 하게."

바니가 이번에는 케리에게 말했다.

"오늘 오후에 당신이 사용할 사무실을 마련하지요. 숙소는 어디가 좋겠어요? 잠깐씩 체류하는 요원들을 위한 사내 숙소가 있는데 괜찮다면 내주지요. 아니면 차를 타고 나가야 하지만 바닷가에 호텔이 있으니까 예약해주······."

"아니, 사내 숙소에서 지내겠어요." 케리는 말을 잘랐다. "바닷가의 방은 다른 사람들을 위해 양보하죠."

케리는 폴에게 미소를 보냈다.

폴이 속으로 말했다. '이제부터 시작이구나. 심상치 않겠어.'

V

남아프리카의 모처

심문을 받으면서 쥘리에트는 감시자들의 성격을 파악하기 시작했다. 그 둘이 아무리 위협적인 태도를 보여도 전문가의 관점에서는 그리 높이 평가할 수 없었다. 미국 여자는 충동적이고 감정적이었다. 자제력이 없고, 질문도 너무 직설적이었다. 남아프리카 사람으로 보이는 남자는 거의 강압적으로 자백을 받아내는 질문을 도맡아했다. 그는 때리고 싶은 걸 참느라고 무진 애를 쓰는 모양이었다. 그때마다 불안에 떨면서 점점 더 초조해진 쥘리에트는 웃기도 하고 울기도 하면서 순간순간을 견뎠다. 숄므에서 조나탕에게 큰소리칠 때부터 성공할 가능성이 희박하다고 생각했었다. 그런데 이렇게 내막을 자세히 알지도 못하는 미션 때문에 생판 모르는 대륙에 와서 그것도 의지박약한 전 애인 조나탕보다 훨씬 위험한 사람들을 대하고 있다니 그녀 자신도 믿기지 않았다.

두 감시인들은 다른 누군가, 아직은 모습을 드러내길 꺼리는 누군가가 치밀하게 짠 작전에 따라 움직이는 하수인에 불과했다. 어쩌면 그 의뢰인은 이곳에 없을지도 몰랐다. 가까이 있다면 두 감시인이 그때 그때 문의하러 방을 나갔다 올 텐데 마치 준비해온 질문이 바닥나 당황하는 것처럼 매번 심문을 끝냈기 때문이다. 그리고 낮 동안 배터리를 충전한 듯 밤에는 새로운 질문들을 갖고 돌아왔다.

어느 날 밤은 조나탕에 대한 질문으로 시작되었다.

"조나탕이 과거에 어떻게 살았는지 말하던가?" 미국 여자가 물었다.

"조나탕은 나와 거의 같은 시기에 미국에서 살았다고 했어요."

"이유를 설명해주던가?"

"한 중학교의 원어민 프랑스어 강사였다고 했어요."

"중학교 이름은?"

"워싱턴 부근의 브린모어 여자중학교. 내 생각에는 조나탕이 기회를 아주 잘 잡은 것 같……."

"조나탕이 운동원으로 활동했다는 말도 하던가?" 미국 여자가 말을 딱 잘랐는데 쥘리에트가 미국의 한 명문 중학교를 비웃는 발언을 하게 내버려두지 않겠다는 표시 같았다.

한밤의 심문에 익숙해지면서 쥘리에트는 그들에게 스스럼없이 굴기 시작했다. 그녀는 곧바로 대답하는 것이 아니라 본론과 관계없는 딴 얘기를 하기 일쑤였다. 머릿속에 스치는 생각을 불쑥불쑥 꺼냈다. 감시인들은 신경이 거슬리면서도 불쾌해하지 않았다. 덕분에 준비해온 질문이 바닥나서 한밤의 심문을 너무 빨리 끝내는 걸 피할 수 있었기 때문이다.

"그때는 내가 아직 그린월드 사건으로 충격에 빠져 있던 시기예요."

쥘리에트는 또다시 그린월드에서의 자신의 공적과 행적에 대해 자세히 얘기했다. 얼마 후, 듣다 못한 미국 여자가 화를 냈다.

"조나탕이 미국에서 운동원으로 활동했다는 말도 했냐고 물었잖아!"

"자세하게 말해주진 않았어요. 하지만 간접적으로는 그런 말을 했다고 봐요."

"간접적으로?" 남아프리카 남자가 주먹을 불끈 쥐면서 퉁명스럽게 물었다.

"이해해주세요. 그 시기는 내가 좌절하고 있던 때예요. 하루아침에 영웅 대접을 받으며 떠받들리다 느닷없이 절망의 구렁텅이에 빠져 있었으니까요. 나는 세상에 대해 환멸을 느끼고 있었어요. 조나탕은 꼭 필요한 말만 해주었고, 나는 그 충고가 미국에서 터득한 경험에서 나온 것이라고 생각해요."

"어떤 말?"

"조나탕은 역사적으로 볼 때 어느 시대, 어느 나라를 막론하고 전면에 나서서 위대한 이상을 부르짖는 사람들은 뒤에서 입으로만 옹호한다고 주장하는 자들에게 배신을 당해왔다고 말했어요. 바로 그래서 모든 혁명은 보수적인 수정주의[18]에 빠져들고 만다는 말도 했어요. 조나탕에게 환경 운동이란 더 이상 한 사회나 한 종—인간이든 동물이든—을 지키기 위한 것이 아니라 지구의 운명을 결정하는 거예요. 그러나 예외 없는 규칙이란 없듯 환경 운동을 통한 혁명 역시 일탈과 타협이라는 구렁텅이에 빠져 있다고 했어요."

언젠가부터 미국 여자는 노트를 들고 다녔다. 낙서라도 하면서 긴 시간을 보내려는 걸까? 어쨌든 그녀는 쥘리에트의 말이 흥미로운지 얼굴 한 번 들지 않고 열심히 받아 적었다.

"조나탕의 말에 따르면 프랑스는 환경 운동에 관한 논쟁이 아주 약한 나라예요. 프랑스 환경 운동가들은 권력에 욕심을 부리면서 역겨운 방식으로 타협하는 정치적 게임을 벌이죠. 아무 구속도 받지 않는다고 주장하는 운동원들도 사태가 너무 커졌다고 느끼는 순간부터는 겁을 먹게 되죠. 그린월드 소속이었을 때 나는 통감했어요. 시위 중에 부상당했던 그 사건 이후로 나는 잔 다르크

....

18 마르크스주의적 노동운동 내부에서 부르주아 사상의 영향을 받아 마르크스주의에 적대하는 기회주의적 부류.

가 된 것 같았고 극단으로 투쟁하고 싶었죠. 하지만 그린월드의 수뇌부들이 겁을 먹고 비통하게도 발뺌을 하고 말았거든요."

"또 화제가 프랑스로 돌아갔잖아! 나는 조나탕이 미국에서 활동한 것에 대해 뭐라고 말했냐고 물었어!"

"알았어요. 내가 이해한 바에 따르면 미국에는 진정한 혁명적 야망을 품은 훨씬 강력한 환경 단체들이 있어요. 조나탕은 그런 종류의 한 단체에 가입했는데 브린모어 중학교에도 적극적으로 활동하는 운동원이 있었던 것 같아요. 내가 조나탕을 잘 아는데 아마 그 단체에 마음에 드는 여자 한두 명이 있었을 거예요."

"조나탕이 진지한 목적으로 그 단체에 가입한 것이 아니라고 생각하는 건가?" 미국 여자가 또다시 말을 잘랐다.

"꼭 그렇다고 말할 수는 없어요. 조나탕은 늘 빈정거리면서 무관심한 척하기 때문에 속을 알 수 없으니까요."

심문 받는 때를 제외하고는 혼자 있는 시간이 많기 때문에 그때마다 쥘리에트는 조나탕을 생각했다. 그에 대한 감정이 명확해지는 걸 느꼈다. 짧았던 열정이 식으면서 경멸하는 마음이 자리를 잡고 있었다.

"조나탕이 가입한 단체의 이름이 뭐지?"

"원어스."

"당신도 잘 아는 단체인가?"

"아뇨, 유럽에는 존재하지 않는 단체예요."

"어떤 단체인지 알아봤나?"

"아니요. 조나탕의 말에 따르면 원어스는 시에라 클럽처럼 오래된 환경 단체들의 틀에 박힌 운동과 차별화하기 위해 미국에서 설립된 단체예요. 전투적 성향을 노골적으로 드러내는 조직인데 조나탕은 그 점에 끌렸던 것 같아요. 하지만 조나탕은 원어스도 결국에는 원칙을 저버렸다는 걸 깨달았지요. 지도층이 부르주아가 되었으니까요."

"조나탕이 그 조직을 떠났다고 당신에게 말했나?"

쥘리에트는 심문자들이 그 점에 대해서 자세히 파악하고 있음을 느꼈다. 그렇지만 남아프리카 남자가 쥘리에트를 뚫어져라 응시하고, 미국 여자도 노트에서 눈을 떼고 빤히 쳐다보는 걸 보면 대답에 주목하고 있는 것이 확실했다.

"탈퇴한 것에 대해서는 자세한 말을 하지 않았어요. 그만둘 때쯤 조직 내에서 열띤 토론이 있었던 것 같아요. 운동원 전체가 수정주의를 반대하면서 더 급진적인 운동을 지지했다고 말했어요."

"어떤 운동이지?"

"그 점에 대해서는 명확하게 말하지 않았어요."

쥘리에트가 그때를 떠올리자 머릿속에 여러 가지 이미지가 스쳤다.

"아시겠지만 우리는 어떤 상황에 대해 구체적인 얘기는 하지 않아요. 조직에 대해 격분하는 이유에 공감대가 형성되어 있으니까요. 의미 없는 말, 폭력 이미지, 산업사회의 질서와 경찰을 증오하는 슬로건, 지구를 죽이는 범죄자들…… 그런 것들에 대해서 실컷 떠들어댔던 기억이 나요."

"조나탕이 왜 미국을 떠났는지 이유를 말하던가?"

"어학연수 기간이 끝났다고 했어요. 부모님도 공부를 끝내고 돌아오길 원했다면서."

"당신은 그렇게 반항적인 조나탕이 부모님 집으로 얌전히 돌아온 것이 의아하지 않았나?"

"나중에야 이유를 알았어요. 처음에는 조나탕이 말하지 않았거든요. 친분이 있던 급진적 운동원들이 집단으로 마침내 단체를 이탈했다면서 조나탕에게 함께하자는 제의를 했다고 말했어요. 조나탕은 급진적 집단과 관계를 유지하면서 유럽에서 중계 역할을 하는 것이 낫다고 판단한 거죠. 조나탕은 그 집단을 위해 행동할 날이 올 거란 말을 했고, 나는 그렇게 되면 나한테도 연락을 달라고 했어요."

"정확하게 그게 언제였지?"

"2년 전이요."

"그 2년 동안 조나탕과 함께 지냈나?"

"아뇨. 그사이에 교사자격시험에 합격했기 때문에 나는 숄프에 살면서 몽벨리아르 중학교에서 교사 생활을 시작했지요. 조나탕은 리옹에 남았고요. 그러면서 우리는 점점 만나지 않게 되었죠."

"조나탕은 당신에게 성실했나?"

그 질문을 들으면서 미국 여자가 남아프리카 남자를 노려봤다.

"그러거나 말거나 상관없죠. 더 이상 조나탕을 사랑하지 않았으니까요."

"이유는?" 남아프리카 남자는 집요했다.

"나에게 몇 가지 거짓말을 했다는 걸 알고 역겨웠죠."

"어떤 거짓말?"

"생활과 부모님에 대해."

"조나탕의 부모를 안다는 말인가?"

"아뇨, 조나탕은 부모에 대해 말한 적이 없어요. 처음에는 조나탕도 나처럼 자유분방한 성격이라 집을 뛰쳐나온 거라고 생각했어요. 그러다 차츰 그게 아니라는 걸 알게 되었죠. 그가 사는 집의 월세를 부모님이 내주고 있었어요. 그리고 정기적으로 집에 들러서 돈까지 받아왔고요."

"조나탕에게 설명을 요구했나?"

"아뇨, 내 마음이 멀어지고 있었는데…… 마침 내가 숄프에 살게 되면서 자연스럽게 우리는 헤어졌어요."

"조나탕의 아버지 직업을 알고 있나?"

"나중에 알았어요."

"언제?"

"조나탕이 브로츠와프 미션을 도와달라고 했을 때요."

"조나탕의 아버지가 누군지 알려고 한 이유는?"

"알려고 하지 않았어요. 조나탕에게 연락하려다 우연히 알게 되었죠. 조나탕이 휴대전화 번호를 알려줬는데 아무리 걸어도 전화를 받지 않았어요. 그래서 나한테 알려준 주소를 갖고 집으로 찾아갔는데 부모님의 집이었죠. 아버지, 아니 양아버지의 이름을 보고 인터넷 검색을 해 누구인지 알았어요."

"그래서 누구였지?"

"환경오염의 주범인 군수 사업을 하는 부자였어요. 조나탕의 아버지는 환경 단체들이 블랙리스트에 올려놓은 인물이었어요."

"그럼에도 불구하고 조나탕이 시키는 일을 했단 말인가?"

"네." 쥘리에트가 생각에 잠긴 얼굴로 말했다. "그게 이상한가요?"

쥘리에트는 원자력발전소의 출입구를 봉쇄하는 작전을 실패했을 때 조나탕과의 첫 만남을 떠올렸다. 이제는 조나탕이 도망치다가 카페에 들어와 있었던 것이 아니라는 확신이 들었다. 처음부터 경찰과의 충돌을 피하기 위해 다른 운동원들에게 말도 없이 슬쩍 빠진 것이었다. 그 자신은 위험한 일을 절대 할 수 없는 비겁한 인간이었다.

그렇지만 심문을 받고 있는 이 순간, 쥘리에트는 조나탕에 대해 긍정적으로 말할 필요가 있음을 느꼈다. 이유는 확실히 모르겠지만 그녀는 이 사건에 그들의 운명이 달려 있음을 직감했다. 조나탕이 신의가 있다고 주장하는 것은, 곧 그녀 자신의 신의에 대한 보증이기도 했다.

"물론 조나탕이 직접 반란을 일으킨 적은 없어요. 그렇지만 나름대로 진지했어요. 나는 조나탕이 미국의 급진적 조직에 충성했다고 확신해요."

미국 여자와 남아프리카 남자는 쥘리에트가 던져준 마지막 말을 머릿속에 새기면서 이날 밤의 심문을 끝냈다.

쥘리에트는 이런 식의 심문을 좋아하지 않았다. 그들은 생각할 겨를도 주지 않고 대답을 강요했고, 폭력을 쓸 것처럼 공포 분위기를 조성해서 극도로 긴장하게 만들었다. 심문자들의 질문과 반응이 그녀의 생각을 한 방향으로 유도하고 있었다.

쥘리에트는 하루하루 버티기가 점점 더 힘들었다. 머릿속이 기억과 이미지들, 덧없는 희망의 급류에 휩쓸리면서 쏟아지는 질문을 감당하지 못하는 상태가 되었다. 그녀는 방과 마당을 왔다갔다 서성거리거나 땅바닥에서 주운 헝겊 쪼가리의 실을 한 올 한 올 뽑으면서 시간을 보냈다. 불안해서 잠을 이루지 못하는데도 고통스럽지 않았다. 정적이 흐르는 어둠 속에서 뜬눈으로 밤을 새우는 그녀는 곧 시작될 싸움을 의식한 투우장의 황소가 된 기분이었다. 원형경기장의 금빛 깃발들이 선연하게 떠오르고, 철철 흘리는 피를 보며 질러대는 군중의 환호성까지 들리는 것 같았다. 심문이 계속될수록 점점 더 초조해지고, 심문이 막바지에 이르고 있음을 느꼈다. 다음 날 밤 그 예감이 사실로 드러났다.

"조나탕이 브로츠와프 사건에 대해 정확하게 뭐라고 했지?" 미국 여자가 드디어 본론을 꺼냈다.

'올 것이 왔구나.' 쥘리에트는 정신이 번쩍 들면서 바짝 긴장했다.

"미국의 급진적 조직이 연락해왔다면서 유럽에서 할 일의 작전을 짜고 있다고 했어요."

"어떤 작전?"

이날 밤은 미국 여자 혼자서 질문하기로 작정한 것 같았다.

"조나탕은 실험동물들을 해방시키는 일이라고 했어요."

"조나탕이 말하는 그 미국의 조직이 동물 해방에 관심이 있다고 생각했나?"

"그 조직이 자연보호를 위해 직접 실력 행사에 들어간 것이라고 생각했어요."

"조나탕이 브로츠와프 연구소를 선택한 것에 대해 뭐라고 설명했지?"

"그런 설명은 없었어요. 사실은 내가 아무것도 묻지 않았으니까요. 내가 해야 할 역할이 다시 생겼다는 것만으로도 행복했거든요."

"그 미션에 대해 이상한 생각이 전혀 들지 않았나?"

"네. 이상하게 생각될 만한 일은 조나탕이 설명해줬으니까요."

"예를 들면?"

"마치 두 사람이 침입한 것처럼 두 종류의 발자국을 남기라고 했어요. 그래야 국경을 통과할 때 의심을 받지 않고 수사에 혼선을 줄 수 있다면서."

"실험실을 파괴하는 이유에 대해서는 뭐라고 하던가?"

"조나탕은 동물을 풀어주는 것만 하면 안 된다고 했어요. 실험 동물들은 어차피 그 상태로는 멀리 가지 못하니까 그런 짓을 저지른 사람들에게도 벌을 줘야 한다면서……. 그 생각이 마음에 들었어요."

그 말에 긴 침묵이 이어졌다. 약간 물러서 있던 남아프리카 남자가 동료 옆으로 이동하더니 쥘리에트를 마주 보고 섰다. 겨드랑이가 땀에 흠뻑 젖어 있었다.

"조나탕이 빨간 플라스크를 가져와야 하는 이유를 말했나?"

"아뇨."

'이쯤에서 한 방 날아오는 거 아냐?' 쥘리에트는 바짝 긴장했다.

"그게 뭔지 알려고 하지 않았나?" 남아프리카 남자가 갑자기 끼어들었다.

그 질문에 남아프리카 남자를 향해 눈을 부라리는 미국 여자를 보면서 쥘리에트는 태연하게 대답했다.

"아뇨."

"지금은 당신이 무슨 일을 한 건지 알고 있나?"

미국 여자가 못마땅해할 만했다. 성급한 질문을 함으로써 남아프리카 남자는 초조함을 드러냈고, 결정적인 단계로 들어가는 것이 곤란해졌던 것이다. 쥘리에트가 긴장을 풀고 뒤로 몸을 젖히면서 의자 등받이에 기댔다.

"조나탕이 그 미션의 핵심은 동물 사육장이 아니라 실험실에 있는 것임을 암시한 셈이니까요."

뜨거운 밤공기 속에서 개구리 울음소리와 나뭇잎 살랑거리는 소리가 들리는가 싶더니 멀리서 북소리가 아득하게 들렸다.

"동물들을 풀어준 다음 실험실을 파괴하고, 빨간 플라스크를 가져오라는데……. 무엇을 위한 작전인지 이해하기 어려운 일이 아니죠." 쥘리에트가 말했다.

"그 얘기를 누구에게 했지?"

"아무에게도 말하지 않았어요."

"당신에게 그 플라스크를 잘 간직하고 있으라고 당부한 사람이 누군가?"

"그런 사람은 없어요."

"플라스크를 이용하여 협박하라고 부추긴 사람이 누군가?"

"나는 협박하지 않았어요."

"그럼 왜 빨간 플라스크를 가져오라고 한 사람들에게 돌려주지 않았나?"

"작전을 방해하겠다는 건가?" 남아프리카 남자가 몸을 약간 앞으로 숙이면서 거칠게 덧붙였다.

"처음부터 내가 맡은 일이니까 내가 끝내고 싶은 것뿐이에요."

쥘리에트는 눈썹 하나 까딱하지 않고 두 사람을 똑바로 쳐다봤다. 브로츠와프에서 이미 내린 결정이었다. 그녀는 미련 없이 우울하던 시기를 떨쳐버리고 싶었다. 그린월드 소속으로 시위에 참여하여 난생처음으로 경험해본 벅찬 행복. 그러나 최근 몇 년 동안 다시 고독하게 지내면서 갈망하던 행복을 이번 일로 되찾은 것이었다. 다른 사람들의 마음에 들든 안 들든 그녀는 계속하고 싶었다. 이번에는 그 누구도 그녀를 단념시킬 수 없었다.

"목적이 무엇이든 나한테는 똑같아요." 쥘리에트는 단호하게 말했다. "당신들을 위해 브로츠와프 연구소의 미션을 성공적으로 완수했으니까 이 일은 내가 계속하겠어요. 누구에게도 발설하지 않았고, 나한테 그 플라스크를 내어주지 말라고 한 사람도 없어요. 나 혼자서 내린 결정이에요."

며칠 밤을 그렇게 보내다 보니 쥘리에트와 두 심문자 사이에 일종의 적대적인 긴밀함이 형성되어 있었다. 쥘리에트는 두 사람의 의도를 읽을 수 있었다. 아무리 둔하다고 해도 심문자들 역시 그녀가 하는 말에서 진위를 분간하고 의중을 꿰뚫어보지 못할 리가 없었다.

긴 침묵이 흘렀다. 미국 여자가 다시 입을 열었는데 목소리를 깔았다.

"그거 어디에 뒀어?"

"그거라니요?"

"빨간 플라스크!"

쥘리에트는 그들이 자신의 가방을 샅샅이 뒤졌으리라는 걸 알고 있었다. 그리고 숄므의 집은 물론이고 카루즈의 원룸과 어쩌면 이모의 집까지 뒤졌을 것이라고 확신했다.

"안전한 곳에 있어요." 쥘리에트는 침착하게 대답했다.

"어디?"

"미국에 있어요."

조나탕의 말에 따르면 이 일의 주동적 인물은 미국에 있는 것이 분명했다. 쥘리에트는 사건의 추이를 논리적으로 따져보면서 일단 빨간 플라스크를 미국으로 보냈다. 남아프리카행 비행기표를 보면서 갑자기 내린 결정이었다.

"미국의 어디? 그걸 누구에게 보냈나?"

미국에 있다는 말에 두 사람이 몹시 당황하는 것 같았다. 그들은 머릿속으로 몇 가지 가정을 하면서 두려움에 떨고 있는 것이 틀림없었다. 조나탕은 급진적 조직의 세계에서 배신행위는 죽음이나 다름없는 공포라고 말해주었다. 쥘리에트는 신빙성이 있다는 믿음을 심어줄 수만 있다면 승산이 있다고 판단했다. 하지만 위험이 따르는 무리수였다.

"내가 그걸 말해줘도 아무 소용없어요. 빨간 플라스크를 보관하고 있는 사람들은 나에게 직접 그걸 돌려줄 거니까."

심문이 시작될 때부터 쥘리에트는 남아프리카 남자의 두 손을 보고 있었다. 큼직한 손등에 난 시커먼 털……. 저 손을 어떻게 사용할까? 따귀? 주먹질? 내 목을 조를까? 남자의 두 손이 점점 더 초조하게 심문이 끝나기를 기다리는 것 같았다.

길게 이어지는 침묵. 이제 선택의 순간인가? 양자택일의 기로에 서 있는 건가? 쥘리에트는 이렇게 말하고 싶었다. 나를 조직의 일원으로 받아들여서 내 에너지와 충성심을 이용하든가, 아니면 불확실한 힘의 대결로 들어가든가 둘 중 하나를 선택하라고. 두 가지 경우 다 위험하지만 그래도 그녀가 할 역할이 있다는 것이 중요했다. 아무튼 플라스크를 갖고 있는 한 그녀를 죽이지는 않을 것이 아닌가.

줄리에트는 미국 여자의 태도에서 이 순간은 폭력이 없으리라는 걸 알아차렸다. 아마도 결정권이 없는 두 사람으로서는 정체불명의 의뢰인들과 의논해야 하는 것이 틀림없었다.

한마디 말도 없이 그들은 줄리에트를 방으로 다시 데려갔다. 남아프리카 남자가 화풀이를 하듯 발길질로 문을 쾅, 닫더니 자물쇠를 채웠다. 줄리에트는 이곳에 온 지 처음으로 감방처럼 비좁은 방에 갇혔다.

긴장이 풀리면서 줄리에트는 깊은 잠에 빠져들었다. 그러고는 다음 날 대낮이 되어서야 잠을 깼다. 뺨에 베갯잇 자국이 나 있고, 입가에 침이 말라붙어 있었다. 사실, 그녀가 잠을 깬 것은 자물쇠 소리 때문이었다. 그녀는 무슨 일이 일어날지 생각할 겨를이 없었다. 문이 열리고 파란색 짧은 소매 티셔츠를 입은 아프리카인 두 명이 나타났다. 그중 한 명이 줄리에트의 가방을 들고 있었다. 아프리카 남자 둘이 줄리에트에게 따라오라는 손짓을 했다. 마당으로 나가기에 앞서서 두 남자는 그녀의 눈을 가렸다.

자동차를 타고 간 시간은 아주 짧았다. 줄리에트는 열린 차창을 통해 들어오는 건조하고 뜨거운 공기를 행복하게 들이마셨다. 얼마 후, 갑자기 풍기는 석유 냄새에 그녀는 타고 왔던 프로펠러 경비행기의 가죽 의자에 앉아 있다는 걸 알아차렸다. 누군가가 그녀의 눈을 가린 띠를 풀어주었다. 두 시간 후, 그녀는 마이애미행 비행기표를 손에 쥐고 요하네스버그 국제공항에 있었다.

공항 터미널의 검은 대리석 복도를 걸어가면서 줄리에트는 노래를 흥얼거리고 있는 자신에게 놀랐다. 첫 번째 관문을 통과한 것이다.

VI

카보베르데 군도

살 섬을 향해 비행기를 타고 가면서 폴은 로렌스의 말이 맞는 게 아닐까 자신감이 떨어졌다. 그들은 아주 미미한 단서를 근거로 세계적인 규모의 조사를 시작했었다. 단순한 가정으로 시작된 콜레라가 이제는 사건의 핵심이 된 것처럼 모두 조사에 열을 올렸다. 샹펠 박사 같은 이성적인 과학자가 콜레라에 빠져 있다는 사실이 결정적인 영향을 주었다. 콜레라는 정말로 마음을 끌어당기는 뭔가가 있었다. 폴은 콜레라에 관련된 방대한 자료를 준비했고, 비행기 안에서 탐독하고 있었다.

병리학적으로 콜레라는 더 이상 관심을 끌 만한 전염병이라고 할 수 없었다. 콜레라에 감염되면 몇 분 사이에 인간을 모든 것이 다 빠져나간 빈 껍데기로 만들 수 있었다. 하지만 폴은 이 점 때문에 콜레라에 집착하는 것이 아니었다. 그럼 무엇 때문일까? 태곳적부터 자연계에 존재했을지 모를 콜레라는 최초로 세계적인 유행병이 되었고, 정말 짓궂게도 전쟁이나 대재앙으로 기아나 궁핍한 생활을 하는 사람들에게 친숙한 균이라는 사실에 폴은 주목했다.

인간들이 땅을 정복하고 자연을 길들일수록 콜레라가 찾아와서 인간의 힘과 용기에 한계가 있다는 걸 상기시키며 끊임없이 그 대가를 치르게 했다. 특히 콜레라는 하층민, 전쟁의 피해자, 뻔뻔한 정복자의 희생자들에게 맹위를 떨치며 대자연 앞에서 인간이 얼마나 무력한 존재인지 깨닫게 해주었다.

누군가가 그런 콜레라를 무기로 삼아 계획을 세운 것이라면? 인간이라는 존재의 사악한 면이 콜레라와 결합하면 무슨 일이 일어날까? 테러리스트들이 콜레라를 생물학적 무기로 이용할 계획을 세운 것이 사실이라면 얼마나 끔찍한 일인가. 그래서 폴은 조금이라도 가능성이 있다면 포기하지 않고 콜레라라는 괴물을 추적하고 싶었다.

폴이 이런 생각을 하는 사이에 탑포르투갈의 비행기가 바다 상공을 선회하다 활주로 중앙선에 착륙했다. 머릿속이 복잡해서 몸이 더 무거워진 폴은 쾌청한 오후의 무더위가 한창일 때 트랩을 내려갔다. 이 외딴섬에서 뭘 해야 하는 걸까? 정확하게 무엇을 찾아야 하는 걸까? 콜레라를 이용하여 저지른 범죄의 흔적을 찾을 수 있을까? 콜레라가 발병했지만 희생자는 거의 없다는데 인간이 의도적으로 콜레라를 발병시켰다는 증거를 찾을 수 있을까? 더군다나 콜레라가 발병한 지 1년이 넘었는데 그 연관성을 어떻게 밝힌단 말인가.

폴은 포기하고 비행기에 다시 오르고 싶었다. 그러나 살 섬은 그렇게 마음대로 떠날 수 있는 곳이 아니었다. 봄철에는 비행기 좌석을 구하기 힘들었다. 관광 체류 기간도 엄격하게 정해져 있었다. 폴은 일주일에서 보름간의 체류 일정을 잡아놓고 즐겁다고 웃는 관광객들을 헤치고 검색대로 향했다.

브로츠와프와 런던에서는 첫 단계부터 실수를 많이 했기 때문에 이번에는 꼼꼼하게 준비했다. 서핑용 반바지, 나이키 야구 모자, 어깨에 둘러멘 테니스 라켓, 샌들까지 폴은 완벽하게 관광객 차림이었다. 더 이상의 다른 위장은 할 필요가 없을 정도였다.

샹펠 박사가 폴에게 보내준 포르투갈 역학 조사단의 보고서에는 당시에 발생한 콜레라 전염병의 특징이 분석되어 있었다. 샹펠 박사는 갑자기 콜레라에 대한 조사를 할 경우 주민들이 동요할 위험성을 강조했다. 그리고 관광 수익에 의존하는 카보베르데의 고위층 정치인들이 나라의 경제를 염려해서 극도로 예민해 있으니 주의하라는 당부를 잊지 않았다. 콜레라가 발생했다는 소문이 났다가는 경제적 타격을 입을 것이 아닌가. 그래서 카보베르데 정부는 어느 누구도 그 민감한 문제를 공개적으로 제기하지 못하게 하는 쪽으로 결정을 내렸다. 포르투갈 역학 조사단이 파견되었는데 조사를 시작한 지 일주일 후 경찰이 찾아왔었다. 경찰은 불쾌한 심문을 하면서 조사단에게 추방을 통고했고, 그 때문에 조사의 결론은 단편적일 수밖에 없었다. 하지만 콜레라 발병에 대한 석연치 않은 점과 의도적이었다고 생각할 만한 단서를 찾아놓은 상태였다.

샹펠 박사가 설명한 대로 콜레라는 두 개의 섬에 있는 서로 다른 지역 세 곳에서 발생했다. 전혀 왕래가 없는 세 곳의 주민들이 자연적으로 발생한 콜레라에 동시에 전염되었다는 것은 가능성이 아주 희박한 가설이었다. 그 콜레라는 가장 흔한 비브리오 콜레라 O1으로, 이 병원균이 어디서 왔는지에 대해서는 아무런 단서가 없었다. 포르투갈 역학 조사단은 카보베르데에 전염병이 발생하기 전에 들어온 관광객들을 조사했지만 가까운 시일 내에 콜레라 환자가 발생한 지역을 다녀온 사람은 한 명도 없었다.

폴이 본격적인 조사를 시작하기 위해 확보한 정보는 이 정도로 빈약한 상태였다.

폴은 배를 타고 상티아구 섬으로 갔고, 방을 예약해놓은 프라이아 포우자다(호텔)에 짐을 내려놨다. 호텔의 창문을 통해 두 줄로 들어선 하얀 집들 사이로 바다를 볼 수 있었다. 폴은 호텔을 나와서 카보베르데의 수도 프라이아를 구경하면서 미처 챙겨오지 못한 선글라스를 샀다.

포르투갈의 자기(磁器) 문화는 세계 곳곳에 퍼져 있었다. 여러 개의 섬으로 이뤄진 카보베르데에도 유난히 자기 장식이 눈에 띄었다. 화산의 잔해를 감추기 위해 포르투갈인들이 엄청난 노력을 기울인 결과였다. 레이스 모양의 철 장식, 건물 정면을 장식한 하얗고 파란 자기, 경사진 바닥의 흑백 아라베스크, 더욱이 용암으로 이뤄진 잿빛의 주름진 바닥에는 정교한 무늬를 그려놓았다. 하지만 이런 장식을 해놨다고 비극적인 역사의 상흔이 가려지는 것은 아니었다. 카보베르데는 수세기 동안 노예무역을 위한 선박들의 주요 거점으로 슬픈 역사를 안고 있는 군도였다. 폴은 그 옛날 루이지애나의, '지하철도'라는 자유노선 단체에서 활동한익명의 영웅들이 목숨을 구해주었다는 흑인 조상들이 생각났다. 숱이 많은 머리와 가무잡잡한 피부를 제외하고 아득히 먼 혈통의 흔적은 폴에게 더 이상 남아 있지 않았다. 하지만 마치 카보베르데 군도가 집안의 과거라도 되는 듯 연민의 정이 느껴졌다.

포르투갈 역학 조사단의 보고서 덕분에 콜레라가 관측된 곳의 위치를 정확하게 알 수 있었다. 첫 번째 발생지는 상티아구 섬 프라이아 북서쪽 해안을 따라 별장들이 들어선 부촌이었다. 폴은 다음 날 현장에 가서 조사하기로 했다.

그리고 이튿날 아침에 택시를 타고 문제의 부촌 부근에서 내렸다. 산책 나온 사람처럼 걸어서 둘러볼 생각이었다. 하지만 불행히도 생각과 딴판이었다. 높은 언덕에 형성된 동네는 길이 가파르고 좁아서 갓길이나 인도가 따로 없었다. 해안 쪽으로 저택이 줄지어 있는데 약 100미터마다 돌벽에 철문만 달려 있을 뿐 아무것도 보이지 않게 막혀 있었다. 명색이 CIA 요원 출신인데 이 정도의 집에 들어가는 것이 불가능한 일은 아니지만 치밀하게 준비를 해야 가능했다. 폴은 그럴 시간이 없었다. 길모퉁이를 돌자 저택의 베란다 쪽으로 난 해안이 보였다. 정성스레 가꾼 식물이 바닷가까지 이어졌다. 푸른 나무들에 가린 저택들이 띄엄띄엄 보였다. 경사가 급한 돌계단과 나무계단이 모터보트들이 정박해 있는 포구까지 이어져 있었다. 억만장자들을 위한 호화 별장에서 콜레라가 발생했다는 것은 도무지 이해가 되지 않았다.

폴은 역학 조사단의 보고서를 통해 이 첫 번째 콜레라 발생지에서 감염된 사람들이 위생 상태가 의심스러운 청년을 제외하고는 '집주인'들이 아니었다는 사실에 주목했다. 치료를 받고 쉽게 회복한 환자들은 대부분 저택이 아니라 별채에 기거하는 하인이나 관리인들이었다.

게다가 분산된 주거 형태에서 어떻게 전염병이 돌 수 있었는지 알아내는 것이 관건이었다. 저택들이 높은 담으로 둘러싸여 있는데 서로 왕래했을 가능성이 희박했다. 폴처럼 콜레라 전문가가 아닌 사람이 쉽게 내릴 수 있는 가정은 당연히 물에 의해 감염되었을 가능성이었다.

"저 동네에 사는 사람들은 뭘 마십니까?" 폴이 택시 기사에게 물었다.

택시 기사는 스킨헤드에 건장한 체격의 쾌활한 흑인인데 몸을 숙인 자세로 핸들을 잡고 차를 몰았다. 말이 거의 없는 승객과 수다 떨 기회를 오래전부터 기다리던 눈치였다. 택시를 출발할 때부터 영어를 할 줄 안다고 말했다.

"뭘 마시냐고요? 저기 사는 부자들 말입니까? 거야 뭐 당연히 위스키나 포트와인 같은 고급 포도주를 마시죠."

"나는 식수에 대해 물은 겁니다. 저 언덕에 샘이 있나요?"

"없어요!"

택시 기사가 몸을 세우더니 차창 밖으로 팔을 내민 편안한 자세로 관광객의 순진한 질문에 대답했다.

"내가 어렸을 때는 여기에 집이 없었어요. 아무것도 없었죠. 형이랑 저기 바닷가 바위를 따라가면서 빨간색 작은 게를 잡곤 했죠. 이 부근에는 먹을 수 있는 물이 없어서 수통을 갖고 오지 않으면 목이 말라서 죽을 지경이었어요."

"하지만 저 나무들은……."

"저 나무들의 수령은 나보다 어리죠. 부자들이 와서 땅을 파고 심었거든요."

택시 기사가 길의 왼쪽을 가리켰는데 시야를 가리는 벽이 없었다. 그쪽은 흙이 시커먼 데다 메마른 척박한 땅이라서 덤불만 자라고 있었다. 산등성이에서 그리 멀지 않은 데에 둥그런 물탱크 같은 것이 보였다.

"저 위에서 내려다보면 경치가 아름답겠어요. 다리 좀 풀고 싶은데 잠시 쉬었다 가도 되겠습니까?"

택시 기사가 백미러를 힐끔 쳐다봤다. 앞뒤로 차는 한 대도 없었다.

"그러세요. 나는 여기서 담배나 피우면서 기다리죠."

택시 기사는 구깃구깃한 쌈지를 꺼내더니 담배 가루를 얇은 종이에 싸서 말았다.

폴은 바위와 덤불 사이를 지나 산등성이 꼭대기까지 올라갔다. 저 멀리 보이는 상안토니우 산자락으로 이어지는 산등성이였다. 도로 쪽에서 보는 것과 달리 바다 쪽의 저택은 정원 같고, 자연미보다 정원사의 손길이 느껴지는 균형미가 눈에 띄었다.

누군가 의도적으로 저지른 짓이라면 몰라도 이런 호화 별장에 콜레라균이 들어갈 가능성은 전혀 없다는 보고서의 결론이 이해되었다. 폴은 두 가지 가설을 세웠다.

첫 번째 가설은 별장의 하인들이 사는 황폐한 마을에서 콜레라가 발생했을 가능성이었다. 산등성이 뒤쪽으로 아프리카의 전통

가옥들이 옹기종기 들어서 있는데 원주민들이 사는 마을이고, 별장에서 일하는 원주민에게 딸린 많은 식구가 이 마을에 살고 있는 것이 틀림없었다. 콜레라는 거기서 발생했을 수 있었다. 함석으로 지붕을 잇고 짚을 섞은 흙으로 지은 허름한 집들, 멀리서 봐도—폴은 내려가서 둘러볼 시간이 없었다—아주 가난해 보이는 마을이었다. 그렇지만 이 가설은 역학 조사단의 보고서 내용과 어긋나는 것이었다. 조사단은 관찰된 환자가 모두 별장에서 일하는 사람들이고, 마을 주민은 한 명도 콜레라에 걸리지 않았다는 사실에 주목했다. 따라서 원주민 마을과는 무관하게 비브리오 콜레라와의 접촉은 호화 별장에서 일어난 것이라는 결론을 내려야 했다.

두 번째 가설은 물탱크였다. 땅바닥에 그대로 세운 원통형 건조물에 아주 납작한 콘크리트 지붕이 씌워져 있었다. 폴은 바다 풍경을 사진에 담는 체하면서 물탱크를 몇 장 찍은 다음 산등성이를 내려왔다.

택시 기사는 물탱크에 저장된 펌프 물은 오직 별장에 사는 부자들을 위한 것이라고 말했다. 원주민들은 마을에서 1킬로미터쯤 떨어진 데서 물을 길어다 먹어야 했다.

폴은 여기저기 아름다운 곳을 둘러보면서 관광객 행세를 충실하게 이행한 다음 호텔로 돌아갔다.

다음 날 아침나절, 폴은 상티아구 섬과 아고스투 섬을 왕복하는 배에 올랐다. 군도의 남동쪽에 위치한 아고스투는 세네갈 연안에서 가장 가까운 섬이었다. 이 섬의 두 곳에서 콜레라가 발생했다. 바다에 수직으로 잠긴 칼데라 모양의 땅덩어리가 수면 위로 드러나 있었다.

폴은 부두에 발을 내디디면서 관광객 행세를 하는 것이 어렵다는 걸 깨달았다. 이 작은 섬에서 이목을 끌지 않고 다니는 것은 불가능했다. 부교, 방파제, 마을, 모든 것이 작았다. 부둣가 카페 테라스에 앉아서 빈둥거리는 사람들의 얼굴에 무료함이 가득했다. 관광객이 거의 없어서 이방인이 나타났다 하면 그야말로 사냥감이 되었다. 짐꾼 세 명이 서로 가방을 들어주겠다고 들러붙는 바람에 폴은 진땀을 빼야 했다. 수상택시 기사들도 서로 폴을 태우려고 실랑이를 벌였다. 어디서 나타났는지 우르르 몰려온 구식 양복 차림의 청년들이 가이드라고 소개하면서 좋은 호텔을 안내하겠다고 호객 행위를 했다.

다행히 폴은 이번에도 프로비던스를 출발하기 전에 방을 예약해놓은 상태였다. 부두를 따라 건물이 들어서 있는데 그중 한 건물의 정면 박공벽에 '호텔 투바랑'이란 간판이 붙어 있었다. 폴이 방을 예약한 호텔이었다. 재빨리 호텔로 들어가자 청년들이 더는 폴을 따라오지 않았다.

투바랑은 자칭 그 섬에 있는 '최초의 호텔'이었다. 두꺼운 벽에 아케이드로 둘러싸인 포석을 간 안마당, 돌바닥을 보면 수세기를 거쳐온 것이 분명해 가장 먼저 세워진 것은 맞는 것 같았다. 그렇지만 좀먹은 침대 커버, 머리맡 탁자 위로 늘어뜨린 타원형 스위치, 금이 간 세면기로 봐서는 그다지 쾌적한 호텔은 아니었다. 그러나 다른 호텔이 더 최악일 가능성도 있었다. 아고스투는 군도에서 많이 떨어져 있는 섬이라서 여기까지 찾아오는 관광객이 별로 없었다.

폴은 가장 골치 아픈 것이 사욕을 챙기려는 사람들의 관심임을 대번에 알아차렸다. 이런 식으로 평범한 관광객 행세를 하다가는 마음 놓고 다니지 못할 우려가 있었다. 조금이라도 이상한 질문을 했다가는 의심을 살 수 있었다. 이 섬에서 콜레라가 발생한 것은 대형 사건이었을 것이 틀림없었다. 비록 아무도 콜레라에 대한 말을 꺼내지 않지만 지나치게 알려고 하는 이방인들의 질문이나 행동에 대해서는 경계할 것이 분명했다. 따라서 폴은 선수를 쳐서 호텔 사장 조앙에게 이 섬에서 자유로운 여행을 해야 할 이유를 둘러대기로 했다.

위장하는 데는 상투적인 말보다 거짓말로 꾸미는 것이 훨씬 쉬운 법이다. 러시아 사람은 기업체의 정직한 사장보다 타락한 왕자나 마피아로 행세하는 것이 더 자연스럽다. 프랑스 사람은 불륜을 저지르고 도망쳐서 숨어 지내는 신세라고 하면 별로 의심을 받지 않는다. 폴은 과학기술의 도전이라는 약간 허무맹랑한 계획에 대해 그럴듯한 말을 흘리면서 엄청난 돈 냄새를 풍기는 미국 사람의 방식을 택했다.

"나는 미국항공우주국(NASA)의 연구원입니다." 폴은 세계의 어느 호텔에서나 통할 수 있는 영어로 말했다. "이 섬은 우주선을 대기권으로 다시 끌어들이기 위해 새로 선정한 구역과 일직선상에 위치해 있군요. 극비 사항이라 지금은 말하기가 좀 그렇지만……."

호텔 사장의 표정이 돌변하면서 탐욕의 눈빛이 이글거렸다. 수북하게 쌓인 달러 다발을 상상하는 걸까? 조앙이 후닥닥 사무실 문을 닫더니 잠가버렸다.

"그래서요?"

"NASA에서는 이 지역에 관측기지를 세울 계획이죠. 그 최적의 장소를 물색하는 것이 내 책임입니다."

"카보베르데에 세울 겁니까?"

"아니, 바로 여기 아고스투를 물망에 올리고 있지요."

조앙은 혼혈인으로 보이는데 하얀 피부였다. 포르투갈에서 10년, 영국에서 3년을 살다가 이 섬에 정착하여 호텔에 전 재산을 투자하고 있었다. 그는 열대지방에서 땀 흘리는 유럽인 행세를 하면서 주저 없이 흑인을 '검둥이'라고 부르며 멸시했다. 폴이 알려주는 정보에 귀가 번쩍 뜨인 조앙은 벌써부터 돈을 물 쓰듯 하는 미국인들로 북적이는 호텔을 상상했다. 그리고 누구보다도 먼저 이 극비 사항을 알고 있다는 것으로 얻게 될 이득을 따져보고 있었다. 헐값으로 땅을 사들였다가 NASA에 되팔고, 기술자들을 위한 별장을 짓고…… 생각만 해도 현기증이 일었다. 폴은 책상에 기대면서 이마의 땀을 닦는 조앙을 쳐다보면서 말했다.

"어디 안 좋아요?"

"아니, 아주 좋습니다. 걱정하지 마세요. 그 계획을 다른 사람에게도 말씀하셨습니까? 고위층에서는 알고 있습니까?"

"아뇨. 그러면 시끄러워지니까요. 너무 일찍 알리면 무슨 일이 일어날지 알잖아요. 정치적 논란이 일어날 테고, 뇌물 공작 같은 부정행위가 일어나기 마련이죠. 그래서 우리는 알맞은 장소를 조용히 물색하고 싶은 겁니다."

"정말 지당한 말씀입니다." 조앙이 외쳤다. "아무에게도 말씀하지 마세요. 나를 만난 건 운이 좋은 겁니다. 사심 없이 도와드리겠습니다. 이 섬에 그럴 수 있는 사람은 나밖에 없거든요."

사심이 없다는 말에 짐짓 안심하는 얼굴을 하면서 폴은 앞으로의 일정을 호텔 사장에게 일임했다. 조앙은 자신이 직접 곳곳을 안내하면서 폴을 먼 친척으로 소개하겠다고 말했다. 다음 날 아침, 폴은 조앙의 냉방장치가 된 사륜구동차를 타고 호텔을 나섰고, 지난해에 콜레라 환자가 발생했던 마을로 가는 비포장도로로 들어섰다.

척박한 고원에 판잣집들이 띄엄띄엄 흩어져 있었다. 잿빛 용암 바닥이 돌담과 가시덤불로 구획이 정리되어 있는데 밭이 있는 것 같았다. 집들을 둘러싸는 나무울타리마다 짚을 섞은 진흙으로 틈새를 엉성하게 메운 상태였다. 페인트칠이 된 울타리에 물에 잠겼던 자국이 있었다. 이따금 내리는 비가 억수같이 쏟아지다가도 금세 그치는 것이 분명했다. 폴은 마을을 향해 올라갔다. 마을 사람들은 조앙 앞에서 절절맸다.

"여기는 식수가 있습니까?"

조앙이 촌장을 불러서 거친 말투로 폴의 질문을 통역했다.

"촌장이 말하기를 그 사람들이 저 위에 저수지를 팠답니다."

"그 사람들이라면 누구를 말하는 겁니까?"

그 질문에 조앙이 대답했다.

"스웨덴 사람들일 겁니다. 개발을 한답시고 한동안 북유럽 사람들이 드나들었거든요."

"비정부기구(NGO)에서 추진하는 계획입니까?"

"무슨 기구요?"

"사설 기구를 말하는 겁니다."

조앙은 무식한 농부와의 대화가 길어지자 짜증스러운 얼굴이 되었다.

"젊은 사람들이었답니다. 하지만 내 기억으로는 세계은행이 자금을 지원했었지요."

"그 저수지를 언제 만들었습니까?"

"오륙 년 됐지요."

그들은 저수지를 보러 갔다. 일종의 못인데 우기가 아니라서 그런지 흙탕물이 바닥에 괴어 있었다. 아낙네 둘이 양동이에 물을 퍼 담고 있었다.

"여기 말고는 식수가 없습니까?"

"우물이 있긴 한데 다른 마을 입구에 있어서 너무 멀죠."

그들은 다시 내려와서 차에 올랐다. 폴이 칼데라의 다른 쪽을 가보고 싶다고 말했다. 거기도 콜레라 환자가 발생한 곳이었다.

길은 구불구불했다. 조앙이 운전하는 차가 그 섬의 최고봉인

이끼 덮인 산등성이 사이의 고갯길로 접어들었다. 고개를 넘자 놀라운 풍경이 펼쳐졌다. 갑자기 울창한 열대 삼림이 나타나는 것이 아닌가. 짙은 초록의 나무들이 우거지고, 흙도 축축했다. 더 위도 질적으로 달랐다. 공기가 습하고 끈적끈적한 데다 흙냄새 와 나무 냄새가 진하게 풍겼다.

폴은 조앙이 의심할까 봐 콜레라 환자가 발생했던 마을에 가보 자는 말을 하지 않았지만, 이쪽에 작은 마을이 셋이라는 걸 알고 있었다. 따라서 마을을 전부 다 둘러보겠다고 하면 문제의 마을 도 가볼 수 있을 거란 계산을 했다.

세 마을은 다 비슷비슷했다. 콜레라에 전염되었던 마을을 마지 막으로 들렀는데 다른 마을과 특별히 다른 점은 없어 보였다. 메 마른 땅에 집들이 띄엄띄엄 흩어져 있는 고원의 마을과는 달리 숲 속 마을은 집들이 옹기종기 모여 있었다. 마치 숲의 정령들에 게 맞서기 위해 집들이 다닥다닥 붙어서 합세하고 있는 것 같았 다. 집의 상태로는 척박한 땅의 집들 못지않게 가난해 보였다. 초 록으로 우거진 식물의 세상과 비교해서 인간들의 궁핍한 삶이 더 욱 두드러져 보였다.

"여기 사는 사람들은 물 걱정은 하지 않겠어요." 폴이 말했다.

"이쪽에는 곳곳에 샘이 있지요. 대부분 온천수나 탄산수들이 죠. 화산 물질이 함유되어 있어서 마실 수 없는 물이 더 많지만 주민들은 익숙해 있으니까요."

좀 더 높은 곳에 위치한 샘에서 내려오는 냇물이 마을 중앙을 구불구불 흘러서 작은 수로를 통해 마을의 저수지로 연결되었 다. 주민들이 인간과 가축을 위해 길어다 먹는 물이었다. 물론 콜 레라의 흔적은 전혀 남아 있지 않았다. 폴이 읽은 보고서에 따르 면 콜레라에 감염된 환자가 9명이고, 사망자는 단 1명이었다. 사 망한 사람은 마을에서 떨어진 외딴집에 사는 가난한 노인이었다. 마을 사람들의 초라한 모습을 보면 노인이 얼마나 궁핍하게 살았을지 상상이 되었다. 노인의 사망을 콜레라에 감염된 탓으로 돌리는 것은 의문의 여지가 있었다. 노환이나 또 다른 병으로 사망했을 가능성도 배제할 수 없었다.

이 마을에서는 단서가 될 만한 것을 찾을 수 없었다. 폴은 거짓말을 뒷받침할 만한 행동을 해서 조앙의 의심을 사지 말아야 했다. 여기저기 사진을 찍거나 걸음걸이로 빈터의 길이를 재기도 하고, 마치 맨눈으로 우주선의 궤적을 볼 수 있는 것처럼 하늘을 관찰했다.

호텔로 돌아온 시간은 저녁 7시였다. 폴은 프로비던스와 전화하기로 약속이 되어 있었다. 케리에게는 전화 연결이 되지 않았다. 통화를 시도한 사람은 모두 자리에 없거나 바쁜 상태였다. 조사가 활발하게 진행되고 있는 것이 분명했다. 그들에 비하면 폴 혼자 관광지에 낙오되어 있는 것 같았다. 폴은 조앙의 저녁 식사 초대를 정중하게 거절했다. 그러고는 샌드위치를 방으로 올려달라고 하고 발코니에 앉아서 생각에 잠겼다.

둘러본 결과 누군가가 일부러 비브리오 콜레라를 침투시키지 않는 한 서로 떨어져 있는 세 곳이 동시에 콜레라에 감염된다는 것은 불가능했다. 따라서 인간의 의도적인 개입이라고 볼 수밖에 없었다.

하지만 목적이 뭘까? 소수의 사람들을 콜레라에 감염시키는 것으로 무슨 이득을 얻을 수 있을까? 호화 별장에서 발생한 콜레라는 부자들에 대한 복수라고 생각할 수 있었다. 하지만 이보다 더 버림받은 곳이 있을까 싶을 정도로 낙후된 아고스투 섬의 가난한 사람들에게 복수란 표현은 어울리지 않았다.

항구에 어둠이 내렸다. 연방 부르릉거리던 모터 소리가 멈춘 탓일까. 지나가는 사람들의 말소리와 부근의 카페에서 기타 소리가 아련하게 들려오더니 사방에서 개 짖는 소리가 요란했다. 폴이 침대에 눕자 용수철이 삐걱거렸다. 침수된 적이 있었는지 천장에 누런 자국이 보였다. 그 자국은 색깔의 변화로 입체감을 주면서 섬처럼 내포며 곳까지 그리고 있었다. 폴은 벌떡 일어났다. 불현듯 샹펠 박사의 말이 떠올랐던 것이다.

'그 섬들은 진정한 실험실이라고 할 수 있지요.'

전염병의 확산, 주민들에게 전염되는 과정과 결과를 관찰하기 위한 실험실로 이용한 것이라면……?

카보베르데에 콜레라균을 침투시킨 것을 테러 행위로 보기에는 좀 무리가 있었다. 하지만 실험으로 간주할 경우는 상황이 달라진다. 콜레라가 발생한 세 곳은 콜레라균의 확산 경로가 각각 달랐다. 상티아구 섬의 별장 지역은 물탱크가 콜레라에 감염됐을 것이 틀림없었다. 아고스투 섬의 경우는 저수지(건조 지역)와 온천수(열대 지역)에 콜레라균을 퍼뜨린 것이었다. 그렇다면 서로 다른 환경과 상황에 따라 달라지는 콜레라균의 다양한 결과에 대한 정보를 얻을 수 있지 않은가.

하지만 도대체 누가 무슨 목적으로 이런 실험을 한 것일까?

카보베르데에서 콜레라 환자가 발생한 것은 브로츠와프 연구소에서 비브리오 콜레라를 훔치기 이전에 일어난 일이었다. 따라서 문제의 조직은 비브리오 콜레라를 이미 갖고 있었다는 결론을 내릴 수 있다. 그렇다면 왜 또다시 훔쳤을까? 범행 장소로 폴란드를 선택한 이유는 뭘까? 모든 것이 수상쩍고 이유와 동기도 불충분했다. 머릿속으로 논리적 연관성을 따져봤지만 맞아떨어지는 것이 하나도 없었다.

폴은 프로비던스에서 분석한 보고서를 떠올렸다. 전염병이 발생했을 당시 아고스투 섬에 미국인들이 있었다는 걸 알아낼 수 있을까? 만약 미국인들이 있었다면 어쩌면 의심하고 있는 급진적 집단의 일원이 포함됐을 가능성이 있었다. 폴은 조앙의 의심을 사지 않게 그럴듯한 이유를 만들어서 호텔 숙박부를 보여달라고 하기로 했다.

온종일 조앙의 차를 타고 돌아다니다가 조용한 방에 홀로 있게 된 탓인지 폴은 긴장이 풀리는 것 같았다. 옷도 벗지 않은 채로 침대에 누워 있다가 그대로 잠들어버렸다.

다음 날, 한낮이 되어서야 나타난 조앙은 아침에 배를 타고 상티아구를 다녀왔다고 말했다. 폴은 조앙이 전날과 달리 경계하는 느낌이 들었다. 조앙이 정원에서 맥주나 한잔하자고 말했을 때 그 느낌이 확실해졌다.

"손님의 계획이 극비 사항임을 걸 잊은 건 아닙니다." 조앙이 마치 반응을 살피듯 폴에게서 눈을 떼지 않고 말했다. "하지만 프라이아에 젖형제가 살고 있는데 우리는 무슨 일이든 숨김없이 터놓고 지내지요. 우리 사이에는 절대로 비밀이 없고, 또 내가 절대적으로 믿는 형제라서 그 얘기를 했다는 걸 이해해주세요. 그리고 누구에게도 발설하지 않을 거니까 그건 염려하지 마세요."

"정확하게 뭐라고 말했습니까?"

"손님이 말씀해주신 그대로 얘기했습니다. 손님의 계획, NASA의 연구원……."

그렇게 말하면서 조앙이 교활한 눈길로 폴을 쳐다봤다.

"내가 정말 싫어하는 일을 했지만…… 당신의 젖형제가 입이 무겁다고 하니까 하는 수 없죠. 그런데 무슨 일을 하는 사람입니까?"

"페르난두요? 경찰입니다."

이런, 올 것이 왔구나! 폴은 생각했다. 조앙은 돈을 벌기 위해서라면 물불 안 가리고 덤벼들지만 확실한 보장을 받아두기 위해 적당한 거리를 두고 경계할 줄도 아는 빈틈없는 인간이었다. 정말 젖형제가 맞든 아니든 페르난두라는 이름의 남자와 결탁했다는 것은 교활한 술책이었다. 조앙으로서는 폴의 계획이 사실로 밝혀지면 수도에 사는 경찰을 끌어들인 것이 자신에게 유익할 수 있었다. 만약 폴이 거짓말을 한 거라면 경찰인 페르난두가 대번에 사기라는 증거를 찾아낼 것이 아닌가.

이 순간 폴이 내린 결론은 호텔 사장이 의심을 하고 있다는 것이었다. 콜레라 사건은 오래전 일이지만 시간이 더디 흐르는 이 섬에서는 그때의 기억이 아직 남아 있을 것이다. 당시에는 콜레라에 감염된 지역을 조사하는 사람들을 발견하는 즉시 신고하라는 것이 정부의 지시였다. 폴은 일주일 동안 감시를 받다가 추방된 포르투갈 역학 조사단의 신세가 되고 싶지 않았다.

"페르난두는 모레 여기 올 거니까 직접 만나서 조언을 듣는 것도 나쁘지 않을 겁니다. 나보다는 정확한 정보를 알고 있을 테니까요." 조앙이 말했다.

조앙의 어조에서 그 경찰관이 까다로운 사람일 거란 느낌이 들었다. 폴은 자신이 얼떨결에 둘러댄 거짓말이 프로비던스의 도움을 받는다고 해도 빈틈없는 사람에게는 통하지 않으리라는 걸 알고 있었다. 아쉽지만 투숙객 명단은 포기해야 했다. 다른 방법으로 구하는 수밖에 없었다. 철저한 조사를 한답시고 꾸물거리다 이곳에 붙잡혀 있고 싶지 않으면 다음 날 즉시 떠나야 했다.

폴은 호텔 사장에게 프라이아에 가서 은행에 들르고—아고스투 섬에는 은행이 없었다—필요한 물건을 구입해야겠다고 알렸다. 그는 부두에 나가서 다음 날 아침에 출발하는 배의 왕복표를 샀다. 의심을 사지 않기 위해 옷가지를 비롯한 소지품을 방에 그대로 놔둔 채 노트북 컴퓨터와 서류를 챙겨 넣은 배낭만 둘러멨다. 프로비던스의 도움으로 폴은 다음 날 저녁에 출발하는 비행기 좌석을 간신히 예약할 수 있었다. 프라이아에 도착하자 폴은 배를 타고 살 섬으로 간 다음 비행기를 탔다. 시카고행 비행기였

다. 폴은 시카고의 날씨가 덥기를 바랐다. 하와이풍 셔츠에 반바
지, 배낭만 달랑 둘러멘 차림이니 죽을 맛이었다.

VII

프로비던스, 로드아일랜드 주

폴은 놀라지 않았다. 프로비던스에 가면 보게 될 거라고 예상한 광경이 그대로 벌어지고 있었다. 프로비던스는 더 이상 첩보기관으로 존재하는 것이 아니라 케리를 위한 비서실 이상도 이하도 아닌 곳으로 변해 있었다.

그 변화는 프로비던스의 초소에서부터 시작되었다. 웨스트포인트 사관생도처럼 머리를 짧게 자른 경비가 찌지직거리는 초단파 무전기를 들고 폴의 차창에 몸을 숙이면서 말했다.

"아! 케리를 만나러 오셨군요."

그다음, 1층에 들어서자 접수계의 여직원들이 윙크를 보내면서 말했다.

"케리는 지금 4층에 계세요."

엘리베이터에 탄 폴은 두 여직원이 들어올 수 있게 자리를 좁혀 섰다. 그중 서류를 한 아름 안은 여직원이 동료에게 말했다.

"빨리 가야 돼. 케리가 이 서류를 기다리고 있거든."

엘리베이터에서 내린 폴은 케리가 4층 전체를 점령했다는 걸 이내 알아차렸다. 공식적으로는 작은 구석방이 케리의 사무실이었다. 바니는 무방비 상태의 몸속으로 바이러스가 들어오는 줄도 모르고 케리에게 그런 방을 내주는 것이 미안해서 어쩔 줄 몰라했었다.

케리는 사무실과 붙어 있는 회의실을 차지하는 것부터 시작했다. 그녀는 아침 7시부터 자정까지 계속 회의를 열었다. 그러고는 꼭 필요한 협력자들을 옆에 두기 위해 인사이동까지 해놓은 상태였다. 타이슨은 귀부인의 시중을 드는 기사이자 머슴으로 변해 있었다. 어쨌든 평소에 연락 요원으로 활동하는 그가 케리에게 중세 시대의 가신 같은 충성을 보이고 있었다. 케리는 폴이 그렇게 쉽게 넘어오지 않을 거라고 생각했던 타라까지 심복으로 만들었고, 자료 담당 직원들의 무조건적인 지원을 받았다. 바니의 사무실에서 처음 만났을 때 신경전을 벌였던 알렉산더가 케리와 껄끄러운 관계가 되지 않으려고 배려해준 것이 틀림없었다. 정보의 귀재 케빈은 물론이고, 클린트 이스트우드를 흉내 낸 카우보이 차림의 남자 둘도 케리의 팀에 합류했는데 통신을 담당했다.

폴은 마침내 케리를 발견했다. 서류를 들여다보는 그녀 주위에 젊은 남자와 여자 넷이 바짝 긴장한 얼굴로 둘러서 있었다. 케리가 문제의 신 포식자 집단을 추적하는 일을 그들의 가장 중요한 일로 바꿔놓았던 것이다. 폴은 케리의 수완에 대해 익히 알고 있지만 또다시 혀를 내두르지 않을 수 없었다. 무슨 일이든 주변 사람들을 제 편으로 만드는 데는 케리를 당할 사람이 없었다.

폴을 발견한 케리가 윙크를 했다. 그것은 폴과 경쟁에 돌입한 케리가 점수를 매기면서 특히 자기가 이기고 있을 때 보내는 눈짓이었다.

"오케이." 케리가 팀원들에게 말했다. "10분 후에 총회를 갖죠. 그동안 우리가 알아낸 것들에 대해 폴에게 간단히 브리핑해야 하니까. 특별한 일이 없다면 알렉산더에게도 참석해달라고 하세요."

그 말에 동시다발로 웃음이 터져 나왔다. 이 웃음은 케리를 도와 사건 조사를 하는 것보다 더 특별한 일이 있을지 의문이 간다는 뜻인 듯했다.

폴은 케리를 따라 그녀의 '공식적인' 사무실로 들어갔는데 화장할 때만 들어가는 골방이나 다름없었다.

"지내기가 아주 나쁘지는 않은 모양이야." 폴이 미소를 지으면서 말문을 열었다.

케리는 폴이 유도하는 말에 말려들 생각이 없었다. 폴은 봐야할 것을 본 것이고, 케리는 빈정거릴 기회를 주고 싶지 않았다.

"아이들이 잘 지내고 있다니까 기분이 좋아. 남편이 캐나다 출신이라는 거 알지? 온타리오 호수 부근에서 목장을 하는 형님 버트의 집에 아이들을 맡겼는데 큰아버지 식구들과 배도 타고 목장에서 직접 젖도 짜보면서 신나게 놀고 있나 봐."

케리는 프로비던스 첩보 기관에 확고한 기반을 다질수록 여러 면에서 예전의 모습을 되찾고 있었다. 틀어 올린 머리에 초록색 펠트 모자, 가슴선이 드러날 듯 말 듯한 티셔츠 차림으로 주위를 맴도는 남자들의 얼을 빼놓았다.

"열대지방에서 보낸 바캉스는 어땠어?"

"환상적이었지. 바다, 섹스 그리고 태양."

"와우! 섹스?"

"옆방에 젊은 커플이 들었는데 밤새도록 괴성을 질러댔거든."

"오케이. 이제 회의실로 갈까? 우리가 알아낸 정보를 들어봐야지."

그들은 회의실로 들어갔다. 대형 테이블에 서류가 잔뜩 쌓여 있었다. 타이슨이 재빨리 케리가 앉을 수 있게 의자를 빼주었다.

"월번, 시작해요." 케리는 그렇게 말하고 폴을 쳐다보면서 속삭였다. "월번은 알렉산더의 소속인데 마이크로소프트 능력이 뛰어나고 장래가 아주 유망한 사람이야. 신 포식자 집단에 대해 우리가 알아낸 것을 말하기에 앞서 미국의 급진적 환경 운동에 관해 간략하게 브리핑할 거야."

월번이란 이름의 남자는 마이크로소프트 오피스 파워포인트에 능한 신세대였다. 월번이 아주 자연스럽게 영사기를 작동하면서 첫 번째 영상을 올렸다. 파란 바탕에 머리말이라는 글이 나타났다. 폴이 속으로 말했다. '조사가 많이 진척되었네.'

"먼저 미국의 환경 운동 역사를 간략하게 설명한 뒤에 신 포식자 집단에 관한 정보로 넘어가겠습니다."

월번의 목소리는 호리호리한 체격에 어울리지 않게 저음이었다. 거친 억양으로 봐서 오스트레일리아 출신인 것 같았다.

"환경 운동은 비슷비슷하지만 국가마다 자기 나라에 알맞은 운동을 전개하고 있습니다. 영국에서는 동물을 사랑하는 운동과 기마 수렵을 반대하는 운동으로 결집합니다. 캐나다는 해저 핵실험, 고래 보호 등 바다에 관심이 집중되어 있지요. 프랑스는 놀랄 일도 아니지만 아름다운 여배우를 따라 자연보호 운동을 벌이고 있습니다. 브리지트 바르도가 사람들을 전향시킨 거죠."

웃음소리가 나자 케리는 그 말을 인정한다는 표정을 지었다. 폴은 케리가 추종자들이 보내주는 열렬한 지지를 잃지 않으려고 이런 농담을 흔쾌히 받아주고 있다는 걸 알아차렸다.

"미국은 야생적인 숲, 녹지대, 서부지방의 풍경을 보존하자는 운동을 벌이지요. 원어스는 미국 특유의 조직적인 환경 운동에서 선구자 역할을 하는 단체인데 이견을 내세우는 무리로 구성된 것이 바로 신 포식자 집단입니다. 원어스는 1980년 엘멧 슬론이 창설했는데 벌목 인부였다가 베트남전쟁에 참전했고, 나중에 공화당 우파에서 활동했던 사람이죠."

"나는 원어스가 오히려 좌파였을 거라고 생각했는데요." 폴이 끼어들었다.

"그랬을 것 같지만 성향이 서로 다릅니다. 원어스는 시애틀에서 창설되었는데 그린월드가 설립된 캐나다 브리티시컬럼비아

주와 가깝지요. 하지만 원어스와 그린월드는 성향이 다른 단체입니다. 그린월드는 바다, 고래와 바다표범을 보호하자고 외치는 극좌파 성향의 단체인 데 반해 원어스는 산과 숲, 강을 보호하자는 운동을 펼치고 있지요. 모피를 얻을 목적으로 덫을 놓는 밀렵꾼들을 감시하는 미국 단체지요. 하지만 이 극단적인 두 단체는 서로 일치하는 점이 있어요."

"어떤 점이 일치합니까?"

"이 두 단체는 전통적인 보수 단체들의 방식이 틀렸다고 생각한다는 점입니다. 자연보호 운동은 유명 인사들의 일로 머물러서는 안 된다는 거죠. 다시 말해 인디언처럼 살 수 있도록 자연을 보존한다든가 곰을 위한 축제, 식물 표본을 위한 현장학습 같은 구시대적 발상의 운동으로 만족할 수가 없다는 거죠. 두 단체는 존 뮤어[19]나 헨리 데이비드 소로[20] 같은 창시자들의 정신을 부활시키겠다는 겁니다. 게다가 에드워드 애비라는 사막의 예언자가 쓴 책을 바이블로 삼고 있지요."

"어떤 책입니까?"

"『멍키 렌치 갱』이란 소설입니다. 도로 건설을 막기 위해 무한궤도 굴착기의 기름 탱크에 모래를 집어넣고, 도로를 따라 세운 광고판들을 불사르는 두 청년의 행동을 그린 소설이죠."

"그들도 그렇게 했다는 겁니까?"

"네. 원어스의 운동원들이 처음에는 그 책을 그대로 모방했어요. 건설 현장의 기계를 파괴했고, 댐의 측면에 긴 천을 펼쳐놓는 것으로 균열을 상징했는데 그것 역시 소설에 등장하는 장면들이

....

19 미국의 환경 운동가이자 문필가(1838~1914). 국립공원이라는 이름의 자연보존지역을 세계 최초로 만든 인물.

20 미국의 사상가이자 생태 작가. 대표작으로 『월든: 숲 속의 생활』이 있다.

죠. 그러다 나중에는 획기적인 저지 운동을 시작했어요."

"어떻게 했는데요?"

"예를 들어 벌목을 막기 위한 방법으로 절단기를 망가뜨리기 위해 나무밑동에 커다란 쇠못을 박아놓는다든가 강의 물줄기에 숨어 있다가 댐 건설을 방해했지요."

"그래서 잘되었나요?"

"몇 번의 난투극이 벌어졌지만 소기의 목적은 달성한 셈이죠. 콜로라도 주에서 계획하는 댐 건설을 무산시켰으니까요. 현재 원어스는 상당히 활발하게 활동하고 있습니다. 반정부적이지만 합리적인 단체로 정평이 나 있고, 상당한 기금을 모았지요. 억만장자들이 그 단체에 엄청난 기금을 보내고, 기업체들도 이미지 관리를 위해 자금을 대고 있습니다. 현재는 시애틀에 빌딩을 갖고 있고 직원을 대거 채용했어요. 불행히도 이런 물질적 성공이 문제를 일으키게 되었지요. 이제는 유력자들이 된 것 때문에 비난을 받은 거죠. 몇몇 운동원들이 들고일어나서 조직이 속되게 변한 것을 비판하고 초심으로 돌아가자고 주장하기에 이르렀지요."

"그들이 신 포식자 집단과 관련이 있다는 겁니까?"

"맞습니다. 하지만 현재 우리가 확보한 정보에 따르면 원어스는 수수께끼 같은 단체예요. 일반 대중은 단체에 대해 자세히 알지 못하지만, 일단 원어스에 가입하면 사보를 받아볼 수 있고, 시위에 참여하라는 제안을 받을 수 있죠. 컴퓨터 인트라넷도 차단되어 있다고 들었는데…… 그렇죠, 케빈?"

"네, 해킹 방지를 위해 그들이 컴퓨터를 차단해놓은 거죠." 케빈이 굵은 목소리로 자신 있게 말했다. "하지만 내가 누굽니까. 그쯤이야 당연히 해냈죠. 하지만 아주 특별한 내용은 발견하지 못했습니다. 컴퓨터 파일에는 중요한 정보를 담아두지 않는 것 같았어요. 그건 그들이 인터넷의 정보 따위는 신뢰하지 않는다는 뜻이기도 하고요."

케리가 수고했다는 뜻으로 케빈을 향해 고개를 끄덕여주었다. 그 틈을 타서 타라가 말했다.

"아주 단편적인 자료를 근거로 추적했을 뿐인데 신 포식자 집단이 원어스의 내부 갈등으로 갈라져 나온 조직이라는 걸 알아냈군요."

"예전에 소련 정부를 연구하던 때와 똑같군." 출입문 가까이 앉아서 건성으로 듣고 있던 알렉산더가 혼잣말처럼 중얼거렸다.

"이제 요약해줘요." 케리는 들은 척도 않고 월번에게 말했다.

"4년 전쯤에 시작된 일입니다. 회원들을 위해 발간하는 원어스의 사보 기사에 첫 번째 불화의 조짐이 나타났어요. 불화의 목소리를 그냥 내버려둔 걸 보면 원어스의 수뇌부가 처음에는 심각하게 생각하지 않았던 모양입니다. 그러다 위험을 알아차린 수뇌부가 조직을 단속하기 시작했고, 그때부터 사보에 불화에 대한 기사는 전혀 실리지 않았어요. 집행부에서 올리는 사설에는 불화를 조장하는 자들을 이단으로 몰아붙이는 반박성의 글만 실려 있습니다."

"불화의 이유가 뭡니까?" 폴이 물었다.

"자연과 인간의 권리에 관한 의견이 다르기 때문이죠." 월번이 말했다.

그때 손톱 밑의 살을 물어뜯던 알렉산더가 한숨을 푹 내쉬었다. 케리는 월번에게 개의치 말라는 눈짓을 했다.

"미국의 환경 운동 단체는 두 파로 나눌 수 있습니다. 하나는 인간의 행복을 위해 자연을 보호해야 한다는 인간 중심적인 주장을 펴고 있지요."

"이성적인 온건파로군요." 케리는 이 내분을 중요한 문제로 생각하고 있음을 드러냈다.

"또 하나는 지구 공동체의 구성원 중 하나에 불과한 인간이 모든 권한과 권리를 갖는 것은 부당하다는 주장을 펴고 있지요. 자연을 보호한다는 것은 지구상에 존재하는 모든 종, 즉 식물과 강, 심지어는 바위에도 권리를 줘야 한다는 거죠. 자연은 그 자체로 완전하기 때문에 인간 없이도 살 수 있는 반면에 인간은 자연 없이 살 수 없는 존재니까요."

"그래서 어떻게 됐죠?"

"엄청난 결과였죠. 인간들에게 대항하는 운동을 펼치고 있는데 이런 경향은 19세기 초부터 있었어요. 시에라 클럽의 창립자이자 자연보호 운동의 선구자인 존 뮤어는 이렇게 썼습니다. '야생동물과 지엄한 인간 사이에 종족 전쟁이 터진다면 나는 곰들의 편에 설 것이다.' 존 하워드 무어는 한술 더 떴지요. '인간은 모든 피조물 중에서 가장 타락하고 이기적이며 가장 위선적이고 파렴치하고 피에 굶주려 있다.' "

"그가 말하는 인간과 나는 관련이 없는 것 같은데……." 케리가 농담을 던졌다.

"따라서 인간에 대한 공격을 어디까지 가져가느냐가 문제인데 이 점에 대해서 원어스가 시에라 클럽보다는 온건한 편이지요. 원어스는 나무와 강, 환경 보존을 내세우면서 기업을 상대로 폭력적인 사보타주를 강행하는 단체라고 할 수 있습니다. 그러나 사보타주에 가담하는 이들 중에서 한 걸음 더 나아가 인간의 활동이 아니라 인간 그 자체를 공격하려는 사람들이 나타나는 것은 어쩌면 필연적인 결과라고 할 수 있죠."

"4년 전 원어스에서 내분을 일으켰던 집단을 말하는 건가요?"

"맞습니다. 벌목 인부들과 난투극을 벌인 뒤에 그들은 이렇게 외치기 시작했거든요. '공사를 막아야 한다. 자연을 죽이는 자들은 동정할 가치가 없다. 중장비 엔진의 기름 탱크에 모래를 넣

는 것으로는 부족하다. 중장비를 운전하는 자들을 없애버려야
한다.'"

"끔찍하군요."

"원어스만 이런 내분을 겪은 것이 아니었어요. 고래 보호 운동
을 펼치는 좌익 급진파에서도 비슷한 일이 있었거든요. 그린월
드가 너무 온건하다고 판단한 몇몇 운동원들이 배를 한 척 구입
한 다음 선미를 철근콘크리트로 보강하고 포르투갈 포경선을 공
격했지요."

"설마…… 농담이죠?"

"사실입니다. 그 사건에 질겁한 원어스의 수뇌부는 당연히 급
진파들과 거리를 두기 시작했죠. 인간의 목숨을 위협한 적은 없
기 때문이죠."

"그래서 잘 해결되었나요?"

"처음 6개월 동안은 내분이 일어난 흔적이 발견되지 않았어
요." 이번에는 타라가 대답했다. "급진파는 꿋꿋하게 버텼지만
조직적이지 못했기 때문에 집행부의 역습을 받고 일단락되는 듯
했죠. 하지만 나중에 훨씬 조직화된 급진적 집단이 다시 나타났
어요."

"그게 언제였습니까?" 폴이 물었다.

"2년 전쯤부터 원어스의 인터넷 포럼에 인간을 비판하는 많은
글이 다시 올라오기 시작했어요."

"신 포식자 집단이 올린 글인가요?"

"네. 그사이에 그들 나름의 이데올로기를 정립한 신 포식자 집
단은 훨씬 확고해진 소신을 갖고 돌아왔지요. 폭력과 심지어는
살인도 불사하겠다고 단언하면서 고전적 방식의 테러 행위를 반
대했습니다. 개인을 공격하는 것은 의미가 없는 일이니까요. 개
나 고양이의 자유를 주장하는 동물 애호가들만큼이나 우스꽝스

럽다고 여기는 거죠. 신 포식자 집단의 생각으로는 그게 문제가
아니거든요. 그 집단이 원하는 것은 어느 종(種)에 속해 있든 개
체를 보호하거나 비난하는 것이 아니라 균형을 지켜야 한다는 겁
니다. 생물과 환경, 동물과 식물 사이에 중요한 것은 균형이기 때
문에 개체는 중요하지 않다는 거죠. 자연에 존재하는 수많은 종
들은 각각 천적이 있기 때문에 개체 수의 증가가 제한되어 있으
며, 그 천적들 역시 또 다른 포식 동물 때문에 제한되는 약육강식
의 법칙이 지배하고 있지요. 그런데 인간에게는 천적이 면제되
어 있기 때문에 크게 잘못되었다는 겁니다. 자연스러운 균형에
따라 조화를 이루어야 하는데도 인간에게 주어진 특혜 때문에 인
간의 수는 마냥 급증해서 자연을 파괴하고 있다는 거지요."

"도무지 복잡해서 무슨 말을 하는 건지……." 알렉산더가 이마
를 닦으면서 한숨을 내쉬었다. "좀 요약해주겠어요?"

케리는 알렉산더를 쏘아보고 나서 목소리를 높였다.

"우리가 쓰는 표현이 아니기 때문에 복잡하게 느껴지는 겁니
다. 예를 들어서 그들은 땅을 살려야 한다고 주장하는 거예요. 지
구상에 넘쳐흐르는 인간의 물결이 다른 생명체를 뒤덮고 있으니
그 물결을 역류시키고, 인류에 대항하는 둑을 건설하고, 초과분
의 물을 퍼내야 한다는 것이죠."

폴은 케리가 어떻게 프로비던스에 도착한 지 일주일 만에 그토
록 회의적이던 사람들을 휘어잡았는지 감탄을 금할 수 없었다.
이제는 회의실에 모인 사람들이 세상에서 가장 중요한 일은 원어
스 단체 내에서 대립하는 급진적 집단의 정체를 알아내는 것이
라고 확신하고 있었다. 표정은 떨떠름해도 알렉산더까지 관심을
보였다.

"그래서 신 포식자 집단의 계획이 뭐라는 거요?"

"대체 그들이 정확하게 뭘 하겠다는 거죠?" 마사도 거들었다.

"내 생각에는 무엇보다도 그 집단을 영국 정보국에서 알려준 대로 생각하면 안 된다는 겁니다."

그렇게 말하면서 케리가 폴에게 장난기 섞인 눈길을 보냈다.

"하지만 넘쳐나는 인류를 막는다는 건……." 알렉산더는 이마에 주름을 잡으면서 말했다. "인간을 죽이겠다는 뜻인데……."

"꼭 그렇지는 않아요." 케리가 반박했다. "환경 운동 단체는 이미 오래전부터 그런 선언을 했어요. 미국의 생태학자 데이비드 에렌펠드는 '지구촌에 누가 살아남을 것인가?'라는 글을 발표했고, 몇몇 명문 대학에서 그 저서를 교과목으로 채택하고 있거든요."

"미안합니다." 알렉산더는 집요하게 물고 늘어지면서 비아냥거렸다. "내가 무식한 건가 도무지 무슨 뜻인지 이해가 안 돼서……."

"정말 알고 싶으면 신 포식자 집단이 발표하는 글을 찾아보시죠. 충격적이지만 그들이 처음으로 발언한 게 아니라는 걸 알게 될 거예요. 예컨대 급진파들이 가난한 나라의 높은 유아 사망률을 기뻐하는 것은 인구 증가율을 그만큼 줄일 수 있기 때문이죠. 유럽 녹색당[21]의 한 지도자도 비슷한 선언을 했어요. 그들이 인도주의적 구호 활동에 적대적인 것은 출생률이 아주 높은 지역의 사망률이 그만큼 감소하기 때문이죠. 구호 활동을 막아야 사망률을 더 높일 수 있으니까요. 그들이 산아제한을 지지하는 이유는 출산율의 증가로 인해 천연자원이 고갈될 것이기 때문에 인구의 균형을 유지할 수 있는 재앙을 반가워하는 겁니다. 그래서 민란이나 기근, 전염병 같은 재앙이 닥쳤을 때 그 긍정적인 면을 강조하는 겁니다. 인류를 집어삼키는 세계적 유행병 에이즈야말로 큰 기여를 했다고 언급할 정도로 극단적인 표현도 서슴지 않아요."

....

21 2004년 2월 출범한 유럽 32개 녹색당의 연합체.

"정말 역겹군." 알렉산더가 내뱉었다.

"그렇죠. 바로 그런 극단적인 성향 때문에 급진파에 대한 평판이 나쁜 거예요. 설립할 당시부터 자연보호 운동이 과격했지요. 신 포식자 집단의 선언문을 보면 자연을 지킨다는 명분으로 인도주의적 구호 활동 반대, 출산 장려 반대, 특히 의학 발전에 적대적이죠."

케리의 긴 연설이 끝나자 정적이 감돌았다. 깊은 생각에 잠겨 있던 폴이 정적을 깨뜨리면서 물었다.

"그럼 콜레라는?"

"실제로 신 포식자 집단은 자주 콜레라에 대해 언급하고 있어." 케리가 인정했다. "하지만 구체적인 언급이 아니라서 현재 우리가 입수한 정보로는 콜레라 사건이 단순한 본보기인지, 아니면 콜레라가 아주 중요한 역할을 하는 건지 알 수 없어."

케리는 콜레라를 계속 조사해야 할 구실로 삼은 것이지 핵심이 되는 문제로 생각하는 건 아닌 게 분명했다. 폴은 본격적으로 경쟁 관계로 돌입한 느낌이 들었다. 케리가 콜레라의 중요성을 축소하는 것은 중요한 문제가 따로 있으며 그건 자기가 책임지겠다는 것이었다. 폴은 더 이상 논쟁을 벌이고 싶지 않았다. 그래서 덜 공격적이면서 아주 솔직하게 꼭 해야 될 말만 하려고 노력했다.

"이견이 있을 수 있지만 나는 카보베르데에서 일어난 콜레라 사건이 의도적인 것이었다고 확신합니다."

"그건 아주 중요한 정보잖아요." 마사가 흥분했다.

"물론 그렇죠." 폴이 말했다. "하지만 나는 전적으로 객관적이고 싶습니다. 지금으로서는 내가 확신하는 것에 대한 명확한 결론을 내릴 수가 없거든요. 카보베르데 사건은 아주 모순이라는 것이 내 생각입니다. 왜냐하면 콜레라 환자가 발생했다는 건 누군가가 전염병을 일으키기 위해 콜레라균을 사용한 것으로 볼 수 있어요. 하지만 다른 한편으로는 그 결과가 미미하다는 사실입니다. 콜레라 환자들이 발생했지만 유일하게 사망한 노인은 발병한 지 일주일도 지나지 않아서 숨을 거뒀으니까요. 만약 누군가가 테러 목적으로 콜레라균을 사용할 생각이었다면 그런 정도의 결과는 미흡한 성과죠. 그리고 나서 1년이 지난 후에 같은 조직이 또다시 같은 콜레라균을 구하기 위해 폴란드까지 가서 그런 일을 저질렀다는 것은 아무래도 믿기 어렵단 말이죠."

회의실에 침묵이 흘렀다.

"게다가 엄밀히 말하면." 케리가 말했다. "그 모든 사실에서 신포식자 집단의 소행이라고 단정 지을 만한 증거가 전혀 없잖아."

"맞아." 폴이 인정했다. "콜레라균을 퍼뜨린 범인들의 흔적을 발견하지 못했어. 그럴 여유가 없어서 황급히 떠나야 했으니까."

"문제점을 짚어봤으니 이제 요약해봅시다." 알렉산더가 의자에서 일어나면서 끼어들었다. "결국 콜레라 사건에 대한 단서를 전혀 찾지 못했다는 거 아니오. 그 미숙한 테러 조직은 오로지 원어스의 부르주아들을 곤경에 빠뜨리기 위해 공포의 발언을 서슴지 않았던 것이고, 늘 그렇듯 부르주아들은 문제의 이단자들을 모조리 퇴출시키는 것으로 문제를 해결했고요. 여기서 중단하는 것으로 결론을 내리고 점심이나 먹으러 가죠."

"아니, 그건 아니죠." 케리가 반박했다. "이것으로 중단할 문제가 아니에요. 콜레라와 상관없이 위험한 집단에 대해 조사하는 것이 우리의 임무입니다. 현재 우리는 그 집단이 원어스를 탈퇴했다는 사실만 확인했지 어떻게 되었는지는 전혀 모르고 있어요. 그들이 스스로 행동에 나서기로 결정했는지도 알 길이 없고요. 따라서 우리는 조사를 계속해야 합니다."

폴은 케리의 술책에 말렸다는 걸 깨달았다. 콜레라의 중요성에 대한 상대적 가치만 인정하면서 폴을 제치고 선두에 나선 것이었다. 그리고 조사를 계속할 필요성을 강조함으로써 프로비던스에서 주도권을 잡으려 하고 있었다. 케리가 폴에게 짓궂은 눈길을 던졌다.

"문제의 집단이 사라졌는데 어떻게 조사를 계속하죠?" 타라가 물었다. "그리고 원어스에 들어가는 것은 불가능하다면서요?"

"그 집단은 종적을 감췄지만 그중 한 명의 신원을 확보했기 때문에 그 행보를 추적하는 것은 가능해요. 마사, 부탁해요."

"우리가 주목하고 있는 신 포식자 집단이 발표한 글을 보면 한 사람의 이름만 언급되어 있어요. 원어스의 집행부에서 그 집단의 비난을 인정하지 않고 혹평할 때도 언급된 이름이죠. 테드 해로우라는 이름인데 신 포식자 집단의 수장인 것 같아요."

"실존 인물이에요?" 타라가 물었다.

"네, 하지만 2년 전부터 자취를 감췄어요." 마사가 대답했다.

"그 사람에 대한 인적 사항을 말해줘요." 케리가 말했다.

"1969년 코네티컷 주 태생이에요. 군대 신상 자료에 해로우는 징집을 거부하고 캐나다로 도피한 것으로 기록되어 있어요. 미국으로 돌아온 뒤에 폭력 사건으로 유죄판결을 몇 번 받았고, 4년 전에는 위스콘신 주의 삼림 지역을 개간하는 중장비 기사를 폭행한 적이 있어요. 그 당시 해로우가 원어스 소속이라고 밝혔지만, 원어스는 그를 보호해주지 않았어요. 너무 잔혹한 폭력이었기 때문에 원어스의 수뇌부는 그 책임을 떠맡고 싶지 않았겠죠. 급진파와 한창 논쟁을 벌이던 때였거든요."

"그 해로우라는 사람의 연락처는 있고요?" 타라가 다시 물었다.

"세 곳인데 어디에도 연락이 되지 않아요. 처자식이나 친구가 없고, 은행 계좌는 물론 보험에 가입한 적도, 노동 증명서 같은 것도 없는 사람이에요." 마사가 대답했다.

모두 아무 말도 하지 않고 생각에 잠겼다.

"따라서 제일 먼저 해야 할 일은 해로우를 찾아내는 것입니다." 케리가 덧붙였다. "우리가 유일하게 신원을 확인한 사람이니까요. 현재로서는 여기저기 수소문을 하는 정도지만 그 사람을 찾아야 합니다. 나는 우리의 영악한 닥터 폴이 머지않아 찾아낼 거라고 확신해요."

드디어 시작됐군! 폴은 모두 자신에게 미소를 지어 보이는 동안 머리를 긁적이면서 속으로 점수를 매겼다. 2대 0. 케리가 교묘하게 폴을 한직으로 밀어내고 있었다. 케리가 어떤 카드를 쓸지 궁금한 폴이 물었다.

"그럼 당신은?"

"원어스의 사람들만 알고 있는 사실이 많은 것 같아. 신 포식자 집단은 어떤 사람들로 구성되어 있는지, 왜 종적을 감췄는지, 특히 원어스를 나와서 직접 행동하기로 결정한 이유 등등. 그걸 알아내려면 원어스의 핵심부로 들어가야지."

폴은 케리가 무슨 말을 하는지 대번에 알아차렸다. 케리가 겸손한 표정으로 다음 주부터 원어스 본부에 자원봉사 연수생으로 들어가게 되었다고 말했을 때 폴은 그녀의 말을 더 들을 필요가 없었다. 폴은 케리의 쾌거에 놀라는 알렉산더와 탄성을 지르는 타라, 얼이 빠진 듯한 타이슨의 표정을 보면서 미우면서도 그녀를 사랑할 수밖에 없는 이유를 새삼 느꼈다.

VIII

콜로라도 주, 미국

쥘리에트는 네 시간째 차를 몰고 있었다. 덴버 공항을 빠져나온 뒤 우선 서쪽으로 방향을 잡고 고속도로를 달렸다. 얼마나 달렸을까. 갑자기 인공적인 흔적이라곤 없는 위압적인 자연과 마주쳤다. 붉은색 절벽으로 둘러싸인 도로는 볼더까지 거의 직진으로 이어졌고, 저 멀리 눈 덮인 산이 보였다. 새하얀 조각구름들이 마치 하늘에 고정된 듯 움직이지 않았다.

미국에 도착하면서부터 쥘리에트는 보이지 않는 어떤 힘의 감시를 받는 것 같았다. 마치 보물찾기 놀이에 참여하기 위해 미지의 목적지를 찾아가는 느낌이 들었다. 마이애미 공항 터미널을 나오자 한 택시 기사가 조나탕이 보낸 사람이라면서 다가왔었다. 택시 기사는 다른 차들과 좀 떨어진 데에 세워놓은 택시로 그녀를 안내했다. 공항 부근의 한 호텔에 그녀 이름으로 방이 예약되어 있었다. 창밖으로 비행기 연료 보급소와 쇼핑센터의 평평한 지붕이 보였다. 오렌지색 가로등 불빛이 공항의 텅 빈 거대한 주차장을 밝히고 있었다. 다음 날 아침, 접수계에 그녀를 기다리는 메시지가 있었다. 공항에 있는 아메리칸 에어라인 예매처에서 선불된 비행기표를 찾으라는 지시였다. 콜로라도 주 덴버행 비행기표였다. 좌석 예약권에 허츠 렌터카의 이름이 표시되어 있었다. 덴버 공항에 도착한 쥘리에트는 지시대로 빨간색 허츠 렌터카에 올라탔다. 운전석에 놓인 봉투에 그 지역의 도로 지도가 들어 있고, 목적지에 노란색 밑줄이 쳐 있었다.

지도에 표시된 대로 쥘리에트는 그린 강에 이르자 도시의 남쪽으로 돌다가 점점 좁아지는 도로를 따라 차를 몰았다. 봄의 아침 공기는 아직 쌀쌀하지만 이내 태양이 따뜻한 햇살로 대기를 데워주었다. 정오경에는 차창을 열어놓고 운전했다. 머릿속은 여전히 혼란스럽지만 불안하기보다 행복했다. 혼란스러운 정신이 현실에 적응하는 걸까? 생각과 감정이 급변하는 사건들과 빠르게 조화를 이루고 있었다. 프랑스를 떠나면서부터 발밑의 땅이 꺼지는 것 같고 기분 좋은 무중력상태에서 암흑세계로 끌려가는 느낌이 들었다. 그녀는 따뜻한 바람에 눈을 찡그리면서 목청껏 노래를 불렀다. 직선으로 뻗은 오르막 도로가 버들옷 풀숲과 가시덤불이 군락을 이룬 바위 언덕 사이의 구불구불한 길로 이어지고 있었다. 길가에 목장 입구라고 쓴 플래카드가 간간이 눈에 띄었다. 마침내 아스팔트 도로가 끝나고 비포장도로가 시작되었다.

지도를 보면 목적지까지는 앞으로 3킬로미터 이상 더 가야 했다. 비포장도로로 들어서자 흙먼지가 구름같이 일었다. 마침내 아름드리 느릅나무 네 그루가 서 있는 광장에 이르렀는데 모래 땅이었다. 광장에서 시작되는 길은 너무 좁아서 차로 들어갈 수 없었다. 쥘리에트는 차를 세우고 내렸다. 이제는 덥게 느껴졌다. 스웨터를 벗어 차의 뒷좌석에다 놨다. 그러고는 주변을 둘러보다 여러 개의 갈림길 중 '조나탕의 록'이라는 표지판이 가리키는 길을 봤다. 그녀는 그 길을 따라 걸었다. 처음부터 조직의 메시지에는 늘 조나탕이란 이름이 있었다. 그녀는 일단 '조나탕'이 일종의 암호라고 생각했다. 문득 이러다 정말로 조나탕을 만나는 건 아닐까 의문이 들었다.

외로운 여행길에서 잘 아는 사람을 만나는 것은 물론 기쁜 일일 것이다. 하지만 지금 그녀가 만나고 싶은 사람은 정체불명의 의뢰인이었다. 그런데 만약 이 모든 것이 조나탕에게 가기 위한 과정이라면 농락당했다는 배신감이 들 것이고, 그 실망감은 절대 용서하지 못할 것 같았다.

한 시간쯤 걷자 메사라고 불리는 탁자 모양의 지형 중 하나에 이르렀다. 멀리 위쪽으로 평평한 땅이 보이고, 산허리를 깎아 만든 커다란 층계 쪽으로 길이 구불구불 이어졌다. 그 층계 양쪽 끝에 굵은 밧줄이 드러나 보였다. 길 아래쪽에서는 경사면 때문에 보이지 않던 급류가 흐르고 있었다. 건조하고 따뜻한 공기 때문에 목이 말랐다. 쥘리에트는 물을 챙겨오지 않은 걸 후회했다. 구불구불한 길을 반쯤 올라가자 협곡이 내려다보이는 널찍한 평지에 납작한 돌이 놓여 있는데 탁자로 사용하는 것 같았다. 돌 탁자 위에 빨간색 찌그러진 금속 수통이 있었다. 그녀는 수통 뚜껑을 열고 액체를 약간 흘려봤다. 찬물이었다. 수통을 입에 대고 꿀꺽 꿀꺽 마셨다.

머리를 좀 더 젖히던 쥘리에트는 누군가 팔로 목을 죄는 걸 느꼈다. 수통이 땅바닥에 떨어졌다. 총구가 목덜미를 파고들었다.

쥘리에트는 꼼짝하지 않았다. 어찌나 고요한지 수통에서 콸콸 쏟아지는 물소리가 크게 들릴 정도였다. 그런데 이상하게도 두렵지 않았다. 소스라치게 놀랐던 마음이 가라앉으면서 빠르게 뛰던 맥박도 정상으로 돌아왔다. 여기까지 찾아오는 동안 그녀는 무슨 일이 기다리고 있을지 많이 생각했다. 자신을 죽이기 위해 굳이 이렇게 먼 길을 오게 했을 것 같지는 않았다. 남아프리카에서 해치웠으면 간단했을 텐데⋯⋯.

더욱이 이 정도의 난폭한 대접에 놀랄 쥘리에트가 아니었다. 고독한 어린 시절을 돌이켜보건대 그녀는 많은 걸 터득했었다. 폭행을 당하는 사람보다 폭력을 행사하는 사람이 더 마음이 약하고 두려움을 느낀다는 걸 너무 잘 알고 있었다. 이번에도 권총으로 위협하는 이 사람이 그녀보다 더 떨고 있을 거란 생각이 들었다. 그래서 선수를 쳤다.

"나는 무기가 없고, 혼자 왔습니다. 미행당하지도 않았고요."

쥘리에트는 목을 조르고 있는 남자의 숨결이 느껴졌다.

"나는 너를 죽일 수 있어." 남자가 말했다.

저음의 허스키한 목소리가 거의 속삭이듯 말했다. 오페라극장의 무대나 숲 속의 넓은 빈터에서 어울릴 법한 바리톤 음성이었다.

"명심할 테니까 무기는 거두셔도 됩니다." 쥘리에트가 말했다.

총구가 어찌나 깊이 살을 파고드는지 무늬가 새겨지는 느낌이 들었다. 그녀를 놓아주기 전에 위험을 각인시키는 불도장이라도 찍고 싶은 모양이었다. 그녀는 혼란스럽지만 기쁘기도 했다.

갑자기 목을 조르는 힘이 약해졌다. 쥘리에트는 돌아보지 않았다. 남자가 이번에는 등에 총구를 들이대면서 그녀의 몸을 수색하기 시작했다. 커다란 손이 얇은 티셔츠와 바지를 거칠게 훑었다. 남자는 지갑을 빼앗은 다음 쥘리에트의 바지 오른쪽 호주머니에서 자동차 열쇠를 꺼내다 사타구니를 건드렸다. 그녀는 웃지 않을 수 없었다.

남자는 쥘리에트에게 양손을 머리 위로 올리게 하고 앞세웠다. 그러고는 바위 사이로 난 오솔길로 이끌었다. 이어서 밑에서는 보이지 않는 자갈투성이의 골짜기로 들어갔다. 기슭에 소나무가 줄지어 있는데 침식작용 때문에 지면 위로 드러난 뿌리들이 엄청나게 큰 거미의 발 같았다. 그들은 가파른 협곡을 따라 올라갔다. 암벽을 따라 늘어진 밧줄사다리가 보였다. 남자는 쥘리에트를 먼저 올라가게 하고 뒤를 따랐다. 밧줄사다리를 타고 바위에 난 구멍을 향해 올라가보니 동굴이었다. 동굴 앞에 평평하게 고른 공간은 돌담으로 둘러쳐 있어 동굴에 딸린 테라스 같았다. 벽의 절반은 동굴로 이루어져 있고, 황토색으로 칠한 나머지 절반의 벽에 네모난 창문이 여러 개 뚫려 있었다. 동굴 앞의 테라스에 오후의 따뜻한 햇살이 쏟아지고 있었다. 쥘리에트는 돌아서서 남자가 밧줄사다리를 거둬들이고 그들이 방금 통과한 출입문을 닫는 걸 봤다. 남자는 권총을 허리춤에 차고 있었다. 그가 쥘리에트에게 테라스 한복판에 놓인 허름한 널빤지 탁자를 가리키면서 앉으라는 손짓을 했다. 그리고 그녀의 맞은편 자리에 앉았다.

큰 키에 떡 벌어진 어깨, 큼직한 손, 뼈마디가 앙상한 긴 목, 남자는 이 불모지의 식물과 잘 어울리는 모습이었다. 구릿빛이 나는 가죽 같은 피부, 뼈마디가 굵은 손가락, 야윈 팔다리는 이 척박한 땅에서 살아가는 메마른 나무들, 무성한 덤불, 우툴두툴한 산울타리의 모습과 잘 어우러지고 있었다. 파괴할 수 없는 강인한 생명력으로 진과 수액을 머금은 식물들과 마찬가지로 남자의 유연성, 힘, 강인함이 몸짓에서 드러났다. 인간과 식물의 조화에서 유독 눈빛만 야릇했다. 남자의 두 눈은 수평선의 차가운 파란빛을 띠고 있었다. 넓은 이마, 뒤로 빗어 넘긴 검은색 긴 머리, 그 외에는 아주 평범했다. 작은 코와 얇은 입술은 특징이 없고 오로지 눈빛만 두드러졌다. 쥘리에트는 그 눈빛을 읽을 수가 없었다. 슬픈 눈빛이라고 할 수도, 위협적인 눈빛이라고 할 수도 없었다. 그녀가 아니라 내면을 향하고 있는 시선 같았다. 남자의 눈은 세상에 속하지 않는 현실을 향해, 뭔가 절대적인 것을 향해, 어떤 꿈을 향해, 추상적인 것과 광기로 가득한 하늘을 향해 열려 있는 창문 같았다.

권총으로 쥘리에트를 위협하는 것은 쓸데없는 짓이었다. 그 시선으로 충분했다.

"드디어 왔군." 남자가 말했다.

놀라지도 겁먹지도 않는 쥘리에트를 보면서 남자는 안심하는 것 같았다.

"내 이름은 테드 해로우다."

"쥘리에트예요."

"알아."

그 순간 명백한 사실이 쥘리에트의 뇌리를 스쳤다. 맞은편의 남자는 그녀와 관련된 모든 결정을 내린 장본인이었다. 브로츠와프 사건을 꾸미고, 조나탕에게 지시를 내리고, 남아프리카에서 감시인들을 조종한 사람이었다. 왜 이런 확신이 드는지 꼭 집어서 말할 수 없지만, 이런 사람이 누군가의 지시를 받는다는 것은 도저히 상상이 되지 않았다. 테드 해로우는 이제껏 그녀가 상대한 사람들 중에서 가장 보스 기질이 있어 보였다.

"받아주셔서 고맙습니다." 쥘리에트가 말했다.

"뭘 받아줘?"

"내가 계속할 수 있게 받아주셔서 고맙습니다."

"고맙다……?" 해로우는 생각에 잠긴 어조로 중얼거렸다.

해로우는 말할 때 얼굴 근육이 전혀 움직이지 않고 시선은 고정되어 있었다. 감정이나 생각은 오직 눈꺼풀을 길게 깜박거리는 것으로 표시했다. 상대에게 감정 변화를 들키지 않으려고 내면을 가리는 커튼을 치고 있는 것 같았다. 쥘리에트는 침묵을 깨뜨리는 실수를 저질렀다.

"내가 선택의 여지를 주지 않았다는 걸 알아요." 쥘리에트가 거만하게 말했다. "그렇다고 나를 원망하지는 마세요."

쥘리에트의 주제넘은 말에 기분이 상했는지 테드 해로우의 눈에서 차가운 광채가 번뜩였다.

"정말 우리에게 선택의 여지가 없었다고 생각하나?" 해로우가 휘파람을 불었다.

그런 식으로 말하는 게 아니었는데…… 쥘리에트는 실수했음을 느꼈다. 너무 일찍 긴장을 풀었던 것이다. 이런 사람에게는 설

불리 친밀하게 구는 것이 통하지 않을 수도 있는데.

"자네의 협박은 아주 가소롭기 짝이 없었다. 우리는 자네 없이도 완벽하게 해낼 수 있었으니까. 자네의 미션은 끝났다."

쥘리에트는 해로우가 브로츠와프에서 훔친 빨간 플라스크에 관심을 보이지 않는 사람이라는 것에 주목했다. 이것이 바로 이 작전을 혼자 총괄적으로 지휘하고 있으며, 조나탕이나 남아프리카의 감시인들이 모르는 정보를 갖고 있다는 뜻이 아닌가.

"그런데 왜 나를 없애지 않았어요?"

해로우는 잠시 눈을 감았다가 뜨면서 일어섰다. 그러고는 동굴 집의 벽 쪽으로 걸어갔다. 비스듬히 놓인 콘솔 탁자 위에 테라코타 식기가 차곡차곡 포개져 있었다. 해로우는 단지 한 개와 사발 두 개를 들고 왔다.

"자네가 아직은 쓸모가 있기 때문이지." 해로우는 물을 따르면서 말했다.

"그게 내가 바라는 겁니다." 쥘리에트는 이번에도 너무 직설적으로 말한 걸 금방 후회했다.

해로우는 냉정하고 카리스마가 있는 남자였다. 쥘리에트는 이 남자가 시키는 대로 열심히 하고 싶지만 열의를 표시할수록 분노와 증오심을 유발시킬 거란 확신이 들었다. 하지만 지금처럼 흥분한 상태로는 감정을 조절하는 것이 불가능했다.

"함께 끝까지 가고 싶어요." 쥘리에트는 애써 침착한 어조로 말했다. "나도 돕고 싶어요."

"뭘 돕겠다는 건가?" 해로우가 말을 자르면서 물 사발을 탁자에 탁, 내려놨다.

물방울이 사방으로 튀자 마치 인내심이 한계를 넘어 격분해 있다는 신호라도 되는 듯 그들은 서로를 노려봤다. 해로우는 착 가라앉은 목소리로 말을 이었다.

"우리의 일이 단지 고양이와 원숭이들을 해방시키는 것이라고 생각하는가?"

"그보다 훨씬 야심적인 일이라고 생각해요." 쥘리에트가 약간 당황한 얼굴로 대답했다.

벌떡 일어난 테드 해로우가 테라스로 나가 성큼성큼 걸어 다니다가 그녀 앞에 와서 섰다. 처음으로 그의 입가에 미소가 감돌았는데 냉소적인 미소였다.

"알게 되겠지. 시간은 좀 걸리겠지만."

쥘리에트는 위협적인 말로 받아들이지 않았다. 의뢰인들에게 무조건 복종하는 멍청한 조나탕과는 달리 그녀는 모든 장애를 극복했다. 그리고 끝내 하수인들의 어두운 세계를 떠나 모든 결정과 지시를 내리는 보스를 직접 만나러 오지 않았던가.

"여기서 머물게 된다." 해로우는 마치 전투를 벌이기 전에 최종 전략을 짜는 것처럼 말했다. "내가 없을 때는 라울과 함께 지내고."

테드 해로우는 테라스 구석진 곳에 웅크리고 있는 남자를 턱으로 가리켰다. 쥘리에트는 사람이 있는 것조차 모르고 있었다. 어느 순간 기척도 없이 들어온 걸까? 아니면 처음부터 거기 앉아서 모든 걸 지켜보고 있었을까? 헝겊 띠로 검은색 머리를 묶고, 코가 납작한 인디언이었다. 암소 무늬가 있는 긴소매 셔츠를 입은 인디언이 해로우와 너무 많이 닮아서 쥘리에트는 약간 놀랐다. 눈을 제외하고—인디언의 눈은 아주 까맸다—두 사람 다 피부색도 머리색도 시커멨다.

자기 이름이 들리자 인디언이 소리 없이 나무 문 쪽으로 가서 어슴푸레한 빛 속으로 사라졌다.

"차에 짐이 있나?" 해로우가 물었다.

"배낭이 하나 있어요."

"라울이 차를 반납하고 배낭을 가져다줄 거다."

그렇게 말하고 일어난 해로우가 쥘리에트에게 집 안으로 따라오라는 손짓을 했다. 그는 문을 지나가려면 머리를 숙여야 했다.

첫 번째 방은 밖에서 보는 것보다 훨씬 널찍했다. 동굴의 지붕을 그대로 이용한 천장과 끌로 다지고 발길에 닳아서 반들거리는 돌바닥, 방 곳곳에 놓인 원목 가구와 전자 제품들이 묘한 대조를 이루고 있었다. 텔레비전 수상기, 구형 노트북 두세 대, 프린터, 스캐너, 양모 양탄자, 천을 씌운 널빤지 의자. 미적 기준은커녕 그 집을 꾸미려고 노력한 흔적이라곤 없었다. 그렇지만 참고삼아 실내장식 잡지에 실어줄 만했다.

"여기서 일해요?" 쥘리에트가 물었다.

"여긴 일하는 곳이 아니라 내가 사는 곳이다." 해로우는 기계적으로 대답했다.

꽤 깊은 동굴이었다. 그들은 거실로 사용하는 첫 번째 방을 지나서 미로 같은 좁은 복도에 이어 욕실을 거쳐 침실로 들어갔다.

"억만장자들은 이런 자연에서 사는 것이 꿈이라고 하지만!" 쥘리에트가 외쳤다.

얼음장같이 차가운 해로우의 시선에 쥘리에트는 좀 더 수다 떨고 싶은 마음이 싹 달아났다.

해로우는 쥘리에트가 사용할 방을 보여주었다. 공기가 어떻게 통하는지 의문이 갈 정도로 동굴 깊숙한 곳에 있는 방이었다. 천장에 나 있는 구멍 두 개는 산과 연결되는 것이 틀림없었다. 동굴 특유의 냄새가 풍기면서 신선한 공기의 흐름이 느껴졌다.

"나는 오늘 도시로 가야 한다." 해로우가 말했다. "여기서 나를 기다리고 있어."

"이 동굴에서요?"

쥘리에트는 남아프리카의 감방 같은 곳에서 보낸 끝없이 긴 시간을 아직 생생히 기억하고 있었다.

"내일 돌아올 거니까 그때 다시 얘기하자."

쥘리에트는 테라스로 돌아 나가다가 다른 인디언 두 명을 봤는데 사냥꾼처럼 소리를 내지 않고 지나다녔다.

쥘리에트는 이곳에 도착하면서부터 이상하게 긴장이 풀렸다. 삭막해 보이는 겉모습과는 달리 신비로움이 가득한 곳이었다. 게다가 마침내 무사히 귀환한 것처럼 마음이 편안해졌다. 흥분이 가라앉고 생각의 속도도 느려지고 있었다. 그녀는 무의식적으로 돌아서서 좀 전의 방으로 들어갔다. 그리고 침대에 누웠고, 돌천장을 응시하다가 이내 잠들었다.

IX

시애틀, 워싱턴 주

원어스의 본부는 시애틀 북쪽에 위치한 옛날 학교 건물이었다. 기차와 자동차들이 쌩쌩 달리는 거대한 철교 밑을 지나면 건물이 보였다. 화물열차의 기적 소리와 속력을 내며 달리는 트럭들의 진동이 그대로 건물에 전해졌다. 용감한 건지, 귀가 먹은 건지 노숙자들이 철교 밑을 차지하고 있었다. 그 너머는 예전에 산업 지구로 조성되어 도매업이 활발하게 이루어졌으나 지금은 모두 떠나고 오가는 사람이 없는 동네였다. 그래서일까. 한적할 뿐만 아니라 임대료가 싸다는 점 때문에 하나둘 모여든 단체들이 개조도 하지 않고 오래된 건물에 입주했다. 대형 도살장이던 곳은 공동체 라디오 방송국이 들어앉았고—냉동실들이 스튜디오로 개조되었다—, 보험사 건물은 벨리댄스를 강습하는 오리엔탈 클럽이 차지하고 있었다. 원어스의 본부는 높은 철책을 둘러친 4층 벽돌 건물에 자리 잡고 있었다. 학교 건물이었을 때 운동장에서 공이 거리로 나가는 걸 막기 위해 세운 울타리였는데 지금은 참호로 둘러싸인 진지처럼 보였다. 정문 위쪽에 카메라가 설치되어 있고, 건물 안으로 들어가려면 방문 목적을 상세히 설명한 다음 오랫동안 기다려야 빗장이 열렸다.

홀에 들어서자 광고 포스터가 잔뜩 붙어 있고, 진열대에 원어스의 팸플릿이 가지런히 놓여 있었다. 일반인들은 출입이 통제되는 것이 분명했다. 접수계에서 주근깨가 까뭇까뭇한 전화교환원이 바쁘게 움직이고 있었다. 직원용 문은 따로 있는지 홀과 연결되는 정문으로 들락거리는 사람이 보이지 않았다.

케리는 한동안 포스터와 팸플릿들을 훑어보면서 시간을 보냈다. 원어스의 기관지《그린 파이트》최신호에 수염을 기른 운동원들이 숲에서 무고한 벌목 인부들과 싸우는 사진이 실려 있었다. 온건한 노선을 견지하는 원어스도 출범할 당시에는 급진적인 신 포식자 집단과 마찬가지로 이런 전투적 사진이 필수적이었던 모양이다.

케리가 원어스에 자원봉사자로 들어갈 수 있었던 것은 바니의 부서에서 일하는 전 FBI 요원 딘이 도와준 덕분이었다. 딘은 예전에 알고 지내던 정보원 중 현재 원어스에서 활동하는 사람과 친분을 유지하고 있지만 부탁을 들어줄지 확실치 않다고 했다. 케리는 아치볼드가 내린 지시 사항에 전혀 어긋나는 일이 아니라고 딘을 설득한 끝에 사적인 도움을 받는 데 성공했다.

케리가 팸플릿을 읽고 있을 때 딘이 말한 사람이 다가오더니 전자 배지를 사용하여 그녀를 안내했다. 30대 남자로 비만 때문에 목이며 턱, 손목까지 살이 울룩불룩했고, 체중 때문에 뒤뚱뒤뚱 걸었다.

"로저입니다. 딘에게서 도착할 거란 연락을 받았어요. 도와드릴 수 있어서 기쁩니다."

케리는 로저라고 이름을 밝힌 남자를 유심히 살폈다. 연방수사국의 정보원이었던—어쩌면 아직도 계속하고 있을지 모르지만—로저는 진지해 보였다. 딘은 로저에게 최근에 대서양 상공에서 일어난 비행기 사고로 남편과 두 아이를 잃은 여자 친구를 도와달라고 부탁한 상태였다. 그 사실을 알고 케리는 비록 미신을 믿지는 않지만 몹시 화가 났다. 말이 씨가 된다고 혹시라도 정말로 그런 끔찍한 일을 당한다면……. 하지만 케리는 딘의 선택이 뛰어났다는 걸 인정해야 했다. 로저가 완전히 속아 넘어갔는지 알 수 없지만, 그녀는 비행기 사고로 하루아침에 가족을 잃은 미망인 연기를 잘하는 수밖에 달리 방법이 없었다.

그래서 케리는 딘이 만들어놓은 미망인의 이미지에 맞게 머리를 대충 빗어서 질끈 묶고, 화장으로 칙칙한 안색과 눈가에 다크서클을 만들었다. 그리고 처량한 인상으로 동정을 사기 위해 구깃구깃한 옷을 입었다. 이런 세밀한 노력 덕분인지 로저는 그녀에게 불의의 사고를 당한 것에 조의를 표한다는 말까지 건넸다.

로저는 케리가 할 일에 대해 설명했다. 지극히 단순한 일이었다. 창고에서 일반 대중에게 선전문을 발송하는 작업이었다. 전반적인 참고 자료를 원하는 이들에게는 팸플릿과 단체의 회보를 첨부해주면 되었다. 통신 회원들이 지난 회보나 출판물을 보내달라고 구체적인 요구를 하는 경우도 있었다. 원어스가 자체적으로 간행하는 출판물의 카탈로그가 한쪽 벽에 붙어 있는데 절판된 책은 표시가 되어 있었다. 『환경보호 운동의 기술』이나 『환경 전투원의 자기방어』는 베스트셀러였다. 케리가 홀의 진열대에 놓인 기관지에서 보았던 운동원 대신에 전투원이라는 표현을 쓰고 있었다.

사다리를 사용해야 할 정도로 높은 철제 책장에 책과 팸플릿들이 진열되어 있었다. 학교 건물의 체육관을 창고로 사용해 벽에는 아직도 농구 골대가 매달려 있고 경기장 바닥에 칠한 흰색 선도 보였다.

로저가 할 일에 대한 설명을 끝냈을 때 케리는 고개를 끄덕이며 거의 들릴락 말락 한 목소리로 물었다.

"나 혼자서 일하나요?"

"네, 하지만 일은 그리 많지 않으니까 너무 걱정 마요. 물론 이번 주에는 일이 좀 많아요. 한 달 전에 담당 직원이 그만두는 바람에 일이 밀려서요. 그것만 처리하고 나면……."

케리는 고개를 숙이고 말했다.

"그런 뜻으로 한 말이 아니에요."

케리는 가슴이 쿵쿵 뛰었지만 울상을 지으며 눈물을 글썽였다.

"그럼 왜요?"

"외로워서요. 이제는 혼자 있는 게 힘들거든요. 여기는 사람이 많다고 생각해서 온 건데……."

로저는 아주 착한 남자가 분명했다. 케리는 이런 남자를 끌어들인 것이 약간 후회가 되었다. 거짓말한 것도 미안하지만 그녀가 하려는 일의 결과를 감수하게 될 로저를 생각하면 마음이 편치 않았다.

"온종일 창고에 있어야 하는 건 아니에요. 간간이 커피도 마시고 식사도 하면서 쉬세요. 구내식당이 있는데 괜찮은 편이거든요. 점심때 안내할게요. 그리고 나를 찾아와도 되고요. 내 방은 1층 복도 끝에 있으니까. 가끔가다 좀 까다로운 주문도 있으니까 그땐 주저치 말고 말하세요. 내가 도와줄게요."

케리는 만족하는 표정을 지었다. 건물을 둘러볼 수 있는 좋은 핑계가 생긴 것이 아닌가. 그녀가 한결 환해진 미소를 지어 보이며 눈을 반짝이자 로저도 기뻐했다. 케리는 로저가 이미 자신에게 반한 것이 아닐까 의문이 들었다. 그렇게 되면 일이 복잡하게 꼬일 수 있었다. 너무 신경을 많이 써주면 그녀가 옴짝달싹할 수 없다는 건데……. 무슨 일을 해야 하는지 완벽하게 이해했는데도 케리가 우려한 대로 로저는 창고에서 그녀를 도와주고 있었다. 11시가 다 되어가는데도 여전히 곁에서 일을 도와주자 케리는 말했다.

"로저, 좀 전에 내가 외로운 게 두렵다고 말했죠? 하지만 혼자 있는 시간도 필요해요. 모순이지만……."

로저가 어리둥절한 얼굴로 케리를 쳐다봤다.

"지금은 혼자 조용히 있고 싶어요. 일에 적응해야 하니까요. 내 말이 섭섭한 건 아니죠?"

당황한 로저가 얼굴이 빨개져서 미안하다고 중얼거리며 창고를 나갔다.

혼자 남은 케리는 시계를 봤다. 점심시간까지 한 시간이 남아 있었다. 그녀는 일을 빨리 끝내기 위해 우편물을 싸면서 머릿속으로는 타라와 다른 부서의 도움으로 세세하게 짠 작전을 떠올렸다. 프로비던스의 조직력이 진가를 발휘해서 짧은 순간에 만들어낸 대단한 작전이었다.

단순한 방식의 작전이라서 정탐 행위가 능한 곳에서는 성공할 가능성이 희박했다. 너무 알려져 있는 방식이라 대번에 의심을 살 수 있기 때문이다. 그러나 원어스 같은 단체에서는 어쩌면 놀라운 효과를 기대할 수 있을지도 몰랐다. 어쨌든 짧은 기간에 작전을 수행하려면 다른 방법이 없었다.

케리는 하품이 나왔다. 호텔 방에서 비디오카메라 웹캠을 노트북에 연결한 화상 회의로 프로비던스 팀원들과 마지막 예행연습을 하느라고 새벽 3시가 되어서야 잠자리에 들었다. 그리고 예전에도 늘 그랬듯 하늘에 운을 맡기면서 원어스 본부에 발을 들여놓았다.

12시, 케리는 바쁜 일이 있는 것처럼 팸플릿 한 뭉치를 들고 창고를 나왔다. 복도는 거의 비어 있었다. 어쩌다 마주치는 사람들은 인사 대신 그녀에게 고개만 까딱하고 지나갔다. 모두 서로를 알지 못했고, 그녀의 존재에 대해 특별히 관심을 보이는 사람도 없었다. 작전상 지금은 혼자서 건물을 돌아다닐 필요가 없는 단계지만 가능한 작전인지 미리 알아두는 것도 중요했다.

케리는 일단 접수계를 통과하면 건물 안을 자유롭게 다닐 수 있다는 걸 확인했다. 그녀는 불안해하지 않고 4층으로 올라갔다. 사무실이란 표시는 없지만, 잔뜩 쌓인 통신용 사보, 계산서 묶음들, 벽에 붙인 지도—원어스는 '지구는 하나'라는 뜻이 무색할 정도로 환경 파괴 위험지역에 따라 세계를 구분해놓았다—를 보면 어떤 부서의 방인지 대충은 짐작이 갔다. 사무실들은 대체로 정리 정돈이 잘되어 있는 것 같고, 직원들도 근면하게 일하고 있었다. 이들의 차분한 모습은 원어스가 출판물에 내세우는 수염 기른 운동원들의 공격적인 모습과는 대조적이었다. 비영리적인 단체라는 차이점만 있을 뿐 분위기는 여느 서비스업체와 비슷했다. 분명히 간부들이 있을 텐데 사무실로는 구별이 되지 않았다. 간부급의 방에 있을 법한 두꺼운 양탄자라든가 티크 목재 내벽, 고급스러운 액자에 끼운 그림 같은 것도 보이지 않았다. 케리가 4층을 다니면서 고위층 간부들의 사무실이라고 추측할 수 있는 유일한 단서는 누군가에게 구애받지 않고 자유분방하게 일하는 모습이었다. 활짝 열린 문을 통해 카우보이 조끼에 멕시코풍 구두를 신은 남자가 책상 위에 두 다리를 올려놓은 자세로 누군가와 얘기하는 모습이 보였다. 그리고 4층 사무실을 차지하고 있는 사람들은 아래층에서 일하는 직원들보다 나이가 많았다. 원어스를 설립한 베이비부머[22]들이 여전히 단체를 지배하고 있는데 지금은 머리가 희끗희끗하지만, 주도권을 가진 세대다운 관록이 엿보였다.

탐색을 끝낸 케리는 쉬는 시간에 우르르 몰려나오는 사람들을 고려해서 널찍하게 만든 층계를 다시 내려가고 있었다. 2층에서 로저와 맞닥뜨렸다. 로저가 깜짝 놀라는 걸 보면 수상쩍어하는 눈치였다. 하지만 케리는 활짝 웃으면서 로저의 의혹을 날려버

....

22 2차 세계대전이 끝난 1946년부터 1965년 사이에 출생한 사람들로 미국 인구 중 29퍼센트를 차지하는 미국 사회의 신 주도 계층을 가리킨다.

렸다.

"마침 당신을 만나서 다행이에요." 케리가 반가워했다. "구내식당이 어디 있는지 알 수가 없어서 한참 돌아다녔거든요. 아까는 복도에 사람이 없어서……."

"이 건물 안에 없어요. 밖으로 나가 마당을 가로질러야 하죠."

"그건 생각도 못 했네요."

케리가 선수를 치는 것으로 로저의 말문을 막아버렸다. 로저는 그녀의 팔을 잡고 구내식당으로 데려갔다. 통풍이 잘 안 되는 건물이었고, 유리문은 수증기가 뿌옇게 서려 있었다. 타일로 된 바닥과 벽이라서 소리가 울리는 데다 점심시간이 되어 한꺼번에 몰려든 사람들이 거의 고함을 지르듯 떠들어댔다. 게다가 여자들이 둘러앉은 자리에서 요란한 웃음소리까지 들려서 정말 시끌벅적했다.

로저가 몇몇 사람에게 인사하는 사이에 케리는 한 여자를 찾기 위해 식당을 둘러봤다. 여자는 약간 떨어진 자리에서 점심을 먹고 있는데 남자 둘과 또 다른 여자 한 명과 함께였다. 태도나 차림새로 보아 그들은 케리가 4층에서 눈여겨보았던 간부급이라기보다 평사원인 것 같았다.

로저가 방금 자리가 난 식탁을 가리키자 케리는 목표로 삼은 여자와 마주 보는 자리에 앉았다. 5미터쯤 떨어진 자리였다. 케리는 집요하게 여자를 쳐다보기 시작했다. 30대로 보이는 여자는 구불구불한 갈색 머리고 짙은 화장으로 눈이 커 보였다. 얼굴 피부는 팽팽한데 입가에는 벌써 잔주름이 자글자글했다. 케리의 시선이 계속 여자에게 머물러 있자 로저까지 알아차리고 돌아봤다.

"누구를 그렇게 쳐다봐요? 여기 아는 사람이 있어요?"

"네, 어릴 적 친구인 것 같아서요."

로저가 다시 한 번 돌아봤다.

"내가 잘못 본 걸지도 몰라요. 너무 오래전이라서……." 케리가 고개를 설레설레 저으면서 혼잣말하듯 중얼거렸다. "이름이…… 진저였는데."

"아! 진저를 쳐다보는 거였어요?"

케리는 포크를 떨어뜨렸다.

"정말 진저예요?"

"그러니까 내 말은…… 저 여자의 이름도 진저라고요. 동명이인일 수도 있지만 어쩌면……."

케리가 얼굴이 하얘져서 빤히 쳐다보자 그 시선을 의식한 여자도 케리를 뚫어져라 쳐다봤다.

"가서 확인해봐야겠어요." 케리가 일어나면서 말했다.

케리가 걸어가서 옆자리에 앉자 진저라는 여자는 동석한 동료들에게서 등을 돌리고 쳐다봤다.

"실례할게요. 여기 새로 온 사람인데요." 케리는 이렇게 말문을 열었다. "방해해서 미안한데 혹시 디모인에서 마크 트웨인 초등학교를 다니지 않았나요?"

"맞아요, 그걸 어떻게……?"

"너 진저 맞아?" 케리가 흥분한 목소리로 외쳤다. "나 모르겠어?"

여자는 선뜻 반가운 표시를 하지 못하고 있었다. 과거에서 불쑥 튀어나온 사람이 기억나지 않는 모양이었다. 당연한 반응이었다. 타라는 케리에게 첫 단계에서 주의해야 한다고 당부했었다. 그리고 무엇보다 의혹을 사지 않으려면 공통된 과거를 떠올릴 만한 세세한 것으로 시작하는 것이 중요했다.

"나 케리야. 동생 린제이의 친구였고, 나이가 비슷해서 어릴 적에 같이 어울려 다녔는데……. 1975년생 맞지?"

"응, 75년 6월."

"나보다 정확하게 한 살이 더 많기 때문에 기억이 나. 그때는 한 살 차이인데도 어리다고 넌 나를 거들떠보지도 않았지만……."

두 여자는 깔깔대고 웃었다.

"그럼 린제이와는 여덟 달 차이겠네?"

"그래, 맞아. 린제이는 어떻게 지내? 소식을 못 들은 지 한 10년쯤 된 것 같아."

"린제이는 캐나다 남자와 결혼해서 지금은 아이가 셋이야. 퀘벡 주 시쿠티미에 살고 있어."

"편지라도 쓰게 주소를 알려줘. 그리고 부모님은 여전히 캔자스 주에 사시고?"

"아니, 플로리다 주 포트로더데일에 작은 아파트가 있어서 1년에 아홉 달은 거기서 지내셔. 여름에는 이쪽으로 오시지."

로저가 합류해서 진저와 동석한 동료들에게 자초지종을 얘기했다.

"아는 사람 같다면서 자꾸 쳐다보더니 이름이 진저라는 거예요. 그래서 내가 저기 있는 여자의 이름도 진저라고 했죠."

로저의 증언 덕분에 정말 우연한 만남으로 자연스럽게 넘어갈 수 있었다.

로저가 동석한 이들 모두의 커피를 들고 돌아왔을 때 진저와 케리는 추억을 하나둘 떠올리고 있었다. 케리가 3년 동안 살았던 도시 디모인, 일요일마다 가던 수영장과 시내, 사탕과자를 파는 학교 옆 가게…….

상대를 믿게 하려면 어릴 적의 추억을 떠올리는 것이 가장 효과적이라고 타라가 강조했다. 지나치게 구체적인 기억은 오히려 의심을 살 수 있기 때문에 배경이나 분위기, 의미가 별로 없는 일, 다시 말해 상대가 기억할 만한 일이 못 되고, 확인할 수도 없는 에피소드를 상기시키면 되었다.

그다음은 헤어진 이후의 생활을 꺼내면 되는데 이 단계에서는 서로 아는 추억일 필요가 없기 때문에 둘러대기가 훨씬 수월했다. 다만 혹시라도 확인할 걸 대비해서 주의할 필요가 있었다.

"여긴 어떻게 오게 됐어?" 진저가 물었다.

"얘기하자면 길어." 케리가 로저에게 써먹었던 슬픈 표정을 지으면서 말했다. "일하러 가야 되지?"

"응, 사무실로 다시 올라가야 돼. 하지만 같이 내 방으로 가도 되는데……. 너도 원어스에서 일하는 거야?"

"오늘 아침부터."

"아, 그랬구나. 올라가서 좀 더 얘기하자."

두 여자는 재회한 친한 친구처럼 팔짱을 끼고 식당을 나갔다. 케리가 활기를 되찾을 수 있게 조금이나마 기여한 것이 뿌듯한 로저는 감동한 표정으로 두 여자의 뒷모습을 바라보고 있었다.

케리가 남편과 자식들을 잃었다는 얘기, 사고가 일어나기 전의 생활을 얘기하다 보니 어느새 4층에 이르렀고, 얘깃거리가 거의 바닥이 나버렸다. 진저도 남편과 열 살이 된 딸에 대해 말했다. 일에 대해서는 한숨을 내쉬면서 마지못해 말을 꺼냈다.

"이 집단에 들어온 지 벌써 15년인데 어떻겠어."

"일이 힘들어?"

"지긋지긋하지 뭐. 좋은 점도 있지만."

"정확하게 무슨 일을 하는데?"

'정말 몰라서 묻는 거라고 상대가 믿을 때만 질문을 하라'고 타라가 말했었다.

"한마디로 설명하기는 좀 그렇지만 내 역할은 중재하는 것이라고 할 수 있지."

"뭘 중재하는데?"

"중역과 직원 사이를 중재하는 일이야."

"중역?"

"간부들. 하지만 그들은 간부라고 불리는 걸 좋아하지 않아. 대부분 이 단체의 창립 멤버들인데 천재적이지만 모두 미쳤어. 이젠 부르주아가 됐거든. 자기들은 아무것도 하지 않으면서 직원들은 열심히 일하길 바라지. 그 사이에 내가 있는 거야."

"오늘 처음 와서 어떤 체제인지 난 전혀 몰라. 여기서는 제일 높은 분을 뭐라고 불러? 사장, 수장, 지도자……?"

"여느 단체나 그렇듯 여기서도 격한 싸움이 일어났었지. 그 일이 진정된 지 2년쯤 됐어. 반기를 든 세 사람이 여길 나가버렸거든. 그래도 그 세 명이 더 이성적인 사람들이었는데……."

케리의 질문에 대한 답변이 아니라 진저가 너무 빨리 본론에 이르고 있었다. 케리는 더 이상 캐묻지 않는 것이 현명하다고 판단하고 거기서 멈췄다.

"그만 내려갈게."

"맡은 일이 뭐야?"

케리는 하는 일을 설명했다.

"아! 지금까지 우편물 발송은 한 장애인이 했는데 네가 대신 하게 됐구나. 일은 마음에 들어?"

"그냥…… 단순노동인데 마음에 들고 말고 할 게 없지 뭐."

"대학에서는 뭘 전공했어?"

케리는 어깨를 으쓱했다.

"고문서학을 6년 동안 공부해서 석사 학위를 받았어."

"문서를 정리하는 일이잖아?"

"단순히 문서 정리만 하는 게 아냐. 과학적 연구와 분석을 통해 문서의 진위를 감정하는 학문이야. 따라서 한 사회에 관한 시간의 흔적이라고 할 수 있어."

"그렇게 열심히 공부한 학문인데 전공과 관련된 일을 하지 않고 왜……?"

"하고 있었지. 남편이 사고로 사망하는 바람에 내가 한동안 완전히 정신이 나가버렸거든. 그래서 해고당했지."

'최근의 일은 자세히 말하지 말라'고 타라가 강조했었다. 케리의 가짜 신분은 허술해서 오랫동안 숨길 수 없기 때문이다. 스파이 행위는 늘 위험한 도박이었다. 만약 확인이라도 할 경우 대번에 들통이 날 수 있어서 그녀는 몇 시간이나 며칠만 있을 예정으로 작전을 짰다. 따라서 너무 최근의 일에 대해서는 구체적인 언급을 피하면서 확인이 불가능한 것만 알려주는 것이 중요했다.

진저는 서류가 잔뜩 쌓인 책상을 힐끔 쳐다봤다. 사무실 벽면마다 파일 박스가 쌓여 있었다. 파일이 너무 많아서 찢어진 박스도 있고, 다른 박스에 눌려서 찌부러지거나 빈 박스도 보였다. 그녀는 잠시 생각하다가 말했다.

"어쩌면 너는 지금 하는 일보다 다른 일을 하는 게 우리에게 더 도움이 되겠어. 우리의 문서 관리를 너한테 맡기면……."

"누가 하고 있는데?"

"따로 관리하는 사람이 없어. 닥치는 대로 각자 해야지."

전화벨 소리에 수화기를 든 진저는 장소가 변경된 회의에 대해 한참 동안 통화했다. 그리고 전화를 끊고 나서는 문서 관리에 대한 말을 까맣게 잊은 것 같았다.

"이제 일해야겠어." 진저가 케리에게 말했다. "할 일이 많아서. 너도 가서 일해. 내일 점심때 다시 봐. 그리고 조만간 우리 집에서 저녁 먹자."

케리는 잠시 머뭇거리면서 빠르게 이해득실을 따졌다. 위험에도 불구하고 일단 밀고 나가기로 했다.

"농담으로 한 말 아니지?" 케리가 물었다.

"뭘?"

"문서 정리하는 일 말이야. 너와 함께 일하게 된다면 정말 좋겠어. 창고에 있는 것보다 훨씬 마음에 들기도 하고. 보름이면 완벽하게 문서 정리를 해놓을 수 있는데……."

진저가 동작을 멈추고 케리를 뚫어져라 쳐다봤다. 침묵이 흘렀다.

"디모인에서……." 진저가 의혹의 눈길로 말했다. "혹시……."

케리는 겨드랑이에서 땀이 흘러내리는 걸 느꼈다. 그러나 이런 극적인 상황에 대처하는 능력이 뛰어난 케리는 일을 다시 시작한 뒤 처음으로 예전 CIA 시절의 특별한 흥분을 느꼈다. 폴이 생각났다.

"아, 그래, 맞다. 너 혹시 제리 크놉의 여자 친구 아니었어?"

타라의 팀원들은 일주일 만에 정말 놀라운 능력을 발휘했다. 원어스에서 발간하는 사보를 통해 진저의 신원을 파악한 다음 그녀가 중역의 비서로 일하고 있다는 걸 확인했다. 그리고 호적을 조회해서 살았던 곳으로 사람을 파견하여 비밀리에 몇 가지 증언을 수집했다. 그것으로 신분 위장을 위해 필요한 것들을 확보하자 케리는 짧은 시간에 원어스에 들어가서 해야 할 연기를 연습했다. 그러나 제리 크놉에 대해서는 들은 적이 없었다. 진저가 묘한 표정으로 쳐다보고 있었다. 케리는 하늘에 운을 맡기고 결단을 내렸다.

"응." 케리가 얼굴을 쳐들면서 시인했다. "제리 크놉의 여자 친구였던 거 맞아."

진저가 벌떡 일어나면서 탄성을 질렀다. 그러고는 케리를 끌어안았다.

"왜 진작 말하지 않았어? 이제야 너를 알아보겠어. 좀 전부터 기억이 나는 거야. 우리가 같은 동네에서 살았던 건 분명한 것 같은데 사실 너에 대한 기억이 없어서 약간 의심했거든. 지금은 다 생각나!"

케리가 일어나자 진저는 등을 쓰다듬어주면서 복도까지 배웅했다.

"이상할 정도로 기억이 전혀 안 나더니 지금은 하나하나 다 생각나. 내일 내 방으로 와. 할 얘기가 정말 많거든……."

케리가 나가려는 순간 진저가 붙잡고 나직한 소리로 덧붙였다.

"제리 크놉……. 너도 알잖아, 그다음 해에는 나도……."

진저는 손가락을 입에 대고 소녀처럼 깔깔대고 웃었다.

3부

I

콜로라도 사막, 미국

간밤에 녹초가 되어서 돌아온 테드 해로우는 쥘리에트에게 말을 탈 줄 아느냐고 물은 다음 곧바로 잠자리에 들었다. 쥘리에트는 그렇다고 대답했지만 사실 열두 살 때 군대식으로 승마를 잠깐 배운 것이 전부였다. 엄격한 규율을 중시하는 아버지가 가장 무서운 교관에게 딸의 승마 교육을 맡겼다. 하지만 딸이 승마를 좋아하게 된 걸 알아챈 어머니가 못 하게 막는 바람에 중단했다. 그래도 쥘리에트는 미국식의 넓고 푹신한 안장에 앉아 있을 수는 있었다.

꼭두새벽부터 말들이 대기하고 있었다. 쥘리에트는 어디로 가는지 모르지만 가능하면 질문하지 않으려고 노력했다. 이제부터는 조직의 일원이 되었다는 확신이 들기 때문에 규율을 따라야 했다. 가장 먼저 지켜야 하는 것이 복종과 침묵이었다.

그들은 동굴 집을 나와 메마른 골짜기로 내려갔다. 인디언 한 명이 마구를 달아놓은 말 두 필의 고삐를 쥐고 있었다. 안장 양쪽으로 늘어진 가방들이 불룩한 것으로 보아 며칠쯤 걸리는 여행인 모양이었다. 해로우가 탈 말의 안장에 가방이 늘어져 있는데 소총 손잡이가 비죽 나와 있었다.

해로우와 쥘리에트는 잠시 협곡을 따라가다 절벽에서 굴러떨어져서 쌓인 바위 더미들을 향해 올라갔다. 바위 사이로 좁은 길이 나 있었다. 말들이 주춤거리지 않고 올라가는 것으로 보아 잘 아는 길인 모양이었다. 해로우는 목덜미가 굵은 종마를 타고, 쥘리에트는 온순한 암말을 타고 있었다. 두 사람이 메사[23] 가장자리에 도착했을 때 지평선에서 먼동이 텄다. 쥘리에트는 약간 뒤처져서 가다가 이따금 속력을 내서 따라붙었다. 어쨌든 그녀는 그렇게 거리를 두는 것이 마음 편했고, 해로우도 의도적으로 거리를 유지하는 것 같았다. 둘은 침묵을 지키면서 눈앞에 펼쳐지는 장관을 감상했다.

해가 떠오르면서 그 주위가 붉게 물들었다. 빛이 강해짐에 따라 푸르스름하게 밝아오는 여명과는 달리 여기는 땅속에서 붉은 빛의 덩어리가 솟아오른 것 같았다. 해가 높아질수록 대지는 더 어두워졌다. 저 멀리 물과 바람에 깎인 탁자 모양의 바위들은 황토색과 진홍색을 띠고 있었다.

떠오르는 해가 지평선에 입체감을 주었다. 찬란한 하늘과 시커먼 대지 사이로 높이가 들쑥날쑥한 협곡의 가파른 벼랑이 뚜렷이 드러났다. 비스듬히 비추는 햇살에 이번에는 입을 벌리듯 쩍 갈라진 지형, 경사면의 굴곡진 주름, 평평한 골짜기에 기둥처럼 비죽비죽 솟아 있는 바위들이 드러났다. 편자를 박지 않은 말들의 발굽 소리가 박자를 맞추어 둔탁하게 울려 퍼졌다.

쥘리에트는 전율이 일었다. 이곳에 온 지 처음으로 야릇한 흥분과 불안이 몰려오고, 너무 방대한 자연 앞에서 가슴이 벅차올랐다. 눈앞에 펼쳐지는 경치는 메마르고, 황량하고, 적대적이지만 무한한 느낌을 주었다. 지평선이 아주 멀리 있는 것처럼 보이는 것은 그들이 높은 데에 있기 때문만이 아니라 땅덩어리가 크기 때문이기도 했다. 저 멀리 굴곡진 협곡이 눈길을 잡았다. 이상한 것은 하늘이 축소되기는커녕 더 광활해 보였다. 뭉게구름이 하늘에 만들어내는 굴곡진 골짜기들과 불안정한 기둥들, 마치 지

....
23 꼭대기가 평평하고 주위가 급경사를 이룬 탁자 모양의 지형.

상을 보고 있는 것 같았다. 쥘리에트는 자연에서 이런 감동을 느끼기는 난생처음이었다.

해로우가 쥘리에트를 여기까지 데려온 것은 바로 이 풍경을 보여주기 위해서였다. 인간은 이 때 묻지 않은 세상의 지적인 거울과도 같아서 자연이 지닌 아름다움을 드러나게 해주고 그 가치를 부여하는 것 또한 인간의 몫이었다.

둘은 고원 가장자리에 이르렀고, 이제는 흙먼지와 열기를 실은 안개에 잠긴 협곡이 내려다보였다. 해로우는 쥘리에트에게 앞장서라는 손짓을 했다. 쥘리에트를 태운 말이 비틀거릴 경우 뒤에서 도와주려는 것이었다. 그래서 쥘리에트는 인적이라곤 없는 눈앞의 풍경에 익숙해져야 했다. 그러다 차츰 인간의 손길이 닿지 않은 위압적인 자연 앞에서 인간은 보잘것없고 무의미하게 느껴졌다. 이제는 그녀에게도 자연은 인간에게 아무런 신세를 지지 않고 고유의 삶을 살아가는 것이 분명해 보였다.

쥘리에트는 전날 해로우가 돌아오길 기다리면서 읽은 책이 생각났다. 자연공원의 삼림 공무원이었던 알도 레오폴드의 에세이 『모래 군(郡)의 열두 달』이었다. 산과 강, 풍경을 말하면서 인간은 자연에 대해 아무런 권한이 없다고 역설한 이 책에 대해 예전에 조나탕도 언급한 적이 있었다. 조나탕은 인간과 자연의 새로운 관계를 정립시킨 책이라면서 인간은 자연의 일부에 지나지 않는 미미한 존재일 뿐이지 자연의 주인이라고 주장할 수 없다고 열변을 토했다.

유럽인들은 이해하기 어려운 책이었다. 구대륙에는 더 이상 진정한 의미의 자연이 존재하지 않기 때문이다. 토지대장에 등재되지 않은 땅, 누군가가 소유하지 않은 땅, 개간되지 않은 땅이란 1제곱미터도 없었다. 반면에 미국의 자연은 정복되지 않은 천연의 힘을 보존하고 있었다. 쥘리에트는 자연 앞의 인간은 법칙에 순응할 수밖에 없는 이방인이라는 알도 레오폴드의 생각에 공감했다.

온종일 해로우는 말이 거의 없었다. 점심시간이 되자 그는 안장 가방에서 샌드위치 두 개와 수통을 꺼내 쥘리에트에게 내밀었다. 두 사람은 말을 탄 채로 먹었다. 오후 5시경, 몇 시간째 따라가고 있는 두 번째 협곡의 측면, 평평한 지형에 이르렀을 때 그들은 말에서 내렸다. 근처에 마른 덤불과 아카시아 숲이 있었다. 해로우가 나뭇가지들을 주어다 놓고, 죽은 나무 밑동을 쪼갰다. 불을 피운 다음 안장 뒤에 둘둘 말아서 실은 담요 몇 장으로 야영 준비를 했다. 그러고는 챙겨온 옥수수와 소시지, 갈비를 구웠다.

쥘리에트는 해로우의 과묵함과 거리를 두는 태도가 신경에 거슬렸지만 점점 안심이 되었다. 그가 어디로 데려가는지 모르지만 두렵지 않았다.

"여기서 태어나셨어요?" 쥘리에트는 구운 옥수수를 뜯어 먹다가 물었다.

"아니, 난 북쪽 로키 산맥에서 자랐지."

날이 어두워지자 해로우의 파란 눈에서 이글거리던 광채가 사라졌다. 그래서일까, 그가 더 친숙하고 인간적으로 느껴졌다.

"이 지역을 잘 아시는 것 같아요. 길을 어떻게 찾아가는 거죠? 내 눈에는 길이라곤 보이지 않는데요."

"표시가 있으니까."

"표시요? 우리가 출발한 뒤로 인간의 흔적이라곤 전혀 없었는데요."

해로우는 어깨를 으쓱하면서 처음으로 미소를 지었다.

"여기는 인디언 구역이다. 인디언들은 땅에 상처를 내지 않아. 부러진 가지나 나무에 매단 깃털, 돌 세 개로 만든 삼각형…… 같은 것으로 표시를 해놓지. 자네는 좀 더 눈을 크게 떠야겠군."

"인디언들의 표시를 읽을 수 있다고요? 어떻게 알았어요?"

해로우가 쥘리에트를 향해 얼굴을 돌렸는데 눈빛이 잠시 이글거렸다. 뻣뻣한 머리털, 매부리코, 불거진 광대뼈, 모닥불 때문에 드러난 구릿빛 얼굴, 모든 것이 그에게서 풍기는 인상과 잘 어우러졌다.

"인디언이에요?"

해로우가 한숨을 내쉬면서 머리를 흔들었는데 맞다는 건지, 아니라는 건지 종잡을 수가 없었다. 쥘리에트는 더는 캐묻지 않았다. 그가 약간 물러앉더니 땅바닥에 드러누워서 팔베개를 했다. 그러고는 별이 총총한 밤하늘을 응시했다.

"길을 나선 뒤로 인디언은 한 명도 못 봤어요." 쥘리에트는 용기를 내서 말했다.

"틀림없이 마주쳤지만 인디언들이 모습을 드러내지 않은 거야. 인디언들은 자기들이 사는 땅에서 주인 행세를 하지 않아. 그들은 땅에 해가 되는 일을 하지 않지. 땅은 그들을 너그럽게 봐주고, 그들은 땅을 존중하지. 제 것으로 삼겠다고 땅을 마치 죽은 살코기처럼 조각조각 나누는 욕심 따위는 결코 부리지 않아. 인간은 자연의 일부라고 생각하니까. 인디언들과 함께하면 만물의 균형을 배우게 되지."

테드 해로우가 인디언에 대해 말하고 있지만, 자기 자신에 대해 말하고 있는 것 같았다. 쥘리에트가 해로우에게서 받은 인상과 일치하기 때문이었다. 그녀는 해로우에게서 바람과 대지와 공간과 혼연일체가 된 인간의 힘을 느끼고 있었다.

"여기서 인디언들이 뭘 하면서 먹고살죠?"

"인디언들은 그런 의문을 제기하지 않아." 해로우가 대꾸했다. "인디언들은 자연이 모든 걸 풍족하게 공급해준다고 생각하지. 부족함은 백인들의 문명이 만든 거니까."

해로우의 퉁명스러운 어조에 아랑곳없이 마침내 대화할 수 있는 것만으로도 흥분한 쥘리에트가 감히 말대꾸를 했다.

"이런 사막에 먹을 것이 풍족하다고요? 그렇다면 갈비며 소시지 같은 걸 가져오지 말았어야 하는 것 아닌가요?"

"이 자연에서도 필요한 것은 뭐든 얻을 수 있어. 수가 너무 많지 않다면."

"그거야 물론 그렇겠지요!"

"전통적 사회의 특징은 주어진 자연환경에 맞춰 사는 것이지." 해로우가 불을 쑤셔 일으키면서 말했다. "관례적인 전투나 제물로 바치는 희생양, 이런 행위들의 목적은 무리의 수를 제한하려는 것이지. 그래야 그 환경에서 사는 무리가 넉넉하게 먹을 수 있으니까."

갑자기 말문이 트인 것처럼 해로우는 말이 많아졌다. 서두르지 않고 본론으로 들어가는 것이 느껴졌다.

"하지만 언젠가부터 인간들은 도처에서 더 이상 전통적으로 믿던 여러 신을 섬기지 않고 유일신을 가장 높은 데에 올려놓았지. 이 유일신을 닮은 인간이 신성화되었고, 무리보다 개인의 가치가 더 커지면서 인류가 급증하기 시작했어. 자연이 증가하는 인류를 감당할 수 없는 지경에 이르면서 균형이 깨졌고, 풍족함은 빈곤함으로 변하게 되었지."

모닥불에서 불꽃이 탁탁 튀었다. 해로우는 마치 불꽃 멜로디에서 어떤 메시지라도 받는 것처럼 귀를 기울였다. 이윽고 모닥불이 잠잠해지자 해로우가 말을 이었다.

"인류는 더 많은 걸 생산하기 위해 땅을 혹사시키기 시작했지. 경계석을 세우고, 울타리를 치고, 쟁기로 갈고, 곡괭이로 파헤치고, 불도저로 밀어버리고, 폭파시키는 등 땅을 마구 훼손하고 있으니까."

울퉁불퉁한 지형의 그림자로 가득한 사막의 어둠 속에서 은밀하게 속삭이는 듯한 낮은 목소리가 마치 땅을 대변하는 것 같았다.

쥘리에트는 순결한 자연의 침묵 저편에서 아련하게 으르렁거리는 소리가 들리는 것 같았다. 다른 상황이라면 단순히 관자놀이에서 맥박이 뛰는 소리라고 생각했을 것이다. 그러나 지금은 어디서 나는 소리인지 알고 있었다. 아스팔트로 뒤덮이고 쓰레기가 넘쳐나는 도시, 땅을 포획하기 위해 그물처럼 던져진 고속도로의 도시, 무방비 상태의 평원과 비탈길을 따라 산허리까지 쏟아져 나온 인간의 발길에 짓밟힌 자연이 내는 소리였다. 쓰러진 숲의 소리, 살육된 야생동물의 소리, 오물 때문에 질식하는 강의 소리, 매연에 중독된 하늘의 소리, 기름으로 오염된 바다의 소리였다. 그 이미지들이 쥘리에트의 예민해진 머릿속에서 교차하고 있었다. 그 이미지들이 너무 섬뜩해서 비명이라도 지르고 싶었다. 그 어떤 책도, 그 어떤 신문 기사도, 그 어떤 선전문도 이 황량하고 고요한 광막함이 만들어내는 위협을 능가할 수 없을 것 같았다.

그리고 온갖 더러운 것에서 떨어져 있어서 때 묻지 않은 이곳의 장엄한 자연은 아직 싸움에서 패배하지 않았다고 선포하고 있었다. 이 지구상에는 건조 지대, 산, 원시림 등 침범되지 않은 곳들이 아직은 충분히 남아 있어서 언젠가는 죽어가는 자연이 야생으로 돌아갈 수 있었다.

해로우는 쥘리에트가 상상에 빠져들게 놔둘 필요가 있다고 생각한 모양이었다. 담요로 몸을 감싸면서 그녀에게 잘 자라고 말하고 돌아누웠다. 불기운에 옆구리가 뜨거운 쥘리에트는 똑바로 누워서 한동안 공상에 빠져 있었고, 이제야말로 제자리를 찾은 느낌이 들었다.

다음 날 새벽, 그들은 다시 길을 나섰다. 산길이 좁아지고 있어서 여러 번 말에서 내려 걸어야 했다. 거품을 일으키며 흐르는 급류가 내려다보이는 구름다리를 건너 벼랑을 따라 상류로 향했다. 좀 더 멀리 우각호[24]를 형성하는 물줄기와 모래톱, 수풀, 자갈밭이 보였다. 그때였다. 미풍이지만 맞바람이 부는 탓에 그들의 발소리나 냄새가 나지 않는 걸까. 오십여 발짝 떨어진 곳에서 유유히 풀을 뜯어 먹는 한 떼의 영양을 발견했다. 해로우가 쥘리에트에게 멈춰 서라는 손짓을 하더니 부근의 버드나무 숲 뒤로 데려갔다. 나뭇가지 사이로 영양들의 머리와 벌름거리는 콧구멍, 레이더처럼 까딱까딱 움직이는 귀가 또렷이 보였다. 그녀는 해로우가 소총을 들어서 영양들을 겨냥하고 있음을 알아차렸다.

쥘리에트는 자연보호주의자라는 사람이 어떻게 동물을 향해 총을 겨눌 수 있는지 이해할 수 없었다. 그녀가 총구의 방향을 돌리려고 했지만 해로우는 단호한 몸짓으로 막았다.

"저 영양들을 왜 죽이려고 해요?" 쥘리에트가 나직하게 물었다.

"보호해야 한다고 생각하나?" 해로우는 영양들에게서 눈을 떼지 않은 채 물었다.

"네."

"저 동물들 모두가 신성한 존재라고 생각하나?"

목소리가 어찌나 나직한지 어조에서 아무것도 느낄 수 없었다. 쥘리에트는 머뭇거리면서 동물들을 힐끔 쳐다봤다.

"네. 그렇게 생각해요."

"그렇다면 자네는 멍청한 동물보호주의자들과 다를 게 없군."

"왜 멍청하다는 거죠? 자연을 보호하기 위해 싸우는 사람들인데요."

....

24 구불구불한 하천의 일부가 본래의 하천에서 분리되어 생긴, 초승달 혹은 쇠뿔 모양의 호수.

해로우는 소총의 개머리판을 어깨에 댔다.

"그들은 자연을 보호하는 것이 아니라 파괴하고 있으니까."

해로우는 한쪽 눈을 가늘게 뜨고 영양 한 마리를 조준하면서 나직하게 말했다.

"자연에 해를 끼친 인간들을 불합리할 정도로 존중해주는 자들이니까. 그들은 인간의 권리에 대한 범위를 동물에게 확장시키고 싶어 하지. 그건 대재앙을 불러일으킬 수밖에 없어. 예컨대 그들은 바다표범을 보호함으로써 급증하는 인간처럼 엄청난 번식을 하게 만들었지. 그 바람에 이제는 바다표범들이 여러 종의 물고기를 위협하기에 이르렀고."

영양 한 마리가 두 사람이 속삭이는 소리를 감지한 모양이었다. 녀석이 머리를 쳐들고 비탈 쪽을 살폈다. 그러나 급류의 흔들리는 수면에 반사되는 햇빛 이외의 다른 움직임을 감지하지 못한 듯 다시 풀을 뜯어 먹기 시작했다.

"자연은 사는 것뿐만 아니라 죽는 것도 중요하지. 약육강식의 법칙이 지배하는 세계라서 서로 죽이고 죽임을 당해야 균형과 조화를 이루는 거니까. 자연을 보호한다는 것은 뭘 죽여야 하는지를 알아야 하는 거야."

그렇게 말하면서 해로우는 소총을 쥘리에트에게 내밀었다. 그녀는 무슨 뜻인지 모르겠다는 얼굴로 해로우를 쳐다보다 거의 기계적으로 소총을 움켜잡았다. 무기라고는 아직까지 장난감 권총조차 만져본 적이 없었다. 그녀는 총의 무게에 깜짝 놀라면서 이런 물건이 왜 안심이 되는지 이해가 되었다. 해로우는 여전히 나뭇가지 사이로 영양들을 살피고 있었다. 그녀는 해로우에게서 어떤 지시나 설명을 기다릴 필요가 없다는 걸 느꼈다. 해로우가 선택할 자유를 준 것이다. 그녀는 한동안 머릿속이 복잡했다. 이윽고 물을 다 먹고 나서 무리를 지키기 위해 마치 망이라도 보듯 약간 떨어진 비탈 위에서 꼼짝 않고 있는 영양을 향해 그녀는 총을 조준했다.

뚫어져라 쳐다보는 해로우의 시선을 의식하면서 쥘리에트는 한쪽 눈을 감고 차가운 방아쇠에 손가락을 걸었지만 이 상태로는 도저히 정신을 집중할 수 없을 것 같았다. 여러 가지 생각이 빠르게 교차했다. 폭주하는 회전목마에 올라탄 것 같았다. 온갖 잡념을 날려 보내야 했다. 그녀는 방아쇠를 당겼다.

찰칵, 정적을 깨뜨리며 진동하는 금속음에 화들짝 놀란 영양 떼가 순식간에 달아났다. 쥘리에트는 마치 총성이 울리길 기다리는 것처럼 한동안 가만히 있었다. 이윽고 총구를 내리고 소총을 쳐다보다가 해로우를 향해 고개를 돌렸다. 그리고 엷은 미소를 짓는 해로우의 얼굴을 보면서 그제야 소총에 이상이 있는 게 아니라 아예 탄알이 장전되지 않았다는 걸 알아차렸다.

해로우는 손을 내밀고 소총을 잡았다.

"영양을 죽이면 안 되지. 신성한 존재이기 때문이 아냐. 영양의 수가 아주 많다면 죽여도 되겠지만, 개체 수가 점점 줄어들고 있어서 멸종 위협을 받고 있으니까."

쥘리에트는 얼이 빠진 얼굴로 해로우를 쳐다봤다. 두 가지 상반된 감정이 교차했다. 그녀는 영양을 해치지 않은 것이 기쁘면서도 동시에 가슴속 깊이 느껴지는 실망감에 깜짝 놀랐다. 총을 쏘지 못한 것에 대해 고통스러운 낭패감 같은 것이 느껴졌던 것이다.

"자연을 보호한다는 것은 뭘 죽여야 하는지를 아는 것이다." 해로우가 말들이 있는 쪽을 쳐다보면서 말했다.

그리고 소총을 챙기면서 큰 소리로 덧붙였다.

"지프를 몰고 와 나무를 베는 자들을 공격하는 편이 훨씬 낫지."

해로우와 쥘리에트는 몇 시간 더 말을 타고 가다 야영할 곳에서 멈췄다. 쥘리에트는 해로우의 말을 곰곰이 생각했다. 처음에는 해로우에게 조롱당했다는 생각에 기분이 상해서 입을 꾹 다물고 있었다. 하지만 경치가 바뀔 때마다 생각도 달라졌다. 그녀는 마침내 일종의 입단식을 치르고 있다는 생각이 들었다. 하느님이 아브라함의 믿음을 시험하려고 아들 이삭을 제물로 바치라고 했을 때 아브라함이 아무런 의심 없이 순종하려고 하자 하느님이 이삭 대신 제물로 바칠 양을 보내주었다는 창세기의 이야기와 정반대가 아닌가. 쥘리에트가 동물을 죽이려는 순간 해로우는 오히려 벌목꾼들을 없애라고 말했다. 그 말은 곧 인간들을 죽여 없애라는 것인데…….

쥘리에트는 만약 기적처럼 영양 대신에 사냥꾼이 나타났다면 주저치 않고 죽였을 거라는 확신이 들었다.

이 고독한 행군이 그녀를 혼란스럽게 하는 것일까? 해로우 때문에 그녀가 너무 오랫동안 가슴속에 감추려고 애써왔던 충동적인 성격이 드러난 것일까?

다음 날, 그들은 다시 길을 나섰다. 해로우는 여전히 목적지에 대해 아무 말도 하지 않았다. 그러나 쥘리에트는 이제 어디로 가야 할지 방향을 잡을 수 있었다. 풍경이 낯설지 않았다. 그녀는 해의 위치, 하천의 폭, 굴곡진 지형을 주의 깊게 살폈다. 그러다 방향을 바꿔야 하는 곳에 인디언들이 표시해놓은 나뭇가지들까지 발견했다. 이윽고 협곡을 일주해서 출발점인 동굴로 돌아가고 있다는 확신을 얻었다. 따라서 그들은 어디로도 간 것이 아니었다. 해로우는 어떤 목적지가 있었던 것이 아니라 협곡을 둘러보면서 쥘리에트가 배워야 하는 것을 직접 느끼게 해준 것이다. 그녀는 말이 아니라 더 구체적인 체험을 통해서 몸과 마음을 단련시키는 교육이라는 걸 깨달았다. 따라서 체험을 통한 이 교육이 더 깊이 각인되고 있었다.

테드 해로우는 침묵을 지키고 있었고, 쥘리에트는 말에 몸을 맡긴 채 기억을 더듬으면서 생각에 잠겼다.

쥘리에트는 그린월드에 입단한 것이 아주 우연한 일이라고 오랫동안 믿고 있었다. 대학생 시절, 그녀는 학생들에게 이끌려서 시위를 하러 나갔다. 화창한 어느 날 오후, 리옹에서였다. 그녀는 영문을 모른 채 시위대에 끼였지만, 행진하면서 소리를 고래고래 지르는 것이 즐거웠다. 고통스러울 정도로 외롭게 지내던 시절이었다. 그해 겨울, 여러 번 죽을 생각을 한 그녀였는데…… 론강의 강변도로에서 밀고 당기는 몸싸움, 서로 팔짱을 낀 채 고함치는 슬로건, 생폴 구역의 기와지붕 위로 쏟아지는 햇살이 그녀를 구해준 것이나 다름없었다. 그런 의미에서 그녀를 구해준 것은 그린월드였다. 그것만으로도 그린월드는 그녀에게 충분한 의미가 되었다.

말을 타고 사막을 여행하는 동안 쥘리에트는 그 시절을 회상했다. 절망에 빠져서 의기소침해 있던 시절조차 그녀는 어떤 싸움에도 가담할 생각을 하지 않았다. 그런데 뭔가 그녀의 마음을 사로잡는 것이 있었다. 그녀는 추상적인 개념을 좋아하지 않았고, 더군다나 정치에는 전혀 관심이 없었다. 환경문제가 예외였던 것은 개인적인 이유가 있었기 때문이다.

그린월드가 표적으로 삼는 대상이 바로 쥘리에트의 부모 같은 부르주아였다. 더구나 그녀의 아버지는 자연을 거역하는 치열한 싸움에 뛰어든 이기적이면서 비열한 사람이었다. 자연에 대한 아버지의 증오심은 그녀에게 괴로운 기억으로 남아 있었다. 그녀는 부모님이 엑상프로방스 북쪽에 사놓았던 땅이 생각났다. 한쪽 구석에 아담한 집이 있고 나머지는 아름다운 솔숲이었다. 첫해 여름에는 그 숲에서 놀았다. 따뜻한 나무 밑동에 기대 있기도 하고, 매미를 찾으려고 솔잎과 나무껍질이 쌓인 땅을 엉금엉금 기어 다니기도 했다. 그다음 해 여름에는 노란색 기계가 소나무들의 그루터기까지 모조리 뽑아버렸고, 한쪽 구석에 통나무가 잔뜩 쌓였다. 쥘리에트의 아버지는 낡은 집을 헐어버리고 새 별장을 지었다. 그러고는 나머지 땅을 팔아서 지은 콘크리트 건물 두 채 주위에 달랑 잔디를 깔아놓고서 어이없게도 '솔숲 펜션'이라고 이름 지었다.

그런데 더 놀랍고 기막힌 것은 아버지가 쥘리에트 앞에서 거리낌 없이 내뱉은 말이었다. 아버지는 프랑스 영해 경계 지점에서 유조선의 탱크를 청소하게 했고, 보험료를 타기 위해 기름과 녹에 부식된 낡은 유조선들을 열대 해역에서 침몰시켰다는 말을 자랑스럽게 했던 것이다.

그뿐만이 아니었다. 아버지는 칼레에 소유하고 있는 아파트에서 가난한 사람들을 내쫓았다. 아버지가 거리 모퉁이에 차를 세워놓고 프랑스 경찰들이 침대 매트와 세간을 길바닥에 들어내는 모습을 지켜보고 있을 때 쥘리에트는 뒷좌석에 앉아 있었다. 아파트의 아이들이 울부짖으면서 나오는 순간 그녀는 아버지가 너무 밉고 창피해서 의자에 엎드려 숨었다.

쥘리에트의 사회의식과 극좌파 성향의 호전적 태도는 그런 일들 때문이라고 할 수 있었다. 그러나 그녀는 혁명적 사상에 동조한 적이 없었다.

쥘리에트에게는 사회계층의 문제보다 자연에 대한 관심이 더 많았다. 그녀의 부모는 인정이라곤 없었다. 땅을 사들여서 건물을 짓는 데만 혈안이 되어 서슴지 않고 자연을 파괴하는 행위는 그녀의 아버지를 동정심도 없고, 숲의 아름다움도 느끼지 못하는 사람으로 만들었다. 가난을 증오하는 그녀의 어머니 역시 자식에 대한 사랑보다 물질적 안락함을 좋아하는 속물이었다.

어릴 적 폭행과 멸시 속에 살았던 쥘리에트는 이 사막에서 문득 자신이 당했던 그 고통과 자연이 당하는 것이 본질적으로 같은 것임을 느꼈다. 이 생각이 그녀에게 도움이 되었다. 그녀는 과거의 고통에 의미를 부여하면서 자신의 반항심과 관련이 있다는 결론을 내렸다. 그리고 그 반항심을 실현할 단계에 이르렀음을 느꼈다.

게다가 해로우는 쥘리에트가 가야 할 길을 명확히 인도해주고 있었다. 많은 환경 운동가들처럼 지금껏 그녀는 지구를 보호하는 방법에 대해 아주 막연한 생각을 지녔다. 고작 살아 있는 모든 것에 대해 인도주의적 감정을 품는 것이 다였다. 그래서 조나탕이 브로츠와프 미션을 제안할 때 동물 보호를 실행하는 일에 참여하는 것은 당연하다고 생각했고, 그 일의 궁극적인 목적과 모순에 대해 거의 의문을 갖지 않았다. 쥘리에트는 가증스러운 면을 알게 해준 해로우가 고마웠다. 그리고 진정한 표적은 자연을 파괴하는 인간이라는 걸 알았다. 그래서 폭력이나 어쩌면 살인도 배제하지 않는 방법이 필요했다. 그린월드에서 찾지 못해 아쉬워했던 것이 바로 용기와 대담함이었다. 그런데다 이번에는 같은 언어(테드 해로우는 프랑스어를 사용하고 있다)로 말하고 쓰는 사람들과 함께하는 것이었다.

앞으로 어떤 역할을 하게 될까? 쥘리에트는 전혀 모르고 있었다. 해로우는 자세한 설명을 하지 않고 원칙과 방향 그리고 정신 상태를 강조했다. 쥘리에트는 해로우를 신뢰했다. 때가 되면 해로우가 그녀에게서 기대하는 것이 무엇인지, 어떤 계획을 꾸미고 있는지 알게 될 것이라 믿었다.

이제부터는 해로우 집단에 완전히 속해 있다고 생각하는 것이 중요했다.

땅거미가 질 무렵 녹초가 된 상태로 동굴에 도착한 그녀는 잠자리에 들자마자 곯아떨어졌다.

II

시애틀, 워싱턴 주

진저는 결혼 생활 최대의 위기를 맞고 있었다. 남편 마크가 바람을 피우다 들통이 났던 것이다. 몇 번의 격한 부부 싸움 끝에 남편이 결국 집으로 돌아왔지만, 진저는 남편이 여자를 계속 만나고 있다고 확신했다. 그래서 속내를 털어놓고 의논할 상대가 절실히 필요한 때였다.

진저의 파경 직전의 결혼 생활이 케리를 도와주었다. 가상의 어릴 적 친구는 로저와 타협해서 다음 날부터 케리가 아침나절에만 창고에서 일하게 해주었다. 이제부터 케리는 점심시간이 되자마자 진저의 사무실로 올라가도 되었다. 공식적으로는 진저의 일을 도와주러 가는 것이지만, 사실은 넋두리를 들어주기 위해서였다.

문제는 시간에 대한 인식이 서로 다르다는 것이 가장 힘들었다. 케리의 위장은 아주 허술해서 언제라도 탄로 날 수 있었다. 진저의 동생 린제이가 일주일 내에 시애틀에 오기로 되어 있었다. 린제이는 언니와 통화하면서 케리가 기억난다고 했다지만 막상 만나면 의심할까 봐 조마조마했다.

반면에 한가한 시기인지 진저는 바쁘지 않았다. 원어스의 간부들은 아파서 결근을 했거나 여행 중이었고, 대규모 시위는 여름으로 예정되어 있었다. 케리는 마음속 고민을 빨리 털어놓으려는 진저가 의심하지 않게 주의하면서 문서 정리에 대한 말을 아주 힘들게 꺼냈다.

"아, 그래, 문서……. 깜빡 잊고 있었는데 역시 넌 기억력이 좋아. 하긴 디모인에서 학교 다닐 때도 넌 공부 잘하는 모범생이었으니까."

"서류만 잘 정리해도 지금보다 공간이 넓어질 거야." 케리가 말했다.

"맞는 말이야. 서류 더미에 치여서 몸 돌리기도 힘들 지경이거든. 우편물, 집회 소집장, 회의록, 회원 명부, 몇 년 동안에 쌓인 거라고는 믿을 수가 없을 정도지. 게다가 남편 일로 속을 끓이면서부터 알레르기까지 생겼어. 서류에 쌓인 먼지 때문이겠지. 남편만 생각하면 분통이 터져서 계속 울었더니 그 인간은 자기 때문이라고 믿고 있지만……."

케리는 이러다 진저가 또다시 남편 얘기로 돌아갈까 봐 걱정이 되었다. 그래서 단호하게 문서 얘기를 이어갔다.

"내일 아침부터 내가 스캐너를 사용해서 문서 작업을 시작할게. 그러니까 너는 기밀문서, 날짜, 저장된 자료들을 찾기 위한 문서 제목 등 내가 문서 분류 일람표를 만들 수 있게 조금만 더 자세히 설명해주면 돼."

진저는 눈살을 찌푸렸다.

"그렇게 서두를 필요 없어. 그리고 모든 문서를 그런 식으로 정리해서 컴퓨터에 저장하면 안 돼. 나의 상관들은 컴퓨터를 믿지 않아. 연필과 지우개 세대거든. 하드디스크에 정보를 저장하면 그 순간부터 문서를 도둑맞는다고 생각하는 사람들이야."

케리는 문제의 핵심에 들어와 있음을 느꼈다.

"아무나 접속하지 못하게 암호를 만들면 되는데……."

"아니! 그래봐야 소용없어. 약간 망상증세가 있는 사람들이거든. 하지만 그들을 이해해야 돼. 원어스는 합법성에 크게 신경 쓰지 않아. 물론 법도 있고 정의도 있다는 걸 모르는 사람들이 아냐. 하지만 여기서는 더 강한 자들의 이익을 지키기 위해 만들어진 것이 법이라고 생각하지. 그래도 환경보호 운동을 하려면 어쩔 수 없이 밀고 나갈 수밖에. 이해하겠어?"

진저는 마치 같은 말을 되풀이하는 것처럼 말하고 있었다. 정신이 온통 자신의 문제에 쏠려 있는 것이 분명했다.

"우리는 법이 아니라 정의, 다시 말해 도의적으로 옳다고 생각하는 것을 주장하는 거야."

"이 문서들과 무슨 관계가 있는데?"

"관계가 있지. 이중 몇몇 문서는 우리가 법을 지키고 있다는 걸 보여주기 위한 것이야. 예를 들어 감사받을 때를 대비하여 대외용으로 작성한 문서니까. 저기 있는 파일 중에서 중역 회의 보고서를 보면 대단한 것이 없지. 선전용이니까."

"그럼 기밀문서도 있을 거 아냐."

"그렇지."

진저는 바퀴 달린 의자를 굴려서 서류함까지 가서 열쇠로 잠긴 서랍을 열었다. 일련의 문서가 정리되어 있었다.

"여기는 문제가 되지 않을 서류, 즉 회원들의 신상 정보나 중요한 집회의 간결한 보고서를 넣어두지. 이건 시간이 있어서 분류해놓은 것들이지만 다른 건 뒤죽박죽으로 섞여 있어."

"그럼 스캔 작업을 해도 되는 것과 안 되는 것을 어떻게 구별하지?"

"나한테 물어봐."

케리는 진저의 사무실에서 그렇게 시간을 보내면서 이런저런 얘기를 들어주다가 필요할 때는 웃어주는 여유를 보였다. 그리고 진저의 일과를 살피는 기회로 삼았다.

진저는 덜렁대는 성격이라서 체계적이지 못했다. 한 가지 일에 집중하지 않고 이리저리 뛰어다니다 마음에 드는 사람과 수다 떠는 데 많은 시간을 보냈다. 게다가 중요한 업무라도 지겨운 사람들을 상대하는 경우는 대강 해치웠다. 회의에 자주 참석했지만 진저가 몇 시간이나 머물다 돌아올지 예상하기가 힘들었다. 동료 직원들과 얘기를 나눌 때도 말하기 싫거나 관심이 없는 내용이면 갑자기 급한 전화를 받은 것처럼 심각한 얼굴로 사라졌다. 그런데도 그녀가 해고당하지 않는 것은 비밀 정보를 쥐고 있기 때문이었다.

케리는 사무실에 혼자 있을 수 있는 시간이 얼마나 될지 가늠할 수 없었다. 따라서 가능한 한 시간이 오래 걸리지 않도록 세밀하게 작전을 짜야 했다.

프로비던스에서 케리가 작전을 개시할 때 염두에 둬야 하는 사항을 간추린 서류를 보내주었다. 케리는 주의 사항들을 외우면서 즐거웠다. 평범한 생활을 할 때는 뭔가를 외워야 할 때가 좀처럼 없었다. 그녀는 정보국을 그만두면서 과도한 훈련으로 발달된 기억력이 굳어버리는 것이 괴로웠고, 그래서 처음 얼마 동안은 상실감을 느끼지 않기 위해 기를 쓰고 신문에 난 온갖 기사를 외웠다. 그러다 시간이 흐르면서 차츰 적응하게 되었는데…… 이제 예전의 훈련을 다시 하게 되어 아주 즐거웠다.

케리는 문서를 정리하기 위해 진저의 사무실을 둘러보면서 기억력을 확인하는 작업에 착수했다. 중역 회의 공식 보고서는 선반에 정리되어 쉽게 볼 수 있었고, 다행히 양이 적었다. 내부 갈등에 관한 내용은 전혀 없었다. 그러나 회의 참석 여부를 기록한 명단 덕분에 해로우가 종적을 감춘 때를 정확하게 추정해볼 수 있었다. 케리는 마침내 보고서에서 중역의 승인을 받아 제명된 회원들의 명단을 발견했고, 세 번의 회의에서 제명된 열다섯 명의 이름을 머릿속에 새겼다. 제명된 회원들이 신 포식자 집단과 연관이 있는 것이 분명했다.

세부적인 것을 알려면 제명된 회원들에 관련된 신상 파일과 보고서를 확보할 필요가 있었다. 케리는 어떤 정보를 어디서 찾아야 하는지 알고 있었다. 이제 행동을 개시하는 일만 남았다.

케리는 시애틀 북쪽에 위치한 이름이 알려지지 않은 호텔에 묵고 있었다. 매일 아침 7시에 프로비던스와 전화 약속이 되어 있어서 그 기회에 타라와 이런저런 잡담을 나누곤 했다. 작전 개시일 아침, 케리는 타라와 통화하면서 테드 해로우의 흔적을 좇는 폴이 서부 지역에 와 있다는 걸 알았다. 그래서 미션을 끝내고 바로 만날 수 있게 시애틀로 와주기 바란다는 말을 폴에게 전해달라고 부탁했다. 사실, 케리는 작전을 끝낸 뒤에 아이들을 만나러 뉴욕으로 달려갈 생각이었다. 그러나 전날 저녁 남편 로빈이 보낸 이메일을 받았다. 아이들이 큰아버지 집에 일주일 더 머물면서 사촌들과 즐거운 시간을 보내고 싶어 한다는 내용이었다. 더군다나 큰아버지가 이번 주에 아이들을 데리고 호숫가의 집을 떠나 카누 여행을 계획하고 있어서 케리는 갑자기 시간적 여유가 생겼다.

케리는 통화를 끝내고 항만을 따라 이어지는 공원으로 조깅을 나갔다. 공원 후미진 곳에서 20분 동안 무술 훈련을 했다. 그녀는 가상의 적을 향해 손목 찌르기를 하다가 한 노신사가 질겁한 얼굴로 쳐다보고 있는 걸 알아차렸다. 한참 동안 그녀를 지켜보고 있던 것이 틀림없었다. 그녀는 경계하면서 노신사를 무섭게 쨰려봤다. 흠칫 놀란 노신사가 개를 잡아끌면서 황급히 떠났다. 그녀는 몸 상태가 아주 좋았다. 정보 요원 출신답게 위험이 가까워질수록 에너지와 활기가 넘쳤다.

케리는 화요일을 디데이로 정했다. 일주일 중에서 월요일 저녁은 진저가 한밤중이 되어서야 하루를 마감하는 날이었다. 남편과 바람난 연적이 쉬는 요일이 월요일이라는 것을 알아낸 진저는 남편이 딴짓을 못 하게 하려고 월요일 저녁마다 친구들을 식사에 초대하거나 극장이며 디스코텍으로 끌고 다니면서 밤늦게까지 남편을 놓아주지 않았다. 그것으로도 마음이 놓이지 않아 한밤 중에라도 혹시 남편이 그 여자에게 전화를 걸까 봐 거의 뜬눈으로 지새우면서 감시했다. 그래서 화요일마다 진저는 오전 11시 경이 되어서야 피곤에 절은 푸석푸석한 얼굴로 출근했다.

케리는 전날 저녁 진저의 달력에서 화요일 점심시간이 지날 때 까지는 아무 약속도 잡혀 있지 않다는 걸 확인했다. 이른 아침이 작전을 개시하기에 가장 좋은 시간이었다. 9시까지는 사무실들 이 거의 비어 있었다. 그 대신 아침 일찍 출근하면 의심을 살 수 있기 때문에 이유를 설명할 수 있어야 했다. 로저가 마련해준 원 어스의 배지 덕분에 케리는 아무런 간섭을 받지 않고 직원 전용 뒷문을 통해 건물 안으로 들어갈 수 있었다. 다만 경보 해제 번호 를 모르기 때문에 누군가 먼저 건물에 와 있어야 했다. 따라서 그 녀는 너무 일찍 가거나 너무 늦게 가지 말아야 했다. 9시 15분 전 이 적당한 것 같았다.

그동안 케리는 사고로 온 가족을 잃은 미망인에게 어울리는 옷 차림을 하려고 신경을 썼다. 외모에 관심이 없을 뿐만 아니라 이 목을 끌고 싶은 마음도 없는 사람처럼 아무렇게나 옷을 입고 다 녔다. 그러나 이날 아침은 더 이상 그럴 필요가 없었다. 케리는 우선 기분이 아주 좋았고, 위급한 상황이 발생할 경우를 대비하 여 활동하기 편한 옷차림이 필요했다. 그래서 골프셔츠와 스판 덱스 바지에 운동화를 신었다. 그리고 도망칠 때 어떤 흔적도 남 기지 않기 위해 재킷이나 핸드백, 심지어는 지갑도 소지하지 않 았다. 두 갈래로 땋은 머리에 경쾌한 옷차림, 밝은 표정 때문인지 거리에서 마주친 사람들이 그냥 지나치지 않고 뒤돌아봤다. 그 순간 불안한 생각이 들었지만 옷을 갈아입으러 돌아갈 시간은 없었다.

원어스에 도착한 케리는 눈빛을 죽이면서 몸을 약간 숙였지만, 그것으로는 그녀에게 쏠리는 시선을 막을 수 없었다. 아프리카 부서에서 일하지만 한 번도 얘기해본 적이 없는 젊은 남자가 케리에게 커피를 마시자며 치근거렸다.

"일찍 일어났나 봐요." 남자가 서툴게 말을 붙였다.

"라오스로 보내야 할 게 있어서요."

일찍 출근한 이유를 말해야 할 경우를 대비하여 미리 프로비던스와 합의한 구실이었다.

"아! 그렇죠, 시차가 있으니까."

돼지처럼 뚱뚱한 남자가 계속 쫓아오고 있었다. 케리는 조심하지 않았던 자신을 원망했다. 예전에 CIA 요원으로 활동할 때도 그녀는 철저하게 여성미를 죽이려고 애를 썼다. 마치 즐기기라도 하듯 너무 지나치게 남성적인 옷차림을 해서 다가가기 힘든 괴팍한 여자로 보일 정도였다. 그런데 나이를 먹으면서 원숙한 아름다움까지 더해진 지금은 더 조심해야 했는데⋯⋯. 냉랭한 표정으로 눈을 흘겨주면 이런 남자쯤이야 쉽게 떼어낼 수 있지만 너무 튀는 행동이 될 수 있었다. 스파이의 철칙은 이목을 끌지 않게 행동하는 것인데⋯⋯.

케리는 진저의 사무실 문 앞에 멈춰 서서 환하게 웃는 얼굴로 말했다.

"미안해요. 지금 빨리 중역 회의의 메시지를 라오스에 보내야 하거든요. 나중에 봐요."

마지막 말은 '당장 꺼져버려, 이 돼지야!'라는 의미가 숨어 있는 반어적 표현이었다.

케리는 진저의 사무실로 들어가서 문을 닫았다. 그러고는 심호흡을 하면서 멍청한 돼지를 잊어버렸다. 작전을 시작해야 했다.

케리는 타라와 문을 잠그는 문제에 대해 논의했었다. 타라는 반대했다. 누군가가 불시에 방문할 경우 서류를 정리하는 중이라고 하면 되겠지만, 문을 잠근 이유는 뭐라고 설명할 것인가? 그리고 설상가상으로 진저가 불쑥 나타나기라도 하면……. 하지만 케리는 결단을 내렸다. 밖에서 들리지 않게 살그머니 걸쇠를 돌렸다.

그다음 케리는 호주머니에서 만능열쇠를 꺼냈다. 그러고는 기밀문서가 들어 있는 서류함 옆에 쭈그리고 앉아서 어렵지 않게 열었다.

9시 반이었다. 케리는 원하는 문서를 찾는 데 걸리는 시간을 30분으로 잡았다. 즉시 중역 회의 관련 파일부터 찾기 시작했다. 정말 놀랍게도 진저가 이 문서들은 아주 꼼꼼하게 정리해놓은 상태였다. 간부들이 유일하게 직접 와서 뒤져보는 파일이라 좋은 평가를 받고 싶은 것이었다. 케리는 해로우가 마지막으로 참석한 회의의 보고서 파일을 쉽게 찾았다. 그 파일을 책상 위에 올려놓고 프로비던스에서 제공해준 마이크로필름 카메라로 페이지마다 사진을 찍었다. 회의마다 보고서는 너덧 장이었다. 그녀는 해로우가 마지막으로 참석한 회의 이전과 이후에 있었던 각각 두 건의 회의 보고서도 카메라에 담은 다음 파일을 제자리에 집어넣었다.

케리는 회원들의 신상 정보가 담긴 문서 박스를 뒤지기 시작했다. 빠르게 훑어봤지만 '신 포식자 집단'과 관련된 문서는 없었다. 다른 파일들을 살피다 해로우가 나간 뒤에 제명된 회원들의 문서를 발견했다. 원어스에 입단한 날짜, 역할, 제명된 날짜 등 자세한 이력이 적힌 신상 기록이었다. 하지만 일일이 문서를 읽고 있을 때가 아니었다. 카메라에 담는 것이 먼저였다. 신상 정보는 나중에 프로비던스에서 면밀히 조사하면 된다.

케리는 신상 정보 파일을 책상 위에 올려놓고 사진을 찍기 시작했다. 문서는 전부 서른 장으로, 삼사 분이면 끝낼 수 있을 것 같았다.

케리가 절반쯤 찍었을 때였다. 사무실 문의 손잡이를 돌리는 소리가 났다.

진저는 문을 잠그는 일이 전혀 없다는 걸 모두 알고 있었다. 그녀는 원어스에서 근무하는 직원들을 믿기 때문에 경계할 필요를 느끼지 않았다. 그것은 중역들의 관리 방침이기도 했다. 외부인에 대해서는 엄격하게 통제하지만, 일단 신분이 확인되면 건물 안을 자유롭게 돌아다닐 수 있는 민주적인 모습으로 보이기를 바랐다.

진저의 사무실에 들어오려고 하는 사람은 평상시와 다른 이 상황을 어떻게 받아들여야 할지 나름대로 판단하고 있을 것이다. 그대로 동작을 멈춘 케리는 숨을 죽이면서 문 밖의 사람이 빈 사무실이라고 생각하거나 진저가 무슨 이유가 있어서 문을 잠근 것으로 생각하고 돌아가기를 바랐다. 그러나 불청객은 속아 넘어가지 않았다. 이번에는 손잡이가 강하게 돌아가고 있었다. 정말 단단히 잠겨 있는지 알려고 문을 잡아당기는 것이 느껴졌다.

피치 못할 상황이 발생하면 재빨리 정돈을 하고 서류함을 닫은 다음 문을 열면서 비밀 전화를 하는 중이라고 설명하기로 프로비던스와 미리 시나리오를 짰었다. 그러나 불행히도 그럴 수가 없었다. 불청객이 이제는 손잡이를 놓고 손바닥으로 문을 쾅쾅, 치고 있었다. 아침의 고요 속에서 그 소리가 크게 울리고 있었다. 가능한 한 빨리 중단시켜야 했다. 케리는 파일을 덮고 발길질로 열려 있는 서류함을 닫았다. 이어서 문 앞으로 달려가 걸쇠를 천천히 돌리다가 문을 벌컥 열었다. 맞닥뜨린 사람은 복도에서 몇 번 마주친 적이 있지만 말을 나눈 적이 없는 여자였다. 여자는 직원들의 평균연령보다 나이가 훨씬 들어 보이고, 턱에 난 무사마귀가 눈에 띄었다. 케리는 그녀가 지금은 자원봉사자로 일하고 있지만 한때는 대단한 운동원이었다는 말을 언뜻 들은 기억이 났다. 여자가 불쾌한 얼굴로 케리를 쳐다봤다. 어떤 설명을 해도 납득할 여자가 아니었다. 매혹적인 모습으로 홀리려는 노력도 소용없는 짓이었다. 로저나 아침에 치근거리던 멍청한 돼지처럼 쉽게 넘어갈 상대가 아니었다.

여자는 당장 고함을 지를 게 틀림없었다. 케리는 여자에게 그럴 시간을 주지 않았다. 한 손으로 여자의 팔을 움켜잡고 사무실 안으로 잡아끌면서 다른 손으로 문을 닫고 걸쇠로 잠갔다. 여자가 깜짝 놀라는 사이에 케리는 손바닥으로 명치를 가격해서 기절시킨 다음 바닥에 눕혔다.

케리는 마음이 편안해지는 느낌이 들었다. 믿기지 않을 정도로 평온하게 책상 앞까지 걸어가서 마지막 파일에 대고 카메라 셔터를 눌렀다. 그녀는 파일을 서류함에 도로 집어넣고 열쇠로 잠그려다가 생각을 바꿨다. 방금 사진으로 찍은 파일을 진저의 책상 위에 펼쳐놓았다.

케리의 논리는 간단했다. 여자가 불쑥 나타났기 때문에 폭력을 쓰지 않을 수 없었다. 이 폭력 행위가 아무런 이유가 없는 것일 경우는 원어스에서 언론과 경찰, 사법 기관에 신고하여 이 문제를 대대적으로 알릴 것이 뻔했다. 반면에 원어스의 극비 문서를 훔쳐볼 의도가 분명할 경우 집행부는 사건을 섣불리 공개하지 못하고 신중히 생각할 것이다. 원어스 측에서는 불법 침입자가 경쟁 단체—해로우가 이끄는 집단—나 FBI쪽 사람이라면 그들의 비밀을 폭로하는 것을 원치 않을 것이다. 따라서 오해의 여지가 없는 흔적을 남기는 편이 더 낫다는 것이 케리의 판단이었다.

케리는 한순간 '회계'라고 적힌 파일을 갖고 나갈 생각을 했다. 파일에 중역들이 흥분을 가라앉힐 만한 정보가 기록되어 있는 것이 분명했다. 그러나 도망치거나 숨어야 할 경우 파일 때문에 방해가 될 수 있었다. 그녀는 마침내 아무것도 갖고 나가지 않기로 결정했다.

여자가 깨어나려고 신음 소리를 냈다. 케리는 여자의 몸을 뛰어넘어서 사무실을 나간 다음 문을 닫았다. 복도 끝까지 태연하게 걸어가다가 복사기 옆을 지나가는데 치근거리던 남자가 서 있었다. 남자는 케리가 나오길 기다렸다는 듯 빙긋이 웃었다. 그녀는 손을 흔드는 것으로 아는 척을 해주면서 층계를 내려갔다. 1층에서 출근하는 로저와 마주쳤다. 그가 출입문을 잡아주자 그녀는 나가면서 말했다.

"집에다 두고 온 게 있어서요."

케리가 문서를 지니고 있지 않아서 다행이었다. 허락 없이 문서를 갖고 나가는 것이 엄격하게 금지되어 있었다.

잠시 후, 케리는 거리에 나와 있었다. 흐린 날씨에 햇살이 비추는 듯하더니 화창해졌다. 쌀쌀한 북풍이 불고 있지만 하늘은 새파랬다. 케리는 원어스에서 멀어질 때까지 빠르게 걸었다. 그러다 원어스 건물이 시야에서 사라지자마자 뛰기 시작했다. 그녀의 복장 덕분에 아침 운동을 하는 것처럼 보일 수 있어서 천만다행이었다.

몸으로 힘과 건강을 표현하는 것은 행복한 일이었다. '조건이 갖춰지면'이라고 했던 폴의 말이 옳았다. 약간 불안한 마음으로 약속된 장소를 향해 달리던 케리는 프로비던스에서 보낸 자동차와 운전기사를 발견했다. 그녀는 차에 올라탔다. 껌을 씹고 있는 운전기사는 로렌스의 부서에서 일하는 직원이었다. 그는 재빨리 시동을 걸고 예정대로 동쪽으로 차를 몰았다.

III

쾨르달렌, 아이다호 주

봄날의 아이다호는 잠자는 숲 속의 미녀를 닮았다. 겨울이 봄에 자리를 내주면서 파릇한 기운이 감돌지만 그늘진 비탈에는 아직 잔설이 남아 있었다. 햇살은 제법 따뜻해도 바람은 아직 차기 때문에 가벼운 옷차림으로 나왔던 사람들의 얼굴이 파리했다.

면적의 3분의 1이 산지를 이루는 아이다호 주는 감자가 주요 농산물이었다. 그래서 남자들은 곰 사냥이나 감자 농사에 매달려 있었다. 아이다호 주의 주도(州都) 보이시는 프랑스계 캐나다 사냥꾼들이 '숲이 우거지다'는 뜻의 '부아제'라고 부른 데서 유래하는데 과연 그 이름에 걸맞은 모습의 도시였다.

폴은 빌린 낡은 시보레를 몰고 여러 마을을 거치면서 간간이 프랑스 이름을 보는 것이 즐거웠다. 미국 3대 대통령 제퍼슨이 매입한 옛 프랑스령 루이지애나 주의 뉴올리언스에서 성장한 탓일까. 루이지애나에서 3000킬로미터 이상 떨어진 아이다호가 폴에게는 전혀 낯설게 느껴지지 않았다. 옛 프랑스령이었던 루이지애나의 거대한 영토가 그 옛날 모피 사냥꾼들의 오리건 주와 맞닿은 아이다호에까지 영향을 주고 있었다.

아이다호 주 북서쪽에 위치한 쾨르달렌에서 성장한 테드 해로우는 수백 년의 역사로 얽힌 프랑스어를 접하며 살았다. 폴은 이것도 인연이라면 인연이 아닐까 싶었다. 그리고 이 지역에서 해로우를 찾지 못할 거란 생각이 들면서도 점점 다가가는 느낌이 들었다.

폴은 프로비던스에 머물면서 며칠 동안 해로우의 종적을 뒤쫓기 위해 관련 자료들을 분석했고, 효율적이면서 신속한 지원을 받았다. 케리가 자신이 없는 동안에도 유지되도록 직원들을 결집시켜놓은 덕분이었다. 모든 부서의 직원들이 4층 회의실에 참석했고, 신 포식자 집단에 대한 조사에 전념했다. 그러면서도 케리를 도와주는 것이 우선이었다. 케리가 아침마다 프로비던스와 통화하는 동안에는 모두 전화기 스피커 주위에 모였다. 폴은 동정의 눈빛으로 자신을 대하는 직원들의 태도가 약간 신경에 거슬렸다. 해로우에 대한 단서가 좀 더 구체적인 양상을 띠기를 기다리면서 설욕할 기회를 잡는 수밖에 없었다.

불행히도 조사를 진행할수록 해로우의 종적은 점점 더 오리무중이었다. 행방이 묘연할 뿐만 아니라 흔적조차 남기지 않았다. 흔적을 지우는 데는 일가견이 있는지 원어스를 탈퇴하기 전의 행적도 베일에 가려 있었다. 대부분의 사람들이 살던 곳에 남기기 마련인 물건이나 교분이 있는 사람조차 없었다. 해로우가 한 일을 알게 되면 어디서 사는지 알 길이 없었다. 반대로 거주지를 찾으면 이번에는 알려진 행동과 전혀 연관성이 없었다. 이런 비밀주의는 해로우뿐만 아니라 그 일가의 특징인 것 같았다.

그렇지만 오래전의 과거까지 그렇지는 않았다. 해로우가 태어난 코네티컷에서는 할아버지가 메이플라워호를 타고 미국으로 건너온 청교도 순례자 집안으로 꽤 이름이 나 있었는데 1920년대에 몰락하기 시작했다. 해로우의 아버지가 사업 실패로 파산했던 것이다. 그러자 친척들이 가난한 무능력자들과 연을 끊어버렸다. 이것이 바로 테드 해로우에 대해 물었을 때 먼 친척조차 그를 모른다고 한 이유였다. 관할 세무서에 해로우의 아버지 에드거가 동부 지역의 한 호텔에 근무한 기록이 있었다. 그렇지만 에드거는 아들이 태어난 지 2년 후에 완전히 사라졌다. 프로비던스 조사팀은 시간이 부족해서 테드 해로우의 학교 기록을 찾지 못했다. 미국 전역을 찾아다니거나 어쩌면 외국에서도 찾아야 하기 때문이었다. 해로우는 1991년 징병 문제로 잠깐 나타났다가 또다시 잠적했는데 걸프전 소집에 불복하는 '병역 기피자'로 기재되어 있었다. 불복종자들 대부분이 그렇듯 해로우도 캐나다로 피신했을 가능성이 있었다. 프로비던스에서 확인한 결과 예상대로 캐나다에서 해로우와 알고 지낸 몇몇 사람을 찾을 수 있었다. 불행히도 그와 연락이 되는 사람은 아무도 없지만, 브리티시컬럼비아 주에서 일어난 환경 운동에 연루된 증거들도 입수할 수 있었다. 하지만 아직까지 그 환경 단체와 관계를 유지하는 것 같지는 않았다.

결국 가장 확실한 기록이 남아 있는 기간은 해로우가 원어스에서 지내던 때였다. 해로우는 1995년에 원어스에 들어갔고, 2년도 안 돼서 중역으로 임명되는 고속 승진을 했다. 해로우는 원어스의 지도자 중 한 사람인 제리 메트칼프와 돈독한 관계를 유지했다. 하지만 메트칼프가 모든 인터뷰를 거절했기 때문에 해로우에 대한 질문을 할 수 없었다. 그래서 지난해에 출판된『회고록』으로 만족해야 했다. 이 책에서 메트칼프는 벌목 저지 운동을 하다가 테드 해로우를 우연히 알게 되었는데 과감한 성품 때문에 원어스에 채용한 것이라고 주장했다. 그리고 인디언들에 대해 조예가 깊은 것에 감탄했고, 인디언의 사고를 참고하여 보다 효과적인 환경 운동을 벌였던 점을 높이 평가했다. 그러나 해로우는 여전히 미스터리한 인물이며 이전의 삶에 대해서도 아는 바가 없다고 털어놓았다. 원어스에서 신 포식자 집단이 탈퇴한 이후에 쓴 글이지만 진지한 고백 같았고, 메트칼프는 해로우라는 인물과 마음이 잘 통했던 것 같았다.

그러나 해로우의 행적을 찾을 만한 정보를 얻을 수 없었다. 폴이 낙담하고 있을 때 다행히 바니가 너무나 상식적인 부분인데 지금까지 아무도 생각하지 않았던 걸 지적했다.

"그럼 해로우의 어머니는?" 바니가 물었다.

생사가 불명한, 해로우의 가족 중에서 독특한 사람은 어머니였다. 해로우의 어머니는 아들이 아주 어릴 적에 종적을 감춘 것으로 폴은 결론을 내리고 있었다. 바니의 지적을 듣고 나서 폴은 해로우의 어머니에 대해 자세히 알아보기로 했다. 테드의 호적초본을 보면 뉴잉글랜드 명문가의 냄새를 풍기는 아버지 이름 옆에 기재된 어머니의 이름과 생년월일이 특이했다. 마리 로제르, 1946년 1월 1일, 보이시, 아이다호 주. 1월 1일에 태어나는 사람은 물론 존재한다. 하지만 1월 1일이 생일인 사람 중에는 호적을 모르는 경우가 대부분이었다. 어릴 적에 버려져서 아무런 호적 사항을 모르거나 신생아 출생신고가 체계적이지 않은 지역에서 온 아이들, 인디언 보호구역에 사는 부모 잃은 아이들도 그런 경우였다.

따라서 폴은 보이시는 물론이고 아이다호 주에 있는 모든 가톨릭 단체를 조사하기 시작했다. 마리 로제르라는 이름이 인디언 보호구역에서 태어나 가톨릭으로 개종한 인디언 아이에게 수녀들이 지어준 이름일 가능성이 있어서였다. 바니 부서의 직원두 명이 수녀원들을 찾아다니면서 1940년대와 1950년대에 거두었던 아이들을 조회했다. 그러던 중 클리어워터에 위치한 수녀원에서 마리 로제르란 이름의 소녀가 있었다는 기록을 발견했다. 그 소녀는 수녀원에서 세탁 일을 배웠고, 열여덟 살 때 동부지역에 일자리 제안을 받고 세상으로 나갔다. 시기로 보아 해로우의 어머니일 가능성이 컸다. 아이다호 주의 호적부와 수녀원의 기록부를 조회하면서 그들은 마리 로제르가 두 번 결혼 신고한 기록을 찾았다. 1968년 6월 7일, 마리 로제르는 에드거 해로우와 결혼했으나 남편은 3년 후에 사망 신고가 되어 있었다. 이 결합에서 태어난 아이 이름은 에드워드(테드 해로우)였다. 그다음, 밀러라는 남자와 재혼했는데 10년 전부터 별거하고 있었다. 마리 로제르는 밀러라는 이름을 사용하고 있었던 것이 틀림없었다. 그것으로 그녀가 수사 선상에 나타나지 않은 이유가 설명되었다. 마리 로제르라는 이름으로 기록된 마지막 주소는 아이다호 주 북쪽에 위치한 쾨르달렌이었다.

쾨르달렌은 바다처럼 넓고, 물고기가 아주 많은 호수가 있는 유명 관광도시였다. 한편으로는 통나무집들과 무두질한 가죽 장사를 하는 전통 문화와 다른 한편으로는 켄터키 프라이드치킨과 셰브런 대형 주유소로 대표되는 미국 문화가 공존하는 도시였다. 백인 우월주의를 지지하는 군대식의 극우파 집단들이 번창한 지역이기도 했다.

폴은 시내 호텔에 방을 잡았는데 플라이 낚시를 위한 장비를 갖춘 관광버스가 대기하고 있었다. 폴은 짐을 내려놓고 당장 마리 로제르를 찾아 나섰다.

마리 로제르는 이국적으로 장식한 캠핑 트레일러에 살고 있었다. 트레일러 지붕까지 뒤덮인 담쟁이덩굴과 무성한 수풀, 널빤지로 잇댄 현관 지붕, 텅 빈 우리, 너저분하게 늘어놓은 술통들, 오랜 세월 꿈적도 하지 않는 것이 분명한데도 유목민의 야영지처럼 보였다.

폴은 한참 동안 캠핑 트레일러 주위를 살피다 출입문을 발견했다. 그는 문을 두드리고 기다렸다. 어린 소녀가 문을 열었다. 빨간 원피스를 입은 인디언 소녀인데 가는 다리와 맨발이 드러나 있었다.

"마리 로제르 부인을 만나러 왔는데요." 폴이 용건을 말했다.

캠핑 트레일러 안에서 나는 목소리가 쩌렁쩌렁 울렸다.

"누군데 아직도 나를 그 이름으로 부르는 거야?"

방금 소리친 부인이 엷은 보라색 이불을 씌운 침대에 누워 있는데 레이스 장식이 달린 네모난 베개를 베고 있었다. 부인은 검은 눈으로 폴을 뚫어져라 쳐다봤다. 반짝이는 눈빛이 어찌나 날카로운지 강렬한 인상이었다. 하지만 침대에 축 늘어져 있는 거대한 몸집이며 정맥류로 핏줄이 심하게 불거진 다리, 맨발이라서 드러나 보이는 흉한 발톱, 꾀죄죄한 손…… 등 건강 상태가 좋지 않은 것 같았다.

"가까이 와봐. 왜 무서운가?"

폴은 침대에 다가갔다.

"무슨 일인가? 앞으로 내 이름은 '아침 바람'이니까 다른 이름은 잊어. 뭔가를 팔아먹으려고 온 거면 당장 나가! 난 돈이 없으니까. 아무 조건 없는 기부금을 가져왔다면 받겠지만. 나를 찾아온 이유가 뭐야?"

"테드의 일로 왔습니다." 폴은 환자를 대할 때처럼 부드러운 목소리로 말했다.

"내 아들에게 무슨 일이 생겼나?"

경련이 일어나는지 마리 로제르의 육중한 가슴이 들썩였다. 부인은 일어나려다 다시 베개에 머리를 얹었다.

"난 아무것도 몰라. 나도 찾고 있으니까."

폴은 처음부터 여기서 해로우를 만날 거란 생각으로 찾아온 것이 아니었다.

"여길 찾아와서 테드에 대해 묻는 사람들이 있습니까?"

"전혀. 그런데 당신은 어떻게 나를 찾아냈는지 모르겠군. 그 아이도 이젠 나를 찾지 않는데."

이렇게 말하면서 마리 로제르는 등 뒤에 놓인 손수건을 집어서 눈을 훔쳤다.

폴은 잡동사니가 어지럽게 널린 방을 둘러봤다. 낡은 램프, 사기로 만든 고양이, 플라스틱 조화 등. 마치 죽은 이의 저승길을 위한 부장품이 놓인 이집트 무덤 속 널방에 들어와 있는 느낌이었다. FBI도 여기까지는 수사하지 않은 것 같았다. 수사가 부실할수록 폴이 해로우의 뒤를 쫓을 수 있는 단서나 흔적, 기억을 입수할 가능성이 커지는 것이었다.

"내 아들이 위험한 상태인가?"

"그럴 수도 있습니다." 폴이 대답했다.

폴이 침대 가장자리에 앉자 마리 로제르는 이제야 제대로 보인다는 듯 말했다.

"머리가 검은색에다 곱슬머리잖아! 푸에르토리코 사람인가?"

마리 로제르의 눈이 휘둥그레졌다.

"검둥이! 당신 검둥이잖아!"

큰 소리가 나자 뛰어온 어린 소녀가 비난하는 표정으로 폴을 쳐다봤다.

"진정하시고 잘 보세요. 나는 백인입니다. 그리고 흑인이 부인에게 뭘 어쨌다고 이러십니까?"

"우리는 흑인을 좋아하지 않아! 미리 알려주는데 테드는 나보다 더 싫어하지. 꼬맹이, 콜라를 가져와."

부인의 말에 어린 소녀가 사라졌다.

이마에 땀이 송송 맺힌 마리 로제르는 횡설수설하기 시작했다.

"테드의 눈을 봤나? 그 아이가 태어났을 때 내가 얼마나 놀랐던지. 품위 있는 집안의 아버지가 파란 눈이니까 당연한 일이지만, 내 배 속에서 나온 아이의 눈이 그런 색이라니!"

"남편은 어떻게 만나셨습니까?"

마리 로제르는 거북처럼 목의 주름을 펴면서 천장을 쳐다보고 있었다.

"당신도 놀랐을 거야. 그렇지 않은가? 불쌍한 인디언 고아가 어떻게 괜찮은 집안의 기품 있는 신사와 살았는지 궁금하겠지."

마리 로제르가 몸을 벌떡 일으켰는데 그녀 자신도 깜짝 놀란 것 같았다. 그녀는 폴을 마주 보는 자세로 말했다.

"그 사람은 나를 사랑했어. 나도 그 사람을 사랑했고. 그의 집 안에서는 나를 원치 않았지만. 그 사람은 교육을 받은 사람이라 일자리를 찾는 건 힘들지 않았어. 볼티모어의 마제스틱 호텔에 지배인으로 들어갔지. 5성급 호텔을 드나드는 부자들을 상대하기에 그보다 더 적격인 사람이 또 어디 있겠어?"

마리 로제르는 어린 소녀가 내미는 콜라를 받아서 꿀꺽꿀꺽 소리를 내며 마셨다. 폴은 침대 옆 작은 원탁에 콜라 잔을 내려놨다.

"나는 호텔에서 세탁부로 일하고 있었고. 그다음 얘기는 굳이 설명할 필요 없을 테고……."

"아들에게 형제가 있나요?"

"맙소사! 그 아이를 낳을 때 거의 죽을 뻔했는데 어떻게 또! 지금이야 살이 쪄서 이 모양이지만 예전에는 정말 깡마르고 몸이 허약했거든."

"볼티모어에서 오래 살았습니까?"

"임신한 사실을 호텔 관리부에 발각되기 전까지 살았지. 지배인이 세탁부를 건드려서 임신을 시킨 건 호텔의 평판을 떨어뜨리는 일이라면서 우리 둘 다 해고했으니까. 불쌍한 에드거 해로우! 당신도 알겠지만 대형 호텔들은 서로 블랙리스트를 공유한단 말이야. 그다음 날부터 어디서도 에드거를 원하지 않았어. 일을 해야 하는데 가는 곳마다 번번이 퇴짜를 맞자 술을 마시기 시작하면서 점점 폐인이 되어갔지. 그러다 하는 수 없이 도움을 청하러 집안사람들을 찾아갔어. 그 쓰레기 같은 백인들, 떵떵거리고 사는 부자 친척들이 에드거를 문전 박대하며 모욕을 주었지."

갑자기 마리 로제르가 말을 중단하고 폴을 빤히 쳐다봤다.

"근데 왜 이런 얘기를 하게 만드는 건가?" 마리 로제르는 미심쩍은 얼굴로 말을 맺었다. "그렇게 떠돌다가 3년 만에 에드거는 개죽음을 당하고 말았어."

마리 로제르는 오열을 참으면서 콜라를 마셨다. 이윽고 콜라가 진정시켜주었는지 차분하게 물었다.

"이제 테드를 찾는 이유를 말해보시지."

"일자리를 제안하려고 왔습니다."

폴은 둘러대기로 결정했다.

"보수는? 많이 주나?" 마리 로제르가 눈을 반짝이면서 물었다.

이 대답으로 보아 폴이 정곡을 찌른 것 같았다.

"네, 꽤 많습니다."

"그거 잘됐군."

이제야 마리 로제르가 평온한 미소를 지었다.

"아들에게 돈이 필요한가요?" 폴이 물었다.

"테드는 늘 무일푼이지. 자기 아버지와 비슷하면서도 사교적인 편이 아니라서 꾸준히 일할 수 없는 아이니까. 당신이 무슨 일을 제안하려는지 모르겠지만 한 곳에서 오랫동안 하는 일이라면 기대도 하지 마."

"이쪽 어딘가에 은거하고 있을지도 모르잖아요?"

"그런데 나를 만나러 오지도 않는다?"

"아들이 마지막으로 여기 들렀던 때가 언제입니까?"

"2년 전."

"무슨 말을 하던가요?"

"늘 하던 대로 허튼소리지. 테드는 말이 많지 않지만 거창한 것들에 대해 말하는 편이라서."

"거창한 것들이라면?"

"잘은 모르겠지만 마침내 갈 길을 찾았다고 하더군. 그리고 지구, 삶, 자연에 대해 거세게 비난했지. 당신이나 내가 그런 말을 하면 우스꽝스럽지만 테드가 하면 달라. 뭐랄까, 그 아이의 눈과 잘 어울린다고 할까."

마리 로제르는 주먹으로 입을 막으면서 발작을 일으키는 것처럼 기침을 했다.

"인디언들에게서 배운 게 틀림없어."

"뭘 말입니까?"

"거창한 말."

"부인에게서 배웠다는 뜻인가요?"

마리 로제르는 어깨를 으쓱했다.

"난 인디언이 아니야."

폴이 놀라는 표정을 짓자 마리 로제르가 말했다.

"그래, 인디언으로 태어난 건 맞아. 하지만 나는 수녀님들에게서 교육을 받고 자랐으니 진정한 인디언은 아니지. 테드는 인디언들을 자주 만났어. 여기서 멀지 않은 곳에 아주 큰 인디언 보호구역이 있어. 테드는 열두 살 때부터 며칠씩 거기서 보내곤 했지. 그 '빨간 피부' 족은 내가 잘 아는데 진정한 인디언이라고 할 수 없는 자들이야. 밤새도록 달을 바라보면서 대단한 성찰을 하는 도인처럼 떠들어대는데 나는 그들이 하는 말을 절대 믿지 않아. 어릿광대들이라고 생각하니까. 하지만 테드는 철석같이 믿고 있지."

"여기 와서 사신 지 오래됐습니까?"

"남편이 사망하고 4년 후에 왔어. 테드가 일곱 살 때였으니까. 내가 왜 이 구석으로 돌아올 생각을 했는지 이유는 나도 몰라. 동부에서 너무 고생해서 그런 생각을 한 거겠지. 알다시피 세탁부로는 돈을 못 벌어. 남자들과 딴짓을 할 수도 있었지. 하지만 그런 길로 빠지지 않게 막은 것은 수녀님들이 아니라 아들 테드였어. 우리는 단칸방에서 살았고, 필라델피아의 더러운 동네들을 전전하다 행여 보수가 좀 나을까 싶어서 디트로이트까지 올라갔어. 하지만 점점 더 최악이었지. 그래서 여기로 온 거야. 돈을 약간 빌려서 호수 근처에 식당을 차렸지. 그리고 얼마 후 밀러와 결혼했지. 보트를 대여해주는 것으로 돈을 버는 남자였어."

마리 로제르가 증기 빠지는 소리를 냈는데 폴은 '아침 바람'이란 이름답게 신음 소리가 섞인 아주 독특한 웃음소리라는 걸 알아차렸다.

"밀러는 테드와 사이가 좋지 않았어. 테드가 가출해서 인디언 보호구역으로 숨어버린 것도 그 때문이었고. 결국 내가 밀러와 헤어졌지만 너무 늦었어. 테드가 다시는 집으로 돌아오지 않았으니까."

"2년 전에 들렀을 때 아들이 정확하게 뭐라고 했습니까?"

"아까 말했잖아. 갈 길을 찾았다면서 허튼소리를 했다고."

"구체적으로 뭐라고 했습니까?"

"여행을 많이 다닐 거라면서 세상이 좋아질 거라고 했지."

"아들의 태도나 옷에서 특별한 점은 없었습니까?"

"없었어."

마리 로제르는 생각에 잠겼다.

"아, 새 시계를 차고 있었어. 가죽 줄이 달린 큼직한 손목시계."

"처음 보는 시계였나요?"

"손목시계를 가진 적이 없었어. 인디언들에게서 땅에 지는 그림자를 보면서 시간 읽는 법을 배웠다고 했지. 그 바람에 항상 지각을 했지만. 어떻게 보면 그 정도로 순진한 놈인데."

"그래서 아들이 돈을 벌었다는 생각이 들었습니까?"

"어쨌든 옷을 잘 입고 있었고, 나한테 꽃다발도 가져왔어. 백

달러도 넘는 큼직한 꽃다발이었으니까."

"일에 대해 말하던가요?"

"아니."

"그럼 그 돈이 어디서 났을까요? 아들에게 그런 돈을 줄 만한 친구가 있습니까?"

마리 로제르는 대답하려다 입을 다물고 검은색 눈으로 폴을 쏘아봤다.

"미스터 블랙, 경찰도 아니면서 내 아들에게 친구가 있는지, 없는지 그건 알아서 뭐 하려고?"

"테드를 찾고 싶습니다. 연락이 되는 친구가 있으면 만날 수 있게 도와줄 테니까요."

"없어." 마리 로제르는 드러누우면서 눈을 감았다. "친구는 없어. 내가 알기로는. 그렇게 거리를 두는데 친구가 있을 리 없지."

마리 로제르는 크게 하품을 했고, 충치가 드러나 보였다.

"이제 그만 가보시지. 나를 귀찮게 하지 말고 테드는 다른 데가서 찾아봐. 아들 얘기를 해서 오랜만에 즐거웠지만 이것으로 충분해. 이제부터 나는 꿈속에서나 아들을 만나야겠어."

폴이 일어나 바지의 주름을 폈고, 침대에서 약간 멀어졌다. 한쪽 구석에서 어린 인디언 소녀가 엿보고 있었다. 그들이 나눈 대화를 전부 들은 것이 틀림없었다. 폴이 미소를 지어 보였지만, 소녀는 눈썹 하나 까딱하지 않았다.

"마지막으로 한 가지만 묻겠습니다." 폴이 침대를 향해 돌아서면서 물었다. "아들은 흑인들을 왜 그렇게 싫어합니까?"

마리 로제르는 이미 선잠이 들고 있었다. 숨을 쉴 때마다 콧방울이 벌름거렸다.

"테드의 아버지가 술을 마시기 시작했을 때부터." 그녀는 눈을 뜨지 않은 채로 말했다. "아니 어쩌면 우리가 동부에 살면서

부터."

폴은 마리 로제르가 말을 끝낸 거라고 생각했다. 그가 돌아서서 걸음을 뗄 때 마리 로제르가 졸린 목소리로 덧붙였다.

"사실 테드가 싫어하는 것은 흑인들이 아니라 가난한 사람들이지. 하긴 뭐, 가난한 사람들은 아무도 좋아하지 않지만……."

폴은 다리가 휘청거려서 캠핑 트레일러 안의 기둥을 반사적으로 잡았다. 마리 로제르의 말에 잠시 현기증이 일어날 정도로 충격을 받았다. 폴은 호텔까지 뛰어갔고, 마음의 결정을 내리기 위해 마리 로제르와의 대화에서 얻은 정보를 적기 시작했는데 두 페이지에 이르렀다.

IV

오데사, 워싱턴 주

폴은 케리의 성향을 잘 알고 있었다. 가까운 사이가 되면 가볍게 물어뜯으면서 할퀴고 자극하다가도 때가 되면 결국 핵심으로 돌아왔다. 기다리는 것으로 족했다. 폴은 기다리면서 참고 견디면 보람이 있을 거라 믿었다. 예비 단계의 시간이 흘러가고 있었다. 이야기할 필요가 있을 것이다. 케리도 그 점을 알고 있는 것이 분명했다. 서부 지역에서 비공개적으로 단둘이 만나자고 제안한 사람이 케리였다.

두 사람이 만날 장소를 물색하던 타이슨은 서부 지역을 잘 모르기 때문에 바니에게 도움을 청했다. 시애틀과 쾨르달렌―두 도시의 거리는 약 1126킬로미터였다―사이의 중간 지점이 어디냐고 묻자 바니는 미소를 지으면서 짤막하게 대답했다. 오데사.

타이슨은 사무실로 돌아와서 아무 생각 없이 우크라이나행 항공편을 조회했다. 시애틀에서는 별문제 없이 갈 수 있었다. 하지만 쾨르달렌에서 크림 반도로 가려면 적어도 세 번은 비행기를 갈아타야 하는 긴 여행이었다. 타이슨은 바니가 질문을 제대로 이해한 것인지 의문이 들었다. 그러다 텍사스 주에 있는 도시 오데사일지도 모른다는 생각이 들었다. 타이슨은 인터넷으로 검색하기에 앞서 메일함을 열었고, 바니가 보낸 이메일을 발견했다. '이파티에프 호텔, 오데사, 워싱턴 주.'

타이슨은 백과사전 프로그램을 클릭해서 워싱턴 주 북동쪽에 위치한 오데사를 발견했다.

아이다호 주의 모스코와 마찬가지로 오데사는 19세기에 이주해온 러시아 분리파 교도(라스콜니키)들이 건설한 작은 도시였다. 폴과 케리가 자동차로 하루 안에 갈 수 있는 거리였다. 오데사에서 약간 떨어진 곳에 옛 영지를 개조한 이파티에프 호텔이 있었다. 인터넷에 올린 사진 속 호텔 경관은 아름다웠다. 방대한 땅에 자작나무 숲과 느릅나무 숲이 우거지고, 숲 속 빈터에 승마용 말들이 풀을 뜯어 먹는 사진도 있었다. 비포장도로의 모퉁이를 돌아야 본관 건물이 보인다는 설명도 있었다. 궁전처럼 기둥이 늘어서 있는 회랑이며 건물 정면 위쪽의 삼각형 박공 때문인지 왠지 엄숙하게 느껴졌다.

이 호텔은 외딴곳에 위치해 있다는 것이 최대 장점이었다. 숙박인들은 정원에 흩어진 통나무집에서 기거했다. 타이슨은 케리와 폴을 위해 목재 테라스로 둘러싸인 방 네 개인 통나무집 이즈바 하나를 예약했다. 수련으로 가득 찬 호수까지 급경사로 이어지는 잔디밭 쪽으로 나 있어서 가장 로맨틱한 여가를 즐길 수 있고, 인터넷이 연결되어 이상적으로 작업할 수 있는 곳이기도 했다.

케리가 먼저 도착했다. 원어스에서 나오기를 기다리고 있다가 그녀를 차에 태운 운전기사는 우선 시애틀을 벗어났다. 시애틀에서 약 50킬로미터쯤 떨어졌을 때 운전기사와 케리는 휴게소에 차를 세우고 점심을 먹었고, 진저의 사무실에서 찍은 사진을 프로비던스에 전송했다. 그러고 나서 고속도로를 타고 동쪽으로 향했다. 세 시간 간격으로 케리와 운전기사는 교대로 차를 몰면서 잠깐씩 눈을 붙였고, 동트기 전에 이파티에프 호텔에 도착했다.

케리는 샤워를 하고 아침을 먹은 뒤에 프로비던스와 통화했다. 그동안 타라의 팀원들은 원어스의 중역 회의 보고서와 해로우 집단의 인적 사항을 면밀히 검토해놓은 상태였다. 케리는 이 첫 번째 결과에 흥분했다.

한편 폴은 마음 같아서는 케리를 만나러 단숨에 달려가고 싶지만 너무 피곤했다. 한 주차장에서 새벽 6시까지 잠을 잤다. 케리에게 말하지 않을 거지만 사실은 워싱턴 주에 들어섰을 때도 숲기슭에 차를 세우고 떡갈나무 숲 속의 바위에 올라앉아서 한 시간 동안 트럼펫을 불었다.

폴은 아침 10시에 호텔에 도착했다. 통나무집에 들어갔을 때 케리는 테라스에 있었다. 풀어 헤친 머리가 햇살을 받아 금빛으로 빛나고, 파란색 셔츠는 소매를 걷고, 목 단추를 풀어놓은 상태였다. 폴은 케리를 바라보면서 달리기하기 좋은 몸매라고 생각했다.

케리는 폴을 보는 순간 빨리 맞은편에 와서 앉으라는 손짓을 했다.

"상황 판단을 하고 곧바로 결정할 일이 있어서."

폴은 접수계에 들러서 케이크와 차를 주문했다. 근엄한 표정의 호텔 직원이 검은색 쟁반을 들고 왔는데 파란색의 고급 자기에 차가 담겨 있었다.

"무슨 일인데?" 폴이 테라스 난간에 맨발을 올려놓으면서 말했다.

트럼펫을 불면서 긴장을 풀었기 때문에 폴은 기분이 좋았다. 그래서 케리가 말하기를 잠자코 기다렸다.

"내가 원어스의 서류를 사진으로 찍어 보냈는데 프로비던스에서 검토하는 중이야."

케리는 간단히 소개하는 것처럼 빠르게 말했다. 폴이 아주 다정한 어조로 시애틀에서의 성공을 축하해주자 케리는 당황하는 것 같았다.

"어떻게 한 거야?"

"정말 듣고 싶어?"

케리는 마다하지 않고 진저와 원어스의 복도, 사진 찍고 있을 때 방해하려고 했던 여자 등 상황을 설명했다. 두 사람은 많이 웃었다. 폴은 경쟁하는 단계가 지나갔음을 느꼈다. 활동을 개시할 때마다 케리에게는 이런 게임이 필요했다. 그녀는 그래야 진가를 발휘하는 것 같았다. 폴은 케리가 속내를 털어놓지 않기 때문에 자매들 틈에서 자란 어린 시절에 대해 별로 아는 것이 없었다. 그녀의 집안은 중앙유럽, 구체적으로 말하면 분리되기 이전의 체코슬로바키아 출신이었다. 딱히 비교해볼 여자가 없는 폴은 자신의 러시아인 어머니의 성격과 케리를 비교해봤다. 그리고 케리는 어릴 적부터 경쟁하는 생활에 익숙해 있는 것이 틀림없다는 결론을 내렸다. 그녀는 맘껏 울기도 하고, 소리도 지르고, 애정 표현과 포옹도 서슴지 않으면서 사랑을 듬뿍 받고 자란 것 같았다. 다방면에 최고의 실력을 갖추고 있으니 사랑 받아 마땅했다. 한편 폴을 다시 만난 케리는 활동을 재개하면서 어색함이 느껴져서 도망쳐야 했다. 원어스에 침투한 것은 바로 그 때문이었다. 폴은 힘든 일이어야 케리와 함께 문제를 해결해나가게 될 거라고 생각하고 있었다.

"좀 전에 타라에게서 1차 결과를 들었어. 서류 검토와 확인 작업이 끝나는 즉시 다시 연락이 올 거야. 요약해줄까?"

"좋지!"

케리가 일어나서 목재 난간에 걸터앉았다. 폴은 양지바른 곳의 잔디와 나무들을 배경으로 앉은 케리를 바라보고 있었다.

"먼저 당신이 즐거워할 소식부터 말할게. 당신의 가설에 부족했던 연결 고리를 찾은 것 같아."

"뭐와 뭐의 고리?"

"해로우 집단과 유럽의 고리. 신 포식자 집단에 유럽인이 있다

고 생각해봐. 조나탕 클뤼즈라는 이름의 프랑스 학생인데 어학
연수를 하러 미국에 와 있다가 여자 친구 중 한 명의 소개로 원
어스에 들어갔던 모양이야. 특히 극단적인 것에 흥미를 느끼는
학생이라면 해로우의 선구자적인 기백에 끌리는 건 당연한 일이
겠지."

"그 학생은 지금 어떻게 됐는데?"

"해로우가 원어스에 반기를 들었을 때 원어스의 집행부는 조
나탕을 제명할 생각이었지. 하지만 그 학생은 이미 미국을 떠난
뒤였어."

"왜?"

"공식적으로는 어학연수가 끝났기 때문인데 해로우가 선수를
쳐서 조나탕을 빼돌린 것이 아닐까 의문이 들어."

"프랑스로 돌아갔을까?"

"아마도. 프랑스에서의 행적을 확인하는 중이야."

"그 학생이 브로츠와프 사건을 저지른 범인일까?"

말은 그렇게 하면서도 폴은 약간 실망했다. 확신할 만한 단서
가 있는 건 아니지만 그 불법 침입자가 여자일 거라고 생각했었
다. CIA 시절에도 무의식적으로 희미한 모습이지만 대상을 구체
화했고, 그 상상이 이따금 맞아떨어지는 경우가 있었다. 키가 작
고 날씬하고 운동선수처럼 민첩한 젊은 여자라고 상상했는데 이
제는 그 이미지와 헤어져야 한다고 생각하니 유감이었다.

"당연히 해로우가 직접 하지는 않았을 거야. 어쨌든 해로우가
조나탕을 유럽의 중개인으로 이용하고 있다는 증거지. 따라서
유럽에서도 작전 개시를 하는 것이 얼마든지 가능해."

케리는 폴란드 사건이 원어스의 신 포식자 집단과 어떤 관계가
있다고 확신한 적이 없었다. 따라서 폴의 의견에 양보한다는 것
은 평화의 표시이고, 진정한 휴전을 의미하는 것이었다. 이제부

터는 순조로운 토론이 될 것 같았다.

"또 뭘 알아냈는데?"

"해로우가 원어스에 항명하면서 결별하는 기간에 열린 중역 회의 보고서."

폴이 감탄의 표시로 고개를 끄덕였다.

"세 기간으로 구분되어 있었어. 1기는 2년 반 전에 지도자 해로 우를 중심으로 결집한 신 포식자 집단에 관한 내용이었어. 그때 만 해도 원어스의 집행부는 반란을 원치 않았고, 심각한 일로 받 아들이지도 않았어."

"2기는?"

"원어스와 결별하기 바로 직전, 정확하게 말하면 2년 전, 돌 변한 해로우가 반란을 일으켰다는 내용의 보고서였어. 해로우 는 중역들에게 비밀 계획을 알리면서 원어스에 실력 행사에 들 어가자고 촉구했어. 그리고 협박을 한 거야. 자기를 따르지 않겠 다면 단독으로 행동할 거라면서 방법이 있다고 단언했지. 집행 부가 질겁하면서 격론이 벌어졌지. 해로우가 대책도 없이 허풍 을 떠는 것이라며 반대하는 이들은 동조하지 말아야 한다고 주장 했어. 반면에 해로우가 옳다고 생각하는 이들도 있었지. 보고서 를 보면 불안해하는 증언들이 있어. 해로우가 캔자스 주에 초현 대적 사무실을 임차했다는 것도, 미국의 여러 도시와 중국, 인도, 브라질을 종횡무진한다는 것도…… 그 경비가 엄청날 텐데 무일 푼인 사람이 막강한 자금을 대주는 누군가가 있지 않다면 불가능 한 일이라고 주장했지."

"그래서 원어스는 어떤 결정을 내렸는데?"

"현상 유지를 지지하는 파가 이겼지. 해로우의 최후통첩을 무 시해버렸으니까. 해로우를 선전해주는 결과가 될 거라고 판단했 기 때문에 제명한다는 언급도 하지 않았고."

"그럼 3기는?"

"한 달 후, 해로우가 원어스에 탈퇴하겠다고 선수를 쳤어. 그러자 집행부는 예정된 날짜보다 이틀 전에 집회를 소집하고 불씨를 없애버리기로 했지. 중역 중 한 명이 해로우에게 동조하는 자들의 명단을 작성하고 모두 제명하기로 결정을 내렸어."

"그런데 아무 소용이 없게 된 거군. 해로우가 먼저 떠났기 때문에……."

"맞아, 집행부는 해로우가 원어스를 그 계획에 끌어들일까 두려워했던 게 틀림없어."

케리는 강조의 효과를 내기 위해 잠시 중단했다가 말을 이었다.

"그런데 문제는 해로우 집단이 원어스와 별개로 행동할 것이고, 또 그럴 능력이 있다는 거야. 누군가 막강한 자금을 대주는 사람이 있으니까."

"배후 인물이 누구인지 단서는 찾았고?"

"해로우 집단에 관련된 서류를 검토한 결과 그중 막강한 자금을 제공할 정도의 부자나 실력자는 전혀 없었어. 따라서 원어스와 무관한 기관이나 인물이야."

폴은 고개를 끄덕이면서 생각에 잠겼다. 잠시 후 일어난 폴은 잔디밭과 연결되는 나무 계단에 섰다. 케리의 설명에 중요한 것이 빠져 있었다. 이것은 그녀가 한계를 인정하고 폴의 의견을 받아들이고 검토하겠다는 뜻이었다.

"원어스의 중역 회의 보고서에 해로우의 계획이 무엇인지는 전혀 언급되어 있지 않은 거지?"

"응, 해로우는 중역 회의에서 그 계획을 말할 때 항상 구두로 알렸어. 중역들도 서류에 구체적인 기록을 하지 않으려고 했고. 일이 터질 때 공범으로 몰려서 고소당하는 걸 원치 않으니까. 해로우의 계획이 범죄행위라는 건 의심의 여지가 없어. 반인륜적 주장의 필연적 귀결이니까."

"이론적으로는 그렇지. 하지만 실력 행사를 할 때는 방법과 표적, 일정…… 등을 정하기 마련인데 해로우가 원어스에 제안한 계획이 뭐였을까? 뭔데 그들이 그렇게 두려워했을까?"

케리는 고개를 저었다. 덧붙일 말이 없었다. 소극적인 태도는 그녀의 취향이 아니기 때문에 화제를 바꾸기로 했다.

"해로우에 대해 당신이 알아낸 것을 말해봐."

폴이 손을 내밀면서 말했다.

"걸으면서 같이 생각을 좀 해보자고."

두 사람의 오랜 습관이었다. 한 곳에 오래 머무는 것을 경계하는 스파이들에게서 배운 것인데 까마득한 옛날 같았다. 심각한 사건일수록 노출된 장소에서 움직이며 처리해야 했다. 케리와 폴에게 이 산책은 이내 즐거운 시간이 되었다. 어색한 분위기에서 벗어날 수 있는 최상의 방법이었다.

"처음부터 다시 추론해야겠어." 폴이 머리에 걸고 있던 선글라스를 눈앞으로 내리면서 말했다.

두 사람은 잔디를 밟으면서 아래쪽 호수를 향해 내려갔다.

"내가 먼저 시작할게. 테드 해로우의 아버지는 뉴잉글랜드 명문가의 자손이었는데 파산했고, 인디언 여자와 결혼했다는 이유로 비참하게 생을 마감했어. 수소문 끝에 해로우의 어머니를 찾아서 만나봤는데 여기서 멀지 않은 아이다호 주에 살고 있어. 모진 삶에 상처를 많이 받아서 모든 인종을 혐오하는 여자야. 인디언들을 싫어하는 것은 쇠퇴했다고 판단하기 때문이고, 백인들을 미워하는 것은 배척받았기 때문이지. 그런데 그중에서도 흑인들을 가장 싫어하는 것은 가난의 상징이기 때문이야. 해로우는 어머니의 영향을 받은 거란 생각이 들어. 어릴 적부터 인디언 보호구역을 드나들던 해로우는 인디언들이 아무것이나 그러모아서 오두막을 짓듯 자기만의 세계관을 만든 것 같아. 걸프전에 동원되지 않기 위해 캐나다로 도망쳐서 밴쿠버의 환경 운동 집단과 어울렸어. 그 집단에서는 자연에 대해 말하면서 책을 읽게 하고, 경찰과의 싸움판에 끌어들였지. 해로우는 자신의 갈 길을 찾았다고 믿고 미국으로 돌아와서 원어스에 입단한 거야."

"그럼 당신도 이미 다 알고 있었던 거네."

"그러니까 지금부터 종합해서 같이 생각해보자고."

두 사람은 호수 근처에 이르렀다. 둔치의 갈대밭 사이로 오솔길이 나 있었다. 발에 물을 적시지 않고도 호수를 둘러볼 수 있는 것이 분명했다. 폴은 말을 계속하면서 오솔길로 들어섰다.

"해로우는 4년 전 원어스에서 첫 번째 반란을 목격하게 돼. 회원들이 원어스가 부르주아가 되었다고 판단했고, 해로우도 맞는 말이라고 생각했지. 집행부에서 그 반란을 진압하는 사이에 해로우는 단순한 이념과 투쟁 경험을 토대로 조용히 급진파를 결성했어. 해로우가 세운 끔찍한 계획이란 바로 인류에 대한 선전포고야. 하지만 그는 반인류적인 계획을 발표하면서 그 방법에 대해서는 모호한 태도를 취하지. 당신도 그의 주장에 아주 낭만적인 면이 있다고 평가했잖아. 거의 모든 이미지를 인디언의 상징체계에서 끌어온 것이기 때문이지."

케리는 프로비던스에 머무는 동안 그녀가 한 일을 폴이 다시 시작했다는 걸 알아차렸다. 폴은 추론의 결함과 약점을 확인했다. 폴이 말한 가정은 케리가 마지막 회의에서 내렸던 결론을 반복하는 것 이상도 이하도 아니었다.

"처음에 신 포식자 집단을 만들 때 해로우는 인류와 인구 증가의 해로운 점에 대해 역설하는 것으로 만족했어. 어떤 투쟁을 할지 아직 정하지 않은 때였으니까. 해로우는 인구 증가를 줄일 수 있는 온갖 방법을 생각나는 대로 열거했어. 그런 의미에서 에이즈, 유아 사망률, 전쟁…… 등은 해로우가 만세를 부를 일이었지. 이 재앙들 중에 콜레라도 포함되어 있지만, 그때까지만 해도 특별한 가치가 없었어. 가난한 사람들의 질병이라는 은유로 사용되는 것이 바로 콜레라야. 그런데 해로우는 인구 증가 중에서도 가난한 사람들이 늘어나는 걸 가장 두려워하지. 급진적 환경 운동가 대부분과는 달리 그가 두려워하는 것은 인류의 산업 활동이 아냐. 이건 추론이 아니라 해로우의 어머니를 만나면서 깨달아내린 결론이야. 테드 해로우는 어릴 적부터 가난하게 살았고, 가난이 몸에 밴 사람이야. 그래서 더더욱 가난한 사람들을 혐오하지."

폴은 더 이상 아무것도 숨기려 하지 않고 빠르게 말했다. 케리는 폴의 추론을 주의 깊게 듣고 있었다. 두 사람은 이제 경쟁 관계를 넘어 의견을 나누고 머리를 모으고 같이 행동하는 기쁨이 예정된 단계에 이르고 있었다.

"오케이." 케리가 말했다. "그 단계에서는 해로우가 구체적인 계획을 정하지 않았다는 말에 전적으로 동의해. 해로우는 무엇보다 원어스의 노선에 영향을 주고 싶었고, 어쩌면 권력을 잡고 싶었겠지. 원어스의 수뇌부는 별로 걱정하지 않고 있었는데 중역 회의에서 해로우가 갑자기 뭔가 아주 기겁할 만한 발언을 한 거야."

"먼저 해로우는 자금을 받았지. 원어스의 사람들은 그 점에 주목했고, 해로우의 어머니도 그런 말을 했어. 무일푼이던 아들이 고급 시계를 차고, 사무실을 빌리고, 여행까지 다닌다는 거야. 그 집단의 공식 성명이 훨씬 학술적이고 전문적인 것으로 보아 자금뿐만 아니라 정신적 지원까지 받는 게 틀림없는 것 같아."

"그럴 수도 있겠지."

"내가 확인했어. 원어스를 탈퇴하기 한 달 반 전에 해로우 집단이 발표한 성명서들이 상당히 세련되게 다듬어져 있었어."

"다시 말해서 그 집단이 외부 자금을 지원받고 있다는 기미가 나타난 시기와 일치한단 말이지?"

"지금부터는 이념적인 변화를 들여다보자고. 신 포식자 집단의 표현이 전문적인 용어로 바뀌기 시작했어. 예를 들면 제3세계의 유아 사망률에 관한 시의적절하지 않은 선언이 사라진 거야. 그리고 에이즈는 인구를 조정하는 데 유익한 것이라는 언급도 없어졌고. 하지만 마지막 성명서에도 일관되게 계속 언급되는 것이 있어. 영국 정보국이 우리에게 보내준 자료에도……."

"콜레라." 케리가 마지못해서 말했다.

"맞아, 콜레라! 하지만 해로우가 계속 콜레라를 생각하고 있었다고는 할 수 없어. 초기에는 인디언식의 궤변으로 콜레라를 설명하고 있었지. 하지만 막강한 지원을 받는 지금은 행동할 힘이 있어. 그런데도 해로우가 계속 콜레라를 내세우는 것은 관점에 따라 위협이나 희망이 될 수 있는 구체적인 무기라고 생각하기 때문이야. 어쨌든 해로우가 사용하기로 작정한 것이 바로 콜레라란 말이지."

폴은 케리를 나무 밑동에 앉게 했다. 호수를 둘러싼 낙엽송이 잔잔한 수면에 비쳐 있었다.

"이 모든 정황으로 첫 번째 결론을 내릴 수 있어. 해로우가 새로운 파트너를 만난 뒤에 콜레라를 중요한 무기로 사용할 작정을 했다는 것은 근본적으로 파트너도 같은 생각을 하고 있다는 뜻이지. 그 집단의 적은 가난한 사람들이야. 따라서 여느 테러리스트들과는 완전히 달라. 환경 운동가들이 공격하는 대상은 선진국과 건축물 공사, 테러에 약한 사람들이니까. 해로우의 파트너는 가난한 나라에 가난한 사람들의 질병인 콜레라 전염병을 퍼뜨리는 것에 흥미를 느끼고 있는 것이 분명해."

"도대체 누가 그런 생각을 할까? 해로우는 사실 머리가 약간 돈 이상주의자에 가깝잖아. 지성이 있는 자본가가 가난한 사람들을 없애버리려 한다는 게 말이 돼? 그런 극악무도한 일이 가능해?"

"극악무도한 일이기 때문에 가능하지 않다고 말할 수는 없어. 지금으로서는 당신의 반박에 시원하게 답변해줄 수 없어. 그렇다고 내가 하는 가정을 절대 아니라고 할 수도 없지."

"그래도 문제점은 있어." 다른 점을 지적하기로 결정한 케리가 말했다. "콜레라는 생물학전쟁의 아주 위험한 요인이며, 세계 어디서나 무서운 유행병이 될 수 있다는 걸 제일 먼저 말한 사람이 당신이었어."

"콜레라가 위험한 건 사실이야. 현 상태의 비브리오 콜레라로도."

"다른 것도 있다는 뜻이야?"

"브로츠와프 연구소는 비브리오의 변이를 연구하고 있어."

"그 말은 로굴스키 교수가 더 강력한 콜레라균을 만들고 있다는 뜻이야?"

"일단 가정이라는 전제하에서 말할게. 파스퇴르 연구소의 샹펠 박사에게 확인해야 되겠지만, 나에게 보내준 자료에 따르면 새로운 비브리오를 만드는 것이 가능하다고 생각해. 더 심각한 병원균이라서 자연계에 퍼질 경우 박멸하기가 쉽지 않을 것이고, 대중적인 항생제가 잘 듣지 않을 거야."

"그럼 폴란드 학자가 공범이라는 건데······."

"그런 결론은 나중에 내리자고. 지금 말할 수 있는 건 새로운 파트너와의 결합으로 해로우가 어쩌면 변종 콜레라균을 마음대로 사용해도 된다는 자신감을 얻었으리란 거야. 가난한 사람들의 질병이라는 특성은 그대로지만 훨씬 위험한 병원균을 사용하겠다는……. 로굴스키 교수가 적극적으로 가담했는지, 아니면 그 자신도 이용당한 건지 알아내는 건 다른 문제야. 지금 단계에 서는 한마디로 결론지을 수 없다고 생각해."

"그럼 카보베르데에서 발생한 콜레라는?"

"우리의 예상대로 실습을 해본 거지. 전염시키는 다양한 방법을 비교하기 위해서."

케리가 일어나서 통나무집으로 되돌아가기 위해 오솔길을 걸었다. 폴은 잠자코 뒤따랐다. 두 사람은 의혹과 확신, 무력감, 혐오감으로 머릿속이 혼란스러웠다.

"그게 사실이라면." 케리가 중얼거렸다. "해로우가 그런 계획을 제안했을 때 원어스 사람들의 공포를 이해할 수 있겠어. 그들이 왜 보고서에 구체적인 언급을 할 수 없었는지 설명해주니까."

두 사람은 통나무집 앞에 펼쳐진 잔디까지 천천히 돌아왔다. 이제는 나무 꼭대기 너머에서 내리쬐는 햇살을 받아 연초록 풀빛이 영롱하게 반짝이고 있었다.

"전대미문의 극악무도한 계획이야. 인간을 몰살시키려는 작전이니까. 지구의 재앙이지."

폴은 희미한 미소를 지으면서 덧붙였다.

"그 누구도 받아본 적이 없는 이 도전을……."

폴의 자신감 넘치는 확신 때문에 케리는 흔들렸다. 폴을 찬찬히 뜯어봤다. 헝클어진 검은색 머리, 구레나룻을 만지작거리면서 말하는 버릇, 그리고 적의 신원을 파악하고 어떤 싸움이라도 할 각오로 바짝 긴장해 있는 얼굴, 그녀가 사랑하던 폴의 모습 그대로였다. 케리는 폴에게 다가갔다. 두 사람은 숨결이 섞이는 걸 느끼면서 그렇게 잠시 마주 보고 있었다. 이윽고 그녀는 폴의 가슴에 머리를 기대면서 포옹했다. 폴은 그녀의 머리를 어루만져 주었다. 지난 며칠의 긴장이 싹 사라지고, 이제는 서로에 대한 애정만 남아 있었다.

"당신 알아?" 케리는 속삭였다. "당신을 다시 만나서 나 정말 행복해."

두 사람이 그러고 있을 때 러시아인 호텔 직원이 나타났는데 깃이 둥글고 단추가 옆에 달린 셔츠를 입고 있었다. 두 사람을 발견하자 나이가 지긋한 직원은 수염이 하얀 주름진 얼굴을 끄덕이면서 사라졌다.

*

오래전 폴과 케리는 연인 사이였다.

군사훈련을 마치고 임관할 때 케리는 군기가 너무 바짝 들어간 젊은 생도를 보면서 시큰둥했었다. 용맹함과 복종의 의미가 남다르다는 평가를 받고 특수부대로 차출된 생도였다. 폴은 젊은 여자의 비웃는 시선에 모욕감을 느꼈다. 붉은빛이 감도는 갈색 머리의 여자는 도발적인 인상이어서 남성 우위를 과시하는 말을 했다가는 조용히 넘어가지 않을 것 같았다.

그 시절 폴은 여자에 대해 단순하면서 모호한 생각을 하고 있었다. 엄숙하고 엄격한 어머니의 영향을 받았고, 어쩌다 한 번씩 아시아의 홍등가를 들락거린 탓이었다. 폴의 눈에 자유분방하면서 거만한 케리는 품행이 단정한 여성에게 갖게 되는 경건한 마음도, 매춘부에게서 느껴지는 욕정도 어울리지 않았다. 임관한 남자 동기생 대부분이 케리에 대해 폴과 같은 생각을 했고, 토론할 때나 외출할 때 그녀를 따돌렸다. 케리는 무관심한 척했다. 하지만 주말에는 늘 그녀만 혼자 남았다. 폴은 침대에 앉아서 우는 그녀를 발견하고 깜짝 놀랐지만 알아채지 못하게 슬그머니 나왔다. 그리고 끝내 모른 척했다.

어느 날 저녁 케리는 생도 식당에 들어갔는데 텅 비어 있었다. 모두 다른 소대가 준비하는 파티에 갔기 때문이었다. 당직이라서 혼자 어슬렁거리던 폴은 할 일도 없고, 어머니를 생각나게 하는 괴로운 향수 때문인지 피아노 앞에 앉았다. 피아노가 싫어서 건드리지도 않았고, 누구에게 피아노를 칠 줄 안다는 말조차 한 적이 없던 폴이 건반을 어루만지기 시작했다. 손가락에 전해지는 건반의 촉감과 어릴 적의 기억에 이끌린 폴은 쇼팽의 녹턴과 바흐의 피아노를 위한 곡들을 연주했다. 그는 혼자 있다고 생각했다. 그런데 연주가 끝났을 때 케리가 박수를 쳤다. 그는 피아노 건반의 뚜껑을 소리 나게 닫고 일어났는데 마치 무슨 죄라도 지은 것처럼 얼굴이 빨개져서 부들부들 떨었다. 케리는 피아노를 계속 쳐달라고 청했지만, 폴은 퉁명스럽게 거절하고 식당을 나가면서 문을 쾅 닫았다.

두 사람은 공적으로 필요한 경우를 제외하고는 말도 건네지 않았고, 그렇게 석 달이 흘렀다. 그러던 중 두 사람은 포트 브래그에 주둔하는 제18 공수부대에서 같은 조로 작전을 수행하게 되었다. 그들에게 주어진 첫 번째 미션은 보스니아의 작전지역을 확보하기 위해, 세르비아 지역에 비밀 요원들을 침투시켜서 북대서양조약기구(NATO)가 폭격할 수 있도록 적의 주둔지 위치를 탐지하는 일이었다. 사령부에서는 인도주의적 구호 활동을 하는 민간인들로 위장하고 침투시키기로 결정했다. 이 위장술을 믿게 하려면 남자 두 명과 여자 한 명으로 구성된 혼성팀이 필요했다. 폴은 헝가리계 미국인 티보르 대원과 함께 지명되었는데 그의 부모가 보이보디나 자치구의 소수민족이라 세르보크로아트어[25]를

....

25 슬라브어파의 남슬라브 어군에 속하는 언어로, 불가리아어 · 슬로베니아어 · 마케도니아어가 있다.

할 줄 알았다. 케리는 나이로나 용모—특히 긴 머리를 풀어 헤치면 훨씬 여성스러웠다—로나 이상주의적이고 활달한 성격으로 보나 완벽한 자원봉사자의 모습이었다. 가짜 신원의 오스트레일리아와 핀란드 여권을 소지한 세 사람은 식량을 실은 수송 트럭을 타고 세르비아 지역으로 들어가야 했다. 그리고 이그맘 산을 통과하는 즉시 수송 트럭에서 내려 적의 진지를 탐지할 수 있는 지역까지 걸어야 했다. 스포츠용 배낭으로 위장한 짐 속에는 며칠간의 야영, 야간 관측, 암호화된 무전에 필요한 물품들이 들어 있었다. 그들은 완벽하게 변장을 하고 보스니아 내 세르비아 자치공화국의 임시 수도인 팔레 북쪽의 숲에 숨어 있었다. 거기서부터는 역할을 나누기로 예정되어 있었다. 이 지역의 언어를 유창하게 구사하는 덕분에 민병대원 복장을 하고 자유롭게 다닐 수 있는 티보르의 역할은 보스니아-세르비아군 지휘관들의 거주지와 은신처의 위치를 탐지하는 것이었다. 케리와 폴은 변장을 하고 미국 정보국이 지하 병기창이 있다고 의심하는 언덕에서 장갑차와 포병대의 동태를 살펴야 했다. 그런데 그들이 도착한 다음 날 돌발 사고가 일어났다. 티보르가 돌아오지 않았다.

티보르는 체포되기 직전에 가까스로 무전으로 SOS 신호를 보냈다.

작전 계획에 따르면 그들은 사흘 후 사전에 약속된 지점에서 헬리콥터로 탈출하기로 예정되어 있었다. 구조를 요청하는 방법은 정해져 있지만 상당히 위험했다. 티보르를 체포한 뒤로 세르비아군은 경계 태세를 강화했을 텐데 헬리콥터가 착륙하기로 예정된 빈터까지는 거리가 꽤 멀기 때문이었다.

치열하게 군사훈련을 받는 기간에도 폴이 경험한 적이 없는 긴장된 시간이 흐르고 있었다. 그때까지는 어떤 임무든 늘 기본적인 틀 안에서 행동했었다. 계급제도라는 것 때문에 녹초가 되고 두려움과 고통을 느끼면서도 명령에 복종했다. 이번에는 폴과 케리 둘밖에 없었다. 민간인으로 붙잡혀 첩자, 즉 정치적 인질로 취급받는 티보르와 달리 폴과 케리는 전투원으로 간주될 것이기 때문에 발각되는 즉시 사살될 위험이 있었다.

이런 상황에서 케리가 진가를 발휘했다. 그녀는 바로 그날 저녁 놀라울 정도로 의연하고 명쾌하게 예정대로 임무를 실행하자는 결정을 내렸다. 그리고 탈출하기로 정해진 날짜를 지키자면서 그동안은 예정대로 정보를 수집하자고 했다. 어려운 상황이 그녀를 고무시키는 것 같았다. 그러면서도 믿기지 않을 정도로 침착했고, 위기 상황을 즐기는 것 같았다. 그렇게 해서 그녀가 작전을 지휘하게 되었다.

폴과 케리는 지하 참호 주위에 경보기를 설치해놓고 밤낮으로 적외선조준기를 들고 교대로 보초를 섰다. 티보르가 붙잡힌 다음 날부터 두 사람은 은신처로 삼은 숲 주변을 탐사했다. 확인한 결과 마음이 놓였다. 세르비아군은 다른 첩자가 있다는 걸 모르는 것 같았다. 건초 다발을 실은 트랙터들, 부서진 자동차들, 낡은 버스들, 그리고 지나가는 보병대······, 평범한 군사 지역의 풍경이었다. 밤에는 군대와 전차 수송 차량의 움직임을 살폈다. 세르비아군의 장갑차들은 정상적인 상태로 보이지 않았다. 대부분 대포의 부속으로 이용되고 있었다. 두 사람은 달이 뜨는 시간에 은신처로 돌아갔다. 추격당하는 느낌이 없고 거의 자유로웠다. 케리의 결정은 폴의 신뢰를 얻었다. 함께 훈련을 받은 세월 때문인지 한 사람이 대담하게 용기를 내면 다른 사람이 거의 기계적으로 자극을 받았다. 그녀는 규율에 따라 지휘하는 것이 아니기 때문에 둘 사이에 경쟁 심리가 작용하면서 더욱 힘이 났다. 그녀는 한결같고 관대하며 주도면밀했다. 우세를 점할 때도 페어플레이로 상대를 높이 평가해주었다. 이 게임이 그 어떤 고백보다도 두 사람을 가깝게 만들어주고 있었다. 그다음 날은 공공연하게 시합이 시작되었다. 케리는 한 명이 3킬로미터 떨어진 곳으로 나가서 지하 병기창의 위치를 탐지하는 동안 다른 한 명은 은신처와 무전기를 지켜야 한다고 말했다. 폴은 재빨리 자기가 가겠다고 말하면서 케리의 허를 찔렀다. 하지만 곧, 폴은 깜짝 놀라는 케리의 표정이 거짓으로 꾸민 것일지 모른다는 의문이 들었다. 폴에게 기회를 주려고 케리가 경쟁 심리를 이용한 것이 아닐까?

하지만 예정보다 두 시간 늦게 정찰을 하고 돌아온 폴은 초조하게 기다리다가 안도의 숨을 내쉬는 케리를 보면서 내심 기뻤다. 폴은 병기창의 출입구들을 사진으로 찍었고, 위장된 환기 장치들을 발견했었다. 수송차가 그 출입구 중 하나를 통과하는 순간을 포착해서 찍은 사진도 있었다.

그다음 날 정찰을 나간 사람은 케리였다. 그녀는 북쪽으로 길게 돌면서 지하 병기창의 다른 쪽을 관찰하기로 했다. 은신처에 혼자 남은 폴은 곰곰이 생각하다 자신의 감정을 깊이 들여다보았다. 케리가 돌아오길 기다리면서 느낀 것은 단순히 위험한 미션을 수행하는 동지의 부재 때문에 생기는 불안 이상의 감정이었다. 혹 사고가 일어났을지도 모른다는 두려움 때문에 생기는 고통스러운 불안감이었다. 날이 저물고 어두워질수록 점점 초조해졌다. 아홉 시간이 흘렀다. 달이 떴는데 거의 보름달이었다. 대낮처럼 훤했다. 폴은 그들이 숨어 있는 은신처로 오려면 케리가 도로 하나를 지나서 농가들을 지나쳐야 하는데 돌아오는 길 중에서 가장 위험한 지점임을 알고 있었다. 얼마쯤 지났을까. 11시경 멀리서 개 짖는 소리에 이어 고함치는 소리가 들리더니 총성까지 울렸다. 폴은 본능적으로 소지품을 모조리 배낭에 쑤셔 넣었다. 위급한 상황이 발생하면 재빨리 떠야 했다. 그때 어둠 속에서 케리가 불쑥 나타났다. 땀에 흠뻑 젖어서 숨을 헐떡이는 그녀의 얼

굴이 나뭇가지에 긁혀 있었다. 하지만 그녀는 공포에 질려 있지
도 자제력을 잃지도 않았다. 그녀를 수상쩍게 여긴 농부들이 경
보를 울리는 바람에 민병대원들에게 쫓기게 되었다고 아주 침착
하게 말했다. 폴은 순식간에 짐을 다 쌌다. 두 사람은 배낭을 지
고 숲 속으로 들어갔다.

　밤새도록 추격을 받았지만 폴과 케리는 민병대원들을 따돌리
는 데 성공했다. 가시덤불과 떨기나무가 우거진 협곡을 거슬러
올라가면서 밑에서는 보이지 않는, 풀이 무성한 평지에 이르렀
다. 도망치는 동안에도 두 사람은 침착성과 지구력을 겨루었다.
그러나 평지의 풀밭에 드러눕자마자 누가 먼저랄 것 없이 달려들
었다. 격정적인 키스로 그들의 불안과 고통, 피로가 섞이고 있었
고, 옷을 벗는 둥 마는 둥 하면서 거칠게 사랑을 나누었다.

　그들의 열정은 살아서 나갈 수 있을지조차 확신할 수 없는 적
지의 절벽 위에서 그렇게 시작되었다.

　다음 날 폴과 케리는 각자 몇 시간 동안 숨이 차도록 숲 속을
달린 끝에 탈출 지점에서 합류했다. 헬리콥터는 약속된 시간에
착륙해서 그들을 크로아티아 남부의 항구도시 스플리트로 실어
갔다. 거기서 C-130 수송기를 타고 아비아노 공군기지에 도착한
두 사람은 이틀 후 포트 브래그로 귀대했다.

　이 첫 번째 육체적 사랑은 상황이 상황이니만큼 우연히 일어난
사고로 생각할 수도 있었다. 이 일은 영원히 두 사람의 육체관계
에 큰 영향을 주었다. 미션 출정을 나간 것이 아니라 부대에서 판
에 박힌 일상에 젖어 있을 때는 그들의 육체적 결합이 덜 완벽했
다. 다시 경쟁 심리가 우세해지면서 서로 괴롭히고 미워했다. 그
러나 긴급 사태로 소집되어 함께 위험한 작전을 수행하는 중에 사
랑을 나눌 때는 첫 번째 육체적 결합에서 느꼈던 절대적 행복을
되찾았다. 두 사람은 독극물을 맛본 뒤로 어떤 쾌락도 느끼지 못

해서 참을 수 없는 욕구불만에 빠져 있는 마약중독자들 같았다.

두 사람이 군복을 벗을 생각을 동시에 했지만 서로 다른 이유 때문이었다. 폴은 흥분되지만 작전을 수행한 뒤에 허무함이 남는 임무를 반복하는 것으로는 미래가 없다고 생각했다. 헛되고 무익해 보이는 삶은 파스칼이 말하는 권태로운 삶과 조금도 다르지 않은 것 같았다. 이 시기에 책을 많이 읽었고, 작전에 투입되지 않을 때 한가한 시간을 이용해서 입대한 이유를 곰곰이 생각했다. 인도차이나전쟁에서 전사한 아버지 외에는 다른 이유가 없었다.

무엇보다 오랫동안 용기라고 생각한 것이 점점 더 비겁한 도피였던 것으로 드러나고 있었다. 열여덟 살 때는 의학 공부를 해서 사람들과 좀 더 폭넓은 관계를 맺어야 한다는 생각이 몇 달 동안 머리에서 떠나지 않았다. 그러다가 충동적인 군 입대로 현실을 도피하면서 망설임이 끝났었다. 지금이라도 방향을 돌려 가슴을 사로잡았던 의학의 길을 걷는다면 아직 늦지 않았다는 생각이 들었다.

케리도 특수부대에서의 생활에 회의를 느끼고 있었지만 이유는 달랐다. 그녀는 자매들 틈에서 늘 저돌적이고 반항적인 성격에 어울리는 직업을 갖고 싶어 비밀 직업에 도전했다. 그러나 자신도 모르게 집안의 아들 역할을 하게 된 가족의 압박 때문이기도 했다. 일반 대중을 위한 저서나 기사를 읽는 것으로는 성이 차지 않은 그녀는 심리학 공부를 더 하고 싶었다. 무엇보다도 입대하여 남자들의 세계를 경험하면서부터 여자의 조건을 다르게 보기 시작했다. 멋이나 부리며 무의미한 생활을 하는 자매들 틈에서는 여성스러움을 거부하고 지성과 유머 감각, 운동에만 신경을 썼는데 지금은 더 중요하고 중대한 것이 있다는 걸 알았다. 그녀는 여성으로서의 인생을 살면서 가정을 갖고 부부 생활을 하고 싶었다.

폴과 케리는 공통된 결정과 앞날에 대해 오랫동안 얘기를 나누었다. 이 새로운 삶을 함께하고 싶은 유혹이 강했다. 그러나 그들은 마지막 미션을 실행하면서 그 생각을 단념했다. 미국은 코카서스에서 러시아연방으로부터 분리 독립하려는 체첸을 비밀리에 지원하고 있었다. 작전을 수행하는 동안 특별한 일은 일어나지 않았다. 산 속에서 믿기 어려울 정도로 처참하게 희생된 체첸 국민을 보면서 평온하고 진부한 삶을 불평했다는 것 자체가 참을 수 없게 느껴졌다. 폭격당한, 체첸 공화국의 수도 그로즈니에서 20킬로미터 떨어진 곳, 주위가 온통 눈에 뒤덮인 통나무 참호 안에서 폴과 케리는 이 정도에서 연인 관계를 끝내고, 순수한 추억으로 간직하기로 결정했다. 그리고 휴식을 취한 후 각자 갈 길로 떠나는 여행자들처럼 서로에게 자유를 주기로 했다.

하지만 그들은 두 가지 맹세를 했다. 하나는 한결같은 애정, 아름다운 추억, 서로를 존중해주는 마음은 계속 간직하자는 것이었다. 또 하나는 소망이었다. 그들을 결합시켜주었던 그때처럼 삶이 강렬한 순간들을 함께할 기회를 준다면 다시 만나자는 것이었다. 하지만 그런 날이 올 가능성은 거의 없었다. 어쨌든 혹시라도 '조건이 갖춰지면' 그들은 참여한다는 답변을 하기로 맹세했다.

오데사에서 폴과 케리는 이제 그 조건이 다 갖춰졌다고 확신했다.

*

임무 수행 중의 위급한 상황에서 연인이 된 폴과 케리는 정열적이었다. 두 사람의 사랑은 위험, 움직임, 결정 속에서 점점 커져갔다. 이파티에프 호텔 숲 속의 빈터에서 불같은 욕망의 격정적인 순간이 지나자 그들은 다시 일을 시작했다.

그렇게 해서 그날 저녁 두 사람은 자신들이 내린 결론을 토대로 실전용 목표물을 정했다. 첫째, 어떤 희생을 치르더라도 폴란드에서 도난당한 콜레라균의 흔적을 좇는 것이었다. 단서라고는 조나탕 클뤼즈와 정체불명의 공범이 있다는 정도였다. 둘째, 해로우를 지원해주는 자금의 출처를 파악하는 것이었다. 그것은 프로비던스에서 실마리를 제공해줄 수 있었다. 그들은 캔자스의 사무실과 그 임차료를 지불하는 자금의 출처를 확인해달라는 메일을 작성했다. 그리고 타이슨에게 로굴스키에 대해 좀 더 깊이 조사해달라고 부탁했다. 로굴스키가 공범이든 무고하든 해로우를 지지하는 정체불명의 집단과 접촉했을 가능성이 있었다.

토론을 끝냈을 때는 저녁 9시였다. 폴과 케리는 호텔 본관까지 걸어가서 시베리아 횡단 철도로 베링 해협까지 실어온 크리스털 유리잔에 담긴 음식을 먹었다. 이윽고 통나무집 이즈바로 돌아갔다.

새벽에 일어난 두 사람은 희미하게 날이 밝아오는 정원에서 조깅을 했다. 시차가 있기 때문에 그들은 프로비던스의 모든 부서와 연락할 수 있었다. 10시에 그들은 출발하기 전에 마지막 점검을 했다. 타라의 부서에서 해로우 집단의 명단에 관련하여 진전이 있었다. 인적 사항을 찾아냈던 회원들이 모두 2년 전에 정말로 자취를 감추었다는 걸 확인했다. 그중 몇몇은 원어스에서 제명한다는 통지를 받기도 전에 사라진 상태였다. 이들을 찾는 것은 시간이 걸릴 것 같았다. 위치가 파악된 사람은 네 명뿐으로, 그중 둘은 볼티모어 고등학교의 남녀 교사였다. 이 두 사람은 편도로 남아프리카행 비행기를 타고 떠났는데 현지의 주소는 알 수 없었다.

또 한 명은 가장 최근에 해로우 집단에 합류한 20대 청년으로

'독학한 건축 전문가'라고 기재되어 있었다. 그리고 원어스에 입단하기 전에는 캐나다령 북극권에서 일한 경험이 있는 것 같았다. 프로비던스는 원어스를 떠난 뒤의 행방을 추적한 끝에 청년이 '국경 없는 의사회'의 로지스틱스[26] 전문가로 들어갔고, 아프리카 동부 대호수 지역으로 파견되었다는 걸 알아냈다.

그리고 마지막으로 조나탕의 경우는 프랑스 론알프 지방에 있는 주소를 알아냈지만 실제로 거주하는지 확인하지 못한 상태였다. 딘이 파리에 있는 국토감시국(DST)[27]의 정보관과 약속을 잡아주었는데 특히 극좌파 집단을 감시하는 사람이었다.

오데사에서 가장 가까운 도시는 스포캔이었다. 폴과 케리는 거기서 오후 3시경 뉴욕행 비행기를 탔다. 그리고 케네디 공항에서 비행기를 갈아타고 그다음 날 저녁 파리에 도착했다.

. . . .

26 많은 사람과 장비가 동원되는 복잡한 작업의 실행 계획.

27 프랑스 영토 내에서 국가의 안전을 위협하는 활동을 조사하고 예방하며 진압하는 기관.

V

파리, 프랑스

"폴 마티스, 이 이름은…… 프랑스 사람이세요?"

필립 르벨 정보관은 키가 작고 허약해 보이지만 긴 코가 인상적이고, 허여멀겋고 칙칙한 것이 파리 토박이의 전형적인 낯빛이었다.

국토감시국 건물의 맞은편 소세 거리에 위치한 시끌벅적한 카페, 폴과 케리는 빨간색 인조가죽 장의자에 나란히 앉아 있었다.

"프랑스계의 이름 맞습니다." 폴이 말했다. "하지만 우리 집안의 프랑스인 조상은 아주 오래전 옛날, 나폴레옹이 미국에 루이지애나를 매각했을 때로 거슬러 올라가야 하지요."

"아아 그렇습니까? 1803년, 정말 바보 같은 짓이었죠. 오늘날같으면 그런 일은 없었을 텐데. 그건 그렇고…… 친애하는 부인은 성함이 어떻게 되시는지요?"

르벨은 케리에게 말을 건네면서, 미국 여자들이 연륜과 인생경험에 따라 매력적이라고 생각하거나 참을 수 없이 음흉하다고여길 수 있는 묘한 표정을 지었다. 하지만 케리는 니코틴에 절어서 손가락이 누런 남자의 표정을 보면서 재미있고 나름대로 호감이 가는 사람이라고 생각했다. 어쨌든 그녀는 프랑스어를 시험해볼 수 있어서 즐거웠다. 폴처럼 유창하게 구사하지는 못해도프랑스어의 억양 때문에 늘 관심을 갖고 있는 언어였다.

"내 이름은 케리예요. 하지만 조심하세요." 그녀는 웃으면서덧붙였다. "나는 치명적으로 위험한 전형적인 미국 여자거든요.

아주 짜증나게 하는 여자라고나 할까요!"

케리는 마지막 말을 힘주어 발음했다. 르벨이 웃음을 터뜨렸다. 그러나 웃음기를 거둔 뒤의 눈빛을 보면 그녀의 말뜻을 알아차리고 경계하는 것 같았다.

"아치볼드 모튼 경은 어떻게 지내십니까?" 르벨이 정중한 어조로 물었다.

"잘 지내세요." 폴이 대답했다. "극동아시아 출장 중인데 이번 주에 돌아올 예정이고, 이탈리아에서 합류할 겁니다."

폴은 프로비던스 네트워크를 통해 아치볼드와 계속 연락을 하고 있었다. 아치볼드는 자세한 내용을 알려주지 않고 미국으로 돌아가기 전에 유럽에서 급히 두 사람을 만나야 한다고 했다.

"나의 인사를 전해주십시오." 정보관이 말했다. "늘 탄복하고 있다고요."

말로는 프랑스 최고 영예인 레지옹 도뇌르 훈장이라도 수여할 것 같지만 왠지 모르게 르벨이 비웃는 느낌이 들었다. 그가 더는 말하지 않기 때문에 케리와 폴은 아치볼드와 공적인 일로 무슨 사연이 있었으리라 짐작했다.

"조나탕이란 사람에게 관심이 있다고 하셨죠?" 정보관이 말했다.

폴과 케리가 주위를 둘러보자 정보관이 덧붙였다.

"이 카페에서는 괜찮으니까 걱정하지 마세요."

"네." 케리가 말했다. "미국의 급진적 환경 운동 단체에 대해 조사하고 있는데 조나탕이 거기 소속이었……."

"미국의 환경 운동가들이 위험해질 우려가 있는 건 사실이죠." 르벨이 생각에 잠긴 얼굴로 말했다. "프랑스에서는 장관이 되길 꿈꾸는 용감한 사람들인데 말이죠. 그게 잘하는 건지는 모르겠지만."

그들은 프랑스 정부의 대표다운 철학적 유머에 익숙해져야 했다. 폴은 한숨을 쉬었다.

"주문하세요." 르벨이 불쑥 말했다. 이어서 카페 주인에게 지시했다. "레몽, 난 맥주 한 잔 주게."

"조나탕은 이삼 년 전쯤 프랑스로 돌아왔어요." 케리가 말했다. "그때부터 그의 행적을 알고 싶습니다."

"그런 일은 아치볼드 경의 소관이 아닙니까?"

"프로비던스에 사설 첩보 기관을 차렸습니다."

"프로비던스!" 르벨이 마치 기도라도 드리려는 듯 두 손을 모았다. "미국인들만 있는 도시에서 신의 섭리를 찾으려면······."

웃자고 한 말인데 폴과 케리가 정색을 하자 무안해진 르벨은 헛기침을 하면서 말을 이었다.

"두 분이 오시기 직전에 조나탕이란 친구의 신상 파일을 훑어봤습니다."

폴은 호주머니에서 수첩과 볼펜을 꺼냈다.

"메모를 해도 괜찮겠습니까?"

"미국에서는 아직도 그런 걸 사용합니까?" 르벨이 눈을 반짝이면서 물었다. "나는 미국인들은 노트북을 갖고 다닐 거라고 생각했는데요."

폴이 마지못해서 미소를 짓자 정보관이 흡족해했다.

"오래전부터 조나탕을 쫓고 있지요."

"그럴 만한 일이 있었습니까?"

"아니, 그의 양부 때문에."

폴과 케리가 서로를 쳐다봤다. 처음 듣는 얘기였다.

"조나탕의 어머니는 15년 전에 이혼했고, 아버지는 얼마 후 암으로 사망했더군요. 암은 확실하니까 공연히 복잡하게 생각하지 않아도 됩니다."

폴과 케리가 어리둥절한 얼굴로 쳐다보자 르벨이 영어로 다시 말해주었다.

"내 말은 조나탕의 아버지가 사망한 원인에 대해서는 의문을 가질 필요가 없다는 뜻이에요. 그 사람은 자연사했으니까요. 그리고 조나탕의 어머니는 에르베 드 비온네라는 남자와 재혼했는데 ENA 출신의 고위 관료죠. ENA는 국립행정학교를 말하는 겁니다. 하지만 에르베는 공직 생활을 그만두고 기업의 사장이 되었지요."

"기업이요?"

"에르베 드 비온네는 미사일 제조 기술로는 유럽에서 최고로 손꼽히는 베타 테크놀로지의 사장이죠."

"무기 장사꾼이군요."

"그렇다고 볼 수 있죠. 어쨌든 그 사람의 측근을 감시하는 정도는 할 수 있었지요. 에르베의 친자식은 없고, 부인도 특별한 문제가 없었어요. 그 집에서 유일한 골칫거리는 조나탕이지요."

"무슨 문제를 일으켰나요?"

"그리 큰일은 아니에요. 젊은 혈기, 양부를 거부한다든가 뭐 그런 것들이죠."

"좀 구체적으로 말씀해주시겠습니까?"

"조나탕에게서 흥미로운 점은 위험한 일 주변을 어슬렁거리지만 절대로 자기가 직접 나서지는 않는다는 겁니다. 학교를 다니면서 정식 교육을 받은 것이 아니라 사설 교육기관 등을 다니면서 대학입학자격시험에 통과한 경우지요. 내가 알기로 기타를 치면서 음악인들과 어울렸는데 완전히 마약중독자들이었죠. 아마 마리화나 수준의 마약류였을 겁니다."

"불법 거래는 없었나요?"

"한 번 콜롬비아와 코카인을 거래하다 세관에 적발됐던 적은 있어요."

"그게 언제였습니까?"

"4년 전입니다."

"재판을 받았나요?"

"아뇨, 비밀리에 아버지, 아니 양부에게 알렸던 모양입니다. 에르베 드 비욘네가 내무부 장관에게 손을 썼는지 일제 단속을 벌였을 때 조나탕은 사라지고 없었지요. 그래서 다른 사람들은 조나탕이 밀고했다고 생각했지만 일당이 모두 프랑스와 콜롬비아의 감옥에 갇혔기 때문에 문제가 커지진 않았어요."

"그래서 부모가 미국으로 어학연수를 보낸 거군요."

"정확합니다."

"그럼 조나탕에 관한 기록이 있습니까?"

"어디인가로 보내서 얼마 동안 감금해둘 수도 있었을 텐데 그러지 않았더라고요. 따라서 사건을 완결하지 못했기 때문에 기록은 없습니다."

"미국에서 무슨 일을 했는지 아십니까?"

"FBI가 뒤를 쫓고 있었지요. 조나탕은 급진적 환경 단체에 입단해 있었고, 프랑스로 돌아오자 여러분의 동료들로부터 그를 예의 주시하라는 조언을 들었습니다. 조나탕은 론알프 지역에 거주해 있고, 그 지역의 우리 요원들에게 이따금 감시하라는 미션을 주었지요. 담배 한 대 피워도 되겠습니까?"

르벨은 말보로 담뱃갑을 꺼내서 흡연의 유해성을 알리는 문구를 보고 있었다.

"안 되겠는데요." 케리는 르벨의 일그러지는 얼굴을 똑바로 쳐다보면서 덧붙였다. "나는 분명히 경고했습니다, 짜증나게 하는 여자라고."

"아, 이거 너무 떨려서 부인이 하라는 대로 말을 잘 들어야겠군요." 르벨이 응수하면서 함박미소를 지었는데 누런 치아가 드러났다.

르벨은 담뱃갑을 호주머니에 도로 집어넣었다.

"론알프 지역으로 가면?" 폴이 물었다.

"그 부잣집 아들이 한 환경 단체에 입단해 있지요. 여러분의 나라 미국에서 환경 단체를 좋아하게 된 모양입니다. 미국에서 돌아온 뒤에 가장 과격한 단체를 선택했고, 핵 사용을 반대하는 시위에 참여했지요."

"양부가 못마땅해했겠네요."

"그렇기도 하고 아니기도 하죠. 부모의 눈에는 아주 착한 아들이니까요. 지금도 여전히 엄마와 양부가 대주는 돈으로 살고 있지만, 정작 부모는 심각하게 받아들이지 않고 혈기에 넘쳐서 탈선하는 거라고 생각하죠. 차라리 플레이보이라고 하는 게 맞는 조나탕은 그런 식으로 반항을 하면서 어린 여자들을 건드리는 기회로 삼았지요. 내가 부인에게 보여주는 존중심이라는 것이 없는 거죠." 르벨이 정중하게 허리를 굽히면서 덧붙였다.

케리는 어깨를 으쓱하면서 미소 지었다.

"지금도 환경 단체에서 활동하고 있나요?" 케리가 물었다.

"아뇨. 탈퇴한 지 한참되었죠."

"이유를 아세요?"

"이유는 없어요. 우연의 일치인지 모르겠으나 그 당시 조나탕과 함께 탈퇴한 여자가 그 단체와 아주 심각한 문제가 있었던 모양입니다."

르벨은 맥주잔을 아쉬운 얼굴로 쳐다보고 있었다. 자기만 혼자 맥주 한 잔을 더 주문하는 것은 아무래도 마음에 걸리는 모양이었다.

"뭘 더 시킬까요?" 폴이 도와주었다.

"아, 좋지요. 맥주 한 잔 더!"

"커피도 두 잔 더 주세요." 폴이 주인에게 손짓을 하면서 외쳤다.

"시위 도중에 그 여자가 경찰에게 떠밀리다 넘어졌던 모양이에요." 르벨이 다시 힘이 나는 듯 말했다. "대단한 사고가 아니었는데 말이 많았지요. 맹목적 탄압이다, 경찰의 가혹 행위다, 습관적인 짓이다…… 등 여자가 소속된 환경 단체가 사소한 일을 너무 과장했거든요. 여자에게 언론 인터뷰가 쇄도했는데 불행히도 단체를 난처하게 만드는 주장을 하기 시작한 겁니다."

"단체를 비판했나요?"

"그건 아니에요. 그 사고로 머리가 약간 이상해졌는지 총 궐기니 경찰 타도니 헛소리를 지껄이는 바람에 소속 단체가 아주 곤란하게 되었죠."

"과격한 여성 혁명운동가가 된 건가요?"

"꼭 그런 건 아니에요. 한순간에 그렇게 된 것 같으니까. 이전에는 특별한 문제없이 평범하게 살아온 여자였죠. 조심스럽고 소극적인 성격인 데다 부모님은 파 드 칼레의 지역 유지들이고요. 결국 몇 주일 동안 정신병원에 입원시켜야 할 정도로 상황이 안 좋게 돌아갔죠."

"이름이 뭐예요?"

"쥘리에트 데콩브."

"조나탕도 그 여자와 같이 있었나요?"

"아뇨, 조나탕은 리옹에 머물고 있어요. 퇴원한 다음에 그 여자는 쥐라 지방의 중학교 교사로 발령이 났고요."

"조나탕이 그 단체를 탈퇴한 것과 관련이 있나요?"

"쥘리에트에게 그런 일이 일어났을 때 조나탕은 이미 단체를 탈퇴했으니까 어쩌면 아무 관련이 없을지도 모르죠. 그런데 단체의 사람들이 경계를 하는 반면에 조나탕은 병원으로 면회를 갔더군요."

폴은 메모를 중단했다. 르벨은 말을 멈추고 질문을 기다렸다.

"브로츠와프 사건에 대해 들으셨습니까?"

"간략하게 말하죠. 외국에 있는 연구소 침입 사건 때문에 지난 3월의 어느 날짜들에 관심이 있다고 들었는데 맞습니까?"

"그 날짜에 조나탕이 어디서 뭘 했는지 확인해보셨습니까?"

"조나탕은 날마다 감시할 정도의 거물급 인물이 아니라서 우리 조사팀은 규칙적으로 조사하고 있어요. 그런데 두 분은 운이 좋으십니다. 우연인지 모르겠지만, 직업상 우연을 거의 믿지 않거든요. 아무튼 폴란드에서 사건이 일어난 날 오토바이를 몰고 가던 조나탕이 빨간 신호등을 무시하고 하필이면 두 경관의 눈앞을 지나간 거예요. 신호 위반으로 벌점과 벌금형을 받았지요."

"장소가 어디였나요?"

"리옹의 번화가 벨쿠르 구역이었습니다."

케리와 폴은 시선을 교환했다. 실마리가 잡히는 것인가.

르벨은 침묵이 길어지게 두었다. 그러고는 호주머니에서 담뱃갑을 꺼내서 한 개비를 뽑아 들었다.

"불을 붙이지는 않을 겁니다. 그냥 만지기만 해도 안정이 돼서……."

"괜찮으니까 피우세요." 케리는 타협적인 태도를 보였다.

"고맙습니다."

르벨은 담배에 불을 붙이고 한 모금 길게 빨아들였다. 폴은 르벨을 쳐다보면서 연기를 뿜어내길 기다렸다. 니코틴 때문일까, 정보관의 얼굴에 혈색이 돌아왔다.

르벨은 당황한 두 사람을 보면서 미소를 지었다. 프랑스 경찰을 골탕먹인 조나탕을 추적하는 일이 마음에 드는지 르벨이 마지막 패를 보여주었다.

"여러분의 기관에서 연락해온 것이 불과 하루밖에 안 됐습니다. 많은 걸 조사할 수 없었지요. 그럼에도 불구하고……."

르벨은 겸손한 표정을 지으면서 말을 멈췄다.

"그럼에도 나는 두 분이 관심을 갖는 날짜에 쥘리에트의 행적을 확인하게 했지요."

폴은 입술을 깨물었다. 정신을 차려야 했다. 시차 때문에 가물가물해지고 있었다.

"그래서요?"

"브로츠와프 연구소 사건이 일어날 무렵 쥘리에트가 나흘 동안 학교를 결근했어요. 사건이 일어나기 전전날부터 사건이 일어난 다음 날까지. 결근 이유는 병이 났다고 했지만 진단서는 없었어요."

그 순간 폴은 강렬한 감정에 사로잡혔다. 연구소를 불법 침입한 범인은 직감대로 여자가 맞았고, 이제는 이름까지 알게 된 것이 아닌가.

"쥘리에트." 폴은 중얼거렸다.

"그 여자의 연락처가 있습니까?" 케리가 물었다. "그 여자를 만날 수 있나요?"

"거주지 주소는 알죠." 르벨이 음흉한 표정을 지으면서 말했다. "하지만 현재 살고 있는 주소는 아니에요."

"그게 무슨 뜻이에요?"

"쥘리에트가 이유 없이 3주 전에 사라졌거든요."

*

케리와 폴은 생제르맹데프레 구역에 잡은 호텔에 들를 시간이 없었다. 두 사람은 택시를 타고 곧장 파스퇴르 연구소로 향했다.

캄보디아인 택시 기사는 백미러로 두 사람을 연달아 쳐다보면서 집요할 정도로 파리 시내 관광을 시켜주고 싶어 했다. 두 사람은 가는 동안 내내 택시 기사의 제안을 거절하느라고 르벨이 알려준 정보에 대해 의논할 수가 없었다.

폴은 전날 전화로 샹펠 박사와 약속을 잡았다. 샹펠 박사는 당장이라도 시간을 내줄 수 있다고 말했다. 폴은 위장 신분 때문에 질문에 대한 제한을 받지 않기 위해 이번에는 진짜 임무를 알리기로 결정했다. 샹펠 박사가 비밀 수사에 협조하지 않겠다며 반대할지도 몰랐다. 하지만 박사가 승낙할 경우는 훨씬 빠르게 사건의 실마리를 잡을 수 있었다.

폴이 난처해하면서 사실을 알렸는데도 샹펠 박사는 아무런 반응을 보이지 않았다. 세계적 유행병에 관한 학술 세미나를 위해 자료를 준비하는 사람이 아니라 비밀 첩보원을 상대하고 있다는 사실에 개의치 않는 것 같았다. 그리고 무엇보다 케리를 반겨주었다. 그녀가 와 있는 덕분에 자신이 좋아하는 얘기를 들어줄 귀가 두 배로 늘어났다는 것이 중요한 눈치였다.

"지난번에 박사님이 말씀하셨던 것을 좀 더 세부적으로 파고들어야겠습니다." 폴이 말했다.

"기꺼이 그렇게 하죠. 특히 어떤 점에 대해서?"

"비브리오 콜레라의 유전적 내구성에 대해 자세히 알고 싶습니다."

"내구성이 두드러진 특성이 있지요."

"절대적입니까? 기존의 비브리오 콜레라와 다른 신종 비브리오 콜레라가 관찰된 적은 없습니까?"

"그렇지만 그 말은 당신이 지난번에 했던 것으로 기억하는데요." 샹펠 박사는 마치 학생을 나무라듯 눈살을 찌푸리면서 말했다. "1992년부터 새로운 변종 비브리오가 발생하고 있어요. 예전부터 수백 년 동안 존재해온 혈청형 O1 클래식형과 다른 새로운 혈청형이라서 O139라고 명명했지요."

"어디서 발견되었습니까?"

"방글라데시죠. 1992년 방글라데시에서 창궐한 콜레라에 성인들이 감염되었기 때문에 의심하게 되었지요. 그런데 콜레라가 만성적인 나라의 성인들은 대체로 면역이 되어 있거든요. 이 신종 세균을 연구하면서 비브리오 콜레라 O1 클래식형에 대한 항체는 이 신종 비브리오의 공격을 막지 못한다는 걸 알았어요. 따라서 피해가 엄청났지요."

"박사님은 신종 비브리오가 어디서 생긴 거라고 생각하십니까?"

"비브리오 균주에서 얻은 유전체로 이뤄진 클래식형 세균과 결합하면서 훨씬 강하게 형성된 비브리오죠. 캡슐 같은 것에 싸여 있어서 외부 조건을 잘 견디고, 접촉을 통해 더 쉽게 전염될 수 있거든요. 혈관 속으로 들어갈 가능성도 있지요. 허약한 환자에게서 패혈증이 관찰되었는데 클래식형 콜레라에서는 절대로 일어나지 않는 일이죠."

"박사님." 케리가 노학자를 뚫어져라 쳐다보며 끼어들었다. "그 변종이 자연 발생적이라고 생각하십니까?"

"두 분이 난감한 상황이라는 건 이해합니다. 수백 년 동안 변함없던 세균이 어느 날 갑자기 변했다는 건 물론 놀라운 일이죠. 그런데 솔직히 말해서 난 아무것도 배제할 수 없어요. 그 변종은 자연적으로 발생한 것일 수도 있고, 계획적으로 만든 것일 수도 있으니까요."

"계획적인 경우라면 그 변종이 그저 한 단계일 뿐일까요?" 폴이 이어받았다.

샹펠 박사가 놀란 얼굴로 약간 뒤로 물러나 앉았다.

"뭘 묻고 싶은 건지 구체적으로 말해보세요."

"박사님이 생각하시기에 또 다른 변종으로 훨씬 더 위험한 비브리오를 만들 가능성은 없을까요?"

"물론 병원균이 아닌 비브리오 균주가 있으면 다른 것과의 유전적 교잡이 가능하죠. 오늘날 알려진 변종만 150종이 넘으니까요. 각각 그 나름의 특성이 있어요. 전염성이 아주 강한 것도 있고, 혈관을 쉽게 통과해서 패혈증을 일으키는 것들도 있죠."

"그런 것들이 있으면 슈퍼 콜레라를 만들 생각을 할 수 있을까요?"

"다른 특성을 가진 세균이라면 그럴 수 있지요. 물론 병원성이 더 강한 콜레라를 만들 수도 있죠. 하지만 완전히 바꿀 수는 없어요. 변종이라고 해도 콜레라가 가난한 사람의 질병이라는 사실에는 변함이 없으니까요."

"왜죠?"

"위생 상태와 직결되고, 영양과 건강 상태가 안 좋은 사람들이 콜레라에 걸리니까요."

폴은 장의자 가장자리에 걸터앉아 있었다. 실마리를 찾았다는 생각에 흥분한 폴이 박사의 말을 받아쳤다.

"면역학적으로 새로운 비브리오 때문에 콜레라의 전염성은 훨씬 강력해지고, 기존의 설사 증세에 패혈증까지 일으키는 데다 소독약과 살균제가 잘 듣지 않기 때문에 사망률이 더 높다고 보면 될까요?"

"방글라데시에서 콜레라가 창궐했을 때와 비슷한 정도로 엄청나겠죠?" 케리가 합세했다.

"그렇죠." 박사가 인정했다. "그럴 수 있지요. 그렇지만 무슨 이익이 있다고 그런 짓을……."

"클래식형 콜레라가 대유행했을 때 희생자가 얼마나 되었습니까?"

"1899년에서 1923년까지 6차례의 대유행 기간에는 콜레라로 수백만의 목숨이 희생되었지요."

"그럼 변종 비브리오의 공격이라면 더 짧은 기간에 그만큼의 목숨이 희생되겠군요! 몇 달, 아니 어쩌면 몇 주 만에도 수많은 목숨이 희생될 수도 있겠죠?"

열변을 토하는 폴의 말에 불현듯 노학자의 머릿속을 스쳐가는 의혹이 있었다. 샹펠 박사는 수상쩍은 듯이 두 사람을 번갈아 쳐다봤다. 어색한 침묵이 흐르고 있었다.

"아무래도 콜레라에 대한 박사님의 열정이 우리에게 전염된 모양입니다." 실수를 깨달은 폴이 말했다.

"그거 고맙군요." 샹펠 박사는 넥타이 자락으로 안경을 닦으면서 대꾸했다.

그러고는 안경을 다시 끼면서 진지한 표정으로 말했다.

"그 열정이 대의를 위한 것이길 바랄 뿐이오."

샹펠 박사가 처음으로 두 사람의 계획에 관심을 보이는 것 같았다.

폴은 솔직하게 털어놓는 것이 유익하다고 판단했다.

"박사님, 몇몇 테러 단체는 특별한 표적 때문에 콜레라 같은 세균에 관심을 갖는다고 생각할 만한 이유가 있습니다."

"9·11테러의 유일한 장점은 생각도 할 수 없는 미친 짓을 가능한 일로 만들었다는 거죠." 박사가 한숨을 내쉬었다.

샹펠 박사는 고개를 설레설레 저었다.

"어디선가 생물 테러를 목적으로 콜레라에 관한 연구가 진행되고 있다는 걸 아십니까?"

"아뇨. 냉전 시대에는 그런 소문이 있었지요. 사람을 보는 눈은 소문에 좌우되는지라 러시아인들이 그런 연구를 진행하고 있다고 의심했지요. 이따금 콜레라가 언급되었고요. 하지만 천연

두나 페스트, 툴라레미아[28]보다 많지 않았고, 명백한 증거도 전혀 없었어요."

"그럼 현재 진행되는 생물 무기의 민영화에 대해서도 모르십니까? 누구든 할 수 있다는데……."

"탄저균이나 보틀리누스균처럼 잘 알려진 미생물에 대해서는 아마추어들도 쉽게 번식시킬 수 있을 만큼 간단한 작업이죠. 하지만 다른 종과의 결합에 의한 비브리오의 유전적 변형은 특수한 연구소에서 전문가들만 할 수 있는 까다로운 작업이에요."

"지난번에 만났을 때 브로츠와프 연구소에 대해 말씀드렸는데……." 폴이 말했다.

"아, 그랬죠." 샹펠 박사는 말을 잘랐다. "그래서 내가 문학 속에 등장하는 콜레라에 대한 예까지 들면서 설명했던 것으로 기억하는데요. 나는 응용과학 분야를 연구하기 때문에 기초과학 분야를 연구하는 브로츠와프 연구소에 대해서는 자세히 알지 못해요. 하지만 수준이 아주 높다는 건 압니다."

"구체적으로 무엇을 연구하고 있나요?"

"브로츠와프 연구소에서는 O139의 유전적 특성을 분석하고 있지요. 특히 O139의 유전자 배열에 대해 연구하고 있는 것으로 압니다."

"요컨대 그 모든 연구가 콜레라균을 개량하는 데 필요한 것 아닙니까?"

"당신은 그렇게 생각할 수도 있겠지요." 박사가 항변했다. "하지만 브로츠와프의 기초과학 연구는 국제 학술지에 발표되는 것들입니다."

샹펠 박사의 반박하는 목소리가 진지하지만 브로츠와프 연구

....

28 토끼나 다람쥐의 병원균으로 야생토끼병이라고도 한다.

소에 대해 의혹을 품은 것 같았다.

폴과 케리는 박사에게 그들이 조사하는 내용에 대해 비밀을 지켜달라고 당부하면서 사건의 추이를 알려주겠다고 약속했다.

"마지막으로 하나만 더 묻겠습니다." 폴이 나가려다가 물었다. "아프리카의 대호수 지역에서는 콜레라가 지속적으로 발생하는 풍토병이라는데 사실입니까?"

"네, 사실이에요."

"하지만 1년 반 전쯤 정치적 소요가 일어난 뒤에 전염병이 다시 창궐하지 않았던가요? 어디선가 그런 기사를 읽은 기억이 나는데요."

"맞아요. 나도 직접 가서 조사를 했으니까요."

"그 당시 누가 콜레라 환자들을 책임졌는지 말씀해주시겠습니까?"

"그 지역에는 의료 기관이 거의 없지요. 비정부기구가 아니면 그 불쌍한 사람들을 구제할 방법이 전혀 없어요."

"비정부기구 중에서도 어느 단체를 말씀하시는 겁니까?"

"내가 갔을 때 가장 활발하게 움직인 단체는 '국경 없는 의사회'였지요."

해로우 집단에 속해 있는 젊은이가 일하는 단체……. 폴과 케리는 시선을 교환했다. 그들은 이제 카보베르데에서 시험한 클래식한 콜레라 균주가 어디서 입수된 것인지 알았고, 브로츠와프에서 진행되는 연구와 관련된 그들의 추측도 확인할 수 있었다. 기대 이상의 소득이었다.

두 사람은 시차를 극복할 때까지 조나탕이 얌전히 기다리고 있기를 바라면서 호텔로 향했다.

VI

리옹, 프랑스

오래된 도시 리옹의 대표적인 명물이 골목길이라고 하는 이유
가 이해되었다. 시청이 포석 관리에 신경을 많이 쓰는 덕분에 긴
역사를 지닌 골목길이 그대로 보존되어 있었다. 오밀조밀한 골
목길들을 기웃거리며 다니는 사람들의 물결이 흡사 스테인리스
강 관을 따라 독극물이 퍼지는 것처럼 보였다.

조나탕은 침실 창문 앞에 서서 경사진 골목길, 이제는 아무 쓸
모가 없는 수로, 중세의 단층집들을 개조한 골동품상과 사이버카
페들을 내려다보고 있었다. 로마 양식의 기와지붕 너머 저 멀리
생폴 교회의 종탑이 보였다. 조나탕은 언제나 마음이 안정되는 이
자리에서 거리를 살폈다. 그리고 이따금 온갖 공상에 잠겼다. 좁
은 골목길로 잠입해서 집을 포위하는 경찰들, 토끼 사냥을 하듯
차례로 총을 쏘아 쓰러뜨리면서 비웃음을 흘리는 자신의 모습을
상상했다. 하지만 오늘은 전혀 다른 일로 바깥을 살피고 있었다.

거리는 거의 텅 비어 있었다. 술집을 나와서 사랑을 나누기 전
의 산책을 하는 커플이 보였다. 수상쩍은 것은 전혀 없었다. 대문
앞에서 기웃거리는 사람도 없었다. 사실, 조나탕은 일요일 오후
전화 한 통을 받았다.

전화를 걸어온 미국 여자는 이름이 루스라고 밝히며 원어스에
서 만난 적이 있다고 말했다. 유럽 일주를 하는 중에 마지막으로
리옹에서 이틀 동안 머물 예정인데 경비가 다 떨어졌다면서 하루
이틀 신세를 져도 될지 물었다. 여자가 사랑스러운 목소리로 자

기는 소파에서 자도 된다고 덧붙이는 말에 조나탕은 농담으로 받아쳤다. 그렇지만 경계는 했다. 루스라는 여자에 대한 기억이 전혀 없었다. 그동안 잠자리를 같이한 여자들의 이름을 써보려고 했지만 솔직히 불가능한 일이었다. 그런데 제 발로 오겠다는 여자를 마다할 이유가 있을까? 목소리가 정말 예쁜데 다른 것도 마찬가지라면⋯⋯. 조나탕은 레퓌블리크 거리의 한 카페에서 만나자고 했지만 여자는 짐이 많다면서 곧장 집으로 찾아오겠다고 말했다. 조나탕은 소스라쳤다. 집 주소를 알고 있다니, 좀 이상했다. 주소를 알고 있는 사람이 몇 명 되지 않고, 원어스에도 분명히 주소를 남기지 않았다. 그래서 주소를 어떻게 알았냐고 물었더니, 여자는 우연히 알게 되었다면서 만나면 얘기하겠다고 답변했다.

조나탕은 강렬한 욕망을 느꼈다. 정체를 알 수 없는 여자의 목소리에 흥분이 되었다. 지난주에 세 여자를 동시에 만나다가 거짓말이 들통 나면서 다 떠나버린 뒤였다.

"여기 오는 데 얼마나 걸립니까?"

"한 시간쯤 걸릴 텐데 괜찮아요?" 루스가 대답했다.

조나탕은 얼른 주위를 훑어봤다. 설거지할 식기들이며 양말, 맥주병 등으로 너저분한 바닥⋯⋯. 치우는 데 30분이면 충분했다.

"괜찮아요. 저녁 식사는?"

7시 반이었다.

"그건 신경 쓰지 마세요."

루스는 아주 쾌활했다. 안심이 된 조나탕은 당장 집을 치우기 시작했다. 거실과 침실은 20분 만에 거의 정리가 되었다. 소외된 주변인이나 반항적인 예술가의 공간에 어울리게 조금만 어질러놓으면 되었다.

그래서 지금 조나탕은 창가에 서서 오렌지색 불빛의 가로등을 바라보면서 여자를 기다리고 있었다. 그리고 다시 불안해지기 시작했다. 한 노인이 개를 데리고 올라오고 있었다. 개는 연방 킁킁거리면서 냄새를 맡고 있었다. 하루에 두 번씩 도로에 물을 뿌리는 청소차 때문에 영역 표시를 위해 남겨놓은 냄새를 찾지 못하는 모양이었다.

갑자기 조나탕이 굳어졌다. 시야에 여자가 들어온 것이다. 페론네리 거리 모퉁이를 돌아선 여자가 좌우를 두리번거리며 관광객 티를 내고 있었다. 커다란 배낭을 짊어진 데다 천 가방 두 개를 어깨에 비스듬히 둘러멨지만 여자는 꿋꿋하게 비탈을 오르기 시작했다. 조나탕이 있는 곳에서는 여자의 얼굴이 보이지 않는데 모자까지 쓰고 있었다. 헐렁한 바지에 커다란 구두를 신었는데도 실루엣은 마음에 들었다. 늘씬하고, 경쾌하고, 활달해 보였다. 그는 현관문에서 제일 멀리 떨어진 방으로 갔다. 초인종이 울렸을 때 기다렸다는 티를 내지 않기 위해 가능한 한 천천히 문을 열어줄 생각이었다.

그녀가 다섯 층을 올라와야 하기 때문에 조나탕은 아직 여유를 가질 수 있었다. 16세기의 역사적 건축물로 지정된 나선형 돌계단이었다. 엘리베이터가 없는 건물의 꼭대기 층이라는 것이 그 도시에서 가장 부자 동네에 있다는 사실을 약간 잊게 해주었다. 부모가 집을 사줄 때 조나탕이 많이 생각하고 고른 동네였다. 이 꼭대기 층의 방에서는 체 게바라 포스터며 더반의 탈세계화를 지지하는 대형 포스터, 자연보호를 지지하는 대항문화의 모든 특징이 그리 엉뚱해 보이지 않을 것 같았다. 제곱미터당 가격도 아파트에서 '로얄층'이라고 불리는 가격과 거의 비슷한 수준이었다.

마침내 초인종이 울렸고, 조나탕은 생각한 대로 시간을 끌면서 아주 천천히 현관문을 열었다. 여자가 숨을 약간 헐떡이며 서 있었다. 모자를 벗고 구불구불한 머리를 풀어 헤친 모습이 관능적이었다. 전화 목소리를 들으면서 조나탕이 생각했던 것과는 달리 30대를 훌쩍 넘긴 여자에게서 원숙하고 풍만한 아름다움이 느껴졌다. 조나탕은 연상의 여자를 좋아했다. 하지만 연상의 여자를 유혹해서 몇 번 잠자리를 한 다음에는 가차 없이 차버렸다.

조나탕은 여자들이 매력적이라고 말하는 약간 무신경한 표정을 지으려고 엄청난 노력을 했다. 루스란 여자가 조나탕의 뺨에 입맞춤하는 것으로 프랑스식 인사를 했다. 아몬드 향이 나는 여자는 화장하지 않은 얼굴이었다. 원어스를 드나드는 여자들은 거의 화장을 하지 않았다.

루스는 현관문 옆에 배낭을 내려놓고 들어섰다. 이중으로 경사진 지붕밑방이었다. 가을 색조의 양탄자에 소파 두 개가 니은 자형으로 놓여 있었다.

조나탕은 이제껏 사귀던 여자가 아니라는 확신을 얻었다. 이런 여자라면 잊었을 리가 없었다. 하지만 원어스에서 마주쳤을 가능성은 있었다. 많은 사람이 들락거리는 곳이 아닌가. 어쨌든 이런 매혹적인 여자가 그를 기억하고 있다는 것에 우쭐해졌다.

"커피 마실래요?"

"커피보다 차가 좋겠어요."

창문이 없는 주방으로 사라진 조나탕이 립턴 홍차를 찾기 위해 찬장을 뒤졌다.

그사이에 여자는 재빨리 방을 살폈다.

"집 안을 좀 둘러봐도 될까요?" 그녀가 물었다. "생각보다 정말 근사하네요, 집이."

이렇게 말하면서 그녀는 이미 유선전화기가 있는 데로 가서 슬그머니 선을 끊어버렸다.

"편안하게 둘러보세요." 조나탕이 물 끓는 소리 때문에 크게 말했다.

그녀는 침실로 들어가서 다른 전화기가 있는지 확인했다. 없었다. 그녀가 침실을 나올 때 조나탕은 이미 찻잔 두 개와 빨간색 다기가 놓인 대나무 쟁반을 내려놓고 있었다.

"앉아요, 루스." 소파에 앉은 조나탕이 옆자리를 가리켰다. "이름이 루스 맞죠?"

"맞아요." 그녀가 미소를 지으면서 대답했다.

그녀는 여전히 서 있었다.

"잠깐, 약을 먹어야 해서……."

그녀는 자신의 짐이 놓인 현관을 향해 빠르게 걸어갔다. 그러나 배낭에 몸을 숙이는 대신 느닷없이 빗장을 풀고 현관문을 열었다. 층계참에서 기다리고 있던 폴이 부리나케 들어와서 소파 앞에 섰다. 케리는 현관문을 다시 닫고 플래시볼[29]을 꺼냈다.

폴이 들어왔을 때 조나탕은 차를 따르고 있었다. 조나탕이 알아차렸을 때 폴은 이미 코앞에 서서 내려다보고 있었다.

"천천히 일어나." 폴이 명했다.

공포에 사로잡힌 조나탕은 덜덜 떨다가 찻잔을 놓쳤다. 그러고는 양탄자에 쏟아지는 뜨거운 차를 멍하니 쳐다보고 있었다. 두려움 때문에 어깨와 등의 근육이 경직되어 서 있기가 힘들 정도였다.

폴이 두 손으로 조나탕의 몸을 더듬었다. 그런데 형사들의 몸수색과는 달리 몸속에서 비정상적인 것을 찾는 의사의 손길이었다. 몸의 속과 겉이라는 차이만 빼고는 비슷한 행동이 아닌가. 뜻밖에도 의사와 첩보원이라는 두 직업이 유사한 점이 있다는 생각에 폴은 속으로 미소를 지었다.

폴은 조나탕의 호주머니에서 휴대전화를 꺼내 배터리를 빼고

....

29 시위 진압용 고무총.

한쪽 구석으로 던졌다. 이어서 앉으라는 손짓을 하자 조나탕은 발작이 일어나서 땅바닥에 쓰러지는 간질 환자처럼 소파에 주저 앉았다.

"왜 이러는 겁니까?" 조나탕이 간신히 입을 열었다.

"물어볼 게 있어서."

"뭐에 대해서요?"

폴은 빙긋이 웃으며 버들가지로 엮은 의자를 가져와 조나탕 앞에 놓고 앉았다.

"긴장 풀지. 해치려고 온 게 아니니까."

환자에게 건네는 말과 거의 비슷했다. 간단한 질문 후에 진찰을 시작하는 의사나 몸수색 후에 본격적으로 심문하는 형사나 다를 바가 없지 않은가.

"남의 집에 쳐들어와서 이게 대체 무슨 짓입니까?" 조나탕이 항의했다.

상대의 차분한 태도에 약간 안심이 되는지 조나탕이 소파에서 일어나 케리를 노려봤다.

"당신들이 무슨 권리로 이렇게 함부로 남의 집에 쳐들어온 겁니까? 경찰이에요? 그렇다면 신분증을 보여주시죠!"

"우리는 의사들이고, 이렇게 집으로 찾아오지 않고는 자네를 만날 수 없기 때문이라고 해두지."

조나탕은 어깨를 으쓱했다. 그렇지만 폴의 어조와 강경한 태도 때문에 이 상황을 낙관할 수 없었다.

"미국에 있을 때 원어스에서 활동했던데?" 폴이 시작했다.

"그래서요, 그게 무슨 범죄라도 되나요?"

"왜 프랑스로 돌아왔지?"

"어학연수가 끝났기 때문이죠. FBI에서 왔어요?"

조나탕은 폴을 뚫어져라 쳐다보면서 억양에서 어느 지역 출신인지를 알아내려고 애쓰고 있었다. 누군지 정체를 알고 싶은 눈치였다.

"테드 해로우에 대해 말해주면 좋겠는데."

"몰라요."

"신 포식자 집단은?"

"몰라요."

CIA를 위해 일할 때라면 이런 방식으로 심문하지 않았을 것이다. 빠져나가지 못할 증거를 제시하면서 조나탕에게 사태의 심각성을 알려줬을 것이다. 하지만 의학 공부를 한 지금은 심문하는 방법이 달라졌다. 그는 배를 진찰하기 위해서는 덜 아픈 부위부터 시작해서 이상이 있는 부위를 서서히 찾아내야 한다는 걸 알고 있었다.

"시애틀의 본부와 아직 연락하나?"

"아뇨."

"프랑스로 돌아와서 그린월드에 입단한 이유가 뭔가?"

"계속 활동하기 위해서죠. 뭔가를 믿고 활동하는 것이 잘못된 일이라도 되나요?"

완전히 몸을 일으킨 조나탕이 똑바로 서기 위해 등을 폈다. 이마 위에 뻣뻣하게 선 금발은 흡사 수탉의 볏 같았다. 조나탕의 태도는 거만하지만 심약한 면이 드러나고 있었다.

"쥘리에트는 어디 있나?" 폴이 물었다.

조나탕은 이렇게 노골적인 질문을 예상하지 않은 것이 역력했다. 눈을 깜빡거리고 있었다.

"쥘리에트가 어떻게 됐냐고?"

케리는 여전히 현관문에 기대고 선 채로 한 발씩 옮기면서 플래시볼을 움직였다. 조나탕은 재빠르게 몸을 돌리더니 그녀의 동작을 잘못 이해했는지 다시 겁먹은 얼굴로 몸을 움츠렸다.

"난 몰라요. 그 여자가 사는 산골로 가야지 왜 여기 와서 이래요?"

어리석은 방어였다. 조나탕도 그걸 느끼고 있었다. 폴이 르벨에게서 얻은 정보를 이용하기로 결정한 것은 조나탕에게 위압감보다 단념할 핑계를 주기 위해서였다.

"페페 구즈망을 다시 만난 적 없어?"

이번에는 조나탕이 입을 멍하니 벌린 채 부들부들 떨었다. 왼손으로 약지에 낀 은반지를 잡으면서 뭐라고 중얼거리는데 고해하는 사람 같았다.

"그 사람이 올해 제대한다는 걸 알고 있지?"

폴은 조나탕이 공포감을 주는 추론 속에서 헤매게 두다가 정신을 차리게 하려고 우악스럽게 팔을 움켜잡았다.

"걱정 마. 우리는 그 사람의 대리로 온 게 아니니까."

"그런데 왜 나한테 그 사람에 대해 말하는 겁니까?"

"자네가 위험할 수 있다는 걸 알려주기 위해서. 우리가 자네를 찾는데 자네의 옛 콜롬비아 동지가 못 찾을 리 없을 테니까. 무엇보다도 누군가가 그 사람을 뒤쫓고 있다면."

폴과 조나탕은 잠자코 눈길을 주고받았다. 폴은 마지못해서 고통스럽지만 효과적인 치료를 제안하는 의사의 유감스러운 호의를 눈빛에 담으려고 신경 썼다.

"그러니까 우리에게 털어놓는 편이 나을 거야."

"알고 싶은 게 뭡니까?" 조나탕이 어깨를 늘어뜨리면서 항복했다.

*

조나탕은 해로우에 대해 별로 해줄 말이 없었다. 그 집단에 속해 있었지만, 나름대로 열렬하지만 용의주도하게 거리를 두고 있었다.

"해로우의 어떤 점이 마음에 들었나? 그를 추종하는 이유가 뭔가?"

조나탕은 반지를 물끄러미 쳐다보고 있었다. 이어서 반지를 만지작거리다 위에 달린 똬리 튼 뱀을 쳐다봤다. 질문이 마음에 안 들지만 항복한 이상 잘난 체라도 하기로 작정했다.

"우연히 환경 운동가들과 어울리게 되었는데 나약한 사람들이라고 생각했죠. 그런데 해로우는 달랐어요."

조나탕은 마치 해로우가 뛰어난 스포츠맨인 것처럼 말했다.

"해로우의 계획을 알고 있지?"

"무슨 생각을 하는지는 알아요."

"구체적으로 말하면?"

"뭘 구체적으로 말해요? 내가 무슨 말을 하길 바라는지 모르겠어요."

조나탕은 폴의 아랫도리를 힐끔 쳐다봤다.

"미국에서 자네가 프랑스로 돌아갈 때 해로우가 아무 일도 맡기지 않았다고?"

"떠나기 전에 자기를 만나러 오라고 했어요."

"원어스로?"

"아뇨, 해로우는 이미 원어스를 탈퇴했을 때였어요."

"해로우의 집으로 갔나?"

"해로우의 집에 가본 사람은 아무도 없어요. 시애틀에 있는 카페 스타벅스에서 만나기로 약속했어요. 우리 자리가 주방과 연결되는 문 옆이라 아주 시끄러웠죠. 그런데다 해로우의 목소리가 아주 낮아서 무슨 말을 하는지 절반밖에 알아듣지 못했어요."

폴이 눈살을 찌푸렸다.

"그러니까 내 말은…… 중요한 건 알아들었다고 생각하는데 그가 하는 말을 전부 다 들은 건 아니란 뜻입니다."

"중요한 것은 뭔데?"

"내가 프랑스에서 연락원 역할을 해주길 바랐어요."

"누구를 위해서?"

"해로우와 집단을 위해서요."

"그의 계획을 위해서겠지."

"연락원 역할을 원했다니까요."

"조직의 일원이 아니고?"

"나는 조직이라는 걸 좋아하지 않아요. 대부분의 단체가 별것도 아닌 일에 벌벌 떠는 무능한 자들이 모인 집단이라서요."

조나탕은 자기를 비겁한 겁쟁이들과 같이 취급하지 말라는 식으로 벌떡 일어나면서 말했다.

"그렇지만 자네는 프랑스로 돌아와서 그린월드에 입단했어."

"그 단체에 대해서도 환상 같은 건 품지 않았어요. 하지만 의욕적인 사람들을 만나고 싶으면 그런 이들이 모인 곳으로 찾아가야 하잖아요."

"그러니까 자네가 맡은 일은 고전적인 환경 운동에 실망한 사람들을 모집하는 거였군."

"그렇다고 치죠."

"쥘리에트는 그린월드에서 만났나?"

"네."

"쥘리에트에게 무슨 일을 시켰어?"

다시 한 번 조나탕의 눈빛이 흔들렸다.

"두 사람이 무슨 관계인지는 관심 없어." 폴이 말했다. "해로우를 위해 그 여자에게 시킨 일이 뭔지 알고 싶은 거니까."

"그런 적 없어요."

폴은 한숨을 내쉬고 두 손으로 의자 가장자리를 짚으면서 몸을
약간 앞으로 숙였다.

"이제 브로츠와프에 대해 말해봐."

"뭘 말해요?"

심문을 시작할 때부터 폴은 쥘리에트를 생각하고 있었다. 그녀
가 만나던 남자, 어쩌면 사랑했을지도 모르는 남자, 두 사람이 함
께 잤을지도 모를 방을 둘러보면서 마치 퍼즐이 맞춰지는 것처럼
여자의 이미지가 완성되는 것 같았다. 폴은 겁 많고 패기가 없는
부유한 젊은이보다 쥘리에트가 더 낫다는 느낌이 들었다.

"내 말 잘 들어. 리옹은 둘러볼 데가 많은 도시인데 빨리 끝내
자고. 자네도 빨리 끝나는 게 좋잖아. 자, 이제부터 내가 지난 일
에 대해 요약할 테니까 잘 듣고 묻는 말에 대답해. 자네 여친 쥘
리에트가 폴란드 브로츠와프에 가서 한 연구소를 침입했는데 사
실인가?"

"사실이에요."

"쥘리에트를 그곳으로 보낸 사람이 자네지?"

조나탕은 고개를 끄덕였다. 이상하게도 폴이 형사가 아니라는
걸 알아서인지 순순히 자백했다. 공범 혐의를 받을 위험이 없으니
폴의 분노만 사지 않도록 조심하면 된다고 생각하는 모양이었다.

"네, 내가 보냈어요."

"자네는 브로츠와프에 가지 않고?"

"네, 나는 안 갔어요!"

"그 이전에도 가본 적 없나?"

"전혀."

"그렇다면 자네에게 그곳의 지도를 주고 필요한 절차를 알려
준 사람이 있다는 뜻이군. 자네는 그걸 쥘리에트에게 전달한 것
이고."

"네."

"그게 누구야? 해로우?"

"프랑스로 돌아온 뒤로 그를 만나지 않았다고 말했잖아요."

"하지만 접촉하고 있잖아."

"그 사람과 접촉하지 않아요."

조나탕은 또다시 긴장했다. 중요한 부분을 건드린 것이다. 폴은 일단 접어두고 계속해서 다른 질문을 했다.

"쥘리에트에게 브로츠와프 연구소에서 뭘 하라고 시켰어?"

"학대받는 동물들을 해방시켰어요. 전기 고문 기구를 쓴 불쌍한 동물들, 괴물로 변한 생쥐들, 원숭이들……."

"그건 더 말할 필요 없고. 그 외에 쥘리에트가 덤으로 한 일이 있잖아?"

조나탕은 떠보는 속임수인지 알아보기 위해 두리번거리면서 폴을 쳐다봤다. 하지만 폴은 용의주도했다. 조나탕은 폴이 알고 묻는 건지, 모르고 떠보는 건지 가늠할 수가 없었다.

"덤이요? 난 모르는……."

시치미를 떼면서 슬쩍 넘어가려던 조나탕은 눈 깜짝할 사이에 날아온 따귀를 맞고 왼쪽으로 쓰러졌고 입술에서 피가 흘렀다. 폴은 꿈쩍도 하지 않았다. 겁에 질린 조나탕은 절망에 빠졌다. 아파서가 아니라 마음속 깊은 곳에서 오는 극도의 공포감 때문이다.

"플라스크 하나를 가져왔어요." 조나탕이 두 손으로 턱을 감싸면서 말했다.

"어디서 꺼낸 플라스크?"

"냉장고에서요."

"내용물은?"

"그건 몰라요."

뿌루퉁해서 아랫입술을 내밀고 성난 눈빛이 된 조나탕이 손가락으로 피 묻은 입아귀를 닦으면서 악을 썼다. 마지막 모래주머니까지 던져버려서 자기 자신 말고는 더 이상 버릴 것이 없는데 산소통마저 땅바닥으로 박살 날 거라고 느끼는 경비행기 조종사의 절규라고 할까. 그렇게 생각하면서 폴은 궁지에 몰린 조나탕에게서 약간 물러서는 친절을 베풀었다.

"쥘리에트는 어디로 떠났어?"

"미국이요."

조나탕은 극심한 고통 때문에 자신이 시작한 거짓말의 줄거리를 놓치고 말았다. 그러다 소리를 내지 않고 흐느끼기 시작했는데 이제는 다른 거짓말을 꾸밀 엄두가 나지 않았다.

"쥘리에트의 미국 주소는?"

조나탕은 눈물을 흘리면서 고개를 저었다. 정신적으로 약해진 조나탕을 보면서 폴은 제대로 건드렸음을 느꼈다.

"해로우 집단에서 누구와 연락하나?"

폴은 태도를 바꾸지 않은 채 긴장을 약간 풀어주었다. 위험하다 싶으면 늘 교묘하게 피했기 때문에 궁지에 몰린 적이 없는 조나탕이었다. 이제 최악의 상황은 지나갔고, 질문도 거의 끝나가니 이 함정에서도 빠져나갈 수 있다는 확신이 들었다. 마지막으로 한마디만 해주면 되었다. 하지만 중대한 결과를 가져올 말이었다. 코를 훌쩍이던 조나탕은 앓는 소리를 내면서 곰곰이 생각하기 시작했다. 그러고는 시간을 벌기 위해 일어섰고, 마침내 철제 서류함을 가리켰다.

"저 서류함을 열어보세요."

폴이 가서 서류함을 열었다. 판지 칸막이 사이에 서류가 수직으로 잔뜩 꽂혀 있었다.

"왼쪽에서 첫 번째 파일이요."

폴은 파란색 파일을 집어서 조나탕에게 내밀었다.

조나탕이 파일에서 서류 두 장을 꺼내서 폴에게 건넸다. 첫 페이지에는 '야구 경기의 규칙'이라고 쓰여 있고, 위쪽 구석에 휘갈겨 쓴 글씨로 이름과 주소, 우편번호가 있었다.

폴은 종이를 접어서 호주머니에 넣었다.

"방해해서 미안하네."

폴은 일어나서 현관에 서 있는 케리와 합류했다. 두 사람은 눈깜짝할 사이에 밖으로 나갔다.

조나탕은 어둠 속에서 두 손으로 머리를 감싼 채 한동안 꼼짝 않고 있었다. 그러다 휴대전화에 배터리를 다시 끼웠고, 외우고 있는 전화번호를 천천히 눌렀다.

VII

토리노, 이탈리아

미하일 고르바초프, 보이치에흐 야루젤스키 장군[30], 베나지르 부토[31], 줄리오 안드레오티[32], 존 메이저[33]가 나란히 앉아 있었다. 이탈리아판 그레뱅 밀랍 인형 박물관에 들어와 있는 것 같은데 가까이서 보면 사람들이 움직이고 있었다. 그중 한 사람이 이따금 도마뱀처럼 눈을 깜박깜박하거나 살짝 몸을 숙이고 옆 사람에게 귓속말을 했다. 집회장의 반질반질한 긴 테이블 위에 '평화 재단'의 로고를 새긴 똑같은 서류가 흩어져 있었다.

평화를 논하는 데 퇴직한 권력자들보다 나은 사람이 있을까. 폴은 이런 사람들이 좀 더 일찍 평화 문제에 몰두하지 않은 것이 유감스러웠다. 그는 집회에 참석한 연사들 뒤쪽 두 번째 줄에 앉아 있었다. 케리는 폴 옆에 앉아서 하품을 했다. 아치볼드 식의 지리적 계산으로 '리옹 옆'이라며 정한 약속 장소가 토리노였다. 그들은 아치볼드와 합류하기 위해 조나탕의 집을 나오는 길로 이탈

......

30 폴란드의 군인이자 정치가. 참모총장, 국방장관, 당 정치국원, 수상 등을 역임하였다. 자유노조의 총파업에 대해 계엄령을 선포하고 강경책을 썼으며 국가평의회 의장이 되었다.

31 파키스탄의 정치가(1953~2007년). 총리를 두 번 역임하는 등 이슬람 국가 최초의 여성 지도자로 민주화 운동을 주도하며 반정부 운동을 벌였다.

32 이탈리아의 언론인, 정치가. 공산당의 암묵적 지지를 받아 정권을 장악하고 중도 우파 내각의 총리를 지냈으나 기독교민주당 내 우파의 반발로 정치 운영에 실패했다.

33 영국의 정치가로 재무장관, 외무장관 등을 거쳐 대처의 비공식적인 지원을 받아 당수 경선에서 승리하고 총리를 지냈다.

리아를 향해 출발했다. 리옹에서 직통으로 연결되는 철로가 건설 중이라서 폴과 케리는 여섯 시간이 넘게 걸려서 토리노에 도착했다.

아치볼드는 케리와 폴이 이 비공개적인 집회에 방청객으로 참석할 수 있도록 모든 걸 주선해주었다. 저녁때까지 기다렸다가 토리노의 레스토랑에서 두 사람을 조용히 만나도 될 텐데, 아치볼드는 한때 세계적으로 이름을 떨쳤던 정치가들과 나란히 한 자리를 차지한 자신의 모습을 보여주고 싶었던 것이다.

명품 양복 차림의 아치볼드는 한 영국인 의원 옆에 앉아서 고급 위스키를 마시고 있었다. 차례가 된 아치볼드가 '사설 기관과 국제 평화를 위한 협력'에 관해 연설을 시작했다. 옷 색깔과 정말 잘 어울리게 상의 호주머니에 꽂은 보라색 줄무늬 실크 손수건, 오랜 세월 산전수전 다 겪은 고단한 눈빛의 영국인은 고개를 크게 끄덕이면서 동의한다는 표시를 했다.

옆자리에 앉은 세련된 존재에게 고무된 아치볼드는 영국식 억양으로 '음', '글쎄요', '정말이지' 같은 감탄사를 간간이 섞으면서 열심히 발표하고 있었다. 하지만 참석자들은 아치볼드의 연설에 아무런 관심을 기울이지 않은 채 각자 대놓고 옆 사람과 속삭였다.

고르바초프는 아예 눈길 한 번 주지 않았고 아치볼드가 연설을 끝냈을 때도 옆 사람과 계속 말하면서 기계적으로 박수를 쳤다.

곧이어 휴식 시간이 예정되어 있었다. 아치볼드가 축하의 말을 듣는 동안 케리와 폴은 집회장을 나와 호텔 로비로 나갔다.

호텔은 강철로 골격을 세운 정육면체의 유리로 이뤄진 초현대적 건물이었다. 공간을 장식하는 열대식물들의 호흡 작용으로 창유리에 물방울이 맺혀 있었다. 투피스 차림의 매력적인 젊은 여성들과 훤칠한 젊은이들이 서류 더미를 한 아름 안고 로비를 뛰어다녔다. 권력가들 주위를 맴돌면서 보좌하는 신인 정치인들이었다. 출구나 엘리베이터 근처 곳곳에 배치된 보디가드들이 작은 이어폰을 낀 채 의뢰인의 목소리에 귀를 기울이고 있었다. 패션의 나라 이탈리아에 와 있어서일까, 똑 떨어지는 감색 양복에 검은 안경을 쓴 보디가드들의 옷차림이 세련되어 보였다.

30분 후, 아무도 붙잡지 않는 사람들 틈을 비집고 나온 아치볼드는 손바닥으로 머리를 매만지면서 폴과 케리를 만나러 왔다. 그는 빨간색 소파에 앉았는데 폴을 마주 보는 케리의 옆자리였다.

"굉장히 혼잡하군!" 아치볼드는 헛기침을 하면서 말했다.

케리는 아치볼드를 좋게 평가한 적이 없었다. 여자들을 대하는 아치볼드의 태도를 몹시 불쾌해한다는 걸 잘 알고 있는 폴이지만 막상 케리가 공격적인 말투로 질문할 때는 적잖이 놀랐다.

"이게 뭐 하는 집회죠?"

"가장 안전하게 돈 세탁을 할 수 있는 국제 재단의 모임이지. 마피아가 모든 경비를 대고, 가톨릭교회까지 나서서 적극적으로 추진하고 있으니까. 고르바초프를 개종시키는 중이야. 아내가 사망한 뒤로 편협한 신앙심을 가진 사람으로 변하고 있거든."

"이런 이벤트가 누구에게 도움이 되는데요?"

"글쎄, 그건 중요한 문제가 아니지. 모두 만족하고 있고, 이틀 동안 우리는 왕자처럼 지내다가 기분 좋게 헤어지면 그만이니까. 내년에는 베네치아에서 집회가 있을 거야."

호텔 앞에 검은색 알파로메오 자동차들이 길게 줄지어 있는데 사람들을 내려놓거나 태우고 있었다.

"여기가 피아트 공장이었다는 거 알고 있나? 자동차 공장을 이렇게 비즈니스 구역과 국제회의 센터로 바꿔놓은 것 좀 봐. 이탈리아 사람들, 정말 멋지단 말이야."

아치볼드의 서열에서는 영국 다음으로 라틴계 국민들이 두 번째 자리였다.

"여기서 뭘 하고 있는지 물어봐도 실례가 되지 않겠습니까?" 폴이 끼어들었다. "언제부터 평화 전문가가 되셨어요?"

아치볼드는 모욕당한 표정을 지었다.

"무슨 소리야? 내가 한 인도주의적 비정부기구의 명예 의장이라는 거 몰랐나?"

"정말이에요?"

"물론. 그게 뭐 이상한가? 인류애를 위한 기구인데 라이베리아의 미망인 단체와 페루의 고아들을 후원해주고 있지. 적도만 아니면 어디든 문제될 게 없어! 어차피 나야 세세한 것에는 관여하지 않으니까."

케리와 폴의 비웃음을 보면서 아치볼드는 화제를 바꿨다.

"어쨌든 나한테 중요한 건 우리 프로비던스에 성체의 빵이 되어줄 비밀 정보원들과 관계를 맺을 수 있다는 거지. 그건 그렇고 일 얘기나 하자고."

"여기서요?"

호텔 로비는 무방비 상태의 넓은 공간이었다. 그리 멀지 않은 또 다른 소파에 연사들이나 초대받은 사람들이 앉아 있었다.

"전혀 위험하지 않아." 아치볼드가 안심시켰다. "여기 참석한 사람 중에 남의 말을 엿들으러 온 사람은 없으니까. 자네들에게 아주 급히 할 말이 있어서 만나자고 했네. 중요한 결정을 내렸는데 빨리 알려야 하기 때문에."

"우리가 하고 있는 조사와 관련된 건가요?"

"그렇지."

"그럼 우리가 잠정적으로 내린 결론을 간략하게 설명해야겠죠?" 케리가 물었다.

"아니, 그럴 필요 없어! 출장 중에도 프로비던스로부터 자네들의 행적을 일일이 보고받아 다 알고 있으니까. 그러니 그 얘기는 다시 할 필요가 없지."

"하지만 어제 새로운 진전이 있었어요." 케리가 말했다. "그건 모를 텐데요. 우리가 시간이 없어서 아직 프로비던스에 보고하지 못했는데……."

"우리가 행방을 추적하던 그 프랑스 학생을 만났어요." 이번에는 폴이 말했다. "리옹에 있는 집으로 찾아갔는데 미국 집단과 폴란드 사건의 연결 고리가 맞았어요. 그의 조종을 받고 브로츠와프로 갔던 여자가 지금 미국에 가 있어요."

"연구소를 습격한 목적이 개나 고양이를 해방시키는 것이 아니라 추측대로 실험실의 샘플을 훔치는 것이 맞았어요."

아치볼드가 손짓으로 말을 잘랐다.

"대단해, 아주 대단해. 자네들이 이미 알아낸 것을 확인하고야 말았군. 그럴 줄 알았어. 전혀 의심하지 않았으니까. 아주 훌륭하게 해냈군. 성공한 것을 축하하네. 카푸치노 한 잔."

알바니아인 웨이터가 피곤한 표정으로 주문을 받은 다음 발을 질질 끌면서 다른 무리가 있는 데로 걸어갔다.

"3주도 안 돼서 사건을 완결하다니, 정말 기가 막히군."

"사건을 완결하다니 그게 무슨 말이에요?"

아마도 방심하지 않고 있었던지 케리가 먼저 반응했다.

"자네들이 영국 정보국의 직감을 확인했잖아." 아치볼드가 말했다. "브로츠와프 사건은 미국 집단의 짓이었어. 어처구니없는 이유로 같은 인간을 공격하기로 결정한 최악의 미치광이들이야."

아치볼드는 웨이터가 내미는 찻잔을 받아서 테이블에 내려놓았는데, 코코아 가루를 뿌린 거품이 받침접시로 넘쳐흘렀다.

"따라서 우리의 의무는 사건에 관련된 서류를 즉시 연방수사국의 고위층에 넘겨주는 것이지." 아치볼드는 딱 잘라 말했다.

케리와 폴의 눈이 마주쳤다. 두 사람은 똑같이 놀라고 똑같이 분개했다.

"서류를 넘겨주다니요! 조사가 아직 끝나지도 않았는데."

폴은 아치볼드가 케리 옆에 앉은 이유를 알아차렸다. 케리의 얼굴을 보지 않아도 되기 때문이었다. 격분해서 이글거리는 초록색 눈빛을 견디기 괴로웠던 것이다.

"그게 규정이니까 어쩔 수 없네." 아치볼드는 손을 비비면서 말했는데 초연한 성직자 같은 어조였다. "우리 같은 사설 첩보 기관은 안전이 보장되는 사건만 조사할 수 있지. 예전 CIA 시절과는 미묘한 차이가 있단 말이야. 이제 우리는 한계를 느끼면 더 이상은 사건을 맡을 수가 없어."

"시시한 소리 집어치우시죠!" 케리는 계속 시선을 피하고 있는 아치볼드가 고개를 돌려 쳐다보도록 크게 소리쳤다. "문제는 그게 아니에요. 우리가 추적하고 있는 것은 아주 심각한 사건이란 말입니다. 위험천만한 미치광이들이라고요! 그자들이 위험한 계획을 실행할 건데 어디서 일을 벌일지도 몰라 하루하루가 중요한 상황인데! 우선순위를 서른 번째쯤으로 분류해서 언제 움직일지도 모르는 연방수사국에 이 사건을 넘겨서는 안 되죠."

아치볼드는 마치 소음 때문에 불편한 것처럼 얼굴을 찌푸렸다. 잠시 후 훨씬 부드러운 목소리로 말했다.

"요컨대 자네들이 알아낸 정보 덕분에 사건을 아주 간단하게 정리할 수 있겠군. 미국 영토에 세균을 이용하는 비상사태가 일어날 위험이 있는 사건."

"네?" 폴이 끼어들었다. "왜 그렇게 말하죠?"

"나는 이 정도로 만족하니까. 광적인 집단이 테러 목적으로 입수한 위험한 세균을 미국에 퍼뜨릴 거란 얘기 아닌가? 그 집단이 환경 운동가들이든, 신나치주의자들이든, 이슬람주의자들이든 상관없어. 그래봐야 허튼수작으로 끝나고 말 테니까.”

“아뇨. 우리는 해로우의 계획이 세계적이며, 표적은 미국이 아니라고 확신해요.” 폴이 반박했다.

“이유는?”

폴은 당황했다. 이런 식의 단도직입적인 질문이 제일 싫었다.

“그 집단의 목적은 가난한 사람들을 없애버리는 것이니까요.”

아치볼드가 비웃었다.

“미국에는 가난한 사람들이 없나? 뉴올리언스에 홍수가 났을 때…….”

그 순간 키가 작은 까무잡잡한 남자가 로비를 지나가는데 추종자들인지 한 무리의 사람들이 뒤따랐다. 아치볼드가 인사를 하기 위해 일어났다.

“노벨 평화상을 받은 코스타리카 사람인데…….” 아치볼드는 도로 자리에 앉으면서 말했다. “아, 이름이 기억나질 않네. 유명한 사람인데…….”

이윽고 중요한 협상을 끝내는 사업가의 피로한 표정으로 하던 얘기를 이어나갔다.

“문제의 환경 단체가 미국에 있는 테러 집단이고, 프랑스 학생이 그 단체의 연락원이라는 얘기잖아. 그리고 프랑스 연락원의 조종을 받은 여자가 폴란드 연구소에서 훔친 것을 갖고 미국으로 갔다는 것이고. 다시 말해서 이 사건은 미국의 안전이 우선이기 때문에 우리는 더 이상 나설 수가 없는 문제가 되었단 말이지.”

케리가 반박할 거라고 느낀 아치볼드가 얼른 덧붙였다.

“어쨌든 CIA가 모든 걸 중단하길 원해.”

“왜죠?”

아치볼드는 고개를 들지 못한 채 넥타이의 먼지를 터는 척하면서 나직한 어조로 말했다.

"이틀 전에 랭글리의 전화를 받았지. CIA 최고위층이 개입했다는 건 우리에게 관련 자료를 모두 넘기고 손을 떼라는 뜻이야. 시애틀에서 케리 자네가 벌인 작전이 물의를 일으킨 모양이야."

케리는 부르르 떨었다.

"자네를 비난할 생각은 없어. 해야 할 일이었고, 최선을 다해서 해냈다는 걸 나는 아니까. 하지만 그 일이 FBI의 귀에 들어가면서 CIA와 심각한 논쟁이 일어난 것이 틀림없어. CIA에서 싱가포르에 있는 나에게 전화를 걸어서 모든 걸 중단하고 자네들이 내린 결론을 넘겨달라고 부탁하는 걸 보면."

"그래서 수락하셨어요?" 케리가 물었다.

"안심하게." 아치볼드는 마치 가장 중요한 문제라는 듯 말했다. "계약한 금액은 그쪽에서 어김없이 지불해줄 거니까. 그리고 우리가 한 일에 대해 아주 만족해한다고 확신해. 지금쯤은 내가 프로비던스를 통해 보내준 종합적인 보고서를 CIA에서 검토했을 거야."

폴은 더 이상 말해봐야 소용없다는 걸 느꼈다. 다만 케리가 홧김에 질 것이 뻔한 싸움을 거는 일이 없기를 바랐다. 케리가 예전의 규율을 되살려서 행동하느라고 많이 힘들어했다는 걸 잘 아는 폴은 물끄러미 쳐다보다 한순간 그녀가 아치볼드에게 달려들어 따귀라도 날릴까 봐 가슴이 조마조마했다. 그렇지만 케리는 예상과 달리 차분했고, 얼굴을 돌려 아치볼드에게 미소까지 지어 보였다.

"내 아이들이 좋아할 거예요." 케리의 목소리가 이상할 정도로 침착했다. "예정보다 일찍 엄마를 만나는 거니까요."

아치볼드는 빙긋이 웃으면서 작은 스푼으로 찻잔을 젓고 있지만 아직은 케리가 덤벼들지 않을 거란 확신이 없는 얼굴이었다.

"당장 연락해야겠어요. 자고 일어날 시간이니까."

자리에서 일어난 케리가 휴대전화를 귀에 댄 채 멀어져 갔다.

"정말 놀라운 여자야." 아치볼드가 고개를 설레설레 저었다.

아치볼드는 이 기회에 두 사람이 어떤 관계인지 폴에게 넌지시 물어볼 수도 있었다. 하지만 그럴 때가 아니라고 판단하고 신중한 태도를 보였다.

"오늘 저녁 상원의원 두 명과 함께 워싱턴행 특별기 편으로 돌아갈 건데 자네도 같이 가겠나?"

폴은 사건을 빨리 종결지으라는 위협을 받고 있었다. 산행하던 중에 갑자기 중단하고 하산하라는 연락을 받은 등산가처럼 돌연 변경된 이 상황을 어떻게 받아들여야 할지 갈피를 잡지 못하고 있었다.

그사이에 통화를 끝낸 케리가 고개를 저으면서 돌아왔다.

"내가 깜빡 잊고 있었네. 아이들이 방학이라서 남편이 새크라멘토에 있는 친가로 데려간다고 했는데."

폴은 건성으로 듣고 있다가 소스라치게 놀라서 케리를 뚫어져라 응시했다. 로빈이 새크라멘토에? 그가 알기로 케리의 남편은 토론토와 서스캐처원 주에서 성장한 캐나다 사람이었다. 그리고 그녀는 분명히 로빈이 캐나다로 아이들을 데려갔다고 말했는데…….

"폴에게 오늘 저녁 비행기로 같이 돌아가자고 제안했는데."

"좋은 생각이네요. 두 분은 가세요. 나는 바쁘지 않으니까 밀라노에 가서 쇼핑이나 할 생각이거든요."

아치볼드는 히스테릭한 여성 혁명운동가와 맞서야 하는 걸 두려워하던 차에 마침내 눈앞에서 자기 취향의 여성을 발견하고 일어났다. 그는 정중하게 케리의 손을 잡아서 입술로 가져갔다.

케리는 약간 바보 같기는 해도 아치볼드의 마음에 들게 매력적으로 웃어주었다.

"난 호텔로 갈 건데 당신도 가방 가지러 가야지?" 그녀가 폴에게 물었다.

"나도 지금 같이 갈게." 폴이 얼빠진 얼굴로 대답했다

"어서들 가게. 18시에 공항으로 출발할 거니까 시간은 넉넉해. 여기 이 로비에서 기다리겠네, 폴."

어느새 집회장 쪽 복도로 걸어가던 아치볼드는 꼭 인사하고 싶은 랜드바이 경의 은발을 발견했다. 문제를 해결했기 때문에 홀가분해진 아치볼드는 교양 있는 사람들에게 다가가는 데 어울리는 품위 있는 표정을 지으면서 빠르게 멀어져 갔다.

VIII

콜로라도 사막, 미국

해로우와 함께 말을 타고 사막을 둘러보면서 쥘리에트는 정신적인 변화가 일어나고 있음을 느꼈다. 짧은 여행을 하는 동안 변덕스러운 마음과 극도의 불안이 차츰 가라앉으면서 평온해졌다. 조용한 동굴 집에서 지내는 동안 걸핏하면 초조해지는 경향이 있었지만 대체로 기분은 그리 나쁘지 않았다.

쥘리에트는 브로츠와프에서 돌아온 뒤 몇 주일 동안 불안하게 보냈던 것과는 완전히 대조적임을 깨달았다. 처음에는 흥분이 가라앉지 않아서 신경이완제를 계속 먹어야 할 정도였다. 건강을 해칠 수 있다는 걸 알지만 이성적인 행동을 할 수 없기 때문이었다.

무슨 일이 일어나고 있는지 차츰 알게 된 지금 쥘리에트는 섬뜩했다. 아직은 정신적으로 약하다는 걸 잘 알기에 우울증이 재발할까 불안했다. 따라서 테드 해로우에게 미션을 맡길 만한 사람으로 보이려면 어떻게 해서든 믿음을 주어야 했다.

해로우는 여전히 그녀에게서 기대하는 것이 무엇인지 아무 말도 하지 않고 있었다. 그것이 게임의 규칙이라는 걸 그녀도 받아들였다. 하지만 문득 초인적인 시련을 겪어야 하리란 생각이 들었다. 불편한 생활, 수면 부족, 두려움 등의 악조건을 견뎌내야 할 것이고, 어쩌면 고문을 당할지도 몰랐다. 그녀는 불안한 정신과 심리 상태가 도질까 두려웠다.

그래서 쥘리에트는 다시 약을 먹기 시작했다. 신경이완제 몇

통을 지니고 다녔다. 입원했을 때 처방받은 것인데 약의 효과를 잘 알고 있었다. 속도를 늦추다가 차츰 물속으로 처박히는 배에 있는 느낌이 들고, 이 단계를 지나면 우울해지고 비관적이 되면서 자기 자신과 세상을 혐오하는 상태로 변해버리는 역효과가 날 위험도 있었다.

하지만 쥘리에트는 의연히 대처하기로 마음먹었다. 해로우 곁에서 지내면서부터 대학 시절과 숄므에서 고독한 생활을 보내며 그토록 자주 시달렸던 괴로운 우울증을 두려워하지 않게 되었다.

그녀는 테드 해로우에게 너무 큰 희망을 걸고 있음을 깨달았다. 해로우를 있는 그대로의 모습으로 보는 걸까, 아니면 이상적인 허상을 만들고 있는 걸까? 그를 사랑하는 걸까?

해로우의 외출이 잦았기 때문에 쥘리에트는 동굴 집 자신의 방에 누워서 이런저런 생각을 했다. 그러다가 해로우에 대한 자신의 감정은 사랑이 아니라는, 어쨌든 지금까지 경험했던 종류가 아니라는 결론을 내렸다. 그녀는 해로우와의 거리를 그대로 유지하고 싶었다. 해로우를 신뢰하고 감탄하는 건 이 거리감에서 기인했다. 두 사람 사이에 육체적 관계가 있었다면 해로우와 그가 나타내는 모든 것이 힘을 잃었을 것이다. 그녀는 해로우에게 맞설 힘이 없을 게 틀림없었다. 그러나 해로우는 처음과 다름없이 냉담하고 과묵했다. 해로우는 들락날락하면서 몇 시간씩 컴퓨터에 열중하거나 전화를 걸었다. 그리고 몇날 며칠 나가 있어야 할 정도로 약속이 많았고, 인디언 한 명을 데리고 다녔는데 이동하기 위한 자동차가 어디인가에 있는 것 같았다.

어느 날, 해로우가 컴퓨터를 켜놓은 채로 나갔는데 이메일 목록이 떠 있었다. 쥘리에트는 자존심 때문에 도저히 남의 메일함을 열어보는 비열한 짓을 할 수 없었다. 그리고 늘 뜻밖의 장소에 웅크린 채 아무 소리도 내지 않는 라울 때문에라도 단념해야 했다. 그렇지만 그녀는 컴퓨터 앞에 다가서지 않고 화면을 쳐다봤다. 전 세계에서 온 메시지들이었다. 중국, 아프리카, 유럽. 그녀는 해로우가 일부러 목록을 화면에 띄워놓은 게 아닌지 의문이 들었다. 해로우는 그녀가 속한 조직이 세계적인 규모임을 알리고 싶었던 것일지 몰랐다.

그들이 계획하는 것은 대규모 작전이며, 인내심을 요구한다는 걸 알려주는 것이기도 했다.

어느 날 해로우는 쥘리에트에게 무슨 책을 읽었는지 물었다. 그리고 테라스 한쪽 구석의 삼각대 위에 늘 올려져 있는 천체망원경으로 별을 관찰하게 했다. 그는 작전에 대해서는 일절 말하지 않았고, 그녀도 규칙을 지키느라고 질문하지 않았다. 어느 날 딱 한 번 그녀는 이 황량한 사막을 왕래하다 누군가의 눈에 띄면 수상쩍게 보일 수 있고, 사막 한복판에 모든 걸 갖춰놓고 전 세계와 소통하고 있는데 은신처가 발각될까 두렵지 않느냐고 물었다.

그건 호기심 차원의 표현이 아니었다.

해로우는 태연한 얼굴로 듣고 있다가 온종일 쥘리에트의 머릿속을 떠나지 않는 대답을 했다.

"사람들은 자기들이 두려워하는 것에만 신경을 쓰지."

해로우는 감정을 감추고 싶을 때 늘 그렇듯 잠시 파란 눈을 깜박이다가 덧붙였다.

"사람들은 상상도 할 수 없는 것은 두려워하지 않아."

언제나처럼 동문서답이었다. 쥘리에트의 질문에 대한 대답이 아니었다. 경찰은 그들의 계획과는 전혀 관계가 없는 흉악범들이나 생소한 테러 집단으로 생각하기 십상이었다.

그러나 해로우는 쥘리에트가 작전에 대해 알고 싶다는 말을 에둘러 표현한 것임을 알고 있었다. 해로우는 그들이 하려는 작전은 이제껏 경험해본 적이 없으며, 상상을 초월하는 완전히 새로운 전대미문의 작전임을 넌지시 암시할 뿐이었다.

이틀 동안 쥘리에트의 머릿속은 이 생각밖에 없었다. 그녀는 다른 질문을 하지 않았다.

공상 속에서 기다리는 긴장되지만 평온한 일상이 어느 날 아침 깨졌다. 잠을 깬 쥘리에트는 어두운 표정으로 테라스에 앉아 있는 해로우를 발견했다. 그녀가 앞에 가서 앉자 평소와 달리 해로우는 즉각 물었다.

"출발하기 전에 누구에게 말했나?"

"어디서 출발하기 전에요?"

"프랑스에서."

쥘리에트는 해로우를 빤히 쳐다봤다.

"심문이 다시 시작되는군요! 아직도 남아프리카에 있는 느낌이네요. 또 왜 이러는 건데요?"

"사람들이 자네를 찾고 있어."

"어떤 사람들인데요?"

"나야 모르지."

쥘리에트는 어깨를 으쓱하면서 사발에 차를 따랐다.

"우리에 대해 많은 걸 아는 사람들인 것 같아. 조나탕을 알고, 브로츠와프의 범인이 자네라는 것도 알고 있어."

"형사들이에요?"

"그럴 가능성은 적어."

"프랑스인이에요?"

"미국인들."

"그럼 FBI가 틀림없네요. 당신을 주시하고 있는 거 아니에요?"

"FBI는 아니라고 확신해. FBI에는 우리에게 정보를 주는 친구들이 몇 명 있는데 원어스를 탈퇴한 뒤로는 괴롭히지 않거든."

"그자들이 우리까지 찾아낼 수 있다고 생각하세요?"

"아마도. 하지만 아직은 여과 장치가 있지."

해로우는 부드럽게 말했고, 목소리도 전혀 적대적이지 않았다. 그렇지만 쥘리에트는 해로우가 이 일을 아주 심각하게 받아들이는 것이 느껴졌다.

"예정보다 일찍 작전 개시를 해야겠다."

"언제요?"

"내일 아침. 자네가 할 일이 있어. 가서 맡겨놓은 플라스크를 찾아와."

*

토리노, 이탈리아

아치볼드와 헤어져서 거리로 나온 케리와 폴은 택시를 소리쳐 불렀다. 비가 내리고 있었다. 1970년대형 줄리에타 티 자동차가 멈춰 섰다. 여든 살은 되어 보이는 늙은 택시 기사는 검은색 안경에 운전용 가죽 장갑을 끼고 미끄러지듯 커브를 돌았다. 평소 같으면 이런 스릴을 즐거워했겠지만, 의기소침해진 폴은 뒷좌석에 앉아서 차창 밖을 바라보고 있었다. 비에 젖은 붉은색 건물들이 번들거렸다.

"당신은 어떡할 거야?" 케리가 마침내 온화한 미소를 지으면서 물었다.

"글쎄, 이 어이없는 결말을 즐겨야 하나?"

"결말? 뭐가 끝났는데?"

폴은 케리가 놀리는 건지 보려고 잠시 뚫어져라 응시했다.

"무슨 뜻이야?"

케리가 고개를 돌리고 쳐다봤다. 그녀는 피에몬테 지방의 봄을 즐기기 위해 가슴 부분이 많이 파인 가벼운 원피스를 입고 있었다. 장소와 환경의 변화를 포착하는 능력이 탁월한 케리는 이탈리아인보다 더 이탈리아인처럼 보일 수도 있고, 필요하면 당장이라도 전투복 차림으로 낙하산 강하도 할 수 있는 천의 얼굴을 가진 여자였다.

"아치와의 계약이 끝난 거니까 우리는 자유야. 그 돼지가 틀린 말을 한 건 아냐."

폴은 고개를 끄덕이면서 다음 말을 기다렸다.

"우리가 언제는 자유가 없었나? 그건 아니지. 우리는 아치의 고용인들이 아니니까. 고용인이었던 적도 없고. 일을 도와주기로 하고 진행했는데 그만두라고 한 것뿐이야."

택시가 부르렁거리는 소리를 내면서 원기둥으로 둘러싸인 광장에 이르렀을 때 햇살이 비추기 시작했다. 포도에서 수증기가 피어오르고, 하늘은 구름이 걷히고 있었다.

"하지만 일을 계속할지 그만둘지 선택은 우리가 하는 거야."

"그러니까 당신은 계속하겠다는 뜻이야?"

"당신은 그만둘 생각이야?"

"아니."

"다행이네, 나와 생각이 같아서."

두 사람은 서로 쳐다보면서 웃음을 터뜨렸다.

호텔 앞에 도착하자 택시가 섰다. 택시 기사는 먼저 미터기가 아니라 시계를 보면서 시간을 확인했다. 해가 나는데도 비가 완전히 그친 것은 아니었다. 폴은 레인코트를 벌리면서 케리를 바짝 붙어 서게 했다. 그러고는 호텔로 뛰어들어갔고, 각자 객실로 들어가서 샤워를 하고 옷을 갈아입었다. 흰 바지에 허리를 묶는 우아한 블라우스를 입은 케리는 폴의 방으로 갔다. 그녀는 소파에 앉았고, 호텔의 두툼한 목욕 가운을 걸친 폴은 편안하게 두 팔을 베개 삼아 침대에 길게 누웠다.

"먼저 그 여자를 찾아야 해." 케리가 말문을 열었다. "조나탕이 알려준 뉴욕 주소로 찾아가봐야지. 프로비던스에 그걸 알려줄 시간도 없었지만 어차피 잘됐어. 이제부터는 우리가 직접 뛰어야 하니까."

"그 연락처가 어디일지 궁금해. 어떤 환경 단체의 주소일까?"

"어쨌든 조심해야지, 함정일지도 몰라. 그 집단에 접근하려면 위장을 해야 돼. 나는 이제 환경 단체에 알려져 있기 때문에 나서지 않는 편이 나아."

"원어스?"

"아마 다른 단체들도 마찬가지일 거야. 그런 소문은 빨리 퍼지니까."

그렇게 말하면서 케리는 블라우스 자락을 만지작거렸다. 폴은 사건의 열쇠를 쥐고 있는 쥘리에트에게 점점 다가가고 있는 느낌이 들었다. 그녀도 누군가의 손에서 놀아나는 장난감에 불과할 텐데.

"당신은 오늘 저녁에 아치볼드를 따라 워싱턴으로 갔다가 뉴욕으로 빠져." 케리가 말을 이었다. "그가 당신을 놓아주는 즉시 애틀랜타행 국내선 대신 곧장 택시를 타고 맨해튼으로 가."

"그럼 당신은?" 폴이 물었다.

"나도 당신과 함께 있고 싶지. 하지만 유럽을 둘러본 다음 당신과 합류할 거야."

"쇼핑하러 밀라노로 가려고?"

"아니, 다른 데로 갈 거야. 간밤에 잠이 안 와서 최근에 타이슨이 보낸 메일을 살펴봤어. 그런데 브로츠와프의 교수에 관해 흥미로운 사실을 알았어. 그 로굴스키가 동유럽에서만 공부를 한 게 아니었어. 1967년에 장학금을 받고 오스트리아 대학에서 2년 동안 유학했더라고."

"그래서?"

"그가 뭘 공부했는지 알아? 콘라드 프릿츠란 교수 밑에서 철학을 공부했다는데…… 어떻게 생각해?"

"글쎄, 모르겠어."

"내 생각에는 철학 공부를 한 게 아닌 것 같아."

폴은 확신이 서지 않았다.

"인터넷으로 검색해보다가 내가 뭘 발견했는지 알아? 그 프릿츠란 교수는 환경 철학의 최고 권위자 중 한 사람이야. 생태학 관련 저서도 여러 권 발표했고. 전 세계의 대학 서클에 영향력을 행사하고 있어."

"따라서?"

"로굴스키와 어떤 관계인지 좀 더 알아보고, 프릿츠라는 철학가를 만나봐야지. 여든 여덟 살이라는 그 철학가가 폴란드 학자와 미국 환경 운동가들과의 연결 고리일지 모르니까."

나무랄 데 없는 추리였다.

"그럼 오스트리아로 가려고?"

"오래 걸리지 않을 거야. 가능한 한 빨리 끝내고 돌아갈 생각이니까. 늦어도 사흘 이내에 뉴욕에서 만날 수 있을 거야."

*

필라델피아, 펜실베이니아 주

필라델피아에서 경찰로 살아가는 것이 그리 부러워할 만한 인생은 아니었다. 사람들이 마이애미나 시카고보다 일자리가 많아서 평탄하게 살아갈 수 있다고 생각하기 때문이지 정말로 살기 좋은 도시는 아니었다. 경찰 말년, 예순두 살의 버튼 홉킨스는 다행히 가장 원하는 보직을 얻는 데 성공했다. 기념비를 지키는 일이었다. 이것은 나무가 우거진 광장에서 노인들이 개를 데리고 안전하게 산책할 수 있도록 치안 유지에 신경을 쓴다는 의미였다.

관광객들은 기념비 앞에 서 있는 홉킨스를 사진에 담았고, 그럴 때마다 홉킨스는 역사적 유산의 일부가 된 느낌이 들었다. 순박한 얼굴에 허리띠 위로 불룩한 뱃살, 아이들이 무서워하는 굵은 콧수염, 홉킨스는 시민들로부터 경찰이 존중받고 사랑도 받던 지난 시대처럼 행복하게 일하고 있었다.

게다가 홉킨스는 집이 가까워서 기념비가 있는 광장까지 계절의 향기를 맡으면서 걸어 다녔다. 좋아하는 계절은 봄이었다. 펜실베이니아에서는 계절이 좀 늦기 때문에 예고 없이 불쑥 나타나는 친구처럼 봄이 왔다.

나이가 들었기 때문에 범법 행위를 감시하는 일은 홉킨스의 소관이 아니었다. 그는 고개를 들고 빌딩 사이의 파리한 하늘을 바라보고 있었다. 그래서 이날 아침 주차장 입구에 멈춰 선 시보레 자동차에 아무런 관심이 없었다. 홉킨스가 자동차를 지나쳐 가자 차 문이 열리고 한 여자가 내렸다. 망토를 걸친 검은색 머리의 날씬한 여자가 빠른 걸음으로 단숨에 나이 든 경찰을 따라잡았다.

"아저씨." 여자가 다정하게 이름을 불렀다.

홉킨스가 눈살을 찌푸리면서 돌아섰다.

"쥘리에트!"

홉킨스는 그녀의 어깨를 부여잡고 양 볼에 입맞춤을 했다. 그러고는 경찰의 품위를 떨어뜨리는 행위로 보는 사람이 있을까 봐 얼른 주위를 둘러봤다.

"필라델피아에는 어쩐 일이야?"

"한 번 들를 거라고 편지에 썼잖아요. 내 우편물 잘 받으셨죠?"

"아, 그 소포! 잘 받아서 집에 고이 모셔놨지. 얼마나 머물 거니?"

"곧 돌아가야 해요."

"이런! 루이즈는 이번 주에 볼티모어에 있는 고모 집에 갔는데 미리 연락이라도 해줬으면 좋잖아."

"언제가 될지 확실하지가 않았어요." 쥘리에트는 눈길을 내리면서 얼버무렸다.

"넌 하나도 안 변했구나." 홉킨스가 감개무량한 목소리로 말했다.

처음 필라델피아에 왔을 때 쥘리에트는 열여덟 살이었다. 그녀는 부모와 끝까지 싸워서 미국으로 떠나는 허락을 받았었다. 숙식을 제공하는 일자리를 얻어주겠다는 알선 업체의 제안을 받고 미국에 도착했다. 그러나 일자리가 취소되는 바람에 불법체류자 신세로 한 경찰관의 집에서 임시로 보호를 받게 되었다. 경찰관의 아내는 장애인이었고, 부모의 이혼으로 딱한 처지가 된 손녀 루이즈를 데려다 키우고 있었다. 쥘리에트가 남아프리카의 감시인들에게 끝내 털어놓지 않았던 미국의 연고지가 바로 그녀를 딸처럼 대해준 늙은 경찰관의 집이었다.

필라델피아에 체류하면서 쥘리에트는 처음으로 애정이라는 감정을 경험했다. 당시 루이즈는 불행한 일들을 겪었는데도 아주 쾌활한 열 살 소녀였다. 아버지 쪽이 아일랜드계인 홉킨스는 쥘리에트에게 따뜻한 인정을 베풀었지만, 퀘이커교도였던 어머니의 엄격한 교육을 받은 탓인지 해가 진 후에만 술을 마실 정도로 아주 고지식한 사람이었다.

"기념비가 있는 곳까지 같이 좀 걷자꾸나. 그래도 요즘은 어떻게 지내는지 들려줘야지."

"오늘은 정말 안 돼요, 아저씨. 가까운 시일 내에 다시 와서 사나흘쯤 지내다 갈게요. 조금 있다 비행기를 타야 하거든요. 봄이잖아요. 지난번에 말했던 정원사 친구가 파종을 해야 하기 때문에 씨앗을 찾으러 온 거예요."

홉킨스는 눈살을 찌푸렸다.

"좀 더 그럴듯하게 둘러대야지. 파종 얘기는 너무 어설프구나."

쥘리에트는 소스라쳤다. 대꾸하려는 순간 늙은 경찰관이 손가락으로 그녀를 가리키면서 다가왔다.

"연애하고 있지?"

쥘리에트가 안도하는 표정을 지었는데 홉킨스는 당황하는 것으로 여겼다.

"어쩔 줄 몰라하기는! 나한테는 그런 거짓말이 안 통하지. 경찰생활이 30년인데 내가 그것도 모를까 봐!"

쥘리에트는 충격을 받은 것처럼 눈을 깜박거리다 시선을 내렸다.

"너는 체포됐으니까 기념비까지 나랑 같이 가는 거야. 지금부터 자백해. 남자 이름이 뭐야?"

홉킨스는 쥘리에트의 팔짱을 끼면서 춤추듯 발걸음을 맞췄다.

"음…… 사이먼이에요."

"어디 사는데?"

"와이오밍이요."

"아, 이제 이해가 되네. 그 지역은 재배 기간이 짧아. 늦게까지 추우니까. 씨앗을 빨리 갖다줘야겠구나."

갑자기 홉킨스가 멈춰 서서 무서운 얼굴로 쥘리에트를 쳐다봤다.

"네가 연방법을 위반하게 만들었던 걸 생각하면……."

"죄송해요. 하지만 조류독감이나 광우병…… 같은 문제는 걱정하지 않아도 돼요."

"구제역도 있지. 나도 알아. 그래서 사람들이 무공해 제품을 수입하느라고 난리가 났다는 걸."

홉킨스는 냉정을 되찾았다.

"하지만 공익을 위해서는 법을 지켜야 하는데⋯⋯."

홉킨스는 툴툴거리면서 다시 걸었다.

"에델은 집에 없어. 의료 시설에서 요양 중이거든. 물론 저녁마다 집사람을 만나러 가지. 버스로 한 시간 거리거든."

홉킨스가 한숨을 내쉬었다.

"집에 파출부 브라운 부인이 있을 거다. 네가 들를 거라고 전화해놓을 테니까 가면 부인이 소포를 내어줄 거야."

쥘리에트는 홉킨스의 품에 안겨서 뺨에 입을 맞췄다.

"고마워요, 아저씨. 그리고 사랑해요."

늙은 경관은 모자를 바로 썼다. 이번에는 주위를 살피지 않았다. 이렇게 젊고 아름다운 여자의 입맞춤을 받았다고 범죄는 아니지 않은가.

"맥주의 원료가 되는 홉을 재배할 거라고?"

"보통 홉이 아니라 최고급 맥주를 만들어내는 아주 귀한 종자예요. 그 종자로 사이먼이 미국에서 가장 맛있는 맥주를 만들 거예요. 그러면 맥주를 통으로 보내줄게요."

홉킨스는 어깨를 으쓱했다.

"그런데 나는 그런 얘기를 믿을 정도로 그렇게 고지식하지 않단 말이야."

4부

I

호호필젠, 오스트리아

티롤 지방의 골짜기에는 잔설이 있었다. 봄이 아직은 겨울을
완전히 몰아내지 못한 것이다. 북동쪽 비탈면의 경우, 이미 푸릇
푸릇하게 풀이 자란 길가까지도 드문드문 눈과 얼음이 남아 있
었다.

잘츠부르크에서 자동차를 빌린 케리는 오후 내내 모차르트 악
몽을 겪어야 했다. 상점이며 광고판이 온통 모차르트였고, 심지
어 모차르트 초콜릿까지 있었다. 잘츠부르크는 정말 볼프강 아
마데우스 모차르트의 도시였다. 케리는 포드 피에스타를 운전하
면서 달아나보지만 모차르트는 계속 쫓아왔다. 자동차 열쇠고리
에 달린 매달이 흔들거리는데 빨간 바탕에 음악 신동의 옆모습이
새겨 있었던 것이다.

프릿츠 교수가 사는 마을은 고속도로에서 20킬로미터쯤 떨어
진 산악 지대에 있었다. 케리는 쓸데없이 커다란 바로크풍의 교
회들만 덩그러니 보일 뿐 황량한 마을들을 지나쳤다.

구름이 낮게 깔려 있었다. 목적지에 가까워질수록 지평선이 밝
아왔다. 저 멀리 카이저게비르게 산봉우리들이 반짝거렸다. 마
침내 케리는 목적지에 도착했고, 날씨는 아주 좋았다.

프릿츠 교수의 집은 마을에서 좀 떨어져 있고, 지대가 높았다.
티롤 지방의 안개 자욱한 깊은 골짜기에 자리 잡은 키츠부헬과
산크트 요한의 전경이 파노라마처럼 펼쳐졌다. 갈색 암소들이
하얀 눈을 헤치고 푸릇푸릇 올라온 연한 풀을 걸신들린 듯 뜯어

먹고 있었다. 집의 발코니에 일렬로 늘어선 제라늄이 새빨간 꽃망울을 터뜨리고 있었다.

케리는 집 옆의 평지에 차를 세웠다. 그리고 정원의 자갈길을 따라가다 현관문과 연결되는 층계를 올라갔다. 어디선가 가축의 목에 단 방울 소리가 들렸다. 미풍에 실려 오는지 목장 위쪽 가풀막에 자리 잡은 울창한 솔숲의 송진 향기가 그윽했다. 그녀는 이런 산악 지대에 아이들을 데리고 와서 며칠 보내야겠다고 생각했다.

케리는 초인종을 누를 필요가 없었다. 마지막 계단에 이르렀을 때 현관문이 열렸다. 엷은 보라색 꽃무늬 작업복 차림의 뚱뚱한 여자가 활짝 웃는 얼굴로 그녀를 맞아주었다. 숱진 금발을 머리에 찰싹 붙이기 위해 헤어스프레이를 얼마나 많이 뿌렸는지 마치 철모를 쓰고 있는 것 같았다.

"교수님 만나러 온 기자 맞지요?"

여자의 영어가 꼭 산장, 즉 못질이라곤 하지 않고 통나무를 쌓아서 지은 투박한 집을 닮았다.

케리가 고개를 끄덕이자 여자는 집 안으로 들었다. 집에서 밀랍과 세척제 냄새가 났다. 케리는 여자를 따라 거실로 들어갔는데 어두컴컴하지만, 모든 물건이 반들반들했다. 창문을 통해 비쳐드는 햇빛에 니스를 칠한 목재 가구, 공들여 닦은 구리 장식품들, 숲 속의 옹달샘과 사슴을 묘사한 그림들이 반짝였다. 여자는 수놓은 쿠션이 놓인 소파에 케리를 앉게 했다.

"교수님은 곧 나오실 거예요. 차는 무엇으로?"

케리는 넓은 사각 턱의 남자 같은 여자의 정체가 궁금했다. 프릿츠의 아내일까, 아니면 가정부일까? 남편이 아내에게 '엄마'라는 호칭을 쓰기도 하는 독일 문화에서 프릿츠를 '교수님'이라고 호칭한 것은 아무런 의미가 없었다. 케리는 길게 생각할 겨를이 없었다. 프릿츠 교수가 거실에 나타났던 것이다.

프릿츠는 폭삭 늙은 노인이라고 하면 딱 좋을 모습이었다. 아흔에 가까운 나이까지는 보이지 않지만 이런 곳에서 일생을 보낸 사람이라면 그리 놀랄 일도 아니었다. 코르시카의 소시지에 돼지들이 그 섬에서 먹은 온갖 식물의 향이 배어 있는 것과 마찬가지로 이 골짜기에서 백 년 가까이 살아온 사람이 이곳 자연의 위력과 풍경에 동화되는 건 어쩌면 당연한 일이 아닐까. 새하얀 머리는 구불구불하고 덥수룩했다. 각진 코에 눈썹이 난 돌출 부위와 턱, 크게 뜨고 빤히 쳐다보는 눈은 차가움을 주는 연한 청색인데 역설적으로 열정적이면서 부드러워 보였다.

프릿츠는 호의적으로 보이는 인상이었다. 누구나 내 할아버지였으면 좋겠다고 생각할 정도로 어질고 지혜로운 주교의 모습이었다. 하지만 어머니에게서 성직자들, 특히 루터파 목사에 대한 불신을 물려받은 케리였다. 그 옛날 중앙유럽의 종교전쟁에서 기인하는 불신이었다. 케리는 프릿츠를 경계하고 있는 자신을 느꼈다.

"뉴욕에서 왔군요. 환영합니다. 나를 만나러 그 먼 길을 오다니 영광이군요."

인터넷에 올라 있는 정보에 따르면 프릿츠는 찰스턴 대학에서 3년 동안 초빙교수로 있었다. 길게 끄는 억양의 영어는 사우스캐롤라이나 주에서 지냈기 때문일 것이다. 죄악에 대해 설교하면서 열을 올리지 않는 어느 개신교 목사에게서 흔히 들을 수 있는 단조롭고 느린 어조였다.

"괜찮다면 인터뷰는 내 서재로 가서 하는 것이 좋겠소. 힐다, 들었나? 아, 나의 수호천사를 소개하지 않았군요. 힐다는 2년 전부터 정말 헌신적으로 나를 돌봐주고 있는 집사지요. 내가 너무 바보 같은 짓을 하지 않게 신경을 써주는 고마운 사람이죠."

프릿츠의 서재는 같은 층에 있었다. 목장 쪽으로 나 있는 유리창을 통해 햇살이 비쳐 들었다. 어두컴컴한 거실을 나와 서재로 들어서는데 바깥으로 나가는 느낌이 들었다. 창문이 없는 쪽 벽면은 책이 쌓여 있었다. 중앙에 놓인 커다란 책상에 꽤 많은 서류가 가지런히 정리되어 있었다.

"이제는 글을 많이 쓰지 않고 읽거나 정리하려고 애를 쓰지요." 프릿츠 교수는 마치 비난받아야 할 행동을 사과하듯 말했다.

케리는 파란색 벨벳 소파에 앉았고, 프릿츠 교수는 책상 앞에 자리를 잡았다.

"그럼 이제 인터뷰를 시작할까요? 무슨 얘기를 하면 되나요?"

케리는 교수의 시선을 피하고 있었다. 순수해 보이는 얼굴에 속지 않으려면 성직자들의 시선을 피해야 한다고 어머니가 가르쳤던 것이다.

"교수님에 대해서요. 위대한 환경 사상가들에 관한 기사를 쓰고 있어서 교수님을 꼭 만나뵙고 싶었습니다. 저는 프리랜서 기자이고, 《타임》에 실을 예정입니다."

케리는 명함을 내밀었다. 프릿츠는 산양의 뿔로 손잡이를 만든 큼직한 돋보기를 들고 명함을 들여다봤다.

"데보라 카네기입니다. 반갑습니다, 교수님."

프릿츠 교수는 명함을 책상에 내려놓고 그 위에 돋보기를 놨다.

"미국에서는 환경에 대해 별로 관심이 없는 걸로 아는데요. 나의 초기 작품은 거의 선구적이었을 텐데 이제부터 미국이 뒤를 잇는 건가요?"

"교수님은 환경 운동가들에게 큰 영향을 주셨습니다. 그리고 위대한 환경 운동가 대부분을 교수님께서 육성하셨고요."

"그건 사실이오!" 프릿츠 교수는 활짝 웃었다.

교수는 상대의 말을 기분 좋게 받아주면서 대화를 유쾌하게 이

끌어갔다. 지금까지 수없이 많은 사람을 만나고 관계를 맺었을 텐데 상대에게 친절한 놀라움과 호의적인 호기심으로 변함없이 경탄해주었다. 하지만 그런 것으로는 케리의 마음을 사로잡을 수 없었다.

"시간이 흐르면서 내가 가장 자랑스러워하는 것이 뭔지 아시오? 내가 주관했던 세미나들, 몇 년간 나와 함께 연구하고, 내가 하는 말을 듣기 위해 멀리서 찾아와준 젊은이들이지요."

"네, 바로 그 얘기를 해주세요." 케리가 말했다. "발표하신 작품을 참조할 수도 있지만 교수님의 사상이 변하면서 가르침에는 어떤 변화가 있었는지 직접 듣고 싶습니다."

"아, 그거라면 기쁘게 말해줄 수 있지요!"

케리에게 크리스마스 선물이라도 받은 것처럼 반기는 노교수의 말과 어린아이 같은 순진한 표정이 아주 잘 어울렸다.

"세미나는 언제부터 시작하셨습니까?"

"1959년 빈 대학을 떠나면서 시작했지요."

"빈 대학을…… 흔쾌히 떠나셨나요?"

"그렇기도 하고 아니기도 하죠. 정말 숨 막히는 환경이었지요. 1950년대 중반까지 오스트리아는 연합군에 점령되어 있었고, 대학은 엄중한 감시를 받고 있었으니까요. 그래서 거론할 수 없는 테마가 너무 많았죠. 나는 자연에 대해 강의하고 싶었지만 연합군에게 자연은 나치의 테마였지요. 세계 최초의 동물보호법을 만든 사람이 히틀러였기 때문에……."

"교수님은 오히려 좌파에 가까운……."

"그건 그렇지가 않아요. 사람들은 공산주의자들에게 호감을 갖고 있는 것으로 의심하고 있으니까요. 어쨌든 그 시절에 대해서는 그만 얘기합시다. 자유인에게는 지옥이었으니까."

프릿츠는 그 시절의 기억을 떨쳐버리려는 듯 고개를 세차게 흔들었다. 그러고는 다시 순진한 미소를 지었다.

"그래서 마침내 생각했지요. 내 말을 귀담아들어줄 사람들만 상대로 집에서 세미나를 열었지요."

"이 집에서 말입니까?"

"아니, 이전에 살던 집이지요. 잘츠부르크에서 더 가깝고 훨씬 넓었고, 집회를 가질 수 있을 정도로 아주 커다란 방이 있었어요."

프릿츠 교수가 벌떡 일어나서 벽에 걸린 액자를 가리켰는데 옛 집을 찍은 사진이었다.

"저 집이죠."

교수는 액자를 쳐다보고 있었다.

"어머니가 선물로 주신 코닥 카메라로 1925년부터 계속 사진을 찍었어요. 이 나이가 되니까 사진들이 내 기억을 대신해주지요."

"무엇에 대해 토론하는 세미나였나요?"

"초기에는 과학 철학에 관한 것이었고, 내 성찰은 거기서 시작 되었어요. 고생물학자들이 발견한 것에 강한 인상을 받았지요. 고생물학자들의 연구 덕분에 이 세상의 역사는 다섯 시기에 걸 쳐 동물이 멸종했다는 걸 알았거든요. 가장 유명한 것이 공룡이 멸종한 시기지요. 그런데 고생물학자들이 그 시기—1950년대 중 반을 말하는 겁니다—에 여섯 번째의 멸종이 일어나고 있다는 걸 알아차리기 시작했어요. 수많은 종의 동식물이 사라지고 있 는 오늘날의 상황을 뜻하는 거지요. 이전 다섯 시기의 멸종은 그 원인이 자연적인 것인 반면에 오늘날 우리가 경험하고 있는 여 섯 번째의 멸종은 그 원인이 인간이라는 것이 큰 차이점이죠. 첫 번째 세미나의 테마가 바로 자연과 인간의 멸종에 관한 것이었 어요."

프릿츠 교수는 가르치는 데 일생을 바쳐온 사람답게 생각을 일 목요연하게 정리해서 말했다.

케리는 개념을 조금씩 전개하는 방식이 얼마나 효과적인지 잘 알고 있었다. 잘못된 결론에 이를 거란 확신이 들더라도 이렇듯 점진적이고 논리적인 상대에게 대립하는 것은 아주 힘들었다. 중앙유럽계인 케리의 집안은 독일 철학과 마르크스주의의 수사학을 멀리하고 디드로와 볼테르의 냉소적인 사상을 선택했었다. 케리는 미국 대학의 지성적 자유에서 유머와 직관을 찾았고, 그것들이 그녀의 무기가 되었다.

"오늘날은 이런 사상이 진부해졌지요." 프릿츠 교수가 계속 말을 이었다. "하지만 그 당시만 해도 나는 시대의 흐름에 역행하는 사람이었어요. 여섯 번째 멸종에 대한 생각은 환경을 파괴하는 인간과 개인주의를 비판하는 결과를 낳았지요. 내가 첫 번째 책에 표현한 좀 거추장스러운 방정식이 있었어요. '물론 1789년 인간의 권리를 선언하는 것은 독단과 절대 권력으로부터 인류를 해방시키는 것이다. 하지만 그와 동시에 다른 존재들과 자연 전체에 대한 독단과 절대 권력을 부여하는 것이다.'"

"교수님은 데카르트의 사상을 비판하는 스피노자를 재평가하신 건가요?"

"이성에 대해 절대적인 믿음을 갖고 있는 데카르트! 인간 중심적 세계관을 주장하는 데카르트는 중죄인이지!"

프릿츠 교수는 얼굴 표정이 정말 풍부했다. 데카르트를 말할 때는 얼굴이 사탄! 이라고 외치고 있었다. 교수의 언성이 높아지고 말이 빨라졌다.

"반면에 스피노자는 모든 것이 인간의 의지가 아니라 자연의 법칙에 따라 움직이며, 인간도 자연의 일부라고 주장하지요."

"제자가 많았나요?"

"별로 없었죠. 대학에 있을 때부터 나를 따르던 제자 몇 명 정도니까. 하지만 내가 세미나에서 강연한 내용을 묶어 출판했는데 자본주의에 대한 강력한 비판에도 불구하고 열린 정신으로 받아들인 미국인들이 있었지요. 그것이 계기가 되어 미국에서 3년을 보냈고요. 사우스캐롤라이나 주는 남북전쟁으로 상처를 받았고, 북군이 도입한 산업생산 제일주의 풍토가 조성된 지방이더군요. 나는 상당히 고무된 상태로 오스트리아로 돌아왔고, 해마다 50명까지 지원서를 받아서 그중 20명 정도의 학생만 가르쳤지요."

"인터뷰 준비를 위해서 교수님의 제자 중 몇 명을 찾아봤어요." 케리는 서류를 뒤적이면서 말했다. "제자들의 증언을 듣기 위해 만나러 갈 예정입니다."

케리는 서류를 찾아서 꺼내는 시늉을 했다.

"교수님의 제자를 찾는 일은 아주 힘들었어요. 전 세계에 퍼져 있어서요. 중앙유럽에 온 김에 다음 주에는 폴란드로 갈 예정입니다."

"폴란드? 하지만 그 나라에는 내 제자가 별로 없을 텐데요."

"로-굴-스-키." 케리는 이름을 또박또박 읽었다. "이 이름 기억나지 않으세요?"

"아, 파벨 로굴스키, 열의가 대단한 뛰어난 학생이었지요. 공산주의 국가에서는 거의 오지 않을 때라서 기억이 나는군요. 그게 1967년이었는데……. 그 학생이 어떻게 되었는지 압니까?"

"현재 생물학 교수예요."

"아, 그래요? 놀랄 일도 아니죠. 개방적인 성격은 아니었지만 머리가 좋은 학생이었으니까. 그리고 1967년 그해에 모인 학생들은 모두 뛰어났지요."

프릿츠 교수가 일어나서 서재 안쪽에 놓인 캐비닛 앞으로 갔다. 그러고는 한 서랍을 열었는데 수직으로 분리된 칸에 서류가 정리되어 있었다. 서류 중에서 커다란 흑백사진 한 장을 꺼내더니 눈을 찡그리면서 사진 아래쪽에 만년필로 적은 날짜를 읽었다.

"67년, 맞아. 이걸 봐요."

프릿츠 교수가 케리 옆에 와서 서더니 A4 사이즈의 사진을 내밀었다.

"거기 손에 담배를 쥐고 있는 학생이 로굴스키지요."

제라늄으로 장식된 석조 건물 앞에서 찍은 사진인데 꽃이 시들어 있었다. 스무 명의 젊은이들이 두 줄을 이루고 있는데 앞줄은 무릎을 꿇은 자세였다. 프릿츠는 셔터 작동 시간을 조정하고 뛰어오다가 약간 늦었는지 비스듬하게 찍혀 있고, 손 하나가 흐릿했다.

프릿츠 교수의 제자들 중에 아시아인으로 보이는 두 젊은이와 거무스레한 얼굴빛의 인디언 용모를 한 젊은이 두 명이 있었다. 백인들은 에스파냐인, 영국인, 프랑스인, 미국인으로 보였다.

"다 어디서 온 사람들인가요?"

"훨씬 더 국제적이었던 시절도 있었지요." 프릿츠 교수는 질문에 대한 대답 대신에 툭 내뱉었다.

프릿츠 교수가 다시 사진을 받아 들었을 때 케리는 뒷면에 이름이 적혀 있는 걸 알았다. 그러나 이미 교수는 사진을 들고 캐비닛을 향해 돌아서 있었다.

"사진을 복사하게 빌려주시면 안 될까요? 사진도 함께 실으면 좋을 것 같아서요."

노교수는 못 들은 체하면서 사진을 서류철에 도로 집어넣은 다음 서랍을 닫고 자리로 돌아왔다.

"나는 원칙을 반드시 지키는 사람이오. 사진은 절대로 빌려주지 않아요. 그리고 이 집에는 복사기가 없어요. 따라서 복사하려면 사진을 갖고 나갔다가 내게 돌려주어야 하는데 그건 절대로 허락할 수 없어요."

케리는 고집부리지 않고 실망한 표정을 지었다.

"그렇게 실망하지 마요." 프릿츠 교수는 케리의 손을 토닥이면서 위로했다. "차고에 작은 사진 현상실이 있으니까 인화해서 다음 주에 한 장 보내줄게요. 어디까지 얘기하다 말았죠?"

"세미나 프로그램이요. 미국으로 떠나셨다가 돌아왔다고 말씀하셨어요."

"아! 1966년에 돌아왔고, 그 이듬해 세미나를 다시 개최했지요. 방금 보여줬던 그룹이 바로 새롭게 재개한 세미나의 첫 번째 제자들이지요. 그래서 똑똑히 기억하고 있는 겁니다. 그해 1967년에 나는 강연에 새바람을 불어넣었고, 학생들은 열광했지요. 학생들과 함께 어떤 테마를 연구하고 깨닫는 방식으로 세미나를 이끌었지요. 실제로 학생들이 없었다면 나는 자극을 받지도, 과감하지도 못했을 겁니다."

집사 힐다가 음료수를 들고 불쑥 서재로 들어왔는데 케리는 달라고 한 기억이 없었다.

"미국에서 위대한 철학가 허버트 마르쿠제를 만났는데 깊은 영향을 받았지요. 우선 보기에는 우리와 정반대의 주장을 하고 있었지요. 마르쿠제는 인간의 완전한 해방을 옹호하는 반면에 나는 개인주의의 폐해를 규탄했으니까요. 산업사회와 생산 제일주의 사회, 자본주의사회를 거부하고 있다는 건 공통점이었지요. 하지만 가장 인상 깊었던 것은 마르쿠제의 사상이 젊은 층에 큰 반향을 불러일으키고 있다는 점이었어요. 마르쿠제가 어떤 주장을 하든 내가 중요하게 여기는 것은 마르쿠제가 '행동'을 옹호한다는 점이었죠. 비록 마르쿠제가 직접 거론하지는 않았지만 그의 철학적 비평은 나의 한 프로그램으로 귀착되고 있었습니다. 오스트리아로 돌아오면서 나도 방법을 생각하기로 결정했지요."

케리는 받아 적고 있지만 그 집을 관찰하고 상황에 따라 질문이나 태도를 바꿔야 하기 때문에 프릿츠가 하는 말을 세세히 기록할 수가 없었다. 그녀는 이럴 경우를 대비해서 준비해온 녹음기가 잘 작동하기를 바랐다.

"그해 내 세미나의 테마는 인구문제였지요. 인간과 자연의 관계는 인구학적 균형이 관건이니까요. 원시사회는 자연과 균형을 이루며 살았고, 자연은 인간에게 양식을 풍족하게 주었지요. 하지만 이 조화의 열쇠는 인구수였어요. 풍족하게 먹고살기 위해서는 인간들의 수가 제한되어야 하지요. 그렇기 때문에 영아 유기, 인간 제물, 적들의 거세, 식인 풍습, 부부간의 금욕 같은 의식이 있었던 겁니다. 그러나 이런 균형이 깨지면 인구수가 급증하면서 자연을 위협하게 되지요. 자연이 줄 수 있는 것보다 많은 걸 끊임없이 요구하니까요. 풍족하게 누리다가 부족함을 알게 되면서 인간은 농사를 짓고, 정기적으로 벌목을 했지요. 물론 기자도 잘 알고 있는 사실이지만."

케리는 열심히 듣고 있는 표정을 지었다. 그녀는 학생이 아니라 기자 신분으로 인터뷰를 하고 있다는 것이 기억났다. 프릿츠 교수를 좀 더 밀어붙여야 했다.

"교수님은 좀 전에 '행동'에 대해 말씀하셨는데요."

"그랬지요. 내 세미나의 방향은 한 프로그램에 관련된 실제적인 문제를 토론하는 것이었죠. 나는 질문을 던졌지요. '인류가 자연에 가하는 압박을 어떻게 하면 억제할 수 있을까?'"

프릿츠 교수는 딸기나 석류 시럽으로 보이는 빨간 음료수를 한 모금 마셨고, 호주머니에서 손수건을 꺼내 입술을 꼼꼼하게 닦았다.

"그 질문에 대한 학생들의 열의는 대단했지요. 고대의 한 철학 유파에 와 있다는 착각이 들 정도로 아주 지성적인 토론이 이뤄졌는데……."

그 시절을 회상하면서 감정이 격해졌는지 프릿츠 교수가 터져 나오려는 오열을 참고 있었다.

"그래서 우리가 내린 결론은 혁신적인 것이었지요."

"교수님의 저서 중 어떤 책을 보면 참고가 될까요?"

"아니, 그건 발표한 적이 없어요. 다행히! 1960년대 말이 어떤 상황이었는지 생각해야 합니다. 환경 운동이 이제 막 조직화되는 중이었지요. 그런 상황에 극단적인 의견을 주장했다면 나는 순응하지 못하는 주변인이 되었겠죠."

서재 어디인가에 있는 뻐꾸기시계가 쉰 소리로 뻐꾹, 뻐꾹 열 번을 울었다.

"아, 이런! 집 구경도 시켜주지 않았군요." 프릿츠 교수가 큰 소리로 말했다.

"괜찮습니다, 교수님. 여기가 아주 좋은데요."

"아니, 나갑시다. 얘기는 걸으면서도 할 수 있어요."

프릿츠 교수는 그렇게 말하면서 이미 일어서 있었다.

집사는 문간에서 펠트 모자와 망토를 들고 있다가 교수에게 걸쳐주었다. 케리는 교수가 평소의 습관을 바꾸지 않기 위해서라는 걸 알아차렸다. 매일 아침 10시에 산책을 해야 하는데 그건 누구도 방해할 수 없었다.

"부모님의 집이었죠. 나는 이 집에서 6남매 중 넷째로 태어났어요." 프릿츠 교수는 거실을 지나 테라스에 이어 정원으로 나가면서 말했다. "나이가 드니까 지난날을 돌아보는 습관이 생기더군요. 미국에서 보낸 3년, 한두 번 외국에서 짧게 체류한 기간을 제외하고 나는 이 집과 아까 말한 그 집에서 평생을 보낸 겁니다."

이 말을 들으면서 케리는 뻐꾸기시계의 리듬에 맞춰 암소들을 보며 무료함을 달래는 세속을 등진 일생이라고 생각했다. 그렇다고 세계관이 달라지는 것은 아니었다. 어쩌면 거의 모든 철학가의 운명일지도 몰랐다. 칸트도 일생을 고향인 쾨니히스베르크(현재 지명은 칼리닌그라드)를 떠나지 않았는데…….

프릿츠 교수는 케리를 온실로 데려갔는데 잘 자라고 있는 푸크시아와 레몬나무들을 자랑스러워했다. 이어서 토끼, 칠면조, 거위가 있는 가금 사육장으로 이끌었다. 케리가 염려한 대로 교수가 대화의 흐름을 놓쳤기 때문에 본론으로 돌아오게 하느라고 애를 먹었다.

"1967년에 깨달은 생각에 대해서는 말씀을 하지 않으시네요. 교수님을 주변인으로 만들었을 거라고 하신 극단적인 주장이라는 것이……."

그들은 가금 사육장에 있었다. 프릿츠 교수는 손가락으로 거위 두 마리의 부리를 톡톡 건드리면서 장난을 쳤는데 황홀경에 빠진 듯 눈빛이 흐렸다.

"바로 여기였어요. 부모님을 뵈러 왔다가 그 생각이 떠올랐지요. 아까 내 세미나의 테마에 대해 말했는데 기억하시오?"

"인구문제를 말씀하시는 건가요?"

"맞아요. 인구 증가는 인류를 잉태해온 자연에 재앙이지요. 내 어머니가 생각났어요. 자연을 생각할 때마다 어머니가 생각나는 건 당연한 일이죠. 자연은 어머니처럼 우리를 품어주고 길러주니까요."

거위들이 케리 주위를 뒤뚱거리면서 교수처럼 손을 내밀어주길 기다리고 있었다. 하지만 거위를 싫어하는 케리는 거위들의 투실투실한 궁둥이를 걷어차지 않으려고 이를 악물어야 했다. 다행히 교수는 아무것도 눈치채지 못했다.

"한 이미지가 떠올랐어요. 가난한 어머니의 등골을 빼먹고 살면서 갖은 투정으로 결국 쓰러뜨리고 마는 배은망덕한 두 자식의 모습이었지요. 우리 인간과 어머니-자연의 모습과 다를 바가 없지요. 어머니에게서 빼낸 것으로 독립하여 부자가 된 자식과 기생충 같은 존재로 말썽을 피우며 사는 자식, 기자 양반은 이둘 중에서 어머니에게 덜 고통을 주는 자식이 누구라고 생각하시오? 돈 많은 아들은 언제고 돌아와 어머니를 도와줄 것이고, 돈 없는 아들은 계속 어머니가 부양해야겠지요."

땅바닥에 널린 거위 똥을 밟고 다녀야 하는 것과 생태학 비유를 듣고 있어야 하는 것, 케리는 이 둘 중에서 무엇이 더 짜증나는지 알 수가 없었다.

"교수님, 죄송한데요, 좀 춥네요. 들어가면 안 될까요? 그러면 여유를 갖고 교수님이 비유한 의미를 천천히 생각해보겠습니다. 가난한 아들과 부자 아들이 무엇을 비유하는 건지, 저는 잘 모르겠습니다."

"뭐라고요? 잘 모르시겠다?" 프릿츠 교수는 마지못해서 사육장의 철책 쪽문을 닫으면서 말했다. "부자 아들은 선진국, 산업 문명을 의미하고, 가난한 아들은 제3세계를 의미하는 건데……."

두 사람은 집 뒤쪽에 있는 유리문으로 가서 고슴도치 모양의 발판에 대고 신발에 묻은 흙을 털었다. 그들은 거실과 몇 개의 방을 지나 다시 서재로 들어갔다.

"그날도 지금처럼 급히 서재로 돌아와서 머릿속에 떠오른 생각을 써내려갔죠. 난 그걸 '개발의 아포리아'라고 부르지요."

"아포리아요?"

"해결책이 없는 논리적 난점, 넘을 수 없는 자가당착을 뜻하는 철학 용어지요. 따라서 개발의 아포리아란 기술 문명과 산업 문명이 자연을 파괴하고 있다는 것인데 동시에 해결책을 가져다주기도 하지요. 가령 선진국들은 인구 증가율이 낮거나 감소하는 반면에 저개발국들은 인구가 계속 증가하고 있어요. 기술적인 변화가 없다면 인구 증가는 심각한 결과를 가져올 겁니다. 걷잡을 수 없는 산림 파괴와 사막화, 급증하는 대도시 등. 인구의 급속한 증가로 이런 단계에 이르면 더 이상 해결책이란 없어요. 제3세계 나라들까지 산업 개발을 하면 대재앙이 일어날 겁니다. 중국에서 개발이 가속화되면서 얼마나 무질서해졌는지 보세요. 중국인들과 인도인들, 아프리카인들이 모두 같은 양의 식량, 아니 미국인 한 명이 먹는 식량의 절반 정도라도 소모한다면 우리의 어머니-자연이 어떻게 될지 생각해보시오."

"교수님이 내린 결론은……?"

"바로 그래서 내 세미나에서도 열띤 논쟁이 벌어졌지요. 이 논리로 끝까지 가면 자연보호를 위해 표적으로 삼을 대상은 부자 아들이 아니라 가난한 아들이어야 합니다."

케리는 퍼즐의 조각들이 맞춰지는 느낌이 들었다. 신 포식자 집단의 주장과 일치하지 않는가. 누군가가 거친 해로우의 생각에 프릿츠 교수의 미묘한 철학을 불어넣었다고 할까…….

"가난한 아들을 표적으로 삼는다는 것이 무슨 뜻입니까?"

"환경보호 운동의 당면 과제는 생산 제일주의의 산업사회에 대한 투쟁이 아니라는 거지요. 그런 방식의 산업사회는 비난받아 마땅하지만 세계 인구로 따지면 일부분에 불과하고, 차지하는 땅덩어리를 봐도 미미하지요. 그리고 생산력과 공해, 재활용 문제를 해결하면서 지속적으로 발전하는 측면도 있고요. 따라서 오늘날의 생산 활동은 대부분 환경문제를 고려하고 있기 때문에 해를 끼친다고 볼 수 없지요. 다른 문명들에 확대 적용되지 않는다면 산업이 나쁜 건 아니니까요. 오히려 치명적인 위험은 가난한 나라들입니다. 가난한 나라들은 전통적 에너지나 미개한 기술을 이용하기 때문에 유독가스를 방출하는 주범이라고 할 수 있죠. 엄청난 인구 증가와 미개한 경작 방식으로 지구상의 마지막

보존 지역들을 개간하고 있고요. 야생동물을 살육하고, 강을 죽이고, 보호 동물을 암거래하고, 귀한 나무를 베어 넘어뜨리고, 수십만 킬로미터의 해안을 오염시키고, 해마다 낡은 디젤 자동차들이 대기를 오염시키고 있으니까요."

소리 없이 문간에 나타난 집사가 프릿츠 교수와 눈짓을 주고받았다.

"점심 들겠소? 오늘은 수요일이라서 치즈 카네데를리를 먹는 날인데 티롤 남부 지방의 특별한 파스타지요."

"아, 아니, 괜찮습니다." 케리가 어물어물 말했다.

하지만 그 누구도 제시간에 식사를 해야 하는 교수를 방해할 수 없었다. 교수는 힐다를 향해 고개를 끄덕였다.

"그해 제자들과 같이 있을 때의 기분이 나는군요." 프릿츠 교수는 인자한 미소를 지으면서 말했다. "모범적인 산업사회가 세계적으로 급증하는 걸 막는 것이 시급하다는 결론을 내렸지요. 우리가 문제 삼은 건 개발하려는 열망이죠. 제3세계 국가들에 선진국과 같은 방식을 따르게 하는 것이 당연한 일일지 모르지만 자연환경의 관점에서는 자살행위나 다름없지요."

케리가 미처 알아채지 못한 회색 고양이 한 마리가 교수의 다리에 몸을 비볐다. 꺼칠꺼칠한 바지에 부드러운 고양이 털이 마찰되는 소리가 들릴 정도로 집이 고요했다.

"가장 중요한 것은 가난한 나라들의 인구 증가를 억제하는 겁니다."

"억제해요? 어떻게……?"

"그래서 열띤 논쟁이 벌어졌지요. 우리 중에서 몇 명은 그 점에 대해 아주 과격한 반응을 보였지요. 제3세계 국가들의 전통적인 사회구조와 조상 대대로 내려오는 풍습, 생산량이 낮은 경작 방식 등을 유지시켜야 한다는 것이 그들 생각이었어요. 그리고 의료 지원 프로그램을 시작하는 것은 사망률을 감소시켜서 인구 증가를 높이기 때문에 범죄행위라고 보지요. 마찬가지로 수많은 내란에 개입하지 말아야 하며, 세계적 유행병을 규제하는 역할을 반대해야 하고, 식량 자원에 비해 잉여 인구로 인한 산아제한 정책을 저지하지 말아야 하지요. 요컨대 1960년대에는 생각해볼 수 있는 일이었지요. 그때의 제3세계는 원시적 사회에 가까웠으니까."

"그래도 너무 혁신적인 것 같네요. 독립의 바람이 한창 불고 있는 때에 개발을 반대한다는 것은……."

"네, 그래서 내가 그들을 진정시켰지요. 세미나를 끝내면서 나는 감동적인 주장이지만 시기상조라고 말했어요. 우리의 주장에 귀를 기울이기에는 국제 여론이 아직 조성되지 않았으니 심사숙고할 필요가 있다면서. 제자들은 절대다수의 합의가 무산되지 않기를 바라면서도 그래도 내가 알려진 사상가라고 그 자리에서는 내 말을 존중해주었지요."

"67년의 그 세미나 뒤로도 제자들을 만나십니까?"

"아니, 만나지는 않아도 편지를 보내는 이들은 있지요. 그들끼리는 연락하면서 관계를 유지하고 있는 모양이오. 그해의 경험은 아주 강렬했으니까. 내가 우리의 토론을 발표하지 않았다는 사실에 그들은 아마 내가 비밀을 지켜주는 것이라고 생각했을 겁니다."

늙은 가수의 쉰 목소리 같은 뻐꾸기시계가 정오를 알렸다. 그런데 첫 번째 뻐꾹 소리가 나기도 전에 교수가 일어서는 걸 보면 배꼽시계가 이미 신호를 보낸 것이 틀림없었다. 두 사람은 거실을 지나서 모퉁이를 돌았고, 벽을 따라 나무 의자가 놓인 식당으로 들어갔다. 하얀 식탁보 위에 도자기 접시와 은제 포크와 나이프가 가지런히 놓여 있었다.

"화이트와인 마시겠소? 가까운 골짜기에 사는 내 사촌이 생산하는 와인인데 이곳의 기후 덕분에 맛이 괜찮아요."

두 사람은 잠자코 먹었다.

"그다음 해의 세미나에서는……?" 케리는 마지막 남은 치즈 조각을 삼키고 나서 물었다.

"현실적인 면을 고려해서 더 고전적인 내용을 강연했지요. 특히 산업 문명의 위험에 대한 검토를 했지요. 아까 제3세계에 대해 말하면서 잊었는데 선진국도 핵무기, 온실효과, 유독성 폐기물 등 환경문제에서는 자유롭지 못하지요. 60년대의 환경보호 운동은 조직화되어 있었고, 명백하게 산업사회와 그 폐해를 표적으로 삼았지요. 한스 요나스[34]가 『책임의 원칙』에서 세계적으로 유명한 철학적 윤리를 제창했는데 기술적 진보에 대한 두려움이 나타나 있지요. 그렇게 해서 저개발 상태와 가난한 사람들의 증가와 관련된 위험성은 뒷전으로 물러나게 된 겁니다. 제3세계에 대한 비난은 윤리적으로 금기사항이 되었지요. 1967년 우리의 세미나는 너무 앞서갔다고 할까, 하여튼 극단적이었던 겁니다."

프릿츠 교수는 길게 열변을 토했다. 하지만 케리는 거의 듣지 않고 있다가 반응을 살피기 위해 물었다.

"죄송하지만 궁금한 게 있어서요. 혹시 로굴스키와 같은 시기에 테드 해로우라는 학생이 있었습니까?"

"영국인인가요?"

"아니, 미국인입니다. 어머니가 인디언 태생이고요."

"테드 해로우……, 글쎄 기억이 안 나네요. 우리에게 아메리카 인디언들에 대해 말해줄 사람이 있었으면 정말 좋았을 텐데. 생

....

34 독일의 생태철학자(1903~1993). 생산력의 발달을 통해 유토피아를 건설하려는 마르크스주의적 기획을 비판한다. 인간 중심적 자연관은 도구적 기술관과 맞물려 환경 파괴와 기술 유토피아라는 신화를 낳게 되었다.

태학적 책임에 대한 문제를 설명하기 위해 나는 늘 모델을 제시했거든요."

프릿츠 교수는 생각에 잠긴 얼굴로 입술을 실룩거렸는데 마치 해로우라는 이름을 되뇌는 것 같았다.

"사진을 보면 기억날지 몰라도 이름으로는 전혀 생각나는 게 없군요."

얼마 후, 케리는 다른 질문을 시도했다.

"좀 이상한 질문일 수도 있는데…… 교수님의 생태학 강연에서 콜레라가 어떤 특별한 역할을 하는지요?"

"콜레라요?" 프릿츠 교수는 얼굴을 찌푸리면서 말했다. "어째서 내가 그 끔찍한 세균에 관심이 있을 거라고 생각하시오?"

주장이 같은데도 교수는 신 포식자 집단에 대해 전혀 모르는 눈치였다. 그의 대답에서 숨기거나 거짓말이라는 기색이 없기 때문에 진실성을 의심하기는 힘들었다. 그렇다면 프릿츠 교수도 모르게 그 사상에 누군가가 영향을 받은 것으로 결론을 내려야 할까? 도대체 누구였을까?

점심 식사가 끝났을 때 케리는 교수의 다음 일정이 낮잠 시간이라는 걸 느꼈다. 피곤해 보이고 인터뷰를 빨리 끝내고 싶어 하는 얼굴이었다. 그녀는 노트를 닫으면서 고맙다고 인사했다.

프릿츠 교수는 문간까지 그녀를 배웅해주었다. 해가 중천에 떠 있고, 햇살을 받은 목장이 초록빛으로 빛나고 있었다. 노교수는 파노라마로 펼쳐진 눈부신 경관을 감상하기 위해 눈살을 찡그렸다.

"삶을 마감해야 하는 지금에서야 이따금 내가 틀렸던 거란 생각이 들어요. 그때 나는 용기가 부족했던 겁니다."

케리는 교수가 1967년에 대해 말하고 있다는 걸 알아차리는 데 시간이 좀 걸렸다.

"내 학생들이 옳았던 겁니다. 지금은 그들이 옳았다는 걸 믿어요."

교수가 케리를 쳐다보면서 불쑥 말했다.

"캡틴 쿠스토[35]를 아시오?"

"네, 누군지는 알아요."

"비범한 사람이지요. 1985년에 한 심포지엄에서 그분을 만났지요. 고통받는 바다에 대해 말하면서 우리에게 큰 충격을 주었지요. 지구는 2억 이상의 인간을 수용하지 말아야 한다는 글을 과감하게 썼던 사람이죠. 어쨌든 나는 틀린 말이 아니라고 생각해요. 오늘날 세계 인구는 60억이 넘어요! 지구를 살리려면 60억 인구를 10분의 1로 줄여야 한다는 게 내 생각인데…… 이 인구 증가를 어떻게 막을 수 있을까요? 1967년에는 우리가 감히 입 밖에 내지 못했던 주장이 오늘날은 지구를 살리기 위해 해결해야 할 가장 중요한 문제가 되었단 말이오."

"교수님, 어떻게 60억을 6억으로 만든다는 거죠?"

케리는 질문한 걸 후회했다. 프릿츠 교수는 피곤한 표정이고, 눈빛이 약간 빨갰다. 낮잠 시간을 넘겨서인지 친절함이 사라지고 있었다.

"나는 학술적 원칙에 근거해서 말한 것뿐이오." 교수가 퉁명스럽게 말했다. "내가 그런 세세한 것까지 설명해줄 거란 기대는 하지 마시오."

프릿츠 교수는 정중하게 인사를 하고 돌아섰다. 힐다는 헌신적인 집사답게 현관에서 교수의 실내복을 들고 기다리고 있었다.

....

35 자크이브 쿠스토(1910~1997), 프랑스 해군 장교 출신으로 해양 탐험가, 생태학자, 영화연출가, 환경 운동가 등 열정적인 삶을 살았다. 스쿠버다이빙의 창시자이자 수중자가호흡장치의 개발자이다.

II

뉴욕, 미국

전화선 너머의 목소리는 상냥하고 관능적이지만 불안하거나 두려워하는 것처럼 약간 떨고 있었다. 그렇지만 여자는 낯선 남자에게서 걸려온 전화를 두려워하는 것 같지는 않았다. 마치 바깥 소리를 살피는 것처럼 통화하는 중간중간에 말을 중단했다.

폴은 쥘리에트가 미국에 체류하고 있을 때 알고 지낸 친구라고 자신을 소개했다. 프랑스 숄므로 찾아갔지만 만나지 못하는 대신 이웃집 사람이 그동안 쥘리에트에게 온 것이라며 넘겨준 편지 꾸러미를 전해주려고 뉴욕에 왔다고 덧붙였다.

언제 들통 날지 모르게 너무 허술한 위장이었다. 이제는 프로비던스의 지원을 받을 수 없기 때문에 폴은 잘 넘어가리란 기대를 할 수 없었다. 시작은 자신 있게 했지만 말할수록 잘못되고 있음을 느꼈다. 하지만 폴은 조나탕이 알려준 전화번호로 연결된 이 여자가 일단 계략에 걸려들었다는 것에 안도했다. 여자는 얼마 전에 쥘리에트를 만났는데 애석하게도 지금은 뉴욕에 없다고 말했다(폴의 빈약한 위장을 생각하면 차라리 잘된 일이 아닌가). 폴이 쥘리에트가 어디에 있는지 아느냐고 묻자 여자는 기꺼이 알려주겠다면서 전화로는 곤란하니까 만나는 것이 좋겠다고 했다. 여자는 이름이 나타샤라고 말했다. 폴이 걱정했던 것보다 일이 훨씬 잘 풀리고 있었다.

나타샤는 약속 장소를 선뜻 정하지 못했다. 그녀는 롱아일랜드의 부모님 집에 살고 있는데 나이가 많은 분들이라 집에 손님, 특히 남자 손님이 찾아오는 걸 좋아하지 않았다. 부모님에게 아무리 설명해봐야 소용없었다. 물론 카페에서 만날 수도 있지만 그녀는 광장공포증이 있어서 사람들이 많은 곳을 꺼려했다. 가장 좋은 것은 폴이 여자의 사무실로 가서 만나는 것이었다. 여자는 한 환경 단체를 위해 일하는 화학자였다.

"쥘리에트와 알고 지낸 지 오래됐습니까?"

"몇 년 전 그녀가 그린월드에서 활동할 때 리옹에서 만났어요. 나는 연수를 하고 있었고요. 그 단체의 적인 회사에서."

"적이요?"

"알루미늄 회사 페쉬네거든요!" 여자가 웃으면서 대꾸했다.

"그럼 지금은……?"

"자연보호를 위한 미국 단체에서 일하고 있죠. ASCN이라고 들어보셨어요?"

폴은 프로비던스에서 보내준 서류에서 ASCN이라는 개혁적 환경 단체에 대해 읽은 기억이 났다. ASCN은 19세기 말에 설립되었고, 가장 힘센 로비 단체 중 하나였다. 정부에서도 적십자나 미국 총기협회와 마찬가지로 ASCN을 거의 공식적인 교섭 단체로 인정하고 있었다.

"몇 시에 들르면 될까요?"

"아, 그게…… 사무실에 다른 직원들이 있어서 사적인 대화를 나누기가 곤란해요."

그녀가 편하게 통화하지 못한 이유가 바로 이거였다.

"동료들이 퇴근한 뒤에 오는 게 좋겠어요."

그들은 저녁 8시에 만나기로 했다.

"아! 4번가에 있는 본사가 아니에요. 내가 일하는 기술부는 허드슨 강 서쪽에 위치한 작은 빌딩에 있어요. 운전하고 오실 건가요?"

"택시로 갈 겁니다."

"그럼 도착하면 휴대전화로 전화해주세요."

그녀는 전화번호를 불렀다.

"그 시간에는 정문이 잠겨 있을 거예요. 차고와 연결되는 문을 열어주러 내가 내려갈게요."

폴은 예약해놓은 호텔 방 침대에서 빈둥거리면서 시간을 보냈다. 며칠 동안 열어보지도 못한 프로비던스의 메일을 읽었다. 첨부 파일도 모두 열어봤는데 케리와 경쟁할 때 읽었더라면 좋았을 내용이었다. 그러나 아치볼드와 마지막 대화를 나눈 뒤로 메일이 끊겼다. 폴이 전화했을 때 타이슨은 비가 오느니 날씨가 좋다느니 딴소리를 하면서 통화하기 곤란하다는 표시를 했었다.

해로우 집단 중에서 이미 알고 있는 네 명의 신원 정보 외에 추가 명단이 있었다. 프로비던스는 여섯 명을 추적하는 데 성공했다. 텔레비전 방송국 기자가 두 명, 동부 연안에서 직원들을 거느리고 있는 사업가가 두 명, 베이징으로 나이키 스포츠용품을 수출하는 업체에서 일하는 사람 한 명, 그리고 ASCN에 입단한 여자가 한 명 있었다.

여자의 이름은 나타샤가 아니라 클라라였고, 화학자가 아니라 농학자였다. 그럼에도 폴은 방금 만나기로 약속한 여자와 동일인이라고 확신했다. 그리고 해로우 집단 중 처음으로 직접 만나게 되는 여자에게서 무슨 말을 듣게 될지 정말 흥분되었다.

토리노에서 헤어지면서 폴과 케리는 가짜 신분으로 휴대전화 두 대를 샀고, 전화번호는 두 사람만 알고 있기로 했다. 폴은 지갑에서 꺼낸 SIM 카드[36]를 휴대전화에 끼워 넣고 케리에게 전화

....

36 전화기에 꽂아서 전화번호 등을 등록하는 직접회로 내장 카드. 사용자가 이 카드에
   일정 금액을 기입하고 통화할 때마다 삭감되는 방식이다.

를 걸었다. 하지만 그들은 뉴욕 시간으로 22시에 연락하기로 약속했기 때문에 응답기가 작동했다. 폴은 여자를 만난 뒤에 다시 전화하겠다고 알리면서 다 잘될 거라고 말했다.

폴은 한참 기다린 끝에 간신히 택시를 잡을 수 있었다. 비가 내리고 있어서 뉴욕 시민들이 택시 승강장으로 몰려들었던 것이다. 택시 기사는 축구에 열광하는 아이티인이었다. 기사는 앞 유리를 통해 안전을 확인하면서 힐끔힐끔 백미러에 눈길을 보내면서 떠들어댔다. 폴은 나타샤에게 전화를 걸기 위해 기사가 쏟아내는 축구 선수 호나우지뉴에 대한 찬사를 중단시켜야 했다. 건물이 보이는 거리에 이르자 폴은 나타샤에게 도착했다고 알리고, 그녀에게 차고로 내려올 시간을 주기 위해 한 블록 떨어진 데에서 택시를 세우게 했다. 그리고 택시를 타고 오는 동안 들어야 했던 서인도제도의 음악에서 해방되었다.

ASCN의 빌딩은 퇴근 시간이 지났는데도 아직 불빛으로 훤했다. 폴은 한순간 의문이 일었다. 많은 사람이 늦게까지 일하는데 왜 정문이 닫혀 있다고 했을까? 심지어 거리 쪽으로 난 대형 유리문을 통해 누군가가 나오는 것이 보였다. 폴은 나타샤가 이목을 끌지 않기 위해서 내린 판단일 것이라고 생각했다. 그때 차고의 금속 블라인드를 작동하는 소리가 들리고 노란 불빛이 깜박거리고 있어서 더는 의문을 가질 시간이 없었다. 어두컴컴한 주차장 깊숙한 쪽에 여자의 실루엣이 보였다. 여자가 손짓을 했다. 폴은 군데군데 보이는 기름에 미끄러지지 않기 위해 바닥을 보면서 걸어갔다. 옆쪽의 쑥 들어간 데는 쓰레기장이 틀림없었다. 그 순간 폴은 좀 더 조심했어야 하는데 뭔가 잘못되고 있다는 직감이 들었지만 계속 걸었다. 그러나 너무 늦었다. 복면한 실루엣 둘이 느닷없이 달려드는 순간 폴은 목덜미에서 총부리를 느꼈다. 왼쪽에서 누군가가 폴의 팔을 등 뒤로 돌려 잡고 앞으로 떠밀었다. 여자는 지하실로 사라졌다. 자동타임 스위치가 꺼졌다. 복면한 남자 두 명에게 붙잡힌 폴은 초록 불빛의 비상구로 끌려나갔고, 출구 방향에 정차해 있는 사륜구동차까지 떠밀렸다. 트렁크가 열려 있었다. 두 남자가 폴의 입을 틀어막고 트렁크 안에 밀어 넣었다. 폴은 문짝에 끼지 않기 위해 웅크리고 누웠다. 이윽고 시동이 걸리더니 뭔가에 부딪히는 소리를 내면서 자동차가 모퉁이를 돌았다. 폴은 트렁크 틈새로 깜박이는 노란 불빛을 봤다. 그리고 네온 불빛에 이어서 가로등의 오렌지 불빛, 헤드라이트 불빛이 보였다. 자동차는 전속력으로 내달렸다.

*

티롤, 오스트리아

프릿츠 교수의 집을 나온 케리는 티롤의 골짜기를 거쳐서 인스브루크로 방향을 잡았다. 젖은 아스팔트 위에서 끼익, 바퀴 소리가 날 정도로 급커브를 돌면서 전속력으로 달렸다. 산꼭대기 위쪽의 구름을 비집고 나오는 햇살과 갑자기 쏟아지는 소나기가 번갈아 이어졌다. 초원은 독한 압생트 술의 초록색을 닮아 있었다.

케리는 기계적이고 반복된 동작으로 운전하다 보니 어느새 마음이 진정되었다. 자신의 이런 모습을 상상도 하지 못할 아이들과 남편 로빈, 친구들 그리고 풍요로운 생활을 떠올렸다. 이윽고 사건의 근거지라고 생각되는 곳을 찾아냈다는 사실에 고무되면서 예전의 흥분이 몰려왔다. 프릿츠 교수의 극단적인 발언에 숨어 있는 근원을 감지했던 것이다. 이어서 그녀는 폴, 오데사에서의 재회, 모든 작전, 프로비던스를 생각했다. 일에 다시 뛰어들면서 가능하다고 생각하지 않았던 일이 일어나고 있었다. 또 다른 현실에서의 이 일상은 관례적인 일이 예외적인 일로, 안락함이 행복감으로, 가족과 친구들이 그토록 다시 만나고 싶은 오래전의 사람들로 바뀌어 있었다.

인스브루크에 도착한 케리는 도심에 위치한 대형 호텔에 묵기로 결정했다. 주말이면 가족 단위로 즐겨 찾는 평범한 펜션보다 특급 호텔에 묵는 것이 이목을 끌지 않을 거라고 생각했다. 오랜 시간 욕조에 몸을 담근 다음 푹신한 침대에 누워서 편하게 즐기고 싶은 유혹도 있었다. 그녀가 예상했던 대로 스르르 잠이 들었다.

밤 9시에 배가 고파서 잠이 깬 케리는 오믈렛과 샐러드를 주문했다. 룸서비스 종사원이 접시, 소금 통, 빵, 버터, 포크와 나이프, 양념, 냅킨 등이 놓인 식기대를 밀고 들어왔다. 종사원이 베개와 이불을 반듯하게 펴놓고, 커튼을 젖히고 나서 금박종이로 싼 초콜릿 하나를 침대에 놓고 말 한마디 없이 사라졌다.

케리는 텔레비전을 켜고 채널을 돌리다가 CNN 방송에서 멈추고 주요 기사를 훑어봤다. 이라크, 뉴저지 주의 뉴어크에 있는 학교에서 총기 난사 사건, 동성연애자들의 결혼을 허락한 또 하나의 새로운 주, 뻔한 일상…… 그녀는 텔레비전을 껐다.

시차 때문에 폴의 전화가 언제 걸려올지 알 수 없었다. 케리는 앞으로 할 일을 곰곰이 생각했다. 일단은 폴이 뭔가를 알아낼 때까지 기다려야 했다. 그가 쥘리에트라는 여자의 위치를 알아내면 함께 추적할 생각이었다. 이것은 최상의 시나리오였다. 난관에 봉착할 경우는 무엇보다도 프릿츠 교수를 만나서 알아낸 단서를 논의할 필요가 있었다.

석연치 않은 점이 많았다. 해로우 집단이 프릿츠 교수가 주관한 1967년 세미나와 직접적으로 관련되어 있는 것이 분명했다. 그리고 문제의 세미나에서 논의되었던 내용을 공개하지 않았으니 그때의 제자 중 누군가와 연관이 있다는 결론을 내릴 수 있었다. 가장 유력한 용의자가 로굴스키였다. 케리는 브로츠와프 사건을 교란작전으로 본 폴의 판단이 옳았다는 생각이 들었다. 로굴스키가 정말로 그 사건에 연루되었다면, 연구소 습격은 그를 피해자로 만들어 혐의 선상에서 벗어나게 하는 계략이었다.

그렇지만 로굴스키 교수만으로는 사건의 실마리를 풀 수 없었다. 교수의 지원이 해로우와 그 집단에 결정적이었을 가능성은 있었다. 로굴스키가 해로우 집단의 계획에 부합하는 전염성 세균을 제공했을 가능성도 있었다. 그러나 교수는 적은 금액의 연구비를 받고 있었다. 공산주의가 붕괴된 뒤로 몹시 궁한 상태이기 때문에 로굴스키는 신 포식자 집단에 후원자 역할을 해줄 수 없었다. 따라서 아직은 퍼즐의 조각들이 다 맞춰지지 않았다.

로굴스키의 행적을 추적하는 것은 간단한 일이 아니었다. 폴란드로 가는 것은 시간 낭비가 되고 쓸데없는 위험에 노출될 우려가 있었다. 해로우가 정말로 위험한 비브리오 균주를 갖고 있다면 사용하지 못하게 막는 것이 우선이었다. 그리고 언제, 어디서 일을 저지를지 알아내야 했다. 해로우는 언제 행동할까? 폴이 쥘리에트를 찾아내지 못하면 알 길이 없는 것이다. 해로우는 콜레라균을 어디에 퍼뜨릴 준비를 하고 있을까? 케리는 프릿츠의 집에 답이 있다고 확신했다. 1967년 세미나의 그룹 사진에 실린 중국인, 인도인이나 파키스탄인의 이목구비를 닮은 두 얼굴, 라틴아메리카인들을 떠올렸다. 그 사진에 수수께끼의 열쇠가 있었다. 좀 무례하게 보이더라도 재빨리 사진 뒷면에 적힌 이름들을 봤어야 했는데…… 그녀는 자신이 원망스러웠다. 한 사람의 이름이라도 알아뒀다면 다른 사람들을 역추적할 수 있을 텐데. 이제는 사진이 오기를 기다리는 수밖에 없었다. 프릿츠 교수는 사나흘 이내에 DHL 국제 특송을 통해 케리가 알려준 주소(그녀의 친구 트레이시가 폴과 함께 일하는 병원의 주소였다)로 사진을 보내주겠다고 약속했다. 불행히도 이제 할 일은 그녀가 가장 싫어하는 기다리는 것이었다.

오믈렛 접시를 앞에 두고 소파에 앉은 채로 또다시 깜빡 잠이 들었던 케리는 전화벨 소리에 소스라치게 놀랐다. 폴이 전화할 때가 되었기 때문에 휴대전화를 바로 옆, 손닿는 곳에 두고 있었다. 그런데 프로비던스에서 마련해준 휴대전화가 울리고 있었다. 아치볼드가 작전에서 빠지라고 한 뒤로는 사용하지 않는 휴대전화인데 오후에도 두 번이나 울리기만 했을 뿐 전화를 건 상대는 아무 말도 하지 않았었다.

케리는 휴대전화 화면을 봤다. 오후와 마찬가지로 발신번호가 떠 있지 않았다. 그녀는 대답하지 않은 채 가만히 휴대전화를 귀에 대고 기다렸다. 그런데 이번에는 누군가가 말했다.

"일어나서 창문 앞으로 가."

아치볼드의 목소리인데 영국인의 다정한 음색이라곤 없었다. 격분해 있는 것이 분명했다.

"하지만······."

"시키는 대로 가라니까! 창문 앞으로 왔나? 거리가 보여?"

케리는 일어나서 이중 커튼을 젖혔다. 창문을 통해 인 호텔 앞의 거리를 내려다봤다. 젖은 포도에 노란 가로등 불빛이 어른거리고 있었다. 강둑을 따라 이어지는 철제 난간이 시커먼 강물에 비쳐 있었다.

"창문 앞에 있는 건가?"

"네."

"강둑에 모자를 쓴 남자가 있는데 보이나?"

밤이라서 강둑에는 사람이 거의 없었다. 손을 잡고 걸어가는 한 쌍의 커플, 개를 데리고 산책하는 키 작은 남자 한 명.

"아뇨."

"잘 보게."

왼쪽으로 몸을 약간 숙이던 케리는 프랑스 영화 〈제3의 인간〉에서 튀어나온 것 같은 개버딘 레인코트에 펠트 모자를 쓴 키 큰 남자를 발견했다.

"네, 보여요." 케리가 말했다.

"그 사람이 손을 흔들 거야."

케리는 전화선 너머에서 삐이, 하는 신호음을 들었다. 남자도 휴대전화로 듣고 있는 것이 틀림없었다. 남자가 머리를 젖히고 모자챙을 들추면서 창문을 향해 손을 흔들었다.

"봤나?"

"네."

"이제 앉아서 내 말을 잘 듣게."

케리는 천천히 침대로 돌아가서 가장자리에 기대고 앉았다. 오후에 전화벨이 울리기만 했던 이유가 이해되었다. 아치볼드가 휴대전화로 그녀의 위치를 추적한 것이었다. 첫 번째 전화는 그녀가 아직 도로에 있을 때였다. 그리고 인스브루크에 들어서는 순간에도 전화벨이 울렸었다.

"로비와 호텔 뒤편에도 사람들을 풀어놨으니까 내 허락 없이 움직이지 마. 오스트리아에는 누구를 만나러 간 건가?"

케리는 타이슨이 로굴스키와 프릿츠에 관한 메일의 내용을 아치볼드에게 보고한 것이라고 생각했다.

"대답하게. 오스트리아에서 누구를 만났나?"

"모차르트요."

전화선 너머에서 너무 화가 난 나머지 말문이 막혀버린 아치볼드의 거친 숨소리만 들렸다. 차츰 화를 가라앉힌 아치볼드가 말했다.

"지금부터 모든 걸 중단해. 알았나? 더는 아무것도 하지 마. 그리고 자네가 호텔을 나가지 못하도록 지키는 사람들한테 허튼수작 부리지 말게. 내가 현지 보안기동대에 요청해서 지원받은 사람들인데 말보다 손이 먼저거든. 그 천사 같은 얼굴로 미인계를 써도 절대 안 넘어갈 사람들이니까 괜한 수작 부리지 말고."

"칭찬으로 들을게요. 그리고 고맙습니다. 아주 쾌적한 호텔이라서 나도 여기서 나갈 생각이 없거든요."

"설마하니! 폴이 저지른 짓을 생각하면 자네들이 일에서 손을 떼지 않았다는 건데!" 아치볼드가 언성을 높였다.

아치볼드가 폴에 대해 내뱉는 말에 케리는 소스라쳤다.

"폴이 무슨 짓을 저질렀는데요?"

"나를 조롱하는 건가? '폴이 무슨 짓을 저질렀는데요?'" 아치볼드가 케리의 억양을 흉내 내는 것으로 그녀를 격분하게 만들었다.

"쓸데없는 소리 집어치우고 빨리 말해요! 폴에게 무슨 일이 일어났다는 거예요, 아니라는 거예요?"

모욕적인 말에도 불구하고 아치볼드는 감정을 절제하면서 영국식 억양으로 말했다.

"폴은 공항에서 나와 헤어진 뒤에 애틀랜타로 돌아가지 않고 뉴욕의 환경 단체 건물에 잠입했어. 그런데 하필이면 평범한 단체가 아니라 미국 환경 단체 중에서 가장 유서 깊고, 가장 훌륭하고, 가장 영향력 있는 단체였지. 자네와 마찬가지로 조사를 그만두기로 분명히 약속해놓고서……."

"정확하게 무슨 일이 일어났는데요?"

"폴은 약속하지 않았는데 나 혼자 오해한 건가 의문이 들 정도로."

아치볼드가 다시 고함을 질러댔다. 케리도 질세라 악을 썼다.

"폴에게 무슨 일이 일어났느냐고 묻잖아요?"

"붙잡혔어."

아치볼드가 어이가 없다는 듯 하늘을 쳐다보는 것이 느껴졌다.

"누구한테 붙잡혀요?"

"ASCN 건물에 잠입해서 뒤지다가 경비원들에게 붙잡혔다고. 이제 알았나? 극단적인 환경 단체에 대한 조사를 중단하기로 약속해놓고 폴이 대체 무슨 짓을 한 거야? 파리 한 마리 죽이지 않고, 해마다 상류층의 돈 많은 미국인들에게 복권을 파는 온건한 환경 단체를 건드렸다고!"

"말도 안 돼요!"

"뭐가 말도 안 돼? 사실을 부정하겠다는 건가?"

"폴은 어떤 여자와 약속이 있었어요. 정식으로 약속을 하고 만나러 간 거라고요!"

"아, 기억나는군."

"리옹의 프랑스 청년이 연락처를 알려준 여자였어요."

"그럼 일단 여자를 보자 생각이 바뀐 모양이지. 그 이전일 수도 있고. 폴이 무슨 생각으로 그랬는지 도무지 알 수가 없어. 그 친구를 믿지 말았어야 했는데! 아무튼 통제할 수 없는 인간이야. 자네도 마찬가지고!"

케리는 한동안 잠자코 있었다.

"여보세요, 듣고 있나?" 아치볼드가 물었다.

"네, 폴이 체포되었다는 걸 누구한테 들었어요?"

"CIA. CIA는 그걸 어떻게 알았냐고? ASCN의 안전을 책임지고 있는 사설 경비업체에 정보원이 있기 때문이지. 전직 CIA 요원이거든."

"그래서 경찰서로 넘겨졌나요? 아니면 FBI?"

"우리가 알고 있는 바로는 폴이 아직 경찰서로 가지 않았어."

"그렇다면 폴이 여전히 단체의 경비업체에 억류되어 있다는 건데…… 이상하다고 생각하지 않으세요?"

"ASCN의 홍보부가 폴을 경찰에 넘기기 전에 가장 효과적인 언론 플레이를 준비하고 있을지도 모르지. 환경 운동가들이 자유를 침해하는 행위이며, 비열한 표적 수사라고 성토할 테니까. 그리고 스타 가수와 영화배우, 탤런트를 동원해서 시끄럽게 만들겠지."

"하지만 누구를 상대로?"

"그들도 아마 그걸 알려고 애를 쓰고 있겠지. 경비업체가 온갖 수단을 다해 폴을 심문할 게 틀림없어. 폴이 아무 말도 하지 않으면 그들은 FBI를 비난할 것이고, 나는 FBI에 완전히 찍히겠지. 그래서 우리 사설 첩보 기관이 비난을 받게 되면 더 이상 설명할 필요가 없겠지. 두 가지 경우 다 우리 프로비던스를 죽이는 거니까."

"그러니까 지금은 폴이 경비업체에 붙잡혀 있다는 거죠?"

"십중팔구는."

"비밀리에 그들과 접촉할 수 있잖아요?"

아치볼드는 경멸 조의 웃음을 흘렸다.

"그걸 어떻게 알았지? 그래, 사설 경비업체의 사장이 나의 옛 동료 맞아. 그 친구도 나를 잊을 리가 없고."

"그럼 잘된 거잖아요!"

"아니, 내가 그 친구를 공금횡령 사건으로 해고했는데…… 그걸 절대 잊을 사람이 아니란 말이지."

"그럼 어떡할 건데요?"

"기다려야지. 폴은 어제저녁에 붙잡혔으니까 열 시간도 지나지 않았어. 내 생각에는 내일 아침 폴을 경찰에 넘길 거야. 그들이 저녁에 텔레비전 뉴스에 내보내기 위해 붙들고 있지 않는다면. 선거를 앞둔 지금 같은 상황에서는 환경 운동가들이 민주주의 후보자를 지지하는 중요한 유권자들이라는 걸 잊지 말아야 해. 잘 처리한다면 워터게이트 사건 같은 정치적 파급 효과를 줄 수 있겠지."

단 한마디 말에 아치볼드의 분노가 가라앉고 있었다. 아치볼드는 자신의 말이 케리에게 주는 효과를 즐기고 있었다.

이윽고 정신을 차린 아치볼드가 다시 격분했다.

"이게 다 폴이 내 지시를 따르지 않았기 때문이야!"

케리는 아무 말도 하지 않았다. 아치볼드는 분노를 삭이기 위해 가까이 있는 다른 희생양을 찾고 싶은 것이 틀림없었다.

"아무튼 자네는 거기서 꼼짝 말고 있어. 상황이 바뀌는 대로 알려줄 테니까."

그렇게 말을 맺으면서 아치볼드는 전화를 끊었다.

III

인스브루크, 오스트리아

케리는 침대와 소파를 오가며 빈둥거렸다. 욕실에 들어가서 거울 속의 모습을 보기도 하고 이따금 창가에서 커튼을 살짝 젖히고 펠트 모자를 쓴 남자가 여전히 지키고 있는지 확인했다.

세월이 흐르면서 그녀는 비밀 첩보원의 생활을 이상화하고 있었다. 비밀리에 움직이면서 느끼는 흥분되고 스릴 넘치는 순간만 기억한 것이다. 그런데 지금 일어나고 있는 일이 그녀에게 현실을 일깨워주었다. 비밀 첩보원을 방해하는 장애물은 거의 적이나 숭고한 이유가 아니었다. 오히려 행정적 구속이나 조직 간의 알력, 경쟁 관계에서 비롯되었다. 작전에 투입될 때마다 대부분 갑작스럽게 명령이 취소되거나 이해할 수 없는 후퇴로 인해 허무하게 끝나버렸다. 예전 같으면 동서 냉전 체제로 쉽게 설명이 되었다. 민감한 정치적 문제를 건드리지 말고 타협하고 협상해서 군사적 확산을 피해야 했기 때문이다. 하지만 냉전 시대가 종식된 지금은 그런 문제가 아니었다. 직업상 겁쟁이들과 낙오자들이 용감한 사람들을 지배하는 가증스러운 관행일 뿐이었다. 이 세계에서는 비겁하지만 외교적 수완이 뛰어난 사람들만 살아남을 수 있고, 아치볼드는 그 전문가였다.

오후 2시경, 케리는 집에 있는 아이들에게 전화를 했다. 딸 줄리아는 새 친구가 생겼고, 아들 딕은 야구를 배우기 시작했다. 남편 로빈은 샌프란시스코로 이틀 동안 출장을 떠났기 때문에 베이비시터 수와 통화했다.

케리는 전화를 끊고 침대에 누워 천장 가장자리를 장식하는 회반죽 띠를 바라보면서 공상에 빠졌다. 그녀는 폴을 생각하고 걱정하고 도울 방법을 궁리했다. 그러다 사랑하는 모든 이들을 떠올리면서 아이들과 남편의 목소리를 듣고 싶어졌다. 그녀는 가슴속에 감정의 행성이 자리 잡고 있다는 생각이 들었다. 이 감정의 행성에는 폴의 대륙, 로빈의 대륙, 줄리아의 대륙, 딕의 대륙, 친구들의 대륙, 부모님의 대륙이 있고, 이들과 연결되는 굴곡, 만, 지협이 있었다. 하지만 이 행성은 나뉠 수 없는 운명이었다. 그중 하나가 아프면 다른 것들도 경련을 일으키며 고통스러워했다.

전화벨 소리라는 걸 알아차리는 데 시간이 걸리는 것으로 보아 그녀가 깜빡 졸았던 게 분명했다. 아치볼드라고 생각하면서 케리는 시간을 끌었다. 그러다 갑자기 폴과 함께 구입한 휴대전화가 울리고 있다는 걸 알아차렸다. 폴만 전화번호를 알고 있었다. 바지 주머니에 넣어둔 휴대전화가 의자에 빠져나와 있었다. 그녀는 전화기를 집어 들고 잠시 머뭇거렸다. 폴일까, 아니면 그를 억류하고 있는 경비업체의 사람들일까?

그녀는 전화를 받았다.

"케리?"

폴의 목소리가 분명했다.

그렇지만 케리는 경계심을 풀지 않았다. 말해도 되는 걸까? 억류하고 있는 자들의 감시를 받으면서 전화하는 걸까?

"케리, 듣고 있어?"

"응."

"내 말 잘 들어. 문제가 생겼는데 자세히 얘기할 시간이 없어."

"무슨 문제?"

그녀는 여전히 경계하고 있었다.

"프랑스 청년이 알려준 연락처로 전화했는데 여자였어. 그래서 약속을 하고 찾아갔는데 덩치들이 떼거리로 달려들어서 나를 납치했어."

폴은 자신이 억류된 사실을 케리가 알고 있다는 걸 모르기 때문에 풀려났다는 걸 말하지 않는 걸까?

"풀려났어?" 케리가 말을 끊었다.

그녀는 전화선 너머에서 폴이 웃는 소리를 들었다.

"놈들은 프로가 아니었어. 먼저 심문한 다음에 나를 경찰에 넘기려고 하기에 기회를 엿보다가 도망쳤어."

바보 같지만 케리는 눈물이 나왔다. 비바람이 치면서 잔뜩 찌푸려 있던 가슴속의 대륙 전체가 맑아지고 있었다.

"당신을 어디로 데려갔는데?"

"브롱크스. 탈출한 다음 경찰 순찰대를 피하려고 두 시간이나 걸었어. 한밤중에 거기서 뭘 하고 있었는지 설명할 방법이 없으니까."

"놈들이 당신의 휴대전화를 그냥 내버려뒀다고?" 케리가 의심을 품었다.

"아니, 그 휴대전화를 호텔에 두고 나갔었어. 호텔로 돌아가서 휴대전화와 신용카드, 셔츠 두 장을 챙겨 나와서 지금 전화하는 거야."

"지금은 어디 있는데?"

"뉴욕 외곽의 뉴저지 방향에 있는 주차장. 빌린 자동차 안에서 전화하는 거야."

쫓기는 도망자의 신세가 된 폴이 몹시 흥분해 있었다.

"잘되고 있는 거야, 케리. 조나탕이 알려준 연락처의 여자는 해로우 집단의 일원이었어."

"그걸 어떻게 알아?"

폴은 나타샤라는 여자와 ASCN의 사무실로 가서 만나기로 한 약속, 프로비던스에서 보내준 이메일 내용에 대해 말했다.

"우리는 목표물에 가까이 가지도 못했는데 나를 납치했다는 건 놈들이 냄새를 맡고 우리를 두려워하고 있다는 증거야. 우리가 무섭다는 거지. 그게 아니면 나를 없애려고 함정에 빠뜨렸을 리가 없잖아."

케리는 뉴저지의 새벽, 여명이 밝아오면서 초록빛에 물드는 버드나무 꼭대기와 아직 어둠에 잠긴 나무 밑동을 떠올렸다. 그 어느 때보다 전투적인 모습으로 핸들을 잡고 머리를 약간 숙인 채 비장한 미소를 짓고 있는 폴의 모습이 눈에 선했다.

"놈들의 계획은 내가 ASCN의 건물을 뒤지고 있었다면서 FBI에 넘기는 거였어. 하지만 그 전에 나를 심문하려고 했지. 질문을 듣다 보니까 놈들이 우리가 뒷조사한다는 걸 알고 있더라고. 내가 로굴스키를 만난 것, 해로우의 어머니를 만난 것, 조나탕의 집으로 쳐들어간 것 등 거의 다 알고 있는 거야. 콜레라 사건을 조사하고 있다는 것도 알고 있는 눈치였어. 돌아가는 상황을 아주 잘 알고 있어. 우리가 누군지, 누구를 위해 일하고 있는지도 아는 것 같아. 당신은 어떻게 생각해?"

"그런데 왜 당신을 심문하려고 했을까?"

"프로비던스에 대해 좀 더 자세히 알고 싶은 거겠지. 모든 걸 중단하라는 CIA의 지시에도 불구하고 왜 계속 조사하는지 알기 위해서. 이름을 언급하지 않았지만 그들은 아치볼드에 대해 알고 싶어 하는 것 같았어."

"어떻게 빠져나왔어?"

"시간 싸움에서 이겼지. 그들에게는 시간이 별로 없었거든. 경찰에 신고하려면 놈들은 직원들이 출근하기 전에 ASCN 건물로 나를 도로 데려다 놓아야 하니까. 그걸 알기 때문에 심문을 받는 동안 나는 꿋꿋하게 버텼고. 새벽 4시경, 그들이 심문을 중단하고 나를 차에 태울 채비를 하기 위해 30분 동안 나를 혼자 내버려둔 틈을 이용해서 탈출했지."

케리는 통화하기 시작했을 때부터 자신의 상황에 대해 말하려고 했지만, 할 말이 많은 폴은 기회를 주지 않았다.

"나를 놓쳤기 때문에 이제는 놈들이 계획을 서두를 게 틀림없어. 가능한 한 빨리 작전을 개시할 거라고 확신해. 우리도 속도를 내야겠어. 나는 다른 방법으로 쥘리에트를 추적할 거야. 당신 쪽은 어때? 프릿츠 교수에게서 뭐 알아낸 거 있어?"

"그 집에 열쇠가 있다고 확신해. 예전에 프릿츠 교수의 지도를 받던 학생들에게서 몇 가지 단서를 찾을 수 있을 것 같아."

"와우, 명단은?"

"명단을 어디서 구해야 하는지 알아. 근데 내가……."

"그럼 강행해야지. 그 명단을 손에 넣어."

"폴! 진정하고 내 말 좀 들어."

"응, 말해."

"나 인스브루크에 억류되어 있어. 호텔 방에서 꼼짝 못해. 로비와 바깥 거리에 무장한 감시인들이 내가 나가지 못하게 모든 출구를 지키고 있어."

"누가 그러는 거야?"

"아치. 어제저녁에 나한테 전화해서 당신이 FBI에 넘겨질 거라고 말했어."

"아치가 그걸 어떻게 알았지?"

"CIA가 알려줬다고 말했어."

"CIA는 어떻게 알고?"

"ASCN의 안전을 책임지는 사설 경비업체에 정보원이 있대."

"아치가 그렇게 말했다고? CIA가 ASCN의 경비업체에 정보원을 심어뒀다는 말을 아치가 직접 했단 말이야?"

"응."

폴은 잠자코 있었다. 전화 상태가 좋지 않지만, 케리는 투우장으로 뛰쳐나갈 준비가 된 황소처럼 격해지는 폴의 숨소리를 들었다.

"폴, 괜찮아?"

"아니, 나를 납치한 자들은 ASCN의 경비업체 사람들이 아니었어."

"확실해?"

"그 시간에는 ASCN 건물에 경비원이 없어. 경비원들은 전화를 하거나 경보기가 울려야 출동하니까. 차고 문을 통해 나를 건물로 들이는 것이 놈들의 계획이었거든. 조나탕의 연락원인 나타샤가 차고의 문을 열었는데 놈들은 건물에서 경비를 서고 있었던 것이 아니라 그 여자와 함께 있었던 게 틀림없어. 그 여자가 놈들을 불러들여서 숨겨놨던 거지. 그러니까 나를 붙잡아서 곧장 자동차 트렁크에 싣고 출발할 수 있었고. 이미 준비하고 있었다는 뜻이야. 놈들은 아침 6시 반경에 ASCN 건물로 나를 도로 데려다 놓을 생각이었어. 나타샤는 일찍 출근했다는 걸 알리려고 경비업체에 연락했는데 마침 사무실을 뒤지고 있는 나를 발견했다고 말할 계획이었겠지. 중요한 건 경비원들은 내가 심문을 받는 동안에 무슨 일이 일어났는지 알 수가 없다는 거야. 경비업체는 신고를 받지 않았으니까."

"CIA가 당신이 붙잡힌 걸 안다는 것은 해로우 집단에 요원을 잠입시켰다는 뜻이야?"

"의심의 여지가 없을 것 같아."

"그래서 CIA가 아치에게 조사를 중단하라고 한 걸까? CIA가 이미 해로우를 추적하고 있기 때문에 자기들의 영역을 침해받지 않으려고?"

폴은 한동안 생각에 잠겼다.

"그건 최상의 가정이지."

"그럼 또 다른 가정은 뭔데?"

"CIA 내부의 누구인가가 해로우를 보호하려고 애를 쓰는지도 모르지."

엄청난 말에 잠시 침묵이 흘렀다. 의기소침해 있던 케리에게 폴의 에너지가 전해졌다. 그녀는 휴대전화를 귀에 댄 채 맨발로 방 안을 돌아다녔다.

"선택의 여지가 없어." 폴이 말했다. "계속해야 돼. 우리 말고 는 누구도 믿으면 안 되겠어."

"내일 저녁까지 시간을 줘. 아까 말한 프릿츠의 제자들에 대해 자세히 알아낼 테니까."

"호텔에서 꼼짝 못한다면서?"

"우리가 같은 훈련을 받았다는 거 잊었나 봐. 그리고 적지에서 살아남는 기술에 대한 점수는 내가 당신보다 높았어."

"오케이, 내일 저녁에 전화할게."

"그럼 당신은 뭐 할 건데? 그 여자를 찾을 거야?"

"그래야지, 하지만 프로비던스에서 무슨 일이 일어나고 있는 지 알아보는 게 더 급한 것 같아."

"먼저 뭔가를 알아낸 사람이 합류해달라는 요청을 하기로 해. 폴, 당신과 함께 있고 싶어. 정말 아주 많이."

사전 준비가 끝났는데 계속 떨어져 있을 필요는 없었다. 두 사 람은 모든 걸 함께하고 싶다는 한 가지 바람밖에 없었다. 따라서 떨어져 있다는 상실감이 그들에게 엄청난 에너지를 주고 있었다.

폴이 전화를 끊었을 때는 날이 밝아 있었다. 그는 차의 시동을 걸었고 요란한 바퀴 소리를 내면서 로드아일랜드를 향해 북쪽으로 달렸다.

*

로드아일랜드 주, 미국

바니는 결혼을 늦게 했다. 40대에 15년 연하의 에티오피아 여자 세일워크와 결혼했다. 세계은행의 세미나에 참석했다가 만난 여자였다. 바니는 CIA를 그만둔 뒤 5년 동안 워싱턴에 있는 국제금융기관의 보안국에서 일했다. 아치볼드는 프로비던스 사설 첩보 기관을 설립할 때 바니를 빼내오기 위해 직접 찾아갔다.

세일워크는 구조조정 문제를 전문으로 하는 금융기관의 경제 전문가였다. 그녀는 에티오피아에서 1974년 쿠데타가 일어난 뒤로 극좌파의 공포 체제를 피해 조국 땅을 떠나는 부모를 따라 미국에 왔다. 바니는 이유를 알 수 없지만 결혼한 뒤로 훨씬 안정감을 느꼈다. 마치 결혼으로 아메리카 아프리카인들의 정체성 문제와 연관된 불만과 번민이 멈추는 것 같았다. 그는 결혼과 더불어 더 이상의 갈등 없이, 흑인 노예제도와 식민지화와는 아무 상관없는 아프리카인, 순수한 아프리카인으로 정체성을 확립하고 있었다.

바니의 아내 세일워크는 조국 아비시니아(에티오피아의 옛 이름)의 자주성을 상징했다. 바니는 전통 의복인 흰색 토가를 걸친 아내의 모습을 좋아했다. 그녀는 예식에 참석할 때는 늘 토가를 걸쳤다. 이날 아침 바니는 아내와 딸 둘(큰딸은 열 살, 작은딸은 여덟 살이다)을 로드아일랜드의 동방정교회 예배당에 바래다주었다. 두 딸도 금빛 수를 놓은 흰색 토가를 걸치고 있었다. 바니는 다정한 눈빛으로 멀어져 가는 아내와 아이들을 바라봤다. 세 사람이 돌아보며 손을 흔들어주다가 교회 층계를 올라갔고, 많은

신도들 속에 섞였다. 바니는 개종하지 않았기 때문에 예배에 참석하지 않고 교회에 데려다 주는 것으로 만족했다.

이렇게 식구를 데려다 주고 돌아설 때는 늘 뿌듯한 마음으로 차를 세워둔 곳으로 향했다. 차가 다니지 못하는 구역에 교회가 있기 때문에 멀찍이 떨어진 데 주차되어 있었다. 주차장 관리인이 출구를 건성으로 살피고 있었다. 관리인은 휴대용 DVD 기기로 쿵푸 영화를 보느라고 바니의 인사에 대꾸도 하지 않았다. 바니는 주차된 차들 사이사이를 돌아다니다 자신의 자동차 포드를 찾았다. 낡은 차에 올라탄 그는 키를 돌렸고, 세 번 시도한 끝에 시동이 걸렸다. 주차장을 나와서 서쪽으로 방향을 잡았다. 일요일이지만 사무실에 들를 생각이었다. 아치볼드가 극동아시아 출장에서 의뢰를 받아온 사건들에 대한 조사가 시작되어 있었다. 작전 부서는 할 일이 많았다.

바니는 라디오를 켰고, 음악이 나오는 방송에 주파수를 맞췄다. 그러고는 자동차 안의 공기를 바꾸기 위해 차창을 열었고, 휘파람을 불면서 바깥 풍경을 바라봤다. 30킬로미터쯤 달렸을 때였다. 뒷좌석에서 인기척이 났다.

"안녕하세요?"

백미러에 폴의 평온하고 미소 띤 얼굴이 비쳤다.

"내가 무기를 갖고 있다는 말을 하지 않을 수가 없네요." 폴이 말했다. "부장님의 7.6구경 권총을 꺼내서 옆 좌석에 내려놓는 게 좋을 겁니다."

아치볼드는 프로비던스의 첩보원들이 미션 수행 중일 때를 제외하고 무기를 지니지 못하게 했다. 그렇지만 수녀부들은 신분상 위험하다는 이유로 예외를 두었다.

바니는 시키는 대로 했고, 폴은 권총을 집어 들었다.

"자네 이게 무슨 짓인가, 폴?"

"부장님은 믿어도 되는 분일지 모르지요. 하지만 지금은 어쩔 수 없어요. 나는 아무도 믿을 수 없으니까요."

"어디로 가고 싶은가?"

"고속도로를 빠져나가서 첫 번째 눈에 띄는 카페에서 차를 세우세요. 카페에 앉아서 진지하게 대화를 나누죠."

바니는 계속 달렸지만 운전은 부드러웠다. 그리고 소음 때문에 차창을 닫았다.

"피곤해 보이는군." 바니는 백미러를 힐끔 쳐다보면서 말했다.

"녹초가 되었어요. 밤새 한잠도 못 잤거든요."

"병원은 어떤가?"

"연락 못 한 지 일주일이 넘었어요. 빌어먹을 미션에 완전히 매여 있는 바람에."

"케리 소식은 들었나?"

폴은 어깨를 으쓱했다.

"케리가 어디 있는지는 나보다 잘 알고 계시잖아요?"

"잘못 생각한 거야, 폴. 아치가 지난주에 우리 모두에게 자네들을 돕는 일에서 손을 떼라고 한 뒤로 통신 두절이야."

"그래서 부장님을 만나러 온 거예요."

그들은 고속도로를 벗어나서 하얀 집들이 드문드문 보이는 시골로 접어들었다. 첫 번째 마을은 사람들이 보이지 않았다. 마을 사람들이 모두 성당에서 미사를 드리는 모양이었다. 마을 초입에 있는 작은 주차장에서 햄버거 장수를 발견했다. 한쪽을 용접기로 절단하고 벽돌을 쌓아 올린 오래된 컨테이너 가게였다. 그 앞에 파라솔을 펴놓은 테이블 서너 개가 보였다. 바니는 차를 세웠다. 두 사람은 컨테이너에서 제일 멀리 떨어진 자리에 앉았다. 감자튀김 냄새가 진동했다. 쾌활해 보이는 라틴아메리카인이 주문을 받으러 왔다. 그들이 햄버거가 아니라 코카콜라만 주문하자 약간 실망하는 것 같았다.

바니와 마주 보고 앉자 폴은 약간 불편했다. 바니에 대해 의심을 품고 거칠게 굴었던 것이 약간 부끄러웠다.

"이해해주세요. 내가 지금 도망자 신세라서……."

"나는 자네 편이니까 걱정 말게. 내 말을 믿을지 모르겠지만 언제고 나를 찾아올 거라고 예상하고 있었어."

"왜 그런 생각을 하셨는데요?"

"아치의 결정을 이해하지 못하는 사람들이 많아서 회사의 분위기가 어수선하지. 어느 날 갑자기 아무 설명도 없이 조사를 중단하라면서 케리와 폴은 더 이상 우리 일원이 아니니까 연락을 끊으라는데…… 누가 이해할 수 있겠나?"

바니는 마치 머리에 충격을 받은 것처럼 두툼한 손바닥으로 짧게 깎은 머리를 쓸어 넘겼다.

"처음에는 이 사건에 대해 많은 사람이 회의적이었지. 나도 그랬고. 하지만 자네들이 일을 시작하면서부터 우리는 적극적으로 밀어줬어. 해로우 집단을 조사하기 위해 조직을 재편성할 정도로 결집했네. 그건 우리 모두 해로우가 세계적 규모의 엄청난 음모를 꾸미고 있다고 확신했기 때문이지."

폴은 케리가 프로비던스에 머무는 동안 직원들을 설득하고 결집해놓은 결과라는 걸 인정해야 했다. 질투심이 일지만 그 혼자서는 그들을 이 정도로 설득하지 못했을 것이다.

"나는 거의 개인에 관한 사건들을 맡아왔네." 바니는 말을 이었다. "나도 자네들과 마찬가지로 해로우 집단은 제3세계와 빈곤층을 공격할 것이며 아프리카가 그 첫 번째 대상으로 피해를 입을 거라고 확신해. 이건 '신나치즘'이야. 자기들의 주장이나 믿음을 위해서가 아니라 오로지 인구가 많다는 이유로 사람들을 없애버리겠다는 거니까. 나는 언제고 이런 이데올로기가 나타나리라 예상하고 있었네. 몇 년 전부터 아프리카에 살든 여기 미국에 살든 아프리카인들을 걱정하고 있었으니까. 가난한 사람들은 부자들의 사회를 좀먹는 오점이라며 어느 날 갑자기 몰려가서 인간이 너무 많아서 당신들은 살 필요가 없으니 죽어줘야겠다고 윽박지르는 식이니……."

트럭들이 쌩쌩 달리고 있어서 바니의 말이 들릴 듯 말 듯하지만 폴은 무슨 말을 하려는 것인지 핵심을 알아들었다. 바니는 폴의 편이었다. 폴은 우군을 제대로 짚은 것이다.

"그러니까 무엇보다도 아치 주변에서 무슨 일이 일어나고 있는지 알아야 해요. 아치가 갑자기 생각을 바꾸고 이 일을 중단한 이유, 무슨 이유로 우리를 해고한 건지, 정말 CIA가 그렇게 시킨 것인지, 그렇다면 CIA의 책임자는 누구인지 알아야 합니다."

바니는 생각에 잠긴 얼굴로 콜라를 마셨다. 긴 유리잔에 그려진 귀여운 미키 마우스 때문인지 그의 얼굴이 훨씬 진지해 보였다.

"아치의 결정에 대해 나도 CIA에 있는 인맥을 통해 비밀리에 정말로 정보국에서 이 사건을 수사하고 있는지 알아봤지."

"그래서요?"

"내가 알기로 랭글리에서 해로우에 대한 수사를 맡은 사람은 아무도 없어."

"대책도 세우지 않고 우리를 해고했다는 뜻이에요?"

"내 생각에는 사건을 묻어버리고 종결시킨 거야."

두 남자는 서로를 강렬하게 쳐다봤는데 각자 빠른 속도로 머리를 굴리는 걸 느낄 수 있었다.

"내가 생각한 대로군요." 폴이 말했다. "CIA에 누군가 해로우를 보호해주는 사람이 있는 겁니다."

폴은 ASCN 건물에 갔다가 납치된 일이 바로 CIA의 누군가가 주도했을 가능성에 대해 바니에게 얘기했다.

"아치와 연결된 사람이 누군지 짐작이 가나?"

"아뇨. 아치는 종잡을 수 없는 사람이라서 알 수가 없어요. 아무튼 수뇌부와 연결되어 있는 것이 틀림없어요."

"국장은 절대 아냐. 정치인인 데다 절대로 혼자서 그런 일을 벌일 사람이 못 돼."

"아치는 부국장 마커스 브라운에 대해 자주 말했어요. 그런데 부국장도 미스터리한 인물이라서 직접 상대한 사람이 없어요."

"나도 들었네. 원한다면 내가 알아봐주지. 나도 수뇌부의 인맥을 통해 정보를 얻을 수 있어."

"그래주시겠어요?"

"물론."

폴이 듣고 싶은 말이었다. 바니가 기꺼이 도와주겠다고 나선 것이 중요했다. 케리와 폴, 두 사람만 있는 게 아니었다. 폴은 테이블 위로 손을 뻗어서 바니의 팔꿈치를 잡았다.

"정말 고맙습니다!"

고개를 끄덕이는 바니의 얼굴은 신념에 따라 행동하는 것이기에 고맙다는 말을 들을 필요가 없다는 표정이었다.

"프로비던스에서 우리를 도와줄 사람들이 있을까요?"

"타이슨, 타라, 케빈, 심지어 알렉산더까지 모두 자네들을 지지하고 있어. 그들은 내가 보증하지. 그들에게 부탁할 게 있으면 나한테 연락하게. 단 눈에 띄지 않게 조심해야 돼."

"아치 때문인가요?"

"특히 로렌스 때문에. 아치가 자네들을 해고했을 때 로렌스가 아주 기뻐했지. 내가 찬성하면 무조건 반대부터 하는 사람이니까. 아치가 나를 신뢰하는 걸 시기하는 사람들은 모두 로렌스 편이지. 하지만 위험한 존재들은 못 되니까 걱정할 정도는 아니고……."

얼마 전부터 가게 주인이 주변을 서성거리고 있었다. 햄버거를 팔겠다는 생각을 단념하지 않은 모양이었다. 이제 떠나야 할 시간이었다.

"아치가 로렌스에게 자네들을 찾으라는 지시를 내린 게 틀림없어." 바니가 말했다. "케리를 오스트리아의 호텔에 억류하고 있는 자들은 로렌스의 수하들일 거야."

"곧 도움이 필요할 겁니다. 케리가 꼭 찾아야 하는 사람들의 명단을 나한테 보내줄 거예요. 그 명단을 손에 넣으려고 오스트리아에 있는 건데…… 그걸 입수해도 그리 간단한 일이 아니에요. 그 정보를 갖고 1960년대로 거슬러 올라가야 하거든요."

"나한테 보내게. 비밀리에 통할 수 있는 연락처를 줄 테니까. 로렌스의 수하들이 알아채지 못하게 조심하고."

바니는 쪽지에 휴대전화 번호와 이메일 주소를 적었다.

"브로츠와프 사건에 연루된 프랑스 여자 기억하죠?" 폴이 물었다. "국토감시국의 정보관이 알려준 여자 말입니다."

"당연하지."

"그 여자를 찾으러 뉴욕에 갔다가 붙잡힌 겁니다."

"프랑스 청년이 자네들에게 연락처를 주었다고 했을 때 이상하게 함정이란 생각이 들었어."

"나도 그랬어요. 하지만 선택의 여지가 없었어요. 무슨 수를 써서라도 찾아야 하는 여자니까요. 프랑스에서 그 여자에 대한 정보를 수집하고 휴대전화 통화 기록을 조회해서 위치 추적을 해주시겠어요? 그 여자를 추적할 수 있는 것이면 무엇이든 상관없어요."

"최선을 다해보겠네."

도로변의 컨테이너 햄버거 가게 앞에 선 두 남자는 뜨거운 악수를 나눴다. 멕시코인 종업원은 도착할 때 당장이라도 권총으로 쏴버릴 듯한 기세로 들어서던 두 사람의 모습을 생각하면서 감동한 얼굴로 쳐다보고 있었다.

"고맙습니다, 부장님."

"어디로 갈 건가? 바래다줄까?"

"지금은 자동차가 내 집입니다. 뉴포트 서쪽에 세워졌지요."

"가다가 내려주겠네. 선글라스와 모자를 쓰게. 우리가 함께 있는 것이 눈에 띄면 좋지 않아."

IV

인스브루크, 오스트리아

인 호텔은 특별한 관광객들이 드나드는 곳이었다. 오스트리아를 여행하는 사람들은 대부분 빈이나 잘츠부르크를 관람했다. 특히 여름에 인스브루크까지 간다는 건 오스트리아에 대한 남다른 관심이 있는 경우였다. 따라서 관광객은 대부분 독일계였다. 이웃 나라에서 바로크 양식의 교회, 골조가 겉으로 보이는 가옥 양식, 간판에 쓰인 고딕체 문자 등 같은 문화권의 다양함을 감상하려는 사람이었다. 나이 든 부부가 가장 많았고, 혼자 온 여자나 남자들은 대체로 술을 마시면서 시간을 보냈다.

이런 분위기에서 혼자인 데다 아름답기까지 한 콧대 높은 미국 여자의 존재는 투숙객들 사이에서 단연 관심의 대상이었다. 비가 내리는 날에는 더욱 그랬다. 케리를 감시하는 무장한 남자들을 배치할 필요가 거의 없을 지경이었다. 호텔 투숙객들이 그녀의 일거일동을 주시하면서 이러쿵저러쿵 수군거리기 때문이다.

폴의 전화를 받은 뒤에 케리는 조심스럽게 지금까지와는 달리 이번에는 자신이 주변을 관찰하기 시작했다. 그녀는 식당이 여는 시간에 맞춰 아침을 먹으러 내려갔고, 사슴뿔 모양의 샹들리에 아래 자리를 잡고 뷔페 식기대 앞을 지나가는 손님들을 눈여겨봤다. 가장 먼저 식당에 나타난 사람들은 사절단이나 세일즈맨이었다. 이어서 노부부들이 들어왔고, 8시가 되자 최신형 고어텍스 등산복 차림의 사람들이 나타났다.

그다음 케리는 중앙 홀로 나가서 관광을 나가는 사람들을 관찰했다. 시내 관광을 즐기기 위해 걸어가는 사람들도 있고, 배낭을 짊어진 사람들은 일단 차를 타고 나갔다가 멀리 보이는 산을 오를 계획이었다. 응접실과 이어지는 베란다에서 호텔 주차장이 내다보였다. 케리는 한 부부가 올라탄 자동차가 강변도로 쪽으로 나가는 것을 지켜봤다. 아치볼드의 남자 둘이 강변도로로 연결되는 출구를 지키고 있었다.

케리는 온종일 객실에서 1층을 오가면서 보냈다. 로비에 늘어선 상점가를 구경하다 옷 몇 벌을 샀고, 아이들에게 보낼 우편엽서를 써서 합스부르크 왕가의 문장을 새긴 우편함에 집어넣었다. 오후 5시가 되었을 때 그녀는 다시 중앙 홀에 서서 망을 보기 시작했다. 얼마쯤 지났을까. 차를 몰고 호텔을 나갔던 부부가 돌아왔다. 얼굴이 벌겋게 익은 남자가 티롤 지방의 모자를 약간 젖혀서 쓰고 있는데 의기양양한 모습이었다.

엘리베이터 부근에 그 지역의 대형 지도가 붙어 있었다. 케리는 가까운 데에 자리를 잡고 앉았다. 부부가 들어와서 지도 앞에 서자 호기심이 생긴 다른 투숙객들이 하나둘 모여들기 시작했다. 독일어로 말하고 있지만 부부가 도시에서 몇 킬로미터 떨어진 곳에 위치한 산의 정상을 가리키면서 사람들에게 자랑하고 있다는 걸 금방 알아차릴 수 있었다. 케리는 일어나서 그 무리에 끼어들었다. 지도 위를 손가락으로 짚으면서 다녀온 코스를 가리키던 남자는 케리가 다가오자 더욱 뻐기고 있었다. 케리는 부부에게 영어를 할 줄 아느냐고 물었다. 그러고는 다음 날의 일정에 대해 물었다. 부부는 아침 8시 반에 30킬로미터 떨어진 곳에 위치한 빙하 지대로 갈 예정이라고 자랑스럽게 말했다.

케리는 아주 공손하게 좋은 여행이 되길 바란다고 말하고 멀어져 갔다.

저녁 시간은 늘 그렇듯 조용하게 지나갔다. 부부는 저녁 식사를 한 뒤에 곧장 자러 갔고, 카드 게임을 하던 사람들은 금액이 적은 내기를 하느라고 지쳐 있었다.

다음 날 아침, 전날 산의 정상을 정복한 부부가 7시 반에 아침을 먹으러 식당에 내려왔다. 한 시간 후, 그들은 폭스바겐 파사트의 뒷좌석에 배낭을 싣고 인 호텔을 떠나 아침 10시 이전에 도착할 예정인 호흐글레이처로 출발했다. 얼마 후 목적지에 도착한 부부는 주차장 안쪽의 그늘에 차를 세우고 내렸다. 산길이 시작되는 길목이었다. 작은 배낭을 짊어진 부부는 등산지팡이를 챙긴 다음 휘파람을 불면서 출발했다.

10분 후, 주위를 잘 살핀 뒤에 케리는 파사트의 트렁크에서 나왔다. 그녀는 전날 저녁 지도를 연구했었다. 이 주차장에서 1킬로미터쯤 걸으면 인스브루크에서 독일 뮌헨으로 연결되는 대로에 이를 수 있었다. 그다음은 운에 맡겨야 했다. 하지만 다른 나라들과 마찬가지로 오스트리아에서도 아름다운 여자는 히치하이크하는 데 그리 오래 기다릴 필요가 없었다.

*

쥘리에트는 필라델피아에서 비행기를 타고 유타 주의 주도 솔트레이크 시티로 돌아갔다. 그녀는 빨간 플라스크를 작은 여행 가방에 넣고 검색을 피하기 위해 짐으로 붙였다.

비행기 안에서 그녀는 콜라와 함께 신경이완제 두 알을 먹었다. 걱정했던 대로 작전을 이행하는 데 따르는 스트레스 때문에 많이 흥분되어 있었다. 또다시 모든 것에 호기심이 생기면서 행복하고 무슨 일이든 해낼 수 있을 것 같았다. 하지만 언제라도 자제력을 잃을 수 있었다. 그래서 컨디션이 좋을 때도 규칙적으로 약을 먹고 있었다.

해로우가 공항 주차장에서 쥘리에트를 기다리고 있다가 유타주 등록번호의 차 베이지색 닛산 패트롤의 핸들을 잡았다.

헤어진 지 얼마 되지도 않았는데 해로우를 다시 보면서 쥘리에트는 감개무량했다. 그녀는 미션을 완수했다는 것이 뿌듯했다. 복종하는 기쁨 속에서 호전적 쾌감이 느껴졌다. 이제는 테드가 완전한 가족이 된 것처럼 든든하게 느껴졌다.

쥘리에트는 한마디도 하지 않고 운전하는 해로우를 관찰했다. 동굴 집에서는 그에게서 육체적 매력을 전혀 느끼지 못했다. 그런데 비밀을 공유하면서 특별한 사이가 된 지금 그녀의 가슴속에 예기치 못한 욕망이 일고 있었다. 하지만 해로우는 그녀에게 관심은커녕 운전만 했다. 쥘리에트는 약간 화가 났지만 내색하지 않았다. 이런 서운함은 오히려 앞으로의 임무를 완수하는 데 필요한 에너지를 주는 것이라고 생각했다.

해로우는 솔트레이크 시티 외곽에 있는 평범한 건물 앞에서 차를 세웠다. 옥외에 있는 철제 계단으로 3층까지 올라간 그들은 벽에 낙서가 가득한 어두컴컴한 복도로 들어섰다. 해로우가 어떤 문 앞에서 노크를 세 번 했다. 실내에 철제 침대 두 개와 테이블만 덩그러니 놓여 있었다. 문을 열어준 키가 큰 금발 청년이 출발 시간은 밤 12시 반이라고 알려주었다. 그리고 바닥에 놓인 배낭 두 개를 가리키면서 그 안에 다 준비되어 있다고 말했다. 테이블 위에 샌드위치와 소다수 몇 병이 있었다. 해로우는 고맙다고 말했고, 청년은 11시에 건물 앞에서 만나자는 약속을 하고 방을 나갔다.

두 사람은 미리 잠을 자두기 위해 각자 침대에 누웠다. 쥘리에트가 돌아누울 때 침대의 스프링이 삐걱거렸다.

"테드……."

"응."

"자요?"

"아직."

"궁금한 게 있는데……"

테드 해로우는 움직이지 않고 기다렸다. 두 침대가 머리와 다리를 엇갈려 놓게 배치되어 있어서 쥘리에트는 해로우가 신은 장화의 구두창이 보였다.

"플라스크 안에 뭐가 들어 있어요?"

가지런하던 장화 신은 두 발이 흐트러지며 해로우의 성난 얼굴이 나타났다.

"네 임무에나 충실하고 질문하지 마!"

해로우는 반박의 여지가 없이 단칼에 잘라버렸다. 쥘리에트는 입을 다물었다. 그녀의 실망은 해로우의 거친 말투 때문이 아니었다. 이럴 줄 알면서 선택한 일이므로 어떤 대접을 받으리라 기대한 건 아니었다. 하지만 해로우가 자신을 믿어주지 않는 것이 서운했다. 그녀는 플라스크의 내용물이 뭔지 알면 훨씬 동기부여가 될 거란 생각에서 물었다. 따라서 믿음이 부족해서가 아니라 훨씬 더 충성하기 위해 물었던 것이기에 그만큼 더 섭섭했다.

쥘리에트는 복종에 대해 곰곰이 생각했고, 마침내 해로우가 옳다는 결론을 내렸다. 믿음과 이성은 아무런 상관이 없었다. 큰일을 할 때 맹목적인 복종은 어쩌면 당연한 것이 아닌가. 그녀는 이런저런 생각을 하다가 잠이 들었다.

약속대로 11시에 자동차가 건물 앞에 도착했다. 벙어리인지 말이 없는 남자가 운전했는데 두 시간 동안 차를 몰면서 그들에게 한마디도 건네지 않았다. 그러고는 특기할 만한 것이 전혀 없는 장소에 그들을 내려놨다. 솔트레이크 시티에서 가까운 도로의 커브길이었다. 거기서 차는 곧바로 다시 떠났다.

거울 같은 은빛 땅바닥에 차가운 별빛이 물들어 있지만, 달도

구름도 없는 칠흑 같은 밤이라 지평선과 하늘이 구분이 되지 않았다. 동쪽에서 부는 미풍에 바위투성이 협곡의 서늘한 기운이 실려 있었다. 이 어둠 속에서 배낭을 깔고 앉은 쥘리에트와 해로우는 한 시간가량 기다렸다. 갑자기 몇백 미터 떨어진 데서 두 줄의 하얀빛이 반짝였다. 흡사 크리스마스트리의 전구 장식이 땅바닥에서 빛나는 것 같았다. 유심히 바라보던 쥘리에트는 그 불빛 주위에서 바삐 움직이는 그림자들을 알아보면서 작은 발전기에서 나는 것 같은 불규칙한 소리를 간파했다.

5분도 지나지 않아서 지평선에 비행기 불빛이 나타났다. 비행기가 가까워졌을 때 쥘리에트는 프로펠러 경비행기를 알아봤다. 남아프리카에서 알지 못하는 목적지로 그녀를 실어간 것과 같은 비행기였다. 비행기가 두 줄의 불빛 사이에 착륙하자 그녀는 날개에 새긴 글자를 볼 수 있었다. 그녀가 자신도 모르게 기억하고 있던 남아프리카 비행기 번호가 아니었다.

비행기가 착륙하기 직전에 해로우가 배낭 두 개를 어깨에 짊어지면서 쥘리에트에게 손짓을 했다. 두 사람은 임시 활주로를 향해 달려갔다.

착륙 준비를 하던 실루엣들은 멀찍이 떨어져 있어서 알아볼 수 없었다. 프로펠러가 일으키는 바람 때문에 해로우와 쥘리에트는 저절로 허리를 숙이면서 비행기 뒤쪽으로 접근해야 했다. 위험에 개의치 않고 엔진이 작동된 상태에서 비행기 옆문이 열렸다. 해로우는 먼저 배낭 두 개를 던져 넣은 다음 쥘리에트를 떠밀면서 비행기에 올랐다. 비행기는 즉시 이륙했다.

경비행기 안에는 조종사 두 명밖에 없었다. 쥘리에트는 한순간 이번에도 자신에게 수면제 같은 약을 먹일지 모른다고 생각했다. 하지만 해로우는 수상쩍은 음료수를 주지 않았다.

인조가죽 좌석에 다리를 쭉 펴고 누운 해로우가 미소를 띠었는데 행복해 보였다. 작전 개시를 한 뒤로 처음 보는 얼굴이었다. 쥘리에트는 이 미소가 자신에게 보내주는 것은 아니지만 사랑하는 누군가를 만족시켜서 행복해하는 표정이라고 생각했다.

비행은 오랜 시간 계속되었고, 쥘리에트는 잠이 들었다. 지평선에서 여명이 밝아올 때 그녀는 남쪽을 향해 날아가고 있다는 걸 알아차렸다. 비행기는 두 번 착륙했다. 처음에 벌판에 착륙했을 때 그들은 기내에 그대로 앉아 있었고, 정체불명의 남자들이 기름을 채웠다. 그다음 기착지는 민간 비행장이었다. 어디에도 지명이 보이지 않았다. 또다시 기름을 채우는 동안 그들은 비행기에서 내려 기와를 얹은 하얀 건물까지 걸어갔다. 남자 셋이 공항 터미널에 앉아 있었다. 멕시코 사람들 같은데 에스파냐어로 말하고 있었다. 굉장히 더웠다. 쥘리에트는 미국 땅을 벗어난 건 아닐까 의문이 들었지만 질문하지 않았다. 해로우를 포함해서 모든 사람이 존재하지 않는 것처럼 그녀에게 눈길도 주지 않았다. 그녀만 무슨 일이 일어나는지, 이 고요함이 무엇을 의미하는지 모르고 있었다. 신경이완제 때문에 생각이 느려진 그녀의 초연한 표정과 온화한 미소는 마치 자비를 베푸는 마돈나 같았다.

그들은 뜨겁게 달아오른 비행기에 다시 올랐다. 이륙한 뒤부터는 척박한 풍경으로 바뀌었다. 지금까지는 낮게 드리운 구름 때문에 지면이 보이지 않았다. 이제부터 건조한 공기 속을 날아가고 있었고, 골짜기를 형성한 언덕과 곧게 뻗은 직선 도로들이 내려다보였다. 마지막 기착지는 날이 저물 무렵 큰 마을에서 떨어진 곳에 위치한 작은 공항이었다. 쥘리에트는 조종사들이 처음으로 두 사람에게 미소를 보내는 걸 보면서 멕시코에 도착했다는 걸 알아차렸다. 감정 표현에 인색한 해로우도 안도하는 표정을 지었다. 두 사람은 대기하고 있던 멕시코 번호판의 자동차를 타고 객실 두 개가 예약된 하얀 모텔로 안내되었다. 이어서 모텔 접수계 뒤쪽의 황토색으로 칠한 작은 식당에서 간단하게 저녁 식사를 했다. 새벽 4시에 두 사람을 데리러 온 전날 저녁의 그 자동차가 산악 도로를 따라 달렸다. 얼마 후 아스팔트 활주로가 있는 좀 더 큰 공항에 이르렀고, 소형 제트비행기가 대기하고 있었다. 이번의 조종사들은 말이 많았다. 기장은 붉은빛 머리에 영국식 영어를 쓰고, 양쪽 끝이 굽어 올라간 카이저콧수염을 기르고 있었다. 기장은 연방 돌아보면서 유카탄 반도를 거쳐서 카리브 해의 상공을 날아갈 것이고, 그다음은 남아메리카 연안으로 기수를 돌릴 것이라고 설명했다.

파도가 하얗게 포말을 일으키는 푸른 바다에 이어서 느닷없이 해안선을 따라 아마존의 초록색 숲이 까마득히 펼쳐졌다. 가이아나와 브라질이 구별되지 않았다. 기장은 어깨를 으쓱하면서 복잡하게 뒤얽힌 국경을 가리켰다.

그들은 정오에 브라질의 산타렝 공항에 도착했다. 통제가 엄격하지 않은 것이 분명했다. 정복 차림의 경찰관이 와서 조종사들에게 인사까지 하면서 정답게 대화를 나누었다. 마지막으로 아마존 상공을 날던 비행기는 미나스제라이스 주의 산악 지대를 지나서 늦은 오후에 리우데자네이루에 착륙했다.

긴 여행에 정신이 멍한 데다 무더위에 녹초가 된 쥘리에트는 바다 냄새와 뭐라고 형언할 수 없는 달콤한 공기를 들이마셨다.

쥘리에트는 마중 나온 남자에게 아무 생각 없이 여권을 내주었다. 남자는 두 사람을 특별 통로로 데려가더니 검문 창구를 통과시켰다. 남자가 여권을 돌려주었을 때 쥘리에트는 브라질에서 체류하려면 비자가 필요하다는 생각이 나서 해로우에게 지적했다.

"비자요?" 가이드가 끼어들었다. "있잖아요?"

남자는 쥘리에트에게 경찰관이 여권에 관인을 찍은 페이지를 보여주었다.

그녀는 이 특혜가 무엇을 의미하는지 생각할 겨를이 없었다. 덕분에 행정적 절차를 생략하고 일찍 잠자리에 들 수 있었다. 더 이상 바랄 게 없었다.

V

호흐필젠, 오스트리아

도둑이라면 누구나 한 번쯤은 이런 의문을 가졌을 것이다. 즐비하게 들어선 빌딩과 사람들로 벅적이는 도심이 나을까, 아니면 인적이 드문 곳이 더 안전할까? 첫 번째 경우는 누군가와 마주칠 수 있다는 건데 불리한 증언을 할 목격자들이 생길 우려가 있었다. 두 번째 경우는 조용하다는 건데 작은 소리만 나도 누군가 침입한 신호가 되기 때문에 위험했다.

몸에 딱 붙는 검은색 옷과 복면에 장갑까지 낀 케리는 두 번째 경우의 위험을 감수하면서 프릿츠 교수의 집으로 가고 있었다. 그녀는 목장에서 1킬로미터 떨어진 숲에 차를 세웠다. 밤하늘이 맑고, 공기는 차가웠다. 그녀는 지나갈 때 개들이 짖을까 걱정이 되었다. 동네에 불빛이라곤 없는데 이 어둠이 안심이 되기는커녕 불안했다. 잠이 없는 사람들이 창가에서 어둠 속을 엿보고 있는 것 같았다.

작은 마을의 다른 집들과 마찬가지로 프릿츠 교수의 집도 깜깜했다. 어둠이 더해지면서 시커먼 산이 엄청나게 커 보이는 탓일까, 낮에 볼 때보다 집이 훨씬 작아 보였다. 인 호텔을 탈출한 뒤에 케리는 이곳을 떠올려볼 시간을 가졌다. 그녀는 렌터카 회사 맞은편에 있는 바인슈투베(와인식당)에 들어가서 냅킨에 이 집의 구조를 그렸다.

교수의 서재는 1층에 있고, 현관이나 뒷문이나 서재까지 떨어진 거리는 비슷했다. 그녀는 현관으로 들어가서 거실을 지나면서재에 이를 수 있지만 정원을 통해 뒷문으로 들어가기로 했다. 그녀가 현관문을 여는 장면을 보게 되는 목격자를 피하기 위한 무의식적인 선택일지도 몰랐다. 바늘로 자물쇠를 여는 건 시간이 좀 걸렸다. 케리는 만능열쇠를 지니고 있지 않았다. 기본적인 연장은 준비했지만 폭발물 같은 특수한 물품은 구할 수 없었다.

그녀는 집 뒤쪽으로 갔다. 정해진 범위 안에서 움직임을 포착하는 순간 할로겐 불빛을 번쩍이는 침입자 감지 센서가 설치되어 있지 않아서 다행이었다.

독일제 자물쇠는 단단했다. 다른 상황이라면 케리는 즐거워하면서 이런 문제를 해결했을 것이다. 훈련을 받을 때 그녀가 두각을 나타내던 분야였다. 하지만 어둠 속의 고요한 목장에서 이 일은 정신적으로 자극을 주는 것이 전혀 없었다. 그녀는 의식적으로 두려움을 느끼지 않으려 했다. 그러나 위경련이 일어난다는 건 몸이 본능적으로 두려움을 느끼고 있다는 증거였다.

울타리 쪽의 어둠 속에서 동물들이 움직이는 소리가 들렸다. 물갈퀴 발들이 땅바닥에 부딪는 소리와 날개를 파닥이는 소리는 거위들이 불안해하고 있다는 표시였다. 아, 거위! 케리는 깜박 잊고 있었다. 개보다 더 훌륭한 파수꾼인 거위 때문에 실패할지 모른다는 생각이 들었다.

어쨌든 지금은 어떻게도 할 수가 없었다. 케리는 정신을 집중해 바늘로 자물쇠 구멍 속을 힘껏 눌렀고, 찰칵 소리가 나면서 문이 열렸다.

케리는 잠시 귀를 기울였다. 잠시 동안 소란스럽게 느껴졌는데 이내 고요해졌다. 깨어 있는 사람이 있는 것 같지는 않다. 조심스레 집 안으로 들어갔다.

어둠 속에서 케리가 처음 방문했을 때 인상 깊었던 왁스로 닦은 나무 냄새, 세제 냄새, 익은 양배추 냄새 같은 독특한 냄새가 났다. 케리는 랜턴을 비추면서 두 계단을 지나서 복도를 따라가다 프릿츠 교수의 서재 앞에 이르렀다. 문이 닫혀 있어서 방문의 손잡이를 내려보면서 열쇠를 돌려 잠갔다는 걸 확인했다. 실내에 있는 문에 장착하는 아주 흔한 자물쇠였다. 그녀는 불현듯 겉으로 보기에는 그토록 온화하고 유순한 존재의 머리에서 어떻게 그런 반인륜적인 살인 행위를 계획할 수 있는지 괴상하고 끔찍하다고 생각했다.

케리는 금속성의 소리가 나지 않게 조심하며 그다지 힘들이지 않고 자물쇠를 열었다. 서재 문이 열리고, 오른쪽 모퉁이를 따라 가지런히 의자들, 책상 위에 질서 정연하게 놓인 연필꽂이며 책받침, 작은 괘종시계가 한눈에 들어왔다.

케리는 한순간 레이저빔이 설치되어 있는지 천장의 구석진 데를 살폈지만 아무것도 없었다. 이어서 프릿츠 교수가 문서를 정리해놓은 캐비닛으로 갔다. 잠겨 있지만 자물쇠 구멍에 열쇠가 꽂혀 있었다. 캐비닛 문짝을 열었다. 서랍마다 세미나 연도가 적혀 있었다. 67이라고 적힌 서랍을 열었다. 수직으로 분리된 칸에 서류철이 정리되어 있었다. 케리는 몽땅 훔쳐가고 싶었다. '강연'이라고 적힌 서류철에 프릿츠 교수가 1967년에 강연한 내용이 들어 있었다. '실습', '참고문헌'이라고 적힌 서류철도 있었다. 서류철들이 상당히 두툼했다. 이 많은 걸 다 들고 나가는 것은 불가능했다. '문서'라고 적힌 칸에서 그 해에 열린 세미나들의 주제를 간추린 서류 한 장을 꺼냈는데 참석자들 이름이 언급되어 있었다. 바로 옆 다른 칸은 '그룹 사진'이라고 써 있었다. 케리는 서류철을 펼치다 아연실색했다. 비어 있었다.

가슴이 철렁 내려앉으면서 이제는 이 적막한 고요가 오히려 수상쩍게 느껴졌다. 예상되는 장애물에 대해서는 거의 대비했는데 이건 생각지도 못한 상황이었다. 그녀는 잠시 랜턴 불빛으로 방전체를 훑어봤다. 책상이나 작은 원탁에 서류라고는 한 장도 없었다.

문득, 케리는 프릿츠 교수가 사진을 인화해서 보내주겠다고 약속한 것이 기억났다. 교수는 차고에 있다는 현상실로 사진을 가져간 것이 분명했다. 거길 어떻게 가지? 케리는 일단 복도로 나갔다. 다시 고요해졌지만 이 정적이 전혀 안심이 되지 않았다. 거실과 식당으로 사용하는 노란색과 흰색 유리창의 테라스가 보였다. 이쪽으로 갈 필요는 없었다. 그녀는 오른쪽으로 돌아서 좀 전에 뒷문을 통해 들어올 때의 계단 쪽으로 갔다. 아래쪽으로 내려가는 세 계단 밑에 헛간이나 지하실로 연결되는 게 분명한 창이 없는 문이 보였다. 잠겨 있는데 이상하게도 자물쇠가 안쪽에 달린 문이었다. 프릿츠 교수가 말한 사진 현상실로 이르는 차고 문이라면 정말 행운이었다. 그녀가 살그머니 바늘로 문을 열자 시멘트 층계가 보였다. 습기가 찬 공기가 느껴지고, 보일러 돌아가는 소리가 들렸다. 계단을 내려가 금속광택이 나는 회색 아우디 자동차를 향해 걸어갔다. 눈 치우는 데 사용하는 커다란 삽들이 벽에 걸려 있고, 썰매와 알루미늄 사다리가 보였다. 그녀는 차고를 돌면서 창고로 보이는 여러 개의 작은 문을 열어봤고, 마침내 사진 현상실을 찾았다. 현상액의 시큼한 냄새가 진동했다. 선반에 아그파 필름이 가지런히 쌓여 있었다. 멜라민 합성수지 재질의 테이블 위에 차이스 제품의 확대기가 놓여 있었다. 그녀는 테이블에 놓인, 1967년 세미나의 그룹 사진을 발견하고 안도의 숨을 내쉬었다. 작은 캐비닛 위로 매단 현상용 빨간색 플라스틱 줄에 인화지 두 장이 금속 집게에 걸려 있었다. 그녀가 사진 뒷면에 제자들의 이름이 적힌 것을 확인한 다음 집어넣으려는 순간 차고의 전등이 켜졌다.

케리는 재빨리 돌아서서 현상실을 나왔다. 느린 걸음으로 누군가가 계단을 내려오고 있었다. 케리는 다시 현상실로 들어가서 그룹의 사진을 두 번 접어서 호주머니에 집어넣은 다음 나와서 자동차 뒤로 숨었다. 그러고는 뒤쪽 유리창을 통해 마지막 계단에 서서 꼼짝 않고 있는 실루엣을 봤다. 팔과 어깨만 보였다. 마침내 실루엣이 움직였다. 빨간색 잠옷 차림에 금빛 나이트캡을 뒤집어쓴 집사 힐다가 두 손으로 소총을 들고 천천히 사진 현상실 쪽으로 다가오고 있었다.

케리는 도망칠 수 있지만 싸울 준비가 되어 있지 않았다. 무기가 될 만한 것이라고는 다기능 집게밖에 없었다. 그녀가 호주머니에서 집게를 꺼내는 순간 차고에 총성이 울렸다. 힐다가 사진 현상실을 향해 총을 쐈다. 사진 확대기가 산산조각이 나더니 엄청난 소리를 내면서 현상실이 폭삭 내려앉았다.

집사가 이제는 차고 안쪽을 살피고 있었다. 케리는 몸을 숨긴 채 집사의 눈빛을 유심히 봤다. 전혀 겁먹은 표정이 아니었다. 침착한 태도에 소총을 다루는 솜씨하며 집사라는 여자는 제대로 훈련받은 요원이었다. 케리는 힐다라는 여자가 프릿츠 교수 옆에 붙어 있는 목적이 무엇인지 궁금했다. 교수를 보호하기 위해서? 아니면 감시하기 위해서일까? 두 번째 총성이 울리면서 자동차 유리가 박살 났다. 케리는 유리 파편이 얼굴을 스치는 걸 느꼈다. 바닥에 엎드렸다.

찰칵 하는 소리가 두 번 난다는 건 힐다가 또다시 장전을 했다는 뜻이었다. 뭔가가 금속성 소리를 내면서 발밑에 떨어졌다. 의심의 여지가 없었다. 힐다는 정당방위를 핑계 삼아 죽이기 위해 총을 발사하는 것이었다. 케리는 총성을 들은 이웃집 사람들이 곧 차고로 몰려올 거라고 생각했다. 가능한 한 빨리 달아나야 했다.

바닥에 엎드린 자세로 케리는 집사의 발이 자동차 앞으로 향하고 있는 걸 봤다. 케리는 뒤쪽으로 기어가서 몸을 숙인 채 범퍼를 따라갔다. 그러고는 손으로 트렁크를 여는 버튼을 찾아서 눌렀다. 연결된 용수철에서 소리가 나면서 트렁크 문짝이 천천히 올라갔다. 힐다가 어디서 나는 소리인지 두리번거렸다. 자동차 지붕 위로 올라온 트렁크 문짝을 발견한 힐다가 방아쇠를 당겼다. 유리 파편이 비 오듯 쏟아졌다.

케리는 그 틈에 벽 쪽으로 달려가서 삽을 움켜잡고 집사가 장전을 하려고 총을 드는 순간 후려쳤다. 집사는 비틀거리면서 뒤로 물러섰지만 총을 놓지 않았다. 케리는 삽의 자루로 집사의 배를 찔렀다. 힐다가 벽에 부딪히는 순간 금빛 나이트캡이 벗겨지면서 대머리가 드러났다. 힐다는 여장을 한 남자였던 것이다.

집사는 이제 철사 뭉치들과 플라스틱 물통들이 어지럽게 널린 데에 주저앉아 있었다. 케리는 달아나야 했지만 남자가 여전히 총을 들고 있었다. 그녀는 계단에 이르기 전에 쏠까 봐 겁이 났다. 즉시 킥복싱의 발기술로 남자의 두 손을 가격해 소총을 떨어뜨리게 했다. 그러고는 소총을 집어 들고 계단을 뛰어올라가다 질겁한 얼굴로 층계에 서 있는 프릿츠 교수와 부딪쳤다. 거위 울음소리가 요란했다.

"한 발 늦었네요!" 케리가 내뱉었다.

그녀는 길을 따라 달리다 어둠 속에 보이는 웅덩이에 소총을 던져 넣었다. 날씨는 서늘했고, 마음이 한결 홀가분했다.

불 켜진 집이 있었다. 그렇지만 아직은 아무도 나오지 않았다. 케리는 자동차까지 오는 동안 아무도 마주치지 않았고, 누군가 쫓아오는 것 같지도 않았다. 프릿츠 교수는 2년 동안 정직한 집사라고 생각한 여자가 남자라는 사실에 아연실색하고 있을 것이 틀림없었다. 힐다의 정체를 오래전부터 알고 있던 게 아니라면.

케리는 호주머니에 집어넣은 사진을 톡톡 건드렸다. 그녀는 자동차 시동을 걸었고 요란한 바퀴 소리를 내면서 커브 길을 돌아 브레너 고개를 향해 내달렸다. 동트기 얼마 전 국경을 넘었고, 가르다 호수 쪽으로 방향을 잡고 달리다 정오가 되기 전에 베네치아에 도착했다.

VI

리우데자네이루, 브라질

쥘리에트와 해로우는 라란제이라스 지역의 펜션에 묵었는데 망고나무, 화염목, 부겐빌레아 같은 열대식물이 울창한 곳이었다. 펜션의 지대가 높아서 바닷가로 이어지는 지붕과 테라스들이 내려다보였다. 두 사람은 나란히 붙은 방 두 개를 사용했는데, 금속 기둥을 사이에 두고 발코니는 서로 연결되어 있었다. 펜션의 아담한 정원은 화분에 심은 나무들의 잎이 우거지고 화사한 꽃과 인조석 분수가 있어서 시원했다.

쥘리에트는 펜션 숙박부에 본명으로 기재된 반면에 해로우는 스코틀랜드 애버딘 태생의 패트릭 헐이란 이름을 사용했다. 그래서 쥘리에트는 해로우에게 본명으로 국경을 넘을 수 없는 껄끄러운 과거가 있다는 걸 알아차렸다.

1층에 있는 도자기 벽돌로 꾸민 푸른 빛깔의 방들은 각 객실에서 이용하는 응접실이었다. 해로우와 쥘리에트도 그중 하나를 응접실로 사용했다. 두 사람은 원탁 위에 노트북을 올려놨고, 레이스 덮개를 치운 서랍장 위에 서류가 쌓여갔다. 해로우는 사자 발 모양의 다리가 달린, 빨간 벨벳을 씌운 소파에 앉아서 줄줄이 찾아오는 손님들을 접견했다.

제일 먼저 찾아온 사람은 40대의 브라질인으로 단정한 양복 차림의 유쾌한 남자였다. 하지만 거무스레한 피부에 광대뼈가 두드러지고 검은색 눈이 반짝이는데 인디언계 유럽인 모습이었다. 이름이 우비라시라고 했다. 브로츠와프의 플라스크를 배달하는 것이 남자의 역할이었다. 그리고 이 첫 번째 플라스크를 시작으로 배달에 관한 일은 무엇이든 자신이 책임질 거란 말을 넌지시 알렸다. 우비라시는 일주일 이내로 작전에 필요한 것이 준비될 것이라고 해로우에게 단언했다. 해로우가 뭐라고 묻자 그는 최종적으로는 10리터들이 양철통 네 통으로 배달될 거라고 대답했다.

쥘리에트는 이런 회담에 참여하고 있는 것이 행복했다. 이제부터는 그녀도 팀의 일원이 되었다는 뜻이었다. 그렇지만 그녀는 우비라시가 불안한 시선으로 힐끔힐끔 쳐다보는 걸 느꼈다. 그러고는 그녀가 이해하지 못하게 암호화된 말을 사용하고 있었다.

얼마 후, 다른 손님이 찾아왔는데 왜소한 체격의 우비라시와 많이 다른 브라질 남자였다. 근육과 지방이 적당히 섞인 살집 좋은 거구였다. 팔짱을 끼고 앉았는데 불룩한 배 때문인지 테이블 위에 쟁반을 올려놓은 것 같았다. 그는 땀을 많이 흘렸고, 연거푸 하얀 손수건으로 닦고 있었다. 그런데 손수건 귀퉁이에 수놓인 이니셜은 그들에게 소개한 이름과 일치하지 않았다. 이름이 제파울루 알부케르케인데 손수건에는 RB라고 표시되어 있었다. 아마 가명을 사용하는 모양이었다.

제파울루는 들고 온 리우의 지도를 원탁 위에 펼쳤다. 항구의 표지 구실을 하는 팡데아수카르, 구아나바라 만, 플라멩구, 보타포구, 그라사스 등의 유서 깊은 지역, 대서양의 아름다운 해안을 따라 좁고 길게 뻗어 있는 코파카바나, 이파네마, 레블롱, 상크리스토바웅, 그리고 니테로이 다리로 연결되는 내포 너머의 산업지대가 뚜렷이 보이는데 이 지역들은 모두 파란색으로 표시되어 있었다.

이 지역들을 둘러싸는 외곽 지역이 빨간색으로 표시되어 있는데 작은 산을 따라 북쪽으로 이어져 있었다.

"빨간색으로 표시한 것이 빈민촌입니다." 제파울루는 매니큐

어를 칠한 두툼한 손가락으로 지도를 가리키면서 말했다. "여기이 지역 주변이 가장 오래된 빈민촌이죠. 최근에는 특히 바이샤다 플루미넨시라 불리는 대평원에서 빈민촌이 늘어나고 있는 추세지요."

해로우는 지도를 들여다보고 있었다.

"주민이 대략 얼마나 됩니까?"

"리우의 인구는 약 800만으로 집계되고 있습니다. 빈민촌에 관한 수치는 비교적 정확한 편이지요. 세금 납부로 확인이 되기 때문에 신뢰할 만한 통계니까요. 정식으로 등록된 주민은 200만인데 나머지는 정확하게 모르지요."

"나머지라면……?" 쥘리에트가 물었다.

제파울루는 불안한 얼굴로 그녀를 쳐다봤지만 마지못해서 대답했다.

"부동산 등기 권리증이 없는 주거지, 즉 무허가 판자촌에 사는 사람들을 말하는 겁니다. 도심에 있는 가장 오래된 빈민촌은 그래도 거리와 인도가 있고, 집이라는 이름으로 불릴 만한 상태지요. 비가 왔다 하면 물바다가 되어버리는 열악한 환경이긴 해도. 하지만 외곽 지역에서는 새로운 빈민촌이 계속 늘어나는 추세라 해마다 수백 헥타르의 땅이 빈민굴로 바뀌는 형편이죠. 최근에 생긴 빈민촌에 가면 함석이나 판자, 심지어 나뭇가지로 지은 오두막들도 볼 수 있어요. 내일 그곳으로 안내해드리겠습니다."

해로우는 여전히 지도를 들여다보고 있는데 마치 비행할 지역을 꼼꼼하게 살펴보는 조종사 같았다.

"빨간색으로 표시한 지역에 있는 이 화살표들은……?"

제파울루는 또다시 쥘리에트를 힐끔 쳐다보고 나서 잠시 뜸을 들이다 대답했다.

"물을 모아두는 지점을 표시한 건데 보시다시피 세 곳이지요."

"하수예요, 식수예요?" 쥘리에트가 물었다.

"구별할 필요도 없지요. 무계획적으로 도시화된 지역에서는 농지, 전기, 수도 시설에 대한 개발이 무산되었기 때문에 공공시설이라고는 거의 없어요. 배설물과 하수가 도랑으로 흘러들고 있는데 그 물로 빨래를 하고, 음식을 만들고, 심지어 식수로 이용하는 사람들이 있을 정도입니다. 주거지의 하수가 흘러드는 옛 운하나 하천들은 정말 시궁창이나 다름없는데……."

"그걸 이용하는 주민들이 얼마나 됩니까?"

"헐 씨, 다시 한 번 말하지만 정확하게 알 수는 없습니다. 다만 추정할 뿐인데 삼사백만 사이로 보고 있습니다."

쥘리에트는 인구를 줄이는 방법 중에서 불임이 가장 효과적이라고 생각하고 있었다. 해로우는 생식력에 대한 대책 없이 사망률을 낮추려고 하면 악순환이 계속될 뿐이라고 여러 번 강조했었다. 납득할 만한 논리였다. 해로우가 가장 필수적인 식량이 보장되지 않는 조건에서 아이들이 계속 태어날 경우 얼마나 궁핍하게 될지 설명했는데 정말 설득력이 있었다. 그런데 제파울루와 해로우의 대화를 들으면서 그녀는 브로츠와프에서 훔쳐온 물질을 사용하여 문제를 해결하려는 것임을 알았다.

쥘리에트는 신경이 예민해졌다. 이 불안은 그녀가 혼란스러워하던 시기에 느끼던 것과는 본질적으로 달랐다. 무의식적인 딜레마에 빠진 느낌이랄까. 그녀는 이 막연한 불안은 앞으로 그들이 하려는 일과 관련된 것임을 느꼈다. 해로우가 하려는 일에 많은 의문을 제기하고, 좀 더 자세히 알아봐야 했는데. 투쟁이나 희생할 각오까지 했는데……. 그녀는 불현듯 자신이 뭔가 잘못 생각하고 있었는지도 모른다는 불안이 엄습했다.

공격할 대상에 대한 언급이 전혀 없었다. 대체 싸워야 할 대상이 누구일까? 쥘리에트는 짐작이 가지만 확인하는 것이 두려웠다. 그녀는 이 모든 것은 자연환경에 꼭 필요하며 희망 없는 인류를 위한 일이라고 믿으려 애썼다.

의혹이 생기자 그녀는 마음을 비우고 콜로라도의 대초원에서 야영하며 느꼈던 대지의 동물적인 감각과 고통을 떠올리려고 노력했다.

지금 이 상태에서는 약이 아무런 효과가 없겠지만 쥘리에트는 두 배의 약을 복용했다. 약효가 서서히 나타나면서 입이 마르고, 몸이 경직되고, 몽롱해지면서 불안을 잠시 잊게 해주었다.

제파울루는 지도에서 다양한 곳의 여러 지점을 가리키면서 오랫동안 설명했다. 절반은 불안함 때문에, 나머지 절반은 예의상 쥘리에트는 몇 분 동안 그 방에 없는 사람처럼 앉아 있었다. 그녀가 유일하게 기억해둔 것은 기후에 대한 제파울루의 걱정이었다. 제파울루는 특히 우기를 기다려야 하는 절대적 필요성을 강조했다.

해로우는 작전 개시를 할 수 있는 구체적인 날짜를 정하려고 했지만, 제파울루는 거부했다. 기후는 당일이 아니면 예측하기 힘들다고 설명했다. 예년에 따르면 늦어도 삼사 주일 내에 비가 올 가능성이 있었다. 우기가 되어도 이따금 더 늦어질 때도 있었다. 제파울루가 해로우에게 준 유일한 희망은 우기가 빠를 수도 있다는 것이었다.

"또 모르죠, 자연이 은혜를 베풀어서 지금부터 일주일 이내에 폭풍우가 몰아칠지도……"

이유를 알지 못한 채 쥘리에트는 처음으로 가슴이 울렁거리면서 심한 구토가 일었다.

5부

I

뉴포트, 로드아일랜드 주

뉴포트 서쪽 해협의 항구 부둣가에 위치한 서머싯 브라운의 상점은 세월이 흐르면서 선박용품을 파는 최고의 가게로 이름이 나 있었다. 모형 배나 액자에 넣은 로프로 장식한 벽, 돛을 올리는 데 사용하는 윈치와 나침반 등 배에 관련된 모든 것으로 실내를 꾸며놓았다는 소문이 나면서 찾는 사람이 늘었다. 길쭉한 상점의 문은 부두 쪽으로 나 있는데 해상 지도를 붙인 좁은 유리문이 었다. 뒷문은 비린내가 나는 골목길 쪽으로 나 있었다. 부둣가에 식당이 즐비해 있고, 플라스틱 쓰레기통에 생선 가시와 조개껍데 기가 수북했다.

바니는 거리낌 없이 유리문을 열고 들어갔다. 어쨌거나 사촌을 만나러 온 것이니 의심받을 일이 아니었다. 서머싯의 어머니는 아이티 출신—바니의 고모—이었고, 아버지는 스웨덴 이주민의 아들로 낸터킷 출신의 선원이었다. 사촌 간이지만 바니는 검은색 머리인 데 반해 서머싯은 금발이고 닮은 데가 전혀 없었다. 그 렇지만 사이는 아주 좋아서 바니가 비밀회담을 주선하면서 폴과 만날 장소를 정할 때 제일 먼저 떠올린 사람이 서머싯이었다.

서머싯은 상점 2층에 살고 있었다. 길쭉한 살림집은 물건으로 가득한 상점에 비해 아주 간소했다. 아버지의 물건들이 흰 벽에 걸려 있는데 모두 고래잡이와 관련된 것들이었다. 노 젓는 배에 서 작살을 든 채로 붉은색 거품을 엿보는 어부와 등에 작살이 꽂 힌 상태로 멀어져 가는 향유고래를 표현한 커다란 그림도 있었다. 전체적으로 강렬하면서도 로맨틱하지만 무엇보다 조화를 이루고 있었다. 배의 색조와 모양, 곡선을 그리는 고래, 갈고리의 밧줄이 균형을 이루는데 고래잡이 어부와 거대한 고래 중 누구의 운명이 더 비극적인지 알 수가 없는 구성이었다. 응접실에 있는 가구라고는 마호가니 목재의 긴 테이블과 걸상들이 전부였다. 11시 25분, 제일 먼저 도착한 바니는 혼자 테이블 앞에 앉았고, 서머싯은 상점에서 손님들을 맞고 있었다.

11시 반, 마사는 빗장을 풀어놓은 뒷문으로 들어가서 바니가 있는 2층으로 올라갔다.

"따라붙은 사람 없었겠지?" 바니가 물었다.

"미행은 내가 전문이잖아요." 마사는 빙긋이 웃으면서 말했다. "로렌스의 수하들이 아마 지금도 나를 찾고 있을 거예요."

2분 후, 1층 상점 문에 매단 방울이 울렸다. 이윽고 계단에서 발소리가 나고 방수복 차림에 줄무늬 저지 모자, 네모난 선글라스를 낀 폴이 나타났는데 수염으로 보아 사흘쯤 면도를 하지 않은 얼굴이었다. 이목을 끌지 않으려고 서머싯의 단골손님 모습으로 위장했기 때문이었다.

15분쯤 후 타라가 도착했다. 그녀는 혹시 따라붙었을 미행자를 따돌리기 위해 뉴포트의 한 상점으로 들어갔다가 슬그머니 다른 출구를 이용해서 나왔다고 말했다. 마지막으로 10분쯤 후에 알렉산더가 나타났을 때 폴은 깜짝 놀랐다. 외교관이자 분석가인 알렉산더는 첩보 활동 훈련을 받은 적이 없었다. 게다가 로렌스의 수하들에게 들킬 위험이 가장 많은 사람이었다. 하지만 마사가 전날 저녁 알렉산더를 도와주었다. 마사가 그를 위해 꾸민 시나리오(어머니가 아프다는 연락이 와서 집으로 가야 한다고 차를 몰고 나간 다음 미행을 따돌리기 위해 여러 번 차를 돌리다 주차장에 들러서 관광객 차림으로 옷까지 갈아입고 뉴포트 부두에 나타난 것이다)는 완벽했다. 알렉산더를 미행한 사람은 아무도 없었다.

그렇게 모두 모이자 바니는 타이슨이 전화로 참여할 것이라고 알렸다. 타이슨은 말단 직원이라 다른 사람들보다 움직이는 것이 자유롭지 않았다. 말단 요원은 다 그렇듯이 회사에서 자리를 지켜야 하는 타이슨이 12시경 휴대전화로 전화를 걸어오면 그들은 확성기에 연결할 것이다.

이 자리에 모인 이들은 타이슨을 통해, 해로우에 대해 폴과 통화한 내용을 알고 있었다. 해로우 집단이 음모를 꾸미고 있으며, 대규모 살상 작전을 개시할 날이 임박했다는 사실이었다. 따라서 아치볼드가 이 사건을 종결하는 데 동의한 것은 큰 실수를 저지른 것이라고 확신하고 있었다.

"케리에게서 연락이 왔어요." 폴이 말했다. "스위스 항공으로 6시 반에 뉴욕에 도착했으니까 한두 시간 후에는 여기 올 겁니다."

"케리를 기다리고 있을 필요는 없지." 바니가 말을 잘랐다. "사진 원본을 볼 수야 있겠지만 달라질 건 없잖아. 우리에게 보내준 사진 파일로도 충분한데."

바니가 폴에게 복사본 사진 한 장을 내밀었다. 다른 사람들도 모두 복사본을 꺼내서 67년 세미나에 참석한 사진 속의 얼굴들을 유심히 살폈다.

"케리의 말이 맞았어." 바니가 말을 이었다. "이 사건의 열쇠는 이 사진에 있어. 해로우를 도와주는 배후 인물들이 있는 게 틀림없어. 이 사람들의 신원을 확인하면 자금줄과 특히 어느 나라에서 작전을 벌일지 알아낼 수 있어. 그럼 당장 여러분이 알아낸 것들을 종합 검토합시다. 마사부터 시작할까?"

"네, 그러죠."

마사는 만지작거리던 휴대전화를 탁자 위에 올려놓고 의자에서 일어났다.

"먼저 폴의 이해를 돕기 위해 우리가 각자 분담해서 신원 조회를 했다는 걸 알려줄게요. 프릿츠의 67년 세미나 사진 속 인물들 중에서 한 명 또는 여러 명을 맡아서 조사했어요. 알렉산더의 분석실에서 큰 도움을 줬지만 기록이 없는 경우도 있었어요."

폴은 고개를 끄덕였다.

"나는 사진 속 첫째 줄에 있는 아시아인 두 명의 신원을 조회했죠." 마사가 말을 이었다. "뒷면에 적힌 이름들과 케리가 서류철에서 찾아낸 관련 자료를 이용해서 이런 결과를 얻었죠."

모두 기계적으로 벽 쪽을 쳐다봤지만, 프로비던스처럼 온갖 장비를 갖추고 있는 상태가 아니었다. 피로 물든 바다와 고래의 겁먹은 눈을 묘사한 액자 속 그림만 덩그러니 있을 뿐, 스크린도 파워포인트도 없었다.

"중국인이라고 생각했던 두 인물 중 한 사람은 김래라는 이름의 한국인이었어요. 현재 서울에서 건축업을 하고 있는데 해로우 집단과 관련된 위험한 활동은 전혀 하고 있지 않아요. 문선명의 통일교를 위한 건축 공사를 맡은 적이 여러 번 있었고요."

마사는 이 인물에 대한 확신이 없는 것 같았다.

"다른 한 명은 중국인이 맞았어요. 이름은 텡뤼쳉, 일흔 살, 1960년부터 공산당원. 중국 북부 지방 출신이고, 어머니는 몽골계였어요."

"그 사람이 1960년대에 오스트리아에서 뭘 했죠?" 폴이 물었다.

"언어학자예요. 독일어와 러시아어를 할 줄 알죠. 60년대에는 유학생이었는데 러시아에 대한 간첩 행위를 하기 위한 위장이었을 거예요. 무슨 잘못을 저지른 뒤에 프릿츠 교수를 찾아갔던 것 같아요. 대학들이 입학을 허락하지 않자 프릿츠 교수에게 도움을 청한 거죠."

참석자 대부분이 회의적이라는 표시로 코를 찡그렸다. 하지만 마사는 개의치 않고 갑자기 언성을 높이는 것으로 분위기를 살렸다.

"우연히 찾아간 프릿츠 교수에게 빠져든 것으로 보여요. 중국으로 돌아간 뒤에 그는 인구 감소 계획을 성공시킨 업적으로 이름이 나게 되었어요. 가구당 자녀를 한 명 이상 낳지 말자는 산아제한 계획이죠. 그 계획을 국가 최고위층에 주지시켰고, 그 업적으로 지금 중국 공산당 중앙위원회의 당원이 되었고요. 그의 두 아들도……."

"아들이 둘이라고!" 타라가 외쳤다. "그러면 감옥에 들어가야 하는 거 아닌가?"

"'1가구 1자녀' 가족계획 운동을 하기 전에 낳은 아이들이에요. 어차피 국가 수뇌부들에게는 적용되지 않는 거니까요."

"어련하겠어!"

마사는 여기저기서 터져 나오는 비웃음에 아랑곳없이 핵심으로 들어갔다.

"특히 두 아들의 직업을 보면 뭔가 관련이 있을 가능성이 있어요. 장남은 상하이 공항의 책임자라서 합법적이든 비합법적이든 어떤 것도 중국으로 반입할 수 있으니까요."

아직은 확신이 서지 않는지 사람들이 별 반응을 보이지 않자 마사는 약간 뜸을 들이다가 결론을 내렸다.

"차남은 야생동물 보호를 전문으로 하는 환경 운동가예요. 시애틀에서 2년 동안 연수를 했는데 급진적 환경 단체들, 특히 원어스를 자주 드나들었다는 증거가 포착되었어요."

"하지만 해로우 집단의 명단에는 없는데……." 바니가 반박했다.

"맞아요. 하지만 그 차남은 해로우가 원어스를 탈퇴하기 여섯 달 전에 미국을 떠났기 때문에 그를 제명할 필요가 없었지요."

모두 생각에 잠겨 있었다. 알렉산더는 귀를 긁었고, 폴은 연필을 만지작거렸다.

"훌륭한 실마리가 되겠어." 바니가 말했다.

중국에서 이런 종류의 조사를 하는 것이 얼마나 어려운 일인지 모두 잘 알고 있었다.

"이번에는 누가 하는 게 좋을까? 타라?"

"나는 네 사람에 대해 조사했어요. 여러분 중에는 직업별로 나누는 분도 있겠지만 나는 피부색으로 나누어서 조사했지요."

"가령 아시아인, 유럽인 등등 출생지 중심으로 나누는 것과 뭐가 다르지?"

바니의 말이 좀 신랄한 것 같고 불편함이 느껴졌다.

"나름대로 기준을 둔 거예요." 타라가 말을 이었다. "내가 조사한 사람은 알바니아인, 리비아인, 인도인, 누벨칼레도니 섬의 토착민……."

"그럴 만했군." 바니는 애써 미소를 지으면서 말했다.

"알바니아인부터 시작할게요. 그 사람은 자손을 남기지 않은 채 4년 전에 사망했어요. 누벨칼레도니 섬의 토착민은 누메아의 해양학자가 되었다가 현재는 은퇴했는데 의심할 만한 점을 찾지 못했어요."

"그럼 리비아인은요?" 알렉산더가 물었는데 자신도 모르게 리비아를 '악의 축' 중 하나로 명명한 부시 행정부의 지정학에 대한 영향을 받은 까닭이었다.

"실망시켜서 미안하지만 리비아인은 아무런 혐의가 없었어요. 무슨 범죄행위가 일어나면 리비아를 생각하는 경향이 있다는 걸 나도 잘 알기 때문에 더 신경을 써서 1967년 이후 30년 동안 일어난 일들을 샅샅이 조사했어요. 문제의 리비아인은 작년에 은퇴할 때까지 벵가지 대학에서 교수로 재직했는데 순응주의자예요. 해로우가 공격하는 대상은 너무 많이 늘어난 가난한 사람들이잖아요. 그런데 리비아는 부자가 많고, 가난한 사람이 그리 많지 않아요."

"인도인은?"

"이름은 라지브 싱이고, 인도의 인구문제에 대한 영향력이 대단한 인물이에요. 싱 역시 프릿츠 교수의 영향을 받았고, 현재는 생물학 교수라는 직함을 갖고 민족주의 정당의 핵심부에서 정책을 맡고 있어요. 인도 북서부 지방 라자스탄의 명문가 출신으로, 1974년 부친이 사망하고 집안의 영지를 물려받은 뒤로는 일을 하지 않고 있어요. 그렇지만 인도의 인구문제를 논하는 심포지엄에 꾸준히 참여해서 논문을 발표했는데 그의 주장은 맬서스의 인구론이 출발점이라고 할 수 있죠."

"다시 말해서?" 바니가 물었다.

"라지브 싱의 주장에 따르면 인구가 안정될 경우에만 경제개발을 이룰 수 있는데 그렇게 되려면 조절이라는 자연적 메커니즘을 망가뜨리면 안 된다는 거예요. 다시 말해서 무엇보다도 생산적인 투자에 우선권을 줘야 하며, 부자들에게는 혜택을 주고 가난한 사람들 쪽으로는 사회적 경비를 최대한 줄여야 한다는 거죠. 이 주장은 67년 세미나의 주제와 완전히 일치하죠."

해가 기울면서 항구 쪽으로 난 창문을 통해 비쳐든 햇살이 고래잡이 그림을 비추고 있었다. 작살을 들고 있는 어부의 동작이 우아해 보였다. 어부의 얼굴이 기쁨으로 빛나는 반면에 붉은 바닷물 속의 고래는 관람객을 향해 심술궂은 윙크를 보내는 것 같았다.

"라지브 싱은 미국 여자와 결혼해서 20년을 살다가 5년 전에 이혼했고, 여자는 미국으로 돌아왔어요. 그런데 놀랍게도 그 여자가 해로우 집단의 명단에 있어요. 그게 다가 아니에요. 원어스에서 제명된 뒤에 그 여자가 인도 델리로 돌아갔어요. 우리 대사관에 있는 사람에게 확인을 부탁해놨지만 내 생각에는 그 여자가 전 남편과 정기적으로 만나는 것 같아요. 위장 이혼일지 모른다는 의문이 들 정도죠. 따라서 이 사건은 라지브 싱을 중심으로 프릿츠에서부터 해로우까지 연결되어 있어요."

"라지브 싱이 부자라고 했죠?" 폴이 물었다. "라지브 싱이 해로우 집단의 자금줄 아닐까요?"

"그 정도로 부자는 아니에요. 좋은 집안에서 유복하게 자란 사람은 맞는데 그런 대규모 작전에 자금을 대줄 정도로 재산이 많은 건 아닌 듯해요."

새로운 사실에 고무되면서 모두 술렁거렸다. 다시 토론이 시작되는 순간 케리가 도착하면서 분위기가 한층 활기를 띠었다. 옷 갈아입을 시간이 없었던 걸까, 아니면 오스트리아에서의 모험을 모두에게 상기시키고 싶었던 걸까. 케리는 프릿츠 교수의 집으로 잠입할 때 입었던, 몸에 딱 달라붙은 검은색 옷차림이었다. 옷차림이 그래서일까. 얼굴이 창백해서 무언극 배우처럼 보였다. 그 어느 때보다 촘촘하게 땋은 머리, 피곤에 지쳐 있지만 눈빛은 열에 들뜬 것처럼 이글거렸다.

바니는 지금까지 진행된 토론을 케리에게 요약해주었고, 이어서 나머지 사람들에 대해 조사한 결과를 마저 들어보자고 말했다.

이번에는 전화로 참여하는 타이슨의 차례였다. 테이블 중앙에 놓인 확성기를 통해 타이슨의 목소리가 흘러나왔다. 1967년 세미나 사진 속의 둘째 줄에 찍힌 아메리카 인디언처럼 보이는 남자 두 명을 역추적한 결과였다. 한 사람은 콜롬비아인으로 조국으로 돌아간 지 얼마 후 파벌 간의 난투극으로 피살되었고, 또 한 사람은 브라질인이었다.

"브라질에서 워낙 이름난 유명인이라 조사하는 데 별로 어려움이 없었습니다. 오스왈두 레이치라는 인물인데 부패했지만 중도 우파 정치인이었어요. 사탕수수 농장주들의 강력한 단체의 실세라는 소문도 있고요."

"흑인 노예제도 지지자들인가요?" 마사가 물었다.

"어쨌든 대농장의 지주들, 실업계의 급진파와 광대한 사유 농지 라티푼디움의 대가족들은 보수주의죠."

"중도 우파라면서요?" 폴이 물었다.

"브라질에서 당파는 우리가 생각하는 것과 일치하지 않거든요." 알렉산더가 응수했다.

타이슨이 확성기에 대고 마른기침을 하면서 계속 말하겠다는 표시를 했다. 바니가 사람들의 대화를 중단시켰다.

"타이슨, 말하게."

"한 가지만 덧붙이겠습니다. 오스왈두는 현재 브라질의 내무장관입니다. 따라서 특히 경찰을 장악하고, 각계각층의 유력한 인사들과 교분이 있지요. 오스왈두는 브라질의 실력자 중 한 사람이라고 말할 수 있어요."

모두 생각에 잠기면서 침묵이 흘렀다. 케리가 단호한 태도로 침묵을 깨뜨렸다.

"타이슨, 그런 사람이 1967년에 프릿츠 교수의 집에서 뭘 한 거죠?"

"좋은 질문인데 물어본 사람이 누구입니까?"

"케리예요."

"브라보, 케리. 60년대 초 브라질은 정치적 격동기였고, 좌파가 장악하고 있었어요. 경제성장을 이루기 위해 내륙에 건설한 브라질리아를 새로운 시대의 수도로 삼았을 때 보수주의자들은 하층민의 눈부신 발전을 불안해했죠. 오스왈두 레이치가 열여덟 살 때 집안의 대농장이 파산했어요. 어머니는 우울증에 걸렸고, 아버지는 일자리를 찾으러 상파울루로 떠나는 바람에 오스왈두는 할머니가 사는 헤시피에 가서 자랐지요. 물고기와 식물에 관심이 많은 청년이었죠. 아, 이건 오스왈두의 전기에서 읽은 내용입니다. 생물학을 공부했고, 책을 많이 읽었는데 어느 날 프릿츠 교수의 논문을 접하며 단번에 매료되었지요. 할머니가 저금한 돈을 몽땅 찾아서 오스왈두를 연수를 보내주었고, 거기서 정치를 알게 됩니다. 가난한 사람들, 인구 증가의 위험성, 자연보호에 대한 프릿츠 교수의 생각이 오스왈두의 머릿속에 박혀버렸어요. 그리고 자신이 사랑하는 걸 보존하기 위해서는 자연적, 사회적 환경 운동에 참여해야 한다는 걸 깨닫게 됩니다."

"1967년 브라질은 군사독재 정권이었는데……." 알렉산더가 끼어들었다.

"네, 쿠데타로 장악한 군사정권이었지요. 외국에 나가 있는 오스왈두는 집안에서 군사정권을 찬동하는데도 조심스럽게 그냥 유럽에 체류했어요. 영리한 청년이었죠. 군인들이 좌파 세력을 제압하고 부자들의 특권을 보호한다는 걸 알았던 거죠. 오스왈두는 상황을 지켜보면서 반대하는 입장인 척했지요. 군사정권이 끝나자 그는 넥타이를 맨 정장 차림으로 브라질에 돌아왔고, 같은 가치관을 지지했죠."

"타이슨이 오스왈두라는 사람에게 반한 것 같네." 마사가 빈정거렸다.

"중요한 실마리예요." 흥분과 더위 때문에 얼굴이 붉어진 케리가 말을 잘랐다. "오스왈두가 여전히 프릿츠 교수의 주장을 신봉하고 있다면 내무장관으로서 실행할 능력이 있으니까요."

"잠깐." 폴이 끼어들었다. "해로우와 관계가 있다고 생각할 수 있는 확실한 단서는 없어요."

바니는 두 손을 들어서 입을 다물게 했다.

"다 들어본 다음 토론에 들어갑시다. 알렉산더, 이번에는 자네가 발표하겠나?"

"나는 사진 속의 유럽인들에 대해 조사했어요. 정확하게 말하면 유럽인으로 보이는 사람들이죠."

"요컨대 백인들이군." 바니가 피곤한 얼굴로 말했다.

"네, 백인들이죠. 먼저 로굴스키. 이 사건이 로굴스키의 연구소에서 시작된 사건이고, 여러분 모두 아는 인물이니까요. 그 시대의 소련 정치 전문 정보원들 덕분에 로굴스키에 대한 몇 가지 새로운 사실을 알아냈습니다. 로굴스키가 60년대에 소련에서 3년 동안 체류한 기록이 있었어요. 폴란드인이 소련을 들락거리는 것은 이상한 일이 아니라는 생각에 간과하기 쉽지만 면밀히 검토한 결과 흥미로운 사실을 발견했어요. 그 3년 동안 로굴스키는 아랄 해 연안 지방에 있었는데 그곳에 주둔하는 소련 군대가 화학 무기, 세균 무기 등 신무기 연구소를 보유하고 있더라고요."

"쯧쯧……."

"맞아요, 폴, 당신의 추측이 맞았던 겁니다. 로굴스키는 병원성 세균을 무기로 바꾸는 방법을 연구하고 있었을 가능성이 커요. 현재 해로우가 갖고 있는 비브리오가 강력한 신종 콜레라균일까 봐 걱정입니다."

"그건 우리가 이미 짐작하고 있는 거잖아요." 케리가 응수했다. "지금은 무엇보다도 해로우 집단의 공격이 어디서 일어날지 알아내는 것이 급선무인데……."

"실망시켜서 미안합니다." 알렉산더는 냉소적인 어조로 대꾸했다.

"계속하게, 지금 상황에서는 모든 게 도움이 되니까." 바니가 알렉산더의 자존심을 건드리지 않으려고 애쓰면서 말했다.

"고맙습니다. 지금부터 소개할 사람은 솔직히 말해서 가장 흥미로운 인물이라서 마지막으로 남겨놓았던 겁니다."

알렉산더는 앞에 놓인 사진을 들고 그룹의 왼쪽 끝에 서 있는 젊은이를 가리켰다. 온화하지만 멍한 표정으로 미소를 짓고 있는데 어딘지 모르게 불안해 보였다.

"이름은 알리스테어 매클라우드이고, 예사롭지 않은 인물이에요. 처음에는 아주 평범한 스코틀랜드 젊은이였어요. 글래스고의 노동계 집안에서 태어났고, 아버지는 성공회 목사였어요. 열두 남매 중 여덟째인 매클라우드는 공부를 잘해서 맨체스터 대학과 옥스퍼드 대학에서 장학금을 받으면서 농학을 전공했고, 독일 연수도 장학금을 받고 갔어요. 프릿츠 교수에게 어떻게 가게 됐는지는 알 길이 없어요. 어쨌든 너무 가난한 학생이라서 프릿츠 교수가 등록금 없이 받아준 것 같아요. 학생 명부에 매클라우드란 이름이 있는데 일종의 청강생처럼 별도로 분류되어 있었거든요."

알렉산더의 단조로운 어조 때문에 분위기가 가라앉아 있었다. 날씨가 흐려지면서 먹구름이 꼈는지 응접실이 어두컴컴해졌다.

"알렉산더, 제발 부탁인데 빨리 말해주면 안 될까요?" 케리가 독촉했다.

"끝까지 조용히 들어봐요. 프릿츠 교수를 떠나면서 매클라우드는 예상과 달리 영국으로 돌아가지 않았어요. 그는 남아프리카로 떠난 뒤 10년 가까이 종적을 감췄지요. 공식적으로는 비료 사업으로 벼락부자가 되었다는데 못된 짓을 했다는 설도 있어요. 경쟁업자를 독살했다는 소문이 있고……. 확실한 것은 오스트리아에서 연수를 한 뒤로 다른 사람이 되었다는 거예요. 목사의 아들로 도덕적 교육을 받고 자란 꿈 많던 어린 매클라우드가 성공을 위해서라면 물불 가리지 않는 미치광이로 변해버린 거죠. 다시는 가난하게 살지 않기 위해서."

'다시는 가난하게 살지 않기 위해서'라는 말에 폴의 귀가 번쩍 뜨였다.

"경제지 《포브스》가 선정하는 세계 갑부 10위에서 14위 사이에 올라 있을 정도로 매클라우드는 엄청난 부자가 되었지요."

"매클라우드가 해로우의 자금줄일 거라고 생각하나?" 바니가 물었다.

"글쎄요. 그건 여러분의 판단에 맡길게요. 내 얘기 아직 끝나지 않았습니다."

"어서 하게."

"매클라우드의 활동을 보면 꽤 합리적인 방식이었어요. 처음에는 비료 사업, 그다음은 운송 사업이었죠. 비료를 운반하기 위해 트럭 회사를 사들인 거죠."

"남아프리카에서?"

"처음에는 그랬죠. 1973년에 숙원이던 항공사를 인수해서 항공운송을 시작했어요. 그 항공사가 그루스 에어라인이에요. 앙골라와 모잠비크에서 마르크스 주의에 따른 혁명이 일어나던 때였지요. 그루스 에어라인이 남아프리카의 비밀경찰이 은밀한 작전을 벌일 때 많은 도움을 줬던 모양이에요. 매클라우드가 4년 만에 떼돈을 벌었고, 미국에 민영 회사를 차린 걸 보면. 이어서 라틴아메리카의 카리브 해로 사업을 확장했고요. 80년대에는 전세기, 저가 비행기, 초고속 비행기 사업까지 손을 댔어요."

"아! 그 사람이구나." 타라가 외쳤다. "항공 요금의 혁명을 일으킨 그 매클라우드였다니! 텔레비전에서 그 인물에 대한 방송을 봤거든요. 어마어마한 부자 같았는데……."

"맞아요, 그 사람. 순풍에 돛을 달 줄 아는 사람이었어요. 가장 뛰어난 점은 다각화예요. 항공 사업으로 만족하지 않고 즉시 에너지, 항공기 연료 설비 분야로 사업을 확장한 데 이어 카리브 해 연안, 에게 해 남동쪽의 로도스 섬, 전쟁이 끝난 뒤의 모잠비크에서 대규모로 벌인 부동산 사업…… 등 다른 분야에도 참여했다는 겁니다."

"오케이, 알렉산더." 바니가 말을 잘랐다. "매클라우드가 억만 장자가 되었다는 걸 다들 이해했다고 생각하네. 매클라우드가 프릿츠 교수 밑에서 공부했다는 걸 빼고 우리 사건과는 무슨 관련이 있는지 말해주게."

"로굴스키 교수의 연구소를 불법 침입한 여자에 대해서는 타이슨과 함께 작업했습니다."

"쥘리에트?"

"네. 몇 가지를 확인해달라고 타이슨에게 부탁했죠. 쥘리에트는 3월 23일 프랑스를 떠났는데 미국 이주민 서류에는 4월 6일에 도착한 것으로 기록되어 있어요. 그사이에 어디로 갔는지 알아내기 위해 우리는 항공사들의 탑승자 명단을 조회했지요. 그러다 쥘리에트가 유럽이 아니라 남아프리카 요하네스버그에서 미국에 도착했다는 걸 확인했어요."

이 말에 모두의 입가에 미소가 번지고 있었다. 현장에서 뛰는 첩보원들에 비해 서류에 매달리는 관리직인 알렉산더가 수사관의 능력을 제대로 발휘한 것이었다.

"남아프리카에 도착한 뒤에 쥘리에트가 어디로 갔는지는 알아내기가 쉽지 않았어요. 여러 가지 가능성이 있었죠. 그래서 요하네스버그에서 출발하는 민간 항공사 쪽을 살폈는데 우리의 직감이 맞았어요. 3월 24일 아침, 쥘리에트가 그루스 에어라인을 타고 모잠비크의 치모요로 떠났다가 4월 5일에 요하네스버그로 돌아온 기록을 찾아냈거든요. 다른 탑승객은 없었고요."

알렉산더가 말을 마치자 환호성이 터졌다.

"매클라우드를 만나야겠어요!" 흥분한 케리가 외쳤다.

"지금 어디 살죠?" 폴이 물었다.

알렉산더는 애써 표정 관리를 하고 있었다. 태연한 체하면서 눈가에 맺힌 눈물을 감추기 위해 안경을 벗어서 넥타이로 닦았다.

"잠깐, 아직 할 말이 남았어요." 알렉산더가 약간 목멘 소리로 말했다.

그러면서 안경을 다시 쓰고 서류를 뒤적거렸다.

"약 3년 전부터 매클라우드는 사업에서 손을 떼고 믿을 만한 협력자들에게 재산 관리를 맡겼어요. 외동딸 카를로타가 있는데 이탈리아의 백작 부인과 결혼해서 낳은 아이죠. 딸은 휴스턴과 파리, 상트페테르부르크에서 돈을 펑펑 쓰면서 살고 있죠. 매클라우드는 자신의 회사들과는 멀리 떨어진 곳에서 카를로타를 지내게 하면서 사치스럽고 변덕스러운 딸의 비위를 맞추고 있어요. 하지만 딸은 아버지에게 배은망덕하게 굴면서 이름조차 거부하고 어머니에게서 받은 카스텔프랑코 남작 부인이란 이름을 쓰고 있어요. 그래도 매클라우드는 애절한 사랑으로 딸에게 열중하고 있지요."

"매클라우드가 어디 사는데요?" 이번에는 케리가 물었다.

"제네바 부근의 한 별장에 은둔하고 있는데 외부와 접촉이 전혀 없어요."

"은둔한 지 얼마나 됐어요?" 폴이 물었다.

"한동안 불경기를 맞으면서 매클라우드는 사업체들을 팔아치우기 시작했어요. 경제 잡지에도 그에 대한 좋지 않은 기사들이 실렸지요. 그렇지만 매클라우드는 재기했고, 그가 없어도 사업이 잘 돌아가도록 필요한 조치를 취한 다음 2003년 말 스위스로 떠났어요."

"그럼…… 사업에 관여하지 않은 것이 2년쯤 된 거네요."

"네, 거의 그렇게 됐죠."

"해로우가 계획을 실행에 옮기기 위해 원어스를 떠난 시기와 일치하는군요."

"그건 여러분의 판단에 맡기겠습니다." 알렉산더는 겸손한 표정으로 말했다.

"그때부터 그를 만난 사람이 아무도 없어요?"

"연락이 되지 않아요. 만날 약속도 하지 않고, 방문도 받지 않아요. 그와 접촉하는 사람은 경호원들밖에 없어요."

"그렇게 은둔해야 할 무슨 특별한 이유가 있나?" 바니가 물었다.

"전혀요. 지병으로 오랫동안 고생하고 있다는 것 말고는. 진행이 느린 골육종암이라는데 화학요법 치료를 꾸준히 받고 있어서 몸이 많이 허약하답니다. 어디까지나 소문이지만."

이 말에 모두 아연실색했고, 깊은 생각에 잠겼다. 처음에는 서로 이러쿵저러쿵 해석하던 사람들이 침묵을 지키자 바니가 요약했다.

"매클라우드가 해로우 집단의 후원자이지만 아무도 접근할 수 없다. 해로우 집단이 일을 벌일 나라가 어디인지에 대해서는 알 수가 없다. 우리가 알고 있는 확실한 실마리라고는 인도, 중국, 브라질밖에 없다. 이건 너무 빈약한데……."

"그들이 세 나라에서 동시에 일을 벌이기로 결정하지 않는 한 그렇죠." 마침내 마사가 입을 열었다.

"CIA의 지원을 받을 수 있다면 그자들을 감시할 수 있을 텐데 안타깝네요." 타라가 모두의 마음을 대변했다.

"그뿐만이 아니지." 바니가 신경질적으로 말했다. "CIA가 이 사건에서 어떤 역할을 하는지도 우리는 모르고 있으니까. 따라서 우리가 직접 해결해야 돼."

다시 침묵이 흘렀다. 모두 불확실해진 상황을 생각하고 있었다. 그들은 작은 응접실 벽을 쳐다보다가 낙담했다. 이제는 국가기관이 아니라 사설 기관에 속한 신분이라는 걸 망각했던 것이다. 정당한 이유가 있어서 싸우는 것이라고 확신하지만, 국가적 지원을 받지 못하는 이런 조건에서 그들이 할 수 있는 역할은 극히 제한적이었다.

마침내 폴이 침묵을 깼다.

"열쇠는 매클라우드에게 있어요."

어깨를 움츠리고 두 팔을 구부리고 있는 폴은 경계 자세를 취하는 권투 선수 같았다.

"무슨 일이 있어도 매클라우드를 만나야 해요. 그리고 도저히 답변을 피할 수 없는 방법으로 질문해야 합니다. 매클라우드가 그 작전의 자금을 대주고, 지원 체제를 제공했다면 해로우가 어디 있는지도 알 테니까요."

"다시 말씀드리는데 매클라우드에게 접근하는 건 불가능합니다." 알렉산더가 불만스러운 어조로 말했다. "섣부르게 접근했다가는 자칫 문제가 커질 수 있어요. 매클라우드는 미국 최고위층과도 교분이 있는 사람이니까요. 신보수주의자들과 아주 가깝고, 그들의 캠페인에 여러 번 자금도 대주었어요."

그러나 결의에 차 있는 폴 앞에서 알렉산더가 갑자기 소심한 사무원이 되고 말았다.

"알고 있어요." 폴이 응수했다. "힘든 상황이지만 나는 불가능하지 않다고 확신해요."

그러고는 놀라울 정도로 단호하게 결론을 내렸다.

"나한테 맡겨요."

폴의 단호한 어조와 알렉산더의 분한 표정 때문에 모두의 입가에 미소가 번졌다.

폴은 참석자들의 무언의 찬성을 유도하기 위해 잠시 시간을 끌다가 덧붙였다.

"케리, 방금 돌아왔는데 유감이네. 오스트리아에서 스위스로 가려면 로드아일랜드를 들를 필요가 없었는데."

폴은 눈빛을 반짝이면서 확성기에 대고 말했다.

"타이슨, 듣고 있어요? 가능한 한 빨리 제네바행 비행기표 두 장 부탁할게요."

II

리우데자네이루, 브라질

제파울루의 차는 고속도로를 벗어난 뒤부터 느리게 달리고 있었다. 완전히 다른 나라에 온 것처럼 풍경이 일순간에 바뀌었다. 해변과 고속도로, 대형 호텔들의 번화한 도시 풍경에서 허름한 판자촌이 까마득히 펼쳐지는 삭막한 풍경으로 이어졌다.

바이샤다 플루미넨시는 농경지의 흔적이라곤 남아 있지 않았다. 햇살에 비친 토담을 따라 피어오르는 흙먼지가 보였다. 아이들이 맨발로 공차기를 하고 있었다. 영양 상태가 많이 나빠 보이지 않는 것으로 보아 부모가 없는 고아들은 아닌 것 같았다. 천재지변이나 사업 실패로 갑자기 가난해진 것이 아니라 상상이 되지 않을 정도로 근본적인 가난에 찌들어 있는 아이들이었다. 가난하게 태어나서 가난밖에 모르는 아이들이었다. 햇빛이 쏟아지는 판자촌의 공터에서 헝겊으로 만든 공을 차면서 아이들이 웃고 있었다. 무의식적으로 나온 웃음일까? 웃음은 절망의 또 다른 이름일까, 아니면 행복의 역설적인 이름일까?

포드 자동차 뒷좌석에 앉은 쥘리에트는 차창에 얼굴을 대고 있었다. 냄새를 맡아보려고 했지만 자동차의 냉방된 공기에 섞인 나무 냄새만 느껴졌다. 자동차가 지나갈 때 그녀 쪽으로 달려든 아이들이 동냥을 바라듯 차창을 두드리면서 이 빠진 얼굴로 울상을 지었다. 앞좌석에 꼿꼿이 앉은 해로우는 뱀을 건드리지 않고 지나가려고 조심하는 사람처럼 잔뜩 긴장해 있었다. 제파울루는 차를 쫓아서 뛰는 아이들을 피하려고 애를 써보지만 아이들은 오히려 즐거워하고 있었다.

"불쌍한 아이들이죠." 제파울루는 움푹 파인 길을 통과하기 위해 속도를 늦추면서 말했다. "불행한 괴물들이라는 표현이 맞을 겁니다. 순진해 보이지만 범죄행위를 서슴지 않거든요. 순진한 건 다섯 살까지예요. 다섯 살만 넘으면 담배를 피우고, 마약을 하고, 암거래를 하고, 심지어 살인도 하죠."

햇볕에 그을린 구릿빛 얼굴, 피부병에 걸린 짧게 깎은 머리, 누더기를 입은 아이들이 계속 뛰어오고 있었다. 쥘리에트는 아이들의 눈빛에서 제파울루가 말하는 것을 읽었다. 가면을 쓴 순진함, 딱딱한 표정, 거의 동물적인 증오심, 그리고 애처로운 웃음.

"여기가 가장 오래된 판자촌 바이샤죠. 벌레가 우글거리는 정말 비위생적인 환경이죠. 해마다 쥐에게 물어 뜯겨서 얼굴이 못쓰게 되는 아이들이 발견될 정도니까요. 문짝이나 창문이 달려 있을 뿐 간밤에 어느 집에서 부부 싸움을 하는지 온 동네 사람이 다 알 정도로 사생활 보장이라는 건 아예 생각도 할 수 없는 환경이죠."

자동차가 넓은 대로를 따라 달리고 있었다.

"저쪽으로 갈수록 상태가 더 열악하죠." 제파울루가 리어카들과 할 일 없이 빈둥거리는 사람들 사이로 보이는 흙먼지로 뿌연 지평선을 가리켰다. "저 끝에 나뭇가지나 낡은 배낭, 플라스틱 통들로 가려놓은 곳도 있어요. 새로 이곳으로 들어오는 사람들이죠."

"아직도 많이 오나요?"

제파울루는 쥘리에트에게 대답하기 위해 목을 비틀고 돌아봤다.

"한 달에 수천, 아니 아마 수만 명은 될 겁니다. 특히 북동쪽에서 몰려오고 있어요."

제파울루는 거리에 가로누운 사람을 피하기 위해 차를 돌렸다. 시신인지 술에 취해서 잠든 사람인지 알 수가 없었다.

"사람들이 꾸역꾸역 모여들면서 리우는 괴물이 되고 있지요. 그래도 도시가 더 낫다고 생각하는 거죠. 하긴 바라는 것이 뭔지 아무 생각이 없는 사람들이죠. 워낙 궁핍하게 사는 사람들이라서."

"도저히 살아갈 수가 없는 곳이라서 떠나온 거겠죠." 쥘리에트가 말했다.

제파울루가 쥘리에트를 이상한 시선으로 쳐다봤다.

"그래요, 거기서는 살 수가 없었을 겁니다. 농촌에서는 땅에서 얻는 식량과 인간의 수가 균형을 이뤄야 하니까요. 식량은 한정되어 있는데 인구가 기하급수로 늘면 궁핍해질 수밖에 없기 때문에 인구 증가를 억제해야 한다는 것이 맬서스의 법칙이죠. 하지만 도시에서는 그 법칙이 존재하지 않아요. 도시민들이 굶어 죽게 둘 수 없는 정부가 식량을 제공하니까요. 따라서 가난한 사람들은 급증하고, 출산율도 높아지고 있죠."

제파울루는 대로 쪽에서 방향을 돌려 더 좁은 비포장도로를 따라 올라갔다. 판자촌 앞 그늘에서 아낙들이 붉은색 플라스틱 대야를 늘어놓고 빨래를 하고 있었다.

"당신이 이런 상황을 바꿔주리라 기대하고 있습니다." 제파울루가 해로우 쪽을 쳐다보면서 말했다. "그러면 사람들이 농촌으로 돌아가게 되지요."

자동차 안에 어색한 침묵이 흘렀다. 쥘리에트는 자신 때문이라는 느낌이 들었다. 두 남자가 그녀의 반응을 기다리고 있는 것 같았다. 며칠 전부터 머릿속을 떠나지 않던 의문이 입가에 맴돌고 있었다. '우리가 그 흐름을 어떻게 바꾼다는 거지? 그러기 위해서 가난한 사람들을 어떻게 하겠다는 거지?'

그러나 의문이 생길 때마다 쥘리에트는 편두통과 구토증이 일어서 생각을 중단해야 했다. 최근에 약을 좀 많이 먹었다. 약이 밀려오는 불안을 막아주면서 무감각해지고, 보호받는 느낌이 들었다. 그들이 그녀에게서 기대하는 것이 무엇이든, 또다시 우울하게 살지 않으려면 무조건 복종하겠다고 작정하고 있었다.

"저기 가면 운하를 볼 수 있어요." 제파울루가 다행히 어색한 침묵을 깨뜨렸다.

자동차가 울퉁불퉁한 길에서 몹시 요동치며 덜컹거렸다. 살짝 열린 문들을 통해 비쩍 마른 남자들이 보이는데 아직 술에서 덜 깬 모습이었다. 제파울루는 좀 더 차를 몰고 들어가다가 둑으로 둘러싸인 공터에서 멈췄다.

"조금만 걸어가면 운하를 제대로 볼 수 있습니다."

차에서 내리는 순간 뜨거운 열기가 얼굴을 덮쳤다. 오염된 흙과 배설물 냄새가 실린 공기는 끈적끈적했다.

해로우는 주먹을 쥔 채 뻣뻣해져 있었다. 그 뒤에 선 쥘리에트는 해로우를 안아주고 싶었다. 연민이랄까. 그녀는 해로우에 대해 뜻밖의 감정에 사로잡혔다. 콜로라도 사막에서 본 해로우의 모습을 떠올리면서 자연은 사라지고, 가장 불결한 상태로 인간들만 남은 이곳에서 그가 무슨 생각을 할지 알 것 같았다. 이곳의 인간은 파괴와 죽음을 의미했다. 그녀의 손이 스치자 흠칫 물러서는 해로우에게 연민이 더 커졌다.

그들은 비탈을 이룬 둑 쪽으로 걸어갔다. 땅바닥에 너덜너덜한 비닐봉지며 쇳조각, 닭이나 양의 뼈다귀 등이 널려 있었다. 우기에 빗물이 불어나면서 떠밀려온 잡동사니들이 진흙에 섞였다가 물이 빠지자 드러난 것이 틀림없었다.

운하의 둑은 쉽게 오를 수 있게 작은 길이 나 있고, 여자들이 양동이를 들고 오르락내리락하고 있었다. 둑 위로 올라가자 바이샤다를 관통하는 운하가 한눈에 보였다. 제파울루는 다가오는 한 무리의 아이들을 매몰차게 쫓아버렸다. 밀짚모자를 쓴 제파울루가 손수건으로 이마를 닦으면서 수평선을 가리켰다.

"이 운하는 강에서 시작되어 저기 만으로 흘러들지요."

운하의 시멘트 벽 아래 밑바닥은 갈색이 도는 물이 고여 있었다. 물가에 쭈그리고 앉아서 빨래하는 여자, 물을 긷는 여자도 보였다.

"이 물을 먹는단 말이에요?" 쥘리에트가 깜짝 놀랐다.

"선택의 여지가 없기 때문에 이 물이라도 길어다 끓여 먹는 겁니다. 환경을 위한 준비는 전혀 되어 있지 않아요."

바이샤다가 내려다보이기 때문에 그들은 주택가의 굴뚝에서 피어오르다 평원의 상공에 구름처럼 고여 있는 시커먼 연기를 볼 수 있었다.

"우기에는 운하의 수위가 높아지죠. 이따금 아이들이 익사하는 사고도 일어납니다. 경사가 없기 때문에 저수지처럼 사용하고 있지요."

"고여 있잖아요?"

"아니, 약간은 흐르죠."

"그건 측정해볼 필요가 있어요. 우리의 계획에 중요한 문제니까요. 카보베르데에서 실시한 시뮬레이션으로 물질의 함유량과 물이 흐르는 속도에 따라 확산하는 정도를 측정했거든요. 확실한 성공을 거두려면 정확해야 합니다."

기술 문제에 대해 말할 때의 해로우는 훨씬 편안해 보였다. 제파울루는 수첩을 꺼내서 메모했다.

"알아보겠습니다. 차질 없이 계획대로 할 수 있을 겁니다."

그들은 둑에 서서 다양한 기술적인 문제에 대해 논의했다. 쥘리에트는 듣지 않고 있었다. 더위와 신경이완제로 인해 현기증을 느끼고 있었다. 그녀는 차에 가서 기다리겠다고 말하고 비탈을 내려갔다. 자동차 뒤쪽에 남자와 여자들, 아이들이 모여 있었다. 어른들이 있어서인지 아이들이 소란을 피우지 않았다. 하지만 설명을 요구하는 것일까. 위협적이면서 거친 사람들의 눈빛에서 무언의 비난 같은 것이 느껴졌다.

쥘리에트는 미소를 받아줄 사람, 호의적인 얼굴을 찾아보려고 무리를 유심히 살폈다. 하지만 하나같이 적의를 품은 표정으로 굳어 있었다.

"걱정하지 마요! 얌전히 있을 겁니다." 둑에서 제파울루가 외쳤다.

쥘리에트는 그 순간 왼쪽으로 100여 미터 떨어진 곳에 주차된 경찰 순찰대의 차를 발견했다. 무장한 경찰 다섯 명이 벤치에 앉아 있고, 두 명은 자동차 보닛에 기대서 있었다.

쥘리에트는 판자촌의 주민들을 향해 돌아섰다. 해로우와 제파울루가 둑에서 내려오고 있었다. 그때 쥘리에트는 약간 떨어진 데에 혼자 있는 소녀의 시선과 마주쳤다. 꾀죄죄한 얼굴에 빨간색 누더기를 입은 소녀였다. 하지만 흘러내리는 콧물을 손가락으로 닦고 있는 소녀의 얼굴에서 사파이어처럼 파란 눈빛이 반짝였다. 두 눈은 애정이 필요하다고, 꿈이 필요하다고 말하고 있었다.

쥘리에트는 미소를 지어 보였다. 아이의 얼굴이 잠시 밝아지는 듯하더니 부리나케 달아났다.

그렇지만 제파울루는 경찰들을 보고도 전혀 주눅 드는 기색 없이 자동차에 오르면서 판자촌 주민들을 비켜서게 했다. 해로우와 쥘리에트도 차에 올랐다.

돌아가는 길에 해로우는 제파울루가 떠들도록 내버려두었다. 이번에는 제파울루가 차에서 내리지 않은 채로 바이샤다의 판자촌들을 둘러보게 했다.

오후 5시경, 라란제이라스의 펜션에 도착한 쥘리에트와 해로우는 샤워를 하기 위해 각자 방으로 올라갔다. 두 사람이 응접실로 내려왔을 때는 어둠이 내려 있었다. 가까운 곳에 있는 카페에서 기타 소리가 들렸다. 펜션 정원의 테이블 앞에 앉은 두 사람은 새우 스튜와 맥주 한 병을 놓고 침묵을 지키고 있었다.

이상하게도 바이샤다에 다녀온 뒤로 쥘리에트를 대하는 해로우의 태도가 달라져 있었다.

아니, 쥘리에트가 그렇게 생각한 거지 사실은 달라진 것이 아니었다. 해로우는 여전히 말이 없고, 속을 알 수 없었다.

이런 생각에 쥘리에트는 얼굴이 밝지 않았다. 게다가 신경이완제에다 맥주까지 먹어서인지 몸이 약간 떨렸다. 불안해진 그녀는 침묵을 지키면서 꼼짝 못하고 있었다.

두 사람은 세 마디도 나누지 않고 있었다. 그러다 암묵적인 동의를 한 것처럼 철제 난간을 잡으면서 옥외 계단을 올라갔고 함께 쥘리에트의 방으로 들어갔는데 처음 있는 일이었다. 창문이 열려 있었다. 포근한 밤 기운과 달빛이 들어오고, 삼바 춤의 멜로디가 들렸다. 두 사람은 조용히 사랑을 나누었다.

어둠 속에서 쥘리에트는 테드 해로우의 눈을 응시하면서 낮에 본, 판자촌 소녀의 눈빛과 똑같다고 생각했다. 그녀는 그 파란 빛 속에 잠이 들었다.

III

제네바, 스위스

20년 전 샤를 재글리 박사가 론 강가에서 살기로 한 것은 속물 근성에 빠져서가 아니었다. 물론 부촌이었고, 거기서 산다는 것은 사회적인 성공을 의미했다. 하지만 재글리가 그 빌라를 선택한 것은 무엇보다도 낭만적인 이유 때문인데, 이런 사실을 동료 의사나 친구들이 알면 깜짝 놀랄 것이다. 론 빙하에서 발원한 강물이 흘러드는 레만 호, 재글리는 저 멀리 봄의 레만 호수를 바라보는 것이 좋았다. 주방 식탁에 앉아 아침을 먹으면서 창문 너머로 흔들리는 돛대들을 바라보는 기쁨은 그 무엇과도 바꿀 수 없었다. 건너편 기슭으로 보이는 집들의 온실 지붕이 햇살을 받아 무지갯빛으로 반짝이고 있었다. 세로 폭이 5미터에 이르는 주방 유리창에 파란 색채의 살아 있는 화폭이 담겨 있었다. 완만한 선을 그리며 평온함을 주는 레만 호수 쪽으로 난 유리창이 어찌나 단단하고 두꺼운지 바깥의 소음이 전혀 들리지 않았다.

이런 평온함이 없었다면 재글리 박사는 엄습해오는 죽음의 공포를 견뎌내지 못했을 것이다. 아마 5년 전 아내가 뇌혈전증으로 숨을 거둘 때 따라 죽었을 것이다. 시칠리아 여행에서 돌아온 뒤 급성간염으로 열아홉 꽃다운 나이의 외동딸이 하늘나라로 떠나간 슬픔을 견디지 못했을 것이다. 무엇보다도 날마다 환자들의 죽음을 접할 힘이 없었을 것이다. 많은 환자가 병으로 사망하기 때문에 실재의 죽음이 있고, 암이란 말을 듣는 순간부터 죽음을 생각하기 때문에 상상의 죽음이 있었다.

그런데 암은 호수와 함께 재글리 박사의 또 하나의 열정이었
다. 서른다섯 나이에 유방암으로 어머니를 잃고 그는 암 연구에
몰두했다. 미국과 스위스의 유명한 암 연구 센터에서 최고 권위
자가 되었다. 제네바 대학의 교수로 재직하다 현재 은퇴한 재글
리 박사의 눈에 교수진은 형편없어 보였다. 재글리 박사는 이제
진료에 전념하고 있었다. 박사의 개인 병원은 걸어갈 수 있는 거
리에 있었다. 세계적인 명성 덕분에 돈 많은 환자나 유명 인사들
이 병원을 찾아왔다. 아주 예외적인 경우를 제외하고 재글리 박
사는 모르는 사람들을 진찰하기 위해 왕진을 나가는 일이 없었
다. 그런 사람이 왜 전날 저녁, 왕진을 나가겠다고 했을까?

진료가 끝날 때쯤 병원을 찾아온 한 젊은 미국인 의사가 론 강
가의 집 앞까지 배웅해주었다. 노교수는 젊은 의사가 미국에 있
는 스승들에 대해 말할 때 그 열정에 매료되었다. 대부분의 교수
들이 '재글리 박사님의 제자'라고 소개하고 싶어 한다는 것이었
다. 암 연구로 이름난 전문가들이 보잘것없는 스위스 임상 의사
―재글리 박사는 자신을 이렇게 규정하고 있었다―를 가장 본받
고 싶은 세계적인 권위자로 여기고 있다는 의미였다.

재글리 박사는 에너지가 넘치는 얼굴, 주저앉은 콧등, 헝클어
진 검은색 머리의 이 젊은 의사에게 호감을 느꼈다. 아들이 없는
남자는 대개 이런 타입의 젊은이에게 매료되는 경향이 있었다.
재글리 박사는 존 세라노라는 이름의 젊은 의사가 어떤 부탁을
하든 거절할 수 없을 것 같았다. 더군다나 존 세라노의 부탁은 무
리한 것이 아니었다. 최고 권위자가 아내를 진찰해보고 가장 효
과적인 치료법을 처방해주길 바란다는 것인데……

"내일 아침에 병원으로 오면 한 번 봅시다." 재글리 박사는 석
달간 예약이 꽉 차 있는 진료 수첩을 꺼내보면서 말했다.

"죄송합니다, 박사님." 세라노가 말했다. "곤란한 부탁이라는

거 알지만 제 아내가 아직 무슨 병인지 모르고 있습니다. 그런데 박사님의 병원 진찰실에 암 연구라고 적힌 걸 보게 될 겁니다. 박사님께서 저희가 묵고 있는 호텔로 와주신다면…….”

재글리 박사는 말기 환자나 아주 특별한 이유—환자가 보안이 필요한 사건에 연루되어 있는 경우—를 제외하고는 왕진을 나가지 않는다면서 언성을 높였다.

“하지만 이번만은 예외로 하고 내일 아침 7시, 진료를 시작하기 전에 잠깐 호텔에 들르도록 하지요.”

젊은 의사의 눈빛이 얼마나 간절했기에 재글리 박사가 그렇게 쉽게 받아들였을까?

식탁 앞에 앉은 재글리 박사는 반숙된 달걀이 들어 있는 은빛 잔 옆에 풀을 먹인 하얀 냅킨을 펼쳤다. 이어서 이에 부딪치면 깨질 듯이 얇은 자기로 만든 잔에 담긴 커피 한 모금을 마셨다. 그리고 일어나서 외투를 걸치고 세라노 부인을 진찰하기 위해 호텔로 향했다.

*

사흘 이내에 기적을 이뤄야 했다. 폴은 프로비던스의 도움을 받을 수 있어서 기뻤다. 물론 비밀리에 동원된 직원들이라서 이전처럼 전폭적인 지원을 기대할 수 없었다. 그렇지만 그들의 도움이 없었다면 이 정도로 복잡한 작전을 이렇게 빨리 진행시키지 못했을 것이다.

알렉산더의 말대로 매클라우드를 만나는 것은 불가능해 보였다. 스위스 서부 로잔 부근의 작은 도시 모르주에 있는 그의 집은 그야말로 요새였다. 호수 쪽으로 경사를 이룬 정원은 2헥타르에 이르렀다. 언뜻 보면 그 지방의 미학적 기준을 지키고 있는 것 같았다. 담은 정상적인 높이였고, 보안장치는 눈에 띄지 않았다. 그러나 쌍안경으로 살펴보면 벽마다 전선줄과 감시 카메라가 보였다. 호수의 둑에서도 경호원들이 개를 끌고 다니면서 감시를 하고 있었다. 저택 뒤쪽으로 형광을 내는 말뚝이 박혀 있는 것으로 보아 지뢰라도 설치해놓은 것 같았다.

요트를 빌려서 호수로 나간 폴과 케리는 매클라우드의 저택 앞에서 800미터쯤 떨어진 지점에서 관찰했다. 요트가 등장한 것만으로도 경보기가 울린다는 건 매클라우드의 경호원들이 호수까지 감시하고 있다는 증거였다. 매클라우드의 사설 경호업체의 연락을 받고 출동한 스위스 경찰의 모터보트가 요트를 조사했다. 호수에서 데이트를 즐기는 평범한 연인들이라는 걸 확인한 경찰은 그들을 저택 주변에서 멀리 떨어지라고 권고했다.

저택을 따라 이어지는 길은 자동차 한 대 지나갈 수 없었다. 감시하는 차 두 대가 대문 앞에서 밤낮으로 보초를 서고 있었다.

그러나 폴과 케리는 지도를 연구하면서 저택의 북서쪽에 있는 저수탑을 점찍었다. 저수탑이 저택의 대문 쪽을 관찰할 수 있는 위치였기 때문이다. 폴과 케리는 밤중에 저택으로 침투하는 데 필요한 장비를 갖추었다. 두 사람은 위장복을 입었고, 연장을 준비한 다음 샌드위치와 음료수를 배낭에 챙겨 넣었다. 버섯 모양의 구형 저수탑이었다. 둘은 허술한 자물쇠를 열고 철문을 통해 저수탑으로 들어갔고, 나선형 층계를 따라 지붕으로 오를 수 있었다. 시멘트 벽 안에서 울리는 물 떨어지는 소리 때문에 수직 동굴을 탐험하는 느낌이 들었다. 꼭대기에 이르자 둘은 유리가 깔린 평평한 지붕에 납작 엎드렸다. 적외선 야간 투시 쌍안경 덕분에 저택을 한눈에 내려다볼 수 있었다. 그들은 특히 저택으로 이르는 길과 현관 앞 층계와 주방, 출입문이 있는 서쪽을 관찰했다.

이렇게 관찰하면서 밤을 새워야 했다. 딱 달라붙은 검은색 옷과 복면, 폴과 케리는 새로운 행성을 발견한 외계인처럼 보였다.
동네는 고요했다. 두 사람은 호수 가장자리를 밝히는 불빛 때문
에 불안할 정도로 미동도 하지 않는 호수의 존재를 느끼고 있었
다. 저수탑의 물소리가 울리면서 그들의 몸으로 전해졌다. 폴과
케리는 전날 아침 제네바에 도착했기 때문에 여행의 피로가 몰
려오는 데다 시차 적응이 안 된 탓에 불안과 허기, 갈증이 더 심
하게 느껴졌다. 호수에서 불어오는 미풍에 서늘해진 옥상에서
두 사람은 챙겨온 샌드위치를 먹었고, 꾸벅꾸벅 졸면서 밤을 보
냈다.

새벽에 그들은 다시 관찰하기 시작했다. 집 안에서는 아무런
움직임이 없었다. 창문에 커튼이 쳐 있어서 방들의 위치와 용도
를 짐작조차 할 수 없었다. 경호원들만 적어도 스무 명은 되는 것
같았다.

납품업자들이 드나드는 출입문은 작은 마당 쪽에 있었다. 아침
8시경, 소형 화물차 한 대가 들어갔다. 주방에서 일하는 여자 두
명이 나와서 야채와 과일 바구니들을 내렸다. 그 일이 끝나자 다
시 고요해졌다.

10시 조금 전, 쌍안경으로 망을 보던 케리는 대문 앞에서 움직
임을 포착했다. 10시 정각, 진회색 볼보 한 대가 길에 나타나더니
천천히 매클라우드의 저택까지 전진했다. 보초를 서던 경호원
두 명이 대문을 열었다. 자동차는 지체 없이 마당으로 들어갔고,
현관 앞에서 멈췄다. 남자가 차에서 내리는데 동작이 뻣뻣했다.
그는 운전용 장갑을 벗어서 가죽 좌석으로 던져 넣었다. 그러고
는 뒷문을 열고 의사들이 들고 다니는 전형적인 왕진 가방을 꺼
내 들고 현관 층계를 올라갔다.

"저 사람이야." 케리가 속삭였다.

이번에는 폴이 쌍안경을 잡았다. 그들이 있는 곳에서 자동차

번호판을 읽을 수 있었다. 폴은 그 번호를 휴대전화에 입력해서
바니에게 전송했다. 프로비던스의 직원들이 도와주는 덕분에 두
사람은 의사가 저택에 머무는 동안 답변을 받을 수 있었다.

11시 30분, 저택을 나서는 의사는 더 이상 익명의 사람이 아니
었다. 90분 전에 매클라우드의 집에 도착한 정체불명의 남자. 폴
의 휴대전화 화면에 떠 있는 약력에 따르면 론 강가 37번지 4층
에 사는 샤를 재글리 박사였다. 이제 닥터 존 세라노가 등장하는
일만 남아 있었다.

*

로잔 거리의 아스트리드 호텔에 도착한 재글리는 잠시 망설였
다. 본능적으로 도망쳐야 될 것 같은 느낌이 들었다. 하지만 그는
오래전부터 이런 직감에 따르기보다 주어진 순간을 즐기고 있었
다. 마지막으로 직감에 따른 것은 30년 전이었다. 한 여인에게 청
혼하기 위해 파리행 기차표를 찢어버리고 뇌샤텔로 떠났을 때였
다. 그는 후회하지 않았다. 하지만 돌이켜보면 파리에 갔다가 돌
아와서 결혼해도 늦지 않았을 거란 생각이 들었다.

재글리 박사는 호텔 접수계에 도착했다는 걸 알렸다. 잠시 후
접수계의 연락을 받고 내려온 세라노가 활짝 웃으면서 달려왔고,
재글리 박사를 엘리베이터로 안내했다. 아스트리드 호텔은 밋밋
한 정면이 공원 쪽으로 나 있는 현대식 건물이었다. 엘리베이터
를 탄 그들은 7층에서 내렸다. 좁은 복도를 따라 양쪽으로 객실
문이 보이고 군데군데 아침 식사가 담긴 쟁반이나 룸메이드의 청
소 수레가 놓여 있었다.

두 사람은 739호로 들어갔다. 욕실과 화장실, 탈의실이 딸린
객실이었다. 세라노는 재글리 박사가 들어서기가 무섭게 방문을

잠갔다. 구불구불하게 흘러내리는 긴 머리의 미녀가 반갑게 박사를 맞았다. 그런데 아프기는커녕 아주 건강한 여자였다. 함정이라는 걸 알아차린 재글리가 돌아섰지만 자칭 의사라고 한 세라노는 문에 기대서서 권총을 겨누고 있었다.

재글리는 10년 전에도 병원에서 무장 괴한에게 습격을 받은 적이 있었다. 그래서 그런 경우 어떻게 행동해야 하는지 알고 있었다. 가진 것을 다 내주고, 불쾌감을 주는 행위로 자극하지 말고, 얼굴을 빤히 쳐다보지도 말아야 했다. 그렇지만 이번에는 그런 상황이 아니라는 걸 느꼈다. 돈을 원하거나 목숨을 노리는 것 같지 않았다. 그럼 뭐지?

"용서하세요, 박사님." 케리가 말했다. "무례하다는 걸 잘 알지만 달리 방법이 없었습니다. 앉으시면 설명할게요."

케리는 노란색 천을 씌운 안락의자를 가리켰다. 재글리 박사는 고마워하는 얼굴로 털썩 주저앉았다.

"박사님을 해칠 생각은 없습니다." 세라노라는 인물을 연기하느라고 콧소리를 내던 폴이 정상적인 목소리로 말했다. "박사님이 알리스테어 매클라우드의 주치의라서 알고 싶은 게 있는 것뿐입니다."

자신에 대한 공격이 아니라는 것에 안도했는지 재글리 박사가 경멸하는 듯한 표정으로 쳐다봤다. 돈을 뜯어보려는 속셈으로 억만장자를 공격하는 한심한 인간으로 여기는 얼굴이었다. 이 지역에서는 꽤 흔한 일이지만 대부분 실패로 끝났다. 스위스는 생각보다 치안이 안정되어 있는 나라였다. 게다가 재계의 거물치고 집 안에 돈을 쌓아두는 사람은 거의 없었다. 따라서 재글리 박사는 다음 말을 기다리고 있었다.

"매클라우드가 누구인지 아시죠?" 케리가 물었다.

"내 환자요."

"환자를 지켜주려는 박사님의 중립성에 존경을 표합니다. 스위스는 고상한 나라라서 그럴 수 있을지 모르지만, 우리는 그렇게 세련된 사람들이 아니라서 매클라우드를 쓰레기 같은 인간이라고 하지요."

이런 서론에 재글리 박사는 상당히 당황했다. 악당이라도 의사나 은행원에게는 소중한 고객이었다. 고객의 돈을 갈취하기 위해 나쁜 짓을 하는 경우도 있겠지만 고객에 대해 도덕적인 평가를 내리면서 시간을 허비할 사람이 몇이나 될까? 도대체 이들이 원하는 것이 뭘까?

"그 사람의 재산 때문에 하는 말이 아닙니다." 폴이 말했다. "매클라우드가 그 많은 재산을 어떻게 모았는지는 중요하지 않으니까요. 그가 현재 무슨 일을 하는지, 무슨 음모를 꾸미는지 우리는 그것만 알면 됩니다."

이 말에 약간 자신감이 생겼는지 재글리 박사가 말했다.

"그렇게 나쁜 짓을 저지를 만한 건강 상태가 아닌 것 같은데요."

"그런데 수많은 사람들을 죽일 계획을 세우고 있으니까 문제지요."

재글리는 당치도 않은 말이라는 듯 웃음을 터뜨렸다.

"매클라우드가 뭘 어떻게 해요? 집 밖으로 나가지도 않는 사람입니다. 자기 방에서도 겨우……."

"그렇다고 일을 꾸미지 못하는 건 아니죠." 박사의 거만한 태도에 화가 치민 케리가 말을 잘랐다.

재글리 박사는 고개를 설레설레 젓는 것으로 케리의 말이 터무니없다는 표시를 했다. 그러면서도 정신착란 증상을 보이는 환자의 말이라도 반박하지 않는 정신의학적 방법으로 대응했다.

"두 사람이 누구인지, 그리고 나한테서 뭘 원하는지 그것부터 밝혀야 순서지요."

"매클라우드가 꾸미는 음모에 대한 수사를 하고 있습니다."

"CIA 요원들인가요?" 재글리 박사가 물었다.

재글리 박사는 의문이 들었다. 대개 음모나 감시, 미행을 당하고 있다는 등의 정탐 행위에 관련된 말은 정신착란 증세가 있는 사람들에게서 자주 나오는 말이 아닌가. 재글리 박사가 놀라는 기색 없이 묻는 말에 케리는 진지하게 대답했다.

"CIA의 의뢰를 받은 사설 첩보 기관을 위해 일하고 있지요."

재글리 박사는 이제 정신병자들이 분명하다고 확신했다. 다만 이것이 그에게 좋은 일인지 나쁜 일인지 알아야 할 필요가 있었다.

"그래서 내가 할 역할이 뭡니까?"

"어제 아침에 매클라우드의 집에 갔죠?"

"네, 치료를 하러 갔었소."

"언제 또 갈 예정입니까?"

"일주일에 세 번 아침 10시에 가죠. 당신들이 내 일상을 감시하고 있었다면 이미 파악했겠지만."

"따라서 다음 왕진은 내일이군요?"

"맞아요."

방문에 기대고 서 있던 폴이 걸어오더니 침대 가장자리에 앉았다. 재글리 박사의 무릎에 다리가 닿았다.

"매클라우드의 병과 박사님의 처방과 치료에 대해서 알고 싶습니다. 그리고 그쪽에 내일 박사님 대신 동료 의사를 보낸다고 알리시면 됩니다."

"내일 나를 대신할 사람이 누구입니까?"

"접니다." 폴이 대답했다.

원칙주의자인 재글리 박사가 무슨 말도 안 되는 소리냐는 듯 이맛살을 찌푸렸다. 무시하고 있는 것이 분명했다.

"불가능한 일이오. 당신이 의사도 아닌데."

"그건 걱정하지 마세요. 내가 의사인 건 사실이니까요. 박사님께서 나의 의사 자격증과 신원증명서를 매클라우드에게 보내셔도 되고요."

"아, 신분증, 그거야 얼마든지."

"박사님, 신분증이 있든 없든 저는 의사가 맞습니다." 폴이 재글리의 무릎에 손을 올려놓으면서 부드럽게 말했다. "동료 의사라고 생각하고 의학에 관련된 질문을 하시면 거짓이 아님을 금방 알게 될 겁니다."

"내가 거절한다면?"

"박사님이 그럴 거라고 생각하지 않습니다." 폴이 고개를 저으면서 말했다.

그 순간 케리가 총구를 움직이더니 방아쇠 당기는 시늉을 했다.

*

매클라우드를 지키는 경호업체는 일을 잘하고 있었다. 버펄로에 있는 대학 병원에 전화를 해서 존 세라노의 신원 조회를 했다. 신원증명서에 기록한 연락처는 프로비던스로 연결되는 것이라서 타라의 부서에서 감쪽같이 속였다. 제네바에서 가명으로 사용하는 휴대전화는 케리가 갖고 호텔에서 대기했다. 다음 날 아침에 매클라우드가 치료를 받는다는 걸 알기 때문에 경호원들이 더는 확인하지 않았다. 재글리 박사는 매클라우드에게 전화해서 동료 의사가 자신이 빌려준 차를 운전하고 대신 왕진을 갈 것이라고 알림으로써 세라노의 신원을 보증해주었다.

10시 3분 전, 폴은 재글리의 진회색 볼보를 몰면서 매클라우드의 저택으로 이르는 길에 들어섰을 때 경호원들의 배치가 평소와 다르다는 걸 알아차렸다.

이번에는 공공연히 기관단총으로 무장한 경호원들이 울타리 밖에 배치되어 있고, 바리케이드로 차의 진입을 막았다. 이어서 한 경호원이 차 뒤쪽으로 가서 후진을 못 하게 막아섰다. 차에서 내린 폴은 어리둥절한 표정을 지으면서 자동차 수색에 이어 몸수색까지 받았다. 폴은 팔꿈치에 가죽을 댄 모직 재킷을 입고 있었다. 경호원들이 폴의 호주머니에 있는 것들을 꺼냈다. 약에 관련된 광고지, 맥라이트 손전등, 심전도 파일, 만년필 두 자루, 바늘 없는 주사기, 안전핀(폴은 바빈스키반사를 테스트하기 위한 것이라고 설명했다) 등 모두 의료용 기구였다.

이 첫 번째 관문을 통과한 뒤에 폴은 걸어서 집으로 들어갈 수 있었다. 천장이 높은 현관문을 향해 좌우 대칭을 이루는 층계가 나 있었다. 바닥에 검은색 대리석이 깔려 있어서 호화롭게 보였다.

폴은 재글리 박사가 내어준 왕진 가방을 들고 있었다. 밖에서 이미 검사를 받은 것이었다. 공항에 있는 것과 비슷한 X선 탐지기가 홀에 설치되어 있고, 경호원 한 명이 왕진 가방과 함께 폴의 지갑, 휴대전화, 구두를 검색대에 올려서 통과시켰다. 검사가 끝나자 폴은 좁은 층계를 따라 2층으로 올라갔다. 층계참은 홀보다 음산했다. 경호원 한 명이 진품으로 보이는 클림트의 그림 밑에서 보초를 서고 있었다. 폴은 15분쯤 서서 기다렸다. 그동안 케리와 함께 구상한 몇 가지 작전을 머릿속으로 검토하면서 마음을 가라앉혔다. 그리고 간밤에 바니가 보내준 매클라우드의 약력을 다시 한 번 떠올렸다.

마침내 집사로 보이는 인디언이 나타나서 폴에게 따라오라는 손짓을 했다. 나이가 지긋하고 표정이 없는 남자로, 아프리카 억양이 섞여 있었다. 폴은 매클라우드가 남아프리카에서 사업을 할 때부터 부리던, 마다가스카르의 인디언일 거라고 생각했다.

폴은 인디언 집사를 따라 초록색 양탄자가 깔린 좁은 복도로 들어섰다. 또 다른 경호원이 지키고 있는 대기실에 이르렀다. 폴은 가방을 테이블 위에 올려놓고 재글리 박사의 처방에 따라 이날 치료에 필요한 것들을 꺼냈다. 5% 포도당 링거 한 병, 염화나트륨(NaCL) 앰풀 한 개와 염화칼륨(KCL) 앰풀 한 개, 항유사분열제 앰풀 두 개, 혈관 주입을 위한 플라스틱 관, 주사기, 혈압측정기, 청진기, 라텍스 고무장갑 한 짝. 집사가 주저했지만 폴은 항불안제 앰풀 한 개를 추가해야 한다고 주장했다.

"의사가 바뀌면 환자가 불안할 수 있습니다. 혈관 주사를 놓는 동안 극도의 불안을 느낄 수 있습니다."

인디언 집사는 벽걸이 인터폰의 수화기를 들더니 한 손으로 막으면서 누군가에게 말했다. 그러고는 수화기를 내려놓으면서 항불안제 앰풀을 허락한다고 폴에게 말했다.

폴이 꺼내놓은 의료품이 모두 흰색 에나멜 쟁반에 담겨 있었다. 집사는 마치 차 시중을 하러 들어가는 것처럼 공손하게 두 손으로 쟁반을 들었다. 경호원이 문을 활짝 열었다. 집사가 먼저 들어갔고, 폴이 뒤따랐다.

널찍하고 밝은 방에 한 남자가 반들거리는 목재 흔들의자에 앉아 있는데 등을 보이고 있었다. 남자가 천천히 몸을 돌렸다. 폴은 알아보기 힘든 모습 때문에 소스라쳤다. 그렇지만 의심의 여지없이 매클라우드였다.

IV

모르주, 스위스

프릿츠 교수의 제자, 호리호리하던 금발 청년이 이제는 초연한 노인으로 변해 있었다. 경제 잡지들을 보면 매클라우드가 배우나 정치인, 금융계 인사들과 함께 찍은 사진이 실려 있었다. 구릿빛 피부, 탈모 때문에 인공적으로 심은 모발, 매달 초음파로 치석 제거 치료를 받는 치아. 폴은 매클라우드의 사진을 많이 봤지만 모두 사업가로서 전성기를 누릴 때 찍은 것들이라서 최근의 모습은 아니었다. 은둔 생활을 하는 병든 억만장자에게서 과거의 모습은 거의 찾아볼 수 없었다.

폴은 알렉산더의 팀이 보내준 사진들을 연구하면서 매클라우드라는 인물의 특징을 잡아놓은 상태였다. 약간 네모난 턱, 휘어진 코, 불안한 눈빛, 비스듬히 숙인 고개…….

폴은 흔들의자에 앉은 남자에게서 바로 그 특징들을 알아봤다. 하지만 다른 것은 알아볼 수가 없었다. 로마 황제들이 월계수 왕관을 두른 모양으로 머리가 빠져 있었다. 팔다리는 말랐는데 상반신이 뚱뚱하다는 건 부신피질 호르몬 이상으로 병적인 비만 증세를 보이는 것이었다. 그런데 부어오른 얼굴에 1967년 세미나의 그룹 사진 속 젊은이를 연상시키는 모습이 있었다.

인디언 집사는 이날의 치료에 필요한 의료품이 담긴 에나멜 쟁반을 식기대에 내려놨다. 매클라우드는 늘 혼자서 의사를 맞는다는 재글리 박사의 말대로 환자가 집사에게 나가 있으라는 손짓을 했다. 폴은 안도했다.

"어서 오시오, 닥터. 거기 앉으시오."

식기대 옆, 흔들의자 맞은편에 의자가 놓여 있었다.

"재글리 박사의 제자라니 특권을 누리고 있군요."

매클라우드는 약간 쉰 목소리로 부드럽게 말했다. 어투에 권위적인 면은 없었다. 폴은 의문이 들었다. 늘 이런 태도일까, 아니면 병이 나면서 약해진 걸까?

"재글리 박사님은 세계적인 명성을 얻고 있죠." 폴은 목을 가다듬기 위해 헛기침을 하면서 말했다. "미국에서도 그분처럼 임상 경험이 풍부한 의사를 만나기는 어렵습니다."

"내 병에 대해서는 재글리 박사에게 자세한 설명을 들었겠지요? 내 병상 기록도 살펴봤고요?"

폴은 매클라우드가 4년 전부터 척추 주요 부위에 골육종암을 앓고 있다는 걸 파악했다. 몇 번의 시행착오 끝에 화학요법 치료로 진전을 보기에 이르렀지만 확실한 예후는 아니었다. 갑작스러운 합병증이 없으면 규칙적인 관찰로 몇 년 정도는 그의 생명을 연장시킬 수 있었다.

두 사람은 병에 대해 좀 더 얘기했다. 폴은 관자놀이로 피가 몰리는 것을 느꼈지만 초조한 모습을 보이지 않으려고 애를 썼고, 자신도 놀랄 정도로 정답게 대화를 나누었다. 이 상황이 안심이 되기는커녕 불안하지만 잠시 후 마음을 가라앉혔다. 어쨌든 이 상황에 적응해야 했다. 작전을 펼치기에는 긴장감이 감도는 고요한 분위기보다 이런 식으로 유쾌한 분위기가 오히려 나았다.

폴은 혈관 주사를 놓을 준비를 하면서 미국의 과학 연구에 대한 매클라우드의 질문에 일일이 대답했다. 매클라우드는 장기적으로 볼 때 기술로 해결하지 못할 문제는 없다면서 과학 발전에 대해 확고한 신념을 갖고 있었다.

폴은 환자의 팔뚝에서 혈관을 찾아 나비바늘을 찌른 다음 반창고로 고정시켰고, 링거 걸이를 끌어다 놓고 5% 포도당 링거액을 걸었다. 매클라우드는 폴의 일거일동을 주시했다. 폴은 교란작전을 위해 한마디를 슬쩍 던졌다.

"과학 발전이 인류 전체에 적용될 날이 올 겁니다. 그리하여 60억 인구가 백 살까지 산다고 생각해보세요. 끔찍한 일 아닙니까?"

매클라우드는 계략에 걸려들었다.

"아주 적절한 지적이군요. 닥터가 그 결과를 제대로 추정하는 건지 모르겠지만."

"물론 정확하게 추정할 수는 없지요." 폴이 인정했다.

폴은 한 앰풀의 액체를 주사기로 빨아들이면서도 매클라우드에게서 눈길을 떼지 않았다.

"닥터가 과학의 한계에 대해 했던 말, 그것이 인류 역사에 작은 혁명을 일으킬 겁니다."

폴은 고개를 끄덕이면서 방금 주사기 안에 채운 것으로 위장한 항유사분열제 앰풀을 손바닥에 숨겼다.

"앞으로는 과학 발전이 더 이상 모든 사람에게 적용될 수 없다는 뜻이지요." 매클라우드는 흥분해 있었다. "인류 중 일부는 과학 발전이라는 배에 올라타지 말아야 한다는 거죠. 전복될 위험이 없더라도."

"그러면 끔찍한 일이 생기겠죠." 폴이 말했다. "수십억 명이 고통과 빈곤을 면할 수 없다는 의미니까요."

그렇게 말하면서 폴은 링거의 고무관에 주사기를 꽂았다. 그 순간 매클라우드는 뭔가 잘못되었다는 걸 눈치챘다. 링거와 주사기를 뚫어져라 쳐다보던 매클라우드의 시선이 폴의 얼굴로 이동했다. 방은 고요했고, 매클라우드의 눈에 긴장하는 빛이 역력했다.

"다른 앰풀로…… 바꿔치기한 거요?"

"네, 맞아요." 폴이 태연하게 대답하면서 왼손을 폈다.

손바닥에 항유사분열제 앰풀이 있었다. 액체가 가득 차 있는 앰풀. 억만장자의 눈이 다시 주사기로 이동했고, 의문의 눈길로 바라보며 이맛살을 찌푸렸다.

"이 주사기에는 항유사분열 제가 아니라 칼륨이 들어 있지요." 폴이 말했다. "아까는 주입하는 시늉만 한 것이고요. 이걸 주사하면 당신의 심장은 즉시 오그라들면서 죽게 되지요."

매클라우드는 아무 말도 하지 않았다. 그는 침착하게 주사기에서 폴에게 눈길을 옮겼다.

"의사는 맞소?"

"네."

"이런 방법을 쓰는 것이 부끄럽지 않소? 환자의 약점을 이용한다는 것은 히포크라테스의 선서에 위배되는 것 아니오?"

"전적으로 옳은 말씀입니다. 하지만 규칙을 어겨야 할 경우가 있지요. 가령 수많은 사람의 목숨을 구해야 하는 경우라든가. 당신은 우리에게 선택의 여지를 주지 않았어요."

두 사람은 나직한 소리로 말하고 있었다.

"당신을 죽일 생각은 없어요." 폴이 말했다. "링거를 맞는 동안 소란 피우지 말고 조용히 대화를 나눌 수 있게 협조해준다면."

재글리 박사의 지시에 따라 링거 맞는 시간을 한 시간으로 조절해놓은 상태였다.

"이 주사는 당신을 겨냥하는 권총이라고 생각하면 됩니다."

흔들의자에 앉은 매클라우드는 몸을 약간 앞으로 숙인 자세였다. 그가 갑자기 등받이에 기대면서 머리를 뒤로 젖혔다.

"무슨 말인지 해보시오."

"내가 일하는 첩보 기관에서 얼마 전부터 당신을 조사하고 있지요. 그리고 인류의 일부를 몰살시키려는 엄청난 음모의 중심에 당신이 있다는 확신을 얻었고요."

매클라우드는 활짝 웃으면서 무슨 말을 하려다 말았다.

"우리는 그런 대재앙을 일으키라는 명령을 내리는 사람이 직접적이든 간접적이든 당신이라고 생각합니다. 이제 자세히 털어놓으시죠. 그 작전이 언제 어디서 개시되는지."

"이건 아주 심각한 발언인데……." 매클라우드는 여전히 빙긋이 미소를 지으면서 말했다. "나에 대한 비방을 뒷받침해줄 충분한 증거를 갖고 있기를 바라오."

"아마 FBI와는 다를 겁니다. 거기야 당신과 내통하는 인맥이 있으니 살살 대할지 모르지만."

매클라우드는 속을 알 수 없는 묘한 표정을 지으며 천천히 눈을 감았다.

"유감이군요."

"그런데 우리는 카스텔프랑코 남작 부인을 설득할 정도의 증거는 충분히 확보했다고 생각하는데요."

알렉산더와 바니가 매클라우드의 입을 여는 데 이용하라고 주문한 것이었다. 하지만 허술한 가정을 전제로 하는 선택이었다. 매클라우드의 딸이 아버지의 계획을 전혀 모르고, 매클라우드 역시 딸이 이 일에 휘말리는 걸 원치 않아야 효과가 있기 때문이다. 대체로 위협을 좋아하지 않는 폴은 더군다나 이런 식으로 가족을 이용하는 협박을 꺼렸다. 하지만 바니는 다른 방법이 없다고 주장하면서 폴을 설득했다. 하는 수 없이 매클라우드에게 비열한 방법을 쓰기는 했지만 아무런 효과도 얻지 못한 느낌이 들었다.

한동안 침묵을 지키다가 방을 둘러보던 매클라우드의 시선이 특히 한 그림에서 머물렀다. 사업가로서 전성기를 누리던 시절 소크라테스 반신상에 팔꿈치를 괸 채 서 있는 초상화인데 모직

상의 호주머니에 꽂은 파란색 실크 장식 손수건이 눈에 띄었다.

"당신의 방문은 전혀 예기치 못했던 일이오." 매클라우드가 마침내 말했다. "마지막 순간까지 아무 일도 없을 줄 알았는데. 정말 주도면밀했군요. (매클라우드가 턱으로 주사기를 가리켰다.) 하지만 소용없는 협박이오. 당신 입으로 직접 말한 대로 충분한 증거도 없이 나를 비방하고 있으니 미국 정보국의 실력이 이 정도로 허술한지 몰랐군요. 나는 내 딸을 두려워하지 않아요. 그 아이는 내 생각을 알기 때문에 내가 말하면 기꺼이 함께할 거니까."

폴은 매클라우드가 단호하게 거부할 경우 입을 열게 할 방법이 많지 않다는 걸 알고 있었다. 매클라우드가 끝내 협조하지 않을 경우 더 이상은 작전 지휘를 하지 못하게 만들 수는 있겠지만, 심증만으로 혐의를 두는 것은 자칫 문제가 될 수 있었다.

매클라우드가 폴의 생각을 읽었는지 해로우에게 맡긴 작전에 대해 선수를 쳤다.

"여기까지 나를 찾아오느라 고생깨나 했을 텐데 너무 늦었소." 매클라우드는 고개를 끄덕이면서 말했다. "내가 개입할 필요 없이 작전은 이미 시작됐으니까. 내가 죽든 살든 상관없이 작전은 예정대로 진행될 거니까."

더 이상 기대할 것이 없었다. 폴은 보수공사를 하려고 문 닫은 은행을 습격한 것처럼 주사기를 쥐고 있는 손이 부끄러웠다. 그런데 작전에 대해 자신감이 넘쳐서일까. 매클라우드는 입을 열기로 마음먹은 것 같았다.

"아직은 나한테 달려 있지요. 당신에게는 아무것도 말해줄 수 없지만. 하지만 지금 단계에서 누군가에게 비밀을 털어놓을 수 있어서 아주 행복하오. 2년 동안 견디기 힘들 정도로 고독했거든요. 내 심정 이해할 수 있겠소? 내가 그리운 건 세상이 아니오. 이제는 관심도 없으니까. 내가 평생 동안 계획한 엄청난 일을 말하지 못하는 것이 괴로웠던 거지. 그런데 당신이 거의 다 파악했기 때문에 그만큼 홀가분하게 털어놓을 수 있게 되었소. 이 일을 당신보다 더 많이 아는 사람도 없을 테니까, 안 그렇소?"

폴은 한순간 의문이 들었다. 매클라우드는 왜 털어놓겠다는 걸까? 털어놔도 작전에는 아무런 차질이 없다고 확신하는 이유는 뭘까? 매클라우드가 이야기를 꾸며내면서 시간을 벌려는 건 아닐까? 그렇지만 폴은 왠지 모르게 매클라우드의 말이 거짓이 아니라는 확신이 들었다. 치료를 받는 환자에게 오히려 압도되다니…….

"프릿츠 교수의 집에서는 아주 잘했더군요." 매클라우드가 작은 목소리로 말했다. "우리의 교수를 돌보기 위해 심어두었던 남자가 아무것도 하지 못할 정도로."

매클라우드와 폴은 마주 보고 있었다. 매클라우드가 고개를 좀더 뒤로 젖힌 채 허공을 쳐다보고 있었다. 폴은 1967년 세미나에 대한 이야기를 시작하리라는 걸 알아차렸다. 중단시키지 말고 들어볼 필요가 있었다.

*

"프릿츠 교수의 연구회에 들어갔을 때 나는 아주 가난한 학생이었죠. 아침마다 호주머니를 뒤지면서 오늘은 빵 한 덩어리를 살 수 있으려나 계산해야 할 정도로. 교수님이 학비는 면제해주었지만 먹는 것까지 해결해주는 건 아니었으니까. 저녁에는 차비를 해결하려고 히치하이크를 해서 20킬로미터 떨어진 작은 도시로 돌아갔고 밤늦도록 공부를 했지요. 레스토랑, 스탠드바, 야간 경비원 등 닥치는 대로 아르바이트를 해서 생활비를 벌었죠. 아침마다 교수님의 집에 가면 다른 세상을 만나는 느낌이 들었어요. 아무 걱정 없이 잘 먹으면서 모든 에너지를 연구에 쏟을 수 있는 사람들의 세상이라고 할까요.

그 당시 세미나에서 문제로 삼은 것에 대해 내가 전혀 이해하지 못했다고 말하면 당신도 놀라겠지요. 물론 중요한 일이 일어나고 있다는 건 느꼈지요. 프릿츠 교수는 당시 젊었고, 학식이 높은 지식인이었죠. 다른 학생들은 교수의 사상에 대해 열띤 공방을 벌였지요. 그때 나는 가난을 혐오하고 있다는 것만 기억해두었죠. 물론, 그건 오해였어요. 다른 학생들은 세계 인구와 자연의 균형에 따른 가난을 말한 것인데 나는 나 자신의 가난에 사로잡혀 있었던 거니까. 나와는 달리 다른 학생들에게 가난은 추상적인 문제였지요.

원하던 학위를 취득한 다음 프릿츠 교수의 연구회를 나오면서 환상을 버렸지요. 그리고 가난에서 벗어나 가능한 한 먼 곳으로 떠나기로 결심했어요.

그래서 백인 이민자들에게 특권을 준다는 남아프리카로 떠난 겁니다. 북동부 지역 트란스발[37]에서 비료 장사를 하는 어느 그리스인의 가게에 일자리를 얻었죠. 농산물에 대한 수요가 급증하던 때였지요. 나는 대번에 큰 돈벌이가 될 거라고 봤지만 코스타라는 이름의 늙은 주인은 귀담아듣지 않았어요. 야심이라곤 없고, 날마다 그리스의 전통주 우조를 마시며 하루하루 살아가는 게 낙인 사람이었죠. 그래서 내가 서둘러서 사업을 추진했고, 얼마 후 사소한 사건이 일어났는데…… 그건 정말 불가피한 일이었소. 당신이 무슨 생각을 하는지 알겠는데 내가 죽인 게 아니었

....

37 남아프리카공화국의 주였으나 1994년에 폐지되어 현재는 주 이름이 존재하지 않는다.

어요. 하지만 코스타를 구해줄 생각조차 하지 않은 것도 사실이죠. 의사들이 술을 금했는데 날마다 그에게 술을 줬으니 내가 행복과 파멸을 동시에 가져다주면서 그의 죽음을 방조한 거나 다름없으니까. 어쨌든 그의 뜻이기도 하고 나의 뜻이기도 했지만, 그는 나에게 재산 증여를 하고 사망했죠. 오래전의 일이고, 이젠 정말 잊고 싶은 기억이오.

그다음부터는 모든 것이 순탄했어요. 나에게는 없었던 것, 발판 즉 더 높이 뛰어오르기 위한 점프대를 갖게 된 겁니다. 그것으로 충분했죠. 내가 사업으로 성공한 과정을 알려면 내 전기를 보면 됩니다. 당신이 이미 읽어봤겠지만.

더 높이 오를수록 통치자에게 가까워지는 것이죠. 통치자의 시선을 느낄수록 통치자의 판결을 겁내게 되지요. 나는 이제 가난하지 않아요. 더 이상 궁핍이란 걸 모르게 되었고, 여러 채의 집이며 숲, 자동차, 요트까지 소유하는 갑부가 되었으니까. 미국 시민이 되면서 조국을 어떻게 섬길지 생각했지요. 물론 나는 자유기업을 지지하고, 자본주의를 신뢰하는 사람이오. 정치 단체를 조직하여 선거운동의 자금을 지원해주고 싱크탱크에도 참여했지요. 노먼 포도레츠, 리처드 펄(전 안보보좌관), 앨런 블룸 같은 열정적인 사람들이 활동하고 있었으니까 신보수주의 부흥기라고 봐야지요. 이 대표적인 보수주의자들과 함께 나는 과학 발전과 자유를 위협하는 것들에 대한 연구를 하게 된 거요.

그러면서 내가 가장 관심을 가진 주제는 환경문제였는데 목사였던 아버지의 영향을 받은 거라고 봐야겠지요. 성경을 보면 인간과 자연이 조화를 이루던 지난날에 대한 노스탤지어가 있지요. 잃어버린 천국은 기독교의 강력한 원동력 중 하나입니다. 신자라면 누구나 천국에 가고 싶어 하니까요. 하지만 나 같은 사람에게는 인간과 자연의 조화를 회복한 세상이 지상의 천국이지요.

아버지께서 자주 말씀하시던 구절이 떠오르는군요. 어릴 적부터 듣다 보니 외우게 되었지요. 첫 부분은 중요하지 않지만 그래도 전체를 읊어보겠소.

겸손한 인간이 살기를 품은 야수들을 향해 간다.
겸손한 인간을 보는 즉시 그들의 야만성이 누그러진다.
겸손한 인간에게서, 추락하기 전 아담의 향기를 맡기 때문이다.
야수들이 다가가자 아담이 천국에서 그들에게 이름을 주었다.

시리아인 금욕주의자가 말한 대로 천국에서 추락하기 전의 아담의 향기, 온갖 동물과 심지어는 야수까지도 사로잡는 그 향기를 어떻게 아담에게 돌려줄 수 있을까? 인간과 자연의 조화를 이루려면 어떻게 해야 할까?

내가 환경문제에 전념하겠다고 제안했을 때 《코멘터리》의 논객들과 신보수주의자들이 크게 반겨주었지요. 1990년대 교토의 정서가 있기 얼마 전부터 미국은 비난을 받았지요. 내 동지들은 환경문제 덕분에 제3세계의 나라들이 가증스럽게도 우리를 협박하는 거라고 확신했고요.

지구를 파멸시키는 주범은 제3세계의 파산한 국가들입니다. 인구 증가에 대한 아무런 조치를 취하지 않은 채 도시를 괴물의 도시로 만들고, 농촌을 사막으로 만들고 있으니까요. 숲을 파괴하고 강기슭과 해안을 오염시키고 있어요. 그런데도 근면하게 일하는 나라들은 산업 활동을 줄이라는 요구를 받고 있죠. 따라서 우리는 인류 역사상 전대미문의 연구 활동으로 모든 문제를 해결할 방법을 찾아냈지요. 자동차와 공장 때문에 발생되는 오염을 줄이려고 노력했고, 천연 물질에 대한 대체 상품을 개발했지요. 그리고 대유행병에 대한 대책도 마련했고, 개량된 무기를 개발해서 50년 동안은 전쟁이 사라지게 만들었어요. 그런데도 우리는 늘 피고인석에 있으니. 그동안 다른 사람들을 위해 위험을 무릅쓴 것이 누군데? 중국, 인도, 브라질은 기술 개발이 일어나고 있고, 불평등이 계속되는 나라들이죠.

뉴잉글랜드의 10월, 가을 날씨치고는 아주 따뜻한 날이었죠. 신보수주의자라고 부르는 그룹의 경제 전문가들과 함께한 모임에 참석했지요. '제3세계를 개발하도록 격려할 것인가?'라는 주제였는데 좀 지루하지만 명쾌한 논증이 전개되었지요. 자본주의 신봉자들에게는 미묘한 문제니까요. 반대한다고 대답하는 것은 세계화의 실패를 인정하는 것이 되니까. 어차피 기술적인 측면에서 60억 인구에게 우리와 같은 생활수준을 보장한다는 것은 불가능한 일이고요.

연사는 미묘한 문제를 교묘하게 피하면서 다양한 선택의 장점과 단점을 열거하는 것으로 만족했지요.

그때 내가 나섰어요. 준비했던 것이 아니라 그 순간 불쑥 튀어나온 질문이었지요. '핵심은 인구문제라고 생각하지 않습니까? 가난한 나라는 먼저 인구를 줄인 뒤에야 발전할 수 있을 겁니다.'

모임의 분위기가 싸늘하게 식어버렸다는 것은 굳이 말할 필요 없지요. 경제 전문가들은 내 말을 몹시 불쾌해했지만 내가 그 모임의 모든 비용을 대주기 때문에 대놓고 비난하지는 못했지요. 하지만 그 문제는 더 이상 거론하지 않는 것이 낫다고 느꼈어요. 경제 전문가들 속에 체제 유지를 지지하는 기독교도들이 있어서 더욱 그랬지요. 그 사람들은 내 질문을 낙태와 피임을 장려하는 것으로 이해했거든요.

나는 더 이상 아무 말도 하지 않고 창밖 공원의 울긋불긋한 나무들을 바라봤지요. 그리고 오스트리아, 프릿츠 교수를 떠올렸고, 무의식적으로 67년 세미나의 토론이 기억 속에 새겨 있었음을 깨달았소. 그때는 이해하지 못했는데 30년이 흐른 뒤에야 그 토론이 나에게 얼마나 깊은 영향을 주었는지 알아차렸지요. 내가 그날 경제 전문가들에게 제기한 질문은 그 영향이었으니까요.

집으로 돌아온 뒤에 나는 그 시절의 노트를 정리해놓은 상자를 찾느라고 곳곳을 뒤졌지요. 꼼꼼한 성격이라서 정리를 잘하는 편인데 밤새도록 뒤진 끝에 상자를 찾았죠. 세미나의 그룹 사진, 그 낡은 사진을 들여다보고 있는 내 모습을 상상해보시오. 당신들이 프릿츠 교수의 집에서 훔친 사진 말이오. 다음 날은 온종일 세미나에 참석했던 학생들의 이름과 주소를 찾았지요. 당시 나와 제일 가까웠던 학생이 로굴스키였죠. 우리 둘만 무일푼이었으니까. 그리고 세월이 흐르면서 동유럽 국가와는 사업상 거래가 없기 때문에 로굴스키를 까맣게 잊었지요. 하지만 베를린 장벽이 무너진 지 9년이 지난 1999년, 그리 어렵지 않게 로굴스키를 찾아냈죠. 내가 사는 뉴욕으로 로굴스키를 초대했는데 여전히 가난한 처지였어요. 로굴스키는 소비에트연방에서 몇 년을 보냈고, 폴란드로 돌아간 뒤 그단스크 부근 제2지구의 연구소로 발령이 났고, 3년 후 초라하게 은퇴했죠. 나는 미국에 머물라고 제안했지만 로굴스키는 거절했어요. 조국 폴란드를 얼마나 사랑하는지! 다른 나라에서 살려고 하지 않았죠. 그래서 내가 경영하는 유전학 재단에서 익명의 기증을 하는 방식으로 브로츠와프에 최첨단 연구소를 설립했고, 로굴스키를 소장으로 앉혔지요. 이건 몰랐겠죠?

뉴욕에 체류하는 동안 로굴스키는 67년 세미나의 참가자들을 찾게 도와주었지요. 그중에는 계속 만나는 이들도 있고, 심지어 작은 모임까지 갖는다는 걸 알았어요. 몇 년 사이에 죽은 사람도 몇 명 있었고요. 사진을 확보하고 당신들이 이미 조사했을 테니 참가자들에 대한 자세한 설명은 하지 않겠소. 많은 사람이 자기 나라에서는 중요한 인물이 되었지요. 그렇지만 분명히 말하는데 젊은 시절의 열정을 잊은 사람도, 프릿츠 교수의 집에서 보낸 1967년을 부인하는 사람이 아무도 없다는 겁니다. 그때의 생각을 실행으로 옮기려고 했던 이들도 있더군요.

우리는 몽골의 수도 울란바토르에서 만남을 가졌지요. 각자 명분은 있었죠. 중국인의 경우는 이웃 나라에 사는 사람으로서, 관광객으로서, 사업가로서 나름대로 몽골에 올 이유가 있다고 주장했거든요. 프릿츠 교수를 초대하는 문제를 놓고 토론을 벌였지만 학자로서 이름이 알려져 있는 만큼 끌어들이지 않는 것이 좋겠다는 결론을 내렸지요. 그리고 예전에 과감하고 개혁적인 젊은 교수의 모습 그대로 기억하고 싶기도 했고요.

참가자들이 울란바토르에 도착했을 때 나는 전용기를 타고 착륙해서 모두 싣고 비밀 장소로 데려갔지요. 몽골 북서부의 바얀올기에 있는 유르트(천막)에서 우리 식으로 세미나를 열었지요. 투르크메니스탄의 양탄자에 둘러앉아서 서로의 주름진 얼굴을 보며 묘한 기분이 들었지요. 그 주름진 얼굴들에서 1967년의 젊은이들을 찾는 것은 상상력이 필요했어요. 하지만 대화를 하다 보니 차츰 서로를 알아볼 수 있었지요.

구체적으로 누가 제창한 것이라고 말할 수가 없어요. 우리의 계획은 그렇게 모여서 얘기를 하는 중에 탄생했으니까. 누군가—나는 아니오—가 말했죠. '우리가 젊었을 때 했던 그 생각을 실행에 옮기는 게 어떨까?' 중국인이라고 생각되는 사람은 한술 더 떠서 이런 말을 던졌죠. '사회에 첫발을 내디디면서 꿈꿨던 것을 이제라도 실현시키지 않는다면 우리 중 여러 사람이 성공을 거둔들 그 삶이 무슨 의미가 있을까?'

젊은 시절의 이상을 실현시키고 싶은 욕망을 품는 것이 노인들에게 얼마나 큰 힘이 되는지 당신은 모를 거요. 우리는 그 방법을 논의했고, 방대한 계획이지만 우리의 능력 범위 안에 있다는 걸 깨달았지요.

물론 해결해야 할 어려움은 있었소. 지금은 우리 모두 프릿츠 교수의 세미나에 참석했던 가난한 학생들이 아니라 잃을 것이 있는 사람들이니까요. 따라서 우리의 계획은 반드시 비밀리에 진행해야 했지요. 우리 중 누구도 의심을 받아서는 안 되니까.

세세한 것들에 대한 결정은 내가 맡기로 했고, 우리는 비밀 채널을 통해 연락하기로 합의했지요. 그 만남은 그렇게 끝났어요.

그리고 얼마 후 내가 병이 났고, 운명이 신호를 보내고 있다는 걸 알았죠. 그래서 그동안 벌여놨던 모든 사업을 정리하고 그 계획에 전념하기 위해 여기서 칩거하는 겁니다.

로굴스키와 함께 일을 시작했는데 우리의 존재를 드러내지 않으려면 중계자들이 필요했죠. 그래서 우리를 대신해서 움직여줄 거칠고 광적인 사람들을 공개적으로 찾아봤지만 쉽지 않았어요. 인터넷으로 과격한 운동의 선언문을 읽어봤는데 그것도 절망적이었지요.

물론 급진적 환경 운동가들을 중심으로 살펴봤지만 손잡을 수 없는 사람들이라는 걸 알았어요. 원자력, 유전자 변형체, 나노기술 등 과학 발전을 반대하는 사람들이니까요. 그런 사람들과는 아무것도 함께할 수 없지요. 산업사회와 원자력, 석유, 의약품 연구를 표적으로 삼으면서 제3세계의 인구 증가로 인한 재앙에는 아무런 관심도 없는 사람들이니까.

그래서 우리는 극좌파 행동주의자, 무정부주의자, 지방분권주의자, 제3세계 문제에 관심이 있는 사람들을 찾아봤지요. 우리가 원하는 대로 급진적 행동을 할 수 있는 사람들을 찾기 위해 모든 사람에게 문을 열어놨지만, 불행히도 우리와는 근본적으로 다른 사람들이라는 걸 몰랐어요. 일반 대중이 아니라 지도층을 반대하는 사람들이라는 걸. 문제가 아니라 해결책을 반대하는 사람들이라는 걸. 요컨대 프릿츠 교수가 포기했던 60년대와 똑같은 실수를 저지르고 있는 거였지요. 우리는 절망하기 시작했지요.

그러던 어느 날 기적이 일어났어요! 원어스에서 떨어져 나온 그룹에서 비밀리에 운영하는 포럼을 찾아냈지요. 신 포식자 집단이었는데 가난한 사람들과 급속한 인구 증가에 대한 비난 등 그들의 선언에서 67년 세미나의 강연을 떠올렸지요. 수소문한 결과 그 집단은 프릿츠 교수나 제자와는 아무런 관련이 없었어요.

나는 인터넷에 글을 올린 사람과 접촉했지요. 가명을 사용하면서 자금 지원 이야기를 꺼내자 그 남자는 나를 만나겠다고 했어요. 우리는 이리 호수에서 만났는데 그게 이곳에 칩거하기 전 나의 마지막 여행이었죠. 시카고 부근의 호안에 정박해놓은 초현대적 요트가 있었지요. 나는 북쪽으로 요트를 몰면서 너무 빨리 가지 않으려고 호수의 기슭을 따라갔어요. 봄이었고, 그쪽은 늘 안개가 자욱한 곳이었죠. 다행히 약속한 장소에서 모터보트를 발견했고, 키가 큰 남자가 타고 있었어요. 내가 로프를 던져주자 남자가 내 요트에 올라탔죠. 테드 해로우, 누구인지는 말하지 않아도 되지요?

나는 테드 해로우에게 그들의 계획을 설명하라고 했지요. 그런데 블로그에 올린 글을 반복하더군요. 그 말을 듣다가 알아차렸지요. 우리와 같은 생각을 하지만, 해로우는 전혀 다른 경로를 통해 그런 결론에 이르렀다는 것을. 그것은 바로 인디언 신비주의 사상이었죠. 정확히 말하면 오늘날의 미국에서 잃어버린 뿌리를 되찾으려는 집단들이 수정한 인디언 신문화주의 사상이라고 할 수 있죠. 해로우는 자신을 인디언이라고 했지만 파란 눈으로 보아 스코틀랜드계가 틀림없어요. 이제 시작하는 단계였고, 해로우는 예언자나 시인처럼 강렬하고 통찰력 있는 표현으로 선언문을 늘어놓은 것일 뿐 행동 계획을 세우지는 않았죠.

구체적인 것이라고는 콜레라 사건밖에 없더군요. 그래서 자세한 설명을 요구했지만 해로우는 콜레라에 대해서도 제대로 아는 게 없었어요. 콜레라는 가난한 사람들에게 감염되는 병이라면서 괄목할 만한 결과를 얻었다고 말했지요. 하지만 콜레라에 대해 그 이상은 모르더군요. 콜레라균을 어떻게 사용하는 것이 효과적인지 연구조차 하지 않았으니까. 그저 원어스의 방향을 전환시키겠다는 생각에서 제시한 것일 뿐이었어요.

그래서 나는 이 결합은 가능성이 있다고 판단했지요. 호수 한복판 나의 요트 '펭귄 왕'의 식당에 앉아서 협정을 체결했지요. 먼저 해로우에게 필요한 자금을 지원해주겠다고 약속하면서 사무실을 차리고 여행을 다니면서 작전에 필요한 사전 물색 작업을 하라고 말했지요. 그리고 진정한 팀을 조직하라고 부추기자 해로우는 원어스에서 자신들의 계획을 따르지 않을 경우 열다섯 명의 지지자로 조직을 만들 수 있다고 단언하더군요. 우리는 그 열다섯 명에게 보수를 주려면 얼마나 필요할지 계산을 했지요.

물론 프릿츠 교수의 제자들로 이뤄진 집단에 대해서는 말하지 않았어요. 나는 해로우에게 인디언의 직관은 적용 범위가 넓지만 지지자들이 신뢰할 만한 과학적, 철학적 지식을 보강하라고 제안했지요. 그리고 정말로 전염성 세균을 사용하는 것이 가능한 일인지 콜레라 문제는 내가 연구하겠다고 약속했지요.

말은 그렇게 했지만 사실 나는 로굴스키 덕분에 콜레라에 대해 이미 자세히 알고 있었어요. 로굴스키가 콜레라는 있는 그대로도 세균 무기가 될 수 있지만 러시아에서 연구하면서 균을 개량할 수 있다는 확신을 갖고 있었거든요. 로굴스키에 따르면 콜레라균을 변형시키는 방법은 두 가지였어요. 하나는 면역학적으로 완전히 다른 비브리오 병원균을 만들어서 유행병 지역에서 그 누구도 보호를 받지 못하게 만드는 것이고, 다른 하나는 쉽게 전염이 되도록 외부의 힘에 대한 세균의 저항력을 증가시키는 것이죠. 로굴스키가 연구소에서 만들었던 콜레라균, 당신이 조사하고 있는 그 도둑맞은 것이 바로 변형된 콜레라균이죠. 보습 처리가 되고, 가열시킨 새로운 균주는 전염성과 독성이 강해졌기 때문에 현재로서는 누구도 콜레라균에 대한 면역성을 높이지 못할 겁니다. 그 외에 보통 콜레라균이 갖는 특성은 그대로 유지하고 있죠. 비위생적인 생활과 직결되기 때문에 가난한 사람들의 병이라는 점에서는 변함이 없으니까.

콜레라균을 퍼뜨리기에 알맞은 조건이 되는 곳에서 전염병이 돌게 만들면 되니까 항공수송을 하면 전 세계로 퍼질 겁니다. 67년 세미나 참가자들이 도와줄 수 있는 곳이면 어디서나 그 효력이 나타날 겁니다. 울란바토르 모임에 참가한 사람 모두 그 역할을 위해 무슨 일이라도 할 각오가 되어 있죠. 그리고 가난으로 인한 대재앙에 대한 우리의 분석이 미디어를 통해 전파될 거요. 그렇게 되면 세계 여론도 인구과잉은 더 이상 피할 수 없는 문제임을 인식하겠죠. 프릿츠 교수의 생각을 실행하기 위한 첫 번째 구체적인 행동이 될 겁니다.

로굴스키는 콜레라가 창궐해서 7번째 대유행이 시작되면 20억이 감염되어 그중 50퍼센트는 죽을 거라고 예상했지요. 그 20억은 30년 동안 지구상에 태어난 인간들이기 때문에, 다시 말해 1967년에 존재하지 않았던 인간들이기 때문에 그때 우리가 실행에 옮기지 않았던 과오를 뒤늦게 바로잡는 것이 되지요."

*

포도당 링거액이 얼마 남지 않은 상태였다. 매클라우드는 긴 장광설을 늘어놓느라고 지쳤는지 고개를 약간 숙이면서 미소를 지었다.

"나는 전부 다 얘기했소. 거의 다. 몇 시간이고 말할 수 있지요. 우리의 희망, 두려움, 결과에 대해서라면. 내 인생에서 이토록 긴 장된 날들은 없었소. 솔직히 말해서 당신들이 조사를 시작하면서부터 훨씬 스릴을 느끼며 일을 서두르게 되었지요. 그런 의미에서 당신들이 도와준 셈이오."

"콜레라 전염병은 어디서부터 시작할 겁니까?" 폴이 거칠게 물었다. 카운트다운이 시작되었는데 매클라우드가 핵심을 피하는 느낌이 들었기 때문이다.

"아! 우리도 그 문제를 오랫동안 토론했지요. 처음에는 가능한 한 자연적으로 발생한 전염병이어야 한다는 생각에 신종 비브리오는 자연 발생적 돌연변이의 결과인 것처럼 모든 흔적을 지워버릴 계획이었어요. 하지만 로굴스키의 연구소까지 신종 세균에 대한 조사를 역추적할까 불안했지요. 우리는 로굴스키가 혐의를 받는 일이 없도록 배후에서 조종하는 것이 더 낫다고 판단했지요. 그래서 해로우가 유럽에 있는 연락원을 움직여서 콜레라균을 훔쳐올 여자를 포섭했던 거죠."

"그럼 여자는 모든 작전 과정에 참여시킬 계획이 아니었나요?"

"그렇지요. 여자의 역할은 첫 단계로 제한되어 있었지요. 그런데 여자가 계속하겠다고 억지를 부리는 통에 막을 수가 없었어요. 물론 과격한 방법으로 해결할 수도 있지만 당신들이 우리 일을 조사하고 있다는 걸 알았을 때 여자를 끝까지 작전에 투입하는 것이 결국에는 도움이 되리란 생각이 들었지요."

"왜죠?"

"그건 중요하지 않고!"

"여자는 지금 어디 있습니까?"

"신중해야 하지만 그래도 추적할 수 있는 실마리를 주지요. 어쨌거나 이것도 당신의 운명이니까."

매클라우드는 미소를 짓고 있었다. 광적인 홍분이 느껴지는 눈빛에서 67년 세미나 사진 속 얼굴의 멍하면서 불안한 표정이 떠올랐다.

"해로우와 그 여자는 지금 브라질에 있어요. 물론 브라질은 아주 큰 나라지요. 하지만 스코틀랜드 야드, 즉 런던 경찰국에서 쓰는 좌우명이 있지요. 구하라, 그러면 얻으리라."

긴급한 상황이었다. 링거 맞는 시간을 넘긴 상태였다. 매클라우드가 시간 계산을 한 것이 틀림없었다. 방문 밖에서 집사가 뭔가 이상한 낌새를 채고 들이닥친다면? 폴은 대화하는 동안 내내 손에 쥐고 있던 주사기를 내려다봤다. 매클라우드도 주사기를 처다보면서 움직이는 피스톤과 링거를 놀란 얼굴로 지켜봤다. 매클라우드가 반신반의하는 눈길을 보내는 사이 폴은 주사기에 담긴 액체를 링거의 고무관에 투입했다.

눈빛이 흔들리던 매클라우드가 눈을 감았고, 흔들의자의 등받이 쪽으로 고개를 젖혔다. 폴은 링거를 빼서 쟁반에 정리해놓은 다음 바늘에 뚜껑을 끼우고 주사기를 호주머니에 넣었다.

폴은 문을 열었다. 경호원 둘이 대기실에 있었다.

"많이 피곤하실 테니까 편히 쉬게 하세요."

경호원들이 흔들의자에 잠들어 있는 매클라우드를 처다봤다.

폴이 칼륨이라면서 속였던 주사액의 효과로 매클라우드는 최소한 한 시간은 잠에 빠져 있을 것이다.

폴은 경호원들의 배웅을 받으면서 저택을 나왔다. 그리고 차의 시동을 걸었다.

케리를 만나고 재글리 박사를 풀어주기 위해 제네바를 향해 달리는 동안 폴은 여러 가지 의문이 들었다. 매클라우드의 말에 뭔가 맞아떨어지지 않는 것이 있었다. 프로비던스에서 조사하고 있다는 걸 어떻게 알았을까? 그 무엇도 작전을 멈추게 할 수 없다고 자신만만해하는 이유는 뭘까? 브라질은 함정일까? 거의 확실했다. 그 말을 할 때의 매클라우드의 얼굴, 폴은 그 냉소적이고 사악한 표정이 떠올랐다.

그렇지만 함정이라고 해도 브라질로 가서 추적하는 것 말고 다른 방법이 없었다.

V

리우데자네이루, 브라질

항구 입구에 있는 기암괴석 팡데아수카르는 안개에 잠겨 있었다. 비는 아직 내리지 않지만 잔뜩 찌푸린 날씨였다. 썰렁한 코파카바나 해변의 바다는 시커먼 양떼구름으로 덮인 하늘 아래 금속성을 띠고 있었다.

쥘리에트는 라란제이라스의 펜션 침대에 엎드린 채 창문 너머 흘러가는 구름을 바라보며 몇 시간씩 빈둥거렸다. 해가 사라지자 난방을 하지 않는 방에 습기가 스며들었지만 더운 나라답게 춥지는 않았다.

쥘리에트는 중요한 역할을 할 것이지만 준비하는 과정에는 참여하지 못하는 검투사 같은 느낌이 들었다. 해로우는 바쁘게 움직이고 있었다. 전화통에 불이 났고, 방을 나가서 전화를 받았다. 벽난로에 유칼립투스 장작불을 피워놓은 아래층 응접실은 손님이 줄을 이었다. 이 모임에서 제파울루가 가장 열성적이었다. 해로우는 자주 제파울루와 함께 차를 타고 나갔다가 밤늦게 돌아왔다. 쥘리에트는 혼자 식사하는 날이 많았다. 펜션에 레스토랑은 없고 주방만 있었다. 펜션에서 일하는 나이 든 부인이 브라질의 스테이크하우스인 슈하스카리아에서 음식을 시켜왔다.

쥘리에트는 해로우가 돌아오길 기다렸다가 품에 안겼다. 그는 마지못해서 그녀를 받아들이는 것 같았다. 첫 번째 관계를 가진 뒤로는 다정하게 대해주지 않았다. 사랑을 나누었지만, 해로우의 반응은 기계적이고 차가웠다. 기대가 너무 컸던 걸까. 그녀는 다정한 말과 관심, 사랑이라고 느낄 만한 무언가를 기다렸지만, 해로우는 그럴 생각이 전혀 없는 것 같았다.

쥘리에트는 해로우의 냉랭함이 긴장감 때문이라고 생각했다.

한밤중에 비가 내리기 시작했다. 쥘리에트는 자지 않고 있었다. 발코니로 나가서 억수같이 쏟아지는 비와 야자수의 커다란 잎을 따라 폭포처럼 떨어지는 빗물을 구경했고, 동네의 비탈진 골목길을 따라 콸콸 흘러 내려가는 물소리를 들었다. 주위가 온통 미지근한 물에 잠기고 바다 냄새가 났다. 그녀는 잿빛 하늘에 여명의 빛이 물들 때쯤 잠자리에 누웠고, 발코니의 함석지붕에 떨어지는 물방울 소리를 들으면서 잠이 들었다.

비가 오면서 작전을 준비하는 속도가 빨라졌다. 해로우의 휴대전화가 쉴 없이 울렸다. 쥘리에트는 들으려고 한 것이 아닌데 대화 내용이 토막토막 귀에 들어왔다. 아마존에서 도착한 컨테이너들, 보관 장소의 습기, 밀도 계산 등의 말이 들렸다. 그녀의 가슴속에서 무언가가 분리되는 것 같았다. 그 말들이 더 이상 아무런 의미가 없고, 무슨 일이 일어나는지 이해하고 싶지도, 무슨 역할을 하게 될지 알고 싶지도 않았다. 흥분과 우울함이 반반씩 섞인 정신적 무중력상태에 빠진 그녀는 다이빙대에서 펄쩍 뛰어내리다 힘이 빠져서 밑으로 곤두박질치는 느낌이 들었다.

쥘리에트는 공상에 잠겨서 해로우의 입술 모양, 거친 손길을 생각했다. 해로우를 사랑하는 걸까? 그녀는 아니라고 생각하면서 오랫동안 사랑이 아닌 이유를 분석하다가 확실하거나 결정적인 것은 아무것도 없다는 결론을 내렸다.

다음 날도 비가 내려서 펜션에 있게 된 해로우가 마침내 시간이 났는지 쥘리에트를 응접실의 벽난로 앞으로 데려갔다. 펜션을 들락거리는 사람이 많기 때문에 오히려 의심을 사지 않는 방법이었다.

"최종 단계에 이르렀다." 해로우가 말했다.

그녀는 미소를 지어 보였다.

"자네에게 말했던 물질은 압축한 상태로 컨테이너 네 개로 준비될 거야. 압력솥 크기로."

쥘리에트는 해로우의 눈을 뚫어져라 봤지만 그는 시선을 피했다. 쥘리에트가 원하는 것은 그 파란 눈에 빠져서 그녀에 대한 마음이 진심인지 거짓인지 알고 싶은 것뿐이었다.

"택시를 타고 바이샤다로 가. 우리가 제파울루와 함께 갔던 곳인데 기억하나?"

"운하입니다."

그녀는 복종하는 것으로 해로우를 안심시켜서 자신의 얼굴을 쳐다보도록 군대식으로 대답했다.

"택시 기사가 데려다 줄 것이고, 자네가 그 내용물을 쏟아붓기를 기다리고 있을 거야. 오후 8시쯤 될 것이고, 그때는 날이 어둡겠지. 어쨌든 경찰차 네 대가 순찰을 돌지만 위험하진 않을 테니 걱정 말고."

쥘리에트는 벽난로를 향해 손을 내밀었지만 열기가 느껴지지 않았다.

"어디 있을 건데요?" 쥘리에트는 해로우의 파란 눈을 살피면서 물었다.

"안전을 위해 나는 함께 가지 않아."

잠시, 쥘리에트는 아무 말도 하지 않았다. 그리고 세게 언어맞았는데 고통이 느껴지지 않는 것처럼 해로우를 쳐다보았다.

"작전을 끝내면 택시 기사가 이곳으로 데려다 줄 거야." 해로우가 시선을 피하면서 말을 이었다. "여기서 밤을 보내고 다음 날……."

"나와 같이 움직이는 게 아니라고요?"

"내 말을 끝까지 들어. 자네는 다음 날 덴버행 바리그 항공편으로 떠난다."

쥘리에트는 눈을 부릅뜬 채 해로우를 응시했다. 가슴속에서 무언가가 무너져 내리고 아찔할 정도로 깊은 심연 속으로 곤두박질치는 것 같았다.

"당신은 같이 움직이지 않는군요."

해로우는 불쾌한 표정으로 안전을 위해서는 작전을 수행하는 팀과 뒤에서 조직하고 지원해주는 팀이 따로 움직여야 한다면서 열변을 토했다. 해로우는 평소와 달리 시선을 피하면서 손동작이 커지고 있었다.

모든 것이 명확해지는 것 같았다. 쥘리에트는 최근에 있었던 일들을 떠올리면서 그 이면에 감춰진 것, 인물들과 사건의 윤곽이 잡히는 것 같았다. 그녀에 대해서는 사랑도 우정도 공통된 이상도 없었다. 해로우와 일행은 꼭 필요한 사실만 알려주면서 그녀가 보이는 것만 믿게 만들었다.

해로우가 협박에 못 이기는 체하면서 쥘리에트를 받아들인 이유는 그녀를 파렴치하게 이용하기 위해서였다. 지나친 행동으로 그린월드에서 제명된 전적이 있는 데다 정신과 치료를 받았고, 브로츠와프 연구소를 불법 침입한 쥘리에트는 이상적인 범인이었던 것이다. 모든 책임을 그녀에게 덮어씌우면 다른 사람은 모두 정당화될 수 있지 않은가.

해로우는 안전에 대해 설명을 길게 늘어놓았다. 쥘리에트는 더 이상 그의 말을 듣지 않고 있었다. 그녀는 어릴 적에 야단맞을 때처럼 움츠러들었다. 고독에 사무쳐서 사랑이니 우애니 정상적인 인생을 포기한 그녀에게는 혐오감과 분노만 남아 있었다.

쥘리에트가 아무런 반응을 보이지 않자 해로우는 복종의 표시로 받아들였다. 그는 자신의 말이 설득력이 있었던 거라고 생각하면서 전화를 받으러 응접실을 나갔다.

쥘리에트는 방으로 올라가서 침대에 누웠다. 펜션에서 나는 소음이 들렸고, 밧줄에 묶인 채 삐걱거리는 배를 타고 있는 느낌이 들었다. 희미한 불빛에 붉은색 마룻바닥이 빛나고 있었다. 오후에 그쳤던 비가 소나기로 쏟아졌고 빗물받이 홈통에서 넘치는 물소리가 요란했다. 멍하니 누워 있던 쥘리에트는 빗소리에 마음이 끌렸다. 따뜻하게 어루만져주는 손길을 느끼고 싶어 우비를 입지 않고 방을 나가 층계를 내려갔고, 바둑무늬 바닥을 지나서 정원에 이르렀다.

쥘리에트는 기와를 따라 주룩주룩 떨어지는 빗줄기가 움직이는 커튼처럼 보이는 처마 밑에 섰는데 어디로 가야 할지 모르는 사람 같았다. 굵은 빗방울이 열대식물의 반들거리는 잎을 따라 굴러 떨어지고 있었다. 어디선가 두꺼비 울음소리가 났다.

갑자기 쥘리에트가 소스라쳤다. 뭔가가 스치고 지나가는 느낌에 후닥닥 물러섰다. 펜션의 대문 위쪽에 달린 램프 불빛에 인간의 형체가 드러났다. 그녀는 문지기 조아킹을 알아봤다. 움직이지 못하는 몸을 위해 특수 제작한 휠체어에 의지한 채 살아가는 장애인이었다. 목덜미를 받치는 금속 보호대에도 불구하고 커다란 머리가 약간 기울어 있었다. 두려움과 혐오감을 불러일으키는 모습의 조아킹이 누구에게나 익숙한 미소로 치아를 드러내고 있었다. 그에게서 유일하게 인간적인 모습인 이 미소는 누구에게나 보내는 것이기 때문에 특별한 의미는 없었다. 조아킹은 사람들을 만날 때 증오할 대상인지 사랑할 대상인지 미소로 표현했다. 그는 단순하고 순수한 존재들, 어린아이들과 동물을 사랑했고, 휠체어에서 꼼짝 못하는 그의 어깨에는 늘 새들이 찾아와서 내려앉았다. 위선적인 행위로는 나름대로 확실한 감각으로 악한 존재를 감지해내는 조아킹을 속일 수 없었다.

쥘리에트는 말을 걸어본 적이 없지만 펜션에 머물면서부터 옆을 지나갈 때 조아킹이 내미는 꽃다발을 여러 번 받았었다. 이렇게 비가 오는 밤, 마음이 공허할 때 조아킹을 만난 것을 행운으로 받아들였다.

"잠이 안 와요, 아가씨?" 조아킹이 말했다.

쥘리에트는 갑자기 손길을 느꼈다. 조아킹이 그녀의 손을 잡아주었는데 마치 병든 새를 거둬주는 손길 같았다.

"그 남자가 괴롭혀요? 그런 거죠?"

"누구를 말하는 거예요, 조아킹?"

그녀를 올려다보는 조아킹의 얼굴이 하늘을 향하고 있는데 흡사 수난을 당하는 성인의 표정을 보는 것 같았다.

"아가씨의 남자요."

조아킹의 눈빛이 매서워졌다. 그의 눈에 해로우는 악과 위험에 속한 인간이었다.

쥘리에트는 미소를 지으면서 조아킹의 이마를 쓰다듬었다. 그리고 장애인의 휠체어 팔걸이에 살짝 걸터앉았다.

"뭐 알고 있는 거 있어요, 조아킹?"

"아뇨." 조아킹이 눈을 천천히 깜박이면서 대답했다. "하지만 사람들이 아가씨에 대해 하는 말을 들었어요. 남의 말 엿듣는 것이 좋지 않다는 건 나도 알아요. 하지만 내 앞에서는 누구나 거리낌 없이 말하거든요. 내가 마치 식물이라도 되는 것처럼 내 존재를 잊어버리니까요."

"사람들이 뭐라고 했는데요?"

빗줄기가 약해지면서 야자수 잎을 따라 빗물이 똑똑 떨어지고 있었다.

"쥘리에트 아가씨." 조아킹이 나직한 소리로 말을 이었다. "아가씨를 적으로 생각하고 있었어요."

"대체 누가?"

"아가씨의 남자와 그 남자를 만나러 오는 사람들 다요. 예를 들어서 제파울루."

제파울루는 조아킹의 눈에 또 한 명의 악인이었다.

"그 말을 정확하게 옮길 수가 없어요. 아가씨가 원하면 다음에는 한마디, 한마디 잘 들을게요. 내가 아는 건 그들이 아가씨를 불신하고 있다는 겁니다. 그들은 아가씨에게 알려주는 정보를 제한하고 있어요. 예를 들어서 '그건 아가씨가 알면 안 된다', '그건 말해도 돼' 등. 내가 이해하지 못하는 말도 있었는데 아무튼 걱정이 됐어요."

"어떤 말이었는데요, 조아킹?"

목련에 앉은 앵무새 한 쌍이 몸을 털면서 물방울과 함께 깃털 몇 개가 땅바닥에 떨어졌다.

"정확하게 기억나지는 않지만 아가씨의 역할이 곧 끝나는 것처럼 말했어요. 마치 머지않아 아가씨가……."

조아킹이 너무 무거워 보이는 눈꺼풀을 올리고 줠리에트를 응시했다.

"…… 마치 아가씨가 곧 죽을 것처럼."

줠리에트가 일어나서 몇 걸음 떼었고, 아래쪽 어둠 속 도시의 불빛을 향해 눈길을 돌렸다.

조아킹이 하는 말은 모두 그녀가 해로우에게서 느꼈던 배신과 위협을 뒷받침하는 것이 아닌가. 가슴이 싸늘해지면서 허망함이 밀려왔다. 그녀는 돌아서서 파란색 수국 화분 귀퉁이에 걸터앉았고, 맞은편의 조아킹을 쳐다봤다.

"여기를 나갈 수 있을까요?" 줠리에트가 물었다.

조아킹이 한숨을 내쉬는데 가슴 부위가 들썩거렸다.

"이 펜션 안에서 아가씨를 감시하는 사람은 없어요. 해로우를 제외하고는. 하지만 아래쪽 길목에 경찰 두 명이 밤낮으로 순찰을 돌고 있어요. 그런데 올라오는 차가 아니라 내려가는 차를 검문하는 것으로 보아 아가씨를 나가지 못하게 하라는 지시를 받은 것이 틀림없어요."

"그럼 위쪽으로 가면?"

"막다른 골목이에요. 여기서 위로 세 집만 가면 길이 끝나니까 차로 도망칠 수 없어요."

"걸어서 가는 방법은?"

"걸어서 가는 길이 있긴 해요. 아침마다 일하러 오는 파출부들이 이용하는 길이죠."

"그 길도 감시하고 있어요?"

"아뇨. 그 길은 무장한 감시인이 필요하지 않거든요. 아주 위험한 판자촌을 지나쳐야 하기 때문에. 아가씨를 쥐도 새도 모르게 없애버릴 괴한들이 우글거리는 동네라서."

침묵이 흘렀다. 조아킹은 상체를 세우기 위해 양쪽 무릎을 잡아당기면서 몸을 비틀었다. 일어서려고 한다는 걸 알아차린 쥘리에트가 겨드랑이 밑으로 손을 넣자 조아킹이 그녀의 다른 팔을 붙잡고 가까스로 움직였다.

"고마워요."

어디선가 개 짖는 소리만 들릴 뿐 다시 침묵이 흘렀다.

갑자기 위층의 창문 하나가 훤해졌다. 해로우의 방이었다. 조아킹의 눈빛이 흔들렸다. 머리가 빠르게 돌아가고 있었다. 그는 쥘리에트의 팔을 잡았다. 그녀가 몸을 약간 숙이자 속삭였다.

"언제 떠나고 싶어요?"

"오늘 밤."

"새벽 4시 반에 맞은편 레스토랑에 고기를 배달하기 위해 트럭이 올라올 거예요. 운전기사가 내 사촌이죠."

1층으로 이르는 층계에서 발소리가 들리고 있었다.

"4시 15분에 여기서 봐요."

쥘리에트가 테라스 쪽으로 몇 걸음 가다 금속 기둥에 기대고 섰다. 해로우가 테라스의 유리문을 열고 나왔을 때 쥘리에트는 리우의 야경을 감상하고 있었다.

"왜 자지 않고?"

"아름다워요. 안 그래요?"

해로우가 야경 쪽으로 눈길을 돌렸는데 그 눈빛에 경멸과 혐오의 빛이 어려 있었다. 그녀는 바이샤다에서 사람들로 붐비는 거리를 함께 걸어갈 때 해로우의 태도를 떠올렸다. 해로우는 누군가가 스치기만 해도 예민해지면서 화를 내는 것 같았다.

쥘리에트는 속으로 말했다. '이 사람은 자연을 사랑하지 않아. 인간들을 증오하고 있어, 나를 포함해서.'

그런 생각을 하면서 해로우를 보자 쥘리에트는 힘이 나면서 마음을 굳힐 수 있었다. '4시 반에 이곳을 떠나자.' 그녀는 해로우가 내미는 손을 잡고 그를 따라 방으로 들어갔다.

VI

뉴포트, 로드아일랜드 주

폴과 케리가 프로비던스를 탈퇴한 뒤로 아치볼드는 안보 부장에게 모든 권한을 주고 두 사람의 행방을 좇게 했다. 로렌스는 아내와 아이들이 있는 집에 들어가지 않은 채 사무실에서 철야 근무를 했다.

로렌스는 바니의 부서에서 폴과 케리와 접촉하고 있다고 확신했다. 지원이 없다면 도피 중인 두 사람만으로는 계속 진행할 수 없는 사건이기 때문이었다.

로렌스의 책상 위쪽 벽면에는 폴과 케리를 비밀리에 도와줄 것으로 예상되는 사람들을 재편성한 조직도가 붙어 있었다. 핵심 그룹은 위선자 바니의 측근들로 이루어져 있었다. 로렌스는 바니의 측근들을 감시했지만, 대부분 도청과 미행 분야의 전문가들이었다. 의심을 사지 않으려면 어떻게 처신해야 할지 아는 고수들이라서 아직까지는 비정상적인 움직임이 포착되지 않았다.

로렌스는 의심이 가는 이들 중에서 비교적 공격하기 쉬운 사람들을 대상으로 살피기 시작했다. 그중에서 속임수가 능하지 않은 사람 중 하나가 전략 부장 알렉산더였다. 비밀 행동을 하기 위한 교육을 받은 적이 없는 지식인이기 때문에 경계 대상에서 제외하고 있었다. 그런데 부하 직원들의 보고서를 보면서 로렌스는 생각을 바꾸었다. 최근에 알렉산더의 습관과 태도가 달라진 것 같았다. 누군가가 사무실에 들어올 때마다 알렉산더가 깜짝 깜짝 놀랐던 것이다. 평소에는 어질러놓던 사람이 퇴근하기 전에 모든 서류를 깔끔하게 정리했고, 그중 몇몇 서류는 가방에 넣어서 들고 다니기까지 했다.

동료 직원들은 개인적인 사정이 있는 것이라고 생각했다. 어느날은 알렉산더가 한 직원에게 여섯 살배기 큰아들이 미끄럼틀에서 뛰어내리다 골절상을 입었다면서 평소보다 일찍 퇴근했다.

로렌스는 확인해보기로 했다. 그는 뉴저지에 사는, 알렉산더의 전처 캐시에게 전화를 걸었다. 1년에 한두 번 정도는 만나던 옛친지로서 이런저런 안부를 묻던 중에 로렌스는 알렉산더의 두 아들 중에서 미끄럼틀에서 뛰어내리다 다친 아이가 없다는 걸 확인했다. 이날부터 로렌스는 전략 부장과 자료분석실을 밤낮으로 감시하게 했고, 세 사람이 교대로 알렉산더를 미행했다.

그렇게 해서 바니가 주관하는 비밀 모임에 참석하기 위해 뉴포트의 북쪽 교외에 위치한 아프가니스탄 레스토랑으로 들어가는 저녁에도 알렉산더에게 미행이 붙었다. 채광 칸막이와 태피스트리로 나뉜 레스토랑 안쪽에 뒷방으로 이르는 계단이 나 있었다. 태피스트리로 가린 작은 방인데 낮은 좌석에 방석이 쭉 깔려 있었다.

"다시 말하는데 케리와 폴이 내일 오후 리우데자네이루에 도착할 예정이니까……." 바니는 방금 도착한 알렉산더에게 눈인사를 하면서 말했다. "최종 단계에서 두 사람을 지원할 만반의 준비를 해야 하네. 오늘 모이자고 한 것은 현재 상황을 명확히 하기 위해서인데……."

누군가가 태피스트리를 들췄지만 아무도 쳐다보지 않았다. 웨이터들이 들락거리는 것에 익숙한 까닭이었다. 그래서 타라가 존재를 알아보고 비명을 지를 때까지, 로렌스는 한참 동안 뒷짐을 진 채 벽에 기대고 있어야 했다.

"아프가니스탄 레스토랑이라……." 침묵을 지키던 로렌스가 그제야 말문을 열었다. "최고의 와인 저장고가 있는 모양이군."

모두 아연실색한 얼굴로 로렌스를 쳐다봤다. 바니는 눈을 감았다.

"4월이니까 마사의 생일을 축하하기 위해 모인 건 아닐 테고." 로렌스가 말을 이었다. "자네의 생일이…… 6월 12일, 맞지?"

마사는 짜증스러운 표정을 지으며 눈길을 내렸다.

"하긴 누구의 생일 축하 파티라면 나도 초대했겠지. 내가 들으면 안 되는 얘기가 있다면 몰라도."

로렌스에게서 겸손한 승리는 기대하지 말아야 했다. 그들은 로렌스가 앙갚음으로 퍼부어댈 모욕적인 연설을 예상하고 있었다.

게다가 아치볼드까지 불쑥 나타났을 때는 소스라치게 놀랐다. 아치볼드는 극도로 흥분한 상태였다. 태피스트리를 들추고 발을 들여놓으면서부터 욕설을 퍼부었다.

바니는 그 틈을 이용해서 일어났다.

"아치, 둘이서만 얘기 좀 할까요?" 바니가 단호하게 말했다.

바니의 기세에 놀란 아치볼드는 반대하지 못했다.

두 사람이 방을 나가자 로렌스를 포함해서 남은 사람들은 어쩔 줄 몰라하다가 서둘러서 자리를 떴다.

"차를 갖고 왔어요?" 바니가 물었다.

"레스토랑 앞에 세워놨네."

"차를 타고 나가는 게 낫겠어요."

두 사람은 레스토랑을 나갔다. 아치볼드의 재규어가 주차되어 있었다. 기사가 운전석에 앉아서 졸고 있었다. 바니는 차창을 두드리면서 기사에게 내리라는 손짓을 했다.

"로렌스의 차를 타고 가게." 바니는 아치볼드를 향해 돌아서면서 덧붙였다. "내가 운전할게요."

운전석에 앉은 바니는 아치볼드가 올라타자 시동을 걸었다.

아치볼드는 늘 바니에게 감동하고 있었다. 평상시에 바니는 아치볼드가 변덕을 부리든, 권위적인 태도로 큰소리를 내든 모두 받아주는 편이었다. 그러나 이런 복종의 표시가 위계질서를 위한 의도적인 행동이라는 걸 서로 잘 알고 있었다. 만약 바니가 반항했다면 아치볼드는 강압적이지 못했을 것이다. 지금 바로 그런 일이 일어나는 상황이었다. 생난리를 치려고 찾아왔던 아치볼드가 지금은 옆에 얌전히 앉아서 바니가 무슨 말을 할지 기다리고 있었다.

"이 사건은 조작된 거예요, 아치."

두 사람은 시선을 교환했다.

"우리가 철저하게 이용당하고 있는 거예요."

아치볼드는 손으로 입을 막으면서 헛기침을 했다. 격분해서 소리를 지르거나 미친 듯이 웃어넘길 수도 있지만 바니를 상대할 때는 상황을 진지하게 받아들이는 편이 낫다는 걸 잘 알고 있었다.

"이용당하다니! 누가 누구를 이용했다는 건지 설명해보게."

"마커스 브라운에 대해서 얘기 좀 하죠."

정말 도발적인 발언이었다. 프로비던스의 후원자들과 접촉하는 일은 전적으로 아치볼드의 소관이었다. 더군다나 아치볼드가 모집한 첩보원 대부분이 CIA에서 온 사람들이기 때문에 특히 마커스 브라운의 이름이 알려지는 걸 원치 않았다.

"마커스 브라운에 대해 무슨 얘기를 하자고?"

"호의적인 사람 아닌가요? 속을 알 수 없는 사람이긴 하지만."

바니는 운전하면서 머리를 약간 숙이고, 변속기 손잡이를 쥐고 있었다.

"나는 마커스 브라운을 1989년 레바논에서 알았어요. 그 지역에 주둔하는 미군의 대장이었지요. 전쟁이 끝난 뒤로 평탄하게 살았죠. 그 당시 훨씬 젊은 나에게 그는 자신이 원하는 삶에 대해 얘기했지요."

"그래서?"

"그래서 나는 그를 잘 알고 있다고 생각해요. 저녁마다 같이 술을 마셨거든요."

아치볼드는 소스라쳤다. 바니의 말에 말려들고 있는 자신을 느꼈던 것이다.

"이보게, 바니, 내 머리를 멍하게 만들지 말게. 바보 같은 말을 하면서……."

"끝까지 들어봐요."

심각한 표정을 지을 때의 바니를 보고 있으면 위압감이 느껴졌다.

"내 팀에게 마커스 브라운의 인사 기록을 조사하라고 했어요."

"자네의 팀?"

"우리의 팀이라고 하지요. 어쨌든 프로비던스와 관련이 있으니까요."

"결과는?"

"대단한 건 아니지만 공백이 있었어요. 그가 나에게 말한 적이 없는, 아마 누구에게도 말한 적이 없는 3년이란 공백 기간이 있더군요."

시골길에 불쑥 보이는 빨간 신호등에 재규어 자동차가 멈췄다가 잠시 후 출발했다.

"1975년에서 1978년까지 남아프리카 체류. 공산주의가 된 모잠비크가 남아프리카공화국을 집요하게 공격하던 시기였어요. 남아공은 레지스탕스를 조직해야 했죠. 남아프리카 비밀 정보기관은 포르투갈 거류민들과 혁명에 실망한 모잠비크의 반체제 인사들과 결탁했지요. 그리하여 모잠비크 내부에 '레나모'라는 레지스탕스를 창설하고 운동을 벌였는데 모든 걸 가르쳐야 했어요. 미국은 반대하지 않고 비밀을 지켜야 했죠. 인명 피해를 주지 않는 게릴라전을 펼치려면 중간에서 연결해줄 민간인을 찾아야 했어요."

아프리카에서 서양 정치인들의 과장된 태도에 바니는 생리적인 혐오감을 느꼈다. 그 얘기를 하는 것만으로도 얼굴이 일그러졌다.

"그러다 찾은 사람이 바로 매클라우드였어요. 그때만 해도 운송업자에 불과했지만 마커스 브라운과 만나게 되지요. 나이 차가 많이 났죠. 브라운이 열 살 아래였으니까. 하지만 두 사람은 궁합이 잘 맞았죠. CIA는 운송업자가 필요했고, 매클라우드는 트럭 사업을 하다 작은 항공사까지 인수한 때였으니까요. 매클라우드는 CIA와 협력 관계를 맺으면서 큰돈을 벌게 됩니다."

아치볼드는 심각한 얼굴로 도로를 응시하는 바니의 옆얼굴을 쳐다보고 있었다.

"그 모든 걸 어떻게 알았나?"

"말했잖아요, 마커스 브라운에게는 비밀이 없다고. 몇 가지 사실을 확인했더니 다 알아낼 수 있었어요."

"그래서?"

"그래서 매클라우드는 사업으로 성공하고, 마커스는 정보국에서 성공했지요. 두 사람은 우호적인 관계를 유지하고 있어요. 매클라우드가 더 이상은 CIA를 위해 일하지 않지만, 두 남자는 서로 비밀을 지켜주면서 계속 만나고 있어요. 공화주의와 신보수주의 정치인들의 모임에 브라운과 매클라우드가 이따금 참석했으니까 생각도 같고, 인맥도 같다고 봐야지요."

"그래서 결론이 뭔가?"

"없어요. 두 사람이 어떤 관계인지 말해줄 수 있는 사람이 아무도 없으니…… 단순한 우정일 수도 있겠지요."

"그러니까 자네는 그렇게 생각하지 않는다는 거지?"

구불구불한 도로를 운전하는 바니는 카레이서처럼 팔을 움직이고 있었다.

"마커스 브라운은 지난 20년보다 최근에 훨씬 많은 여행을 했더군요. 2년 전부터 여행을 열 번이나 다녔다는 걸 확인했어요. 그때마다 근처에 매클라우드가 있었고요."

"2년 전부터……." 아치볼드가 되뇌면서 고개를 끄덕였다.

"지금부터 내가 하는 말 잘 듣고 더는 증거 따위를 요구하지 마세요. 내 추론이지만 이론의 여지가 없으니까."

"알았네."

"해로우가 저지른 콜레라 사건의 배후 인물은 매클라우드에요. 폴이 매클라우드를 만나서 확인했다고 전화로 알려왔어요."

아치볼드는 마른기침을 했다.

"인간을 몰살시키겠다는 계획을 세웠을 때 매클라우드는 자신과 67년 세미나 그룹, 특히 로굴스키의 안전을 고민했을 겁니다." 바니가 말을 계속했다. "그리고 브라운이라면 믿을 만한 사람이라고 생각했던 거죠. 생각이 같다는 걸 알고 있었으니까. 나는 브라운의 영향이 있었다고 확신해요."

"아! 이런 얘기를 하는 것만으로도 창피한 일이군."

"모르는 척 시치미 떼지 마요. 일이 어떻게 진행되고 있는지 나보다 더 잘 알고 있으면서. 아무튼 상관없어요. 브라운이 매클라우드에게 조언한 건 사실이니까. 브로츠와프 연구소를 습격할 생각은 브라운의 머리에서 나온 것이 틀림없어요."

아치볼드는 마지못해서 동의하는 것처럼 입술을 삐죽거렸다.

"불행히도 해로우가 끼어들어서 동물을 실험하는 사람들을 신랄하게 공격하지 않을 수 없었죠. 그래서 연구소의 벽에 동물해방전선의 주장을 휘갈겨놓았던 겁니다. 우선 보기에는 별로 중요하지 않은 것 같지만 그런 세부적인 것들이 수사에 혼선을 주었습니다. 폴란드는 그 낙서를 의아하게 여겼기 때문에 영국 정보국에 문의했던 겁니다. 그러자 브랜담 경은 아치 국장님을 도와줄 기회라고 생각했고, MI 5[38]는 우리에게 미국의 한 단체를 조사하라는 귀띔을 했고요."

바니는 미소를 지으면서 좌석에 구부정하게 앉은 아치볼드를 힐끔 쳐다봤다.

"마커스 브라운에게 너무 쉽게 걸려든 겁니다." 바니가 말을 이었다.

"너무 쉽게란 표현은 좀 무례하군."

"사실이니까요."

앞창에 빗방울이 떨어져서 바니는 하늘을 보려고 몸을 약간 숙였다.

"아치 국장님이 전해주는 정보를 들으면서 마커스 브라운이 어떻게 했을까요? 그에게 당한 겁니다. 그가 프로비던스와 계약하지 않았다면 국장님이 과연 자비를 들여서라도 수사를 계속했을까요?"

"나를 잘못 알았군."

"어쨌든 결과적으로는 브라운에게 매수된 겁니다. 그가 우리와 계약한 것은 문제를 검토하기 위한 것이었어요. 그렇게 해서 서류를 손에 넣었고, 우리가 아는 것을 그도 알고 있는 겁니다. 우리를 통해서 작전의 약점들을 파악한 거죠. 그런데 브라운에게는 안 된 일이지만 폴과 케리가 멋지게 해냈고, 사건의 경로를

....

38 대외 첩보 기관 MI 6과 함께 영국의 핵심 정보기관으로 정식 명칭은 SS(Security Service). 1909년 창설되었으며 국내 정보를 담당한다.

거슬러 올라갔지요. 해로우, 프랑스 청년, 로굴스키의 역할, 콜레라 계획. 폴과 케리는 너무 많은 걸 알아냈지요. 그러자 브라운이 레드카드를 꺼냅니다. 조사를 중단하라고! 국장님은 이탈리아에서 폴과 케리를 만나 사건에서 손을 떼고 집으로 가라고 했고요."

"그래서 집으로 돌아갔나?" 아치볼드는 어깨를 으쓱했다

바니의 확신에 찬 말이 설득력을 얻는 것 같았다.

"오스트리아에서 케리를 감금하기 위해 지키고 있던 자들도 브라운의 사람들이에요. 내가 잘못 생각한 거예요?"

"아니, 맞네."

"그리고 뉴욕에서 해로우 집단을 돕기 위해 폴을 함정에 빠뜨리고 ASCN 건물의 주차장에서 납치한 것도 브라운 짓이에요. 그렇지 않다면 폴이 납치된 사실을 브라운이 어떻게 제일 먼저 알고 있겠어요?"

아치볼드는 코넷 연주를 하듯 볼을 부풀렸다가 오므렸다. 침착함을 유지하려고 애를 쓰는 것이었다. 권위적인 태도로 프로비던스를 운영하면서부터 자기가 한 일에 대해 대놓고 지적받는 경우가 거의 없었다. 아치볼드는 마침내 페어플레이를 선택했다.

"바니, 일리가 있는 말이라고 인정하지. 그래서 내린 결론이 뭔가? 이제 어떻게 해야 되는데?"

"다른 건 다 그만두고 케리와 폴을 지원해야지요. 이 말을 하러 내일 아침에 찾아갈 생각이었어요. 오늘 저녁에 모임을 가진 것도 최종적으로 입수한 정보로 상황 판단을 정확히 하기 위해서였어요. 그래야 국장님을 설득할 수 있으니까."

바니는 아치볼드의 반박을 예상했다. '이게 어디 나 혼자만 잘 살겠다고 한 일이냐', '나를 이렇게 쓰레기 같은 인간으로 취급해도 되는 거냐' 소리치면서 감정적인 공격을 할 거라고 상상했

다. 그런데 아치볼드가 순순히 패배를 인정했다. 바니는 아치볼드도 어느 정도는 의심하고 있었던 건 아닐까 의문이 들었다.

"두 사람이 리우데자네이루에 도착했을까?" 아치볼드가 물었다.

소스라치게 놀란 바니가 중앙선을 침범했다. 맞은편에서 달려오는 차가 없어서 천만다행이었다. ·· ·· ···

"그들이 리우로 간다는 걸 누구한테 들었어요?"

"브라운."

"그걸 어떻게 알았을까요?"

"요원들이 알려줬겠지. 브라운 수하의 요원들이 케리와 폴을 추적하고 있었으니까."

"브라운한테 언제 들었어요?"

"오늘 아침."

"오늘 아침이라면 케리와 폴이 아직 비행기를 타지 않았을 때예요. 더군다나 위조 여권을 사용하기 때문에 그들이 브라질에 간다는 걸 아무도 알 수가 없고요. 매클라우드를 제외하고는 아무도."

"매클라우드?"

"폴에게 브라질로 가라고 알려준 사람이 매클라우드니까요. 브라운이 정확하게 뭐라고 했어요?"

"두 사람이 아직 프로비던스에서 지원을 받고 있는데 자세히 알아보라고 했지."

"브라질로 두 사람을 추적하라는 말은 하지 않던가요?"

"아니."

"자신이 직접 해결하겠다는 뜻인데……. 그렇다면 뻔하군요. 콜레라 테러가 일어날 위험이 있는 나라 중에서 브라질은 67년 세미나의 멤버가 경찰을 장악하고 있거든요."

바니는 차를 되돌리고 오던 방향으로 내달렸다.

"브라질 경찰이 의문도 갖지 않을 테니 치명적이죠."

VII

리우데자네이루, 브라질

새벽 4시, 브라질의 밤하늘은 아직 검푸른 색이지만 열린 창문을 통해 바람이 솔솔 들어오면서 후텁지근하게 더워야 정상인 날씨가 뜻밖에도 서늘했다.

해로우와 함께 방으로 들어간 쥘리에트는 마지막으로 술을 먹인 뒤에 조용히 작별을 고하기로 마음먹었다. 그녀가 럼-코카콜라 칵테일에 탄 신경이완제 때문에 해로우는 심호흡을 하더니 입을 벌린 채 깊은 잠에 빠져들었다. 반면에 그녀는 흥분의 절정에 달해 있었다.

쥘리에트는 1층으로 내려갔고, 조아킹의 휠체어가 정원 안쪽에 있는 종업원 전용 출입구로 이동해 있었다. 조아킹이 문을 어떻게 여는지 알려주었다. 비탈길은 아직 텅 비어 있었다. 가로등에 오렌지빛 후광이 둘러싸여 있었다. 엎어진 쓰레기통 주위에서 굶주린 개들이 빗물에 섞인 음식 찌꺼기를 핥아 먹고 있었다. 비가 다시 내리는데 빗줄기는 가늘었다.

"나가지 말고 여기서 같이 기다려요." 조아킹이 말했다. "트럭이 곧 올 거니까요."

조아킹은 떨고 있는 쥘리에트의 손을 잡아주었다. 5분도 안 돼서 낡은 트럭이 부르릉거리면서 비탈을 올라오고 있었다. 헤드라이트 불빛이 비쳤다. 운전기사는 여러 번 속도를 바꾸면서 펜션에 이르자 종업원들의 출입문 앞에 차를 세우고 오른쪽 문으로 내렸다. 조아킹과 비슷한 나이 같은데 허약한 조아킹과는 달리

건장한 체격이었다. 복장은 마치 두 사람 사이의 상징적 관계를 전해주는 것 같았다. 조아킹의 사촌 카를루스는 흰색 작업복 차림인데 앞부분과 어깨에 피와 기름이 얼룩져 있었다. 의사 가운을 연상시키는 흰색 작업복과 휠체어를 탄 장애인의 모습이 묘한 조화를 이루었다.

조아킹은 카를루스의 작업복 소매를 잡아당기면서 포르투갈어로 빠르게 몇 마디를 했다. 조아킹은 경련 때문에 목을 비트는 것처럼 고개를 약간 옆으로 돌린 채 사촌을 올려다보고 있었다. 고기를 배달하러 온 카를루스는 진지한 표정으로 고개를 끄덕였다. 브라질은 하늘은 맹인이나 장애인의 입을 통해 뜻을 전한다는 미신을 굳게 믿는 나라 중 하나였다. 조아킹은 신체적 장애로 인해 몸이 약한 대신 영험한 힘을 타고난 것 같았다. 사촌을 쳐다보던 카를루스의 시선이 쥘리에트에게 머물렀고 이따금 짧게 대답했다.

"됐어요, 쥘리에트 아가씨." 마침내 조아킹이 말했다. "경찰이 지키는 비탈 길목에서 아마 검문을 받지 않고 통과할 수 있을 거예요. 고깃덩어리들 속에 숨어 있는 게 불편하겠지만 10분만 참아요. 그다음 내 사촌이 택시를 잡아줄 거예요."

조아킹이 이런 설명을 하는 사이에 카를루스가 트럭으로 가서 뒷문을 열고 돼지 반 마리를 어깨에 짊어졌다.

"돈은 있어요?"

쥘리에트는 브라질에 도착한 뒤로 돈을 한 푼도 지니고 있지 않았다. 해로우가 그녀를 펜션에 붙잡아두는 방법이었다. 조아킹은 셔츠 안에 꿰맨 주머니에서 지폐 한 다발과 볼펜 한 개를 꺼낸 다음 지폐 가장자리에 전화번호를 적었다.

"내 연락처예요." 조아킹이 말했다.

그러고는 힘없는 팔로 쥘리에트를 밖으로 떠밀었다. 비에 젖은 길바닥이 미끄러웠고, 그녀는 보도블록에 발이 걸려서 넘어질 뻔했다.

카를루스가 얼른 붙잡아서 쥘리에트를 트럭에 오르게 했다. 트럭 안은 천장에 달린 램프 불빛으로 희미했다. 어슴푸레한 빛 속에 갈고리에 매달린 고깃덩어리들이 보였다. 밀폐된 공간에 정육점에서 나는 특유의 역겨운 냄새가 진동했다. 카를루스가 쥘리에트에게 안쪽으로 들어가라는 손짓을 보냈다. 그녀는 구석진 곳을 찾아서 웅크렸다. 불빛이 꺼지고, 뒷문이 닫히는 소리가 들렸다. 트럭이 출발했고, 고깃덩어리들이 흔들리는 걸 느끼면서 그녀는 비탈을 내려가고 있다는 걸 알았다. 포도를 굴러가는 바퀴의 진동이 느껴졌다. 비탈을 다 내려갔는지 트럭의 속도가 느려지더니 멈췄고, 사람들의 소리가 들렸다. 카를루스가 검문하는 사람들에게 인사하고 있었다. 잠시 후 트럭이 다시 출발했다.

고깃덩어리들과 함께 어둠 속에 웅크린 채 쥘리에트는 죽음에 대한 생각에 사로잡힐 거라고 생각했다. 그런데 그와는 반대로 어찌할 바를 모를 정도로 기뻤다. 그녀는 시련을 딛고 다시 태어나는 것 같았다. 웃고 싶고 소리치고 싶었다. 죽어야 할 존재는 해로우이기 때문에 고깃덩어리 속에 던져질 사람은 자신이 아니라 해로우라고 생각했다. 해로우가 생명과 자연에 대해 외쳐댔던 그 모든 선언은 증오심을 은폐하기 위한 미사여구에 불과했다.

'그는 아무도 사랑하지 않아. 나도, 이 세상에 있는 그 누구도 사랑하지 않아. 인구가 60억이 넘는 세상이 위험하기 때문에 사람들을 죽이려는 것이 아냐. 자기 자신 외의 다른 사람을 단 한 명도 보기 싫은 거야. 그래서 모두 증오하면서 없애버릴 방법을 궁리하는 거야.'

이런 생각을 하면서 쥘리에트는 행복했다. 트럭 문이 열리고 해방이 되면 무엇을 해야 할지 알 것 같았다. 이런 느낌은 처음이었다.

얼마쯤 지났을까. 카를루스가 차를 세웠고, 뒷문을 열고 그녀를 내려주었다. 쥘리에트는 빌딩들 뒤쪽으로 뻗은 코파카바나 해변 도로라는 걸 알았다. 비가 다시 내리기 시작했다. 끝없이 긴 도로가 텅 비어 있었다. 조아킹의 사촌이 택시를 잡기 위해 애를 쓰고 있었다. 저 앞에 노란색 택시가 보였다. 기사는 삼바 리듬에 맞춰 문짝을 두드리면서 손님을 기다리고 있었다.

쥘리에트는 택시를 향해 다가갔다. 그녀는 얇은 바지에 흰색 티셔츠를 입고 있었다. 벽장에 옷이 있는데 문짝 삐걱거리는 소리에 해로우가 깰까 봐 다른 옷을 꺼낼 수가 없었다. 택시를 향해 멀어져 가는 쥘리에트를 바라보던 카를루스가 재빨리 뒤쫓아가서 트럭 쪽으로 잡아끌었다. 그러고는 트럭에 넣고 다니는 물통을 꺼내 물에 적신 수건을 내밀었다. 쥘리에트는 그제야 몸의 군데군데 피가 묻어 있다는 걸 알아차렸다. 즉시 옷과 팔에 묻은 피를 꼼꼼하게 닦아낸 다음 수건을 카를루스에게 돌려주었다. 그리고 택시를 향해 돌아가면서 손목시계를 봤다. 4시 55분이었다.

택시가 문을 열어놓고 기다리고 있었고, 쥘리에트는 낡은 포드에 올라탔다. 카를루스는 보도에 서서 손짓으로 소심한 작별 인사를 했고, 그녀는 과감하게 손으로 입맞춤을 날렸다. 이윽고 긴장이 풀린 나머지 좌석에 등을 기댔다. 하지만 택시 기사가 백미러에 시선을 고정한 채 목적지를 말하길 기다리고 있었다.

어디로 가야 하나? 조아킹이 준 돈이면 어디든 갈 수 있지만 이 도시에는 아는 사람이 없었다. 믿을 만한 호텔 주인을 만난다고 해도 해로우가 경찰에 손을 써서 이내 찾아낼 것인데…….

문득 떠오르는 곳이 있었다. 결과를 생각하지 않고 쥘리에트는 대뜸 택시 기사에게 말했다.

"바이샤다 플루미넨시로 가세요."

택시 기사는 여행 가방도 없는 처량한 모습의 외국 여자를 잠시 백미러로 쳐다봤다. 그러고는 돈도 없이 탔을까 불안한지 택시 요금을 말했다. 쥘리에트는 기사를 쳐다보지도 않고 바지 주머니에서 지폐 두 장을 꺼내 내밀었다. 택시 기사가 시동을 걸었다.

노후한 터널, 망가진 가로등, 어두컴컴한 거리, 파헤쳐진 도로, 비 내리는 밤의 리우데자네이루는 폐허의 도시 같았다. 찬란한 햇빛에 가려 있다가 드러난 상처받은 도시, 쇠퇴한 옛 수도의 모습이었다. 택시는 낮은 건물들이 즐비한 지역으로 들어갔다. 쥘리에트는 차창을 반쯤 열었는데 축축한 공기에 바이샤다의 흙과 썩는 냄새가 실려 있었다.

택시 기사가 어디에 차를 세울지 물었다. 택시 기사가 서툰 영어로 하는 말에 쥘리에트는 짧막하게 대답하려고 노력했다. 그녀는 운하를 가리켰다. 택시는 미끄러운 길을 천천히 올라갔다. 그녀는 가로등 불빛이 밝은 곳에서 내렸다.

비가 잠잠해졌다. 하얀 달빛에 시커먼 산의 굴곡과 뒤섞인 구름의 윤곽이 드러나 있었다. 전봇대에 달린 전구의 불빛에 물웅덩이가 반짝이고 진창길에 난 바퀴 자국들이 번들거렸다. 이내 택시가 사라지고 거리는 텅 비었다. 사람도 동물도 없었다. 침수된 판자촌은 넘실대는 시커먼 파도에 휩쓸리는 거대한 노아의 방주 같았다.

쥘리에트는 무턱대고 거리를 걸었다. 콜로라도 사막에서 보낸 밤처럼 적막하고 고요했다. 그렇지만 달랐다. 이곳은 자연이 완전히 사라지고 없었다. 나무도, 야생동물도 더 이상 존재하지 않았다. 경작지, 가축, 정원 딸린 집이 대표하는 상징적인 자연과 어우러지는 인간의 삶도 존재하지 않았다. 폐허의 땅에는 무기력한 인간들만 존재했다.

그러나 콜로라도 사막의 밤과 바이샤다의 밤은 그리 다르지 않았다. 인간의 자연은 야생의 자연보다 덜 적대적인 것 같았다. 쥘리에트는 두 자연에서 공통된 매력을 느꼈고, 바이샤다로 들어가면서 말을 타고 미국 서부의 협곡을 달릴 때처럼 묘한 쾌감을 느꼈다. 어쩌면 이 판자촌에 더 마음이 끌리고 안심이 되는 것 같았다. 그녀에게는 여기서 발견하는 초라한 삶의 형태가 더 인간적이고, 그녀가 맞게 될 죽음과도 비슷할 것이기 때문이다.

고지의 바람에 실린 구름이 빠른 속도로 흘러가고, 구름이 걷힐 때마다 이따금 보름달이 판자촌을 밝혀주었다. 어둠 속에서 텅 빈 거리를 살피고 있던 누군가가 그녀를 소리쳐 부르는 것 같았다.

쥘리에트는 걸음을 멈췄다. 아무것도 보이지 않지만 속삭이는 소리와 휘파람 소리는 더 명확하게 들렸다. 어둠 속에서 불쑥 나타난 맨발의 소년이 웅덩이의 물을 튀기면서 뛰어왔다. 소년이 그녀 앞에 버티고 서서 손을 허리에 댔다. 피부가 까맣고, 짧게 자른 곱슬머리에 버짐 딱지가 앉은 10대의 소년이었다. 앞니 두 개가 없는데 언젠가는 다시 날 치아가 아니라 영구치가 빠진 것 같았다. 소년의 팔에 칼자국과 불에 덴 흉터가 있었다. 손등에 피부병으로 인해 긁어서 생긴 손톱자국이 있었다. 소년이 포르투갈어로 무슨 말인가 했는데 그녀는 이해하지 못했다. 소년의 눈빛에서 무언가 격렬함을 읽었지만 공격적인 것인지 두려워하는 것인지 알 수 없었다. 갑자기 소년이 그녀의 손을 움켜잡더니 판자촌 쪽으로 잡아끌었다. 문이 열리고 불빛이 보였지만 희미했다.

쥘리에트는 소년을 따라 집으로 들어갔다.

실내에서 땀 냄새와 흙냄새가 진동했다. 쥘리에트는 기름 램프의 희미한 불빛을 받아 반짝이는 사람들의 눈빛을 알아봤다. 얼굴을 구분할 수 없지만 두렵지 않았다. 안전한 곳으로 피신한 느낌이 드는데, 때마침 이 직감을 확인시켜주듯 밖에서 천둥치는 소리가 울렸다. 다시 굵은 빗방울이 떨어지기 시작했다.

비가 쏟아지자 작은 집 안에서 인기척과 숨죽인 속삭임이 들렸다. 어둠에 익숙해지자 쥘리에트는 주위를 둘러봤다. 단칸방인데, 포개진 판자 침대들이 실내의 절반을 차지하고 있었다. 지붕 밑에 위치한 위층 침대에서 인기척이 났다. 빗물이 새면서 폭포수처럼 플라스틱 양동이와 냄비로 떨어졌다. 침대가 젖자 아래쪽 침대로 자리를 옮기는 사람들이 있었다. 십여 명의 아이들이 침대 밖으로 머리를 내밀었다. 천장을 쳐다보면서 물이 새는 틈새를 바라보는 아이들도 있고, 방 한복판에 서 있는 쥘리에트를 응시하는 아이들도 있었다.

시커먼 옷차림의 흑인 부인이 신중함과 위엄을 보이기 위해서인지 맞은편 어둠 속에 물러서서 지켜보고 있었다. 부인이 쥘리에트에게 앉으라는 손짓을 하자 한 아이가 잽싸게 궤짝을 밀어주었다. 그녀가 궤짝 의자에 앉자 부인이 맞은편에 앉았다.

판잣집의 밀폐된 공간에서 양동이로 떨어지는 물소리와 아이들이 왔다갔다 움직이고 있어서 조용하다고 말할 수는 없었다. 침묵으로 시작된 어색한 분위기 속에서 부인이 쥘리에트를 뚫어져라 쳐다봤다. 화산암처럼 까맣고 반짝거리는 눈빛, 희미한 빛에 드러나는 주름진 얼굴, 하지만 순결함을 유지하고 있었다. 쥘리에트는 이 많은 아이들을 낳았을지도 모르는 부인에게 순결함을 느끼는 자신에게 놀랐다.

부인이 물러나면서 미소를 지었다. 그러더니 꺼칠꺼칠하고 차가운 손으로 쥘리에트의 손을 잡았다. 한쪽 구석에 놓인 화로 앞에 소녀가 꿇어앉아서 물을 끓이고 있었다. 부인이 무슨 말인가 하자 소녀는 플라스틱 컵 두 개에 뜨거운 액체를 담아서 가져왔는데 차 같았다. 쥘리에트는 컵을 두 손으로 잡고 손바닥을 녹였다. 부인이 건배하려는 것처럼 컵을 들어 올리더니 허스키한 목소리로 이름을 말했다. 카르멘. 쥘리에트도 자신의 이름을 말했고, 두 여자는 웃었다. 그리고 쥘리에트가 전혀 알아듣지 못하는 포르투갈어로 카르멘은 뭐라고 설명한 뒤에 사람들을 소개하는 표시를 했다. 침대에서 펄쩍 뛰어내린 아이들이 쥘리에트에게 인사를 하고는 깔깔대고 웃으면서 다시 침대로 올라갔다. 누더기를 걸친 아이들은 꾀죄죄하지만 생기발랄한 모습에서 가난이 전혀 느껴지지 않았다.

아이들이 이렇게 많을 줄이야. 쥘리에트는 두 번씩 돌아가며 자기소개를 한 것이 아닐까 의심이 갈 정도였다. 더 자세히 관찰해보니 아이들이 적어도 열두 명은 되었다. 아이들이 모두 형제자매는 아니고 사촌이나 친구, 고아들인 것 같았다. 쥘리에트는 부인의 설명을 전혀 알아듣지 못하지 않았던가.

쥘리에트는 청소년들과 심지어 어른들도 있다는 것에 깜짝 놀랐다. 어둠 속의 침대에서 나온 이들이 인사를 했다. 그녀는 침대에서 나오지도 못할 정도로 병든 노인의 앙상한 손을 발견했다.

카르멘의 가족이었다. 소개가 끝나자 약간 물러나 있던 부인이 흡족한 표정으로 가족을 둘러봤다.

다시 침묵이 흘렀다. 비가 그치면서 물 새는 소리도 멈췄기 때문에 더 고요했다. 아이들이 잠들었는지 속삭이던 소리가 잠잠해졌다. 차를 다 마신 카르멘은 허공을 응시하고 있었다. 쥘리에트는 자신이 처한 상황과 미친 듯이 찾고 있을 것이 뻔한 해로우를 생각했다. 갑자기 기타 선율이 울렸다. 시쿠라고 이름을 말할 때 카르멘이 포옹하던 남자, 근육질의 어깨에 인디언 코를 가진 스무 살 청년은 카르멘의 아들이었다. 시쿠가 몸을 약간 숙인 자세로 인디언들의 네 줄 현악기로 연주를 하고 있었다. 유럽풍 미뉴에트에 아프리카의 리듬과 인디언 특유의 화음을 넣은 애잔한 멜로디였다.

쥘리에트는 머릿속의 잡다한 생각이 사라지면서 면도칼이 스
치는 것처럼 가슴이 아려서 옴짝달싹할 수가 없었다. 애절한 멜
로디에 지난날의 고독이 되살아나면서 한없이 슬퍼졌다. 퀴퀴한
냄새가 진동하고 습기가 차 있지만 심금을 울리는 기타 선율이
흐르고, 따뜻한 가슴으로 품어주는 카르멘이 있는 판잣집에서 쥘
리에트는 자신도 일가족, 아니 일가족을 넘어 인류의 가족이 된
것 같은 느낌이 들었다.

그녀는 흐느끼면서 카르멘의 품에 안겼다.

*

폴과 케리는 제네바에서 리스본을 경유하여 오후에 브라질에
도착하는 리우데자네이루행 비행기를 탔다. 기내에서 그들은 잠
을 자지 않았지만 생각에 잠겨서 거의 아무 말도 하지 않았다.

폴은 현재 어느 단계에 이르렀는지 잘 알고 있었다. 극단적으
로 위험해지고 대단원의 막을 내릴 때가 가까워지면 이상하게도
열정이 약해졌다. 그들은 다가오는 죽음의 냄새를 맡고 채찍에
응하지 않는 말처럼 반응하고 있었다. 이제 곧 모든 것이 끝날 거
란 생각이 강하게 작용하면서 흥분이 가라앉고 있었다.

폴은 지갑을 정리하는 체하면서 아이들 사진을 보는 케리를
발견하고 흠칫 놀랐다. 그 자신 역시 오랫동안 자리를 비운 병원
으로 돌아가서 해야 할 일을 생각하고 있었는데…… 이르게 찾
아온 계절처럼 어느새 마음은 정상적인 생활로 돌아가 있는 것
인가.

그렇지만 아무런 결론이 나지 않은 상태였고, 리우에서의 최종
단계는 실패할 위험이 높다는 걸 인정해야 했다. 어쩌면 거의 도
달한 것일지도 모르지만 카운트다운이 임박해 있는 만큼 주동자

들을 찾는 것이 그리 쉽지는 않을 것이다. 솔직히 말해 매클라우드의 자백만 듣고 브라질까지 달려온 것이 아닌가. 작전 개시가 임박해 있는 데다 사건 현장을 목격한다고 해도 속수무책으로 구경할 수밖에 없기 때문에 자백한 걸까? 그게 아니면 거짓으로 뒤를 밟게 해서 골탕을 먹이려는 것일지도 몰랐다. 혹시 이 모든 것이 함정에 지나지 않는다면?

오후 4시, 공항에 도착했다. 폴과 케리는 짐이라곤 얼마 없어서 30분도 안 돼서 밖으로 나갈 수 있었다. 정복 차림의 남자가 택시를 기다리는 사람들에게 고함을 지르고 있었다. 폴과 케리가 마침내 노란색 택시에 올라탔는데, 차 안에서 먼지와 기름 냄새가 진동했다. 택시 기사는 돌아보지도 않았고, 폴은 백미러 밑에서 흔들거리는 플라스틱 마돈나상을 보면서 시내에 위치한 쾌적한 호텔로 안내해달라고 말했다. 택시 기사는 코파카바나에 있는 오세아니아 호텔 앞에서 그들을 내려주었다.

오세아니아 호텔은 코파카바나가 리우 최고의 관광지로 이름을 날리던 1930년대에 지은 건물이었다. 세월이 흐르면서 시설은 낡은 상태였다. 유리문 틈새로 들어오는 바람 소리가 요란했다. 가구는 자선 파티에서 집어다 놓은 것처럼 모조리 골동품이었다. 창밖으로 내다보이는 바다에서 쉼 없이 말리는 거대한 파도가 백사장에서 하얀 포말을 일으키며 부서졌다.

밤에 비가 쏟아지려는지 하늘에 먹구름이 잔뜩 끼어 있었다.

폴과 케리는 브라질에서 도움을 요청할 만한 사람들을 생각해보았다. 케리는 자폐증 어린이들을 위한 심리학 논문을 쓸 때 패서디나 치료 센터에서 알았던 데보라라는 브라질 실습생을 기억해냈다. 데보라가 리우에 살고 있다는 건 알지만 만난 지 오래되어 연락처를 몰랐다. 폴은 군대 동기 중에서 제대한 뒤에 사업에 뛰어든 친구가 있는데 여러 방위업체의 컨설턴트로서 브라질과 활발한 무역을 했다. 폴은 호텔 전화로 휴스턴에 살고 있는 친구에게 전화를 걸었지만, 여전히 미국과 연결되지 않았다. 유럽에서 구입한, SIM 카드를 사용하는 휴대전화는 브라질 통신망과 맞지 않았다.

폴과 케리는 오랜 시간 전화번호 안내서비스와 씨름을 했다. 케리는 데보라라는 심리학자의 이름을 내건 병원 전화번호만 알아낼 수 있었고, 자동응답기가 작동해 직접 통화를 하지 못했다. 두 사람은 다음 날 아침 계속 연락하기로 했다.

리우데자네이루는 계절에 관계없이 오후 6시면 해가 졌다. 몇 분 후에는 어두워졌다. 폴은 창문을 열었다. 공기는 아직 따뜻했다. 의기소침해진 폴은 배가 고팠다. 케리에게 나가서 저녁을 먹고 일찍 자자고 말했다. 두 사람은 붉은색 버튼을 눌러서 작동하는 낡은 엘리베이터를 타고 내려갔다. 접수계 직원은 걸어서 갈 수 있는 가까운 해물 전문 레스토랑의 주소를 알려주었다. 그들은 거리로 나가 직원이 알려준 방향으로 접어들었다.

홀을 지나가면서 폴과 케리는 초록색 인조가죽 소파에 앉아 있는 두 남자에게 주의를 기울이지 않았다. 두 남자는 그들이 지나간 뒤에 일어났고, 그중 키가 큰 남자가 휴대전화를 들고 번호를 눌렀다.

"지금 저녁 식사 하러 나갔습니다." 키다리 남자는 텍사스 억양으로 말했다. "네, 마우루가 두 사람을 미행하고 있습니다."

그렇게 말하던 남자가 불쾌한 얼굴로 전화를 끊으면서 툴툴거렸다.

"이럴 거면 도대체 우리가 왜 여기 있는지 모르겠어."

"이미 알고 있지?" 동료가 물었다.

"GPS로 위치 추적을 하고 있는 것 같아. 그들이 지금 어느 거리에 있는지도 정확하게 안다니까." 키다리가 말했다.

동료는 어깨를 으쓱했다.

"이제 뭘 하지?"

"그들이 돌아오길 기다렸다가 일단 보고해야지."

"GPS를 통해 다 알고 있는데 그럴 필요가 있나……?"

"명령을 받았으니까." 키다리가 대꾸했다.

동료는 몸을 약간 숙이고 카이피리냐를 마셨다.

"그래도 할 일이 전혀 없는 것보다 훨씬 낫잖아. 마커스의 지시는 분명했어. 우리는 감시만 하라고. 작업은 브라질 사람들이 할 거니까."

"알았어."

"그런 얼굴 하지 말라니까! 그래도 우린 운이 좋은 거란 말이야. 바그다드에서 알 카에다의 미치광이들에게 시달리고 있다고 생각해봐. 이게 불평할 일인지……."

VIII

리우데자네이루, 브라질

산타 테레자 언덕 마을을 오가는 낡은 전차가 레일을 따라 뒤뚱거리며 달리다 삐걱삐걱 커브를 도는데 지면에서 파란 불꽃이 튀었다. 전차가 멈출 때마다 사람들로 붐볐고, 특히 레일이 원을 그리면서 되돌아 나가는 광장에서는 몹시 혼잡했다. 아침 8시, 전차에서 나오는 휠체어가 보였다. 사람들이 몰려들고 있어서 자칫 위험한 일이 벌어질 수 있지만, 다행히 모두 조아킹을 알고 있었다. 하늘의 뜻을 전하는 메신저라는 명성이 나면서 존경받는 인물이기 때문이었다. 두 남자가 나서서 휠체어를 번쩍 들어 내리자 관광객들이 조용히 비켜섰다. 성호를 긋거나 머리를 숙이는 여자들도 보였다. 찌부러진 휠체어에 앉은 조아킹은 눈꺼풀을 깜박거리면서 마치 교황처럼 이따금 손가락을 치켜 올리는 것으로 축복을 내리는 표시를 했다. 두 남자가 서쪽 방향으로 내려가는 골목길 입구에 휠체어를 내려놓자 바통을 이어받은 청년 둘이 조아킹의 집까지 옮겨주었다. 마침내 조아킹은 철제 의자가 덜컹거릴 때마다 받는 충격에 이를 악물고 팔걸이를 붙잡고 있다가 지칠 대로 지친 몸으로 집에 도착했다. 이것이 바로 조아킹이 일주일에 한 번만 집에 오는 이유였다. 평소에는 목요일에 오지만 이번에는 하루 앞당겼다. 간밤에 펜션을 나간 쥘리에트와 점심때 만나기로 약속을 했기 때문이다. 무슨 일이 있어도 약속을 지키고 싶었다.

조아킹의 작은 집은 방이 두 칸이고 휠체어가 지나다니는 데 불편하지 않도록 가구가 별로 없었다. 조아킹이 있을 때나 없을 때나 이웃집 여자가 들락거리면서 살림을 맡아주고 있었다. 그는 의자와 쿠션 그리고 간단하게 먹을 수 있는 것을 준비해달라고 부탁했고, 이웃집 여자는 식료품 가게로 달려가서 바닐라 케이크를 사왔다. 모든 준비가 끝나자 조아킹은 기다렸다.

쥘리에트는 조아킹을 집까지 바래다주었던 청년 중 한 명의 안내를 받아서 정오에 도착했다. 조아킹은 쥘리에트에게 앉으라고 하면서 힘없는 목소리로 이웃집 여자에게 시럽과 케이크를 가져오게 했다.

"어디서 잤어요?"

쥘리에트는 바이샤다의 판잣집에 갔던 얘기를 했다. 조아킹은 야릇한 표정으로 고개를 끄덕였다. 그는 쥘리에트가 경찰과 해로우의 사람들을 따돌리기 위해 그런 방법을 찾았다는 것이 기뻤다. 하지만 자기보다 더 가난한 사람들이 그녀에게 잠자리를 내주는 영광을 가졌다는 걸 알고 질투심에 사로잡혔다. 아무런 희망 없는 삶에 익숙한 조아킹은 자신이 꿈꿔온 모든 걸 쥘리에트에게서 기대하고 있었다. 그녀에 대한 열정이 현실적으로는 가망이 없지만 상상 속에서 그녀를 가슴에 품는 것이야 얼마든지 가능하지 않은가.

"펜션은 어때요?" 쥘리에트가 물었다.

조아킹은 눈을 깜박였다. 그는 멋진 역할로 등장하게 될 이 순간을 얼마나 고대했던가.

"발칵 뒤집혔죠!" 조아킹은 얼굴을 찡그리면서 거의 알아듣기 힘든 허스키한 목소리로 말했다. "제파울루는 경찰관 세 명을 데리고 헐레벌떡 달려와서 전화로 리우에 있는 모든 호텔과 온갖 숙박업소를 뒤지라는 지시를 내렸어요. 해로우는 직접 프랑스 영사관에 전화를 걸어서 프랑스 여자와 결혼한 미국인 관광객으로 행세했지요. 물론 본명을 말하지는 않더군요. 아가씨가 개인의 집에서 잠을 잔 것은 정말 잘한 거예요."

조아킹이 사용한 '개인의 집'이란 표현은 바이샤다의 가난한 사람들의 집보다 훨씬 듣기 편안했다.

"내가 없어도 예정대로 작전을 강행할까요?"

"아뇨. 연기했어요. 아가씨가 곧 나타나거나 자기들이 찾아낼 거라고 믿고 있거든요."

조아킹은 몸을 부르르 떨면서 오렌지 시럽을 마셨다. 긴 침묵으로 효과를 내기 위한 것이었다.

"어떻게 할 생각이에요?" 조아킹이 손등으로 입술을 닦으면서 물었다.

쥘리에트는 깊이 생각해보지 않았다. 간밤에 바이샤다에서 느꼈던 감동이 아직도 강하게 남아 있는 쥘리에트는 자신도 모르게 마치 신탁을 전하는 신관 같은 조아킹에게 의지하고 있었다.

"모르겠어요. 돌아가야겠죠?"

"펜션으로 돌아간다고요? 뭐 때문에 돌아가요?"

"그들에게는 내가 필요하니까 가서 연기를 해야지요. 그리고 마지막 순간에 모든 걸 엉망으로 만드는 거예요."

"어떤 방법으로?"

"가령 그 컨테이너에 들어 있는 것을 운하에 흘려보내는 걸 거부하고 경찰에 알린다든가……."

조아킹은 마치 머리를 한 방 얻어맞은 것처럼 어깨를 으쓱했다.

"경찰은 그들과 한패예요."

"그래도 내가 거부하면 강제로 시키지는 못할 거예요."

쥘리에트는 장애인과 보조를 맞추기 위해 작은 목소리로 말했다.

"아가씨는 아직도 모르는군요." 조아킹이 말했다. "그들이 아가씨에게 요구하는 것은 주동자 역할이 아니에요."

"그럼 뭐예요?"

"범인 역할."

얼굴을 들고 빤히 쳐다보는 쥘리에트의 눈길에 조아킹은 눈을 깜빡이면서 어쩔 줄 몰라했다.

"그 미친 짓을 저지르기 위해서 아가씨가 필요한 게 아니에요. 그들의 조직을 보호하기 위해 누군가에게 혐의를 덮어씌우려는 거죠. 그 누군가가 쥘리에트 아가씨예요."

창밖에서 개 짖는 소리가 요란하게 들렸다. 조아킹은 말을 중단하고 조용해지길 기다렸다.

"운하에서 보초를 서는 경찰은 작전이 끝나는 즉시 아가씨를 제거하라는 지시를 받았어요. 언론에 발표할 기사도 준비되어 있고요. '환경 운동 단체에서 제명된 정신이상자가 유럽 연구소에서 훔친 것으로 라틴아메리카에서 가장 큰 판자촌을 몰살시키려고 했다.'"

"그걸 어떻게 알았어요?"

"우비라시라는 한심한 작자한테서 알아냈어요." 조아킹이 경멸 조로 말했다. "내가 고용했다면 벌써 오래전에 해고했을 인간이죠. 말이 너무 많을 뿐만 아니라 칠칠치 못해서. 어제도 응접실 탁자에 컴퓨터를 켜놓은 채로 저녁을 먹으러 나갔거든요."

조아킹은 쥘리에트의 반응을 기대하면서 어제저녁부터 이 순간만 생각하고 있었다. 쥘리에트는 깜짝 놀라다가 이내 미소를 지어 보였다.

"정말 잘했어요, 조아킹."

조아킹은 그 어느 때보다 의젓하게 목례를 했다. 쥘리에트가 감동하는 모습을 보여주는 것으로 충분히 행복했다.

이것은 서막에 불과했다. 조아킹은 그녀가 침울한 얼굴로 잠시 생각에 잠겨 있게 내버려두었다. 이윽고 쥘리에트는 그가 예상하던 질문을 했다.

"그럼 내가 어떡하면 되죠?"

조아킹은 기침을 하면서 이웃집 여자에게 더는 필요한 것이 없으니 나가 있으라는 손짓을 했다.

"어쩌면……." 조아킹은 말을 꺼내다가 중단했다.

그는 커다란 눈으로 뚫어져라 쳐다보는 쥘리에트의 얼굴을 보고 싶었다. 호기심이 가득한 얼굴…… 조아킹은 그것으로 충분했다.

"어쩌면 뭐요?"

조아킹은 손을 마주 잡았다.

"어쩌면 방법이 있을 것 같아요. 하지만 위험한 일이라서 선택은 아가씨가 해야 돼요."

쥘리에트가 초조해하고 있었다.

"미국 수사관 두 명이 어제 리우에 왔어요. 오래전부터 아가씨를 뒤쫓고 있는 사람들이라는데 프랑스에 가서 아가씨의 친구 조나탕이란 청년도 만났대요."

쥘리에트는 최근에 조나탕을 까맣게 잊고 있었다. 조아킹의 입에서 조나탕에 대한 말을 듣다니…….

"여기까지 어떻게 왔을까요?"

"그건 몰라요. 확실한 건 해로우와 그 패거리가 수사관들을 죽일 작정을 하고 있다는 거예요. 내가 이해한 바로 그 문제는 아가씨와는 전혀 무관해요. 어디선가 지시를 받고 또 다른 경찰과 모의해 미국인들을 제거할 작전을 짜고 있는 중이에요."

조아킹은 쥘리에트가 새겨들으면서 생각할 시간을 가질 수 있게 천천히 말했다. 눈빛을 보면서 쥘리에트가 자신과 같은 결론을 내렸다는 걸 느낀 조아킹은 재능이 뛰어난 제자를 대하는 선

생님처럼 쳐다봤다.

"지금…… 그들이 어디 있어요?"

"코파카바나에 있는 오세아니아 호텔."

잠시 침묵이 흘렀고, 마침내 두 사람은 웃음을 터뜨렸다. 쥘리
에트는 조아킹의 이마에 입맞춤을 했다.

조아킹은 속으로 말했다. '인생을 살면서 드물게 맞는 행복한
순간, 어쩌면 평생을 두고 한 번 있을까 말까 한 순간이야.'

*

폴은 룸메이드의 움직임을 지켜보고 있었다. 사무실로 변한 호
텔 방에서 여행 가방들이 열린 채로 바닥에 뒹굴고, 침대와 전화
기 주변에 서류가 널려 있었다. 케리는 작은 탁자 위에 핸드백의
물건을 쏟아놓았다. 옛 친구와 연락이 되지 않기 때문에 그녀는
병원으로 직접 찾아가보기로 결정했다. 그녀가 출발하려는 순간
폴은 시계나 반지 등 소지품을 갖고 나가지 말라고 충고했다. 그
는 휴스턴에 있는 군대 동기와 통화하려고 애를 쓰면서 케리가
평소에 걸고 다니는 금목걸이로 장난을 치고 있었다. 하지만 미
국과는 여전히 전화 연결이 되지 않았다.

무슨 일이 있어도 휴스턴의 친구와 통화를 해야 하는 폴은 매
일 아침 청소를 하러 오는 룸메이드를 무작정 기다리게 할 수 없
었다. 룸메이드는 주뼛거리면서 어질러놓은 방으로 들어왔다.
먼저 베개와 침대 시트를 정돈한 다음 욕실 청소를 시작했다.

폴은 다섯 번째로 시도한 끝에 휴스턴에 있는 친구의 비서와
연결이 되었고, 룸메이드의 존재를 완전히 잊어버렸다. 그런데
친구는 비행기를 타고 일본으로 날아가는 중이라서 다음 날 아침
에나 통화가 가능했다. 폴은 전화를 끊고 나서 두 손으로 머리를

감쌌다. 시간은 흘러가는데 점점 초조해졌다. 해로우의 살상 작전은 이 도시 어디선가, 어쩌면 아주 가까운 곳에서 이미 시작되었을지 몰랐다. 거의 다 왔는데 실패할 것 같은 느낌 때문에 괴로웠다.

불현듯 느껴지는 정적이 섬뜩했다. 객실 문이 닫혀 있었다. 룸메이드들은 대개 객실 문을 활짝 열어놓은 채 청소 도구 카트를 놔둔 복도를 들락거렸다. 폴은 등 뒤에서 인기척을 느끼고 돌아섰다.

침대 발치에 버티고 선 여자가 폴을 뚫어져라 쳐다보는데 오른손에 뭔가를 쥐고 있었다. 폴은 여자의 손을 봤지만 뭔지 대번에 알 수가 없었다. 룸메이드는 들어올 때 쓰고 있던 플라스틱 모자를 벗은 상태였고, 검은색 긴 머리가 파란색 작업복 상의까지 내려와 있었다.

여자의 손이 약간 떨리고 있었다. 폴은 그제야 여자가 권총을 겨누고 있다는 걸 알았다.

"일어나서 앞으로 걸어와요." 여자는 영어로 말했지만 브라질인의 억양이 아니었다.

폴은 일어났다. 티셔츠에 허벅지 중간쯤 내려오는 파란색 반바지 차림이었다. 여자는 폴을 한 바퀴 돌게 했다. 폴은 무기가 있는지 몸을 만질 거라고 생각했는데 되려 권총을 빼앗길까 두려운지 가만히 있었다. 이런 차림으로는 아무것도 감출 수 없다는 걸 확인하기 위해서였는지 여자가 소파까지 걸어가라는 손짓을 했다. 해질 대로 해진 인조가죽 소파였다. 높이가 낮은 소파라서 폴이 앉자 여자가 내려다봤다. 여자는 물러서서 욕실 벽에 기대고 섰는데 떨리는 가슴을 진정시키려는 것이 틀림없었다.

여자가 빤히 쳐다봤다. 여자의 탐색하는 듯한 강렬한 시선을 느끼며 폴은 정신과 레지던트 시절에 치료했던 환자들이 떠올랐다. 멍하면서도 이상하게 날카로운 시선과 마주치며 폴은 알몸으로 발가벗겨지는 느낌이 들었다. 여자를 속이는 것은 불가능하며, 숨기는 것은 무엇이든 즉시 들통이 날 것 같았다. 그렇게 한동안 폴을 관찰하던 여자가 가슴이 진정되었는지 긴장을 풀었다.

"경찰이에요?" 여자가 마침내 물었다.

"정확히 말하자면 아니에요."

"FBI?"

폴은 여자가 자신에 대해 모르고 있다는 것에 일단 안심했다. 이 여자가 해로우의 하수인이거나 매클라우드가 고용한 킬러라면 폴의 신분에 대해 물어볼 리가 없었다. 그렇다면 도대체 이 여자는 누굴까?

"사설 첩보 기관의 요원이었죠. 지금은 혼자서 일하고 있지만." 폴이 말했다.

"해로우를 찾고 있나요?"

폴은 소스라쳤다. 해로우란 이름을 미국식이 아니라 H를 묵음 처리하는 프랑스식으로 아로우라고 발음했다. 프랑스 여자였다. 폴은 누군지 알아차렸다.

"쥘리에트!"

여자는 눈꺼풀을 깜박이다가 마치 자기 이름을 알고 있는 것에 안도하는 것처럼 권총을 약간 내렸다.

여자가 계속 권총을 겨누고 있는데도 폴은 전혀 두렵지 않았다. 그토록 자주 상상했던 여자가 바로 눈앞에 있다니. 폴은 쥘리에트의 얼굴을 뜯어보기 시작했다. 그는 믿어지지도, 이해할 수도 없는 사건을 저지른 여자에 대해 좀 과장된 선입견을 갖고 있었다. 그런데 전혀 예기치 않은 순간에 맞닥뜨린 쥘리에트는 피로 때문에 다크서클이 진 눈가와 수면 부족으로 창백한 안색, 상상했던 것보다 훨씬 야윈 얼굴이었다. 잔혹함과 이기주의가 얼굴에 미치는 어두운 표정이라곤 없이 빤히 보는 시선, 허약한 모습, 당황하는 표정, 진지한 태도를 보면 그가 알지도 못하면서 그녀에 대한 허상을 만들었던 것이 확실했다. 따라서 권총을 겨누고 있지만 상처를 받기 쉬운 쥘리에트의 모습에 폴은 두렵기는커녕 안심이 되었다.

"왜 우리를 찾고 있죠?" 여자가 거칠게 물었다.

부인하거나 시치미를 뗄 필요는 없었다. 폴은 그녀가 이유를 몰라서 묻는 것이 아니라 더 깊고 진지한 다른 의도가 있다는 걸 알아차렸다.

"끔찍한 범죄를 막기 위해서죠."

"인류애 때문인가요?"

폴은 눈길을 내렸다. 수사를 시작하면서부터 아치볼드에게 이끌려서 수동적으로 움직였지만, 이 사건의 진짜 목적이 드러날수록 동기에 대해 의문이 생겼다. 그 의혹의 중심에 쥘리에트가 자리 잡고 있었다. 그런데 그녀에게 생각을 밝히는 것이 불안하면서도 홀가분했다.

"나는 의사예요."

"의사예요, 첩보원이에요?"

"둘 다예요. 실험실에서 시작된 사건이기 때문에 내가 수사를 맡게 되었지요."

쥘리에트는 눈을 깜박였다. 브로츠와프 사건이 어느새 아주 오래전 일처럼 느껴졌다.

"그러니까 의사들은 목숨을 살리는 사람들이란 뜻으로 하는 말인가요?"

"그렇죠."

"모든 사람이 살 가치가 있다고 생각하세요?"

"어쨌든 그걸 결정하는 것은 우리가 아니죠."

"자살하는 사람들을 어떻게 생각하세요?"

"잘못 생각하는 겁니다."

폴은 정신과에서 실습할 때 조울증이 반복되는 환자의 방에 갔다가 죽어야 하는 이유를 냉소적으로 주장하는 환자와 오랫동안 토론했던 기억이 났다. 그날 오후 환자는 강장제 치료를 받기 시작했고, 보름 후에는 목숨을 구해준 의사들에게 고마워했다.

폴의 이야기를 들으면서 쥘리에트는 잠시 침묵했다. 그녀와 마찬가지로 폴도 권총, 코파카바나 해변 도로의 자동차 소리 등 현재 상황을 잊고 있었다. 두 사람은 확신과 의혹에 빠져 있었다.

"불치병에 걸린 환자인데 의사가 목숨을 연장시킨다면 비참하고 절망적이며 피폐한 삶을 더 살게 하는 것 아닌가요?" 쥘리에트가 의문을 던졌다.

"어떤 이유로도 죽이는 것은 정당화될 수 없죠."

폴의 말에 찔리는 게 있는지 쥘리에트는 잠시 시선을 돌리다가 나직한 목소리로 응수했다.

"당신은 나치도 죽이지 않나요? 당신에게 소중한 것을 지키기 위해서도 죽이지 않나요?"

"이념이나 추상적인 것 때문에 사람을 죽이지는 않죠."

"황폐한 땅, 빈민굴, 쓰러진 숲, 아이들을 기아 상태로 몰아넣는 비참한 환경은 추상적인 것에 속하나요? 가난한 사람들이 서서히 다가오는 끔찍한 죽음을 느끼면서 고통스럽게 살아가는 것 말고 다른 걸 기대할 수 있다고 생각하세요?"

"해로우와 그 뒤에 숨어 있는 배후 인물들의 생각과는 다르군요." 폴이 말했다.

"그게 무슨 말이에요?"

"해로우와 배후 인물들은 동물처럼 위험하고 위협적인 인간들이 있다고 생각하죠. 그래서 넘쳐나는 인간의 문제는 해로운 종족을 멸종시키듯 없애버리는 게 해결책이라고 생각하죠."

"그게 잘못인가요?"

"잘못된 생각이죠. 인간이 동물과 다른 것이 뭔가요? 환경문제에 대해 고민하면서 연대책임과 공평함, 사랑 등 인간적이면서 이성적으로 극복하고 해결해야지 그런 극단적이고 감정적인 방법을 사용하면 안 되지요."

깜짝 놀라는 쥘리에트의 표정을 보면서 폴은 정곡을 찔렀다는 걸 알았다.

"당신은 인간의 고통을 걱정하는데 해로우는 지구의 추상적인 이익만 생각하고 있어요. 해로우를 조종하는 배후 인물들은 자기들이 가진 것을 지키면서 이익을 추구하죠."

"누가 그렇다는 거예요?"

이 순간 모든 것이 분명해졌다. 쥘리에트는 해로우 집단이 어떻게 움직이는 조직인지 전혀 모르고 있었다. 그녀는 해로우의 공모자가 아니라 도구였던 것이다. 그리고 그녀도 그 사실을 알고 있었다.

그래서 폴은 1967년 세미나, 매클라우드와 로굴스키, 이들과 해로우의 만남, 마지막으로 콜레라에 대해 자세히 설명해주었다.

폴의 설명을 들으면서 쥘리에트는 부들부들 떨었다. 그녀의 무표정한 얼굴에 눈물이 흘러내렸다.

천천히 몸을 숙이면서 일어난 폴은 쥘리에트를 쳐다보면서 다가갔고, 그녀의 손에서 권총을 빼앗아 침대 위로 던졌다. 그리고 바로 옆에 앉았는데 쥘리에트가 머리를 기대는 걸 느꼈다. 그렇게 폴의 어깨에 기댄 채 쥘리에트는 소리 없이 눈물을 흘렸고, 이윽고 고통스러운 오열로 변했다. 그것은 번뇌와 안도의 표현이었다. 폴은 슬퍼하는 어린애를 달래듯 그녀의 머리를 쓰다듬으면서 안심시켰다. 그러자 물에 빠진 사람이 구조되는 중인데도 더 깊이 가라앉을까 겁먹은 것처럼 폴에게 달라붙었다. 폴은 환멸과 불행, 되찾은 희망으로 사력을 다해 마음을 털어놓는 여자에게 무한한 애정을 느끼고 있었다.

긴장이 풀린 쥘리에트는 몸을 떨면서 숨을 몰아쉬었다. 폴은 그녀가 진정이 되기를 기다렸다. 그리고 너무 버거운 짐을 내려놨으니 이제는 쥘리에트가 홀가분해졌을 거란 확신이 들었을 때 그녀를 침대 가장자리에 앉히고 잡은 손을 놓지 않은 채 옆에 앉았다.

쥘리에트는 악몽을 꾸다 잠을 깬 것처럼 폴의 손을 꽉 잡았다.

"서둘러야 해요." 그녀는 위험이 임박해 있다는 걸 갑자기 깨달은 것처럼 외쳤다. "그들이 곧 작전 개시를 할 거예요. 어쩌면 오늘일지도 몰라요."

마지막 말을 하면서 쥘리에트는 마치 너무 무리한 기술을 연기하다 지쳐버린 체조 선수처럼 털썩 주저앉았다. 그리고는 생각에 잠긴 얼굴로 잠자코 있었다.

"해로우에 대해 말해줄래요?" 폴이 부드럽게 물었다.

쥘리에트는 해로우를 알고 있는 것에 깜짝 놀란 것처럼 폴을 쳐다봤다.

"해로우? 아, 네."

"어디 있어요, 지금?"

"보타포구 고지대의 라란제이라스 펜션에 묵고 있어요."

폴은 흥분에 사로잡혔다. 제때에 찾을 거란 희망을 버리는 순간 하늘이 돕는 것처럼 갑자기 그토록 찾던 사람의 은신처를 알게 되다니.

"갑시다." 폴이 외치면서 침대에 던져놨던 권총을 움켜잡았다.

흠칫 놀란 쥘리에트가 손을 빼서 바깥을 가리켰다.

"안 돼요! 경찰과 군인도 한패고, 펜션에 묵고 있는 사람들, 전세계에서 해로우에게 메일을 보내는 사람들까지 합하면 그들은 굉장히 많아요."

쥘리에트는 뒷걸음치더니 마치 이제야 누구와 얘기하고 있는지 알아본 것처럼 폴을 뚫어져라 쳐다봤다.

"당신은 여길 못 나가요. 호텔에 당신을 감시하는 사람들이 깔려 있고, 전화도 도청하고 있어요. 당신을 죽일 계획이래요."

"당신은 여길 어떻게 들어왔어요?"

"조아킹의 도움을 받았어요." 그녀는 장애인을 생각하면서 미소를 지었다.

"호텔업계에서 일하는 사람들은 서로 잘 아는 사이예요. 그래서 조아킹이 한 룸메이드에게 부탁했고, 오늘 아침은 내가 그녀 대신에 청소를 하러 온 거예요."

폴은 손에 쥐고 있는 권총을 보면서 생각했다. 구형 타우루스 권총이었다. 탄창을 열고 돌려봤는데 장전이 되어 있지 않았다.

"나를 위해서 조아킹이 집에 있던 걸 찾아준 거예요."

"왜 총알을 넣지 않았을까요?"

"들어 있었는데 내가 뺐어요."

쥘리에트는 폴을 힐끔 쳐다보면서 미소를 지었다.

"총알은 어쨌어요?"

그녀는 작업복 안으로 손을 넣고 바지 주머니에서 꺼낸 총알 한 주먹을 내밀었다. 이번에는 폴이 미소를 지으면서 탄창에 총알들을 집어넣고 찰칵 소리를 내며 닫았다. 쥘리에트가 총알을 내주었다는 것은 서로 협력하자는 암묵적인 표시였다. 이제부터 그들은 같은 편이고, 함께 위험을 무릅쓸 것이다. 게다가 이제는 공동의 적들에게 맞설 방법이 전혀 없는 게 아니라는 느낌이 들었다. 절망감은 물러갔지만 어디서부터 어떻게 시작해야 할지 당혹스러웠다. 이런저런 궁리를 하던 폴은 문득 떠오르는 생각에 재빨리 쥘리에트를 쳐다봤다.

"그들이 도청하고 있다고 했죠?"

"조아킹이 그렇게 말했어요."

폴은 케리를 생각했다. 그녀는 친구와 통화하기 위해 계속 호텔 전화를 사용했었다.

폴은 일어나서 유리문까지 걸어갔다. 호텔 현관 앞에 택시들이 줄지어 있었다. 그런데 약간 떨어진 곳에도 택시 한 대가 주차되어 있고, 택시 기사는 워키토키를 들고 문 옆에 서 있었다. 낮이 익은 것 같아서 유심히 살피던 폴은 공항에서 그들을 태우고 이 호텔에 내려준 택시라는 걸 알아봤다. 혹시 케리가 저런 택시를 타고 나갔다면? 케리가 친구의 주소와 전화번호를 적은 것이 기억난 폴은 포스트잇이 아직 있는지 테이블이나 머리맡 탁자 위를 찾아봤지만 없었다. 케리가 갖고 나간 것이 틀림없었다.

쥘리에트도 생각에 잠겨 있었다. 해로우가 꾸미는 작전을 생각하면서 폴에게 해결할 문제는 하나가 아니라 둘이며 위급하고 어려운 일임을 상기시켰다.

"해로우가 나 없이 작전 개시를 할지도 모르겠어요. 사방으로 나를 찾고 있는데 나를 잡지 못하면 아마 다른 방법을 쓸 거예요. 그들은 준비가 많이 진행되어 있어서 더는 지체하지 않을지도 몰라요."

케리가 위험에 빠져 있을 거란 불안과 해로우가 저지르려는 대재앙을 막아야 할 책임감 때문에 폴은 현기증이 일었다. 폴이 무슨 말을 하길 기다리던 쥘리에트가 마침내 말했다.

"내가 더 이상 혼자가 아니라면 아마 그 작전을 중단시킬 수도……."

"어떻게 하려고요?"

쥘리에트는 마치 얼마 전부터 마음속으로만 품고 있던 생각을 읽으려는 것처럼 눈을 감았다.

"돌아갈게요."

"어디로 돌아간다는 거죠?"

"해로우가 있는 곳으로."

쥘리에트가 일어나서 두 팔을 늘어뜨린 채 방을 걸어 다니더니 머리를 어깨 뒤로 넘기고 눈을 반짝이며 계획을 말했다.

"돌아가서 이렇게 말할 생각이에요. 너무 불안해서 도시를 돌아다니다 가난한 사람들을 보면서 화가 치밀었고, 이제는 그들의 생각에 전적으로 동조한다고. 요컨대 그들이 듣고 싶어 하는 말을 해서 나와 함께 작전을 하게 만들 거예요. 언제 어디서 할 것인지 알아내는 즉시 당신에게 연락할게요."

"어떻게?"

"조아킹이 도와줄 거예요." 그녀는 재빨리 반론을 무시하면서 말했다. "그러니까 당신은 그 사이에 첩보 기관과 대책을 준비하세요."

폴은 프로비던스와 결별했고, 바니가 은밀히 지원해주는 도움만 받고 있다는 말을 차마 할 수가 없었다. 게다가 리우에 온 뒤로 어느 호텔에 묵는지 바니에게 알려야 했는데 깜빡 잊고 있었다. 사실을 털어놓으려고 쥘리에트를 보는 순간 폴은 결의에 찬 얼굴 앞에서 자신의 절망감이 부끄러웠다. 어쨌든 그는 결정적인 카드를 쥐고 있는 것이었다. 매클라우드는 폴을 브라질로 보내 죽일 계획을 세우면서 작전에 문제가 생기리라는 걸 상상이나 했을까. 쥘리에트의 얼굴에서 용기를 얻은 폴은 자신감이 생겼다. 이제는 사건을 끝까지 해결해야 하는 이유가 확실하니까 아치볼드도 마음을 돌리고 지원해주지 않겠는가.

"그게 가장 좋은 방법일지도 모르죠. 어차피 무슨 뾰족한 수가 있는 것도 아닌데."

폴이 무심코 내뱉은 회의적인 말은 쥘리에트에게 100퍼센트의 성공을 기대할 수 없다는 의미로 들릴 수 있었다. 다시 말하면 너무 위험해서 목숨이 위태로울 수 있다는 것이었다. 그녀는 무슨 뜻인지 알아차렸지만 얼굴은 미소를 짓고 있었다. 폴이 이제껏 본 적이 없는 미소였다. 입술에 머금은 미소였지만 얼굴 근육을 풀면서 다른 표정을 보여주는 것으로 숨은 뜻을 함축하고 있었다. 폴은 속으로 겸손한 표정이라고 생각했다. 겸손(humble)이라는 말은 부식토(humus)에서 유래한다. 부식토, 즉 흙은 인간이 버린 온갖 오물을 받아들이고 그것을 썩혀서 거름으로 만들어 식물이 자라도록 돕는다. 그렇지만 흙은 결코 뽐내지 않는다. 겸손은 소통의 가장 중요한 요소가 된다. 이런 생각을 하던 폴은 매클라우드가 했던 말이 떠올랐다.

'겸손한 인간이 살기를 품은 야수들을 향해 간다.' 매클라우드가 들려준 구절의 첫 문장이었다. 그다음 문장들은 아담의 향기에 관한 것인데 잘 기억나지 않았다. '겸손한 인간이 살기를 품은 야수들을 향해 간다.' 폴은 속으로 되뇌면서 해로우와 그 패거리에게 돌아가겠다고 하는 쥘리에트를 쳐다봤다.

"좋아요." 폴은 수락했다.

쥘리에트가 폴의 손을 꼭 잡았다. 그는 일어나서 그녀의 어깨를 감싸면서 끌어안았다. 몸에 닿은 그녀의 가슴을 느끼면서 순간적으로 욕망이 일었지만 그는 포옹을 하게 내버려두었다. 그녀는 폴에게서 용기를 얻으며 결심을 굳히는 것 같았다. 이윽고 그녀가 몸을 빼면서 문을 향해 걸어갔다.

"호텔을 나갈 때는 직원용 통로를 이용하세요. 출구로 가는 약도를 그려놨어요. 그리고 밖에 나가면 브라질 휴대전화를 구입해서 조아킹에게 전화로 당신이 있는 곳을 알리세요. 조아킹의 전화번호와 약도예요."

그녀가 네 번으로 접은 종이 한 장을 내밀었고, 폴은 종이를 받아서 반바지 주머니에 집어넣었다.

"작전이 언제 개시되는지 아는 즉시 누군가를 통해서 알려줄게요."

쥘리에트는 마지막으로 미소를 보냈지만, 마치 이제부터 해야 할 일에 정신이 팔려 있는 것처럼 기계적인 미소였다. 이윽고 그녀는 복도로 사라졌다.

느닷없이 등장했다가 홀연히 사라지는 여자 때문에 혼란스러운 폴은 한동안 멍한 얼굴로 서 있었다.

IX

리우데자네이루, 브라질

경찰보다 함정에 빠뜨리기 쉬운 사람이 있을까. 쥘리에트는 발각되지 않고 라란제이라스 펜션으로 가려면 판자촌과 연결된 길을 이용해야 한다는 걸 알고 있었다. 하지만 펜션으로 돌아가는 것에 대해 의심을 사지 않으려면 붙잡히는 편이 나았다. 그래서 보타포구 고지대의 또 다른 펜션으로 들어가서 그녀는 방을 달라고 하고 신원을 밝혔다. 그리고 접수계 직원의 눈빛에서 모든 숙박업계에 그녀를 찾는 수배 전단이 뿌려져 있다는 걸 알아차렸다. 직원이 슬그머니 사라졌는데 전화를 하러 나간 것이 분명했다. 15분 후, 그녀가 6호 객실의 삐걱거리는 침대에 누워 있을 때였다. 발길질에 문짝이 부서지면서 짧은 곱슬머리의 땅딸보를 앞세운 경찰들이 권총을 들고 들이닥쳤다. 쥘리에트는 저항하지 않고 순순히 끌려 나갔지만 공포에 질린 표정을 지었다. 그들은 쇠창살이 있는 호송차 뒷문을 열고 쥘리에트를 태웠는데 땀과 기름 냄새가 났다. 사이렌을 울리면서 시내를 달려간 호송차는 내포에서 그리 멀지 않은 곳에 위치한 건물 앞에서 섰다. 쥘리에트는 수갑을 차고 멍하게 앉아 있는 사람들과 매춘부들이 대기하고 있는 복도를 지나갔다. 계단과 여러 복도를 지나 '형사과'라고 적힌 문 앞에 이르렀다. 그녀를 체포했던 땅딸보가 노크를 하자마자 문이 열렸다. 벽에 아무런 장식이 없는 널찍한 사무실에 서류가 잔뜩 쌓인 책상이 있고, 무질서하게 놓인 철제 의자에 남자 세 명이 앉아 있었다. 그중 그녀가 모르는 남자는 경찰복 차림인데 계급이 높은 간부였고, 다른 두 명은 해로우와 제파울루였다.

그들은 한 시간 넘게 쥘리에트를 취조했다. 해로우만 아무것도 묻지 않았다. 그는 증오심 이외의 다른 것은 읽을 수 없는 그녀의 파란 눈을 뚫어져라 응시하는 것으로 만족했다.

쥘리에트는 각본대로 대답했다. '불안 때문에 도망쳐서 무작정 걷다가 설명할 수 없는 공포에 사로잡혔다. 아마 디데이가 가까워지면서 초조한 데다 혼란스러운 사랑(그녀는 해로우에게 눈길을 던졌다) 때문에 허망함을 느꼈던 것 같다. 라란제이라스 펜션으로 이르는 비탈길을 내려갔는데 길목을 지키는 경찰관들은 얘기를 하느라고 그녀가 지나가는 걸 보지 못했다. 밤이 되어 어느 집 현관 밑에 쭈그리고 앉아서 잠을 잤는데 지나가는 사람들이 노숙자로 생각하는 것 같았다. 그녀는 누군가에게 말을 걸지도 않았고, 말을 걸어오는 사람도 없었다. 아무 계획이 없었다. 하필 보타포구 고지대의 펜션을 선택한 이유는 너무 지쳤기 때문이며, 차라리 이렇게 붙잡혀서 기뻤다. 믿어주기 바란다. 그 어느 때보다 작전에 참여하고 싶다. 기다리는 것과 불확실한 것을 더는 견딜 수 없기 때문에 빨리 작전에 투입되고 싶다.' 한 시간 후, 경찰 간부가 복도에서 문 앞을 지키는 경찰관 두 명을 들이더니 쥘리에트를 맡겨놓고 옆방으로 들어갔다. 사형을 구형하는 검사라도 되는 양 거들먹거리는 제파울루와 여전히 속을 알 수 없는 해로우가 따라 들어갔다.

몇 분 후, 그들이 나왔다. 제파울루는 잔뜩 골이 난 얼굴이었다. 토론에서 우세를 점하지 못한 모양이었다. 이번에는 해로우가 말했다. 그는 쥘리에트 옆으로 의자를 당겨 앉더니 고개를 숙이면서 부드럽게 손을 잡아주었다.

"좋아, 펜션으로 돌아가지. 더는 기다릴 필요 없을 거야. 오늘 저녁 해가 지면 작전 개시를 할 거니까."

＊

쥘리에트가 떠난 뒤, 폴은 30분쯤 감시자들의 눈에 띄는 행동
을 했다. 룸서비스에 전화를 걸어서 코카콜라 한 병을 주문했고,
워키토키를 어설프게 감춘 채 살피고 있는 택시 기사들이 잘 볼
수 있게 창가에 오랫동안 서 있었다. 그리고 호텔 전화로 치과의
사, 공증인, 카드 점쟁이와 통화하면서 리우에 방금 도착했기 때
문에 오늘은 쉬고 다음 날 만나자고 약속했는데 대부분 영어가
서툰 사람들이라서 열심히 설명해야 했다. 도청하고 있는 자들에
게 떡밥을 던져서 혼선을 주고 시간을 벌기 위해서였다.

폴이 묵는 객실이 있는 층에는 감시하는 사람이 없다고 쥘리
에트가 말했었다. 복도로 나간 폴은 엘리베이터 앞에서 멈추지
않고 아주 자연스럽게 '서비스'라고 적힌 문 쪽으로 걸어갔다.
폴은 쥘리에트가 당부한 대로 큼직한 꽃다발을 들고 있었다. 복
도 끝 테이블에 꽃병이 놓여 있는데 수시로 꽃을 바꿔주기 때문
에 꽃 배달인 행세를 하면 의심받지 않는다는 것이다. 그리고 오
세아니아 호텔을 돌아다니려면 바쁜 척하는 것이 좋다고 덧붙였
다. 폴은 큼직한 꽃다발로 얼굴을 가리고 안전하게 다닐 수 있었
다. 룸메이드와 배달원, 벨보이 등 종업원들이 이용하는 불빛이
희미한 통로를 지나 색이 바랜 벨벳이 깔린 계단을 내려가자 소
방 기구, 청소 도구 카트, 페인트통 들이 놓인 창고 같은 곳으로
연결되었다.

폴은 쥘리에트가 준 약도를 따라 쓰레기통들이 있는 호텔 뒷골
목 쪽의 출입문으로 나갔다. 골목길이 코파카바나 해변 도로를
따라 줄지은 빌딩 앞쪽 번화한 도로로 연결되었다. 폴은 택시를
타고 시내로 갔다. 리우브랑쿠 거리에서 전 세계에 통용되는 칩
이 내장된 휴대전화를 구입했다. 그리고 한 벤치에 앉아서 프로

비던스의 바니에게 전화를 걸었다.

전화를 받은 타이슨이 폴의 목소리를 알아듣고 외쳤다.

"우리가 얼마나 찾았는데요! 브라질에 도착하고 나서 왜 연락하지 않았어요?"

폴은 빠르게 상황을 설명했다.

"바니 부장님이 함정일까 봐 많이 걱정하셨어요. 아치 국장님도." 타이슨이 말했다.

"아치 국장이 우리가 여기 있다는 걸 알아요?"

타이슨은 폴이 최근에 있었던 프로비던스의 변화를 모르고 있다는 걸 깨달았다. 그래서 로렌스의 미행, 바니와 아치볼드의 대화, 그리고 아치볼드가 마음을 바꿨다는 것에 대해 얘기했다.

"바니 부장과 아치 국장은 지금 어디 있어요?"

"리우행 비행기 안에 있어요."

"두 사람 다?"

"네."

"몇 시에 도착하죠?"

타이슨이 컴퓨터로 조회했다.

"현지 시간으로 오전 11시 반 도착이에요."

폴은 손목시계를 힐끔 봤는데 11시 10분 전이었다.

"내가 공항으로 나갈게요." 폴이 말했다.

그는 전화를 끊고 택시에 올라탔다.

*

케리가 탄 택시는 최악의 시간에 리우 시내를 관통하고 있었다. 외곽 지역에 사는 시민들이 사무실로 이르는 지름길로 몰려드는 출근 시간이었기 때문이다. 데보라의 병원은 니테로이 다리 건너편, 빌라들이 모여 있는 단지에 있었다. 비와 햇빛을 잔뜩 머금은 가로수들이 꽃망울을 터뜨리고 있었다. 병원 철문 안쪽으로 망고나무와 레몬나무들을 심은 정원이 보였다. 케리는 열 번쯤 초인종을 눌렀고, 잠시 후 간호사로 보이는 나이 든 흑인 여자가 문을 열었지만 목요일은 진료가 없어서 기다려봐야 의사는 오지 않는다고 말했다. 케리가 의사의 휴대전화 번호를 묻자 여자는 불신이 가득한 경멸 조의 눈초리로 쳐다보면서 마지못해 간단한 정보를 주었다. 케리는 이 병원을 드나드는 환자들은 정신 장애보다는 누군가에게 속내를 털어놓는 것에 만족하면서 거금을 지불하는 사람들일 거라 생각했다. 그녀는 궁리 끝에 나이 든 여자의 입을 열게 만들 묘안을 찾았다. 케리는 데보라('닥터')가 이 병원에서만 진료하느냐고 물었다. 이 질문에 답하는 것은 해롭기는커녕 닥터에 대한 존경심을 증가시키는 것이었다. 예상대로 나이 든 여자는 '닥터'가 그라사스에 있는 성모마리아의 원죄 없는 잉태라는 뜻의 무염시태 자선병원에서도 진료를 본다고 대답했다. 그리고 언제 어떤 부서에서 일하는지 모른다고 덧붙였는데, 어쨌든 케리는 귀중한 연락처를 확보한 것이었다.

택시가 좀 멀리 떨어진 곳에서 대기하고 있었다. 케리는 그라사스에 있는 자선병원을 아느냐고 물었다. 택시 기사는 모른다고 대답했지만 일단 그라사스 구역으로 접어든 다음 지나가는 행인에게서 병원으로 가는 길을 쉽게 알아냈다.

러시아워라 해안의 반대편으로 가는 데 한 시간도 더 걸렸다. 시간이 너무 느리면서 너무 빠르게 흐르고 있었다. 너무 느리게 느껴지는 건 언제 일어날지 모를 재앙 때문에 마음이 초조해서였다. 너무 빠르게 느껴지는 건 미션의 마지막 단계에 와 있다는 스트레스와 불안감 때문에 한동안 경험하지 않았던, 어쩌면 다시는 느끼지 못할 공포에 사로잡혀 있어서였다. 그녀는 한 나라에서 살다가 차츰 적응을 하고 완벽하게 편안함을 느끼지만 다음 날은 떠나야 한다는 걸 아는 사람의 심정이었다. 기사는 학생들과 연인들이 앉아 있는 카페 앞 광장에 택시를 세우고 자선병원의 정확한 위치를 물어보러 나갔다. 며칠 사이에 계속된 장거리 이동으로 인한 시차와 불면 때문에 졸음이 몰려온 케리는 뒷좌석 등받이에 머리를 기대고 눈을 감았다.

피곤함 때문에 케리는 더 초조해지고, 분위기와 장식, 색깔에 예민해지면서 덜 세심해졌다. 그래서일까, 호텔을 나와서 올라탄 택시가 좀 떨어진 곳에 주차되어 있던 것에 주의를 기울이지 않았다. 그리고 지금 택시 기사가 너무 오래 자리를 비우고 있는데도 불안하지 않았다. 거리 모퉁이로 사라진 택시 기사가 워키토키로 그녀를 감시하라는 지시를 받고 있을 줄은 꿈에도 생각하지 못했다.

택시 기사가 돌아와서 자선병원의 주소를 알아냈다고 말했을 때 케리는 추호의 의심도 하지 않았다.

자선병원을 찾아가는 데 생각보다 시간이 많이 걸렸지만, 도시 지리를 모르는 케리는 복잡한 골목길 때문에 차가 속도를 내지 못하는 것이라고 생각했다. 마침내 택시가 붉은 벽돌 건물 앞에서 멈췄다. 정문 앞에 줄지은 가난한 사람들의 행렬이 무상 진료를 베푸는 곳임을 알려주고 있었다. 케리가 용건을 설명하자 경비원이 들여보냈다. 건물 안은 거의 비어 있고 조용했다. 벽에서 새어 나오는 듯한 에테르 냄새에도 불구하고 병원이라기보다 수도원 같았다. 케리는 한참 돌아다닌 끝에 영어를 할 줄 아는 사람을 만났다. 수도회와 간호사를 동시에 상징하는 두건에 흰색 옷차림의 수녀가 못마땅한 표정으로 케리의 헝클어진 머리를 쳐다보았다.

수녀는 심리학과는 4층에 있다고 알려주었다. 케리는 리놀륨

바닥의 계단을 올라가서 텅 빈 층계참에 이르렀다. 긴 복도를 따라 똑같은 방문이 줄지어 있는데 아무런 표시가 없었다. 그녀는 누군가가 나오길 기다릴지, 아니면 진료를 방해할 위험을 무릅쓰고 문을 열어볼지 망설였다. 손목시계를 봤다. 벌써 2시 반이었다. 더는 지체할 시간이 없었다. 그녀는 첫 번째 방문을 밀었는데 작은 방에 책상 하나와 의자 두 개가 달랑 놓여 있을 뿐 아무도 없었다. 이어서 두 번째, 세 번째 방문을 열어봤고, 드디어 네 번째 방에서 노인 환자를 진료하는 의사를 발견했다. 환자는 누가 들어왔다는 걸 알아채지 못한 채 계속 말하고 있었다. 의사는 방해받은 것이 기분 나쁘지 않은지 일어나서 케리를 향해 복도로 걸어 나왔다.

"방해해서 죄송하지만 급한 일로 동료 의사를 만나러 왔습니다."

의사는 케리가 찾는 여자의 이름을 듣고 잠시 생각에 잠겼다가 말했는데 약간 무시하는 듯한 어조였다.

"데보라는 환자들의 심리를 치료하고, 내 기억이 맞는다면 여기는 수요일 오전에만 오는데요."

오늘은 목요일이었다.

"어디 가면 만날 수 있을까요?"

"잠깐 기다리세요."

의사가 진찰실로 들어가서 전화기 밑에 놓는 직원명부를 꺼내와 뒤적거렸다.

"아, 여기 있군요."

의사는 직원명부에서 한 주소를 읽더니 케리가 직접 철자를 볼 수 있게 내밀었다. 데보라가 아침마다 출근하는 개인 병원의 주소와 전화번호가 적혀 있는데 그동안 케리가 여러 번 걸었지만 통화하지 못한 번호였다.

"집 주소는 모르세요?"

"유감스럽게도 개인적인 친분이 없어서 이것밖에 알려줄 게 없군요."

"혹시 알 만한 사람 없을까요?" 케리는 다른 방들을 가리키면서 물었다.

"아는 사람이 없을 겁니다. 우리는 자유직이라서 서로 연락하는 사이가 아니거든요."

케리는 고맙다고 말하고 계단을 내려갔다. 이번에도 소득이 없었다. 절망감이 밀려왔다.

1층으로 내려가니 간호사 수녀는 보이지 않았다. 홀에서 한 남자가 휴대전화로 통화를 하고 있었다. 흰색 양복에 셔츠의 깃을 풀어서 세련되게 차려입은 거무스름한 피부의 브라질 남자였다.

"누굴 찾으세요?" 남자가 전화를 끊으면서 물었다.

케리는 남자가 포르투갈어로 말했기 때문에 무슨 뜻인지 이해하지 못했다. 수작을 걸려는 껄렁한 어조라는 걸 대번에 알아차렸다. 하지만 지금은 어떤 도움이라도 무시할 수 없지 않은가.

"수요일마다 여기서 일하는 심리학자를 찾고 있습니다." 케리가 영어로 말했다.

"이름이……?"

의사는 플로리다나 텍사스에서 영어를 배웠는지 미국 억양에 리우데자네이루 주민의 억양이 섞여 있었다. 케리가 찾고 있는 사람의 이름을 말했을 때 의사는 흠칫 놀랐다.

"아, 데보라! 아주 멋진 친구지요."

케리가 약간 놀라는 걸 느낀 의사는 얼른 말했다.

"내 전공은 신경과예요. 데보라와 나는 대학에서 여러 해 동안 함께 공부한 사이죠. 아, 내 이름은 마우루 모타예요."

"혹시 집 주소를 아세요?"

"물론이죠. 만난 지 얼마 안 됐어요. 지난주에도 같이 저녁을 먹었으니까."

"알려주시겠어요? 급한 일로 만나야 하거든요."

"물론 알려드리죠. 하지만 전화부터 걸어봅시다. 이 시간에 집에 있을 것 같지 않아서요."

그는 휴대전화를 꺼내서 번호를 눌렀다. 누군가가 받았고, 그는 포르투갈어로 여러 번 묻다가 전화를 끊었다.

"5시경 집에 돌아올 거랍니다."

"어디 사는데요?"

"차를 가져오셨어요?"

"아니, 밖에 택시를 세워놨어요."

그는 입술을 삐죽거렸다.

"택시로는 집을 못 찾을 텐데요. 데보라는 코르코바두 언덕의 전원주택에 사는데 주소만 갖고는 찾기가 쉽지 않거든요."

그는 손목시계를 봤다.

"3시가 다 되었네요. 진료를 끝냈기 때문에 원하신다면 내 차로 가다가 내려드리지요. 내가 데보라의 집에서 그리 멀지 않은 곳에 살거든요."

어쨌든 손해볼 것이 없지 않은가. 플레이보이 기질은 있어 보이지만 아주 위험한 남자는 아닌 것 같았다.

"정말 친절하시군요. 실례가 되지 않는다면 부탁할게요."

두 사람은 병원에서 나왔고, 케리는 택시 쪽으로 다가갔다. 마우루 모타가 앞장서 가서 택시 기사에게 지폐 한 장을 건네면서 냉정하게 돌려보냈다.

"내 차는 저 밑에 있어요."

그는 두 건물 사이에 위치한 2층 주차장 쪽으로 케리를 데려갔다. 의사를 본 관리인이 검은색 렉서스를 향해 달려가더니 자동차 주인 앞으로 몰고 왔다.

"데보라가 돌아오려면 한 시간쯤 여유가 있네요. 같이 차 한잔 마실까요?"

플레이보이의 수작에 케리는 놀라지 않았고, 거절할 이유도 없었다. 그는 케리를 호숫가로 안내했는데 언덕 꼭대기에 예수 그리스도 석상이 보였다. 그들은 인기 있는 카페에 들어갔는데 젊은 웨이터들은 뉴욕풍으로 검은색 셔츠 차림이었다.

"미안한데 내 친구가 지금 호텔에 있어요." 케리가 자리에 앉으면서 말했다. "합류할 수 있는지 연락해볼게요."

케리는 플레이보이의 반응을 즐기고 있었다. 그런데 그는 아무런 감정 표시 없이 태연한 모습으로 휴대전화까지 빌려주었다. 그녀는 호텔 전화번호를 눌러서 폴이 있는 방으로 연결해달라고 했지만 전화를 받지 않았다.

"방에 없네요." 케리는 전화를 끊으면서 말했다. "하는 수 없죠. 나 혼자 가죠, 뭐."

폴의 존재를 알았는데도 의사는 불쾌한 내색 없이 자연스럽게 대화를 계속했다. 두 사람은 칵테일을 주문했고, 이런저런 잡담을 나누었다. 케리는 관광 여행 중이라고 말하면서 리우의 유적, 경치, 사육제에 관심이 있는 척했다.

15분쯤 후, 마우루 모타는 잠깐 실례한다면서 카페 안쪽으로 걸어갔다. 케리는 모타를 기다리면서 데보라에게 무엇을 부탁할지 정리했다. 그녀를 만나야 한다는 생각만 하느라고 구체적인 계획을 세우지 않은 상태였다. 데보라의 도움을 받아서 해로우가 있는 곳을 알아내려면 어떻게 해야 할까? 케리는 브라질 작전의 핵심 인물로 추정되는 오스왈두 레이치에게 접근할 생각이었다. 데보라는 정치인들과 재력가들을 배출한 명문가의 딸이었다. 하지만 데보라의 도움으로 케리가 오스왈두를 만난다고 해도 그에게 위압감을 주려면 어떻게 해야 될까?

케리가 생각에 잠겨 있는 사이에 모타는 태피스트리로 가린 뒷방에서 전화를 걸고 있었다.

"그자가 나간 거 알고 있었소?"

"방금 알았어요. 정문으로 나간 게 아니라서 아무도 보지 못했어요. 하지만 모두 찾고 있으니까 멀리 가지 못할 겁니다."

"그럼 이제 나는 어떡할까요?"

전화선 너머에서 침묵이 흘렀다.

"일단 그자를 찾은 다음 다시 연락할 테니까 그때까지는 예정대로 해요."

X

리우데자네이루, 브라질

"기분이 어때요?"

제파울루의 입에서 박하 냄새가 났다. 입 냄새가 심하기 때문에 박하사탕을 물고 있는 모양인데 오히려 더 역겨웠다. 쥘리에트는 고개를 돌렸다.

"괜찮아요."

사실이었다. 정말 이런 느낌은 처음이었다. 일시적인 것일 수도 있지만 이 행복감을 만끽할 필요가 있었다.

5시, 라란제이라스 펜션 앞에서 차가 대기하고 있었다. 쥘리에트는 해로우, 제파울루와 함께 차에 올랐다. 그녀는 그들이 겁을 먹고 있다는 걸 알아차렸다. 그들은 가미카제 특공대원처럼 그녀를 치밀하게 훈련을 시켰다.

펜션을 나오면서 쥘리에트는 철제 휠체어에 비스듬히 앉아서 조는 척하는 조아킹에게 미소를 보냈다. 조아킹은 보일 듯 말 듯 눈을 깜박이는 것으로 대답했다.

해로우는 어느 때보다 말이 없고 심각한 표정이었다. 쥘리에트는 해로우가 약간 떨고 있다고 생각하면서 미소를 지었다. 쥘리에트가 돌아온 뒤로 해로우는 부드럽게 대해주면서 그녀를 건드리지 않으려 했고, 그녀도 그를 자극하지 않았다. 해로우는 다만 쥘리에트의 생각이 바뀌지 않았는지, 예정대로 작전에 참여할 결심인지 몇 가지 예리한 질문으로 그녀의 마음을 확인했다.

쥘리에트는 뒷좌석, 해로우 옆에 앉아 있었다. 제파울루는 앞

좌석에 앉아서 통통한 손으로 핸들을 잡은, 네모난 얼굴의 운전기사에게 길을 안내하고 있었다.

쥘리에트는 어렸을 때 어머니가 데려간 이웃집 아주머니가 생각났다. 움직이기 힘들 정도로 뚱뚱한 아주머니였다. 어느 날 아주머니가 몰라보게 변해 있었다. 원피스 차림으로 돌아다니는 아주머니는 새로운 식이요법으로 25킬로그램을 감량했다면서 행복해했다. 그러고는 옷을 줄여 입으며 즐거워하던 아주머니는 석 달 후 사망했다. 무리한 다이어트로 인해 간암에 걸렸던 것이다. 다이어트는 아주머니를 행복하게 만든 동시에 목숨을 앗아갔다.

차는 보타포구 해변을 따라가다 터널로 접어들었다. 바이샤다로 가는 지름길이 아니었다. 쥘리에트는 관심이 없는 척 멍한 얼굴이지만 그녀 자신도 놀랄 정도로 정신은 온전했다. 이어서 차는 우회전해서 라고아로 향했고, 가파른 길을 따라 거대한 철책 앞에 이르렀다. 오는 동안 제파울루가 전화를 해놓았는지 이내 문이 열렸다. 건물의 현관 앞마당은 포석이 깔려 있고, 화분에 심은 식물들로 둘러싸여 있었다. 지하에 차 세 대가 주차되어 있고, 두 자리가 비어 있었다. 그들의 차가 들어갔다. 마당은 텅 비어 있지만, 주차된 자동차 안에서 기사가 대기하고 있었다. 회색 폭스바겐인데 낡아서 광택을 잃었고, 차체 아랫부분이 찌그러져 있었다. 제일 먼저 차에서 내린 제파울루가 폭스바겐의 문을 열고 쥘리에트에게 올라타라는 손짓을 했다. 그가 문을 닫으려고 할 때 쥘리에트가 막았다.

"테드도 나와 함께 갈 거예요."

제파울루가 쳐다보자 해로우가 다가왔다.

"맞아요, 내가 같이 가겠다고 약속했어요."

제파울루는 믿기지 않는다는 얼굴로 난처한 표정을 지었다. 하지만 해로우는 제파울루의 팔을 잡으면서 안심시켰다.

"내가 간다고 달라질 건 아무것도 없어요." 해로우가 나직한 소리로 말했다.

"하지만 자리가 없어요." 제파울루가 반대했다.

"기사에게 내리라고 하세요. 내가 운전할 거니까."

잠시 얘기가 오갔다. 마침내 기사가 차에서 내렸고, 해로우가 운전석에 앉았다.

쥘리에트는 펜션으로 돌아간 오후에 이 조건을 걸었고, 해로우도 함께 갈 경우 마지막 순간까지 그녀를 지켜볼 수 있기 때문에 흔쾌히 받아들였다. 어쨌든 해로우 쪽에서는 걱정할 것이 전혀 없었다. 그 지역의 경찰 간부가 그들 편이기 때문이다. 어떤 사람도 고발할 엄두를 내지 못하겠지만, 설사 목격자가 있더라도 그 증언은 사장될 것이 뻔했다. 수사는 쥘리에트가 혼자 폭스바겐을 몰고 온 것으로 진행될 것이고, 누구도 의문을 제기하지 않을 것이다. 해로우는 예정대로 작전이 진행되려면 쥘리에트가 배신하지 못하게 곁에서 지켜보는 것이 낫다고 판단했다.

그들이 출발하기 직전에 제파울루는 트렁크를 열고 컨테이너 네 개가 있는지 확인했다. 거리로 나간 폭스바겐이 호숫가 도로로 접어들었을 때 해가 기울고 있었다. 어두워지는 하늘을 배경으로 두 팔을 벌리고 있는 예수 그리스도 석상이 보였다. 이번에는 해로우가 바이샤다를 향해 북쪽으로 방향을 잡았다.

쥘리에트는 해로우의 옆모습을 보고 있었다. 언덕 위의 예수 그리스도 석상을 비추는 조명 불빛에 그의 어두운 얼굴이 뚜렷이 드러났다.

"뭘 해야 하는지 잘 기억하고 있지?"

"아까도 한 시간 동안 연습했어요, 테드."

쥘리에트는 트렁크 안에 있는 것들과 똑같은, 빈 컨테이너를 갖고 운하에서 해야 할 일을 몇 번이나 연습했었다. 잠금 장치를 열고, 컨테이너를 물 속에 넣은 다음 내용물을 몽땅 쏟아서 물에 흘러보낸 뒤 컨테이너를 잠그고 비닐봉지에 넣기.

지난 며칠 밤 계속 비가 내렸다. 위협적인 구름이 몇 시간 이내에 폭우를 예고하고 있었다. 공기가 몹시 습했다. 이 무더위가 물이 스며든 땅에서 올라오는지, 아니면 잔뜩 찌푸린 하늘에서 내려오는지 알 수 없었다. 폭스바겐이 따발총 소리를 내면서 바이샤다 입구에 이르렀다.

치밀한 계산으로 선택한 시간이었다. 작전은 어두워지는 시간에 전개해야 했다. 초저녁은 운하에 와서 눈에 띄지 않게 몸을 씻거나 저녁 지을 물을 길러 나오는 사람들이 많기 때문에 경계할 필요가 거의 없는 데다 감염의 효과가 즉각적으로 나타날 시간대였다. 그리고 어둠은 쥘리에트가 편안하게 작업할 수 있게 도와줄 것이었다.

전봇대와 전선줄로 복잡한 지평선에 스칠 듯 닿은 해가 진흙땅을 붉게 물들이며 판자촌의 함석 위로 마지막 햇살을 비추고 있었다. 자연 속에 노출된 가난한 판자촌을 바라볼 때 늘 그렇듯 해로우는 뻣뻣해진 반면에 쥘리에트는 집에 있는 것처럼 편안했다.

*

케리와 플레이보이는 카페에서 예정 시간보다 지체하고 있었다. 모타는 데보라의 집으로 여러 번 전화를 걸었고, 돌아오지 않았다고 할 때마다 좀 더 기다렸다가 출발하자고 제안했다. 케리는 초조했지만 독촉할 방법이 없었다. 모타가 껄렁거리면서 수작을 부렸지만 농은 아무런 효과를 얻지 못하고 실패했다. 케리가 정치적인 것으로 화제를 돌렸기 때문이다. 그녀는 차기 브라질 대통령 후보로 거론되는 오스왈두 레이치에 대해 질문했다.

모타는 오스왈두를 찬양하면서 열변을 토했지만, 케리가 이미 알고 있는 것들이었다. 마침내 5시경, 마지막으로 전화를 걸던 모타는 데보라와 연락이 되었다는 말을 케리에게 전해주었다. 데보라가 미용실을 나와 잠시 후면 집에 도착할 거란 소식이었다. 모타는 즉시 계산한 다음, '까다로운 환자에 관한 일'로 한참 동안 통화했다. 5시 15분경, 그들은 카페를 나와서 주차원 두 명이 기다리는 보도로 걸어갔다. 그중 주차원 한 명이 모타 앞에 차를 대주었고, 두 사람은 출발했다.

퇴근 시간이라서 교통이 복잡했다. 케리는 리우가 늘 이렇게 교통이 혼잡한 건지, 아니면 움직이는 시간을 잘못 잡은 건지 알 수가 없었다. 그녀는 차들이 거북이처럼 굴러가는 도로에서 거의 온종일을 보내는 셈이었다. 모타는 CD로 브라질 음악을 들으면서 길게 늘어놓기 시작했다. 케리는 기타와 비슷한 4현악기 카바키뉴와 바이올린의 소리를 비교하는 연설에 아무런 관심이 없었다.

케리는 호숫가의 가로등 불빛을 바라보았다. 언덕은 짙은 초록빛을 띠는 반면에 그 꼭대기의 비탈진 바위는 노을빛이 붉게 물들고 있었다.

모타는 계속 떠벌려댔다. 하지만 호수 끝에서 코르코바두 언덕 측면의 구불구불한 도로로 접어들자 태도를 바꾸고 입을 다물었다. 그들이 달리는 아스팔트 도로는 좁고 어두웠고, 사유재산을 보호하는 높은 벽들로 둘러싸여 있었다. 벽 위로 삐져나온 열대 식물은 조명 불빛이 어려 있었다. 케리는 간간이 모타의 옆얼굴만 볼 수 있었다. 친절을 베풀던 모타의 얼굴이 뜻밖에도 불안하고 차갑게 보였다.

이따금 커브를 돌 때는 판자촌의 존재를 알려주는 전구들과 하얀 네온사인들이 밝혀주는 길이 내려다보였다.

이번에는 케리가 말했다. 데보라의 집이 아직 멀었는지, 데보라가 이런 곳에 살면서 저녁마다 혼자 퇴근하는 걸 무서워하지 않는지 물었다. 모타의 대답이 짧아졌다. 상냥하던 태도 대신 위협적인 미소를 짓고 있었다.

올라갈수록 인적이 드물었다. 그들은 숲으로 연결되는 것이 틀림없는 어두운 지역을 지나갔다.

"그래요. 여긴 안전한 동네가 아니죠." 모타는 케리를 쳐다보지도 않고 말했다.

케리는 모타의 얼굴을 보지 않았지만 비웃고 있다는 걸 느꼈다.

"코카인 밀수를 조사하던 미국 기자에 대해 들었죠?"

"글쎄요. 그 기자가 어떻게 됐는데요?"

"살해된 채로 발견되었는데 잘게 토막이 나서 상자 안에 들어 있었죠."

"그래서요?"

"저기 아래쪽 판자촌에서 일어난 일이죠."

케리는 배가 뒤틀리는 것 같았다. 두려움 때문이 아니었다. 위기를 느끼고 싸움을 준비할 필요가 있기 때문이었다.

"그리고 이 도로는 강도 사건이 자주 일어나는 곳이죠."

차는 점점 느리게 올라갔고, 케리는 헤드라이트 불빛이 비춰주는 텅 빈 도로를 쳐다봤다.

"강도들은 돈만 원하는 게 아니거든요."

점점 더 불빛이라곤 보이지 않았다.

"그리고 강도 사건이 일어났다 하면 목숨을 건진 사람은 아무도 없었죠." 모타가 이번에는 노골적으로 불쾌한 웃음을 흘리면서 덧붙였다.

갑자기 저 멀리 반대 방향에서 헤드라이트 불빛이 보였다.

"특히 호기심이 많은 자들은……."

모타가 말을 끝내기도 전에 케리는 알아차렸다. 저 앞에 차 한 대가 도로를 가로막고 있고, 차를 에워싸고 있는 실루엣들이 보였다. 케리가 문을 열려고 했지만 잠겨 있었다. 그녀가 쳐다보는 순간 모타는 한 손으로 운전하면서 다른 손으로 후려칠 기세로 말했다.

"얌전히 있어. 겁도 없이 무모하게 덤벼들지 말고!"

돌변한 모타를 보면서 케리는 이제야 알아차렸다. 그 유명한 포트 브래그 공수부대 출신의 케리가 멍청하게 함정에 걸려들다니.

도로를 가로막은 차는 아직 100미터쯤 떨어져 있었고, 킬러들은 운전자가 그들 편이기 때문에 차가 멈추기 전에는 공격할 수 없었다. 케리는 민첩하고 정확한 동작으로 모타를 가격하면서 핸들을 덮쳤다. 렉서스가 좁은 도로에서 차선을 이탈하여 허공으로 추락했다. 그런데 너무 가파른 비탈이라서 20여 미터쯤 미끄러지던 렉서스는 잡목 숲에 걸렸다가 아래쪽 나무 사이로 곤두박질치면서 거의 수직으로 처박혔다. 차가 추락하는 동안 케리는 몸을 웅크리고 있어서 무사했다. 안전벨트를 매지 않은 모타는 앞 유리창에 머리를 부딪쳐서 의식을 잃고 핸들 위에 엎어져 있었다. 차 문들은 여전히 꿈쩍도 하지 않았다. 케리는 모타 쪽으로 몸을 숙이고 겨드랑이 밑에서 권총을 찾았다. 권총 손잡이로 차창을 쳐서 유리를 박살 냈다. 차에서 간신히 빠져나오던 케리는 유리 파편에 왼쪽 팔이 긁혔다.

위쪽 도로에서 플래시 불빛이 움직이고 있었다. 아스팔트를 뛰어다니는 발소리와 크게 떠들어대는 소리가 들렸다. 숲 속의 땅은 빗물을 흡수하고 있어서 질척거리고 미끄러웠다. 케리는 통증에도 불구하고 이 나무, 저 나무에 매달리면서 어둠 속 비탈을 내려가기 시작했다.

XI

리우데자네이루, 브라질

폭스바겐은 바이샤다의 중앙로를 따라 천천히 올라가고 있었다. 해로우와 쥘리에트는 차창 밖을 유심히 살펴면서 침묵을 지켰다. 거리는 고요했고, 판잣집의 문들이 닫혀 있었다. 집 앞에 비스듬히 놓인 벤치에 나와 앉은 노인도 없었다. 비가 온 뒤의 습기 때문일까? 하여튼 브라질 사람들은 평소의 숨 막힐 듯한 더위가 조금만 물러가도 금세 춥다고 불평했다.

하지만 차가 파헤쳐진 도로를 따라 올라갈수록 뭔가 느낌이 이상했다. 우연이거나 주민들의 변덕으로 보기에는 너무 고요했다. 거리에는 고양이 한 마리 얼씬거리지 않았다. 평소 같으면 창문을 내다보고 있을 아이들조차 한 명도 보이지 않았다. 쥘리에트와 해로우는 불안감에 사로잡혔다. 판자촌은 텅 비어 있었다.

천천히 가던 폭스바겐이 마침내 운하에 이르렀다. 해로우는 차의 속도를 더 늦추면서 주위를 둘러봤다. 광장으로 통하는 골목길에도 사람이 한 명도 없었다. 무슨 일일까 생각에 잠겨 있던 해로우는 갑자기 정신이 번쩍 들었다. 경찰차도, 경찰관도 보이지 않았다.

해로우는 갑자기 브레이크를 밟았고, 폭스바겐은 사거리 중간에 멈췄다. 쥘리에트를 향해 고개를 돌리는 해로우의 얼굴에 분노와 두려움의 경련이 일었다.

해로우는 쥘리에트가 미소를 짓고 있는 걸 알아볼 겨를이 없었다. 쥘리에트는 마치 미지의 힘, 운명의 힘에 맡기듯 황홀경에 빠진 미소를 짓고 있었다. 판잣집에서 뛰어나온 군인들이 권총을 들고 차를 에워쌌다. 헬리콥터 소리가 가까워지더니 군대 헬기가 폭스바겐 상공에 정지 상태로 떠 있었다.

모든 것이 순식간에 일어났다. 드라마에서 극적인 상황을 맞을 때 주연 배우들이 항상 그렇듯 해로우는 명철하게 행동했다. 권총을 꺼내기보다 먼저 쥘리에트의 저항이나 판자촌 주민들의 개입을 대비했다. 이 짧은 순간에 차를 포위하는 군인들을 상대로 섣불리 권총을 사용하는 것은 자살행위나 다름없는 짓이라는 판단을 내리다니…….

이어서 해로우는 백미러로 퇴로가 막혀 있는지 살폈다. 50미터쯤 뒤에 군인들이 길을 차단하고 있었다. 그 순간 해로우는 항복하는 시늉을 했다. 두 손을 늘어뜨린 채 꼼짝하지 않았다. 그러고는 잠시 후 주의를 끌지 않으려고 아주 천천히 기어를 1단에 놓고 갑자기 액셀러레이터를 밟아서 차가 덜컹 앞으로 뛰게 했다. 그 즉시 총성이 울렸다. 차에서 몇 센티미터 떨어진 지면에 맞은 총알들이 튀었고, 그중 몇 개의 총알이 바퀴를 관통하면서 펑크가 났다. 쥘리에트는 가만히 앉아서 계속 미소를 짓고 있었다. 차가 판잣집의 함석 울타리를 들이받으면서 흙벽이 부서졌다. 자동차 보닛은 기둥에 부딪쳐서 우그러졌고, 나무 조각과 마른 흙덩어리 속에 차가 비스듬히 처박혔다. 그 순간 밖으로 튀어나간 해로우는 무너진 판잣집을 돌아서 사라졌다.

무거운 정적이 흘렀다. 운전석 문이 열려 있었다. 쥘리에트는 계기반 쪽으로 몸을 숙인 채 의식을 잃은 상태인데 얼굴 오른쪽이 부어 있었다. 그녀는 사고가 난 차를 향해 조심스럽게 다가오는 군인들도, 해로우가 사라진 뒤 세균 테러를 대비한 방수복 차림의 군인들도 보지 못했다. 그리고 트렁크를 여는 것도, 다행히 충격에도 파손되지 않은 컨테이너들을 조심스럽게 꺼내는 것도 보지 못했다. 구조대원들이 앰뷸런스로 옮겨 싣고 있다는 것과 주위에서 반짝이는 플래시 불빛만 어렴풋이 느낄 뿐이었다. 그녀가 유일하게 명확히 기억하는 것은 앰뷸런스의 문이 닫히기 전에 쳐다보고 있던 트위드 양복 차림의 키 작은 늙은이였다.

"미인이군. 이 여자가 살아남아서 천만다행이야." 늙은이가 피곤한 얼굴로 약간 뒤에 서 있는 키가 큰 흑인에게 말했다.

"문을 닫게 물러나요, 아치." 바니가 말했다. "가능한 한 빨리 병원으로 데려가야 해요."

*

리우에서는 가파른 비탈, 험난한 협곡, 산자락 등 건물을 짓기 불가능한 곳은 전부 숲이었다. 케리는 어둠 속을 더듬거리면서 도망치고 있었다. 숲에 가려 안전하다고 느끼는 비탈은 작은 나무와 칡넝쿨이 얽혀 있어서 땅바닥이 미끄럽고 위험했다. 그런가 하면 완만한 땅은 곳곳에 철망이나 울타리, 닭장, 불법 쓰레기장이 있었다. 케리는 함정에 걸려든 느낌이 들었다. 숲 속은 깜깜했다. 아래쪽으로는 구아나바라 만을 둥그렇게 에워싸는 도시의 불빛이 보이고, 위쪽으로는 그녀를 쫓는 사람들이 휘두르는 횃불이 움직이고 있었다.

케리는 이 정도로 위기의식을 느낀 적이 없었다. 확실한 탈출구를 예상할 수 없는 절망적인 상황이었다. 낙하산 훈련이나 미션 수행 중에는 갑작스러운 사고로 죽을지도 모른다는 불안이 엄습할 때마다 사랑하는 사람들의 모습, 행복한 순간들, 즐겨 찾는 장소들이 주마등처럼 스쳐갔다. 하지만 지금은 그렇지 않았다. 머릿속이 텅 비고, 아무런 기억도 없었다. 안간힘을 다해 싸우는 생존 본능만 남아 있고, 죽음에 맞서 극복해야 한다는 일념밖에 없었다. 정신보다 육신의 노력이 더 필요하다는 점에서 그녀에게 지금의 상태는 성적 쾌락과 비슷했다.

나무 사이를 뛰면서 케리는 가시와 나뭇가지에 얼굴과 팔이 찔리고 긁혔고, 끈적거리는 액체가 흘러내렸다. 어둠 속이라 확인할 수 없지만 그녀는 피라고 생각했다. 그렇지만 전혀 아프지 않았다. 갑자기 뿌리에 발이 걸리면서 낙엽이 쌓인 진흙 구덩이에 빠졌는데 숨어 있을 만한 곳이었다. 그녀는 구덩이를 더 파고 들어가서 부식토로 몸을 덮어봤다. 횃불은 아직 저 멀리 보였다. 그녀를 뒤쫓는 자들이 질러대는 고함 소리가 메아리치는데 거리가 많이 떨어져 있는 것 같았다.

케리는 위장하기 위해 몸에 진흙을 발랐지만, 숨어 있기에는 구덩이가 그리 깊지 않아서 당장 발각될 것 같았다. 구덩이에서 나와 비탈을 다시 걸었다. 몇 미터 떨어진 아래쪽에 도로가 보였다. 하지만 그 방향은 곳곳에서 횃불이 보이는 것으로 보아 추격자들이 50여 미터 간격으로 분산 배치되어 있는 것 같았다. 케리는 판자촌 쪽에 탈출구가 있기를 바라면서 언덕 허리를 따라 걸었다. 불빛이 보였다. 그녀는 거의 떨 듯이 걷다가 발을 삐어서 나뭇가지를 잡으면서 걸어야 했다. 갑자기 톱니 같은 것이 이마에 박혔다. 그녀는 뭔지 알기 위해 두 손으로 더듬었다. 철조망이었다. 철사를 둥글게 말아서 쳐놓은 철조망이 통로를 막고 있었다.

이마에서 흐르는 피 때문에 한쪽 눈이 보이지 않는 케리는 숨을 헐떡이면서 멈췄다. 그리고 쫓아오는 자들과의 거리를 가늠하기 위해 횃불 쪽을 바라봤다.

갑자기 어둠과 정적을 알아차렸다. 횃불이 보이지 않았고, 고함 소리도 나지 않았다. 이제는 숲 속의 어둠과 도시에서 올라오는 소음만 아득하게 들렸다.

케리는 꼼짝하지 않고 기다렸다. 이 뜻밖의 정적은 뒤쫓는 자들이 그녀를 발견했다는 뜻일까? 아주 가까운 곳에서 당장이라도 달려들지 몰랐다. 하지만 정적이 길어질수록 잘못 생각한 것 같았다. 포기한 걸까? 그녀가 가는 방향에 다른 함정을 놓은 걸까?

케리가 머릿속으로 이런 생각을 하고 있을 때 갑자기 위쪽, 꽤 먼 곳에서 또 다른 소리가 들렸다. 쾅, 하면서 자동차 문을 닫는 소리 같았다. 그리고 휘파람 소리에 이어서 고함 소리가 났다. 그녀는 여전히 꼼짝 않고 있었다. 확신할 수는 없지만 뒤쫓는 놈들을 따돌린 것일지도 모른다는 생각이 들었다.

하지만 그런 희망도 잠시, 갑자기 위쪽에서 나무 밑동 사이로 불빛이 움직이고 있었다. 혹시 필요한 장비를 갖춘 지원군이 도착한 걸까? 놈들이 적외선 망원경을 갖고 있다면 위험한 상황이었다. 하지만 그런 경우라면 아직도 횃불을 사용할 이유가 있을까?

케리는 헛된 생각을 그만하기로 하고 다시 철조망을 따라가면서 허술한 부분이 있는지 찾기 시작했다. 하지만 빠져나갈 구멍이 없었다.

멀지 않은 거리에서 나뭇가지 부러지는 소리가 나는 것으로 보아 추격자들이 다가오고 있었다. 그녀는 귀를 세우면서 낙엽 밟는 소리를 들었다.

갑자기 주위가 밝아오면서 남자 목소리가 울려 퍼졌다. 케리는 발각되지 않으려고 본능적으로 몸을 웅크렸다. 자신의 이름을 부르는 남자가 누구인지 알아차리는 데 시간이 좀 걸렸다. 도저히 있을 수 없는 일이라는 생각에 그녀는 환청이라고 생각했다.

"케리!"

꿈을 꾸고 있는 걸까? 목소리는 그녀의 이름을 외치고 있었다. 세 번째로 부르는 이름을 들은 뒤에 그녀는 꿈이 아니라고 확신했다. 목소리가 가까워질수록 그 억양으로 누구인지 알아차렸다.

"폴!" 그녀가 소리쳤다.

철조망을 비추던 햇불이 마침내 그녀의 얼굴에서 멈췄다. 그녀는 천천히 일어났다.

상대는 잠시 아무 말도 못한 채 주저하는 것으로 보아 피와 진흙, 하염없이 흐르는 눈물이 범벅이 된 그녀의 얼굴을 알아볼 수 없는 것이 틀림없었다.

마침내 케리는 폴이 다가오는 걸 느꼈다. 그녀는 그의 품에 안겨서 오랫동안 오열했다.

*

자동차가 사이렌을 울리면서 리우 시내를 가로지르고 있었다. 위협적인 표정을 한 무장 군인들을 태운 군대 트럭 몇 대가 자동차를 호위했다.

케리는 금빛 가죽 좌석에 더러운 것이 묻거나 말거나 쓰러지듯 주저앉았다. 그 옆에 앉은 폴이 어깨를 감싸주고 있지만, 그녀는 더 이상 그의 몸에 바짝 달라붙지 않았다. 격한 감정이 가라앉은 후에도 그녀는 마치 두려움이 차가운 땀으로 흘러나오는 것처럼 한동안 부들부들 떨었다. 이제는 진정이 되었고, 정신도 명철했다. 그리고 한 가지 생각밖에 없었다. 어떻게 된 일인지, 수사는 어디까지 진행되었는지, 비극적인 사건이 아직 일어나지 않았는지 알아야 했다.

"나를 어떻게 찾았어?" 케리가 폴에게 물었다.

"호텔을 출발하는 순간부터 당신이 들렀던 곳을 일일이 추적했지. 데보라의 개인 병원, 자선병원……."

"하지만 라고아의 카페는 누가 알려줬어?"

"그건 아주 늦게 알았어. 당신을 태우고 나갔던 택시가 오세아니아 호텔로 돌아왔지. 목덜미에 권총을 들이대니까 택시 기사가 순순히 불더군. 모타와 카페에 대해서. 그 이상은 아는 게 없었고."

"그다음에 내가 어디로 떠났는지 그건 말해줄 사람이 없는데……."

"그걸 알아낸 건 우연이라고 봐야지. 카페 앞에 있던 주차원들 기억나?"

"어렴풋이."

"두 명이었어. 금발의 키다리와 검은색 곱슬머리의 땅딸보."

"그랬던 거 같아."

"금발의 키다리는 스코틀랜드인으로 브라질에서 인류학 관련 박사 학위 논문을 쓰는 학생인데 아르바이트를 하고 있었어. 이 스코틀랜드 친구가 다른 주차원이 차를 빼오길 기다리면서 당신과 모타라는 남자가 나누는 얘기를 들은 거야. 모타가 코르코바두 언덕을 바라보면서 데보라의 집 부근을 손가락으로 가리키는 것도 봤고. 그게 유일한 실마리였고, 곧바로 뒤를 쫓아온 거야."

케리는 폴을 향해 몸을 돌리고, 얼굴에 묻은 피 때문에 조심스럽게 그의 뺨에 입을 맞췄다.

"고마워."

폴은 그녀의 어깨를 감싸주었고, 두 사람은 잠시 침묵했다.

군인들을 물끄러미 쳐다보던 케리는 갑자기 의문이 생겼다.

"저 군인들은 어디서 온 거야?"

"저들에 대해서는 아치에게 고마워해야 돼."

"아치?"

그 순간 호위 트럭들이 창문 없이 길게 이어지는 벽 앞에 도착했다. 군인 두 명이 보초를 서는 철문이 열렸다. 문을 통과한 트럭들이 오렌지 불빛의 회전 경보등이 설치된 현관을 향해 진입했다. 이어서 그들 일행의 차들은 지프와 군대 트럭들이 주차된 넓은 마당을 지나 불빛이 훤한 건물 앞에 섰다. 정복 차림의 관료들, 다양한 계급의 장교들, 민간인들이 사방에서 뛰어왔다. 케리와 폴은 차에서 내렸고, 낮은 층계를 올라갔다. 바니가 기다리고 있다가 케리의 두 손을 잡고 감격의 포옹을 했다. 이윽고 바니는 두 사람을 건물 안으로 데려갔다.

2층에 사령부가 차려져 있었다.

"아치가 방금 전화했는데 국방부에서 아직 회의 중이라고."

"바이샤다는 어떻게 됐어요?" 폴이 물었다.

"현재 세균 제거 작전이 진행 중인데 한 시간 내에 완료될 거야."

"해로우는 잡았어요?"

"아직 못 찾았어."

"그런데 어떻게 빠져나갔죠?" 폴이 물었다.

"우리의 실수지." 바니는 피곤한 얼굴로 말했다. "우리가 군인들에게 평소에 하는 식으로 총을 난사하지 말라는 명령을 내렸거든."

폴은 작전을 짤 때 무슨 일이 있어도 쥴리에트는 무사히 구출해야 한다고 강조했던 기억이 났다.

"그들은 현장에서 붙잡혔지. 그런데 해로우가 차를 처박아서 판잣집 한 채를 박살 낸 다음 어둠 속으로 도주했어."

"나만 모르고 있는 일이 꽤 많은가 보군요. 아치가 모든 걸 중단시켰던 게 그리 오래전 일도 아닌데……. 설마 나한테 얘기해 주기 싫은 건 아니죠?" 케리가 조바심이 난 얼굴로 물었다.

"당연히 해줘야지."

바니는 손으로 눈을 문지르면서 피곤한 바리톤의 목소리로 천천히 로렌스의 개입, 아치볼드에게 사건의 전모를 털어놓고 설득한 것에 대해 요약해주었다.

"따라서 미션을 반대하지 않는다는 거예요?" 케리가 물었다.

"아치는 일을 중도에서 멈추는 사람이 아냐. 우리의 생각을 따르기로 마음을 바꾸는 순간부터 최선을 다해 빠르게 움직였고, 멋지게 실력 발휘를 한 것 같아."

"어떻게 했는데요?"

"그건 아치에게 직접 듣는 게 나을 텐데. 그런 걸 좋아하는 사람이니까 훨씬 자세히 말해주겠지."

"대강만 말해주세요."

"아치는 자신의 주소록을 가동시켜서 소문난 마당발의 진가를 보여주기로 작정했지."

"설마 브라질에까지 인맥이 있겠어요? 내무부 장관이 직접 지휘하는 음모를 저지하려면 더 막강한 인물이어야 하는데……."

"브라질에 아는 사람이 많다고는 생각하지 않아. 그가 좋아하는 워싱턴 DC라면 몰라도."

사방에서 전화벨이 울렸고, 사령부의 장교와 부관들이 포르투갈어로 대답하면서 명령을 내리고 있었다. 그중 한 명이 바니 앞에 와서 정중하게 서류를 내밀었다.

"세균 제거 작전 완료." 바니가 서류를 훑어보면서 알려주었다.

"쥘리에트는?" 폴이 물었다.

"병원으로 실려갔지."

"다쳤어요?"

폴의 목소리에 불안한 기색이 역력했다. 케리가 쳐다봤다.

"그 여자를 만난 거야?"

"응. 설명해줄게. 아치에 대한 얘기부터 다 듣고 나서."

바니가 고개를 끄덕였다.

"아치가 휴대전화로 백악관의 대통령 보좌관 중 가까운 지인에게 전화를 걸었지. 예전에 같이 일한 파트너였겠지. 걸프전에서 알게 된 사이가 아니라면."

"그 사람이 누구인지는 몰라도 되고요."

"그렇지. 중요한 건 그 사람에게 긴박한 상황임을 설득했다는 거니까. 그리고 CIA의 역할에 대해, 특히 마커스 브라운에 대해 말했지. 미국 행정부에 사건의 책임이 전가될 수도 있다는 것이 결정적이었지. 그 시각, 캠프 데이비드[39]에 있는 대통령에게 즉시 보고되었고, 대통령은 CIA 국장에게 모든 작전을 중지하라는 지시를 내린 거야."

"하지만 CIA가 직접 나선 것이 아니라, 브라질인들이……."

"사태의 심각성을 깨달은 미국 대통령은 직접 브라질 대통령에게 전화를 걸어서 내무부 장관의 행동을 알렸지."

"브라질 대통령이 그 말을 믿었어요?"

"오스왈두 레이치는 차기 대통령 선거에서 강력한 정치적 라이벌이기 때문에 기꺼이 믿었지."

"정치인들은 그런 기회를 절대 놓치지 않죠." 폴이 지적했다.

"브라질 대통령은 레이치를 즉각 소환했고, 내무부 장관직을 직위 해제시켰지. 그리고 경찰이 내무부 장관의 편이라는 걸 알기 때문에 국방부와 군대에 우리와 협조하여 계획을 무산시키라고 지시했지."

"내가 공항으로 바니와 아치를 마중 나갔어." 폴이 말했다. "마치 전시 상황이나 다름없었어."

"아치 사령관이 지휘하는." 바니가 피곤한 미소를 지으며 덧붙였다.

"그걸 어떻게 알고 당신이 공항에 나갔어?" 케리가 물었다. "호

....

39 워싱턴 DC 서쪽 메릴랜드 주 커톡틴 산맥에 위치한 미국 대통령 휴양지.

텔은 감시당하고, 국제전화는 되지 않았는데."

"누군가가 방법을 알려줬어. 나를 도와줬고."

"누군데?"

"쥘리에트."

"그 여자를 어떻게 만나?"

"위험을 무릅쓰고 우리를 찾아왔어."

"호텔로?"

"응, 당신이 나간 직후에."

"왜 그랬을까?"

폴은 고개를 숙였다. 해로우에게 돌아가기 위해 방을 나가는 여자의 가녀린 뒷모습을 떠올렸다.

"천성이 선한 사람이니까."

이 말이 묘한 여운을 남기면서 침묵이 흘렀다. 하지만 1층에서 들리는 소란에 이어 층계를 올라오는 요란한 행렬 때문에 침묵은 오래가지 못했다. 이윽고 아치볼드가 등장했다. 셔츠 단추를 가슴 한복판까지 풀어 헤쳐서 잿빛 털을 드러낸 아치볼드는 땀에 젖어 있지만, 이글거리는 눈빛으로 보아 기뻐서 어쩔 줄 모르고 있었다.

"완벽한 성공이야!" 아치볼드가 외쳤다. "브라보!"

아치볼드가 방을 둘러보면서 하는 말이지만 자화자찬이라는 것은 금방 알아차릴 수 있었다. 아치볼드가 사무실 의자에 둔탁하게 주저앉는 바람에 바퀴 달린 의자가 뒤쪽으로 굴러가다 요란하게 벽에 부딪히면서 멈췄다.

"해로우를 찾았다는군." 아치볼드가 외쳤다.

아치볼드는 이 말의 효과를 즐기기 위해 주위를 둘러봤다.

"그자가 어디 있는데요?" 바니가 물었다.

"그들이 어디 있느냐고 물어야겠는데……."

"여럿이에요?"

아치볼드는 영국식으로 냉소적인 웃음을 흘리려고 했지만 너무 흥분한 나머지 호탕하게 웃음을 터뜨리고 말았다.

"여럿? 여러 토막이니까 틀린 말은 아니군."

모두 어리둥절해서 쳐다봤기 때문에 아치볼드는 웃음기가 가득한 얼굴로 덧붙였다.

"멍청한 군인들은 그자를 찾지 못했어. 그래서 판자촌 주민들이 추격했고, 그들 방식으로 앙갚음을 해버렸으니……. 그리고 우리에게 토막 낸 사체를 가져왔는데 차마 눈뜨고 볼 수 없더군. 공사장의 톱으로 절단한 살덩이 네 토막!"

아치볼드는 눈을 닦으면서 마음을 가라앉히려고 애를 썼다.

"우리에게 사체를 가져온 사람이 누군지 아나? 카르멘. 카르멘이라는 중년 부인이었어. 군인들이 그 부인을 체포하려고 했지. 하지만 내가 놓아주라고 했어. 부인은 오히려 훈장을 받아 마땅한 사람이니까 십여 명의 아이들이 기다리는 집으로 고이 돌려보내라고."

아치볼드는 주위에 있는 브라질 장교들을 쭉 훑어보면서 들으라는 듯 덧붙였다.

"프랑스 최고 영예인 레지옹 도뇌르 훈장을 여기 브라질에서는 뭐라고 부르지요? 아, 남십자성 훈장이지! 인류애의 이름으로 카르멘 부인에게 남십자성 훈장을 수여하노라!"

아치볼드는 탁자 위에 놓인 맥주 한 병을 집어 들더니 꿀꺽꿀꺽 마셨다.

에필로그

애틀랜타, 조지아 주

병세가 심각할 때가 아니면 환자들은 주치의를 한 달에 한 번 정도 겨우 만날 수 있었다. 그래서 폴 마티스의 환자 대부분은 주치의가 5주 동안 병원을 비웠다는 것조차 알아채지 못했다. 개중에는 폴이 수척해졌다면서 걱정해주는 환자도 있지만, 대부분은 아무것도 눈치채지 못했다.

몸에 새겨 있을지 모를 첩보원의 흔적이 염려한 것보다 그리 깊지 않다는 것은 얼마나 다행인가. 폴은 하얀 가운을 다시 걸치면서 진정한 기쁨을 느꼈다. 해로우 사건은 지난 토요일에 종결되었다. 월요일 아침 애틀랜타의 병원 진찰실에서 말끔하게 면도를 한 폴은 피곤하지만 행복했다.

폴은 층계를 올라가면서 눈독을 들이던 층이 비어 있고, 공사가 시작된 걸 봤다. 홀슨 앤드 리지의 후원금으로 병원을 확장할 수 있게 되었으니 미션을 성공시킨 결과였다.

오전에 진료할 환자 열다섯 명이 기다리고 있는데 각자 통증과 불안을 호소했다. 폴은 저녁에 녹초가 되어 집으로 돌아갔고 침대에 그대로 쓰러져 거의 열두 시간을 죽은 듯이 잤다. 다음 며칠은 친구들을 만나 저녁을 먹었고, 그중 한동안 연락도 없었던 것에 불만을 터뜨리는 친구도 있었다. 그렇게 일주일이 지났고, 폴은 프로비던스의 일은 거의 잊었다.

그렇지만 비슷한 사건이 발생할 때마다 떠오르는 기억까지 피할 수는 없었다. 폴이 병원에서 환자들을 다시 보기 시작한 지 2

주일이 지났을 때 아치볼드가 찾아왔다.

아직 해결할 일이 남아 있고, 특히 병원 후원에 관련된 몇 가지 약속 때문에 폴은 아치와의 만남을 거절할 수 없었다.

폴은 이 만남이 마지막이 되길 바랐다. 택시를 타고 가는 동안 —이번에는 약속 장소로 잡은 호텔이 자전거로 가기에는 너무 멀었다— 폴은 좋지 않은 기분을 추스르려고 노력했다.

물론 아치볼드는 폴의 기분을 고려하지 않았다. 콜레라 세균 테러를 막는 데 혁혁한 공을 세웠기 때문인지 아치볼드의 태도는 훨씬 영국적이었고, 옥스퍼드 발성에는 브루클린 억양이 전혀 남아 있지 않았다.

"매클라우드와 해로우, 그 집단에 관한 수사가 거의 끝났다는 걸 알고 있겠지?" 아치볼드가 말했다. "거의. 이번 사건은 세계적 규모의 중대한 결과를 가져왔어. 물론 비밀리에 진행되고 있지만."

아치볼드는 빙긋이 웃다가 멋을 부리면서 찻잔을 입에 가져갔다. 폴은 얘기가 길지 않기를 바라면서 호기심 때문에 말을 끊지 못하고 있었다. 아치볼드도 그걸 알아차렸다.

"대통령의 외교적 수완이 요구되는 사건이었지. 내가 최선을 다해서 대통령에게 조언을 했네."

이 말은 모르긴 몰라도 아치볼드가 거들먹거리면서 수없이 되풀이했을 텐데 미국 대통령과 그런 대화를 나누었다는 걸 상기시키는 것이 지겹지도 않은 모양이었다.

"중국인도 예상대로 해결되었네. 공산당 일간지에서 텡뤼쳉의 사망에 애도를 표했는데 그가 처형되었다는 걸 알아차리려면 행간을 읽어야 하지. 인도인은 탈세 사건으로 수감되었고. 브라질에서는 상황이 좀 미묘했지. 어쨌든 내무부 장관이 직접 나쁜 짓을 저지르지 않았을 뿐만 아니라 콜레라 문제에 개입했다는 증거도 없으니까."

"그래도 쥘리에트의 증언이 있잖아요?"

"정신병원에서 치료를 받은 조울증 환자의 증언을 누가 믿어 준다고?"

폭소를 터뜨릴 듯 입술을 실룩거리는 아치볼드를 보면서 폴은 따귀를 날리고 싶었다.

"브라질에서는 해로우의 죽음을 이용했지. 내무부 장관이 수질 오염 조사를 진행하는 바이샤다 플루미넨시의 운하에서 토막 낸 시신이 발견되었다고 주장했으니까. 미국은 용감한 운동가가 살해된 것에 대해 항의했고, 환경 운동 단체들도 일제히 성토했어. 내무부 장관은 안전을 책임지지 못했다는 문제로 경질되었지. 교활하다고 생각하지 않나?"

"해로우의 공모자들은 어떻게 됐어요?"

"데 미니미스 논 쿠라트 프라이토르!"

아치볼드의 입에서 라틴어가 나왔다. 폴은 대화가 끝날 때까지 평정을 유지할 수 있을지 자신이 없었다. 그는 손가락뼈가 으스러질 정도로 맥주병을 움켜잡았다.

"번역해주시겠어요?"

"번역까지 할 필요는 없는 말이고……. 아무튼 브라질인들의 문제는 조용히 해결되었지. 제파울루라는 남자는 도로 교통법을 어기고 달아나다 리우의 교외에서 사망했어. 우비라시는 마약 밀매를 하다 적발되어 감옥에 있다가 악어가 우글거리는 곳에 산 채로 던져졌어. 판결을 받기 전에 처형, 화끈하다고 해야 하나, 비정하다고 해야 하나. 하여튼 일사천리로 진행되었지."

"미국에 있는 해로우의 집단은?"

"지도자가 없는데 그들이 뭘 하겠나? 계획을 낱낱이 아는 사람이 전혀 없었지. FBI가 특히 그들을 엄중히 감시하겠지. 하지만 내가 장담하는데 그들은 잠자코 얌전히 있을 거야. 어쨌거나 신 포식자 집단은 괴멸되었다고 봐야지. 매클라우드에게 무슨 일이 일어났는지 알고 있나?"

폴은 모르주에 있는 매클라우드의 저택과 케리와 함께 밤샘을 한 저수탑을 떠올렸다. 그토록 위험을 무릅썼던 것은 바로 지금 같은 순간을 위해서였다.

"매클라우드가 주치의를 불러들였지. 자네가 아니라 진짜 주치의인 재글리 박사가 저택에 도착하자 매클라우드는 이런저런 환담을 나누면서 평소대로 링거를 꽂게 두었지. 그리고 얼마 후 매클라우드의 손짓에 경호원 두 명이 권총을 빼들고 재글리 박사를 겨누었어."

"내가 매클라우드의 집에 간 것과 박사는 아무 상관없어요."

"아! 그런 뜻이 아니고. 그 늙은 여우는 재글리 박사도 자네에게 속았다는 걸 잘 알고 있었으니까."

"그럼 박사에게 뭘 원한 거죠?"

"죽여달라는 거지."

그렇게 대답하고 나서 아치볼드는 서스펜스를 즐기려는 듯 짭짤한 땅콩을 열심히 집어 먹었다.

"매클라우드가 그런 생각을 한 건 순전히 자네 영향이겠지. 재글리 박사에게 칼륨 앰풀을 링거액 속에 주입하라고 했거든. 그 억만장자는 더 이상 살고 싶은 의욕이 없었던 거야. 엄청난 작전이 무산되었으니까. 그래서 그는 자네가 암시했던 방법으로 미리 알아서 죽어준 거야. 아주 흥미로운 일이지. 어쨌든 그 천박한 로굴스키보다 품위 있는 방법이었어."

"로굴스키는 어떻게 했는데요?"

아치볼드는 쭈글쭈글한 목을 쭉 빼면서 땅콩을 삼켰다.

"연구실에서 목을 맸어." 아치볼드는 자살행위에 대해 비난하듯 고개를 끄덕이면서 말했다.

별안간 손뼉을 치면서 일어난 아치볼드가 즐거운 얼굴로 말했다.

"어쨌든 나는 프로비던스 전 직원의 우정을 자네에게 전하러 왔네. 프로비던스가 이렇게 잘나가기는 처음인 데다 분위기가 정말 최고야, 최고. 계약이 쇄도하고 있거든. 자동으로 퇴직한 마커스 브라운이 행방불명된 게 좀 걱정이지만. 아무튼 대통령의 지지가 우리에게는 아주 유리하게 작용하고 있지. 확인해봐야 알겠지만 아마 모르긴 몰라도 내년에는 우리의 예산이 세 배로 늘어날 거야."

또 무슨 말을 하려고 이러는 걸까? 불안해진 폴은 몸을 떨었다. 아치볼드는 땅콩 몇 알이 아직 남아 있는 작은 그릇을 밀어내고 테이블 위에 팔꿈치를 기댔다.

"자네와 케리가 멋지게 해낸 작전을 보면서 내 예측이 적중했다는 걸 확인했지. 그리고 프로비던스에 의학 관련 부서가 필요하다는 것도."

폴이 걱정하던 것이었다.

"오늘날 바이오테러리즘, 국가 원수들의 건강 문제, 인도주의적 기구들의 실습, 정보, 의사, 약사는 이해관계를 같이하고 있지. 올해 자네들에게 맡길 일을 많이 따올 거야."

폴은 고개를 설레설레 저었다.

"그런 식으로 유도하지 마세요, 아치. 내 대답을 알고 있잖아요."

"폴, 역사를 쓸 기회를 얻는 건데 보람된 일 아닌가!"

"유도하지 말라니까요. 이번 일은 예외였고, 이제 끝났어요. 나의 터전은 병원이에요. 그걸 바꿀 생각이 없습니다."

아치볼드가 이번에는 페어플레이를 하기로 작정한 것처럼 폴을 향해 고개를 숙이며 칭찬을 했다.

"브라보! 맞는 말이고, 자네의 뜻은 충분히 이해하네. 그래도 말은 해볼 필요가 있잖아, 안 그런가?"

순순히 물러나는 아치볼드의 태도에 폴은 깜짝 놀랐다. 그들은 미션을 성공한 데 대한 회계 문제를 정리했다.

"'또 보자'고 말은 하지만 내 나이에는 자신할 수 없는 인사말이지." 아치볼드가 작별 인사를 건네며 토를 달았다.

식상한 표현이지만 고집불통 영감이 이런 말을 하다니, 폴은 얼떨결에 마음이 찡해서 오랫동안 악수를 하고 있는 자신에게 놀랐다.

"잠시나마 자네들을 의심했던 거 사과하네." 아치볼드가 촉촉해진 눈으로 말했다. "케리와 함께 훌륭하게 미션을 성공했는데."

"원망하지 않아요."

그래도 두 사람은 눈물을 글썽이지는 않았다. 폴은 냉정을 되찾으면서 아치볼드의 손을 놨고 로비의 엘리베이터까지 배웅했다.

아치볼드와 그렇게 헤어졌지만 폴은 불안정한 상태에 빠졌다. 애틀랜타로 돌아온 뒤로 병원에서 바쁜 일상을 보내며 잡생각을 하지 않았는데 아치볼드를 만나고 나서 이런저런 생각으로 심란해졌다.

이날 폴은 환자를 진료할 수 없을 것 같아서 곧장 집으로 돌아갔다. 날씨는 화창했다. 그는 트럼펫을 들고 창가의 소파에 앉아 악기를 닦기 시작했다. 기계적인 손놀림으로 악기를 만지면서 케리와의 마지막 순간을 떠올렸다.

출발하기 전날, 케리는 아이들과 로빈, 친구들과 오랫동안 통화했다. 그리고 맨해튼으로 돌아갈 준비를 하기 시작했다. 리우에서 18시에 출발하는 유나이티드 에어라인에 전화를 걸었는데 좌석이 없었다. 하지만 케리는 무슨 일이 있어도 떠나야 한다고 주장했다. 결국 그 항공사의 조종사 친구에게 전화를 걸어서 대기자 명단에 첫 번째로 이름을 올렸고, 탑승할 가능성이 거의 확실해졌다.

폴은 반대하는 모습을 보이지 않으려고 노력했다. 그렇지만 오후에 호텔 방에서 가방을 싸는 케리를 바라보다가 다가갔다. 딴생각은 없고 그저 무슨 말이든 하고 싶었을 뿐이었다. 하지만 케리는 마치 독성이 있는 동물이 건드리는 것처럼 몸을 움츠렸다. 그래서 머쓱해진 폴은 그녀를 가만히 지켜보기만 했다.

폴도 마법에서 풀렸다. 그들이 가졌던 강렬한 순간은 어느덧 사라지고, 초조함과 경계심, 거부감이 팽배해 있었다. 함께하는 시간이 길수록, 매번 그랬던 것처럼 이별의 아픔이 그만큼 커지기 때문이었다. 폴은 조금이라도 일찍 떠나려는 케리의 마음을 이해했다.

그들은 공항으로 출발할 시간까지 일상적인 얘기만 주고받았다. 폴은 자신도 내일 떠나지만 공항까지 배웅하겠다고 했고, 케리는 시큰둥하게 받아들였다. 공항 터미널은 웃고 떠드는 사람들로 혼잡했다. 케리는 좌석을 받고 탑승할 수 있게 되었다. 폴이 예상한 대로 작별의 시간이 가까워질수록 점점 어색해지는 느낌이 들었다. 하지만 케리는 아주 자연스럽게, 마치 둘만 있는 것처럼 군중 속에서 폴을 끌어당기고 오랫동안 포옹했다.

"정말 좋았어. 그리고 고마웠고."

이 짧막한 말에서는 감정과 애정을 전혀 느낄 수 없었다. 폴은 케리의 눈을 뚫어져라 응시했다. 그러자 케리는 귀밑으로 내려온 폴의 구레나룻을 잡아당기면서 다정하게 속삭였다.

"다음에 또 봐! 조건이 갖춰지면······."

그렇게 말하고 케리는 탑승구를 향해 군중 속으로 사라졌다.

폴은 이런 생각을 하면서 트럼펫을 닦고 있었다. 악기는 이제 반들반들했다. 그는 음을 올렸다 내렸다 하면서 악기를 불어봤다.

화요일이었다. 폴은 저녁에 만나기로 약속한 매기를 생각했다.

다정하고 유쾌하고 활기가 넘치지만 마음을 사로잡는 여자는 아니었다. 물론 즐거운 저녁 시간을 보낼 것이다.

폴은 일어나서 창문에 기대고 섰다. 도시의 기하학적 풍경을 바라보면서 마일스 데이비스의 곡을 연주했다. 그러다 갑자기 낮은 탁자 위에서 파출부가 올려놨는데 아직 뜯어보지 않은 우편물을 발견했다. 봉투가 눈길을 잡았다. 보통 편지 봉투보다 더 크고 종이가 두껍고 푸르스름한 색깔이었다. 수신자 이름이 굵은 활자체로 쓰여 있고, 프로비던스의 주소로 보낸 것이었다. 프로비던스의 누군가가 받아서 폴에게 보내준 것이 틀림없었다.

폴은 봉투를 뜯었다. 앞뒤로 쓴 편지지 다섯 장이 들어 있고, 또박또박 쓴 둥근 글씨체였는데 떨리는 손으로 썼는지 군데군데 꼬불꼬불한 글씨가 보였다.

*

리우데자네이루, 8월 12일

오세아니아 호텔에서 짧은 만남을 가진 뒤로는 다시 만나게 되지 않는군요. 당신이 해준 일에 대해 고마움을 전하고 싶습니다. 내 마음속 깊은 곳에서는 당신을 믿어도 된다고 하지만 선뜻 연락을 못하고 많이 망설였습니다. 나는 당신에게서 오랜 세월 나에게 없었던 인류애를 발견했습니다. 그렇지만 당신에게는 나를 좋아할 수 없는 이유가 있으니까요. 나는 생각보다 훨씬 끔찍한 계획의 공범이었으니까요.

판자촌에 침투한 군인들이 데려간 병원에서 엄중한 보호를 받으면서 보름 동안 머물렀습니다. 친절하고 유능한 의사들이 내 행동은 '반복성 기분 장애'가 원인이라는 진단을 내렸습니다. 그리고 날마다 세심하게 치료해준 덕분에 나는 현재 심리적으로 안정이 된 상태입니다. 무엇보다 예전에 느꼈던 목숨을 버리고 싶을 정도의 심한 불안이나 슬픔이 아니라 뭐라고 형언할 수 없는 격정을 느끼고 있습니다. 내 안의 가장 깊은 곳에서 올라오는 이유 없는 기쁨 같은 겁니다. 이제는 약간 소름이 끼칠 정도로 명확하게 좋은 것과 나쁜 것이 보이고, 예리하고 날카로운 것, 울퉁불퉁한 굴곡과 무게를 느낍니다. 이것은 불쾌하면서 괴롭지만 위험한 행동이나 끔찍한 일을 저지르지 못하게 막아줄 겁니다. 요컨대 내가 이성적인 사람으로 변하고 있는 겁니다. 정말 놀라운 일이죠. 때로는 안심이 되고, 때로는 내 안에서 노스탤지어가 올라오고 있어요.

그래서 지난날과 최근 몇 달 동안 경험한 일을 돌이켜보았습니다. 내 행동은 합목적성도 일관성도 없었습니다. 하지만 후회하지 않아요. 나는 열심히 살았고, 정상적인 상태였다면 생각지도 못할 용기로 인생에 뛰어들었으니까요. 마침내 여기 브라질까지 왔는데 이런 이례적인 상황이 아니었다면 결코 오지 않았을 나라지요.

치료가 끝난 뒤에 현지 경찰, 그리고 미국과 프랑스의 정보원들로부터 심문을 받았어요. 그들은 이 사건이 비밀에 부쳐질 것이라고 말했습니다. 언론에서는 불안을 야기하지 않는 쪽으로 사건을 축소 보도했고, 기자들은 어떤 계획이었는지조차 전혀 모르고 있다고 했어요. 판자촌에서 일어난 총격 사건만 시인했고, 해로우를 불행하게 살해된 환경 운동가로 탈바꿈시키고, 나를 해로우의 동거녀로 만들었더군요. 나는 어차피 자세한 사항을 모르고 있었기 때문에 그만큼 해로우의 작전에 대해 함구하겠다고 약속하는 것이 쉬웠어요. 사실, 세세한 내막을 알고 싶지도 않고요.

프랑스 고위층에서 나를 비밀리에 본국으로 송환하기 위한 모든 준비를 해놓은 상태였지요. 그러나 파리로 떠나기 전날이 되어서야 나는 떠나지 않기로 결정했습니다.

병원에서 심문과 치료를 받으면서 나는 무엇보다도 지난날을 돌이켜봤습니다. 그동안 정말로 내 주변을 쳐다볼 시간을 갖지 않았어요. 갑자기 브라질을 떠나려는 순간 그걸 느끼게 되었습니다. 조아킹, 바이샤다의 판잣집에서 보낸 밤, 추적추적 내리는 따뜻한 비를 바라보던 라란제이라스 펜션의 테라스를 떠올리면서 문득 깨달았습니다. 아직은 내 주위에 이 모든 게 있다는 것을, 그리고 이 나라를 떠나고 싶지 않다는 것을.

프랑스 외교관들은 화가 났지요. 하지만 외교관들이라서 그런지 이해할 수 없는 이들의 생각을 들어주는 데 익숙한 사람들이었어요. 그들은 본국 송환을 취소하고 나를 위해 브라질 체류 비자를 받아서 여권을 돌려주었지요. 그리고 특별한 배려로 금품을 빼앗긴 여행객들을 돕기 위해 마련해놓은 비상금까지 내게 주었어요. 그래서 브라질에 남게 되었습니다. 나는 조아킹을 만나러 갔고, 조아킹이 그의 집에서 가까운 작은 아파트를 구해주었습니다. 나는 판자촌에서 살겠다고 했지만, 조아킹이 단호하게 반대했습니다. 기억 못 할지도 모르지만 나는 당신에게 그에 대해 말했어요. 조아킹은 라란제이라스 펜션에서 문지기로 일하는 장애인이에요. 주관이 뚜렷하고 의지가 아주 강한 사람이죠.

당장 일자리를 찾아볼 생각이었지만, 거처를 마련했으니 잠시 휴식이 필요하다는 걸 느꼈습니다. 도시의 곳곳을 돌아다니면서 포르투갈어를 배우려고 노력하고 있습니다(병원에서 배우기 시작했거든요). 산투스두몬트 공항 부근까지 이어지는 비탈진 골목길이 내가 가장 즐겨 찾는 산책 코스예요. 리우 만이 내다보이는 곳이라서 정말 마음에 들었어요. 해수욕장이 없어서 바캉스를 생각나게 하는 건 아무것도 없고, 산업단지로 조성된 부지가 보였어요. 언덕과 해안의 조화를 보면 오염되어 있으면서도 훼손되지 않은 세상에 와 있는 듯한 느낌이 드는 곳이죠.

며칠 동안, 지금은 해군학교가 들어선 옛 네덜란드의 요새 주변을 온종일 거닐었어요. 바위에 앉아서 시간에 따라 색이 변하는 바다를 바라봤어요. 이제는 아무도 나에게 질문하지 않아요, 나 자신을 제외하고는. 마침내 나는 생각과 소망을 심사숙고하고 그 타당성과 가치를 평가할 수 있게 되었습니다. 해로우와 나눴던 대화를 곰곰이 생각하면서 그의 말과 그 모습에 대해 새로운 걸 느꼈다고 하면 아마 당신은 놀라겠죠. 이제는 해로우라는 인물이 명확하게 보이는 것 같아요. 해로우 안에 있는 증오심이 드러나 보이면서 그에게 혐오감이 일었어요. 그리고 해로우가 죽었다는 소식에 마음이 홀가분해졌어요.

그래도 잊히지 않는 기억이 남아 있습니다. 콜로라도 사막에서 해로우와 둘이서만 보냈던 밤을 잊을 수 없어요. 땅, 땅의 허약함, 죽어가는 땅에 대한 생각을 하게 만든 사람은 아무도 없었으니까요. 바위에 앉아서 리우 만의 바다와 그 주위를 맴도는 갈매기들을 바라보면서 콜로라도 사막에서 느꼈던 것과 같은 느낌을 받았어요. 그건 부인할 수 없어요.

그렇지만 해로우의 생각은 잘못된 거예요. 그가 해결책으로 생각해낸 것은 흉악한 범죄행위니까요. 인간이 땅을 죽이고 있으니 인간으로부터 땅을 지켜야 한다는 것이 그의 논리였죠.

나는 똑똑한 여자가 아니에요. 감동이나 감정, 사랑이 아닌 것에는 별로 관심도 없었어요. 내 표현에 대해서는 너그럽게 이해해주세요. 나는 논리 정연하기보다 직관에 따라 표현하는 편이라서 모든 사람이 내가 하는 말을 쉽게 인정하지 못할 수도 있거든요.

콜로라도 사막에서 밤을 보낸 뒤로 해로우는 살아 있는 땅에 대해 말하면서 인디언들의 신앙을 자주 언급했어요. 인디언들은 개인이 땅을 소유한다거나 조각조각 나눈다는 것은 생각도 할 수 없는 일이라고 했어요. 그래서 백인들이 땅에 말뚝을 박고, 초원에 철조망으로 울타리를 치는 것을 신성모독이라고 생각하죠. 원시적으로 볼 수도 있지만, 난 중요한 문제라고 생각해요. 땅에 장벽을 세우는 행위는 인간 문명의 원죄니까요. 바위에 앉아서 리우 만을 관찰할 때마다 식인종들이 사는 정글 앞에 도착하는 배들을 상상했어요. 그리고 배에서 내린 식민지 개척자들이 나무를 베고, 도시를 건설하고, 도시가 점점 더 내륙으로 확장되는 모습을 떠올렸어요. 세대를 거치면서 산투스두몬트에는 새로 온 사람들이 힘차게 도시를 발전시켰어요. 고층 건물들이 들어서다 급기야 마천루가 즐비하게 되었지요. 자동차들이 말을 대신하게 되었고, 비행기도 점점 커졌어요. 이 모든 것이 우리에게는 자연스러운 일이지요. 우리는 세상을 더 많은 부와 행복, 교류, 안락함을 만들어내는 거대한 기계로 생각하고 있어요. 그리고 문명이 그런 세상에 울타리를 쳐놓았다고 주장하는 인디언들의 말을 잊고 있는 겁니다. 울타리 너머에는 문명이 내던진 것, 문명이 개발한 것, 문명이 오염시킨 것들이 방치되어 있는데 말이죠. 문명은 어쩌면 가난과 불행, 파멸을 만드는 거대한 기계일지도 모릅니다.

리우 만의 방파제에 서서 나는 많은 걸 봤어요. 하늘을 오가는 비행기들, 천천히 지나가는 화물선들, 니테로이 다리를 지나는 자동차 행렬, 바위 사이에서 찰랑거리는 기름 띠, 오래된 요새 모퉁이에 숨어 있는 쓰레기장을 뒤지는 누더기 차림의 소년들, 파헤쳐진 기슭, 탄화수소 탱크들과 녹슨 기중기들로 혼잡한 섬……. 이파네마의 상업 지구를 거닐면서 나는 어느 쪽에도 속하지 않는 경계에 있다는 생각이 들었어요. 물건이 가득한 손수레들과 고급 자동차들이 보이는 쪽과 머리 버짐이 앉은 깡마른 코흘리개 아이들이 있는 쪽, 그 사이에 세워놓은 8미터 높이의 철책…….

리우에서는 가난한 사람들을 보면 출신을 알 수 있어요. 인디언들의 얼굴은 원시사회의 얼굴이고, 흑인들은 대농장에서 일하기 위해 아프리카에서 건너온 노예들이죠. 그중 파란 눈의 하얀 얼굴은 패가망신한 백인들이나 주인과 하녀 사이에서 태어난 혼혈들이죠. 브라질의 가난한 사람들은 우리 사회가 낳은 산물입니다. 사회가 가난한 사람들을 만들어서 울타리 밖으로 몰아냈던 겁니다. 해로우의 계획은 가난을 비난하면서 지구를 살리기 위해 가난한 사람들을 없애버리는 것이었어요.

해로우는 자신이 산업 문명의 적이라는 말을 반복했어요. 그게 진심이었는지는 모르겠어요. 자신의 투쟁이 유력자들에게 득이 되는데 해로우는 그걸 몰랐던 건지, 아니면 의식적으로 세력가들과 결탁하여 공범이 된 건지 그것도 나는 모르겠어요. 솔직히 그건 아무래도 괜찮아요. 나에게 중요한 것은 내가 무슨 짓을 했는지 깨닫고 앞으로 무엇을 할지 아는 것이니까요.

내가 생각하는 해결책은 문명이 쳐놓은 울타리를 부수는 것이고, 그 일을 시작할 생각이에요. 안심하세요, 나는 해로우가 아니고, 대규모 테러 작전을 계획하지 않으니까요. 내 시간과 에너지를 그 일에 쏟아붓기로 했어요. 판자촌 사람들을 위해 봉사하는 단체에서 아이들에게 글쓰기와 산수를 가르칠 겁니다. 그리고 아이들이 철조망 너머에서 보는 것보다 세상을 좀 더 알 수 있도록 역사도 가르칠 거예요. 나는 아이들을 투사로 만들려는 것이 아니라 언젠가는 경계를 뛰어넘을 수 있는 사람이 되도록 도와줄 겁니다.

오세아니아 호텔에서 만난 짧은 시간 동안 당신이 해주었던 말을 자주 생각해요. '인간적이면서 이성적으로 극복하고 해결해야 한다.' 고백하건대 그 순간에는 당신이 무슨 말을 하는지 이해하지 못했어요. 지금도 그 말의 의미를 제대로 이해하지 못하고 있는지도 몰라요. 하지만 나를 깨우쳐준 그 말로 인해 나는 행복을 알게 되었습니다.

다시 한 번 고맙다는 말을 전하면서 행복하시기 바랍니다.

폴은 편지를 다 읽은 뒤에도 한동안 잠자코 있었다. 그리고 노을로 물든 도시의 오렌지빛 풍경을 바라보았다.

갑자기 폴은 트럼펫을 입에 대고 방금 연주한 곡을 빠른 박자로 힘껏 불었다. 소리가 귀에 울렸다. 트럼펫 소리가 정글을 지나 언덕에서 언덕을 넘어가는 것 같았다.

어쩌면 그녀가 있는 곳까지.

옮긴이의 말

'오늘날 세계 인구는 60억! 지구를 살리기 위해서는 60억 인구를 10분의 1로 줄여야 하는데, 이렇게 인구가 기하급수적으로 증가하는 것을 어떻게 하면 막을 수 있을까? 기술적인 측면에서 모든 60억 인구에게 우리와 같은 생활수준을 보장한다는 것은 어차피 불가능한 일이다. 따라서 지구를 살리기 위해 해결해야 할 가장 중요한 것은 인구문제이며, 먼저 가난한 나라의 인구를 줄인 뒤에야 발전할 수 있다.' 이런 발상에서 시작된 전대미문의 음모가 벌어진다. 놀랍게도 그들이 생각해낸 해결책은 이렇다. 콜레라를 퍼뜨려서 7번째 대유행이 시작되면 지구의 인구 중 20억이 감염되어 그중 50퍼센트는 죽게 되리라는 것!

폴란드의 한 연구소에 침투한 쥘리에트라는 여성이 철책 우리 안의 실험동물들을 풀어주고 콜레라균이 들어 있는 플라스크를 훔쳐서 달아나는 사건으로 소설은 시작된다. 미국의 사설 첩보 기관 '프로비던스'가 사건을 맡게 되고, 전직 CIA 요원 출신으로 현재는 의사와 심리학자로 활동하는 폴 마티스와 케리가 범인 수색 작전에 투입된다. 폴란드에서 카보베르데, 시애틀, 스위스, 오스트리아, 남아프리카공화국 요하네스버그, 콜로라도 사막에서 브라질의 리우데자네이루까지 용의자들과 이들의 자취를 추적하는 첩보 요원들의 이동 경로가 빠르고 박진감 넘치게 전개된다. 그리고 결국 폴과 케리는 이 사건이 미국의 급진적 환경 운동 단체가 지구를 살려야 한다는 명분하에 인류를 표적으로 삼고 꾸미는 음모임을 밝혀낸다.

이 작품은 범행에 가담한 쥘리에트라는 환경 운동원이 내면적 갈등과 위기를 거치면서, 엄청난 결과로 이어질 사건을 중단시키는 과정에 초점을 맞추고 있다.

"인디언들은 자기들이 사는 땅에서 주인 행세를 하지 않아. 그들은 땅에 해가 되는 일을 하지 않지. 땅은 그들을 너그럽게 봐주고, 그들은 땅을 존중하지. 제 것으로 삼겠다고 땅을 마치 죽은 살코기처럼 조각조각 나누는 욕심 따위는 결코 부리지 않아. 인간은 자연의 일부라고 생각하니까."

사건의 주범인 '신 포식자 집단'을 이끄는 테드 해로우가 인디언에 대해 하는 이 말을 들으면서 쥘리에트는 해로우에게서 바람과 대지와 공간과 혼연일체가 된 인간의 힘을 느낀다. 그리고 처음으로 죽어가는 땅에 대해 생각한다. 콜로라도 사막의 광막한 자연을 마주한 쥘리에트의 생각은 작가가 외치고픈 환경에 대한 철학적 성찰이기도 하다.

"순결한 자연의 침묵 저편에서 아련하게 으르렁거리는 소리가 들리는 것 같았다. 아스팔트로 뒤덮이고 쓰레기가 넘쳐나는 도시, 땅을 포획하기 위해 그물처럼 던져진 고속도로의 도시, 무방비 상태의 평원과 비탈길을 따라 산허리까지 쏟아져 나온 인간의 발길에 짓밟힌 자연이 내는 소리였다. 쓰러진 숲의 소리, 살육된 야생동물의 소리, 오물 때문에 질식하는 강의 소리, 매연에 중독된 하늘의 소리, 기름으로 오염된 바다의 소리였다. 그 이미지들이 쥘리에트의 예민해진 머릿속에서 교차하고 있었다. 그 이미지들이 너무 섬뜩해서 비명이라도 지르고 싶었다. 온갖 더러운 것에서 떨어져 있어서 때 묻지 않은 이곳의 장엄한 자연은 아직 싸움에서 패배하지 않았다고 선포하고 있었다. 이 지구상에는 건조 지대, 산, 원시림 등 침범되지 않은 곳들이 아직은 충분히 남아 있어서 언젠가는 죽어가는 자연이 야생으로 돌아갈 수 있었다."

　그러나 어느 순간부터 쥘리에트는 해로우가 내세우는 주장은 인간에 대한 혐오감에서 출발하고 있음을 알아차린다. 해로우는 '자연을 보호한다는 것은 뭘 죽여야 하는지를 아는 것이다. 인간이 땅을 죽이고 있으니 인간으로부터 땅을 지켜야 한다. 가난을 비난하면서 지구를 살리기 위해 가난한 사람들을 없애야 한다.'라고 주장하는데, 쥘리에트는 해로우의 이런 생각들은 잘못되었으며, 그가 해결책으로 생각해낸 것은 흉악한 범죄행위라는 것을 깨닫는다. 극적으로 만난 폴 마티스의 지적은 그녀의 확신을 굳혀준다.

　그녀는 넘쳐나는 인간은 유해한 종족을 멸종시키듯 없애버리는 게 해결책이라고 주장하는 해로우의 생각은 잘못됐으며, 환경문제에 대해 고민하면서 연대책임과 공평함, 사랑 등 인간적이면서 이성적인 방법으로 극복하고 해결해야지 그런 극단적이고 감정적인 방법은 옳지 못하다고 생각한다.

　그리고 마침내, 지구를 살린다는 명분으로 가난한 사람들을 없애버리기 위해 콜레라균을 살포하려는 해로우의 작전을 성공적으로 저지한 뒤에 쥘리에트는 나름의 해결책을 제시한다.

　오늘날 전 세계가 짊어지고 있는 환경문제와 픽션을 탐정소설 기법으로 버무린 이 작품은 날로 증가하는 빈민들이나 인구과잉은 이제 더 이상 연대책임이나 정의의 문제가 아니라 인류의 미래를 위해 근본적으로 해결해야 하는 현실적인 위험이라고 역설하고 있다. 아울러 비뚤어진 시각에서 비롯된 극단적인 대응에 대해서는 단호히 경종을 울리고 있다. 공쿠르 상 수상작 『붉은 브라질』에서와 마찬가지로 작가는 『아담의 향기』에서도 쥘리에트의 입을 빌려, 서구인들이 제3세계를 향해 보내는 동정적이고 기만적인 시선을 비판하면서 인도주의적 소망을 곳곳에 담고 있다.

"브라질의 가난한 사람들은 우리 사회가 낳은 산물입니다. 사회가 가난한 사람들을 만들어서 울타리 밖으로 몰아냈던 겁니다. 해로우는 자신이 산업 문명의 적이라는 말을 반복했어요. 자신의 투쟁이 유력자들에게 득이 되는 행동이었는데 해로우는 그걸 몰랐던 건지, 아니면 의식적으로 세력가들과 결탁하여 공범이 된 건지 그것도 나는 모르겠어요. 솔직히 그건 아무래도 괜찮아요. 나에게 중요한 것은 내가 무슨 짓을 했는지 깨닫고 앞으로 무엇을 할지 아는 것이니까요.

내가 생각하는 해결책은 문명이 쳐놓은 울타리를 부수는 것이고, 그 일을 시작할 생각이에요. 안심하세요, 나는 해로우가 아니고, 대규모 테러 작전을 계획하지 않으니까요. 내 시간과 에너지를 그 일에 쏟아붓기로 했어요. 판자촌 사람들을 위해 봉사하는 단체에서 아이들에게 글쓰기와 산수를 가르칠 겁니다. 그리고 아이들이 철조망 너머에서 보는 것보다 세상을 좀 더 알 수 있도록 역사도 가르칠 거예요. 나는 아이들을 투사로 만들려는 것이 아니라 언젠가는 경계를 뛰어넘을 수 있는 사람이 되도록 도와줄 겁니다."